Phébus *libretto*

LA RÉVOLUTION

III

UN VENT D'ACIER

ROBERT MARGERIT

LA RÉVOLUTION

III

UN VENT D'ACIER

Phébus *libretto*

Illustration de couverture :
Louis Boilly
Une scène de la vie publique de Mr de Fontenay (détail)
Musée des Beaux-Arts, Rouen (photo Giraudon)

www.phebus-editions.com

PREMIÈRE PARTIE

I

Ce mois de juin 93 était radieux. Fini, le printemps froid. Toutes les roses de Paris s'épanouissaient, tandis que, sur la place de la Révolution, tombaient à intervalles quelques têtes. Un soir — la lumière s'attardait aux clochers de Saint-Germain-des-Prés —, dans la rue des Anges, toute proche, étroite, déserte et déjà noyée de nuit, un homme en habit sang-de-bœuf vint frapper à la porte d'une maison. On ne répondit point. Il frappa plus fort. Enfin, il entendit un pas descendre avec prudence. L'huis s'entrebâilla, une figure de vieille femme apparut dans le halo d'une chandelle.

« L'abbé est-il chez lui? demanda l'homme en rouge.

— Mais, citoyen, vous faites erreur! Il n'y a pas de prêtre ici. »

Haussant ses larges épaules, le visiteur poussa la porte, entra. « Il m'attend, je vous prie de me conduire.

— Ah! Monsieur me pardonnera. On est tenu à tant de précautions, voyez-vous! » dit la vieille servante en prenant les devants.

A sa suite, il monta quatre étages, suivit un couloir étroit, plein de détours, puis il fut introduit dans une soupente. Il y faisait très chaud, la tabatière levée ne laissait guère entrer de fraîcheur. Un prêtre ultramontain était là : l'abbé de Kéravenan, réfractaire rescapé du massacre de l'Abbaye. Posant son bréviaire, il s'avança vers le visiteur. A sa puissante carrure, à son négligé — la cravate relâchée, le jabot froissé —, à sa grosse tête rougeaude, pleine de grêlures, à sa chevelure blonde en crinière, la bouche sensuelle et bonne, l'œil bleu éclatant, le prêtre reconnut Danton. Il l'attendait, en effet. Cette présence ne l'impressionnait pas moins.

« Monsieur l'abbé, lui dit l'effrayant personnage, vous savez pourquoi je suis ici. Serez-vous assez bon pour m'entendre, pour m'absoudre?

— Mettez-vous à genoux, mon fils. »

Gauchement, Danton s'agenouilla sur un mauvais prie-Dieu, devant un crucifix pendu au mur, et joignit les mains. Autour du confesseur et de son extraordinaire pénitent, l'ombre, le silence. Le fond de la pièce reculait dans la nuit. La grande voix de bronze se faisait murmure.

« Mon père, je m'accuse... »

En vérité, il n'était venu que pour pouvoir épouser une enfant de seize ans. Moins de quatre mois après avoir, dans la violence de sa douleur, passionnément étreint le cadavre de sa femme exhumée, il en voulait une autre, une que Gabrielle-Antoinette connaissait et aimait bien : la fille du citoyen Gély, commis aux bureaux de la Marine. Danton lui-même lui avait procuré cet emploi, l'année précédente. Les Gély étaient fort amis des Charpentier. Ils estimaient Danton et lui devaient de la gratitude, mais ils s'effrayaient de donner leur fille à un tel personnage. Ils exigeaient un mariage par le ministère d'un prêtre de la religion traditionnelle, parce qu'ils demeuraient fidèles à leur tradition bourgeoise, peut-être aussi avec l'idée que le tribun reculerait là devant. C'était mal le connaître. « Il me faut des femmes », disait-il, et il en avait eu pas mal, juste avant et depuis la mort de Gabrielle. Ce n'était pas celles-là qui lui convenaient. Il lui en fallait une à lui, dans son foyer. Ayant jeté son dévolu sur Louise, hier encore la petite Louise, à présent si délicieusement éclose, il n'avait pas hésité à se mettre entre les mains de cet abbé Kéravenan, ami des Gély.

Le lendemain, dans la même mansarde, devant une table en guise d'autel, fut célébré le mariage clandestin, suivi peu après de la brève formalité au bureau de la section. C'est le catholique Lanjuinais, gallican, qui avait fait transformer les registres paroissiaux, tenus par les ecclésiastiques, en registres d'état civil, confiés aux officiers municipaux. Dans la relevée, les nouveaux époux reçurent quelques amis, cour du Commerce où le portrait de Gabrielle demeurait fleuri sur la cheminée du salon. Lise alla embrasser la mariée, féliciter Danton.

Claude, venu un instant, repartit bien vite, appelé par le travail.

La besogne, au pavillon de l'Égalité, augmentait sans cesse avec la complexité et les périls d'une situation terriblement confuse. Le 3 juin, quand les gendarmes expédiés par le Comité révolutionnaire s'étaient présentés au domicile des trente et un députés ou ministres en état d'arrestation provisoire, la plupart d'entre eux avaient disparu. Ils se cachaient encore dans Paris, assurément. On en aurait ressaisi un bon nombre si on l'avait voulu. Danton ne s'en souciait pas, et ni Robespierre ni Marat ne donnaient aucun signe de le vouloir. Du reste, pensait Claude, il fallait que ses propres recommandations, pour empêcher les Brissotins suspendus de s'enfuir en province, aient été annulées par Marat en personne. Dangereuse mansuétude. Lui-même, bien entendu, ne songeait point à user de rigueur envers ces hommes. Il ne les aurait pas moins retenus très fermement à Paris. On ne surveillait même pas sérieusement ceux qui restaient. Ils correspondaient, recevaient des visites, sortaient, gardés chacun par un seul gendarme. Le ministre Lebrun venait sous l'œil du sien travailler au Comité de Salut public, auquel les Montagnards avaient fait adjoindre Saint-Just, Couthon, Hérault-Séchelles, Ramel, ci-devant de Nogaret, et Mathieu.

Ce renfort était bien nécessaire pour lutter contre les ravages du fédéralisme. Aux nouvelles du 31 mai, puis du 2 juin, la province achevait de prendre feu. L'insurrection touchait à cette heure soixante départements. Les rapports que Claude recevait des représentants en mission donnaient le vertige. Robert Lindet, délégué par le Comité pour prendre la situation en main à Lyon, venait de trouver la grande cité entièrement au pouvoir des royalistes alliés aux Brissotins du cru, mandait-il. S'étant rendus maîtres de l'Hôtel de ville après un dur combat, ils avaient emprisonné la municipalité montagnarde et se déclaraient en guerre ouverte avec la Convention. Les représentants Roux et Antiboul, chassés de Marseille, faisaient savoir que les modérés, avec Rebecqui, s'associaient aux aristocrates pour combattre les Jacobins locaux qu'ils arrêtaient par centaines et traduisaient devant un tribunal contre-révolutionnaire. De Bordeaux, les représentants ne pouvaient plus écrire, ils étaient arrêtés. A leur place, des Montagnards signalaient qu'une prétendue commission populaire, évinçant les autorités constituées, en partie complices, avait mis la main sur les caisses publiques, levait des troupes et invitait les départements voisins à se fédérer contre Paris. Prieur et Romme, en mission dans le Calvados, étaient incarcérés par les fédéralistes de cinq départements bretons et trois de la Normandie, qui constituaient à Caen une « Assemblée centrale de résistance à l'oppression ». Elle disposait d'une petite armée, celle des Côtes de Cherbourg, formée par les gardes nationales de ces départements : environ dix mille hommes, sous les ordres du général Wimpffen, ancien constituant. Il s'était rangé dans le clan des rebelles.

Tandis que Saint-Just et Séchelles se hâtaient de mettre au point le projet de constitution républicaine préparé par Robespierre, Claude, se partageant la tâche avec Ramel, Couthon et Mathieu, s'efforçait de maintenir dans l'obéissance à la Convention les départements du Centre, bastion naturel entre les provinces révoltées. Dans ce but, il n'avait pas hésité à placer sous la surveillance du Comité de Sûreté générale, renouvelé et dantonisé, Rivaud du Vignaud, Lesterpt, Soulignac, Faye : ses quatre collègues de la Haute-Vienne, et même Bordas malgré son retour à la ligne montagnarde. On lisait leurs lettres adressées aux autorités de Limoges. Les réponses de Durand Richemond, président de l'administration départementale, bien que très prudentes, trahissaient l'inclination de ces autorités au girondisme. Xavier Audouin, mais surtout le citoyen évêque Gay-Vernon qui disposait de loisirs, combattaient cette influence par une correspondance assidue avec la Société jacobine de Limoges. Ils l'informaient au jour le jour, entretenaient son zèle, indiquaient les mesures à prendre pour intimider les administrateurs girondinisant, les contraindre, en imposer avec énergie aux districts incorrigiblement rétrogrades, comme ceux de Saint-Yrieix, du Dorat, d'Eymoutiers, toujours prêts à saisir l'occasion de faire obstacle au mouvement révolutionnaire et démocratique.

Ainsi éperonnée, la Société des Amis de la République dénonça, de Limoges, au Comité de Salut public les quatre brissotistes de la députation limousine. Claude n'avait aucune envie de sévir contre ses collègues et compatriotes, coupables seulement d'une opinion erronée. Aussi fut-il bien aise de recevoir, le jour même, une lettre par laquelle Guillaume Dulimbert le priait de ne pas prendre trop au sérieux ladite dénonciation. On avait recouru à ce moyen pour montrer au Département que l'on désavouait de la façon la plus formelle les quatre députés et lui laisser sentir ce qu'il risquait lui-même s'il les suivait sur la pente fédéraliste.

« N'aie pas de crainte pour la Haute-Vienne, ajoutait l'homme aux lunettes, elle restera dans l'unité républicaine, je puis te le garantir. Quant aux départements voisins, nous nous sommes chargés, le frère Publicola Pédon et moi, de resserrer nos liens avec eux pour opposer un front uni aux criminelles entreprises du fédéralisme. Gay-Vernon jeune, envoyé en Corrèze, l'a trouvée solidement montagnarde. Il en a rapporté les plus fermes assurances. Tulle a promis d'unir ses armes aux nôtres, si besoin est. Ton collègue Treilhard pourrait utilement exciter l'émulation des Brivistes. La Creuse, un moment suspecte, l'an dernier après le 10 août, s'est bien ressaisie depuis lors. On peut compter sur ses sentiments. »

Tout en écoutant Danton débattre avec le ministre-prisonnier Lebrun les chances de détacher la Prusse de la coalition — car c'était ainsi dans la surabondance des tâches, jusqu'en pleine discussion chacun continuait à expédier ses affaires —, Claude griffonna pour un secrétaire une lettre aux administrateurs de la Haute-Vienne, leur assurant qu'en complet accord avec les patriotes de Limoges, le Comité ne permettrait à personne d'entraîner le département dans une rébellion où le royalisme et l'action de l'étranger se montraient maintenant à découvert. Peu après, arriva au pavillon de l'Égalité une amende suffisamment honorable de Durand Richemond et ses collègues, encore qu'ils ne la fissent pas de bon cœur, cela se voyait. Leurs sympathies n'allaient manifestement pas à la Montagne, mais pas davantage au royalisme. Claude n'en doutait point. Leur honnêteté et leurs doutes, au milieu de contradictions dans lesquelles ils ne savaient trop que croire, se lisaient clairement entre les lignes :

« Nous sommes républicains, nous détestons les traîtres, quels qu'ils soient, et tous les parjures aux serments qui nous unissent pour le salut de la patrie. Nous faisons des vœux pour que toutes les trames, tous les complots contre l'égalité et la liberté soient déjoués et punis. Nous promettons de dénoncer et de poursuivre vigoureusement tous ceux qui viendront à notre connaissance. »

Entre-temps, comme il fallait s'y attendre, les députés disparus le 2 juin n'avaient pas tardé à reparaître aux points où leur présence était le plus redoutable. On signalait Grangeneuve à Bordeaux, il y prenait la tête du mouvement rebelle. De même Biroteau à Lyon, Rabaut Saint-Étienne dans le Gard où six mille Marseillais, grossis des insurgés de Nîmes, d'Avignon, de l'Hérault, remontaient la vallée du Rhône afin de se réunir aux forces lyonnaises et marcher avec elles sur Paris. Une armée de volontaires francs-comtois, estimée à vingt mille hommes, se dirigeait vers Mâcon pour se joindre à eux. Mais c'était dans le Calvados que ressortait le gros des proscrits exécutant l'idée du petit Louvet et de Buzot, parti le premier pour soulever l'Eure : son département.

Louvet lui-même se tenait encore caché dans Paris. Sa Lodoïska entretenait la liaison entre lui, Valazé, Vergniaud, qu'elle visitait à domicile sous l'œil complaisant des gendarmes, et les girondistes demeurés à la Convention. Enfin Valazé lui remit des passeports envoyés de Caen pour elle et Louvet. Sans la moindre anicroche, ils s'en allèrent tous deux sous une fausse identité, comme un couple de bons bourgeois, dans une voiture de poste. Le nom de Louvet était connu, mais peu sa figure; elle ne risquait guère de le trahir. A Évreux, où l'on ne courait plus aucun danger — la ville, patrie de Buzot, appartenant aux fédéralistes —, ils rencontrèrent Guadet, étonnamment maigri. Très identifiable, lui, il était sorti clandestinement de la capitale, déguisé en compagnon tapissier. Il venait de faire vingt-deux lieues à pied, la plupart du temps par des chemins de traverse. Six jours de trajet. Guadet exhorta les deux amants (ils n'avaient pas encore eu le loisir de régulariser leur union) à se séparer, l'existence difficile, périlleuse, que l'on allait mener ne convenant pas à une femme. Lodoïska, en larmes, retourna vers Paris tandis que, non moins chagrin, son Jean-Baptiste roulait avec Guadet vers Caen.

Pétion, Buzot frappé au cœur par l'arrestation de Mme Roland, Barbaroux auquel elle l'avait préféré, Gorsas, Meilhan pourtant non proscrit, Salle et maint autre brissotiste moins notoire, étaient là. Il en vint encore, entre autres Kervelegan, Lanjuinais qui avait finalement résolu de fausser compagnie à son gendarme. La municipalité les logeait à l'ancienne Intendance où se tenaient l'Assemblée centrale de résistance à l'oppression et les conférences avec l'état-major. Barbaroux, Buzot qui avait connu Wimpffen à la Constituante, accordaient grand crédit au général. C'était un monarchiste, assurément. Eh bien, quoi! ne pouvait-on pas s'associer avec d'honnêtes monarchistes constitutionnels quand il s'agissait d'arracher l'empire aux griffes de la Montagne et de l'immonde Marat!

Mais Louvet flairait à Caen un air tout autre que constitutionnel. Leur conviction républicaine, à lui et à ses amis, lui semblait décevoir l'Assemblée centrale. Quant à Wimpffen, il le soupçonnait d'être secrètement d'accord avec Robespierre pour les livrer aux Anglais et aux royalistes. Le tartufe de la rue Saint-Honoré avait partie liée avec eux, on le savait bien. Au demeurant, on discutait beaucoup et l'on ne faisait pas grand-chose, à l'Intendance, hormis des discours enflammés contre la Montagne maratiste et le monstre Marat, Marat le sanguinaire, Marat le fomentateur du 31 mai, Marat qui imposait à la France la dictature de la canaille. Sans doute, les indigènes venaient-ils nombreux écouter ces proclamations, mais bien moins en patriotes enthousiastes qu'en curieux attirés par la célébrité des orateurs, estimait le petit Jean-Baptiste.

On voyait beaucoup de femmes dans ce public. Louvet n'était point seul à avoir remarqué parmi les assidues une grande et fraîche fille blonde, de noble tournure. Elle vint les trouver, sous différents prétextes, dans la salle de l'Intendance où ils recevaient les Caenais. En digne auteur de *Faublas*, Louvet pensa qu'elle cherchait une aventure. Le beau Barbaroux, quoique bien empâté maintenant, semblait l'attirer. Un jour où elle l'attendait, Pétion, traversant la salle, dit avec un sourire taquin :

« Voilà donc la belle aristocrate qui vient voir les républicains!

— Citoyen Pétion, lui répondit-elle d'un ton de reproche, vous me jugez aujourd'hui sans me connaître. Un jour, vous saurez qui je suis. »

Elle se nommait Charlotte de Corday d'Armont. Elle se disait républicaine et athée.

Les proclamations fédéralistes ne produisaient pas grand

résultat, à Caen. Quelques volontaires s'engageaient. Cela ne grossissait guère la petite armée. L'élan sur lequel avait compté Buzot se manifestait de moins en moins. Parbleu! le pays était infesté d'agents du Comité de Salut public et de conventionnels « maratistes », qui répandaient à poignées l'or de Pitt pour faire échec aux patriotes!

En effet, Couthon, Claude, Mathieu combattaient par l'envoi de nombreux commissaires la propagande girondine, mais ils eussent été fort en peine de répandre l'or. C'était bien autre chose que la Convention opposait à présent aux tentatives des rebelles : elle venait de terminer la constitution démocratique attendue depuis près d'un an, et elle appelait les républicains à se réunir pour la ratifier, pour la défendre contre les aristocrates de toute espèce. Dans le Calvados, dans l'Eure, comme dans beaucoup d'autres départements, on commençait de se rendre compte qu'en résistant à la Convention nationale on se faisait les fourriers du royalisme. A Marseille, Rebecqui s'en aperçut trop bien. De chagrin et de dégoût, il se suicida en se jetant à la mer. A Caen, Louvet regrettait amèrement d'avoir écouté Guadet. S'il avait eu ici sa Lodoïska, il se serait embarqué avec elle pour l'Amérique. A Moulins, Brissot qui espérait soulever le Centre venait d'être arrêté par la population.

Paris, peu à peu, s'indignait de l'indulgence avec laquelle les comités et la Convention traitaient les responsables de la révolte. On les laissait libres de poursuivre leur attentat contre l'indivisibilité de la république, qu'ils avaient jurée, libres d'entretenir des intelligences dans les départements insurgés, comme Vergniaud correspondant avec les Bordelais, libres de s'enfuir comme Lanjuinais! Bien plus fort, Saint-Just, au nom du Comité de Salut public, ne proposait-il pas de distinguer parmi les Trente et un les traîtres des égarés, d'amnistier ceux-ci et de les rappeler dans l'Assemblée au nombre de quatorze! Tout cela pour apaiser leurs départements.

Les sociétés populaires, les Cordeliers, s'émurent. Les Enragés se déchaînaient, réclamant le décret d'accusation contre tous les « appelants », tous les girondistes, brissotiers, fédéralistes restés dans la Convention. Aux Jacobins mêmes, il y eut un mouvement de protestation bien marqué. Danton sortit enfin de la léthargie béate dans laquelle il s'enlisait depuis son mariage. Il s'éveilla pour glorifier à la tribune la révolution du

31 mai, tonna contre « les crimes de la secte impie ». Et, comme les brissotistes épargnés au 2 juin demandaient en quoi consistaient les prétendus crimes de leurs amis, Robespierre, comprenant que la mansuétude n'était plus possible, partit à fond contre les hommes qu'il avait voulu èpargner.

« Leurs crimes, répondit-il, ce sont les calamités publiques, l'aide apportée volontairement ou non aux conspirateurs royalistes, à la coalition des tyrans étrangers. Ce sont les lois qu'ils nous ont trop longtemps empêchés d'établir, la sainte Constitution qui s'est faite sitôt leur secte chassée d'ici. Nous avons été magnanimes envers eux, ils en ont profité pour nuire plus gravement à la patrie. Je demande le décret d'accusation contre eux. »

On n'entendit point Marat là-dessus, et pour cause : il ne siégeait plus. Tenant sa promesse, il s'était suspendu lui-même depuis le 2 juin. Mais il allait aux Jacobins où Claude le vit et ne lui cacha point, non plus qu'à Robespierre, sa façon de penser. « Un décret d'accusation, voilà une rigueur que l'on aurait évitée, comme les calamités dont tu parlais, Maximilien, si vous n'aviez pas, toi par ton indifférence, mais Marat surtout, laissé aux Trente et un la possibilité de faire ce qu'ils ont fait, quand j'avais donné au Comité révolutionnaire des instructions pour les en priver. Eh bien, à présent je vous le déclare, je me refuse absolument à les décréter d'accusation. Si je devais accuser quelqu'un, c'est à vous trois que je m'en prendrais : Marat, Danton et toi, car ce qui est arrivé est votre faute.

— Allons, ne sois pas trop sévère! Tu as raison, reconnut Maximilien, j'ai péché par faiblesse. Cela ne m'arrivera plus. »

Ce fut Saint-Just qui, le 2 juillet, soumit au Comité un rapport sur l'accusation des Brissotins. Ce rapport se terminait par le projet de décret suivant :

« Art. 1er. — La Convention déclare traîtres à la patrie Buzot, Gorsas, Barbaroux, Lanjuinais, Salle, Louvet, Biroteau, Guadet, Pétion, qui se sont mis en rébellion dans les départements de l'Eure, du Calvados et du Rhône-et-Loire, et Brissot dans l'Allier. Art. 2. — Il y a lieu à accusation contre Gensonné, Vergniaud, Mollevant, Gardien, prévenus de complicité avec ceux qui ont pris la fuite. »

Danton n'était pas là. Retombé dans son insouciance, il goûtait, à Fontenay, dans la maison de campagne de son premier beau-père, M. Charpentier, les douceurs d'une lune de miel parmi la verdure. Claude se trouvait, en compagnie de Mathieu et du guerrier Delmas, à l'Hôtel de ville. Avec l'aide de Dubon, ils mettaient sur pied un petit corps pour marcher contre Wimpffen : quinze cents sectionnaires bien armés par la commission militaire de la Commune, plus un escadron de gendarmes et quelques batteries de 4. Claude fit donner le commandement de ces forces à Malinvaud qui était à Paris depuis plus d'un mois. Assez gravement blessé à la hanche pendant la retraite du corps d'armée Harville sur la Meuse, il avait dû prendre un congé. Rétabli, il ne pouvait rejoindre son bataillon coupé, dans Le Quesnoy, des lignes françaises.

« Reviens-nous victorieux, colonel, lui dit Claude, je te réserve une surprise qui vous fera singulièrement plaisir, à Bernard et à toi. »

Le bon Malinvaud partit, quelque peu intimidé de commander en chef une bien modeste troupe, mais tout de même trois bataillons, un escadron. Pour la première fois, il avait droit à un cheval. Sachant ce qu'il pouvait attendre de lui-même, et très conscient de ses limites, il ne se flattait point d'être jamais un officier aussi brillant que Bernard Delmay, aussi solide que Jourdan. Toutefois, à combattre sous les ordres de Bernard, il avait pris certaines leçons. Il comptait bien les appliquer. Surtout celle qui tendait à épargner le sang, car ici, hélas, on allait avoir en face de soi des Français.

En deux jours de marche au long de la Seine, sous un ciel ardent, on atteignit Mantes où l'on sut, par les commissaires, que l'avant-garde de Wimpffen était postée à Évreux. Un ci-devant la commandait : un certain Puisaye, émigré rentré. Il ne se cachait pas de vouloir rétablir la monarchie, ce qui avait retourné la plus grande partie des populations. La Seine-et-Oise se prononçait entièrement contre les fédéralistes. Mantes le montra en accueillant au mieux les Parisiens, en leur fournissant avec abondance nourriture, boisson. Malinvaud veilla en personne à ce que ses jeunes gens, assoiffés par la chaleur et la poussière, n'abusassent point de ces libéralités. Il maintint la fraternelle mais ferme discipline dont Bernard lui avait donné l'habitude. On repartit à l'aube. Coupant la boucle de la Seine sur laquelle flottait encore une brume rousse, il fit une brève étape à Bonnières où l'on rejoignit le fleuve; puis, parvenu sur les confins de l'Eure, à environ une lieue de Vernon, il envoya la cavalerie reconnaître la ville. La trouvant libre, il l'occupa, de façon à se ménager là un solide point d'appui. C'était, lui semblait-il, ce que Delmay aurait fait. Pensant alors à la manière dont Bernard, sous Valmy, avait établi son dispositif, Malinvaud plaça un bataillon en réserve avec son artillerie derrière les murettes des jardins formant le faubourg de Vernon et installa les deux autres devant la ville, en front de compagnies, avec une batterie au centre, une à chaque aile. Gardant avec lui la moitié des gendarmes, il lança le reste de l'escadron dans la forêt, en direction de l'Eure et d'Évreux.

Cependant, Puisaye, ayant appris l'arrivée des troupes parisiennes, était sorti d'Évreux avec deux mille hommes, peu enthousiastes pour la plupart, qu'il faisait marcher à grand renfort de tambours. Les gendarmes les aperçurent aux abords de Pacy-sur-Eure, et, selon les ordres, se replièrent immédiatement pour rendre compte. Malinvaud résolut d'escarmoucher. Il emmena l'aile gauche dans la forêt, en laissant sur place les canons et la cavalerie. Il était alors trois heures après midi. Bientôt le bourdonnement des mouches sous les frondaisons fut couvert par le bruit des tambours qui s'approchaient, éveillant les échos au plus profond des bois.

Malinvaud s'égayait. Imagine-t-on une troupe avançant à couvert et signalant avec tant d'amabilité sa marche! Ces amateurs de musique n'avaient jamais combattu, pour sûr! En riant, il fit lui aussi battre la caisse pour avertir ces messieurs qu'ils allaient trouver quelqu'un en face. Les baguettes volèrent sur les peaux d'âne : « Ça ira, ça ira, ça ira! » Du coup, les tambours fédéralistes bafouillèrent et se turent. S'égayant encore plus, Malinvaud, sans attendre, ordonna un feu de tirailleurs, à volonté.

« Et nourri, spécifia-t-il.

— Mais, citoyen colonel, sur quel objectif?

— Sur les oiseaux, les mouches ou ce que vous voudrez, pourvu que ça pète! »

Il n'eut pas à se plaindre, sur toute la ligne ce fut une pétarade superbe. Répercutée par l'écho, la mousqueterie craquait comme si l'on eût déchiré la forêt tout entière. Les balles frappaient les troncs avec un bruit mat, hachaient les ramures. D'en face, on répondait avec non moins de détermination. Entre les deux troupes, c'était une véritable hécatombe de branches et de feuilles vertes. Mais on ne voyait personne.

Enfin, Malinvaud donna l'ordre d'avancer. Tandis que les tapins battaient la charge, les tirailleurs, progressant d'arbre en arbre, et ménageant cette fois leurs coups, atteignirent la zone de feu. Les balles n'étaient plus pour les mouches, maintenant. Cela ne dura point. Les fédéralistes ne perdirent pas une minute pour rétablir la bonne distance. Ils l'observèrent avec grand soin, jusqu'au moment où l'on finit par atteindre la lisière de la forêt. On les vit alors, les Bretons en uniforme rouge, les autres bleu et blanc, tous avec des drapeaux tricolores, exactement pareils à ceux que l'on portait. Quelle misère! Ils continuèrent à tirailler tout en exécutant à travers prés et champs un mouvement très bien réglé pour que la ligne dangereuse se maintînt toujours à quelques pieds en avant d'eux. A cinq heures de relevée, cette belle manœuvre les avait ramenés en vue de Pacy-sur-Eure. Là, après une attaque convergente et une nouvelle démonstration de défense à longue distance, qui se déroula elle aussi sans accident, on se sépara, pas mécontents, en somme, les uns des autres. Laissant Puisaye se retirer victorieusement sur Pacy, Malinvaud, peu soucieux de rester en flèche, repassa la forêt pour rejoindre ses propres bases.

Ses troupes, dans le soir tombant et l'air rafraîchi, chantaient d'enthousiasme. Quant à lui, il se reprochait bien des choses : primo, d'avoir, beaucoup trop timidement, cherché un point d'appui à Vernon, sans oser quitter la couverture de la Seine sur son flanc, alors qu'il aurait dû marcher de Mantes droit à Pacy; deuxièmement, de s'être, encore par timidité, mis en bataille sous Vernon. Ce déploiement ne rimait à rien, qu'à se donner confiance. Et, toujours par manque d'assurance, en laissant sur place sa réserve et son artillerie, il avait perdu l'occasion d'en finir aujourd'hui, d'un seul coup, avec l'adversaire. Non, décidément non, il ne serait jamais un grand chef d'armée. Maintenant, il se sentait enclin à commettre ce qui serait peut-être la faute inverse : emmener toutes ses forces pour attaquer Puisaye, demain. Après avoir pesé de son mieux le pour et le contre, il se tint à un moyen terme.

Le lendemain, 13 juillet, sitôt le jour suffisamment clair, il fit battre, par des reconnaissances de cavalerie, toute la rive gauche de la Seine. Sûr alors de n'avoir pas d'ennemis derrière le dos, à six heures il donna l'ordre général du départ. A mi-distance de Vernon et de la forêt, en vue des deux, il disposa un bataillon, couvert par des compagnies en grand-garde, avec trois batteries installées à la sortie d'un hameau. Cinq gendarmes restèrent là pour faire la liaison si besoin était. Le reste du petit corps d'armée reprit le chemin des bois. Se rappelant l'époque où il daubait les chefs qui le traînaient ainsi de marche en contremarche, l'ancien sergent Malinvaud songeait qu'en ce moment sa troupe devait le traiter sans indulgence. Elle n'avait pas tort, assurément. Il ne savait guère ce qu'il voulait, sinon disperser des pauvres bougres sans leur causer de dommages. Du moins, ces allées et venues n'épuiseraient-elles personne. Elles ne dépassaient guère deux lieues. Il en avait couvert douze, lui, quelquefois. L'avant-veille de Valmy, en particulier. Bon sang, quelle marche!...

Poussé par les officiers d'Ille-et-Vilaine, peu satisfaits du « succès » remporté la veille, Puisaye, en ce moment, avançait de nouveau sur Vernon — sans éclaireurs, sans gardes, en colonnes de bataillons. Singulier général! pensa Malinvaud quand ses propres éclaireurs vinrent le prévenir, au sortir de la forêt. Enfin, tout était pour le mieux, comme ça.

Les fédéralistes marchaient, le fusil à la bretelle, en trois colonnes qui débordaient dans les herbages où l'on avait fait la fenaison. Le soleil tapait diablement, on ne serait pas mécontent d'entrer sous les bois dont le rideau ombreux ondulait derrière Brécourt : petit village bien tranquille dans sa bordure de haies vives, d'enclos.

Soudain, un roulement de tambour retentit. Un scintillement de baïonnettes, des chapeaux à plumes de coq, des drapeaux couronnèrent les haies. Deux gros de cavalerie surgirent du village, aux ailes, sabres étincelants. Les officiers fédéralistes dégainaient, criaient des ordres, mais les volontaires avaient à peine empoigné les fusils, ouvert le bassinet, qu'avec un bruit terrible cent pièces de canon, au moins, leur tirèrent dessus. Elles étaient six, en réalité. « Pointez de façon qu'ils sentent le vent des boulets », avait ordonné Malinvaud. Par précaution, il gardait au centre une batterie à mitraille, pour le cas où il faudrait vraiment se battre. Il en avait une autre à droite, qui devait tirer sitôt après la première. Cette seconde salve, c'en fut plus que les soldats novices n'en pouvaient supporter. Déjà terrifiés, tourbillonnant au hasard, ils prirent leurs jambes à leur cou pour fuir ce champ de carnage jonché de corps — qui se relevaient un à un après s'être jetés à terre sous le coup de la peur.

« Qu'est-ce que tu attends, toi? lançait un *maratiste* à un gros garçon obstinément allongé sur la terre maternelle.

— Ma doué! Je suis mort.

— Veux-tu me foutre le camp, espèce de fantôme! »

Les Parisiens ramassaient les armes abandonnées. On ne comptait pas une seule victime. Les bataillons bretons, composés de véritables volontaires et non de culs-terreux payés, avaient tenu, un instant. Mais, pris dans le torrent de la déroute, menacés par les gendarmes qui talonnaient les fuyards, ils étaient emportés à leur tour. La débandade ne s'arrêta même pas à Évreux, et ce furent des troupes en désordre, sans armes pour la plupart, qui arrivèrent à Caen. Wimpffen proposa de se retrancher là, en force, d'y attendre l'assaut des « maratistes ». C'était irréalisable : les bataillons vaincus n'arrivaient à Caen que pour se disperser. Ils ne voulaient plus se battre, ils n'en avaient plus de raison.

C'est que la Convention, joignant aux preuves de sa fermeté de diplomatiques mesures, avait pris les meilleurs moyens pour apaiser la révolte. Ayant achevé la Constitution républicaine, elle offrait l'amnistie aux autorités « égarées », tout en menaçant de mettre hors la loi celles qui s'obstineraient dans la rébellion. En même temps, elle amendait l'impôt sur les riches. Il ne toucherait qu'aux revenus supérieurs à dix mille francs, c'est-à-dire aux grosses fortunes. Elle augmentait les traitements des fonctionnaires. Elle distribuait à tous les villageois, en parts égales, les terrains communaux. Plusieurs millions de citoyens accédaient ainsi à la propriété ou voyaient s'accroître leur lopin. Elle démocratisait l'achat des biens nationaux en les fractionnant, en accordant aux acquéreurs un délai de dix ans pour payer. Enfin, par l'institution du Grand livre de la Dette publique — œuvre de Cambon — elle garantissait aux rentiers leur créance. Tout cela s'était accompli en moins d'un mois, dans l'unanimité, dans un calme étonnant après les tumultes passés. Beaucoup de rebelles se mettaient à croire qu'on les avait trompés, que la révolution du 31 mai était effectivement un bienfait national. Toute la région se ralliait au nouveau régime. Les administrateurs du Calvados abandonnèrent l'Assemblée centrale agonisante.

Puisaye et Wimpffen se démasquèrent alors. « Le seul moyen de poursuivre la lutte contre la Montagne, c'est de chercher hors du territoire un allié puissant », dirent-ils aux proscrits, et ils leur proposèrent de les mettre en rapport avec le cabinet de Londres. Louvet eut la certitude que l'infâme Puisaye avait combiné sa propre défaite pour en arriver là. Croyait-il donc que l'on allait donner dans ce traquenard!

En vérité, certains d'entre eux n'auraient pas vu d'un mauvais œil la restauration d'une monarchie constitutionnelle, mais aucun n'admettait une intervention étrangère. Claude ne se trompait point en les jugeant non moins patriotes que lui. Tous refusèrent avec indignation. Le jour même, pendant que le département s'apprêtait à faire sa soumission entre les mains de Robert Lindet envoyé par le Comité de Salut public, ils sortirent de Caen mêlés aux volontaires d'Ille-et-Vilaine. Proscrits par le Calvados rentré dans l'obéissance, susceptibles d'être arrêtés à tout instant, les « fondateurs de la république », comme disait Louvet, devaient se dissimuler sous l'uniforme des gardes nationaux bretons et se confondre avec eux, afin de gagner le Finistère. Ils comptaient pouvoir s'embarquer là pour Bordeaux. Le vieux rêve d'une Aquitaine triomphante restait leur dernière chance. Beaucoup n'y croyaient plus. Kervelegan avait déjà gagné Quimper pour s'y tenir caché. Lanjuinais, Rennes.

II

Entre-temps, Paris avait connu une petite révolution de palais, dont personne, hormis les intéressés, ne s'était aperçu. Le 10 juillet, le Comité de Salut public, prorogé de mois en mois jusque-là, avait été soudain renouvelé par la Convention et ramené, sur une motion de Robespierre, à neuf membres. Parmi ceux-ci figuraient toujours Barère, Claude, Saint-Just,

Couthon, Hérault-Séchelles, avec des nouveaux comme Jean Bon Saint-André, Thuriot ci-devant de la Rozières, Gasparin, mais plus Danton.

Détrôné, le grand Danton! En un tournemain. Son nom n'avait même pas été proposé aux suffrages. Il payait là son indolence, la mollesse avec laquelle il menait les affaires depuis son remariage. Ces dernières semaines, tout le monde criait contre lui. Marat, dans ses feuilles, appelait le comité Danton « Comité de désastre public ». Dans le *Journal de la Montagne*, on avait pu lire un article sévère, non signé, mais qui sentait l'encre de Maximilien et prenait à partie les Dantonistes et les modérés du pavillon de l'Égalité. Claude lui-même, selon sa menace, les accusait, aux Jacobins, sur leur mauvais choix des généraux, surtout de Custine en train d'accumuler sottise sur sottise, à l'armée du Nord. Au demeurant, toute la politique dantoniste visant à détacher de la coalition la Prusse ou l'Angleterre, voire les deux, inconsistante et chimérique, s'effondrait. Aux tentatives de négociations, Pitt répondait qu'il n'existait en France aucun pouvoir stable. Catherine de Russie avait interdit l'entrée de ses États aux marchandises françaises jusqu'à ce que l'autorité légitime fût rétablie. Le général espagnol Ricardos adressait au peuple français un manifeste contre la tyrannie d'une « assemblée illégale, usurpatrice et effrénée ». Enfin, une flotte anglaise menaçait Toulon. Pour achever Danton, son ami Westermann — son complice, murmuraient certains — venait d'essuyer une défaite en Vendée.

Delacroix, Delmas, Guyton-Morveau n'avaient pas été réélus non plus. Cambon s'était retiré pour se consacrer entièrement aux finances.

Le 13 juillet au soir, alors que, de poste en poste, les courriers galopaient vers Paris pour annoncer le succès de Vernon, Claude, après avoir soupé chez lui, s'en fut comme d'ordinaire au Comité, un peu après huit heures. On étouffait sur le Carrousel imprégné de soleil pendant tout le jour; le pavé, les façades regorgeaient leur chaleur. Claude salua de la main les sentinelles qui lui présentaient les armes, passa sous le porche défendu par un canon, et gravit les quinze marches de l'escalier de la Reine. Tournant à gauche, il allait pousser la porte de l'antisalle, quand il s'arrêta, étonné de voir trois hommes accourir dans le long couloir sombre venant du pavillon de l'Horloge. De plus près, il reconnut Legendre, Drouet, Chabot. Qu'advenait-il donc pour qu'ils s'empressassent de la sorte? Il fit quelques pas au-devant d'eux.

« Marat vient d'être assassiné! lui lança Legendre.

— Quoi!

— Tu as bien entendu, dit Chabot. Notre pauvre ami a été poignardé tout à l'heure par un monstre femelle, chez lui, dans sa baignoire. Hanriot est venu l'annoncer à la Convention. Personne n'y pouvait croire.

— Nous y allons, ajouta le gros Legendre en s'épongeant. Viens-tu? »

Claude restait frappé de stupeur. Il acquiesça puis, se ressaisissant, dit qu'il fallait mettre les autres au courant. « Descendez, je vous rejoins. Demandez une voiture. » Il entra vivement dans le salon blanc et or, jeta la stupéfiante nouvelle à Couthon, Barère et Saint-André, seuls autour de la vaste table ovale à tapis vert. En sortant, il chargea un huissier d'aller avertir Lise. A ce moment, survint un officier de gendarmes envoyé par les administrateurs de police pour aviser le Comité. Ils avaient également prévenu le Conseil de la Commune et le Comité de Sûreté générale.

Le crime était commis depuis trois quarts d'heure à peine, et déjà une foule s'amassait dans la rue des Cordeliers. Le fiacre qui avait amené la meurtrière demeurait encore là, les gens questionnaient avidement le cocher. La curiosité ne manquait pas, mais le sentiment dominant restait la stupeur. Les voisins recommençaient sans cesse pour de nouveaux venus le récit de ce qu'ils savaient.

Alertés par des hurlements de femmes, ils avaient vu la citoyenne Aubin, la portière du numéro 20, plieuse des journaux de Marat, s'élancer dans la rue en criant. C'est par elle que l'on avait appris l'assassinat et que l'assassin était une femme, une jeune fille, une aristocrate. Pendant que la borgnesse à l'œil de verre courait chez le docteur Pelletan, des gens, escaladant l'escalier, avaient trouvé dans l'antichambre le commissionnaire Laurent Bas courbé sur une femme jetée à terre. Ils l'avaient aidé à la relever tout en la maintenant. D'autres avaient vu Lafondée, le chirurgien-dentiste qui habitait l'autre appartement, sortir de la salle de bains de Marat, dont il portait dans ses bras le corps nu, dégouttant d'eau et de sang. Au milieu des cris et des gémissements des deux sœurs Évrard, il l'avait couché sur le lit. Marat essayait encore de parler. C'était affreux. Les derniers battements de son cœur poussaient par saccades le sang à travers une plaie béant sur le côté de la poitrine. Lafondée s'efforçait vainement d'en comprimer les lèvres. Le poste du Théâtre-Français était survenu et, s'assurant de la meurtrière, avait refoulé toux ceux qui n'habitaient pas la maison.

Les sectionnaires en armes gardaient à présent la porte cochère dont on avait fermé les vantaux. Ils s'ouvrirent pour les quatre députés. Les traces de multiples pas humides et sanglants salissaient le porche, l'escalier. Un filet rougi découlait sur le carrelage du palier entre les pieds de quelques gardes nationaux. Avant même la porte, on entendait les plaintes et les gémissements de Simone Évrard, par-dessus la rumeur assourdie qui régnait dans l'appartement. Quatre soldats remplissaient la petite antichambre sombre. D'autres, dans la cuisine, aidaient Jeannette, sanglotante, à rassembler des balais, des serpillières pour nettoyer un peu. L'eau empourprée qui avait débordé de la baignoire ou ruisselé du corps tandis que le dentiste l'emportait, le sang qui avait jailli, éclaboussant les murs, les boiseries, les meubles, se mêlaient et se répandaient à travers la salle à manger jusque dans l'antichambre. Tout le monde piétinait là-dedans et tachait le tapis du salon où le juge de paix du Théâtre-Français, venu avec les soldats, interrogeait la criminelle.

Dans la pièce spacieuse, aux rideaux drapés, aux fauteuils de damas bleu et blanc, le lustre de cristal et les flambeaux sur la cheminée, entre les grands vases garnis de fleurs, éclairaient un mélange confus de gardes nationaux, avec leurs buffleteries blanches, leur chapeau à plumet rouge, leurs armes, et d'hommes barrés d'écharpes tricolores : administrateurs de la police, commissaires de la section, membres du Comité de Sûreté générale, municipaux. Dubon était là, près de la malheureuse Simone effondrée entre les bras de sa sœur Catherine, sur l'ottomane. Installé au secrétaire, un scribe en carmagnole de basin brun notait rapidement questions et réponses. Gaillard-Dumesnil, le juge de paix, pressait la prisonnière encadrée par deux soldats.

On l'avait fait asseoir. Une cordelette liait ses mains gantées. Elle n'était pas vraiment jolie, mais très plaisante, fraîche et d'un beau blond, les yeux bleus, la bouche bien dessinée, la peau marquée de petite vérole. Son déshabillé blanc moucheté, son chapeau noir à haute forme, orné de rubans verts, son fichu gardaient quelques traces de l'empoignade qui avait suivi l'assassinat. Mais on l'avait laissée rajuster sa toilette. A présent elle se tenait là, très ferme, sûre d'elle et d'avoir bien agi. Elle ne trahissait d'émotion que lorsqu'elle portait les yeux sur Simone Évrard dont la douleur semblait la déconcerter et l'oppresser. Autrement, elle répondait à toutes les questions avec une incroyable sérénité. Elle se nommait Marie-Charlotte Corday. Elle était venue de Caen, où elle vivait avec une vieille tante, pour tuer Marat. Non, personne ne l'avait poussée à cet acte. Elle l'avait conçu seule, comme le seul moyen de délivrer son pays de l'anarchie sanglante dans laquelle le plongeait ce monstre. Oui, elle fréquentait à Caen les députés proscrits par la tyrannie de Marat, mais aucun d'eux ne connaissait son dessein. Elle l'avait exécuté par ses seules ressources.

Avant de la voir, Claude se figurait la meurtrière comme une virago furieuse. Il considérait avec étonnement cette jeune fille de noble maintien, élégante, d'apparence sage, douce, si féminine, qui avait porté en elle pendant des jours la pensée de tuer et venait de la réaliser avec un extraordinaire sang-froid. Arrivée l'avant-veille dans Paris dont elle ne connaissait rien, elle s'était fait conduire à l'hôtel de la Providence, rue des Vieux-Augustins, indiqué par « un des hommes qui étaient au bureau des Messageries ». Fatiguée de ses deux nuits en diligence, elle avait dormi tout ce jour. Vers le soir, descendant demander à l'hôtesse si Marat allait régulièrement à la Convention, elle avait été stupéfaite d'entendre cette femme lui répondre qu'elle ignorait tout de la Convention et ne connaissait pas davantage ce citoyen. La naïve provinciale s'imaginait Paris tout occupé de l'atroce personnage auquel les Brissotins réfugiés en Normandie donnaient tant d'importance. Elle aurait voulu l'immoler d'une manière éclatante, au sommet de l'odieuse Montagne, ou, mieux encore, en plein Champ-de-Mars, pendant la fête du 14. Mais on ne célébrerait pas la Fédération, tant que la France serait divisée par les fédéralistes.

Se rendant compte, après avoir en vain, dans la journée du 12, essayé de rencontrer Marat aux Tuileries, que même si elle le trouvait là elle ne pourrait l'approcher, elle avait résolu de le tuer chez lui. Pour cela, elle était sortie ce matin dès six heures, afin de se procurer l'instrument nécessaire. Elle ne savait point que les boutiques ne s'ouvraient pas si tôt, à Paris. Il lui fallut, dit-elle, attendre longtemps, avant d'acheter pour deux francs un couteau sous les arcades du Palais-Égalité. Un fort couteau de cuisine dans un étui en papier. Gagnant alors la place des Victoires-Nationales, dont elle connaissait la station de fiacres pour l'avoir vue en débarquant l'avant-veille, elle avait demandé au premier cocher de la mener chez Marat. Le « tyran sanguinaire » ne semblait guère plus familier à cet homme qu'à la patronne de la Providence. Il finit cependant par apprendre d'un confrère, lecteur de l'Ami du peuple, où logeait le citoyen Marat. Mais la visiteuse, portant le couteau caché sous son fichu, ne fut pas admise. Malgré ses insistances, Catherine l'éconduisit. Elle dut se retirer, laissant une lettre écrite dans cette éventualité : « Citoyen, j'arrive de Caen. Votre amour pour la patrie me fait présumer que vous connaîtrez avec plaisir les malheureux événements de cette partie de la république. Je me présenterai de nouveau chez vous. Ayez la bonté de me recevoir et de m'accorder un moment d'entretien. Je vous mettrai à même de rendre un grand service à la France. » Retournée à l'hôtel, la jeune fille en ressortit le soir vers six heures après avoir changé de robe, arrêta dans la rue un nouveau cocher auquel elle n'eut point de peine, cette fois, à donner l'adresse.

Le témoignage sanglotant de Simone, celui de Catherine, de Jeannette qui avait ouvert la porte, de la citoyenne Aubin occupée à plier le dernier numéro du *Publiciste de la République* — quant à la sœur de Marat, Albertine, elle n'était pas là, elle séjournait en Suisse — corroboraient le reste.

Simone Évrard se trouvait dans le cabinet du fond, avec Marat. Elle venait d'introduire auprès de lui le jeune citoyen Pillet. Il apportait une facture pour du papier que le commissionnaire Laurent Bas entreposait en ce moment même dans le cabinet de travail où se faisaient presque toutes les manipulations des journaux. Marat, dans son bain médicamenteux, vérifiait et signait ce compte, lorsqu'on entendit la sonnette

puis des bruits de voix dans l'anticham
le jeune homme, Simone vit sa sœur
avec une solliciteuse. Quand elle sut
venue le matin et avait laissé une lettre,
der à son ami s'il voulait recevoir cett
tait le meilleur aspect, on n'aurait p
moindre chose, sinon d'être un peu bi

Jean-Paul ayant acquiescé, Simone
femme, la conduisit à travers la salle
pièce communiquant ave la chambre et le cabinet de bains où elle fit entrer la visiteuse. Elle referma la porte et s'en alla rejoindre sa sœur qui préparait pour Marat sa potion à l'argile et à l'eau de mauve.

Pas trop satisfaite cependant de laisser son amant enfermé avec cette jeune et jolie fille, la brune Simone, après un instant, prit le remède des mains de Catherine pour retourner au cabinet. Quand elle entra, la visiteuse était assise, le dos à la croisée, à côté de Marat couvert jusqu'aux trois quarts de la poitrine par le sabot de la baignoire. Seuls sortaient ses épaules, ses bras reposant sur la tablette couverte de journaux et de papiers, qui lui servait à travailler dans son bain. Il prenait des notes en écoutant la jeune fille. Il s'interrompit pour examiner la potion et dit à Simone qu'elle pouvait ôter un peu de l'argile. Elle allait sortir, quand elle se ravisa pour enlever, sur le rebord de la fenêtre entrebâillée, deux plats contenant des cervelles et des ris de veau que Jeannette avait mis au frais sur la cour. Il était temps de les faire cuire, on souperait sitôt la visiteuse partie. Simone emporta les plats à la cuisine.

Elle venait à peine de les poser sur la table qu'elle entendit Jean-Paul pousser une espèce de cri rauque. Elle courut, ouvrit vivement la porte. « A moi! ma bonne amie », râla-t-il, et aussitôt sa tête se renversa dans la lumière de la croisée. Un gros jet rouge lui jaillissait de la poitrine, cascadait sur le cuivre de la baignoire, sur le carrelage de briques où il formait déjà une mare serpentant vers la chambre à coucher. D'un seul geste, la meurtrière avait frappé, enfoncé et retiré le couteau. Il reposait sur la tablette, parmi les papiers et les journaux détrempés de sang. Elle, très pâle, le cœur soulevé, s'appuyait contre la fenêtre, serrant sa jupe.

…ements de Simone, Catherine, Jeannette, la citoyenne …aient accourues. Profitant de leur affolement, Charlotte … gagné l'antichambre où le commissionnaire, lâchant le …ier qu'il apportait, s'était jeté sur elle.

« Cherchiez-vous à vous sauver? questionna Gaillard-Dumesnil.

— Oui, si j'avais pu. »

Et, comme Legendre croyait reconnaître en elle une femme venue à son domicile avec des manières suspectes :

« Le citoyen se trompe, je ne suis jamais allée chez lui. Sa mort n'importait pas au salut de la république.

— Depuis quand avez-vous formé votre affreux projet? lui demanda Claude.

— Depuis que sa nécessité s'est imposée à moi.

— Ne serait-ce pas plutôt à force d'entendre les députés en fuite déclamer contre Marat?

— Personne ne m'a dicté mon dessein, je l'ai dit.

— Dicté, non, j'en suis sûr, mais c'est la folie des Brissotins qui vous anime, et vous venez de les condamner tous à mort. »

A côté, dans la chambre, les médecins, qui n'avaient pu que constater le décès de Marat, préparaient le corps. Jeannette, la citoyenne Aubin, avec des aides bénévoles, s'affairaient à laver, éponger, faire disparaître les éclaboussures et les horribles coulées. On entendait le bruit des seaux, les balais de chiendent raclant les planchers, le carrelage, poussant l'eau sanglante dans l'escalier, dans la cour et, par-dessous la porte cochère, dans le ruisseau.

De la rue montait une énorme rumeur. Le premier noyau de la foule se tassait devant la maison, sous la pression des gens qui affluaient de toute part. A ceux du quartier ou des environs s'ajoutaient maintenant ceux des faubourgs, et aux habitués des Cordeliers, des Jacobins, de la Convention, de la Commune, tous les curieux de Paris. Dans la nuit chaude, que leur entassement rendait étouffante, ils s'écrasaient non seulement sous la tourelle de la maison mitoyenne à celle du crime, devant celle de Danton, devant les Cordeliers dans la rue de l'Observance, au carrefour de la rue du Paon, mais encore depuis la rue de La Harpe jusqu'au carrefour de Bussi, au portail monumental du marché Saint-Germain.

Bien entendu, Nicolas Vinchon était devant la maison

même, accouru dès que la première rumeur avait atteint la rue de Seine. Il suait et ne voyait rien. Il ne se rendait pas compte qu'il piétinait dans le ruisseau le sang délavé de Marat. Comme les autres, il contemplait les fenêtres vivement éclairées, projetant leur lumière sur l'amas de visages tendus, et derrière lesquelles passaient des silhouettes en ombres chinoises.

Par moments, la porte cochère s'entrebâillait puis se refermait avec un bruit sourd, un comparse du drame se glissait dehors. Assailli de questions, il s'ouvrait avec peine un chemin dans la foule où ses propos circulaient en se déformant. La meurtrière, disait-on, portait la cocarde noire. C'était une royaliste envoyée par les Brissotins de Caen pour séduire par sa beauté les chefs montagnards et les exterminer un à un. Elle avait essayé de tuer le citoyen Legendre. Les commissaires lui faisaient avouer ses crimes. On connaîtrait tous ses complices : les ci-devant députés restés à Paris, et bien d'autres dans le côté droit de la Convention. On racontait aussi que le sang de Marat, âcre à cause de sa maladie, s'étant corrompu sitôt écoulé du corps, obligeait à de grandes précautions. Les gens lointains, voyant danser sur les façades les lueurs de quelques torches dont s'éclairaient les gardes, disaient que l'on brûlait des aromates pour purifier l'air.

Vers minuit, des soldats sortirent. Leur apparition provoqua un brouhaha, des poussées. On allait voir enfin. Ils firent dégager le fiacre qui demeurait toujours là, de l'autre côté de la rue, secoué, noyé dans la bousculade. Il se rangea devant la maison. Les deux vantaux s'ouvrirent alors. On aperçut sous le porche, au milieu de lumières haut levées, un groupe d'hommes à écharpe avançant entre les uniformes, les baïonnettes, avec une femme en robe claire, le chapeau cabossé, les mains liées derrière le dos. Une immense exclamation l'accueillit. Elle s'arrêta et parut faiblir. Deux des hommes la soutinrent, la soulevèrent à demi, la poussèrent dans la voiture. Deux autres montèrent avec eux, la portière claqua. Entouré par les gardes, le fiacre se mit en route pas à pas vers la prison de l'Abbaye.

Claude était encore dans la maison. Les médecins ne laissaient pas entrer dans la chambre où, effectivement, ils consumaient du benjoin; on en respirait partout la puissante odeur. Il gagna le cabinet tragique en songeant aux confidences que Marat lui avait faites ici. La baignoire était vide, le sol de briques déjà sec avec cette chaleur, mais des taches roussâtres détrempaient le fond crème de la tenture. Entre les colonnes en trompe l'œil, se voyaient toujours la carte de France et, de l'autre côté — celui-là même d'où était venu le coup — l'inscription en grandes lettres : LA MORT.

En rentrant rue Saint-Nicaise, à minuit trois quarts, Claude trouva sa femme veillant, très anxieuse. Elle n'aimait point Marat lui-même ni ses outrances, mais l'événement la bouleversait.

« Quelle affreuse chose! Que ne va-t-il pas arriver maintenant? J'ai peur, Claude! » murmura-t-elle en se serrant contre lui.

Cet effroi confus, il l'avait senti chez ses collègues, parmi la foule, nombreuse encore dans la tiédeur nocturne, autour des Cordeliers et de l'Abbaye, comme si les gens hésitaient à se disperser. Et lui non plus ne laissait pas d'éprouver les plus sombres pressentiments.

« Il est certain, avoua-t-il, que le geste de cette malheureuse aura des conséquences. Marat préservait les Brissotins, il ne subsiste plus aucun espoir de les sauver. Assurément, elle n'a pas été envoyée par eux. S'ils avaient voulu faire poignarder quelqu'un, c'eût été Robespierre, non point Marat. Ils ont armé cette fille sans le comprendre, follement, sottement, comme ils se sont toujours conduits. Je crains que le sang versé ce soir n'en réclame beaucoup d'autre. Il ne reste plus personne, aux Cordeliers, pour empêcher Roux, Varlet, Leclerc d'Oze et leur clique de mener la Révolution à toute bride. Ces pauvres cervelles ne sauraient comprendre que le meilleur moyen de la perdre c'est de vouloir la pousser sans délai à son achèvement. Marat pouvait les contenir, car il en imposait à Hébert et aux Cordeliers enragés. Nous, ils nous accuseront de modérantisme. »

Il s'interrompit pour adopter un langage plus propre à calmer Lise. « Allons, mon petit chat, dit-il en la conduisant vers leur chambre, rassure-toi, viens dormir. Les épreuves ne doivent pas nous effrayer. Nous en avons déjà connu de rudes. Si celles qui nous attendent le sont davantage, nous leur opposerons une force d'âme plus grande. Tant que tu m'aimeras, je ne craindrai rien.

— J'ai peur justement parce que je t'aime. »

Au matin, ils entendirent les vendeurs de journaux criant

les détails du crime, les interrogatoires de Charlotte Corday. Des voix clamaient aussi : « Grand succès à Vernon. L'armée fédéraliste anéantie. » Claude s'en alla vivement au Comité. Outre un bref billet reçu la veille, après dix heures du soir, un rapport venait d'arriver, expédié d'Évreux où Malinvaud était entré sans résistance. « En conclusion, écrivait-il, je vous donne l'assurance formelle, citoyens, qu'il n'y a plus rien à craindre dans cette partie de la république. »

« Eh bien, dit Barère à Claude, quand tu choisis un général, tu as la main heureuse, il faut le reconnaître.

— Je sais à qui je fais confiance, voilà tout. Si vous m'aviez suivi quand je voulais mettre Delmay à la tête de l'armée du Nord, au lieu de votre *général Moustache*, elle n'en serait pas à piétiner au camp de César au lieu de secourir Valenciennes. »

L'avantage remporté par Malinvaud permettait à Claude de réaliser cette « surprise » dont il lui avait parlé en l'expédiant contre Wimpffen. Il s'agissait de tout un plan. Depuis l'envoi de Custine à l'armée du Nord, celles du Rhin et de Moselle se trouvaient associées sous le commandement de Beauharnais qui n'en tirait aucun parti. Claude proposa de confier l'armée du Rhin à Bernard avec mission impérieuse de débloquer Mayence. Et on lui enverrait Malinvaud comme adjudant-général. Ces deux hommes avaient montré, ensemble puis séparément, ce dont ils étaient capables. On pouvait beaucoup espérer d'eux, de nouveau réunis.

Saint-Just et Couthon, tout disposés en faveur du frère et ami Delmay, soutinrent la proposition. Gasparin, responsable des affaires militaires, n'y mit nul obstacle. Elle fut adoptée sur-le-champ avec la bénédiction du ministre de la Guerre, Bouchotte, accusé en ce moment par les Dantonistes, et sous le coup d'un décret de destitution. Il n'allait certes pas s'opposer à la nomination d'un général, sans-culotte comme lui. Du même mouvement, Jourdan monta d'un grade pour prendre le commandement de la division légère que Bernard allait abandonner en quittant l'armée du Nord, comme il lui avait déjà succédé à la tête de la brigade. Il s'y était montré à son avantage. Et puis, c'était lui aussi un solide montagnard. Bouchotte fit expédier les ordres à l'instant. La garnison de Mayence, qui résistait depuis trois mois, pouvait être encore sauvée par une armée de secours opérant avec vigueur sur les arrières de Frédéric-Guillaume, mais à présent la tranchée était ouverte et la ville ne tiendrait plus très longtemps.

Cependant, la mort de Marat agitait tout ce qu'il y avait de sans-culottes dans Paris. Aux Jacobins, où Laurent Bas ne tarissait pas sur l'exploit qu'il avait accompli en se jetant sur « le monstre femelle », on demandait que, sans attendre le délai fixé par la loi, l'Ami du peuple fût porté au Panthéon. Quelqu'un proposa de le promener de département en département pour que tous les patriotes pussent vénérer ses restes. Maximilien mit un terme à ces surenchères en déclarant : « Ce n'est point aujourd'hui qu'il faut donner au peuple le spectacle d'une pompe funèbre, mais quand, enfin victorieuse, la république affermie nous permettra de nous occuper de ses défenseurs. » Les Cordeliers avaient demandé et obtenu l'autorisation de conserver le cœur de Marat. Son corps embaumé, la poitrine découverte montrant sa blessure, fut exposé dans l'église du couvent, sur un catafalque tricolore où toutes les sections vinrent le couvrir de fleurs et de discours. David avait été chargé d'ordonner les funérailles.

La cérémonie commença le mardi à cinq heures du soir et dura bien après minuit. Claude y assistait avec toute la Convention. Elle suivait le catafalque roulant, tiré par douze hommes, entouré de jeunes filles en blanc, de jeunes garçons portant des branches de cyprès. Derrière la Convention, venaient les autorités en corps, puis la foule des sections sous leurs drapeaux. Au son du canon et des hymnes patriotiques, dans un étouffement de chaleur et de poussière, l'immense cortège, parti des Cordeliers, descendit jusqu'au Pont-Neuf, traversa la Seine. Lise, des fenêtres de sa belle-sœur, le vit s'allonger pendant plus d'une heure. Par le quai de la Ferraille, il prit le Pont-au-Change pour remonter au Théâtre-Français d'où l'on rejoignit enfin le jardin des Cordeliers. Les illuminations, commencées trop tôt, défaillaient. Ce fut à la lueur mouvante des torches que l'on prononça les discours sur le cercueil ouvert, déposé à l'entrée du tombeau. C'était, au milieu du parterre, une montagne de rochers formant grotte. Le peuple, très impressionné, semblait-il, défila devant jusqu'à près de deux heures du matin. Alors on scella le cercueil, et on le descendit dans le caveau ménagé sous le monument dont on maçonna l'entrée. Le surlendemain, eut lieu une seconde fête funéraire, à laquelle participa une délégation de l'Assemblée, pour le transfert du cœur au club des Cordeliers. Il fut suspendu à la voûte, dans une urne de porphyre.

La veille, le 17, Charlotte Corday, revêtue de la chemise rouge des parricides, avait été guillotinée sur la place de la Révolution. Il pleuvait. Une grosse averse orageuse.

III

Comme l'avait senti Claude, et avec lui tous les Montagnards réfléchis, la disparition de Marat ouvrait le champ aux Enragés. Neuf jours avant sa mort, il avait publié contre Jacques Roux, Varlet, Leclerc d'Oze — déjà stigmatisés par Robespierre, par les Jacobins, le Conseil général de la Commune et même la plupart de leurs frères Cordeliers — un violent réquisitoire. « Varlet, écrivait-il, peut n'être qu'un intrigant sans cervelle, mais le petit Leclerc paraît un fripon très adroit. » Quant à Jacques Roux, c'était « un ambitieux cupide, un hypocrite, un patriote de circonstance visant l'épiscopat ou la députation ». La veille même de l'assassinat, le Curé rouge étant allé chez l'Ami du peuple se défendre avec humilité. Marat l'avait accablé de son mépris, en présence de deux témoins : Allain et l'Américain Greive. A les croire, Jacques Roux, avant de se retirer, aurait lancé à son censeur « un regard prolongé de vengeance impossible à dépeindre ». Ce qui incita les deux hommes, aussitôt après le meurtre, à déclarer que Roux pouvait bien en être le complice sinon l'instigateur. Le Comité de Sûreté générale ne releva pourtant rien contre lui à cet égard.

Tout cela n'empêchait point le prêtre de se prétendre impudemment le continuateur de Marat, en rappelant que Gorsas, dans sa gazette, l'avait baptisé le « Petit Marat ». Dès le 16 juillet, il faisait paraître un numéro 243 du *Publiciste de la République française*, rédigé par « l'ombre de Marat ». D'autres numéros suivirent, tous flattant le gouvernement que Roux avait jusque-là si violemment attaqué, la Commune et la Montagne. « Vous êtes tout entiers au peuple, écrivait-il, le peuple est tout à vous. Vous avez déclaré la guerre aux agioteurs et aux accapareurs, vous êtes les sauveurs de la patrie. »

Préoccupé par ce singulier personnage, à la fois sympathique par ses idées et dangereux par son impatience à vouloir les réaliser, Claude se demandait si ce changement de ton visait simplement à satisfaire les lecteurs habituels de Marat dont son « continuateur » recherchait la clientèle, ou s'il amorçait une manœuvre. Ni aux Jacobins ni au Comité ni au Conseil général on ne savait grand-chose sur Roux jusqu'à son apparition en décembre 92 à la Commune où l'avait envoyé la section des Gravilliers. Dubon n'en pouvait rien dire. Mais Maillard (Thomas) n'eut aucune peine à fournir, au moyen des pièces réunies par la Sûreté générale et par les agents de la Commune, un dossier sur le « Prédicateur des sans-culottes ».

Né en Angoumois, d'une famille aisée, il avait fait ses études au séminaire d'Angoulême où, en 1772, il enseignait à son tour. Confusément compromis dans le meurtre d'un élève tué d'un coup de fusil par le cuisinier du séminaire, il avait été emprisonné avec le coupable, le supérieur et son secrétaire dans les cachots de l'officialité pendant quelques semaines. A cela près, rien de saillant dans son existence jusqu'à la Révolution. Au lendemain de la prise de la Bastille — il comptait alors trente-sept ans —, il prononçait un discours dans l'église de Saint-Thomas de Conac pour célébrer l'œuvre de la Providence et le triomphe des braves Parisiens sur les ennemis du bien public. Il faisait l'éloge de Louis XVI, « ce monarque de bonté, de justice et de paix ». En avril suivant, des troubles éclatèrent à Conac où deux châteaux furent brûlés, la maison d'un régisseur pillée. A cette date, un rapport du commissaire du Roi au ministre de l'Intérieur indiquait : « Si l'on doit ajouter foi aux récits de diverses personnes assez dignes de créance, le sieur Roux, vicaire de cette paroisse, a eu grande part dans cet événement. Il est généralement accusé d'avoir prêché la doctrine dangereuse que les terres appartiennent à tous également... On assure encore que, non content d'avoir parlé ce langage publiquement dans quelques-uns de ses prônes, il s'est occupé sourdement, par la séduction, de faire soulever les peuples contre les hommes favorisés de la fortune. » Absent de Conac depuis quinze jours, au moment de ces violences, l'abbé ne pouvait y être impliqué directement. Il n'en fut pas moins tenu pour responsable, révoqué, interdit, et dut quitter la région.

Pour Claude, ces pièces parlaient plutôt en faveur de Roux, idéaliste exalté mais sincère, dont les idées ultra-démocratiques ne dataient pas d'aujourd'hui. Seulement la suite était très troublante. Après son départ de la Saintonge, on n'avait pour renseignements sur le prêtre qu'un pamphlet des plus bizarres, non signé et vraisemblablement rédigé par lui-même, car la brochure se vendait chez son amie, la veuve Petit. Cela s'intitulait : *L'apôtre martyr de la Révolution ou discours d'un curé patriote qui vient d'être assassiné par dix-huit aristocrates.* A en croire ce pamphlet, Jacques Roux, en quittant Conac, se serait réfugié dans l'Aude. Les électeurs de Carcassonne l'auraient nommé, le 25 juillet 1790, à la cure de Massigni. Là, les aristocrates, affolés par le succès de sa propagande patriotique, auraient essayé de le séduire, de l'acheter, et n'y parvenant pas, se seraient vengés en l'assassinant, une nuit, dans sa cure. « Ils lui arrachent les yeux, la langue, ils lui coupent les deux mains, ils lui plongent cinq coups de poignard dans le sein. »

A quoi tendait cette fable extravagante? Si Roux se prétendait mort, son martyre ne pouvait servir en rien le vivant : lequel, arrivé à Paris au début de 91, s'y faisait appeler Renaudi. Et en reprenant son nom de Jacques Roux, fin 1791, pour prêter serment comme vicaire de Saint-Thomas-des-Champs, il trahissait son imposture. Marat la relevait, dans son réquisitoire du 4 juillet, en accusant Roux d'avoir, pour se rendre intéressant aux yeux des sans-culottes, « usurpé le nom du curé constitutionnel d'Issy assassiné, et publié à son profit l'histoire de l'attentat commis sur la personne de ce bon curé, afin d'inspirer plus d'intérêt et de gagner plus d'argent ». Cela semblait probable, car une lettre du comité de surveillance de Carcassonne, en réponse à un questionnaire envoyé par le Comité de Sûreté générale, informait celui-ci qu'il n'y avait jamais eu de curé à Massigni, tout simplement parce qu'il n'existait dans le département aucun bourg, village ou paroisse de ce nom. Après ça, quelle confiance pouvait-on faire à un pareil charlatan!

Sa grande influence sur les Gravilliers et les sections voisines, Temple, Observatoire, datait de peu : de l'accroissement de la vie chère et la raréfaction des denrées, depuis l'automne 92.

En s'appuyant sur les artisans, les petits boutiquiers de ces sections — plus sensibles encore à cette crise que les ouvriers, car non seulement elle les affamait comme ceux-ci mais de plus elle les ruinait — et sur les ménagères, il était devenu important tout à coup. Auparavant, sa propre section le considérait comme un vulgaire intrigant. Selon les dépositions recueillies par la Sûreté, il montrait « une hâte fébrile de devenir quelque chose ». Après s'être vainement dépensé pour obtenir une place au tribunal du 17 août, briguant un siège à la Convention il avait sans scrupule fait distribuer des bulletins portant son nom, fait même adresser des lettres pour recommander sa candidature. Résultat : il récoltait le mépris de ses collègues électeurs et une voix pour tout suffrage. Échec piteux. Restaient les élections au Département. Échec là encore. Finalement, il n'avait été nommé qu'au Conseil de la Commune.

Tout cela justifiait l'opinion de Marat et de Robespierre, voire d'Hébert, à son endroit. Il ne pouvait être sincère, ce soudain adoucissement d'un homme qui, hier encore, provoquait les femmes à piller, quai du Louvre, des bateaux chargés de savon, qui, non content d'avoir obligé la Convention, sous la menace de l'émeute, à voter le *maximum* pour les grains, lui déclarait, le 25 juin : « Délégués du peuple français, cent fois cette enceinte a retenti des crimes des égoïstes et des fripons. L'acte constitutionnel va être présenté à la sanction du peuple souverain. Y avez-vous proscrit l'agiotage? Non. Avez-vous prononcé la peine de mort pour les accapareurs? Non. Eh bien, nous vous déclarons que vous n'avez pas tout fait pour le bonheur du peuple... Eh quoi, les propriétés des fripons seraient-elles plus sacrées que la vie de l'homme? La liberté du commerce est le droit d'user et de faire user, et non le droit de tyranniser et d'empêcher d'user. Les denrées nécessaires à tous doivent être livrées au prix auquel tous puissent atteindre. Prononcez donc encore une fois. Les sans-culottes feront exécuter vos décrets avec leurs piques... Quand il y aura une loi claire et précise dans l'acte constitutionnel contre l'agiotage et les accaparements, le peuple verra que la cause du pauvre vous tient plus à cœur que celle du riche. Il verra qu'il ne siège point parmi vous des banquiers, des armateurs, et des monopoleurs, il verra enfin que vous ne voulez pas la contre-révolution. »

Il avait raison, certes, mais les mesures qu'il réclamait n'étaient pas applicables pour le moment. Elles achèveraient d'anéantir le commerce. Et il ne les réclamait assurément, comme Robespierre le lui avait dit en pleine séance aux Jacobins, que pour accuser les représentants, les déconsidérer aux yeux de la population, pour la soulever contre eux. Il mettait la Convention, impuissante à satisfaire de telles demandes, devant cette alternative : ou se démettre et laisser les Enragés précipiter la France dans l'anarchie, ou bien établir un régime d'étatisme absolu — une tyrannie qui rendrait la Révolution haïssable à tous les Français.

Indignant la Convention, la Commune, les vieux Jacobins, les vieux Cordeliers, cette tactique d'insolence et de violence avait échoué. Était-ce pour cela que Jacques Roux en essayait une autre? Parbleu! Elle se révéla dans son numéro du 25 juillet. Selon sa nouvelle marche, il prêchait le calme, il accusait à la façon de Marat, d'Hébert, de Robespierre, « des fripons couverts du manteau du patriotisme d'échauffer les esprits sur l'article des subsistances. Ils savent bien qu'en annonçant la disette on la fait naître, on favorise les accaparements », etc. Après quoi venait cette queue sournoise et empoisonnée : « Il est de mon devoir de dire que ceux qui alarment les citoyens sur les subsistances prennent jusqu'à vingt et trente pains par jour, qu'ils font brûler ou pourrir dans des caves; que les aubergistes, pour la plupart, sont coalisés avec les habitants des campagnes pour leur livrer, la nuit principalement, des pains de quatre et six livres en échange des marchandises qu'ils leur fournissent... Il est de mon devoir de dire qu'on a trouvé dans les filets de Saint-Cloud plusieurs pains. »

A un moment où, malgré la garde et les commissaires chargés de la distribution, on se battait aux portes des boulangeries, où un homme avait été tué, rue des Gravilliers, en défendant le pain qu'il venait d'acheter pour sa famille, où un autre citoyen avait eu, le même jour, dans la rue Froidmanteau, le bras coupé, où une femme enceinte avait été blessée, de tels ragots étaient conçus pour déchaîner l'émeute.

Les Enragés la voulaient, cela ne laissait aucun doute. Le jeune Leclerc, ci-devant d'Oze, ne s'en cachait pas. Ambitionnant lui aussi la succession de Marat, il continuait purement et simplement *l'Ami du peuple*, dans lequel il dénonçait

« l'aristocratie bourgeoise et mercantile, comme l'aristocratie nobiliaire et sacerdotale ». Il cherchait à surexciter la foule. Il lui dépeignait la cherté des vivres comme le résultat d'un complot brissotin et feuillant. Il lui montrait « les voleurs publics jouissant, sous la protection de la loi, du fruit de leurs rapines », et s'étonnait que « le peuple patient et bon ne tombe pas sur cette poignée d'assassins ». Il réclamait la peine de mort contre « tout homme qui, par une astuce criminelle, chercherait à soustraire aux perquisitions et à accumuler des denrées de première nécessité ».

La Société des Femmes révolutionnaires, présidée par la Cordelière Claire Lacombe : la jolie actrice qui s'était signalée à Versailles en octobre 89, au 10 août, et à l'Évêché la veille du 31 mai, suivait Leclerc. Elle assaillait de pétitions la Commune et l'Assemblée, réclamant les mesures les plus énergiques pour empêcher l'accaparement des farines, du savon, du charbon. Enfin, sous l'influence plus discrète de Varlet (relâché tandis que la plupart des autres Cordeliers comploteurs du café Corraza, dénoncés en mars par Marat : entre autres Fournier l'Américain, demeuraient en prison), la Société des Défenseurs de la République agitait les sections pour leur faire demander l'extension du *maximum* à toutes les denrées, toutes les marchandises.

La majorité de la Convention tenait le premier *maximum* pour une dangereuse absurdité. Elle n'entendait pas l'étendre, quand elle s'efforçait, au contraire, d'assouplir la taxation, si possible même de la laisser lettre morte. Mais la force des choses, comme disait Saint-Just, faisait que l'Assemblée, prise entre la menace de l'émeute et le risque de détruire le commerce, devait louvoyer, avoir l'air de donner satisfaction au peuple abusé par les ultra-démocrates. Pour désarmer les Enragés, les Comités de Salut public et de Sûreté générale, délibérant en séance commune, décidèrent, « afin de tranquilliser sans délai l'esprit public et de l'éclairer sur la fausseté des alarmes qu'on cherche à lui donner sur les subsistances », écrivit Barère, de faire délivrer aux boulangers, par l'administration des subsistances de la Commune, deux mille quatre cents sacs de farine de trois cent vingt-cinq livres, pour le lendemain. Dubon avait assuré Claude que cet appoint était possible et que l'on pourrait même y recourir à plusieurs reprises.

En même temps, une nouvelle députation étant venue à la Convention, réclamer la taxe de toutes les denrées, Billaud-Varenne répondit :

« Ce n'est pas de la taxe qu'il faut s'occuper, mais des accaparements et de l'agiotage, sources désastreuses de la misère du peuple. »

Il reprit à son compte l'exigence la plus violente des Enragés, en demandant la peine de mort pour les accapareurs. L'Assemblée saisit aussitôt ce moyen de diversion. Elle chargea une commission de six membres, dont Billaud, de lui présenter dans le plus bref délai un projet de loi là-dessus. Collot d'Herbois le rapporta six jours plus tard. La loi fut votée le 27. Elle proclamait l'accaparement crime capital, le définissait comme le fait par des marchands ou des particuliers de dérober à la circulation des marchandises ou des denrées de première nécessité, de les faire ou laisser périr. Suivait une liste comprenant les aliments et les boissons, allant du charbon, du bois, du savon, au papier, aux métaux, draps, étoffes de toute sorte, soieries exceptées. Les détenteurs de denrées ou marchandises ainsi désignées devaient en remettre, sous huit jours, la déclaration à leur mairie. Les municipalités étaient autorisées à nommer des commissaires aux accaparements, appointés sur le produit des amendes et des confiscations. Le défaut de déclaration ou l'inexactitude serait puni de mort, de même que la prévarication des fonctionnaires en ce domaine.

Loi rigoureuse, qui allait exercer sur le commerce une véritable inquisition. Du moins laissait-elle la liberté aux prix. Les conventionnels se flattaient d'avoir évité la taxation et de pouvoir peut-être abroger bientôt la loi du 4 mai. Claude était pessimiste. Il se rendait compte du poids dont cette inquisition pèserait non seulement sur les négociants mais sur les particuliers et quels abus elle entraînerait inévitablement.

« Vous croyez, dit-il à Billaud et Collot, avoir joué les Enragés. Pas du tout. Ils nous tiennent. En mai, nous avons mis un doigt dans l'engrenage. Nous venons d'y mettre la main. Le bras et le reste suivront. Si les Autrichiens nous en laissent le temps, nous irons loin, mes amis, nous irons très loin.

— Que voulais-tu faire?

— Si je le savais!... C'est singulier, plus nous combattons pour la liberté, plus nous lui sacrifions, moins nous sommes libres, plus nous sommes contraints d'agir à l'inverse de ce que nous souhaiterions. Les hommes échapperont-ils jamais aux circonstances? »

IV

Aux soucis et à l'inquiétude que lui donnaient la turbulence des Enragés, la fébrilité de la population exaspérée par la difficulté et la cherté des approvisionnements, les désordres du fédéralisme toujours violents à Lyon, à Bordeaux et dans le midi, les succès menaçants de l'insurrection royaliste en Vendée, la pression accrue des coalisés au nord et à l'est — soucis partagés avec ses collègues —, s'ajoutait pour Claude l'amertume d'avoir commis une sottise en faisant, le 14, envoyer Bernard à l'armée du Rhin. Sollicité par trop d'exigences urgentes, on pensait trop rapidement. Tout se bousculait en ces jours fiévreux où les nouvelles les plus contraires, avantages, revers, trahisons, métamorphosaient d'instant en instant la situation. A peine prise, une décision opportune se révélait brusquement déplorable. Depuis le 16, ce n'était plus sur le Rhin que se trouvaient la fortune de Bernard et sa chance de sauver la république, mais à l'endroit d'où on l'avait trop vite enlevé.

Comment aurait-on pu savoir, le 14 juillet, que la veille, le matin où Charlotte Corday demandait à voir Marat, le jeune Vincent, secrétaire à la Guerre, était, en compagnie d'Hébert, en train de remettre à l'Ami du peuple un dossier établissant la collusion de Custine avec les généraux ennemis? Le poignard ne permit pas à Marat de poursuivre l'affaire. Le 16, Hébert l'avait reprise, dénonçant le général aux Jacobins et venant en leur nom au Comité de Salut public exiger l'arrestation de Custine qui se trouvait à Paris où il se faisait applaudir, au ci-devant Palais-Royal, par les filles et les *culottes dorées.* Saint-Just, Couthon, s'associant à Hébert, avaient obtenu, contre les avis de Gasparin, de Thuriot, l'arrestation immédiate du traître et son renvoi devant le Tribunal révolutionnaire.

« Traduisez-y donc ceux qui ont voulu à toute force le nommer. Ce sont eux, les responsables, je les ai prévenus », dit Claude.

Il était furieux contre Danton, Delacroix, Delmas, obstinés à ne point l'entendre quand il s'opposait, dans le comité Danton, à la nomination de ce *général Moustache*, au lieu de Bernard. Et il était non moins furieux contre lui-même pour son intervention si malencontreuse. Eût-il attendu deux jours, l'armée du Nord était enfin entre les mains de Bernard : l'homme qu'il fallait pour la galvaniser et repousser les Autrichiens. Mayence et les Prussiens n'importaient plus guère, quand Clerfayt pouvait être dans quatre jours sous Paris, comme Xavier Audouin venait de le déclarer au club. Il n'était plus temps de rappeler Bernard, le seul résultat eût été de porter au comble le désordre. A son défaut, Claude proposa Jourdan, auquel il accordait toute confiance sinon comme stratège au moins comme meneur d'hommes. Mais, fit remarquer le colonel Gasparin, Jourdan ne comptait à son actif nul combat marquant. En outre, à peine promu divisionnaire, il n'avait pas encore fait ses preuves dans les hauts grades. Le Comité estima plus prudent de laisser l'armée du Nord au lieutenant de Custine : le général de division Houchard, qui en assumait le commandement provisoire. C'était un homme de cinquante-cinq ans, ancien soldat de la monarchie devenu officier sous le nouveau régime, très brave, grand sabreur, bon patriote. On le confirma dans son poste.

Arrivé à Landau le 18 au matin, Bernard fut aussitôt conduit, par les représentants, au village de Gleisweiler où se trouvait le grand quartier, à une lieue en territoire ennemi. Ils firent reconnaître le citoyen Delmay comme général en chef, et il se mit immédiatement au travail avec le chef d'état-major, un jeune colonel répondant au nom de Laferières, qui, assisté de deux secrétaires, lui donna en une heure le tableau complet de la situation : états des forces, emplacements des troupes, etc. Éparses dans les vallées voisines du Rhin, elles occupaient tous les passages, communiquant elles-mêmes par les couloirs du Hardt — dernier, ou premier, éperon des Vosges — avec l'armée de Moselle qui tenait le versant oriental. Beauharnais n'avait pas pris là un mauvais dispositif. Excellent pour la défensive, il pouvait même servir de base à une attaque convergente. Cependant, Bernard, au premier coup d'œil sur la carte d'ensemble, était frappé par l'éloignement des lignes ennemies. Entre les avant-postes français et les corps prussiens couvrant le gros de l'armée qui investissait Mayence, s'étendaient des lieues de pays vide. Loin d'inquiéter Frédéric-Guillaume, on semblait attendre qu'il en ait fini avec ce siège et vînt attaquer ici.

.« Depuis quand êtes-vous sur ces positions, colonel?

— Oh! depuis bien plus d'un mois, répondit-il. C'est le général Custine qui les a établies. »

Bernard ne voulut rien dire, il ne lui appartenait pas de critiquer. La chose lui semblait néanmoins monstrueuse. Cette incurie était pire que les hésitations d'Harville, à Jemmapes. Quoi! la garnison de Mayence, nul ne l'ignorait en Europe, n'avait cessé depuis la fin avril de tenir l'assiégeant à distance par des sorties héroïques, et d'ici on ne trouvait pas moyen de le harceler par-derrière pour aider les défenseurs! En vérité, cela pouvait offrir présentement un avantage, car l'ennemi devait avoir pris l'habitude de cette tranquillité. Il ne s'attendait plus à une attaque. Pourvu seulement qu'il ne fût pas trop tard!

Sage entra. « Les officiers, annonça-t-il, attendent le général pour lui offrir un dîner de bienvenue.

— Où cela? Conduis-moi. »

Bernard le suivit dans une salle agréablement décorée de verdure où la nappe blanche sur une longue table, des bouteilles de vin du Rhin, des bretzels empilés, annonçaient un festin. Tout l'état-major était là.

« Citoyens, dit le nouveau commandant en chef, merci de votre intention, elle me touche plus que je n'ai le temps de vous le dire, mais nous ne sommes pas ici pour banqueter. Mille regrets! Mayence peut tomber d'un instant à l'autre. A cheval! Faites main basse sur les viandes si la faim vous presse, vous mangerez en selle. »

Dix minutes plus tard, l'état-major galopait. On avait amené à Bernard une magnifique bête noire, pleine de feu. Il devait la tenir court pour l'empêcher de prendre une allure trop vive. Le colonel Laferières chevauchait à la hauteur de son chef et souriait.

« J'ai le sentiment, dit-il, que vous allez nous mener la vie dure, général.

— Point par goût, croyez-le. Je ne suis nullement féroce, mais le temps nous presse. »

Sage les rattrapa. Tirant de ses fontes une cuisse de poulet, il la tendit à Bernard; puis, regardant le colonel, il décida de lui en donner aussi : il était plaisant, ce garçon. Le brave Jean ne regrettait pas d'avoir quitté sa sœur et le confortable hôtel de la rue de l'Université pour revenir à l'armée, servir agréablement la patrie. Il y avait une sacrée différence entre sa condition présente et les temps noirs du camp de Villers-Cotterêts. Rétabli dans son grade de sergent après Neerwinden, il se sentait en fait quelque peu général lui-même. N'était-ce pas grâce à lui que Delmay pouvait se consacrer tout entier à sa tâche?

La cavalcade courait entre des pentes couvertes de sapins noirs sous un ciel bleu de lin. Les postes se succédaient, faibles d'abord sur les arrières, plus importants aux ailes des corps dont ils assuraient la liaison. Les hommes ne semblaient pas en mauvais état, en revanche leurs vêtements, où ne subsistaient que des vestiges d'uniformes, tombaient en guenilles. Pire encore, les armes manquaient. On voyait des sentinelles monter la garde avec un simple briquet.

Au premier état-major divisionnaire, le rapport du général atterra Bernard. Le colonel Laferières lui avait bien signalé l'insuffisance des fournitures. Il en était de même partout, et lui aussi, dans tous ses grades, n'avait cessé de s'en plaindre comme tout le monde. Il n'imaginait pas qu'ici cette insuffisance pût atteindre un pareil degré. A l'armée du Nord chaque soldat, du moins, possédait un fusil. Avec une amère ironie, le général Ferrette déclara qu'il en avait « un tiers par homme », et pas plus de vingt cartouches par fusil, que la moitié des canons d'infanterie était inutilisable faute de lumières de rechange, enfin qu'il ne lui restait presque plus de munitions pour les batteries de campagne.

Dans toutes les divisions ce fut la même antienne. Bernard commençait de comprendre pourquoi l'armée du Rhin et de Moselle restait immobile. La cavalerie, les attelages de l'artillerie avaient été décimés par le manque de fourrages. Les chevaux subsistant n'avaient survécu qu'en mangeant les seigles, à la grande fureur des indigènes auxquels on préparait la disette pour l'année à venir. Non seulement il était difficile d'attaquer, mais encore on aurait de la peine à repousser une offensive. La seule chose dont on ne manquât point, c'était de bons soldats. L'armée avait été reformée selon le principe soutenu par Bernard lui-même aux Jacobins, et réalisé par les soins de Dubois-Crancé. Plus de régiments. Plus d'uniformes royaux, plus de perruques, plus de « culs-blancs » d'un côté, de « carmagnoles » de l'autre, plus que des « bleus ». Un ancien bataillon de ligne s'amalgamait avec deux de volontaires ou de réquisitionnaires pour composer, sous les ordres d'un colonel, une demi-brigade : unité bien cohérente, très mobile, possédant son artillerie de calibre. Dans leur plus grand nombre, ces troupes avaient participé à la victorieuse campagne de l'année précédente. On pouvait faire fond sur leur fermeté au combat.

Bernard demanda aux divisionnaires de le rejoindre au grand quartier à cinq heures.

« D'ores et déjà, leur dit-il à chacun, prévoyez la séparation éventuelle de vos forces en deux parties, l'une devant demeurer sur place; l'autre, que vous armeriez entièrement, formerait un corps de marche. »

Après quoi il se fit conduire à Beauharnais établi sur l'autre versant des hauteurs, côté Moselle. On y parvint assez rapidement par les passages forestiers du Hardt d'où l'on distinguait par moments, le sommet bleu et tronqué du mont Kalmit. Beauharnais était un bel homme de trente-trois ans, d'allure fort aristocratique mais sans la moindre morgue. Pressenti pour succéder à Beurnonville comme ministre de la Guerre, il avait refusé, préférant se battre : ce à quoi il n'avait point réussi avec l'armée du Rhin et de Moselle. Il accueillit cordialement Bernard qui lui dit avoir été présenté quelques mois plus tôt à la citoyenne Beauharnais, chez Mlle Sage, de la Comédie. Le ci-devant vicomte n'en parut pas autrement enchanté. Au demeurant, il semblait chagrin. Très amer lui aussi, comme Ferrette, il se répandit en plaintes sur l'état dans lequel Paris laissait la double armée. Bernard l'observait. Ce n'était assurément pas un caractère énergique. Gêné sans doute par sa condition d'ancien aristocrate, il n'avait pas su se faire entendre du Comité de Salut public, et il se réfugiait dans une humeur morose. Lorsque Bernard lui parla d'offensive, il leva les mains. Une offensive avec quoi?

« Avec une moitié de nos troupes, à laquelle nous attribuerions toutes les armes, l'artillerie et les munitions disponibles.

— Quoi! Vous laisseriez l'autre moitié sans défense!

— Que risquerait-elle? Nous la couvririons en avant.

— Elle pourrait être attaquée à revers par l'ennemi venant du Luxembourg. Ils sont là trente mille, à une étape.

— Depuis trois mois, ils n'ont pas bougé, m'a-t-on dit. Pourquoi se mettraient-ils en mouvement tout à coup? Et puis la garnison de Landau les recevrait. C'est son affaire.

— Sans doute. Je la crois capable de tenir la place. Cependant, si l'ennemi l'assiégeait, nous nous trouverions coupés de toute retraite. N'oubliez pas, citoyen, ajouta Beauharnais en montrant la carte, que nous avons cette armée du Luxembourg ici, à l'arrière de notre flanc, et ici, en tête, deux corps très puissants : Wurmser, Brunswick, gardant l'éperon des Vosges, protégeant les forces qui assiègent Mayence. Ni les uns ni les autres ne bougent, je vous l'accorde, car nous-mêmes ne bougeons pas. Attaquons, et nous nous trouverons sitôt après saisis entre des armées au total plus de deux fois supérieures à nous en nombre, plus de quatre ou cinq fois en armement.

— Je ne suis pas sans y avoir songé, répliqua Bernard. Vous avez raison mais je crois possible de battre Wurmser et Brunswick sans qu'ils puissent se porter secours. Voyez, expliqua-t-il en montrant du doigt la manœuvre. Ils sont là, chacun d'un côté de la chaîne; nous tenons les couloirs entre les deux versants; une seule division suffit à interdire le passage. Nos forces réunies attaquent ici Brunswick par surprise aux dernières heures de la nuit. Que se passe-t-il? Ou bien Wurmser ne remue pas, alors nous écrasons son collègue parce que, à nous deux, nous sommes les plus forts. Ou bien — et tel que je le connais de réputation, c'est ce qu'il fera — il marche au canon. Dans ce cas, il lui faut laisser ici, ici, ici, une partie de ses troupes pour garder de son côté les couloirs par lesquels nous pourrions déboucher et le prendre à revers. Ainsi affaibli, il doit contourner l'éperon afin de nous tomber dessus. Ne pensez-vous pas qu'à ce moment nous en aurions fini avec Brunswick et serions prêts à battre Wurmser à son tour?

— Il se peut. Oui, sans doute. Et ensuite?

— L'un de nous redescendrait vivement, sans le moindre risque, la vallée au long du Rhin pour parer, avec la garnison de Landau, à une attaque éventuelle venant du Luxembourg. L'autre se porterait vers Mayence dont les assiégeants se trouveraient singulièrement mal à l'aise avec cette menace dans leur dos et celle d'une sortie opérée par les défenseurs. »

Le plan avait sauté aux yeux de Bernard dès le premier regard sur les positions indiquées par la carte, ce matin. Beauharnais, se frottant du bout des doigts le menton, restait saisi par l'audace d'une telle opération. Il réfléchissait.

« C'est très séduisant, citoyen général, dit-il enfin. Oui, diantrement séduisant, fort bien combiné. Nous aurions seulement la moitié de ce qui nous manque, je n'hésiterais pas. Dans l'état où nous sommes, il y a beaucoup trop de chances contre nous. Le risque final est trop grand. Nous occupons une position solide, pour peu que nous recevions enfin des fournitures il faudra de rudes efforts à l'ennemi pour nous en chasser. Si nous la perdions à la suite d'une offensive que nous n'avons pas les moyens de soutenir, nous ouvririons la frontière aux envahisseurs. Non, croyez-moi, il y a trop peu d'espoir de débloquer Mayence, trop de risque de découvrir Strasbourg. »

Beauharnais parlait en général prudent, en général dénué de confiance, et aussi d'une certaine expérience. Il n'avait pas connu les inimaginables difficultés, monnaie courante pour les officiers de volontaires, en 91 et 92. Il n'avait pas eu à entraîner, jour après jour, dans des étapes de cinq, six, sept lieues, des bataillons sans souliers, sans munitionnaires. Il n'avait pas eu à improviser tout, le ravitaillement comme la tactique, à disputer aux magasiniers fusils, cartouches, chaussures, à transformer des recrues en troupes capables de battre les vieux soldats prussiens. Il n'aurait jamais conduit dix mille hommes de Rethel à Grandpré en les faisant filer sous le nez même de l'ennemi. Pourtant ces choses-là avaient été accomplies, de semblables le seraient encore. Bernard *sentait* la situation. Tout ce qui manquait, on pouvait le remplacer par la vitesse de manœuvre, la surprise, l'audace, l'élan, la volonté de vaincre un adversaire non moins timoré que Beauharnais en personne. Cette conviction, il était sûr de la communiquer aux soldats. Comment la faire partager à un général trop sage, appuyé sur un argument très fort, il fallait bien en convenir? Pour qui n'avait pas la certitude absolue du succès, le risque de découvrir la frontière devait être paralysant.

« Nous ne réussirons pas à la défendre si Mayence tombe, dit Bernard, car les forces réunies de Frédéric-Guillaume, de Wurmser et de Brunswick pousseront irrésistiblement en avant. C'est ce que l'armée du Luxembourg attend pour attaquer notre gauche. Il faudra se replier sur les lignes de Wissembourg, peut-être même plus loin.

— Du moins nous replierions-nous avec des troupes intactes, sur Wissembourg toujours libre et qui garantirait nos communications. Sans doute le danger incitera-t-il alors Paris à nous donner les moyens de combattre. »

L'amertume jointe à la prudence poussaient ainsi à la politique du pire. Bernard insista en vain. Après plus d'une heure de discussion tête à tête, Beauharnais déclara qu'à moins d'un ordre formel du ministère ou du Comité de Salut public il ne prendrait pas l'offensive. Bernard ne lui en voulut point.

« Vous commettez une grave erreur, citoyen, lui dit-il, mais je comprends vos raisons. »

Il regagna vivement Gleisweiler où les généraux l'attendaient avec les représentants en mission qu'il avait fait mander à Landau. Il ne put se retenir d'exprimer à ceux-ci son indignation devant l'état dans lequel le pouvoir central laissait l'armée.

« Je vous ai appelés au conseil de guerre, ajouta-t-il, pour que nous prenions ensemble une décision. Voici mon plan. »

Il le développa de nouveau, sur les cartes, précisa les détails, répondit aux objections, exposa les raisons pour lesquelles Beauharnais se refusait à cette manœuvre. Enfin il demanda nommément les avis. Parmi les généraux de division, Ferrette et Michaud, le premier avec beaucoup d'enthousiasme, approuvèrent le projet d'offensive. Les deux autres, comme Beauharnais, le jugèrent trop périlleux. La bataille coup sur coup contre Brunswick et contre Wurmser les séduisait mais ils ne s'estimaient pas assez forts en artillerie pour garder d'une façon certaine les défilés, et ils ne croyaient pas à la possibilité de redescendre assez rapidement sur Landau si l'armée du Luxembourg prononçait une attaque. L'idée de laisser là un corps quasiment sans armes les effrayait eux aussi.

« Citoyens, dit Bernard aux commissaires, vous représentez ici la Convention, nous sommes tous soumis à ses ordres, c'est à vous de décider. Pour moi, je mets ma tête en gage que je réussirais. »

Sa tranquille assurance, la hardiesse même de son plan plaisaient aux deux députés. Finalement, le danger de découvrir Wissembourg et Strasbourg l'emporta dans leur esprit. Delmay pouvait fort bien périr au cours de la manœuvre. Dans ce cas, personne ne serait capable de la mener à bien, on aboutirait au désastre. Ne voulant pas dire cela en plein conseil, ils déclarèrent qu'il ne convenait point de prendre une résolution si grave sans l'avis du Comité de Salut public.

Une fois seul, Bernard eut un instant de révolte. Attendre l'avis du Comité, c'était renoncer à l'offensive. Quand on le recevrait, le temps de l'attaque serait loin. « C'est trop bête ! » murmura-t-il en frappant du poing les cartes étalées devant lui. « Un homme sûr de ce qu'il peut accomplir doit-il donc y renoncer faute d'être compris ! » En ce moment, il concevait presque l'insubordination de Dumouriez. L'évocation de ce nom le rendit à son caractère. La tentation de se croire supérieur aux autres, infaillible : c'est ainsi que l'on commence, et l'on finit par passer à l'ennemi. Dumouriez aussi était sûr de vaincre, à Neerwinden.

Mais le sentiment républicain n'oblige pas à souffrir l'incapacité du gouvernement. Pour protester et pour exiger, Bernard était autrement à l'aise que Beauharnais. Il dicta immédiatement un long rapport pour les membres de la section de la Guerre au Comité de Salut public. Après quoi il passa la soirée à écrire non moins longuement à Claude en lui expliquant de quelle façon l'occasion de remporter une double victoire était perdue. « Si vous ne nous envoyez pas les armes, les munitions et les fournitures dont nous avons besoin, ce n'est pas seulement Mayence mais demain Wissembourg et Strasbourg qui tomberont. Montre cette lettre à Robespierre, à Saint-Just, à Le Bas, à tous les Montagnards, et agissez, sacrebleu! La Montagne n'est-elle capable que de faire des discours? Ce sont des fusils, des canons, de la poudre, qu'il nous faut. Trouvez-en. Nous ne demandons rien pour nous-mêmes, nous réclamons de quoi nous battre. »

Il terminait lorsque Sage lui amena Malinvaud arrivant de Normandie après quatre jours de course en poste. « Eh bien, te voilà général, mon ami, lui dit Bernard en l'étreignant.

— Oui, général. Et rudement heureux de me retrouver sous tes ordres. Tu m'as bien manqué.

— Toi aussi, mon cher Antoine. »

Il ne s'était arrêté que deux heures à Paris pour rendre compte. Il fut stupéfait en apprenant l'état de l'armée. On ne s'en doutait pas, au Comité de Salut public. « Les membres de la section de la Guerre ont été changés, le 10, dit-il. Ce sont les anciens : Delmas, Delacroix qui ont dû recevoir les plaintes de Beauharnais. Ils manquaient complètement d'énergie. Avec les Montagnards, ce sera tout autre chose. » Bernard lui fit lire la lettre pour Claude, et Malinvaud déplora lui aussi l'occasion perdue.

« C'était une manœuvre digne d'Alexandre! s'écria-t-il. Voilà qui ne va pas calmer les remords de Mounier-Dupré. Il s'en veut d'avoir provoqué ton envoi ici, car si tu étais resté quelques jours de plus à l'armée du Nord tu la commanderais à présent.

— Ce n'est pas un poste très enviable, remarqua Bernard. Dumouriez, Dampierre, Custine, il ne porte pas bonheur. Sais-tu que le brave et malheureux Dampierre a couru volontairement à la mort? Je l'ai vu, il s'est jeté à la bouche des canons parce qu'il se sentait incapable de vaincre. Eh bien, je la regrette pourtant, cette armée. C'était la nôtre. »

Malinvaud dit que Claude avait voulu la faire donner à Jourdan, sans y réussir. Puis il parla de son séjour à Limoges pendant sa convalescence. « C'est la misère noire, dit-il. Le père Mounier a démissionné de la mairie, personne n'en veut, tout manque : l'argent, les subsistances. Le négoce n'existe pour ainsi dire plus. Tous les commerçants crient plus ou moins sourdement contre la Révolution. J'ai vu ta famille. Ton père et ton frère ne décolèrent pas, mais quand on lui parle de toi ton père a beau prendre un air furieux, il boit du lait. D'ailleurs, il m'a invité à souper pour que je lui raconte tes campagnes.

Le pauvre Jean-Baptiste Montégut est anéanti par le marasme de sa maison, parce que, tu penses, si le détail va mal, le gros c'est un vrai désastre. Ta sœur Léonarde m'a déclaré que si nous, les soldats, avions la moindre jugeote, nous nous emparerions de Marat — il vivait encore à ce moment —, de Danton et de Robespierre pour les guillotiner, nous rétablirions la religion romaine, nous délivrerions la reine et le petit Louis XVII, et nous aurions toute la France avec nous. Elle ne conçoit pas, puisque tu es général, que tu ne fasses point comme La Fayette et Dumouriez, en réussissant, bien entendu. A côté d'elle, l'orgueilleuse Thérèse Naurissane était un vrai mouton.

— Oh! elle a bien perdu de son orgueil. Que devient-elle? Toujours seule dans son hôtel avec sa sœur la religieuse?

— Non point! Depuis la fuite de Naurissane, elle est incarcérée comme femme d'émigré, à la Visitation, dont on a fait une prison pour les suspects.

— Mais elle devait divorcer!

— Ah! eh bien c'est comme suspecte alors, ainsi que la religieuse en question. On ne plaisante plus, à Limoges, sais-tu. Reilhac, l'ancien député, son collègue Montaudon devenu accusateur public, ils s'y trouvent aussi, à la Visitation. Et d'ici que Dumas, le président du tribunal criminel, aille les rejoindre, il n'y a pas loin : il figure sur la liste des suspects.

— Dumas! qui s'est décarcassé, comme président du Directoire, pour former nos bataillons de la Haute-Vienne! Il n'y a pas plus patriote.

— C'est comme ça, mon ami. On lui reproche d'avoir favorisé le ci-devant maire Pétiniaud Beaupeyrat et autres aristocrates, dans leur procès. Il faut te dire que c'est Préat, Janni, Frègebois qui font la loi, maintenant. Le Comité révolutionnaire — ou patriotique, ou de Salut public, je ne sais plus comment on l'appelle —, c'est eux. Pas mauvais diables, au demeurant, mais ils serrent la vis à tout ce qui est modérantiste ou catholique non constitutionnel. Ce sont les Père Duchesne de Limoges. Les trois quarts des Jacobins ont peur d'eux. Même ton ami Guillaume Dulimbert se fait petit, car ils ne le voient pas d'un bon œil. Ils l'appellent l'*homme indéfinissable*, ils le suspectent de jouer double jeu, sinon triple ou quadruple. Tu n'aimes pas Frègebois...

— Tu dis vrai, et il me le rend bien. Cet horrible rousseau envieux, je l'ai toujours eu dans le nez, depuis le *Touneau du Naveix* et le Jeu de paume. Quand je gagnais une partie ou que j'emmenais une fille, il devenait vert.

— A présent, ta gloire lui chauffe la bile. Mais il faut les comprendre un peu, lui, Préat et les autres hébertistes de Limoges. C'est plein de prêtres réfractaires, dans les souterrains du Consulat, du quartier Manigne, de la rue Cruchadou. Ils vivent disséminés là-dedans, ils disent la messe. Des suspects s'y terrent aussi. Tu sais bien comment c'est, ce dédale ; personne n'en connaît les recoins, les étages, il y a des dizaines d'entrées et de sorties dans des caves, on ne sait où. Des quantités de gens peuvent s'y cacher indéfiniment. Ils ont des complices dehors, et je ne jurerais point que ta sœur n'en soit pas. Tout cela entretient un foyer de révolte, de royalisme, dont les sans-culottes se défient. Ça les rend nerveux et violents. »

Comme Bernard demandait au nouvel adjudant-général ce qu'il avait fait à son retour à Paris avant de partir pour le Calvados, Malinvaud répondit avec un sourire malicieux :

« Entre autres choses, j'ai beaucoup parlé de toi à une jeune personne que ce sujet m'a paru intéresser passionnément. Tu n'as pas fini de ravager les cœurs, Don Juan.

— Ah bah ! de qui s'agit-il ? demanda Bernard pensant à Babet.

— Tu t'y perds, hein, il y en a tellement ! Il s'agit d'une bien jolie fille, aussi ravissante que l'était sa tante, à son âge. »

Surpris, Bernard ne put s'empêcher de rougir sous son hâle.

« Claudine ! s'exlama-t-il avec gêne. Tu la connais ?

— Parbleu ! Où crois-tu que j'allais, à Paris ? Un héros limougeaud, c'est fêté par tous les Limougeauds de la capitale. Et en outre le plus vieil ami de l'illustre général Delmay. Tu penses si l'on m'a choyé, chez les Dubon comme chez les Mounier-Dupré ! Tiens, même ce ladre de Gay-Vernon qui m'a invité au Palais ci-devant Royal. Xavier Audouin m'a fait dîner à la mairie, chez son beau-père. Fort heureusement tout ça, car si je n'avais eu que ma solde pour subsister ! On ne peut plus rien se payer avec les assignats, il faut du numéraire. Bon, mais revenons-en à cette charmante citoyenne, maligne comme elles le sont à Paris. Figure-toi qu'elle me donnait des rendez-vous au Jardin national pour m'entendre parler de toi. Elle venait avec son carton à dessin, grignotant l'heure de sa leçon. Une amie plus âgée l'accompagnait : grande brune au teint clair. Elle s'appelle Éléonore.

— Ah! c'est Éléonore Duplay, la fiancée de Robespierre. Elle est donc dans le secret?

— Il faut croire. Ces jeunes filles, tu sais, elles ont leur franc-maçonnerie. Sérieusement, mon ami, cette petite Claudine n'est pas de celles avec lesquelles on joue.

— Il n'est pas besoin de me le dire, répondit Bernard un peu sèchement, et tu me permettras de garder pour moi mes pensées là-dessus.

— Bon, bon, je n'ai pas voulu être indiscret.

— Je n'en doute pas. Pardonne-moi, Antoine. Tout cela n'est pas simple. »

Ce n'était pas simple, à cause de Lise. Qu'en penserait-elle si elle se doutait? Et, au fond, que pensait-il lui-même? Il n'avait guère le loisir d'y songer. Il portait toujours sur lui le petit portrait sur lequel Lise avait appuyé ses lèvres, il ne le regardait jamais sans émotion. Il le contempla longuement, ce soir-là, s'abandonnant à une rêverie confuse et tendre où deux images, deux souvenirs se mêlaient.

Le lendemain, il voulut visiter les avant-postes. C'était une longue randonnée. Parti à sept heures et parvenu vers onze au quartier du général Dubois, sous Eisenberg, il y resta jusqu'à deux heures et demie pour laisser reposer les chevaux. Il se remit en chemin avec son escorte couverte par des pelotons de hussards, car on pouvait rencontrer des patrouilles adverses.

Comme on atteignait les abords du mont Tonnerre, il ordonna soudain de faire halte. Les bêtes arrêtées, on entendit dans le silence des prés et des bois le canon comme un orage lointain. L'oreille exercée reconnaissait sans peine dans ces grondements le bruit de grosses pièces, 18 et 24, tirant par salves, et, dans les intervalles la déflagration plus stridente des batteries de mortiers. Pour tous les officiers immobiles sur leur selle, cela représentait des images très précises : l'armée assiégeante avait pu pousser ses tranchées et ses gabions à portée de Mayence. Là, les gros calibres tiraient en bouquet contre les murailles pour ouvrir une brèche, tandis que les mortiers arrosaient de bombes la place, effondrant, incendiant les maisons, tuant tout ensemble habitants et soldats. A présent, la garnison ne résistait certainement plus que pour l'honneur.

Accablé de chagrin, de honte, Bernard baissa la tête. Il avait essuyé les mauvaises fortunes de la guerre, la désolante retraite à travers la Belgique, les combats sans espoir sous Valenciennes, le recul pied à pied devant un ennemi supérieur en forces. Mais jamais encore il n'avait connu l'humiliation d'accepter la défaite sans se battre. Avoir une armée sous la main, et, sans rien faire, laisser à quelques lieues de là massacrer des frères d'armes; comment cela s'appelle-t-il? D'un brusque mouvement des jambes et des rênes, il fit pivoter son grand cheval noir, et lui rendit la main. En courant, il se répétait à lui-même : Tu es un lâche! Tu n'es qu'un lâche!

Mais vite, il se ressaisit, ralentit sa monture, l'arrêta. « Pardonnez-moi, citoyens, dit-il à son état-major, la douleur m'a emporté. C'est une bien triste chose de penser que nous n'aurons même pas fait entendre notre canon à nos héroïques frères de Mayence, pour leur prouver au moins que la république ne les abandonne pas. Rentrons, s'il vous plaît. Notre reconnaissance est maintenant sans raison.

— Général, répliqua le divisionnaire Ferrette en saluant, permettez-moi, au nom de tous vos officiers, dont le cœur saigne comme le vôtre, de vous rendre hommage pour ce que vous avez essayé de faire. Si les... »

La parole lui fut coupée par un roulement de sabots, des coups de feu, des cliquetis, des appels : « Gardez-vous, voilà l'ennemi! » Des chevaux lancés déboulaient d'un bois sur la petite lande ronde où se trouvait l'état-major. Les uniformes gris des hussards se mêlaient à des habits blancs de dragons autrichiens à cuirasses, fonçant sur le groupe empanaché et doré. L'ennemi! Il arrivait à point. Bernard, assurant son chapeau d'un coup de poing, tira son sabre, saisit dans une fonte un des pistolets de Guillaume Dulimbert, et, des talons, lança son cheval.

Ce fut une mêlée violente, rapide : un tourbillon qui, bientôt, se désagrégea. L'essaim blanc se regroupa en galopant et disparut dans une ravine, suivi de bêtes aux selles vides. Quelques corps parsemaient l'herbe courte. Du côté français, on comptait deux morts : un petit hussard aux tresses blondes, et le général de division Leblée, tué net d'une balle dans l'œil. On ramena les corps à Eisenberg où l'on passa la nuit. Les blessés autrichiens confirmèrent que Mayence était entièrement investie et bombardée depuis l'aube.

Le 22, à neuf heures du matin, le courrier du Comité de Salut public arrivait à Landau, portant tout un paquet de dépêches. Ordre aux représentants de faire appliquer le plan du général Delmay, ordre à celui-ci de mettre ses troupes en marche, ordre au général Beauharnais d'opérer de concert. Tout était mis en œuvre, annonçait une note, pour faire parvenir à Landau sous quarante-huit heures le principal de ce qui manquait. De ces quarante-huit heures, trente étant déjà écoulées, on pouvait compter sur ces fournitures pour demain, sans doute. Les troupes laissées sur place ne resteraient donc pas longtemps sans armes. Elles ne seraient pas abandonnées mais au contraire serviraient de réserve. Les deux commissaires allèrent eux-mêmes porter les ordres, l'un à Beauharnais, l'autre à Bernard.

Aussitôt une activité intense se déclencha. Les divisionnaires, mandés au quartier général, reçurent leurs instructions. Dans la relevée, Bernard et Beauharnais conférèrent afin de régler leurs mouvements et d'établir leurs liaisons à travers le Hardt. Déjà les demi-brigades cantonnées dans les villages aux abords de Gleisweiler se mettaient en marche pour rejoindre les divisions avancées. A six heures, après un bref repas, Bernard quitta son quartier en laissant la réserve à Malinvaud. Dès qu'il aurait reçu les fournitures, il devrait s'échelonner le long de la chaîne montagneuse, de façon à pouvoir, selon l'éventualité, envoyer des renforts vers le nord ou se porter au secours de Landau.

Avec son chef d'état-major : le colonel Laferières, et les officiers d'ordonnance, Bernard se mit en route, suivi par Sage qui trottait à la tête du petit personnel et surveillait le bagage. On dépassait des colonnes qui acclamaient le général en chef. Il avait fait lire dans chaque demi-brigade une courte proclamation : « Soldats, vous vous êtes couverts de gloire au printemps dernier, dans une campagne qui restera l'honneur de vos armes. Depuis, les difficultés intérieures de la république vous ont maintenus inactifs. Aujourd'hui, nous reprenons l'offensive pour tenter de dégager Mayence. L'ennemi a sur nous l'avantage du temps et des fournitures. Qu'importe! Nous lui opposerons notre audace, notre enthousiasme patriotique, notre volonté de sauver la nation. Citoyens, il n'y a qu'un mot pour nous : Vivre libres ou mourir! » Il n'en avait pas dit davantage, car il ne gardait pas grand espoir. Soumise à un bombardement intense, la place devait être à bout, et la garnison ne pourrait probablement rien faire de son côté pour ceux qui venaient la secourir. En revanche, après avoir battu Wurmser et Brunswick, plus ne serait besoin de s'affaiblir en renvoyant une partie des forces vers Landau, puisque Malinvaud avec la réserve armée prévenait toute surprise là-bas. On attaquerait donc les assiégeants dans des conditions plus favorables.

Peu après huit heures du soir, Bernard et son escorte atteignirent la brigade Pichegru, la plus avancée de la division Dubois établie en rideau dans la plaine en avant de Molsheim. C'était, en terrain découvert, l'élément le plus en flèche de toute l'armée. Des brigades détachées dans le massif montagneux en gardaient les passages jusqu'à cinq lieues en avant du mont Tonnerre. Ici, le dispositif n'avait pas changé depuis longtemps; rien ne pouvait donner l'éveil aux espions ennemis.

L'obscurité venue, Dubois fila en silence pour gagner la vallée de la Selz, tandis que les corps montant du sud arrivaient un à un. Les premiers, ayant fourni des marches relativement courtes, repartirent après un repos de deux heures. Les suivants, qui venaient de plus loin, furent remis en route seulement trois heures avant l'aube. Les derniers enfin, rejoignant à ce moment-là, demeurèrent sur place. De la sorte, toute la nuit les brigades avaient succédé aux brigades pour passer, d'un mouvement continu, dans la montagne. Et, au matin, rien dans le camp ne semblait avoir changé. Tout cela s'était exécuté avec l'exactitude d'un mécanisme. Bernard félicita le colonel Laferières pour ce roulement si bien réglé. « Maintenant, allons dormir », ajouta-t-il. Il ne s'était pas couché, accueillant les troupes à leur arrivée, leur parlant au moment du départ, leur expliquant pourquoi il leur faisait accomplir ces marches nocturnes. En outre, il se tenait, par messages, en liaison avec Beauharnais qui accomplissait sur l'autre versant une progression semblable.

A huit heures du matin, dans la fraîcheur ensoleillée, l'état-major se mit de nouveau en selle, et, à son tour, gagna la vallée de la Selz, laissant loin sur la gauche le mont Tonnerre dont les hauteurs inégales, bleuâtres, estompées, dominaient le pays. Les rayons du soleil, passant en diagonale par-dessus la vallée, plongeaient entre les sapins de longues flèches blondes. L'air était parfumé de merveilleuses senteurs sylvestres. Tout respirait la paix, mais partout, aux abords des chemins montueux, dans les combes, dans les petites landes parsemées de genévriers, sous bois, il y avait des bataillons au repos, avec leurs canons, les fusils en faisceaux surmontés des baïonnettes brillantes, des voitures de munitions, des sentinelles veillant, l'arme dans le bras. On ne devait pas bouger de tout le jour. Dans les ombres du soir seulement, les troupes reprendraient leur route pour se masser parmi les dernières coulées de l'éperon du Hardt, aux points indiqués par les états-majors des brigades. Elles y bivouaqueraient sans feux. La marche d'approche se ferait le 24 dès la pointe de l'aube, afin que l'on tombât sur l'ennemi avec le jour. Bernard était sûr que son chef d'état-major ne négligerait rien pour la parfaite application de ce plan, et cependant il se sentait de moins en moins en confiance.

A onze heures, on arrivait sur les plateaux, à mi-pente du Petersberg, après avoir fait étape à l'état-major de la division Leblée, commandée provisoirement par un des généraux de brigade, avec lequel Bernard et ses officiers avaient dîné sur le pouce. Il ne restait devant que la division Dubois. On se trouvait à environ quatre lieues de Mayence, bien plus près que le 19 quand on avait entendu le bombardement, et aujourd'hui l'air restait silencieux. Le vent, léger, venant du plein est, chassait peut-être le son. On aurait dû quand même percevoir la puissante vibration des batteries de 24. « Jean! appela Bernard. Écoute au sol. » Lâchant le fanion à cravate, qu'il ne laissait à personne le soin de porter, Sage mit pied à terre, chercha un coin de sol nu où il appliqua son oreille. Au bout d'un moment, il se releva. « Rien », dit-il.

Aucun doute, la place était tombée. Mais depuis quand? La réponse fut apportée presque aussitôt par un aide de camp de Dubois, qui cherchait depuis plusieurs heures le grand état-major dans les circonvolutions de cette contrée semblable à une cervelle verdoyante. Au matin, des coureurs envoyés par le général Dubois dans les hameaux des bords de la Selz y avaient appris la reddition de Mayence, survenue la veille, peu après midi. Depuis hier au soir, les communications avec la ville étaient rétablies, sous contrôle. De partout à la ronde, les paysans y portaient des vivres. Présentement, la division occupait, à environ une lieue en avant, les positions fixées pour la marche d'approche. Les grand-gardes ne signalaient pas d'ennemis aux environs, et le général ne voulait pas se trahir par des reconnaissances lointaines. Il demandait les ordres.

Pendant que l'officier parlait, un autre aide de camp était survenu, envoyé par Beauharnais. Celui-ci, ayant reçu des renseignements identiques à ceux de Dubois, signalait qu'il arrêtait son mouvement et repliait ses têtes de colonnes vers la Glane, car l'attaque projetée devenait impossible : au premier coup de canon sur Brunswick on attirerait non seulement Wurmser mais encore les troupes du roi de Prusse rendues libres par la reddition de la place. Muni d'une forte artillerie et d'une cavalerie nombreuse, Bernard eût tenté néanmoins la triple bataille, avec l'espoir de contraindre Frédéric à s'enfermer à son tour dans Mayence, et d'utiliser ses propres travaux de siège pour le contraindre à une capitulation. Le coup eût été joli et la revanche éclatante. Hélas! cette artillerie, cette cavalerie nécessaires pour paralyser les mouvements des trois ennemis, manquaient. Soudain, une intuition saisit Bernard : Depuis hier, les forces de couverture ne servent plus à rien. Or le vieux Wurmser, malgré ses soixante-neuf ans, n'est pas homme à tenir une position inutile. Je gage qu'il fait déjà mouvement.

« La carte numéro 10, vite! »

Laferières la sortit du portefeuille. Bon, il n'a guère pu se mettre en route hier, ou alors tard dans la relevée, mais plus probablement ce matin. Peu importe. Il n'a point dépassé notre parallèle. Ses flancs-gardes auraient accroché l'aile droite de Ferrette. Ce qui pourrait bien se produire d'un instant à l'autre, car il prend nécessairement son chemin principal par la vallée en se faisant éclairer sur les hauteurs. Pourquoi se lancerait-il péniblement et dangereusement dans le massif? Il n'y a aucune raison, en le contournant il ne court aucun risque. Il ignore que presque toute notre armée est là, mais il sait que nous y avons des forces et il les coupe ainsi de leurs arrières. Donc il marche par là, le long du Rhin. S'il marche.

Une seconde, Bernard hésita. Ne se laissait-il pas abuser par son imagination? Non, assurément. Brunswick pouvait lanterner, pas Wurmser. Ardent et prudent à la fois, le vieil homme devait agir de la sorte. Et, si l'on n'avisait pas au plus tôt, les armées du Rhin et de Moselle allaient se trouver débordées, tournées, isolées de la frontière.

« Écrivez! » dit-il.

Pour le général Ferrette, il dicta l'ordre de descendre les pentes avec toute sa division, afin de renforcer son flanc et de chercher l'ennemi en faisant face au Rhin. Au général Dubois, ordre d'opérer une conversion à droite et de border le dernier ressaut des collines, pour soutenir Ferrette qui allait être engagé. Au général Duhau, remplaçant Leblée, ordre de se porter rapidement aux abords d'Hillesheim où allait se trouver la division Ferrette, et de s'établir en potence avec l'aile droite de celle-ci, de façon à couper la route aux Autrichiens descendant de Mayence. A tous les chefs des brigades encore échelonnées derrière Alzey et le Kloppberg, ordre de marche, avec changement de front oblique en avant, liaisons serrées entre les corps. Arrêter le mouvement lorsque la demi-brigade la plus à droite atteindrait la boucle du Rhin. Les généraux signaleraient alors leur position au grand quartier, aux environs immédiats d'Hillesheim, et attendraient les ordres.

Bernard se constituait ainsi une ligne de réserve, à quelque distance des parages où il prévoyait la rencontre. Enfin, tandis que les aides de camp galopaient pour porter ces messages, qu'un courrier était envoyé afin de prévenir Malinvaud et les commissaires de la Convention, il écrivit un mot à Beauharnais, le priant de suspendre son repli et de tenir les passages, car il fallait empêcher éventuellement Brunswick de rejoindre Wurmser à travers le Hardt.

Sitôt l'officier de Beauharnais parti, Bernard réenfourcha son cheval noir. Au grand trot, on contourna le Petersberg en longeant la rivière étincelante sous le soleil de midi, pour gagner le point où devait se faire la jonction de Duhau avec Ferrette. L'état-major, diminué des messagers, trottait entre prés et vignes vers le chemin d'Hillesheim, lorsque des canons de 4 aboyèrent, assez loin sur la gauche, à environ une lieue au nord, semblait-il. Bernard eut un fugitif sourire. Il avait pensé juste.

« C'est Dubois qui aura rencontré l'ennemi, dit Laferières. Ferrette doit être plus proche de nous. »

Le contact se produisait un peu trop haut. Tant pis! Sans doute les flanqueurs de Wurmser étaient-ils tombés, dans les collines, sur l'aile gauche de Dubois. Cela ne surprenait probablement pas le vieil Autrichien, il s'attendait à des rencontres de patrouilles sur le versant, il ne s'arrêterait pas pour si peu. La petite canonnade ne pouvait inquiéter personne : elle ne se nourrissait point tandis que l'état-major, fanion claquant, tournait au galop le petit village d'Hillesheim par la gauche, au milieu des corps de Duhau et de Ferrette accomplissant la manœuvre prescrite. Le général en chef la rectifia en leur expédiant l'ordre d'avancer jusqu'au plateau à double étagement couvert de vignes, qui s'élevait devant eux. Ferrette occuperait l'arrière de l'étage. Duhau resterait dissimulé par le ressaut. Il en sortirait au commandement pour s'étendre en potence, comme prévu, et barrer la grand-route. Malheureusement, Dubois, pris de trop court, ne pourrait pas se rabattre de son côté sur l'ennemi pour lui couper la retraite. Il faudrait y aviser.

Bernard ne s'était pas arrêté. Tandis que retentissaient toujours, à distance, quelques coups de canon de petit calibre mêlés à une fusillade spasmodique, il pressait des talons son cheval, le soutenait des rênes, le portant sur la côte pierreuse. Qu'allait-on découvrir de là-haut? Terrible, le métier de chef d'armée! Il faut calculer, supputer, agir sans savoir. Et si ce n'était pas seulement Wurmser mais aussi Brunswick qui s'avançaient : l'un au bord du Rhin, l'autre sur la ligne des crêtes! Il venait jeter entre leurs crocs ses divisions dont ils ne feraient qu'une bouchée. Cependant, il ne s'était pas découvert, il pouvait encore se retirer en replongeant dans le Hardt, rejoindre la réserve de Malinvaud. Ce serait désastreux, car il fallait donner à cette réserve, à celle de Beauharnais, le temps de recevoir les armes et les fournitures promises, de s'organiser, de se renforcer pour soutenir le choc non pas d'une mais de trois armées libérées par la chute de Mayence. Il ne s'agissait donc pas de fuir. On devait livrer à la première de ces armées ennemies, même sans espoir de l'anéantir, une bataille retardatrice.

Enfin parvenu en terrain plat, Bernard demanda un dernier effort à sa bête blanchie d'écume, la poussa des jambes à travers le plateau, contourna un bosquet de sapins dans l'ombre desquels il s'arrêta au bord de la déclivité. Tirant sa lunette, il l'ajusta et bientôt, pour la seconde fois, son sourire de joueur de paume qui a réussi une *chasse* aux effets bien médités lui vint aux lèvres.

En contrebas, à très courte distance, passait dans la plaine la grand-route poudreuse. On la voyait s'étirer sur la gauche en une légère courbe jusqu'aux maisons d'un bourg surmonté de son clocher trapu, des toits d'un château, à plus d'une demi-lieue dans le nord. Sur la droite, elle filait vers un petit village beaucoup plus proche, au bord d'une très étroite rivière, plutôt un ruisseau, qui sortait sous la route juste devant Bernard, puis la suivait en décrivant des méandres. Et l'armée impériale était là. Son avant-garde de cavalerie blanche en éventail, ses colonnes surmontées, dans une légère poussière, par le scintillement de l'acier. L'arrière-garde opérait une conversion par le flanc pour répondre à la division Dubois — pas si mal placée, ma foi! — qui bordait en ce moment même la ligne de crête piquetée par ses drapeaux, par les bouffées de ses canons. La lunette montrait une demi-brigade chassant des pentes, à la baïonnette, les flancs-gardes autrichiennes. Plus haut, les batteries de campagne commençaient un tir à obus sur la division arrière de l'ennemi.

« Colonel, concentrez dès maintenant la réserve sous le village. Quel est-il?

— Alsheim, répondit Laferières qui avait la carte sous les yeux.

— Et le bourg, à l'opposé?

— Guntersblum.

— Bon. Faites ordonner le pas redoublé. Il nous faut tout notre monde là derrière, d'ici trois quarts d'heure. Sans tambours, surtout. »

Des aides de camp furent expédiés aux brigades. Bernard observait à la lunette l'état-major général autrichien, arrêté à quelque dix-huit cents pas, sur la route, au milieu du corps principal. Des cavaliers s'en détachaient au galop, courant porter les ordres. A cette distance, les visages n'étaient pas discernables mais les mouvements désignaient avec évidence le personnage essentiel : Wurmser, silhouette blanche et or sur un cheval isabelle.

Le vieux soldat semblait hésitant, à en juger d'après sa manœuvre. Il avait interrompu la marche, ramené ses régiments de tête. Sans doute se croyait-il attaqué en queue par un petit corps stationnant dans la bordure montagneuse et attiré par les brigades de flanqueurs. Il se disposait à livrer un combat d'arrière-garde, avec de puissants moyens. Pour soutenir la division engagée, il envoyait au gàlop une, deux batteries — pièces de 8, obusiers de 6 — dont un panache de poussière suivait les longs attelages, et il les appuyait par deux bataillons d'infanterie légère en uniforme gris : des chasseurs tyroliens. Mais en même temps, plein de prudence, il disposait en profondeur tout son gros, face à la ligne des crêtes, face au bastion naturel, à deux étages, au bord duquel se tenait Bernard qui voyait au loin, à plus d'une lieue, des masses gris clair, bleu pâle, apparaître et disparaître dans les verdures de la plaine entre un village et une courbe brillante du Rhin. Sur la carte, ce village portait le nom de Grimbsheim. Une division au moins, formant en marche l'aile gauche des Kaiserlick, se mettait là en réserve. Elle pouvait éventuellement tourner Alsheim. Bernard fut heureux d'apprendre que sa propre réserve était en train de s'y grouper.

« Prévenez-la qu'elle pourrait être attaquée sur sa droite », dit-il à Laferières.

Il reporta son attention sur le terrain. Dans la direction d'Alsheim, l'avant-garde autrichienne restait immobile sur la route et de part et d'autre, en colonnes de bataillons, ce qui lui permettait, par une simple évolution sur place, de faire face au danger d'où qu'il vînt. Pour savoir s'il y en avait un, la cavalerie légère effectuait des reconnaissances tout le long de la mince rivière. Par petits paquets, la carabine au poing, les batteurs d'estrade poussaient précautionneusement leurs chevaux entre les arbustes, les boqueteaux bordant par endroits les berges. Certains les franchissaient en deux battues pour explorer la rive droite où venaient mourir insensiblement les pentes. Le moment d'agir arrivait. Bernard regarda sa montre : deux heures de relevée. Il se retourna. Ferrette, après avoir disposé ses brigades en arrière, où l'ennemi ne pouvait les déceler, s'était avancé jusqu'à l'état-major.

« Allez-y, général. Couronnez le plateau, mais ne descendez pas. Feux de tirailleurs et d'artillerie. Laissez votre cavalerie en réserve. »

Puis, à l'un des officiers d'ordonnance : « Lieutenant, ordre au général Duhau : Avancez, coupez la route, engagez-vous à fond. »

Il se remit en selle, et, suivi du colonel Laferières, des aides de camp qui avaient rejoint, de Sage portant le fanion du commandant en chef, partit au galop voir comment se présentaient les choses du côté de Guntersblum. Au départ, une volée de balles salua le groupe : les batteurs d'estrade, qui gravissaient le premier ressaut de la hauteur, avaient aperçu la cavalcade. Ils tiraient pour donner l'alarme, sans grand espoir de faire mouche. Le fanion seul écopa, et il importait peu à présent que l'ennemi fût prévenu, déjà crépitaient les premiers coups de feu des tirailleurs arrivant au pas de charge sur le bord du bastion naturel d'où ils allaient cribler les Autrichiens.

Au nord, la canonnade avait pris une grande intensité. Dubois, auquel l'effort principal dans le plan primitif d'attaque avait été dévolu, se trouvait le mieux fourni en artillerie et en munitions. Parvenu aux abords de Guntersblum, Bernard reconnut que l'excellent soldat, utilisant l'avancée des collines, avait réussi à pousser des pièces de campagne entre le bourg et les Impériaux. Il les attaquait en diagonale. Une barre de fumée stagnante, situant là son front, voilait la bourgade dont les habitants devaient frémir de terreur. Ils n'étaient pas dans le champ de tir, mais il s'en fallait de peu : le combat se déroulait à une portée de fusil des premières maisons, parallèlement à elles. Ou plutôt les combats, car la bataille ici se composait de plusieurs actions dispersées, et un rideau fumeux en masquait certaines. Pour embrasser l'ensemble, l'état-major dut passer sous le feu des batteries adverses, derrière une ligne de fusiliers de la brigade Pichegru qui tiraillaient, genou en terre, à l'abri précaire d'un talus et de quelques murettes. Les boulets arrivaient en chuintant, accompagnés à une cadence moins rapide par le long hululement des obus. Les explosions fouillaient méchamment le terrain. Soudain, dans un bruit craquant, l'officier qui galopait botte à botte avec Bernard bascula contre lui tandis que quelque chose heurtait lourdement la selle du général en chef et glissait au long de sa cuisse. En même temps son cheval faisait un écart. Il le ramena par une opposition des jambes, sans rien voir, car un brouillard rougeâtre s'était comme vaporisé sur sa figure. Retenant machinalement de la main droite l'homme qui pesait contre lui, il s'essuya du revers de son gant et s'aperçut alors qu'il soutenait un corps sans tête. Ce n'en était plus une, cette chose innommable, écarlate et fracassée. Le boulet qui avait atteint le malheureux avait encore pu écraser devant Bernard le pommeau de sa selle pour rouler enfin sans force sur sa cuisse. Ce pauvre garçon eût-il été de quelques pouces en avant ou en arrière, il échappait et c'était le général Delmay le mort.

« Qui est-ce qui me protège? songea-t-il. Lise, Claudine? »

La question, à peine posée, s'effaça. D'une situation en partie dominante, il s'efforçait de déchiffrer l'ensemble de l'action. Directement au-dessous de lui, dans les vignes à flanc de coteau, une demi-brigade légère repoussait avec fureur, à la baïonnette, une charge de chasseurs tyroliens lancée, évidemment, pour prendre à revers les batteries françaises. Plus bas, où la déclivité s'amortissait, les restes de la division autrichienne en flanc-garde, précédemment chassée des pentes, étaient taillés en pièces par le 3e hussard reconnaissable à ses talpacks blanc et rouge. Quelques débris devaient cependant tenir encore parmi les collines, car on entendait toujours, dans les intervalles de la grosse canonnade, aboyer là-haut les petites pièces, des boulets morts roulaient parfois mollement sur la pente d'argile ocreuse et schisteuse, entre les cépages. Dans la plaine enfin, une attaque en masse, probablement conduite par Dubois lui-même, se noyait dans la fumée des feux de rangs, mais on voyait progresser peu à peu les drapeaux tricolores.

La situation semblait assez bonne. Bernard regagna vivement son premier observatoire, sur le plateau central battu à présent par les obus et les boulets. Dispersées, les troupes souffraient peu. Des centaines de tirailleurs répandus en groupes de trois ou quatre sur tout le rebord et utilisant les abris naturels, fusillaient de là-haut les Kaiserlick qui essayaient de gravir la pente, en colonnes, bien entendu. L'artillerie française, disséminée elle aussi, arrosait les masses bien groupées derrière le ruisseau, sur la route et au-delà, en formation de bataillons. Les boulets y creusaient de longs sillons. Aussitôt les files voisines se resserraient stoïquement, l'arme au bras, s'offraient au prochain projectile, évitant aux canonniers la peine même de modifier leur pointage. Ces royalistes étaient aussi ineptes dans leur routine militaire que dans leur stupide amour de l'esclavage et leur puéril attachement à la superstition. Ah! on ne risquait pas de les voir *improviser!* Tant pis pour eux! quoique cela fît mal au cœur de massacrer ainsi ces pauvres diables si absurdement courageux.

Duhau les assaillait en tête. Sorti du ressaut pour couper la route, selon les ordres, il avait essuyé dans la plaine une violente charge de cavalerie qu'il ne pouvait arrêter à distance faute d'une artillerie suffisante. La charge lui avait bousculé sa première ligne, percé par endroits la seconde avant de se disperser sous le feu de la troisième. Les escadrons blancs se regroupaient hors de portée afin d'attaquer à nouveau, par le flanc cette fois. Pour y parer, Duhau faisait faire une conversion de front à la brigade formant son aile droite. On voyait les bataillons bleus pivoter rapidement comme une aiguille de montre. Leur front, raccourci de la sorte, devenait diantrement faible devant la masse centrale des Impériaux divisés en deux gros corps : un qui contre-attaquait en tête, l'autre qui soutenait le feu du plateau. Mais déjà Bernard avait envoyé les dragons — toute sa ressource en chevaux — avec ordre de passer derrière Duhau et prendre eux-mêmes en flanc la cavalerie autrichienne.

Il balaya une dernière fois avec sa lunette l'étendue verdoyante sur laquelle s'enlevaient les écharpes de fumée là blanches, ici rousses, selon l'incidence de la lumière. La bataille atteignait son plein développement. Sauf les réserves, les troupes se trouvaient engagées partout. La phase des manœuvres avait pris fin. Il était presque trois heures et demie.

« A nous, citoyen », dit Bernard à Ferrette.

Tandis que celui-ci donnait ses ordres afin de former la division pour l'assaut, le général en chef désigna les officiers qui allaient le suivre, les autres restant avec Laferières chargé d'entretenir les liaisons. Les trois brigades s'allongèrent sur le plateau en trois colonnes espacées, chacune avec son général en tête, Ferrette au centre du front. Bernard l'y rejoignit, tira son sabre et l'agita en criant à pleine poitrine : « En avant, citoyens! Vive la République! » Une immense clameur répondit. Les tambours battirent la charge. Passant entre les tirailleurs, qui s'adjoignaient à l'arrière des colonnes, les bataillons se déversèrent au pas de course sur la déclivité. Tout ce poids d'hommes et de baïonnettes, généraux sabrant, tomba sur la division autrichienne opposée, la ramena d'un élan jusqu'au ruisseau. Là, il y eut un flottement. Les Kaiserlick, repliés sur la rive gauche et soutenus par un feu nourri, s'efforçaient d'interdire le passage. Ils lardaient de coups les voltigeurs escaladant la berge, qui se trouvaient à leur tour en situation difficile. Mais les officiers avaient franchi en deux bonds de leurs montures l'étroite rivière, et, taillant, pointant, déchargeant leurs pistolets, ils se faisaient place. Bernard, protégé par Sage qui se démenait comme un centaure, mit au bout de son sabre son chapeau empanaché de tricolore. « En avant pour la nation, pour la liberté! En avant, citoyens! » Les tambours, après avoir passé l'eau en soulevant leur caisse, se remirent à battre. Les grenadiers poussaient les voltigeurs, les épaulaient. Les hommes parvenus en haut tiraillaient et se jetaient sur les diables blancs à coups de baïonnettes et de crosses, entraînaient le reste des compagnies. Pied à pied, les Impériaux reculèrent vers la route.

Pendant ce temps, les dragons, quoique inférieurs en nombre, avaient eu raison de la cavalerie adverse, éprouvée par son choc avec l'infanterie. Duhau, libéré de ce côté, soulagé par la charge que menaient Bernard et Ferrette, unit ses efforts aux leurs contre le gros de Wurmser. Après avoir subi de graves pertes sous la canonnade, le général ennemi devait tenir tête à des troupes ménagées, elles, et pleines d'ardeur parce qu'elles se sentaient en bon chemin de vaincre. Les Autrichiens n'en résistèrent pas moins vaillamment. Deux fois, ils arrêtèrent la charge, la repoussant même, à l'aile gauche où Bernard courut avec deux compagnies de grenadiers pour rétablir la situation. Au troisième élan, après plus d'une heure ils cédèrent enfin. Les tambours roulèrent et les deux divisions du centre, entourant l'état-major, se mirent en retraite sur l'arrière-garde sans cesser leur tir par échelons, pour tenir les Français à distance.

Comme Bernard se dégageait du combat, il vit un officier de Laferières accourir au fanion. Le général Dubois signalait que, faute de munitions d'artillerie, il devrait bientôt se retirer. « Dites-lui de suspendre son feu en conservant ses positions, ordonna Bernard sans hésiter. L'ennemi ne les lui disputera pas. Dites aussi au général Dubois que nous avons obtenu tout le possible avec nos moyens, et que je le remercie, lui et sa troupe. »

Effectivement, un quart d'heure plus tard, le feu s'éteignit aux abords de Guntersblum. Peu après, comme d'un accord tacite, il s'arrêta partout. Wurmser avait rassemblé ses corps, il les établit en un vaste rectangle couvert à droite par la bourgade, à l'aile gauche par le Rhin. Bernard, lui, reprit sa disposition initiale en potence, la tête appuyée à l'autre côté du bourg, la ligne se prolongeant à flanc de coteau le long de la route, puis tournant à angle droit pour couper le passage. Elle se continuait jusqu'au fleuve, grâce à la réserve du général Michaud. Enfermée ainsi dans une sorte d'équerre, l'armée autrichienne devait nécessairement ou retraiter vers le nord, ou s'ouvrir demain, à toute force, une trouée. Elle n'était pas défaite, des moyens insuffisants n'avaient pas permis de transformer le succès en victoire, mais on marquait néanmoins un assez bel avantage en l'arrêtant là, en lui mettant hors de combat plus de deux mille hommes, contre quatre à cinq cents tués ou blessés français. Un parlementaire se présenta, proposant une véritable suspension d'armes jusqu'à minuit afin de relever les victimes tombées en territoire adverse. Bernard acquiesça volontiers. Il n'en avait point à relever dans les lignes autrichiennes, car il occupait le champ de bataille. Il voulait faire ramasser autre chose : les boulets, le plus possible de boulets. On en était là. Naturellement, on attendrait l'obscurité. Il ne fallait pas trahir cette disette. Mais Wurmser s'en doutait, assurément. Il devinait bien pourquoi son adversaire avait interrompu la bataille au moment où il tenait la victoire, lui laissant à lui-même le temps de souffler. Hélas! on ne pouvait pas ramasser de la poudre. Aussi, dès la fin des combats, Bernard, sans perdre une minute, avait-il expédié à Malinvaud un nouvau message pour réclamer une partie des munitions qui devaient parvenir à Landau ce jour même.

Le soir tombé, après avoir inspecté les positions, félicité les officiers et les troupes de leur conduite, il gagna Grimhsbeim où le capitaine d'état-major avait installé le grand quartier. Partout les feux de bivouac commençaient de luire. Bernard donna des ordres pour qu'une garde vigilante fût montée sur toute la ligne à partir de minuit. Il craignait une attaque générale avant l'aube.

La nuit fut profondément calme. Au jour, lorsque Bernard retourna sur le plateau, il n'aperçut pas le moindre remue-ménage dans le camp autrichien. Seuls, les vedettes, les postes avancés, étaient en armes. Pour le reste, on voyait les compagnies vaquer tranquillement aux corvées. Cela continua, même quand on entendit le canon dans l'ouest. C'était bien ce à quoi l'on devait s'attendre : Brunswick, sur l'autre versant, de la chaîne, pressait l'armée de Moselle. Peu avant midi, arrivèrent coup sur coup le convoi de munitions envoyé par Malinvaud, un message de lui, un autre de Beauharnais. Celui-ci se disait contraint de se retirer devant les forces prussiennes supérieures descendant du nord par les vallées et qui menaçaient de l'envelopper. Malinvaud annonçait, de la part des représentants en mission, un mouvement très redoutable de l'armée du Luxembourg. Bernard comprit alors pourquoi Wurmser ne cherchait point à forcer le passage. A quoi bon? il suffisait d'attendre le départ des Français.

Départ inévitable. Les généraux, réunis à Grimbsheim en conseil de guerre, le reconnurent unanimement : on ne pouvait plus songer à tenir le pays, il fallait tout évacuer jusqu'à Landau. Peut-être même devrait-on se concentrer plus bas encore, devant la frontière, pour éviter de s'en voir coupé. Ainsi se réalisaient les pires prévisions de Bernard. Il en prit son parti sans vaines plaintes. Il distribuait les ordres pour la retraite, lorsqu'un officier d'ordonnance vint donner l'alarme : les vedettes de la division Ferrette, postées sur le plateau, signalaient une puissante colonne, probablement prussienne, à la sortie de Guntersblum; une vive agitation se manifestait dans le camp autrichien. Les généraux se hâtèrent de sauter en selle et de galoper vers la grand-route. Là, Dubois vit arriver un de ses jeunes officiers qui arrêta sa bête en sueur et lança tout à trac en saluant :

« Général, une armée française descend du nord derrière un drapeau blanc. Ce doit être la garnison de Mayence. Quand je suis parti, elle allait entrer dans le bourg. »

Ainsi donc, *ils* étaient libres. Leur héroïsme, reconnu par un adversaire généreux, leur avait valu de rejoindre leurs frères. Il y eut un instant d'émotion silencieuse, puis Bernard s'écria :

« Allons les recevoir. Laferières, prenez toutes les mesures pour leur rendre les honneurs qui leur sont dus. »

Les brigadiers n'avaient pas attendu cet ordre. En se dirigeant au petit trot vers Guntersblum, on trouva les troupes rangées sur leurs positions de part et d'autre de la route, en front de compagnies. Elles formaient jusqu'aux environs du bourg une haie ininterrompue d'un côté. De l'autre, cette haie s'arrêtait à quelque distance des positions autrichiennes. Là, sur le front ennemi, une division d'uniformes blancs, culotte bleue, bonnet à devant de cuivre éclatant au soleil, était alignée, avec ses tambours et ses fifres, ses drapeaux timbrés de l'aigle noir. Et, devant elle, au centre, se tenait, sur son cheval isabelle, le vieux Wurmser avec son état-major.

L'enseigne blanche, indiquant que la troupe était neutralisée, apparut, portée par un petit piquet. Derrière, venait le groupe des officiers généraux. Wurmser se découvrit, s'avança vers eux. On le vit parler à Aubert-Dubayet. Le soldat de l'empereur et le soldat de la république se touchèrent la main. Puis le vieux chef fit reculer son cheval, et, tandis que les Français défilaient, avec armes et bagages, aux acclamations de leurs compatriotes, l'état-major ennemi, têtes nues, s'inclina devant les drapeaux des bataillons qui passaient. Les étendards de la monarchie impériale saluèrent en s'abaissant tour à tour les couleurs glorieuses de la liberté.

Les *Mayençais*, ayant donné leur parole de ne point combattre pendant un an la Prusse ou ses alliés, ne pouvaient reprendre leur place dans l'armée du Rhin. Ils continuèrent leur route pour rentrer en France. La nuit venue, Bernard les suivit, à l'arrière-garde de ses divisions. Le 28 juillet au soir, il rejoignait ses quartiers ramenés sous Landau et commençait son rapport pour le Comité de Salut public.

V

Depuis la veille, Robespierre siégeait lui aussi devant la table oblongue à tapis de serge verte, dans l'ancienne chambre de Marie-Antoinette. Sur l'invitation de Couthon, il venait d'y prendre la place laissée vide par le colonel Gasparin, démissionnaire pour raison de santé, prétendait-il; en réalité parce qu'il n'admettait pas l'arrestation de Custine et de son principal lieutenant Lamarlière. Comme Couthon, Claude, dans la situation où l'on se trouvait, sentait la nécessité d'introduire au Comité une personnalité forte qui lui donnerait l'impulsion dont on avait tant besoin pour faire face à toutes les menaces. Robespierre en semblait seul capable.

Jamais, même en août de l'année précédente, le péril n'avait été si grand qu'en cette fin de juillet 93. De jour en jour, la république semblait s'approcher plus irrémédiablement de sa perte. Après la chute de Mayence et le recul des armées de Rhin et Moselle, au nord Valenciennes capitulait. Dans les Alpes, Kellermann, affaibli par les détachements qu'il avait dû envoyer contre les fédéralistes du Rhône et du Midi, défendait difficilement les passages de la Maurienne et de la Tarentaise. Dans les Pyrénées, les forces espagnoles progressaient. Projean et Expert, en mission à Perpignan, signalaient que les habitants de Villefranche-de-Conflent appelaient l'ennemi. Le 7 juillet, les Vendéens avaient pris les Ponts-de-Cé. Ils marchaient sur Angers. On venait de remplacer au commandement de l'armée de Vendée le ci-devant duc de Biron par Rossignol qui s'était distingué à la tête des bataillons sans-culottes. Sa popularité suffirait-elle à galvaniser les troupes, à en imposer aux états-majors parmi lesquels régnait un désordre épouvantable malgré l'envoi de commissaires : Bourdon de l'Oise, Goupilleau — surnommé le *Dragon* parce qu'il avait servi sous cet uniforme —, Choudieu, Richard, divisés eux-mêmes, les premiers soutenant les vieux militaires, les seconds les nouveaux officiers montagnards. Partout, les revers persistants, l'insuffisance de l'armement, de la nourriture rendaient les chefs suspects aux soldats. Beauharnais envoyait sa démission, en protestant de son attachement à la république. « Mais, ajoutait-il, dans ce temps où les trahisons se multiplient et où les ci-devant paraissent presque toujours être les chefs des complots liberticides, il est du devoir de ceux qui, quoique entachés de ce vice originel, ont cependant la liberté et l'égalité gravées dans leur cœur, de prononcer eux-mêmes leur exclusion. »

La situation s'aggravait encore de ce qu'elle rendait l'espoir aux royalistes. Même dans les départements fidèles, ils s'agitaient sourdement, complotaient, et ils trouvaient jusque dans le peuple la sympathie des gens qui, las de la guerre, de la disette, des contraintes et difficultés de toute espèce, désiraient secrètement le retour à l'ancien régime par la victoire des coalisés. Levasseur et Delbrel mandaient de Cambrai : « Tous les jours, l'ennemi est instruit de ce qui se passe à nos armées. Des villages entiers lui sont dévoués. » De Besançon, Bassal annonçait qu'une insurrection cléricale avait éclaté dans les montagnes du Doubs. Presque partout en province des troubles se produisaient au sujet ou sous prétexte des subsistances. Il fallait envoyer Lecointre et La Vallée à Rouen où l'on craignait un soulèvement, Chabot et André Dumont à Amiens, Collot d'Herbois et Isoré dans l'Aisne. Les uns et les autres écrivaient que les artisans des villes, jusqu'à ces derniers temps les plus fermes soutiens de la Révolution, donnaient eux aussi des signes de lassitude et d'exaspération contre le gouvernement.

Robespierre n'avait pas accepté volontiers de prendre place au pavillon de Flore. « Je cède à vos instances, avait-il dit à Claude, mais c'est contre mon inclination. » Toutefois, entré au Comité, il se mit résolument à la tâche avec son esprit méthodique. Dès l'abord, il avait précisé, pour Couthon, Claude et Saint-Just — Augustin était en mission dans le Midi —, sa politique en cette brève formule : « Subsistances et lois populaires ». Chacun d'eux aurait pu définir de même le programme indispensable. La difficulté consistait à le réaliser. Il fallait pour cela, dans l'Assemblée même ou les clubs, réprimer les ultra-révolutionnaires et en même temps contenir la queue de la Gironde qui, avec la complicité plus ou moins avouée des Dantonistes, recommençait à tramer sournoisement, menait partout l'opposition contre la Montagne. Le Comité de Sûreté générale, peuplé des amis ou clients de Danton, ne mettait aucun empressement à aider le Comité de Salut public, au contraire. On ne devait compter que sur la Commune, elle-même peu sûre des sections dont beaucoup subissaient l'influence des girondistes masqués et celle des Enragés. Dubon ne cachait pas à Claude que le Conseil général serait incapable d'empêcher un coup de force contre la Convention ou le gouvernement, car les gardes populaires, souffrant eux aussi de la pénurie et de la vie chère, se rangeaient parmi les mécontents.

Le 27, juste avant d'être appelé au Comité, Robespierre

avait porté un coup aux girondistes et aux Dantonistes en faisant rejeter par la Convention leur accusation contre le ministre de la Guerre, le colonel Bouchotte, qu'ils rendaient responsable des désastres en Vendée. Ce rejet marquait un avantage pour les nouveaux Cordeliers dont Bouchotte était l'homme. Ils remplissaient ses bureaux, et il en remplissait les cadres des armées pour les sans-culottiser, ce que Robespierre, contrairement aux girondistes et Dantonistes, voyait du meilleur œil. Cet avantage aurait dû satisfaire les Enragés. Pas du tout. Le jeune Leclerc, reprenant les anciennes, les sanglantes vaticinations de Marat, proclamait, dans son journal, qu'il fallait sacrifier à la Révolution cent mille scélérats, et que le maintien seul des nobles à la tête des armées avait fait périr cent cinquante mille combattants. Le 29, Jacques Roux amenait à l'Assemblée une députation de sectionnaires, au nom de laquelle il demandait « la levée d'une force imposante pour aller au secours des subsistances ». Le Curé rouge était un bel homme de quarante et un ans, vêtu en sans-culotte mais avec beaucoup de propreté. Il avait, disait-on, le goût de la musique, jouait de la harpe. Il faisait du bien autour de lui, et avait adopté un jeune orphelin. Aujourd'hui, à la barre, après le rude accueil que lui avaient valu, quinze jours plus tôt, ses insolents propos, il mesurait ses paroles, mais la menace ne subsistait pas moins, en lui-même et dans les sectionnaires qui l'accompagnaient. Eux et lui, dit-il, espéraient que « la Fédération du 10 août serait le tombeau des accapareurs et des concussionnaires ». De son côté, Leclerc, dans son *Ami du peuple*, demandait « l'arrestation de tous les gens suspects afin que la fête du 10 août pût être célébrée avec toute la solennité possible ».

Tandis que les ultra-révolutionnaires surexcitaient ainsi le peuple et faisaient circuler le bruit que l'on allait recommencer les massacres de Septembre, les girondistes et les royalistes masqués préparaient aussi un mouvement contre la Montagne. Ce n'était pas douteux. Les rapports des observateurs l'annonçaient, mais on ne savait quelle en serait la forme. Sans doute, les contre-révolutionnaires chercheraient-ils d'abord à discréditer la Commune.

Le 31 juillet, un ami de Roland, l'architecte Cauchois, soutenu par sa section — celle de Beaurepaire, ci-devant des

Thermes de Julien, une des plus modérantistes — et en rapport avec Carra détenu à l'Abbaye, réunit à l'Évêché les délégués de trente-neuf sections. Il leur persuada de réclamer à la Commune les registres des marchés passés avec les fournisseurs, ainsi que la vérification des stocks de grains et de farine dans les magasins municipaux. Les délégués élurent Cauchois secrétaire et choisirent vingt-quatre commissaires à la tête desquels il se présenta le lendemain au Département. Le directoire, présidé par le dantoniste Dufourny, les reçut bien, il leur accorda les honneurs de la séance. Après quoi les commissaires se rendirent à l'Hôtel de ville. L'accueil fut tout autre. Spécialiste des subsistances, Dubon commença par déclarer aux vingt-cinq : « Une pareille démarche ne peut avoir été suscitée que par les ennemis du bien public. Les sections sont pures, mais une impulsion étrangère en dénature l'esprit en ce moment, nous le savons. » Sur quoi Cauchois ayant déclaré d'un ton très jacobin : « Nous ne venons pas vous demander votre avis. Nous venons, par la volonté du peuple, vous apporter les ordres de vos commettants. Il ne vous reste qu'à obéir », il y eut un certain flottement dans le conseil. Mais Boucher observa qu'à moins de révoquer préalablement leurs mandats les sections ne pouvaient point, avant l'expiration de ceux-ci, demander des comptes à leurs élus. Là-dessus Dubon, appuyé par plusieurs collègues, déclara vertement : « La section Beaurepaire s'est toujours signalée par son zèle à favoriser les ennemis de la Révolution. Rien d'étonnant qu'elle soit la première à entretenir par des inquiétudes sur les subsistances les troubles qui agitent la république. » La visite se termina par des injures réciproques.

Furieux, les commissaires se précipitèrent à la Convention, au Comité de l'agriculture présidé par le grainetier Vilmorin qui les calma un peu en leur conseillant de présenter, le lendemain, une pétition à l'Assemblée. Ils allèrent alors au Comité de Salut public. Pache et Dubon en sortaient. Il était minuit. Barère, organe du Comité, dit à la délégation qu'on appuierait leurs demandes parce qu'elles étaient justes, importantes et fondées en droit. Toutefois, en raison de la fête du 10, il valait mieux remettre au 12 ou 15 les vérifications et l'ouverture des magasins.

« Le Comité, ajouta-t-il, s'occupe, en accord avec celui

d'agriculture, d'un grand projet relatif aux subsistances. »

C'était vrai : on préparait une loi qui créerait des greniers publics.

Le Comité n'avait pas la moindre intention d'ouvrir jamais les magasins municipaux, ni avant ni après la fête. Néanmoins ces réponses rassurèrent les délégués des sections, ce qui ne faisait nullement l'affaire de l'architecte rolandiste. Il protesta, le lendemain et les jours suivants, par de violents placards, tandis que Jacques Roux et Leclerc d'Oze se déchaînaient, dans leurs feuilles, en proclamations incendiaires.

Roux ne visait évidemment à rien de moins qu'à une nouvelle épuration de la Convention. Il réclamait la guillotine « pour les députés des trois assemblées successives qui ont reçu l'or des tyrans ». Il exigeait l'arrestation de tous les banquiers « qui sont par état les valets des rois, les accapareurs de numéraire et les auteurs de la famine ». Il voulait que l'on fît rendre gorge non seulement à « tous ces mauvais citoyens qui ont acquis depuis quatre ans des domaines immenses, à ces égoïstes qui ont profité des malheurs publics pour s'enrichir », mais encore à « ces députés qui, avant leur élévation inopinée à l'aréopage, n'avaient pas un écu par jour à dépenser et qui sont aujourd'hui de gros propriétaires, ces députés qui exerçaient l'état de boucher dans des rues fétides *(autrement dit, Legendre)* et qui occupent maintenant des appartements lambrissés, ces députés qui, avant de parcourir la Savoie et la Belgique *(autrement dit Hérault-Séchelles, Danton, Delacroix)* prenaient leurs repas dans de petites hôtelleries et qui ont aujourd'hui table ouverte, qui fréquentent les spectacles, entretiennent des catins et ont à leur solde des panégyristes ».

Plus violent encore, Leclerc attaquait la Convention en bloc : « Peuple, tu as à te plaindre de tes législateurs. Tu leur as demandé la taxation de toutes les denrées de première nécessité, on te l'a refusée, l'arrestation de tous les suspects, elle n'est pas décrétée, l'exclusion des nobles et des prêtres de tous les emplois civils et militaires, on n'y a pas accédé. Cependant la patrie ne doit attendre son salut que d'un ébranlement révolutionnaire qui, d'une extrémité à l'autre, donne une secousse électrique à ses nombreux habitants. »

On ne pouvait appeler plus clairement à l'insurrection. Seul, à défaut de Marat, Robespierre était en situation de riposter. Il le fit, aux Jacobins, le 5 août. Claude, qui, au Comité, avait laissé à Couthon la correspondance, pour s'occuper, à la place de Delmas de fournir en vêtements et subsistances les armées — rude besogne — n'assistait pas à cette séance, mais il en eut de nombreux échos. Le petit Vincent, le secrétaire à la Guerre, loin de se tenir tranquille après avoir été confirmé au ministère avec Bouchotte, reprenait ce soir-là les accusations de ses amis les Enragés contre la Convention dans son ensemble, et nommément contre Danton et Delacroix. Maximilien l'interrompit sèchement. « Des hommes nouveaux, dit-il, des patriotes d'un jour veulent perdre aux yeux du peuple ses plus anciens amis. » Il défendit Danton « qu'on ne discréditera qu'après avoir prouvé qu'on a plus d'énergie, de talents et d'amour de la patrie ». Puis, passant au-dessus de Vincent, il atteignit ses inspirateurs, Leclerc d'Oze et Jacques Roux : « deux hommes salariés par les ennemis du peuple, deux hommes dénoncés par Marat et qui invoquent le nom de Marat pour mieux discréditer les vrais patriotes ».

A la séance suivante, le 7, poursuivant l'offensive, il mit les Jacobins en garde contre des mesures exagérées, tout juste bonnes à perdre la république. Il accusa les Enragés de fomenter un complot pour « renouveler les horreurs de Septembre ». Comme il avait défendu Danton il défendit Pache, Hanriot, la Commune, et comme il avait fustigé les Enragés il fustigea l'architecte Cauchois et les séides de la Gironde, les royalistes masqués, « meneurs fourbes des sections qu'ils tentent de soulever contre la représentation nationale ». Le club montra sa pleine approbation en élevant l'Incorruptible à la présidence.

Ainsi soutenu, le lendemain il porta le coup décisif devant la Convention en faisant paraître à la barre Simone Évrard, la veuve de Marat. Elle dénonça « les libellistes hypocrites qui déshonorent le nom de mon mari en prêchant des maximes extravagantes. Ils cherchent à perpétuer après sa mort la calomnie parricide qui le présentait comme un apôtre insensé du désordre et de l'anarchie ». Là-dessus, Robespierre demanda un rapport sur la conduite de Jacques Roux et Leclerc. L'Assemblée les déféra au Comité de Sûreté générale.

Le même jour, Barère, au nom du Comité de Salut public, faisait voter un décret organisant dans chaque district de la république un « grenier d'abondance » qui serait alimenté par les contributions en nature, obligatoires pour les récoltants, et par un crédit de cent millions destinés à l'achat de céréales. Décret à longue échéance, car il faudrait du temps pour remplir ces greniers, mais il montrait au peuple que l'on se souciait de sa disette. Au demeurant, le Comité, grâce au concours de Cambon, avait agi avec efficacité afin de calmer les sections en assurant le ravitaillement de Paris. Dès la fin de juillet, on avait mis à la disposition de la Commune cinq cent quarante mille francs pour achat de bœufs et de riz. On ajouta deux millions, le 7 août, pour achat de grains et farines. Puis encore trois millions. Comme au temps où Dubon allait lui-même chercher sur place du froment, des conventionnels résolus furent envoyés quérir les blés dans les départements qui les retenaient. Ces commissaires avaient droit de réquisition et droit de faire battre les grains en gerbe.

En peu de jours, avec l'énergique appui de Robespierre, le Comité avait sensiblement amélioré sa position. Plus actif, occupé des tâches immédiates, il permettait à la Convention de travailler aux grandes institutions : Code civil, conversion de toutes les créances conformément à la création du livre de la Dette. Elle organisait l'instruction publique. Lakanal faisait expérimenter une merveilleuse invention de deux ingénieurs, les frères Chappe : le *télégraphe* aérien, grâce auquel on correspondrait en quelques instants avec les points du territoire les plus éloignés. On décidait la construction immédiate de deux lignes, l'une entre Paris et Lille, l'autre entre Paris et Landau, pour communiquer avec les armées.

C'étaient elles, la préoccupation et l'inquiétude dominantes du Comité, et c'était particulièrement à leur propos que Danton mettait une insidieuse insistance à le harceler. Par ce magnifique été, Danton préférait, disait-il, à l'atmosphère étouffante du Palais national le grand air de la campagne, et aux ennuis du pouvoir les plaisirs de l'amour, les joies de la famille. Cependant, porté pour quinze jours à la présidence de la Convention, il y déployait sa familiarité rude et séduisante, avec laquelle il prétendait s'établir en arbitre au-dessus des partis, en censeur du gouvernement. Claude le trouvait singulièrement agaçant dans son nouvel avatar, cet animal. Quelle peine prenait-il, lui? Il s'étalait, jouissait de la vie comme si la république, au lieu d'être au bord du gouffre, eût nagé dans la paix et l'abondance. Il ne connaissait aucune restriction, ne se privait d'aucun plaisir. Au milieu des terribles difficultés et des périls actuels, quand on s'éreintait jour et nuit, au pavillon de Flore, à des tâches écrasantes, quand, serrés dans la tenaille de l'ultra et de la contre-révolution, on s'épuisait à repousser tout ensemble les excès des Enragés et les sournoises manœuvres des propres amis de Danton, on supportait mal ses admonestations, à ce gros sybarite. Qu'avait-il donc accompli, lui-même, ici? Avec ses visées de haute politique, se faire berner par la Prusse et l'Angleterre, choisir pour général en chef un Custine après avoir soutenu un Dumouriez : belle besogne! qui lui donnait bien le droit de critiquer les autres.

Claude ne le lui envoya pas dire. Il ne voulait quand même point l'attaquer à la tribune, mais, tête à tête dans le petit salon qui s'ouvrait derrière l'estrade présidentielle, il lui déclara carrément :

« Je t'en préviens, Georges, ne nous chatouille pas trop, car si tu nous poussais à te chercher des poux, on en trouverait assez dans ta grosse tête pour te mettre à ton tour fort mal à l'aise. Tu m'entends, mon ami?

— Je t'entends et je pleure. Quoi! c'est toi...

— Moi-même. Je ne t'ai jamais caché mes sentiments, n'est-il pas vrai? Il ne me paraît pas qu'en ce moment l'intérêt public te guide, or j'y sacrifie trop pour ne point le faire passer avant l'amitié. »

Il soupçonnait Danton de feindre un détachement sous lequel il masquait l'envie de revenir au pouvoir. Quand il le détenait, il le négligeait, s'en disait las, aspirait au repos; quand il ne l'avait plus, il voulait le reprendre. On ne pouvait douter qu'à l'heure présente il n'essayât de le reconquérir en discréditant le Comité « régénéré ». Dans l'ancienne chapelle et la salle de la Liberté, dans les couloirs, on le voyait caresser à la fois les modérés et les Montagnards, prendre des collègues sous le bras, s'épancher avec sa rondeur bon enfant. Auprès des uns et des autres, il s'étonnait que les efforts de ses successeurs, efforts méritoires, auxquels il rendait hommage, ne produisissent point meilleurs résultats. Robespierre le surprenait, il lui aurait cru plus de fermeté, de décision.

Claude estimait injustes ces critiques. Maximilien, certes, ne manquait pas de défauts, du moins possédait-il les qualités les plus nécessaires à présent, celles que Danton n'avait jamais eues et n'aurait jamais : la méthode, l'obstination, la suite dans les idées. Son programme ne se bornait pas aux subsistances et aux lois populaires, il apportait au Comité tout un plan d'action afin de consolider et d'étendre — pourvu que les armées coalisées en laissassent le loisir — la victoire remportée le 2 juin sur le modérantisme. Il fallait développer d'une façon continue l'action révolutionnaire, punir sans faiblesse les traîtres et les conspirateurs, faire des exemples terribles de tous les scélérats qui outrageaient la liberté, versaient le sang des patriotes. Le Tribunal révolutionnaire serait mis en demeure d'agir plus énergiquement, sous peine d'être lui-même considéré comme suspect. Mais cela ne suffirait pas. Les dangers intérieurs venaient des riches bourgeois, on l'avait bien vu à Marseille, à Bordeaux, à Lyon. Pour vaincre cette caste ennemie, la Convention et le peuple devraient s'allier intimement. Seule, leur union étroite assurerait le triomphe définitif de la Révolution. Dans ce but, on devait exalter l'enthousiasme révolutionnaire par tous les moyens, éclairer, « colérer » les sans-culottes. Quant aux armées, il était temps d'en finir avec les généraux aristocrates, tous plus ou moins suspects. On allait mettre partout à leur place des républicains et l'on punirait les coupables, c'est-à-dire ceux qui ne remporteraient pas la victoire, car un général doit être ou victorieux ou mort. Enfin, pour désarmer les intrigants de toute espèce, il importait au plus haut point de résoudre rapidement la crise des subsistances.

Ces vues étaient évidemment théoriques, comme presque toutes les idées de Maximilien, plus propre à énoncer des principes d'action qu'à donner les moyens de les réaliser. Au Comité d'imaginer ces moyens. Tâche peu aisée! Un grand rapport de Bernard, arrivant sur ces entrefaites, montra bien que pour battre l'ennemi il ne suffisait pas de lui opposer des généraux patriotes. On ne pouvait suspecter ni le jacobinisme ni la résolution d'un Delmay. Or non seulement il n'avait pas débloqué Mayence, mais après avoir reculé d'un coup jusqu'à Landau, il annonçait maintenant comme inévitable un repli sur les lignes de Wissembourg. Tout autre eût aussitôt subi le sort de Custine qui venait de porter sa belle tête à moustaches sur l'échafaud. Loin de se défendre autrement que par l'exposé des faits, Bernard, dans ce rapport, accusait sévèrement la section de la Guerre. « Incapable de fournir aux soldats l'indispensable pour se battre, écrivait-il, elle n'a en outre aucune vue stratégique; les armées sont dans une totale anarchie, livrées chacune à elle-même sans la moindre coordination dans leurs mouvements. Il n'est pas croyable que l'on prétende faire la guerre de la sorte, et nous nous demandons, je vous l'avoue, citoyens, si la trahison ne se trouve pas dans le sein même de votre Comité. »

Couthon, qui écoutait cette lecture en caressant distraitement sa levrette couchée sur ses genoux, dit :

« Delmay voit juste. La trahison est ici, non pas volontaire, assurément, mais dans notre incompétence. Nous trahissons la patrie en voulant nous occuper d'une chose sur laquelle nous n'avons aucune lumière.

— Nous en avons assez, rétorqua Robespierre, pour savoir si un général accomplit ou non son devoir, et pour le châtier d'une façon exemplaire.

— Ce n'est pas un moyen d'organiser, observa Claude. Couper la tête aux généraux ne fournira pas des canons, des fusils, de la poudre aux troupes, ni un plan de campagne aux armées. Te sens-tu capable d'en combiner un? »

Barère, en train d'écrire, à son pupitre, avait suspendu la course de sa plume. Il prit modestement la parole pour proposer de recourir à des spécialistes, ce que n'avaient été vraiment ni Delmas ni Gasparin. La Convention comptait, parmi les patriotes, des officiers savants. Pourquoi n'appellerait-on pas au Comité deux d'entre eux, l'un pour s'occuper de l'armement, l'autre de la stratégie? Carnot, par exemple, justement en mission à l'armée du Nord, et Prieur de la Côte-d'Or retour de Caen où il avait été arrêté avec Romme par les fédéralistes. Maximilien serra les lèvres en jetant un regard glacial à Barère, qui développait sa proposition; puis, touchant le bras de Claude, il l'entraîna dans le couloir.

« C'est une cabale! siffla-t-il entre ses dents. Je suis à peine entré ici, que l'on cherche à y réduire mon influence. Et tu y prêtes les mains, avec Couthon! »

Ah! cette manie soupçonneuse!

« Mais voyons, tu n'y penses pas, mon ami! protesta Claude. La question est arrivée fortuitement sur le tapis, tu l'as bien vu. Au demeurant, l'idée de Barère, me semble bonne.

— Allons donc! Ces deux noms ne lui sont pas venus soudain. Carnot et Prieur sont des hommes à lui. Il a en tête tout autre chose que les intérêts de la république. Danton en avait fait un personnage, mon arrivée l'a rendu à sa médiocrité, il cherche une revanche.

— Laisse-le faire, dit Claude, il remuera toujours et cela n'a pas d'importance. Je connais bien Carnot. Il a participé au 10 août, il a voté la mort du roi. Il n'est pas jacobin mais je te réponds de son patriotisme et de son énergie. Que nous faut-il de plus? Viens, rentrons. »

Robespierre le suivit dans le salon blanc et or, mais il resta crispé, ses lunettes à la main, les yeux baissés. Il se rapprocha de Saint-Just debout dans une embrasure où il relisait le rapport de Bernard, à la lumière, car on avait tiré à demi les rideaux contre le soleil. Maximilien et le jeune homme se parlèrent à voix basse. Quand Séchelles demanda les avis, Saint-Just acquiesça du front. Robespierre ne dit rien. A la majorité, Carnot fut mandé d'urgence à Paris.

VI

Grâce à la fermeté avec laquelle Robespierre venait de frapper Roux d'une part, Cauchois de l'autre, on arrivait au 10 août sans avoir subi un soulèvement des sections. Restaient les dangers de cette fête même. Pour l'anniversaire de la prise des Tuileries, la nouvelle Constitution, acceptée par les assemblées primaires dans tous les départements fidèles ou ramenés, serait proclamée solennellement au cours d'une grande fête fédérative où l'on célébrerait la purification, la régénération nationales. Tous les adversaires avoués ou secrets de la Convention, et dans celle-ci du Comité de Salut public, comptaient sur l'appui des délégations de province pour imposer : 1° une amnistie générale proposée par les amis de Roland; 2° la mise en vigueur du gouvernement constitutionnel, sitôt la Constitution proclamée. Les modérés, avec nombre de Dantonistes se montraient favorables à l'amnistie. Hébert et Robespierre s'y étaient l'un comme l'autre opposés, le premier en déclarant à juste titre : « Cette mesure, réclamée par les Endormeurs, aurait pour résultat le rétablissement de la monarchie. » Robespierre fit plus : en guise d'aministie, il demanda avec Couthon, la mise en accusation de Carra qui proposait, l'année précédente, d'offrir le trône au duc d'York, et qui, de sa prison, complotait maintenant avec les meneurs déguisés des sections monarchistes. Du coup, Barère, penchant jusque-là vers l'indulgence, déclara impossible toute amnistie tant que le fédéralisme ne serait pas écrasé. Quant à la mise en vigueur immédiate de la Constitution, c'eût été la fin du gouvernement révolutionnaire, la disparition du Comité de Salut public, l'abandon de l'effort juste entrepris.

Au Comité, on se défiait des fédérés, arrivant assurément avec un esprit anti-parisien, anti-montagnard. On craignait qu'ils ne se laissassent gagner, séduire ou corrompre par la clique modérantiste, contre-révolutionnaire, monarchiste, royaliste. On n'avait pas hésité à employer les grands moyens. Aux premiers jours d'août, des agents d'Héron, postés sur les routes, fouillaient les arrivants, ouvraient leurs lettres, arrêtaient ceux qui paraissaient suspects. On avait mis à la disposition d'Hanriot trois cent mille francs pour exercer une surveillance discrète autour des fédérés. D'autre part, on leur offrit la salle des Jacobins pour leurs délibérations, les Montagnards du club, de la Commune, des sections les entourèrent, les choyèrent. Ils furent conquis. Dès le 6, leur orateur, Royer, curé de Chalon-sur-Saône, se prononçait aux Jacobins contre l'application de la Constitution.

« C'est, dit-il, le vœu des Feuillants, des modérés, des fédéralistes, des aristocrates et des contre-révolutionnaires de tout genre. Le gouvernement constitutionnel doit être ajourné à la paix. »

Le 10, la fête se passa bien. Presque sous le canon ennemi, ce fut une sombre solennité. David avait élevé trois statues géantes : sur les ruines de la Bastille, la Nature; sur la place de la Révolution, la Liberté; sur l'esplanade des Invalides, le Peuple terrassant le fédéralisme. Tandis que le cortège se déroulait par les boulevards, on ne pouvait savoir si la liberté, la république existeraient encore dans huit jours. Pourtant la Convention, les Jacobins défilant derrière leur bannière, l'immense peuple montraient une confiance égale et une résolution farouche. En marchant on chantait comme un défi le *Chant du départ :*

La République nous appelle.
Sachons vaincre ou sachons périr.
Un Français doit vivre pour elle,
Pour elle un Français doit mourir.

composé anonymement par Marie-Joseph Chénier qui, suspect de girondinisme, se cachait. Sur les pierres de la Bastille on but l'eau de la régénération. Au Champ-de-Mars, les délégués des districts provinciaux et des sections parisiennes acceptèrent symboliquement la Constitution, Hérault-Séchelles qui présidait la Convention salua l'urne contenant les cendres des héros morts pour la patrie. Claude n'était allé que jusqu'à la place de la Révolution, il avait regagné par le jardin l'aile du pavillon de Flore où il lui fallait conclure d'énormes marchés pour fournir les armées en chaussures.

Le lendemain matin, Carnot, arrivant à Paris, se présenta aussitôt au Comité avec son compatriote Prieur. Ils acceptèrent d'y prendre place et, sur-le-champ, Carnot proposa un plan de campagne pour barrer d'abord la route aux ennemis puis prendre hardiment l'offensive. On l'écouta, on se pencha sur des cartes. Saint-Just posait des questions.

Pendant ce temps, dans l'autre aile du Palais national, Delacroix, « pour confondre, disait-il, ceux qui accusent la Convention de vouloir se perpétuer », l'invitait à préparer la convocation d'une nouvelle assemblée, « en procédant au recensement de la population électorale et au découpage des circonscriptions ». Un coup de Danton. Et bien machiné. Les Montagnards, mal vus presque partout en province, peu sûrs même d'une majorité à Paris, pouvaient être éliminés de l'Assemblée législative prévue par la Constitution proclamée la veille. Ce matin, en début de séance, les députés n'étaient pas en nombre, sauf les Dantonistes et les rescapés de la Gironde assurément prévenus, comme les quelques Hébertistes, favorables à des élections qui, pensaient-ils, porteraient au pouvoir d'autres hommes de leur bord. Pour toutes ces raisons, le décret proposé par Delacroix fut voté en un clin d'œil. Gay-Vernon, quittant la salle, se hâta d'aviser Claude.

La plus grande partie du Comité fut stupéfaite. La déclaration du curé Royer, le 6, semblait avoir écarté toute idée d'une assemblée nouvelle. Robespierre réagit avec violence. Le complot des modérantistes lui apparaissait doublement : dans la Convention par cette tentative, au Comité par l'introduction des deux nouveaux venus, très suspects malgré le jugement de Claude, et qui formeraient avec Thuriot, Séchelles, l'ondoyant Barère et peut-être Lindet, un bloc d'opposition. A la séance de relevée, Maximilien avertit expressément la Convention : « Je ne croupirai point membre inutile d'un comité. Si ce que je prévois arrive, je déclare que nulle puissance humaine ne pourra m'empêcher de dire toute la vérité, de montrer les dangers au peuple et de proposer les moyens nécessaires pour les prévenir. »

Le soir, au club, il commença d'exécuter sa menace. « Appelé contre mon inclination au Comité de Salut public, dit-il, j'y ai vu des choses que je n'aurais jamais osé soupçonner. J'y ai vu d'un côté des membres patriotes faire tous leurs efforts pour sauver leur pays, et de l'autre des traîtres qui trament au sein de ce même conseil contre les intérêts de la nation... Rien ne peut sauver la république si l'on adopte la proposition faite ce matin que la Convention se sépare et qu'on lui substitue une assemblée législative. Cette proposition ne tend qu'à faire succéder aux membres épurés de la Convention actuelle les envoyés de Pitt et de Cobourg. »

Des frissons passèrent au long de quelques échines dantonistes ou girondinistes. Le mot *traîtres* évoquait redoutablement le Tribunal révolutionnaire, et l'on savait à présent, par l'exemple de Brissot, de Vergniaud, de Carra et autres, que nul n'était à l'abri du décret d'accusation. Le club et les fédérés ajoutèrent un poids plus lourd aux paroles de l'Incorruptible en décidant d'inviter impérieusement l'Assemblée à ne point se séparer. A la Convention, on comprit. On ne parla plus de préparer les élections.

De son côté, Robespierre, un peu rassuré par l'attitude des Jacobins, demeura dans l'expectative envers les nouveaux venus au pavillon. Il s'abstint d'y paraître pendant quatre jours.

Sur les instances de Couthon, de Claude, de Jean Bon Saint-André, il consentit à y revenir le 18, et dut constater le zèle, la compétence, la passion patriotique de Carnot et de Pricur. Il put bientôt se convaincre que leur seul but, leur seule pensée, c'était d'obtenir par tous les moyens la victoire militaire, et ils s'y vouaient corps et âme. Dès lors, son attitude changea entièrement. Imitant les Jacobins, la Convention, matée, l'avait élu au fauteuil. Pour la première fois depuis qu'il existait une Assemblée nationale, il la présidait. Il s'y fit le plus ferme défenseur du Comité. Le 29, Billaud-Varenne ayant, avec Danton, proposé la création d'une commission spéciale chargée de surveiller le pouvoir dans l'exécution des lois, Maximilien s'y opposa péremptoirement, et, comme ses adversaires habituels se remettaient à s'agiter, criaient au *veto*, il riposta, leur coupant toute réplique :

« Je m'aperçois qu'il existe un système perfide de paralyser le Comité de Salut public en paraissant l'aider dans ses travaux, et qu'on cherche à avilir l'exécutif afin de pouvoir dire qu'il n'y a plus en France d'autorité capable de manier les rênes du gouvernement. »

Défendu, poussé par Robespierre, le Comité organisa militairement la « fureur populaire », comme le disait Carnot. A la demande des fédérés, le 23, la Convention avait voté le décret de levée en masse préparé par Barère et Carnot. La nation tout entière se trouvait désormais requise. « Jusqu'à ce que les ennemis soient chassés du territoire national, ordonnait le décret, tous les Français sont en réquisition pour le service des armées. La levée sera générale. Les citoyens non mariés ou veufs sans enfants, de dix-huit à vingt-cinq ans, marcheront les premiers; ils se rendront sans délai au chef-lieu de leur district, où ils s'exerceront tous les jours au maniement des armes, en attendant l'ordre du départ. Le bataillon qui sera organisé dans chaque section sera réuni sous une bannière portant cette inscription : *Le Peuple français debout contre les tyrans.* Les hommes mariés forgeront les armes et transporteront les subsistances, les femmes feront des tentes, des habits et serviront dans les hôpitaux, les enfants mettront le vieux linge en charpie, les vieillards se feront porter sur les places publiques pour exciter le courage des guerriers, prêcher la haine des rois et l'unité de la république. Nul ne pourra se faire remplacer dans le service pour lequel il est requis. Les armes de calibre seront exclusivement confiées à ceux qui marchent à l'ennemi; le service de l'intérieur se fera avec des fusils de chasse et l'arme blanche. Les chevaux de selle seront requis pour compléter les corps de cavalerie, les chevaux de trait autres que ceux employés à l'agriculture conduiront l'artillerie et les vivres. Les propriétaires, fermiers et possesseurs de grains seront requis de payer en nature leurs impositions. »

En même temps, la Convention avait placé tous les travaux des manufactures sous la surveillance « immédiate et exclusive » du Comité en lui donnant pleins pouvoirs pour diriger la fabrication extraordinaire des armes. C'était l'affaire du jeune Prieur, contemporain de Claude, qui, déjà chargé des fournitures militaires, le secondait. Tandis que Carnot organisait les onze armées en formation, et en même temps dirigeait celles qui existaient déjà, adressait aux généraux des ordres d'ensemble et de détail, Prieur et Claude firent de Paris l'arsenal de la France. Ils installèrent des forges au Luxembourg, aux Tuileries, sur la place de la Révolution, sur celle des Piques, sur l'esplanade des Invalides : deux cent cinquante-huit forges en plein air. Les passants voyaient fabriquer les fusils. Dix foreries fonctionnèrent sur la Seine, dans des bateaux. Les citoyennes patriotes travaillaient aux équipements, dans les églises. On construisit des affûts de canon dans celle de Saint-Nicolas, on fondit les pièces au Champ-de-Mars, on les polissait sous les voûtes de Notre-Dame de Lorette. Les couvents, les demeures aristocratiques furent affectés au service de la patrie. La commission des armes et poudres occupait, au Marais, l'hôtel de Juigné — mais le Comité avait ordonné que l'on prît garde d'altérer les livres composant la célèbre bibliothèque, et que ce « dépôt sacré, si utile pour l'instruction publique », fût conservé avec toute l'intégrité possible. Rue de l'Université, la maison du ci-devant chancelier Maupeou servit d'entrepôt général pour les outils. Le charbon s'entassa, rue Saint-Jacques, dans les jardins des Bénédictins anglais. Le fer, chez le ci-devant comte de Guiche. L'acier, à l'hôtel de Broglie, rue de Varenne, à côté du ministère de la Guerre. Ces matières premières indispensables que l'on ne pouvait plus se procurer en Angleterre, en Hongrie, on les obtint par des moyens révolutionnaires. Le mobilier de l'émigré Condé fournit plus de dix mille livres de cuivre. La batterie de cuisine du Palais-Égalité fut fondue de même. On envoya la rejoindre dans les creusets la plus grande partie des « breloques monstrueuses du Père éternel ». Dans toute la France républicaine, chaque paroisse dut ne conserver qu'une seule cloche. Les grilles des couvents, des hôtels particuliers, des châteaux, des maisons de campagne furent transformées en canons de fusils, en baïonnettes. Les couvertures de plomb des cathédrales, en balles. Des milliers d'hommes forgèrent, fondirent, limèrent, forèrent, à Paris et dans les sept manufactures de province. Les ex-nobles furent autorisés à demeurer dans la capitale s'ils travaillaient aux armes. De sa cuisine, la bonne Margot, préparant de chiches repas pendant que Lise dirigeait l'atelier des citoyennes de la section, entendait les ouvriers nationaux chanter dans la ci-devant cour de Longueville, parmi le vacarme des marteaux sur les enclumes :

Forgeons, forgeons, forgeons bien !
V'la qu'on vous fait sabre et pique
Pour aller grand train,
Soldats de la République,
Vous n' manquerez de rien.

Sur bien des portes, à côté de la liste des locataires on pouvait lire une inscription : « Pour donner la mort aux tyrans, les citoyens logés dans cette maison ont fourni leur contingent de salpêtre. » Jusqu'à présent, le pays produisait à peine, par an, un million de livres de ce sel nécessaire pour fabriquer la poudre; désormais, il en fallait un million de livres par mois. Le savant Monge, ministre de la Marine, ayant indiqué que l'on en trouverait dans les lieux bas et clos, le Comité avait invité expressément tous les propriétaires ou locataires à lessiver eux-mêmes leurs caves, écuries, étables, celliers, remises, etc. Le salpêtre ainsi récolté leur était payé vingt-quatre sols la livre. On le raffinait à Saint-Germain-des-Prés, sous la direction du chimiste Chaptal, puis on le transportait dans la plaine de Grenelle métamorphosée en une gigantesque poudrière.

Cette puissante impulsion révolutionnaire ne donnerait

pas tout de suite ses fruits, néanmoins l'armée du Nord, pour laquelle on avait raclé les ultimes réserves de fournitures, reconstituée selon le principe de *l'amalgame* et renforcée de quelques brigades, semblait en mesure de passer à l'offensive contre les Anglais assiégeant Dunkerque défendu par Souham et le jeune Hoche. C'est là que, dans son plan approuvé par le Comité, Carnot avait décidé de porter le premier coup à la coalition des tyrans. Dès le 15 août, il avait prescrit impérieusement à Houchard, qui commandait toujours l'armée du Nord, d'attaquer. Présentement établi dans le triangle Hazebrouck, Saint-Omer, Cassel, il marcherait sur Hondschoote, en balayerait les Autrichiens du général Freytag et gagnerait la côte pour prendre à revers les forces austro-anglaises placées sous les ordres du duc d'York. Le 22 août, à la réunion du soir, où l'on examinait en commun les affaires principales de chaque section, Carnot lut une lettre de Houchard. L'opération débutait mal : Barthel, arrêté par l'ennemi entre Cassel et Bergues, était incapable de se dégager. « Le général Jourdan, ajoutait son chef, me marque qu'il marche avec sa division légère au secours du général Barthel, j'espère qu'il rétablira la situation et repoussera l'ennemi. » Le surlendemain, on apprenait que c'était chose faite.

« Il faut, dit Claude, enlever le commandement du centre de l'armée à ce Barthel incapable, pour en charger Jourdan.

— J'en suis d'accord, acquiesça Carnot, j'allais le proposer. L'énergie avec laquelle manœuvre Jourdan m'inspire grande confiance. »

La veille, on avait reçu une bonne nouvelle : Bordeaux s'était soumis. Deux autres arrivèrent coup sur coup, les jours suivants : le général Carteaux, après avoir ramené Avignon à l'obéissance, signalait qu'il venait de soumettre Marseille. Hélas, dans le même temps, les *Mayençais* envoyés en Vendée s'y faisaient battre ainsi que Santerre et Rossignol. Et les contre-révolutionnaires retranchés dans Lyon y tenaient toujours malgré le bombardement de la ville, auquel Dubois-Crancé, successeur de Robert Lindet là-bas, s'était finalement résolu. Mais enfin tout cela demeurait secondaire, le danger capital se trouvait au nord. Si les Anglais, s'emparant de Dunkerque, établissaient là une tête de pont, il leur serait facile d'envahir la côte ouest, de donner la main aux Vendéens, tout en faisant en Flandre leur jonction avec les Hollandais et les Autrichiens. La marée de la coalition déferlerait alors de toutes parts, entre la mer et le Rhin. Qu'attendait donc Houchard? Il laissait Jourdan, le général Romanet — un autre Limougeaud, ci-devant noble — subir de grosses attaques en Flandre maritime, et se disait fort content d'eux : « Je ne puis que me louer de la conduite brave et intelligente de ces deux généraux », écrivait-il. Mais son offensive restait en plan.

Enfin, devant les ordres comminatoires de Carnot, talonné sur place par les représentants en mission Levasseur et Delbrel dont le Comité aiguillonnait l'énergie, il fit savoir qu'il passerait à l'action sous vingt-quatre heures. Et, le 9 septembre dans la nuit, son bulletin de victoire parvenait au pavillon de l'Égalité où Carnot veillait avec Barère et Saint-Just.

Le rapport des commissaires arriva le lendemain. « La bataille, disaient-ils, a duré trois jours. Le 6 au matin, l'armée s'est engagée sur toute la ligne, avec Hondschoote comme objectif. Ce premier jour, la droite et le centre ont d'abord refoulé très énergiquement les Autrichiens, franchi l'Yser. Le centre, poussant jusqu'à Rexpoëde, a fait prisonnier, un moment, le général Freytag; mais, contre-attaqué à la tombée de la nuit, Jourdan a dû battre en retraite. Nonobstant, l'ensemble de la journée fut favorable à nos armes. Le général Jourdan, au commandement du centre, s'est particulièrement distingué. La lutte, fort rude, se prolongea très avant dans la nuit. Au contraire, le 7 n'a pas vu de grands engagements; le centre s'est borné à maintenir ses positions, tandis qu'aux ailes de petits combats préparaient l'action du lendemain. Et, le 8, la bataille reprit toute sa violence avec la marche convergente des trois corps de l'armée sur Hondschoote. La résistance ennemie fut acharnée. Marchant droit au village, le général Jourdan s'en empara, mais la position fut disputée; perdue et reprise plusieurs fois. Finalement les Autrichiens cédèrent sur toute la ligne et se replièrent sur Furnes. Le général Jourdan, dont nous ne pouvons trop louer la conduite en ces trois journées, a été légèrement blessé à la poitrine. » Suivait un post-scriptum : « A l'instant de clore, nous apprenons que le séide York, inquiété par cette victoire, lève le siège de Dunkerque et se retire lui aussi derrière la frontière.

Bientôt, citoyens, la terre sacrée de la liberté sera délivrée des hordes d'esclaves qui la souillent, et la Belgique couverte de bataillons français. »

Enfin! Pour la première fois depuis Jemmapes — un an bientôt —, la victoire revenait sous les drapeaux de la république. Petite bataille, sans doute, incomplète, car Freytag n'avait pas été écrasé ni York entamé seulement, mais considérable par ses conséquences. Elle privait les Anglais de leur ouverture sur le territoire national, effaçait de ce côté la plus redoutable menace, et de plus, comme le sentaient les commissaires, elle permettait de porter l'offensive en Belgique.

Entre-temps, s'était hélas produit un désastre, fruit de la plus abominable trahison. Le 27 août, Toulon, le plus grand port de guerre, venait d'être livré aux Anglais par les amiraux Chassegros et Trogoff, de concert avec les royalistes du Midi. Toute l'escadre de la Méditerranée aux mains de l'ennemi! Il avait gardé pour son service quinze navires, incendié les vingt-quatre autres. Rien ne restait à la France de cette belle flotte qui avait ravi à l'Angleterre la maîtrise des mers pendant la guerre d'Amérique. C'était la revanche anglaise.

Au pavillon de Flore, on avait d'abord gardé secrète la nouvelle, car on imaginait trop comment allaient l'exploiter les adversaires du gouvernement. Déjà les Cordeliers exagérés, Hébert en tête, tendaient plus violemment chaque jour à discréditer le comité Robespierre au moyen de leur constante surenchère démagogique. Le péril discerné par Claude dès l'assassinat de Marat devenait encore plus menaçant pour la Révolution que la contre-révolution elle-même. Et Danton, toujours tenté par la politique du pire, poussait sournoisement à la roue, avec l'idée, parbleu, d'y trouver son compte. Faire basculer la Révolution dans les excès de toute espèce, dans la folie, c'était évidemment pour lui le moyen de se préparer une popularité unanime quand il se dresserait afin d'arrêter ces fureurs. Il serait alors le sauveur Danton, le maître de la France. Son dessein paraissait clairement désormais.

Les yeux peu à peu dessillés, Claude se demandait comment il avait pu être dupe de ce joueur sans conscience, de ce jouisseur effréné. Il ne voyait assurément dans la Révolution qu'une occasion de « se mettre dessus » comme il le conseillait, un soir, à ses véreux amis, dans la cour des Jacobins. Dubon d'abord, Saint-Just ensuite disaient vrai : Danton était un homme dangereux. Il traitait le Comité de pusillanime et presque ouvertement de modérantiste, tandis qu'Hébert, dans sa feuille infâme, dénonçait « les traîtres qui siègent sur la Montagne ». On aurait pu gagner Hébert, il n'était devenu si virulent qu'après la nomination de Paré au poste de Garat, démissionnaire du ministère de l'Intérieur. Un portefeuille eût bâillonné le Père Duchesne, mais on le méprisait trop pour pactiser avec lui. Cependant, il s'élevait peu à peu au rang de chef de parti, il profitait de tout pour harceler les commissaires, les accusant de favoriser le royalisme renaissant. Ces jours-ci, n'avait-il pas pris prétexte, pour démontrer l'esprit contre-révolutionnaire du Comité, des bousculades qui se produisaient au Théâtre-Français où les royalistes allaient applaudir et les sans-culottes siffler *Paméla*, comédie tendancieuse, tombant sous le coup de la loi sur les spectacles. Comme si l'on n'avait rien d'autre à faire, au pavillon, que de s'occuper de futilités pareilles! On trancha tout net en interdisant la pièce, fermant le théâtre et en saisissant auteur et comédiens. Claude avait signé avec ses collègues l'arrêté, sans se douter qu'il envoyait ainsi Babet à Sainte-Pélagie où Manon Roland, transférée là depuis quelque temps, la vit entrer avec Mlles Lange, Vanhove, Raucourt, Fleury et autres. Le lendemain, la *Feuille du Salut public*, annonçant cette arrestation, ajoutait perfidement : « Les administrateurs de la police se sont consultés pour savoir si la dame Raucourt devait être mise dans la prison des hommes ou des femmes. » Babet n'aurait pas profité longtemps du somptueux hôtel de la rue de l'Université. On a beau compter des puissants du jour parmi ses amis, que peuvent-ils, même Hérault-Séchelles, contre Robespierre déclarant, à la tribune de la rue Saint-Honoré : « Les princesses de théâtre ne sont pas meilleures que celles de l'Autriche. Les unes et les autres sont également perverses, les unes et les autres doivent être traitées avec une égale sévérité. » Malgré cela certain membre du Comité de Sûreté générale usa clandestinement de sa situation pour relâcher les prisonnières. Alors Robespierre : « Le Comité de Sûreté générale est composé de vingt-quatre membres; il n'était pas possible que quelqu'un d'eux ne fût accessible aux séductions des princesses en question. Il faut y porter remède. » Et, le soir même, les « princesses » réintégraient Sainte-Pélagie. Sans s'émouvoir beaucoup. De la chambre contiguë, Mme Roland les entendait, à onze heures, souper joyeusement avec les officiers de paix qui les avaient ramenées en ce domicile. Les propos lestes et les rires pétillaient. Quelques jours plus tard, Manon écrivait à Montané, ex-président du Tribunal révolutionnaire : « Mlle Raucourt est ici. On parle beaucoup de ses grandes facultés, de ses goûts, que sais-je encore? Elle a de l'esprit comme un vrai diable. »

Le désastre de Toulon offrait l'occasion rêvée pour se débarrasser des Robespierristes en exploitant l'indignation générale, de la même façon que l'on s'était débarrassé des Brissotins. Hébert et ses amis ne doutèrent point de réussir un nouveau 31 mai. Comme on pouvait s'y attendre, Danton se mit à hurler plus fort qu'eux. Le 30 août, aux Jacobins, renforçant les accusations d'Hébert, il proclama : « La Convention fera avec le peuple une troisième révolution, s'il le faut, pour terminer enfin cette régénération de laquelle il attend son bonheur retardé jusqu'à présent par les monstres qui l'ont trahi. » Royer, l'orateur des fédérés, demeuré à Paris, demanda pourquoi on n'avait pas écouté les conseils de Marat quand il voulait purger la république de tous ses ennemis-nés : les aristocrates et les riches. « On n'écoute pas davantage, ajouta le curé, ceux qui parlent aujourd'hui. Faut-il donc être mort pour avoir raison! Qu'on place la terreur à l'ordre du jour, c'est le seul moyen de donner l'éveil au peuple et de le forcer à se sauver lui-même. » Claude n'avait pas le temps d'aller au club. Robespierre, soutenu par Dubon, Renaudin, juré au Tribunal révolutionnaire, et quelques vieux Jacobins, fit son possible pour garder la société en main. On n'osa pas s'en prendre directement à l'Incorruptible, mais ceux qui l'appuyaient furent traités d'endormeurs.

Les deux jours suivants, Héron, passé maître espion des Robespierristes au Comité, signalait une agitation très vive dans les sections, et Dubon avertit Claude que la Commune, prise dans le mouvement d'opinion qui l'emportait, ne pourrait pas résister aux Hébertistes et aux Enragés — Jacques Roux, incarcéré pendant sept jours, venait d'être remis en liberté — et à de plus obscurs meneurs des sections. Le 2 septembre,

Billaud-Varenne, à la Convention, partit à fond avec sa sombre violence, contre le Comité de Salut public, lui reprochant de cacher la vérité au peuple en n'annonçant pas encore officiellement la perte de Toulon. Le soir, Hébert demanda aux Jacobins d'accorder l'affiliation à la Société des Femmes révolutionnaires, et il l'obtint quoique les liaisons de cette société avec les Enragés fussent bien connues : Pauline Léon, la principale auxiliaire de Claire Lacombe, était fiancée à Leclerc d'Oze. Les Hébertistes firent en outre décider que, le lendemain à neuf heures, le club s'unirait aux sections et aux sociétés populaires pour se rendre à la Convention.

Robespierre réussit à empêcher cette réunion en faisant voter un emprunt forcé sur les riches pour assurer les subsistances, et enfin l'extension du *maximum* aux farines et fourrages. On cédait à la pression. Néanmoins les Hébertistes ne désarmaient pas. Le 3, Hébert avait publié dans son *Père Duchesne* un article à rendre jaloux Jacques Roux et Leclerc, pas plus « enragés » que lui à présent : « La patrie, foutre! les négociants n'en ont point. Tant qu'ils ont cru que la Révolution leur serait utile, ils l'ont soutenue, ils ont prêté la main aux sans-culottes pour détruire la noblesse et les parlements; mais c'était pour se mettre à la place des aristocrates. Aussi, depuis qu'il n'existe plus de citoyens actifs, depuis que le malheureux sans-culotte jouit des mêmes droits que le plus riche maltôtier, tous ces jean-foutre nous ont tourné casaque et ils emploient le vert et le sec pour détruire la république, ils ont accaparé toutes les subsistances... ils ont fait pis : ils ont nourri, habillé, approvisionné les brigands de la Vendée; ils ouvrent en ce moment les ports de Toulon et de Brest aux Anglais, et ils sont en marché avec Pitt pour livrer les colonies. » Ces deux dernières allégations étaient fantaisistes. Hébert n'y regardait pas de si près.

De bonne heure, le lendemain, les commis du ministre Bouchotte, tous hébertistes, passaient dans les ateliers travaillant pour la Guerre. Ils débauchaient les ouvriers, les engageaient à demander du pain et une augmentation de salaire, les poussaient vers l'Hôtel de ville. Au passage, on faisait descendre les ouvriers du bâtiment travaillant sur leurs échafaudages et on les entraînait. D'autres agitateurs en amenaient des sections. Vers onze heures, la Grève était remplie. Une table avait été installée au centre de la place. Les manifestants se formèrent en assemblée, ils élurent un bureau qui rédigea en leur nom une pétition — préparée depuis huit jours par Hébert — et qui alla en donner lecture au corps municipal, peu après midi. Des discussions suivirent. Ce fut long. Un des délégués interpella le maire : « Y a-t-il des subsistances à Paris ? S'il y en a, mettez-les sur le carreau. S'il n'y en a pas, dites-nous-en la cause. Le peuple s'est levé, les sans-culottes qui ont fait la Révolution vous offrent leurs bras, leur temps et leur vie. » Pache répondit confusément. Le peuple était entré peu à peu à la suite de la délégation, et ces gens criaient : « Du pain ! du pain ! »

Chaumette, accompagné par Dubon, se rendit au Palais national pour aviser la Convention de ce qui se passait. Dubon avait suivi Chaumette afin de le surveiller. Admis à la barre, il rendit compte exactement des faits. On devait craindre, ajouta-t-il, que des malintentionnés ne se mêlent au peuple pour amener des désordres plus graves. Il termina en déclarant :

« Tous ces mouvements divers ne me paraissent avoir d'autre but que de retarder et empêcher, s'il se peut, le départ des citoyens mis en réquisition », ce qui était faux.

Du fauteuil, Robespierre répondit au procureur de la Commune : « La Convention s'occupe des subsistances et par conséquent du bonheur du peuple. »

En effet, sous la menace de l'émeute on avait lâché le dernier morceau. Maximilien donna lecture du décret qu'à la grande satisfaction de Collot d'Herbois on venait de prendre :

« La Convention nationale décrète que le *maximum* des objets de première nécessité sera fixé, et renvoie à sa commission des subsistances pour lui présenter dans huitaine le mode d'exécution. »

Chaumette et Dubon retournèrent à l'Hôtel de ville avec une copie de cette pièce. Le corps municipal avait levé sa séance, le Conseil général de la Commune s'était réuni dans la grande salle du premier étage maintenant remplie d'une foule entassée dans le large vestibule, dans les tribunes et jusque sur les gradins en hémicycle où siégeaient les municipaux. Chaumette, montant au bureau, lut le décret de la Convention. On n'y accorda nulle importance. « Ce ne sont pas des promesses qu'il nous faut, s'écria-t-on, c'est du pain, et tout de suite! » Alors Chaumette fit volte-face. « Et moi aussi, proclama-t-il, j'ai été pauvre, par conséquent je sais ce que c'est que les pauvres! » Dans le silence aussitôt survenu, il poursuivit : « C'est ici la guerre ouverte des riches contre les pauvres, ils veulent nous écraser, eh bien il faut les prévenir, il faut les écraser nous-mêmes, nous avons la force en main!... Je requiers, premièrement, qu'il soit transporté à la Halle une quantité de farine suffisante pour le pain nécessaire à la journée de demain, deuxièmement qu'il soit demandé à la Convention nationale un décret, pour organiser sur-le-champ une armée révolutionnaire, à l'effet de se transporter dans les campagnes où le blé est en réquisition, assurer les levées, favoriser les arrivages, arrêter les manœuvres des riches égoïstes et les livrer à la vengeance des lois. »

C'était là l'essentiel des mesures demandées depuis huit jours aux Jacobins par Hébert et Royer, qui les avaient eux-mêmes reprises aux Enragés. Au milieu des acclamations, la Commune adopta les conclusions de son procureur. Triomphant, le petit Hébert intervint pour inviter les ouvriers à cesser demain tout travail afin de se porter en masse avec le peuple à l'Assemblée. « Qu'il l'entoure comme il l'a fait au 10 août, au 2 septembre et au 31 mai, et qu'il n'abandonne pas ce poste jusqu'à ce que la représentation nationale ait adopté les moyens propres à nous sauver. » C'était l'appel pur et simple à la troisième révolution annoncée par Danton. Dès cet instant Dubon ne douta plus que Dantonistes et Hébertistes eussent sourdement cause liée. En tout cas, le Père Duchesne ne cachait pas son dessein d'imposer par la force à la Convention le système de terreur que Royer avait réclamé aux Jacobins. « Que l'armée révolutionnaire, ajouta Hébert, parte à l'instant même où le décret sera rendu, mais surtout que la guillotine suive chaque rayon, chaque colonne de cette armée! »

La nuit était venue. Pache, afin de vider la salle, conseilla aux assistants de se rendre dans leurs sections pour les informer des résolutions prises par la Commune. Ils y portèrent surtout le tumulte. Celle de Dubon, du Pont-Neuf, arrêta des « aristocrates » qui la troublaient. Celle des Sans-Culottes, ci-devant du Luxembourg, se déclara « en insurrection contre les riches qui veulent asservir le peuple et la république ». La plupart restèrent sur pied toute la nuit, à motionner. Le Comité, tenu au courant d'heure en heure par ses divers agents, ne pouvait douter d'avoir au jour à subir un rude assaut.

Robespierre était allé aux Jacobins dès l'ouverture de la séance. Ni Claude, retenu au pavillon avec Prieur par leur besogne suprêmement urgente, ni Dubon occupé à faire livrer les farines requises par Chaumette, n'avaient pu suivre Maximilien. Il disposait néanmoins d'un excellent auxiliaire : Renaudin, et ils s'étaient entendus sur la tactique. L'ex-luthier parla le premier. « Il dénonça « les contre-révolutionnaires qui se mêlent aux bons citoyens jusque dans les tribunes du club. Ces aristocrates déguisés qui assistent à nos séances se reconnaissent à ce signe : ils disent tous des horreurs de Robespierre ».

Renaudin conclut en exhortant les vrais patriotes à démasquer ces faux frères et à en faire justice. Astucieuse manœuvre, semblait-il. Ainsi se trouvaient par avance désignés comme ennemis publics ceux qui n'approuveraient pas les paroles de l'Incorruptible.

Il monta peu après à la tribune pour prononcer un long discours très étudié, très balancé, où d'abord il mit ses auditeurs en garde contre les conseils de violence des Enragés et des Hébertistes — sans les nommer —, contre une émeute qui comblerait de joie les aristocrates, « car il existe un complot d'affamer Paris et de le plonger dans le sang, le Comité de Salut public en a les preuves ». Il s'efforça ensuite de calmer les esprits au sujet de Toulon. Puis, à propos des subsistances, il dit, en termes volontairement vagues : « Nous ferons des lois sages mais en même temps terribles qui, en assurant à tous les moyens d'existence, détruiront à jamais les accapareurs, pourvoiront à tous les besoins, préviendront tous les complots, les trames perfides ourdies par les ennemis du peuple pour l'insurger par la faim, l'affaiblir par les divisions, l'exterminer par la misère. » Pour n'avoir pas l'air moins démocrate que les ultras, il lança cette menace : « Si les fermiers opulents ne veulent être que les sangsues du peuple, nous les livrerons au peuple lui-même. » Mais aussitôt après il appela les patriotes à l'union, à l'obéissance aux autorités. « Ne perdons pas de vue, dit-il avec insistance, que les ennemis du bien public désirent nous rendre suspects les uns aux autres et particulièrement nous faire haïr et méconnaître toutes les autorités constituées. »

Les applaudissements obligatoires ne furent guère nourris. Toute une partie du club, manifestement, trouvait Maximilien bien tiède. Prenant sa place à la tribune, Royer lui dit : « Robespierre, ton âme est pure et tu crois celles avec lesquelles tu communiques semblables à la tienne, c'est tout simple, mais elles sont loin de l'être. » Il attaqua là-dessus Cambon. Très riche négociant de Montpellier, il avait, avec son père et ses deux frères, acquis en deux ans d'immenses quantités de biens nationaux. Quant à Barère, « hier feuillantiste, il a tenu dans la Révolution une marche tortueuse. Si le côté droit eût triomphé, Barère insulterait aujourd'hui aux Jacobins anéantis ».

Maximilien, renseigné sur Cambon par un autre Montpelliérain, le banquier Aigoin, commissaire à la trésorerie nationale, se défiait de Cambon. Il ne répliqua pas à son sujet. Il se contenta de défendre Barère, quoique sans illusions sur l'individu, parce qu'il ne fallait pas laisser entamer le Comité de Salut public, et parce que Barère entraînait le centre : les Sieyès, les Cambacérès, les Boissy d'Anglas, les Durand-Maillane, tous ces hommes de la Plaine dont les votes, portés ici ou là, faisaient la majorité. Mais Royer, abandonnant les questions de personne, s'en prit au club tout entier.

« Quant à vous, Jacobins, s'écria-t-il, jusques à quand délibérerez-vous sans agir? Qu'avez-vous fait depuis huit jours? Rien. Montrez-vous tels que vous étiez dans ces temps difficiles où vous sauvâtes la liberté. Changez de tactique, je vous en conjure. Agissez et ne parlez plus. »

Il exhorta le club à suivre le peuple demain aux Tuileries, à demander avec lui des visites domiciliaires systématiques, l'arrestation de tous les suspects, l'accélération de la justice révolutionnaire. On l'applaudit frénétiquement. Robespierre n'insista pas. Impossible d'arrêter le mouvement. Restait à biaiser, peut-être.

Le lendemain, 5 septembre, quand les pétitionnaires précédés de Pache et de Chaumette et suivis d'une petite foule portant des pancartes où se lisait : « Guerre aux tyrans! Guerre aux aristocrates! Guerre aux accapareurs! » parvinrent au Palais national, la Convention avait déjà voté, sur le rapport de Merlin de Douai, la division du Tribunal révolutionnaire en quatre sections qui fonctionneraient simultanément. On s'occupait des subsistances, Coupé proposait d'instituer une carte pour le pain. Le Comité s'efforçait de gagner de vitesse les Hébertistes. Quant aux Enragés, Jacques Roux venait, ce matin même, d'être arrêté de nouveau, et Varlet se trouvait sous la surveillance de la Sûreté générale.

Dans la grande salle aux peintures de marbre jaune et vert foncé, la foule était moins nombreuse qu'on aurait pu le craindre. Elle se tenait assez sagement dans les tribunes et sur les gradins de banquettes bleues étagées aux deux extrémités, dans les arcades. Ce n'était pas le déferlement du 2 juin. Les huissiers et les gardes invalides n'éprouvaient aucune peine à faire respecter le long hémicycle réservé aux députés. Face au massif du bureau où Robespierre, maigre, les traits creusés, siégeait sur le somptueux fauteuil dessiné par David, Pache à la barre expliqua posément que le peuple était excédé de la disette dont il voyait la cause dans l'égoïsme des propriétaires et dans les manœuvres des accapareurs. Après le maire, Chaumette, bien moins violent que la veille, à la Commune, se contenta de lire la pétition, un peu assouplie, des sections. Elle réclamait simplement la formation de « cette armée révolutionnaire déjà décrétée en principe et que l'intrigue et la frayeur ont fait avorter ». Laquelle armée serait suivie « d'un tribunal incorruptible et de l'instrument qui tranche d'un seul et même coup les complots et les jours de leurs auteurs ». Avisé par des rapports d'Hanriot, par les observations de Dubon sur le jeu que menaient en sous-main les sections monarchistes et les royalistes déguisés, le Conseil de la Commune mettait une sourdine aux exigences ultra-révolutionnaires. Cela ne convenait point aux Hébertistes. La promesse du *maximum* général sous huit jours, le décret pris pour accélérer le Tribunal révolutionnaire, leur ôtaient leurs grands chevaux de bataille, mais Billaud-Varenne demanda hautement l'arrestation de tous les suspects.

« Si les révolutions traînent en longueur, c'est qu'on ne prend jamais que des demi-mesures », affirma-t-il.

Claude, pour gagner du temps, annonça : « Le Comité va délibérer sur les diverses propositions.

— Il serait bien étonnant, répliqua Billaud, que nous nous amusassions à délibérer. Il faut agir. »

Bazire vint au secours du Comité en mettant la Convention

en garde contre les meneurs des sections qui pourraient bien n'être que des agents de trouble aux mains de l'aristocratie, comme à Lyon, à Marseille, à Toulon. Le public l'interrompit par des murmures. Danton se dirigea vers la tribune où il prit place avec un air formidable. Il enfonça Chaumette d'un mot. « Ce n'est pas assez d'une armée révolutionnaire, tonna-t-il. Soyez révolutionnaires vous-mêmes, citoyens! » Et il prononça un discours qui, dans son éloquence grondante, ramassait toutes les exigences des Hébertistes et les dépassait en sans-culotterie.

« Chaque jour, conclut-il, un aristocrate, un scélérat doit payer de sa tête ses forfaits. » Puis, à l'adresse des pétitionnaires : « Peuple sublime! s'exclama-t-il, hommage vous soit rendu. A la grandeur vous joignez la persévérance, vous voulez avec obstination la liberté, vous jeûnez pour la liberté. Vous devez l'acquérir. Nous marcherons avec vous, vos ennemis seront confondus. »

Une énorme explosion de bravos, de clameurs enthousiastes lui répondit. Il avait une fois de plus électrisé la foule. C'était du délire.

« Et dire, marmonna Gay-Vernon, qu'il ne pense pas un mot de tout cela!

— Si fait, répondit Claude, il le pense à l'instant où il forge sa phrase, mais sa sincérité n'est hélas que celle de son talent. Sa sincérité n'est que le besoin d'empoigner, d'enflammer, de triompher. Il reproche à Maximilien de n'avoir aucun sens pratique, mais lui c'est un fou. Jamais le « furieux » Marat n'aurait prononcé un discours si insensé, et seul Marat pourrait dire ici qu'il l'est. Si nous nous y risquions, nos têtes voltigeraient bien vite au bout des piques. »

Robespierre lui-même, avec l'accusation de modérantisme suspendue sur lui, n'avait pas la possibilité de réagir. Il cherchait à noyer l'affaire dans de vagues déclamations appropriées : « Le bras du peuple est levé, la justice le fera tomber sur la tête des traîtres, des conspirateurs, et il ne restera de cette race impie ni traces ni vestiges. »

Grâce à l'appui de Danton, les mesures demandées par Chaumette et Billaud-Varenne furent adoptées. Mais celui-ci proposa encore la suppression des passeports, la fermeture des barrières. Il voulait que l'arrestation des suspects fût une véritable rafle, comme en août de l'an dernier. Il réclama le rapport du décret « contre-révolutionnaire », dit-il, qui défendait les visites domiciliaires pendant la nuit. Bazire s'y opposa en observant qu'il faudrait d'abord définir exactement les suspects.

« Il y a, déclara-t-il, des nobles qui servent avec dévouement la patrie, les prêtres ont été presque tous déportés. »

Cette seconde assertion était fort inexacte, il y avait des quantités de réfractaires cachés dans Paris, comme l'abbé de Kéravenan. On adopta la motion de Billaud en la corrigeant par celle de Bazire. Après quoi celui-ci marqua un avantage considérable. S'attaquant aux « hurleurs des sections », beaucoup plus dangereux selon lui que les nobles et les prêtres, il fit décider que les comités révolutionnaires des sections seraient épurés. Gros atout pour le Comité de Salut public, car la mesure pouvait être tournée contre les Enragés, contre les Hébertistes mêmes. Sur le coup, le sombre Billaud-Varenne se tut. Le gouvernement se trouvait néanmoins en trop mauvaise posture pour tenter de contre-attaquer.

On reçut une seconde délégation, composée de Jacobins hébertistes et des quarante-huit délégués sectionnaires. Ses principaux vœux venaient de recevoir satisfaction, mais elle réclamait en outre la destitution des nobles de tous les emplois militaires ou civils, et leur détention jusqu'à la paix, enfin l'envoi au Tribunal révolutionnaire des Girondins décrétés d'accusation, la mise en jugement de la ci-devant reine, de sa belle-sœur, de la femme Roland. Sur la Montagne et dans les tribunes, les gradins des arcades, on approuva. Oui, il fallait en finir avec les députés emprisonnés. Ils avaient mis la république à feu et à sang, donné la main aux royalistes, ils devaient payer leurs crimes. « A quoi vous a servi jusque-là votre modération? lança le maître de poste Drouet aux Robespierristes. On vous appelle brigands, assassins, eh bien, soyons brigands pour le bonheur du peuple! » Debout à la barre, le petit Père Duchesne qui ne voulait pas être en reste de sans-culottisme avec Danton, s'écria impérieusement : « Législateurs, placez la terreur à l'ordre du jour! » L'inévitable Barère s'empressa de saisir la formule.

« Oui, plaçons la terreur à l'ordre du jour, dit-il. C'est ainsi que disparaîtront en un instant et les royalistes et les modérés et la tourbe contre-révolutionnaire qui vous agite. Les royalistes veulent du sang? Eh bien, ils auront celui des conspirateurs, des Brissot, des Marie-Antoinette! »

On décréta que l'armée révolutionnaire pour les subsistances serait formée de six mille fantassins et mille deux cents canonniers, sous le commandement de Ronsin, ex-auteur dramatique, créature d'Hébert et de Bouchotte qui, de capitaine, l'avaient fait en quatre jours chef d'escadron, général de brigade, général de division. On vota cent millions pour la défense nationale. Puis la longue séance fut levée. A celle du soir, comme la présidence de Robespierre expirait, la Convention lui donna pour successeur Billaud-Varenne. Le lendemain lui et Collot d'Herbois étaient appelés, par les membres du Comité de Salut public, cédant au courant manifeste, à siéger avec eux. L'hébertisme entrait au gouvernement. Peut-être serait-il ainsi moins redoutable. Mais en somme, il avait fallu capituler sur tout. On n'avait sauvé que Vergniaud et ses amis, en escamotant le vote à leur propos. Danton, invité à reprendre sa place au pavillon de Flore, avait refusé. Évidemment, il entendait garder les mains libres pour mener sa politique à lui, aimanter l'opposition.

Deux jours plus tard, le 8, le Comité portait à cette politique et à cette opposition un rude coup en annonçant la victoire d'Hondschoote.

VII

Sur le Rhin, en revanche, la situation n'était pas brillante. Prévoyant de frapper au nord, Carnot avait réservé à cette armée tout le renfort et toutes les fournitures disponibles. L'est attendrait. On ne demandait de ce côté-là aux généraux que de tenir, juste le temps de leur préparer le nécessaire. Seulement l'armée de Moselle s'étant laissé repousser, à Pirmasens, par des forces bien supérieures, Bernard, son flanc découvert, dut, bon gré mal gré, abandonner Landau, le 15, et se replier, comme il l'avait prévu, sur Wissembourg afin de rétablir le front.

L'armée du Rhin faisait là face à Wurmser. A gauche, l'armée de Moselle s'opposait à Brunswick. A gauche encore se trouvait l'armée de Metz qui n'avait guère bougé depuis Valmy. L'armée des Ardennes continuait cette ligne de défense jusqu'à l'armée du Nord.

Le 11 septembre, Jourdan avait été nommé général en chef de l'armée des Ardennes et opérait sur le flanc droit de Houchard — sous les ordres de qui il restait, bien que commandant en chef. Houchard, ne se jugeant pas en force pour défier les troupes de Freytag et d'York réunis devant Furnes, s'était attaqué aux Hollandais du prince d'Orange qu'il chassa de Menin. Deux jours plus tard, assailli par la cavalerie de l'Autrichien Beaulieu, il ne sut pas soutenir ses bataillons. Ils se débandèrent, abandonnant le terrain à l'ennemi. Petite panique sans gravité, mais c'était le genre de chose que l'on n'admettait plus. Le Comité fut impitoyable. Contrairement aux ordres, Houchard n'avait pas attaqué Furnes, Houchard laissait faire un pas en arrière à ses divisions : fini d'Houchard. Destitution immédiate, et en avant pour le Tribunal révolutionnaire. Le successeur saurait ce qui l'attendait à la moindre faute. Quel serait ce successeur?

« Delmay, dit Claude, on ne peut hésiter. C'est l'homme de ce poste.

— Delmay? » fit Carnot pour qui ce n'était là qu'un nom.

Claude lui brossa un rapide tableau des services de Bernard, rappela son plan audacieux pour débloquer Mayence, peu avant que Carnot entrât au Comité.

« Ah bah! qu'est-il donc advenu de ce plan si hardi? On n'en a point vu les résultats.

— Il n'a pu être exécuté à temps, faute de moyens. Delmay n'en a pas moins arrêté Wurmser à Guntersblum.

— Aurions-nous remporté une victoire que j'ignore?

— Tu n'étais pas encore ici, tu n'as pas suivi ces opérations, répliqua Claude agacé. Demande les rapports à Bouchotte, et tu constateras que cette campagne, même si, par la faute de circonstances dont le Comité précédent porte la responsabilité, elle n'a pas produit de résultats, est un modèle d'audace et de prudence tout ensemble, d'inspiration, de calcul et de fermeté.

— Il est vrai, approuva Saint-Just. Delmay unit l'intelligence à la valeur. J'ai lu très attentivement ses rapports. Toute sa conduite dans le Hardt montre un homme de guerre accompli. »

Carnot n'aimait pas Saint-Just : ce jeune prétentieux qui tranchait du haut de sa cravate. Que savait-il pour peser les mérites d'un général, cet ex-colonel de village?

Comme Claude insistait, déclarant : « Delmay est notre meilleur stratège.

— Nous n'avons pas besoin de stratèges, répondit Carnot avec sa brusquerie. Il nous faut des généraux qui obéissent, des généraux qui ne battent pas en retraite pour une raison ou une autre, des généraux heureux. Jourdan est tout cela, je propose Jourdan.

— Bon, dit Claude, embarrassé, Jourdan est un excellent chef, mais il n'a pas l'envergure d'un Delmay. Je ne crois pas qu'il convienne aux grands premiers rôles.

— C'est un général vainqueur, je le répète.

— Bah! s'exclama Robespierre, peu patient quand il s'agissait des choses de la guerre. Prenez l'un ou l'autre, qu'importe! ils sont tous les deux jacobins solides. Et finissons ce débat.

— Tu sais, dit à Claude Saint-Just songeur, combien j'aime et j'estime ton ami. Cependant il faut reconnaître qu'il n'a pas été heureux depuis Jemmapes. Il n'a cessé de se distinguer, mais toujours dans des combats négatifs ou dans des retraites. Cela donne à réfléchir. Avec tous ses mérites, la fortune se refuse à lui, elle sourit à Jourdan dès sa première bataille. C'est injuste de choisir là-dessus. Et pourtant! »

Robespierre trancha la question. « Brisons là. Toute notre affaire, c'est que l'on nomme un général patriote. Jourdan et Delmay répondent à cela. Que la section de la Guerre décide entre eux et assume la responsabilité de son choix. »

Barère, Thuriot, Saint-Just, Jean Bon Saint-André approuvèrent. Couthon se trouvait en mission dans son Auvergne, Lindet à la commission des subsistances siégeant dans l'hôtel de Toulouse. Carnot recueillit l'avis de Prieur et fit savoir au ministre de la Guerre, Bouchotte, que Jourdan était nommé général en chef de l'armée du Nord.

Quand il reçut sa lettre de service, il commandait effectivement la petite armée des Ardennes depuis neuf jours et n'éprouvait aucune envie de la quitter. Aux représentants, qui lui transmettaient sa nouvelle commission, il répondit aussitôt de sa meilleure plume qu'il ne se connaissait ni la science ni les talents ni l'expérience exigés par un poste si important. En conséquence, son devoir lui ordonnait de décliner cette offre trop flatteuse.

Et diantrement périlleuse. Peu tentant, de succéder à trois chefs dont l'un s'était fait tuer exprès, le suivant avait fini sur l'échafaud, et le troisième allait y monter. En outre, on n'entrevoyait nulle chance de victoire. Si les Austro-Anglais du prince d'Orange étaient pour l'instant repoussés derrière la frontière, les places fortes : Condé, Valenciennes, n'en demeuraient pas moins, pour la plupart, au pouvoir de l'ennemi. Le Quesnoy venait de se rendre. Prisonnière, la garnison — et avec elle l'ancien bataillon de Jourdan, le 2e de la Haute-Vienne — avait été expédiée en Hongrie. Cobourg se disposait à investir Maubeuge. Pour vaincre, l'armée du Nord devrait accomplir des prodiges. Nulle autre ne se trouvait devant une tâche si difficile, aucun commandement ne comportait tant d'ingrates responsabilités. Les prît qui voudrait. Il faudrait être fou pour s'embarquer dans cette galère. Surtout en un temps où la Louison se mettait à fonctionner avec une célérité inquiétante et une prédilection manifeste pour les cous des généraux.

Après avoir visité ses avant-postes, Jourdan s'alla coucher sans regrets. Le courage ne lui manquait point. Il acceptait sans peur les risques de la guerre. La guillotine, c'était tout autre chose. Brrr!... Au matin, les commissaires de la Convention se présentèrent. « Nous te rapportons ta lettre, citoyen général, lui dirent-ils, et nous venons te lire un décret que tu ne sembles pas connaître. » Ce texte, relatif à la réquisition, spécifiait : « Tout Français qui n'accepterait pas un emploi auquel il se trouverait appelé, sera mis en arrestation sur-le-champ et traduit au Tribunal révolutionnaire. »

Le 26, Jourdan était à Gavrelle, près d'Arras, au quartier général de l'armée du Nord.

Pendant ce temps, à Paris, les troubles populaires provoqués par la misère, la faim, et entretenus par les agitateurs des partis extrêmes, contraignaient le gouvernement à pratiquer bon gré mal gré la politique rigoureuse des Hébertistes. Réformé, le Tribunal révolutionnaire comptait maintenant deux sections — en attendant les deux autres —, seize juges, un accusateur public : toujours le parent de Desmoulins, Fouquier-

Tinville, cinq substituts et soixante jurés. Herman succédait comme président au rolandiste Montané, destitué pour avoir voulu, en modifiant les questions posées par le tribunal à Charlotte Corday, lui sauver la tête. Il était en prison. Le Comité de Sûreté générale, remanié lui aussi, purgé depuis le 13 de ses membres tièdes ou corrompus, réunissait tous les pouvoirs de police et de justice. Sous la surveillance du Comité de Salut public, il décernait les mandats, contrôlait les prisons, désignait les détenus à mettre en accusation. Ses principaux membres étaient à présent Amar, Vadier, Voulland, anciens robins, d'obédience hébertiste, peu favorables à Robespierre, et le peintre David, Panis, Le Bas, tous trois fervents amis de Maximilien.

Les décrets pris le 3, le 4 et le 5 septembre sous la pression des Hébertistes et des Enragés étaient à tour de rôle mis en application, mais c'est contre leurs rivaux, les Enragés, que les Hébertistes employaient d'abord les moyens de terreur. Les Robespierristes n'avaient plus à se soucier de Jacques Roux et autres, ni des Femmes révolutionnaires. Hébert et ses partisans, aux Cordeliers, aux Jacobins, à la Commune, à la section même des Gravilliers dominée maintenant par Léonard Bourdon, que l'on appelait le *Léopard* pour le distinguer de Bourdon de l'Oise, se chargeaient d'éliminer ces rivaux dangereux. Du coup, les Enragés protestaient de toute leur voix contre cette terreur qu'ils avaient réclamée les premiers. Bien que détenu à Sainte-Pélagie, Jacques Roux continuait la publication de son journal. Leclerc d'Oze, encore en liberté mais menacé, harcelé par l'intrigant Desfieux qui venait de faire constituer contre Leclerc et Roux, aux Jacobins, une commission d'enquête, déclarait dans sa feuille : « Je ne me tairai pas, je ne m'évaderai pas, et cent mille guillotines ne m'empêcheront pas de dire au peuple la vérité tout entière. »

Le 15 septembre, il écrivait : « On avait demandé qu'on mette la terreur à l'ordre du jour, on y a placé le funeste esprit de vengeance et de haine particulière. »

Et Jacques Roux : « On ne fait pas aimer un gouvernement en dominant les hommes par la terreur... C'est ressusciter le fanatisme que d'imputer à crime la naissance. Il y a plus d'innocents incarcérés que de coupables. Si l'on ne met pas un frein à ces emprisonnements qui souillent l'histoire de la

Révolution et dont on ne trouve pas d'exemples dans les annales des peuples les moins civilisés, la guerre civile ne tardera pas à s'enflammer. »

Mais qui, les premiers, avaient demandé la détention des nobles, des banquiers, la peine de mort pour appuyer la taxation ?

En dépit de l'affirmation qu'il ne se tairait pas, Leclerc, après le 15, n'avait pas publié d'autre numéro. Roux, lui, poursuivait sa campagne, et, tout prisonnier qu'il était, se faisait menaçant. Dans son numéro 266, il ne craignait pas d'écrire : « Encore quelques jours, le masque sera arraché aux ennemis de la liberté. Nous verrons s'ils se perpétueront dans leurs places, s'ils ne nous ont fait une Constitution sublime que pour l'enfreindre à chaque instant, que pour violer les propriétés et les personnes ! » De leur côté, Leclerc, Claire Lacombe, Pauline Léon, Varlet surtout s'agitaient, rameutaient les adversaires du gouvernement révolutionnaire pour réclamer en force la mise en vigueur de la Constitution et l'élection de l'Assemblée législative.

Au pavillon de l'Égalité, on s'occupait de choses plus importantes que ces crieries. Les Jacobins réglèrent eux-mêmes la question. Claire Lacombe étant venue au club, Chabot accusa « Madame Lacombe, car ce n'est pas une citoyenne », de protester contre les arrestations de ses amis, personnages notoirement suspects, et de s'en prendre à Robespierre qu'elle et ses compagnes appellent Monsieur Robespierre. » Bazire, Renaudin, d'autres encore dénoncèrent les liaisons de la jeune femme avec « l'ex-noble Théophile Leclerc d'Oze », et les intrigues de sa société.

« Cette femme est fort dangereuse en ce qu'elle est fort éloquente, dit Bazire. Elle parle bien d'abord et attaque ensuite les autorités constituées... Dans un discours que j'ai entendu, elle a tiré à boulets rouges sur les Jacobins et sur la Convention. »

Leclerc fut comparé aux journalistes Durosoy et Royou « qui ne tenaient pas un autre langage quand ils payèrent de leur tête la peine de leur folie et de leur scélératesse ».

La jolie actrice demandait vainement la parole au président, Sijas en l'occurrence. Il persistait à la lui refuser. Elle voulut la prendre. Un tollé s'éleva. « A bas l'intrigante! A bas la nouvelle Corday! » criaient les citoyennes, dans leur tribune. Sijas se couvrit. Une fois le calme revenu, on décida : 1° d'inviter expressément la Société des Femmes révolutionnaires à s'épurer, faute de quoi on lui retirerait l'affiliation ; 2° de conduire sur-le-champ Claire Lacombe au Comité de Sûreté générale.

Celui-ci l'incarcéra provisoirement sur place, dans l'hôtel de Brionne où se trouvaient les bureaux et annexes de la Sûreté, au coin du Petit-Carrousel. En même temps il faisait mettre sous scellés l'appartement occupé par l'actrice à l'hôtel de Bretagne, rue Croix-des-Petits-Champs. Un peu plus tard, à la séance des deux Comités, au pavillon de Flore, on parla d'elle. Ce n'était pas une contre-révolutionnaire, on le savait bien. Sa sincérité initiale ne laissait pas de doute. Comme toutes les ménagères, elle souffrait de la vie chère, de la pénurie. Plus active, plus douée pour la parole et l'action, elle avait pris la tête de ses pareilles pour exprimer leur mécontentement, sans autre tort que de s'associer un peu trop aux Enragés. Le lendemain, les scellés furent levés et Claire relâchée. La leçon suffirait, comptait-on.

Au contraire, Varlet, amenant des sectionnaires présenter à l'Assemblée une pétition insolente, fut arrêté pour de bon et emprisonné aux Madelonnettes.

La veille, Merlin de Douai et Cambacérès, au nom du comité de législation, avaient proposé, pour répondre au vœu émis le 5 par Bazire, une définition des suspects ainsi conçue : « Sont réputés suspects ceux qui, par leur conduite, leurs relations, leurs propos ou leurs écrits se sont montrés partisans de la tyrannie, du fédéralisme, et ennemis de la liberté; ceux qui n'auront pu obtenir de certificat de civisme (ces certificats étaient délivrés dans chaque section par le Comité révolutionnaire), les ci-devant nobles qui n'auront pas constamment manifesté leur attachement à la Révolution, les émigrés, même s'ils sont rentrés, les parents d'émigrés, les prévenus de délits, même acquittés. »

Claude vota cette loi, si léonine qu'elle fût, car il fallait bon gré mal gré se défendre, il fallait pouvoir atteindre tous les ennemis de la nation, depuis les royalistes déclarés jusqu'au paysan égoïste retenant son grain, depuis les agents de l'émigration et de Pitt jusqu'aux marchands qui dissimulaient des denrées pour les vendre au prix de l'or, jusqu'aux ouvriers refusant de travailler au salaire légal. Oui, assurément, on s'enfonçait de plus en plus dans un autoritarisme auprès duquel l'ancien régime semblait tout paternel. Jacques Roux ne mentait pas en proclamant cette évidence que Claude et Dubon déploraient ensemble aux rares moments où l'on se retrouvait en famille. Cette tyrannie contraire à la raison, cette impitoyable cruauté contraire au sentiment humain, on y avait été entraîné par une surenchère déjà fatale avant la mort du roi, mais que les Enragés, les Hébertistes avaient considérablement accélérée. Pris dans cet engrenage, avec derrière soi la menace du monarchisme, du royalisme, on ne pouvait plus rétrograder.

A la Convention, Claude dut, comme ses collègues, accepter l'établissement du *maximum* général promis le 5 et dont aucun esprit réfléchi ne voulait. A la Commune, Dubon ne protesta pas quand l'assemblée municipale refusa violemment la mise en liberté de Jacques Roux demandée par quelques citoyens des Gravilliers. Pourtant Dubon, au fond de lui-même, tenait le Curé rouge pour un républicain sincère. Voyant la misère, il dénonçait les abus et proposait les remèdes empiriques suggérés, au jour le jour, par les circonstances. Hébert, qui, debout au bureau, énumérait avec indignation les « crimes » de Jacques Roux, n'avait jamais rien fait d'autre que lui. Marat non plus. Robespierre non plus. Ni Claude ni moi non plus, pensait Dubon. Leur grande faute, à eux tous, les révolutionnaires, c'était d'avoir, par manque de vues à longue portée, d'un plan progressif, abandonné la Révolution à ses hasards, d'avoir suivi les événements au lieu de les diriger. Loin d'organiser par avance la république, on avait rechigné jusqu'au dernier moment à l'établir. On l'avait acceptée sous la contrainte des circonstances, et l'on continuait, sous cette même contrainte, à parer au plus pressé avec des moyens de fortune, en pleine anarchie. Quant à Roux, il avait eu sans doute des moments de faiblesse, d'ambition, comme bien d'autres Jacobins ou Cordeliers, mais maintenant, dans sa prison, il montrait une rare fermeté d'âme. Alors que Leclerc — peut-être pour ne pas compromettre davantage Claire Lacombe et Pauline Léon — gardait le silence, Jacques Roux publiait toujours son journal. Il s'y indignait que la Société des Femmes révolutionnaires auxquelles on devait tant de services ait été dénoncée, aux Jacobins, « par des hommes qui eurent recours mille fois à leur courage et à leur vertu », qu'on ait outragé les Cordeliers venus en pétitionnaires à la barre de la Convention.

« Il n'est plus permis, écrivait-il, d'émettre son vœu s'il blesse l'orgueil des hypocrites qui sont à la tête du gouvernement. »

Comme son beau-frère, Claude se sentait mauvaise conscience, car l'accusation lancée au Comité de vouloir se perpétuer, d'exercer une dictature, touchait juste, et cette dictature, bien que l'on eût refusé la rafle générale des suspects voulue par Billaud-Varenne et Collot d'Herbois, n'avait plus, après le 5 septembre, d'autre ressource que la terreur, la réquisition, la suppression de toute liberté.

Peut-être effrayé par ce qu'il venait d'accomplir, Danton avait disparu. Le 20, Thuriot démissionna du Comité après plusieurs échanges de paroles assez vives avec Robespierre et Saint-Just. Il rejoignit à l'Assemblée la faction dantoniste-brissotine qui, conduite par Fabre d'Églantine, menait la suprême offensive contre le gouvernement révolutionnaire, c'est-à-dire le Comité de Salut public. La date de son renouvellement fournissait l'occasion.

Les derniers jours du mois, la bataille se livra sur ce renouvellement ou la continuation, sur l'organisation constitutionnelle du gouvernement. Autour de Fabre et de Thuriot se groupaient les anciens membres de la Sûreté générale exclus le 13 et les représentants en mission rappelés pour incompétence, abus de pouvoir ou agissements suspects : le médecin Duhem qui, par ses querelles avec les généraux, avait provoqué le désordre dans l'armée du Nord, Goupilleau — le *Dragon* — en Vendée, Briez un peu trop aimable à l'égard de Cobourg, le brouillon furieux et hypocrite dénonciateur Bourdon de l'Oise, l'incapable Duroy. Tour à tour Barère, Claude, Prieur, Billaud-Varenne, Jean Bon Saint-André opposèrent aux assaillants une vigoureuse défense. Enfin Robespierre prit la parole. Il décrivit l'immense tâche du Comité : « Onze armées à diriger, le poids de l'Europe entière à porter, partout des traîtres à démasquer, des émissaires soudoyés par l'or des puissances étrangères à déjouer, des administrations infidèles à surveiller, à poursuivre, partout à aplanir des obstacles et des entraves à l'exécution des plus sages mesures, tous les tyrans à combattre, tous les conspirateurs à intimider. » Passant alors à la contre-offensive, il écrasa l'adversaire en déclarant :

« La conduite du Comité déplaît aux intrigants, tant pis! Elle plaît au peuple, c'est assez. Le système d'organiser constitutionnellement le ministère n'est autre chose que celui de chasser la Convention elle-même. C'est vouloir faire triompher les intrigants aux dépens des patriotes, et assassiner la patrie sous prétexte d'assurer sa tranquillité. »

L'application de la Constitution fut définitivement renvoyée au temps où la république serait délivrée de ses ennemis. En attendant, l'acte constitutionnel fut enfermé dans un coffret de cèdre placé dans la salle de la Convention, devant l'estrade présidentielle.

Avec ce mois de septembre 93, une époque finissait. Malgré l'opposition de Robespierre, le séculaire calendrier grégorien allait céder la place à une division révolutionnaire du temps, à une ère résolument moderne. Désormais, l'année débutait à l'équinoxe d'automne. Elle comporterait encore douze mois : vendémiaire, brumaire, frimaire — nivôse, pluviôse, ventôse — germinal, floréal, prairial — messidor, thermidor, fructidor. Plus de semaines : trois décades, dont les jours se nommeraient primidi, duodi, tridi, quatridi, quintidi, sextidi, septidi, octidi, nonidi, décadi, et, à certaines décades, certains jours surajoutés, appelés sans-culottides. Romme, pendant sa détention à Caen, avait imaginé ce calendrier. Les appellations étaient dues à Fabre d'Églantine. Robespierre avait noté dans ses papiers : « Ajournement indéfini du décret sur le calendrier », car il voyait là une arme de l'athéisme. Il ne réussit qu'à retarder de deux mois le vote des nouvelles appellations. Elles ne devinrent effectives qu'en frimaire.

Le 10 du premier mois, 1er octobre, fut le premier jour de l'an II de la République française. Et le 9 octobre : octidi 18 du même mois, les troupes républicaines s'emparèrent de Lyon. Grâce à Couthon. Les forces de Dubois-Crancé n'étaient pas suffisantes pour investir la ville. Communiquant avec les émigrés et les Piémontais, elle résistait au bombardement. Le paralytique Couthon l'avait vaincue en rassemblant contre elle les patriotes d'Auvergne. Abandonné par le royaliste Précy, coupé de tout secours, menacé d'un assaut général, Lyon s'était rendu à la sommation de Couthon. La Convention décida que la ville serait « effacée du tableau des cités de la république », détruite pierre par pierre. Sur ses ruines on éléverait une colonne avec cette inscription : *Lyon fit la guerre à la liberté, Lyon n'est plus.* Un exemple terrible était nécessaire. Il fallait racheter le sang de Chalier et des patriotes massacrés par les fédéralistes, montrer à tous les riches bourgeois de France ce que l'on risquait à s'associer avec les aristocrates pour combattre le peuple. Couthon ne voulut point se charger de cette exécution, il demanda son rappel. Collot d'Herbois et Fouché le remplacèrent.

Avec Lyon, le fédéralisme était anéanti. Dix jours plus tard, Kléber, le jeune Marceau, Merlin de Thionville, prenant leur revanche, écrasaient les Vendéens à Cholet. L'armée de Mayence — « l'armée de faïence », comme disaient les Blancs, décimait la grande armée catholique et royale, et chassait ses débris vers la Manche. La Vendée, à son tour, n'était plus, pouvait-on croire. Le même jour, on apprenait que Jourdan, soutenu par Carnot qui avait dirigé avec lui cette grande bataille, venait, à Wattignies, de contraindre Cobourg à la retraite et de débloquer Maubeuge.

Dans tout ce brillant tableau, une seule ombre, mais combien chagrinante pour Claude : tandis que Jourdan se couvrait de gloire, Bernard, toujours victime des circonstances dont il portait le poids depuis sa nomination à cette misérable armée du Rhin, avait dû abandonner, avec celle de Moselle, les lignes de Wissembourg et se replier une fois de plus, pour couvrir Strasbourg.

Entre-temps, la tête de Marie-Antoinette était tombée, le 16 octobre. Depuis le 1er août, la Convention avait déféré la ci-devant reine au Tribunal révolutionnaire. Toutefois le Comité ne désirait point sa mort, malgré les Hébertistes qui la réclamaient à grands cris. Par elle-même, Marie-Antoinette, haïe de ses beaux-frères, abandonnée par l'empereur son neveu, ne présentait aucun danger. On pensait la bannir. La section diplomatique songeait à en faire l'objet d'une négociation avec les États italiens, Naples, Toscane, Venise, pour obtenir leur neutralité. A vrai dire, l'idée venait de Danton, qui agissait ainsi par la bande. N'importe, la suggestion réunissait beaucoup d'avantages, et Robespierre en convint, particulièrement celui d'affaiblir l'Autriche en la contraignant ainsi à garnir de ses propres troupes le front italien. Mais la cour de Vienne, prévenue peut-être par un membre du Comité — Claude avait ses soupçons là-dessus — ou par un de ses espions à Florence, avait compris. Elle fit enlever les deux agents diplomatiques, Sémonville et Maret, pendant qu'ils traversaient la Suisse pour gagner l'Italie. Au mépris de tout droit, elle les jeta au fond d'un cul-de-basse-fosse, dans la citadelle de Kuffstein. Par ce défi, François II venait de condamner sa tante à mort. La cour de Vienne la détestait, on lui imputait tout le trouble de l'Europe.

Aux deux Comités, on n'ignorait point les tentatives accomplies pour l'enlever, et Claude n'était pas seul à regretter profondément que la dernière n'eût pas réussi. Certes, on ne pouvait approuver la conjuration du jeune municipal Toulan pour faire sortir du Temple la reine, son fils et les princesses, les conduire en Normandie puis en Angleterre. Il s'en était fallu de peu que Toulan, aidé par le royaliste Jarjayes, n'y parvînt. C'eût été désastreux, car le petit roi en liberté eût donné une force redoutable à la coalition de tous les monarchistes contre la république. Pour la même raison, Michonis, autre municipal, était très coupable d'avoir repris la même tentative, avec l'épicier Cortey. La reine, les princesses, vêtues de capotes d'uniforme, l'arme au bras, et dissimulant entre elles le petit Louis-Charles, devaient sortir du Temple à la nuit, au milieu d'une patrouille commandée par Cortey, capitaine de la garde nationale. Michonis dénoncé comme Toulan, appelé à l'Hôtel de ville, n'avait pourtant pas été mis en arrestation, malgré l'évidence de sa culpabilité.

Mais, après le 2 août, une fois Marie-Antoinette transférée à la Conciergerie, il n'y avait plus crime à vouloir la délivrer, elle seule. Parmi les membres de la Commune, parmi ceux des deux Comités, certains partageaient assurément, sans le dire, cette opinion avec Dubon et Claude. Car, pensaient les deux beaux-frères, laisser la reine, de semaine en semaine, à la Conciergerie et Michonis en liberté, nanti comme tout municipal du droit de visiter les prisons, c'était en quelque sorte l'inviter à recommencer sa tentative. Ce à quoi il n'avait pas manqué. On ne l'avait su que par son échec, dû à la sottise d'un gendarme. Michonis avait introduit dans la Conciergerie un certain Gonsse, ci-devant de Rougeville, qui avait gagné le ménage Richard, organisé l'évasion et avisé la reine par un billet caché dans un œillet. Dans la nuit du 2 au 3 septembre, Michonis et Rougeville, accompagnés par le gendarme Gilbert, étaient venus chercher Marie-Antoinette dans son cachot, lui avaient fait traverser sans encombre la pièce où veillaient les gardes, passer les guichets, gravir le petit escalier par lequel les condamnés accédaient à la cour du Mai. Il ne restait plus qu'à franchir la grille derrière laquelle attendaient d'ordinaire les charrettes du bourreau. Là, soudain Gilbert, cédant à la peur, avait cané. N'écoutant ni supplications ni promesses, il avait fait demi-tour, ramenant la reine à son cachot, pour tout dénoncer, le lendemain. Rougeville en fuite, Michonis avait été arrêté, traduit devant le Tribunal révolutionnaire et condamné seulement à la détention jusqu'à la paix. Dès lors, plus d'espoir : sous la pression des Hébertistes, il avait fallu entourer la prisonnière d'une garde telle qu'aucune nouvelle tentative n'était possible.

Néanmoins près d'un mois s'était encore écoulé sans que l'on fît rien pour l'envoyer au tribunal. Mais après le défi de l'Autriche on ne pouvait plus temporiser. Claude s'efforça vainement de montrer que l'acte de François II était calculé pour contraindre la République française à une riposte par laquelle on voulait la rendre odieuse : complot permanent de tous ses ennemis, de tous les tyrans. Billaud-Varenne répliqua sévèrement et obtint que le décret d'accusation, porté depuis deux mois contre la ci-devant reine, fût enfin appliqué.

Claude ne voulut rien savoir de son procès, de son exécution. Ces trois grises et pluvieuses journées d'automne qui virent les débats à la Tournelle puis la « dernière promenade de la veuve Capet » dans la charrette rouge, au long de la rue Saint-Honoré, vers l'échafaud dressé devant la grille des Tuileries, il les passa enfermé, à travailler comme un bœuf, sans se rendre à la Convention, pour n'entendre parler de rien. Après avoir admiré, aimé, détesté Marie-Antoinette, il n'éprouvait plus que de la pitié pour son infortune. Il oubliait la reine; il pouvait ne point songer qu'elle avait vécu dans cet appartement même, dormi, rêvé sous les peintures de Mignard, dans le salon du Comité où se dressaient encore les colonnes de son alcôve, que sa main avait touché le bec-de-cane de ces portes, sa robe frôlé leur chambranle, ses pieds parcouru ce couloir, cet escalier, que le jour où elle avait refusé de recevoir les commissaires de la Constituante parce qu'elle prenait son bain, si elle le prenait vraiment c'était ici, dans ce cabinet. Tout cela, on pouvait l'effacer, le haïr, car c'était alors et dans ces pièces qu'elle correspondait avec son frère puis avec son neveu pour comploter l'invasion, qu'elle préparait avec Fersen l'enlèvement du roi, et ensuite induisait en illusion Barnave, machinait la résistance, l'armement des Tuileries en attendant la venue de l'étranger. Mais, tandis qu'on menait au supplice la ci-devant reine, Claude ne pouvait pas ne point se souvenir de la femme : la femme éblouissante, si fière dans sa blondeur, avec ses yeux bleus, qui lui avait inspiré la force de conquérir la sienne.

Au demeurant, en ces lugubres journées une affaire très grave, bien de nature à occuper entièrement l'esprit, agitait les commissaires, au pavillon de Flore et au pavillon de Marsan. Au moment où Marie-Antoinette allait comparaître devant le tribunal, Fabre d'Églantine avait demandé à être entendu en secret par une dizaine de membres des deux Comités, qu'il désignait nommément : Robespierre, Saint-Just, Mounier-Dupré, Le Bas, Panis, Vadier, Amar, David, Moïse Bayle et Guffroy. La réunion s'était tenue, d'une façon quasi clandestine, au premier étage, dans l'ancienne salle du Conseil royal où les gardes du corps, au retour de Varennes, avaient été mis en arrestation par Pétion et Barnave, où le flot du peuple avait défilé devant la reine, le 20 juin. Là, Fabre dénonça un grand complot formé par les agents de l'étranger déguisés en ultra-patriotes, en ultra-révolutionnaires. Il cita Proli, Desfieux, Dubuisson, Pereyra et leurs protecteurs : les conventionnels Chabot, Julien de Toulouse, enfin Hérault-Séchelles.

« Julien et Chabot, dit-il, sont des instruments entre les mains de Desfieux, de Proli qui ont entraîné Chabot chez le banquier bruxellois Simon et chez ses femmes. Ils l'ont marié à la sœur de Junius Frey, de son vrai nom le baron de Schoenfeld, Autrichien, qui a des parents parmi les généraux ennemis. Qu'est-ce donc que cette dot de deux cent mille livres avouée par Chabot, sinon le prix de sa corruption? »

Proli tenait également Hérault-Séchelles, lequel le logeait dans sa maison, l'avait fait son secrétaire et employait à des missions secrètes en pays étrangers un tas d'hommes suspects. Hérault pouvait bien être lui aussi du complot. Il s'agissait de discréditer la république en outrant l'esprit révolutionnaire, en poussant aux pires exagérations.

Claude en effet soupçonnait Séchelles de communiquer à Proli, vraisemblablement espion de Vienne, les secrets du Comité, mais Robespierre n'avait pu en obtenir aucune preuve. Le fastueux et voluptueux Hérault entretenait tout un sérail — dont avait fait partie Babet Sage — et n'y parvenait assurément pas avec son seul traitement. Sa favorite présente, la brune Adèle de Bellegarde, ramenée de sa mission en Savoie, était femme d'un colonel servant dans l'armée du roi de Sardaigne. D'abord feuillant puis brissotin puis hébertiste, Séchelles favorisait les outrances antireligieuses et la politique de guerre conquérante chères à son acolyte le baron prussien Clootz. Rien de tout cela cependant, ni les accusations de Fabre ne fournissaient des imputations formelles contre Hérault.

Après en avoir longuement délibéré, on s'en tint, pour le moment, à l'éloigner de Paris. Le 12, un arrêté signé par Carnot l'expédia en mission dans le Haut-Rhin où il serait sous la surveillance de Saint-Just et Le Bas, eux-mêmes chargés de mission à Strasbourg.

Mais dès le 11, immédiatement après les révélations de Fabre, sur ses dénonciations expresses le Comité de Sûreté générale avait procédé, et procéda jusqu'au 13, à plusieurs arrestations de meneurs hébertistes, de supposés agents ou complices d'Hérault-Séchelles. Dans le nombre figuraient un ancien agent du Comité de Salut public, Louis Comte, l'agitateur Rutledge, d'origine anglaise, le Hollandais Van den Yver, banquier de la Du Barry et ami d'Anacharsis Clootz, enfin Maillard (Stanislas) : le Maillard de Septembre.

Dans le choix des suspects ainsi désignés par Fabre, Claude trouvait quelque chose de singulier. Sa mémoire lui représentait certains détails. En août dernier, les rapports de Comte accusaient Danton d'intelligences avec les fédéralistes du Calvados. Rutledge, qui connaissait bien le passé de Fabre d'Églantine, l'avait autrefois dénoncé aux Jacobins comme un ami de Necker et du traître Delessart. Quant à Maillard, sur lequel Fabre s'acharnait depuis quelque temps, à propos de prétendus abus de pouvoir, d'arrestations arbitraires, il était bien incapable de tels méfaits. Atteint de phtisie, depuis le printemps de 93 il crachait le sang, il avait dû abandonner ses tape-dur, et on le chargeait seulement de petites besognes de surveillance. Or Maillard venait de révéler à Héron, sans pouvoir toutefois le prouver, que Danton avait eu quelque part à la conjuration de Michonis pour enlever la reine. Curieux, vraiment curieux de constater que les suspects accessoires du complot de l'Étranger fussent spécialement des hommes redoutables, pour une raison ou une autre, à Fabre d'Églantine ou Danton. Claude signala le fait à Robespierre.

Maillard n'était pas la bête noire du seul Fabre. Sergent et Panis savaient qu'il possédait des documents signés par eux deux au Comité de surveillance, lors des massacres de Septembre dont on leur imputait périodiquement la responsabilité. Cela devenait pour eux une hantise. L'arrestation de Maillard fournissait l'occasion d'inventorier ses papiers. Voilà pourquoi Panis s'était empressé de sauter sur la dénonciation, peu vraisemblable, de Fabre. Ne voulant pas altérer ses bonnes relations avec Panis, Claude se contenta de demander que Maillard, incarcéré à la Force, fût transféré au Luxembourg, plus confortable. Grâce à cet homme de nombreuses vies avaient été sauvées, on devait en tenir compte. On donna un mois à la Sûreté générale pour mener son enquête sur lui. Après quoi, si sa participation au complot de l'Étranger n'était pas établie, il serait remis en liberté.

Si vraiment Danton avait conspiré une évasion de Marie-Antoinette, Claude comprenait fort bien ses sentiments et ne songeait point à les lui reprocher. Peut-être étaient-ce son impuissance, la perspective de cette mort qui l'avaient fait fuir vers Arcis. Et maintenant arrivait le tour des proscrits du 2 juin. Eux non plus, il ne fallait pas songer à les sauver. Le 1er octobre, les quarante-huit sections avaient envoyé leurs délégués demander à la Convention « le châtiment de Brissot et ses complices ». Déjà Gorsas, imprudemment revenu à Paris, avait été découvert chez sa maîtresse, libraire au ci-devant Palais-Royal, et exécuté le 7 : premier conventionnel à porter sa tête sur l'échafaud. Auparavant, le 3, Amar, après avoir pris la précaution de demander que les portes de la salle fussent fermées et que personne ne pût sortir, avait présenté au nom du Comité de Sûreté générale un rapport concluant à la mise en jugement des Brissotins détenus aux Carmes, et, en outre, de soixante-treize autres girondistes siégeant encore sur les bancs de la droite. Osselin, l'ami de Danton — Osselin exagéré lui aussi parce qu'il n'avait pas la conscience tranquille — réclamait le décret d'accusation contre ceux-ci. La Convention l'eût votée si Maximilien ne s'y fût opposé avec vigueur. Mal reçu d'abord, il avait finalement obtenu que les soixante-treize fussent seulement mis en état d'arrestation.

« La Convention nationale, dit-il, ne doit pas chercher à multiplier les coupables; c'est aux chefs de la faction qu'elle doit s'attaquer. »

Le 3 du second mois, 24 octobre, Brissot, Vergniaud, le voltairien Sillery — le confident de Philippe Égalité —, l'évêque Fauchet et dix-sept autres Girondins comparurent devant le Tribunal révolutionnaire. Desmoulins, qui pouvait voir là le résultat de son *Jean-Pierre Brissot dévoilé*, assistait aux débats, dans la ci-devant Grand-Chambre de la Tournelle au somptueux plafond bleu et or, coupée désormais en deux par une sorte de bat-flanc qui maintenait le public de sectionnaires, de curieux, de tricoteuses. Les magistrats portaient toujours le même costume qu'avait porté Claude au tribunal criminel : habit et manteau courts, noirs, cravate blanche, chapeau à la Henri IV, relevé devant, sous un panache de plumes noires; en sautoir, le ruban tricolore soutenant la médaille, insigne de leurs fonctions. Contre le fond de papier gros bleu sur lequel se détachaient à présent les bustes de Le Pelletier et de Marat, siégeaient le jeune président Herman — trente-quatre ans — et les juges;au -dessous d'eux, Fouquier-Tinville, à sa table soutenue par des griffons. A gauche, entre les fenêtres, sur des banquettes en étages, les jurés : carmagnoles, bonnets rouges, toques de fourrures et redingotes. En face, au-delà du « parquet » vide, dallé de marbre noir et blanc, les accusés, étagés eux aussi sur des bancs et gardés par des gendarmes le sabre à la main.

Parmi les prévenus, se trouvait l'un des députés de la Haute-Vienne : Lesterpt-Beauvais. Claude s'était employé à faire disjoindre son cas par le Comité de Sûreté générale, mais Amar, rédacteur de l'acte d'accusation, n'avait rien voulu entendre. De plus, Gay-Vernon à la Convention, Xavier Audouin à la Commune, prenaient parti contre leur compatriote dont le Comité révolutionnaire et les Jacobins de Limoges réclamaient la tête. Le grief le plus grave à son endroit n'était point la lettre adressée par lui et les girondistes de la députation limousine au directoire du Département, en juin dernier, mais le fait qu'envoyé peu après en mission à Saint-Étienne, il avait laissé piller la manufacture par les rebelles de Lyon qui s'étaient armés là. Les deux faits conjugués montraient en lui un fédéraliste déterminé, à sa place sur les bancs du tribunal avec les plus coupables Brissotins. En revanche, les autres signataires de la lettre : Faye, Soulignac, Rivaud du Vignaud, avaient été mis simplement au nombre des soixante-treize en état d'arrestation chez eux.

Vergniaud, empâté par la détention, semblait, à trente-cinq ans, vieilli, las, dans un habit bleu qui l'engonçait. Le petit vieux marquis de Sillery, infirme, marchant avec deux cannes, était vif, Valazé indigné, Gensonné calme et froid. Ducos, épargné au 2 juin à la demande de Marat, partageait désormais, ainsi que Fonfrède, le sort de leurs amis. Fauchet promenait sur l'assistance un œil indifférent. Lui, revenu de la Bastille avec sa soutane criblée de balles, on l'accusait aujourd'hui de complot contre la liberté! On l'avait arrêté sous l'inculpation de complicité avec Charlotte Corday, et il ne la connaissait même pas. Prétexte, comme la plupart des faits articulés contre eux tous. Ce qu'on ne leur pardonnait pas, en réalité, c'était le fédéralisme, Bordeaux, Avignon, Lyon, Marseille, Toulon. Ils étaient condamnés d'avance, à quoi bon se défendre?

La plupart d'entre eux se défendirent néanmoins avec acharnement, discutant les témoignages de Pache, de Chaumette, de Destournelles, ministre des Contributions publiques, qui se bornèrent à répéter des choses banales : les accusés avaient poursuivi la Commune, diffamé, menacé Paris, voulu instituer une garde départementale, provoqué la province à la rébellion. Hébert relata son arrestation par la commission des Douze et accusa le ménage Roland d'avoir voulu acheter *Le Père Duchesne.* Les témoins les plus venimeux furent Chabot et Fabre d'Églantine. Ils déclarèrent que les Brissotins avaient machiné les massacres de Septembre et le vol du

Garde-Meuble pour les rejeter ensuite sur les patriotes. « J'aurais pu sauver les prisonniers, s'écria Chabot. Mais Pétion a excité les égorgeurs en les faisant boire, et Brissot n'a pas voulu qu'on les arrêtât, parce qu'il y avait dans les prisons un de ses ennemis, Morande! »

Chabot parla pendant des heures. La nuit était venue, on avait allumé les quinquets. La pluie fouettait les vitres noires. L'ex-franciscain refit tout le tableau de la politique girondine, précédemment dressé par Robespierre et par Saint-Just à la Convention, et montra que dès le ministère Narbonne elle avait été antirévolutionnaire. Mais dans tout cela, comme dans les débats du lendemain, nul ne fournit une preuve matérielle du complot dont on accusait « la faction ».

Nous en formions si peu une, répondaient les prévenus, que nous ne nous accordions pas. « Je n'étais pas l'ami de Roland », dit Vergniaud. « A la commission des Douze, j'étais contre l'arrestation d'Hébert et de Chaumette », dit Fonfrède. D'autres n'avaient pas voté l'appel au peuple, dans le procès du roi, d'autres n'avaient pas voté pour la garde départementale. Boileau se déclara franc montagnard. « Je le vois bien à présent, ajouta-t-il, il a existé une conspiration contre l'unité et l'indivisibilité de la république, mais je ne l'ai pas connue. Je souhaite le châtiment des coupables. » Gensonné, Brissot admirent avec Valazé les réunions tenues chez lui. N'était-ce point leur droit, comme celui de tous les citoyens, de se réunir pour converser, échanger leurs opinions?

Lorsque le président Herman leur objecta leur connivence avec les députés en fuite, avec les fédéralistes, ils la nièrent. Alors Fouquier-Tinville sortit froidement de son dossier des lettres expédiées en Gironde par Vergniaud et incitant au soulèvement contre la Montagne, une lettre adressée de Bordeaux à Lacaze par un de ses cousins qui lui décrivait les préparatifs de l'insurrection, une lettre de Duperret à Mme Roland. Il lui disait avoir reçu de Caen des nouvelles de Buzot et de Barbaroux qui se disposaient à marcher sur Paris avec Wimpffen. Vergniaud se leva.

« Si je vous rappelais les motifs qui m'ont engagé à écrire, peut-être vous paraîtrais-je plus à plaindre qu'à blâmer. D'après les complots du 10 mars, j'ai cru que le projet de nous assassiner était lié à celui de dissoudre la représentation nationale. Marat l'a écrit ainsi le 11 mars. Les pétitions faites depuis contre nous avec tant d'acharnement ont confirmé en moi cette opinion. Dans ces circonstances, mon âme s'est brisée de douleur et j'ai écrit à mes concitoyens que j'étais sous le couteau, j'ai réclamé contre la tyrannie de Marat. Je respecte l'opinion du peuple sur lui, mais enfin Marat était mon tyran.

— Vergniaud, protesta un juré, se plaint d'avoir été persécuté par Marat. J'observe que Marat a été assassiné, et que Vergniaud est encore de ce monde. »

L'imbécillité de la remarque fit s'esclaffer Desmoulins. L'assistance applaudit. Néanmoins Vergniaud, redevenu grand orateur, parvint, le jour suivant, à émouvoir et gagner cette même assistance en évoquant le rôle de Brissot, de toute la Gironde, dans la lutte contre la monarchie. N'était-ce point les fédérés du Midi, appelés par Barbaroux, qui avaient rendu possible le 10 août? Peut-être avait-on commis des erreurs d'opinion, elles n'entamaient en rien le patriotisme : Rebecqui n'avait-il pas préféré la mort volontaire à l'alliance avec les royalistes?

Les audiences succédaient aux audiences, la Montagne s'impatientait. « Braves bougres qui composez le tribunal, imprimait Hébert dans son *Père Duchesne*, ne vous amusez donc pas à la moutarde. Faut-il tant de cérémonies pour raccourcir des scélérats que le peuple a déjà jugés? » Fouquier-Tinville écrivait à la Convention en déplorant la lenteur des formes, la loquacité des prévenus et des témoins. « D'ailleurs, pourquoi des témoins? ajoutait-il. La Convention, la France entière accusent ceux dont le procès s'instruit. Chacun a dans son âme la conviction qu'ils sont coupables. »

Le 7 du second mois, les Jacobins, présidés cette décade-là par Claude, assistèrent à une attaque en règle des Hébertistes contre le prétendu Tribunal révolutionnaire. Parlant de ses lenteurs néfastes, Chaumette dit que c'était un tribunal ordinaire : « Il juge les conspirateurs comme il jugerait un voleur de portefeuille. » Hébert réclama au moins les têtes de Brissot, Gensonné, Fauchet, Duchastel, Vergniaud, Ducos. « Celui-là, dit-il, les femmes l'ont pris sous leur protection parce que, il faut en convenir, il est joli. » Puis il s'attaqua aux traîtres dont le tribunal ne semblait pas se soucier : la femme de

Roland, la sœur de Capet, Bailly, Manuel, complice de la famille ci-devant royale, Barnave, Duport et tant d'autres contre-révolutionnaires notoires que l'on semblait vouloir oublier dans les prisons. Chaumette insista : « Rien ne doit préserver les coupables, si haut se soient-ils placés. La faute n'en est que plus grande, le châtiment doit intervenir ainsi qu'à Rome où, du Capitole, on passait à la roche Tarpéienne. » La Société décida qu'une députation irait le lendemain à la Convention demander le jugement des Brissotins dans les vingt-quatre heures.

Claude intriguait, avec Panis au Comité de Sûreté générale, pour faire « oublier » Barnave. Irrité d'entendre rappeler ainsi ce nom, il ne put s'empêcher, en sortant, de dire à Hébert et Chaumette : « Prenez donc garde de ne point passer, à votre tour, du Capitole à la roche Tarpéienne. Il viendra peut-être un jour où vous souhaiterez ardemment qu'un indulgent vous protège. »

La Convention décimée avait perdu toute envie de résister à la Montagne, elle lui eût donné n'importe quoi, mais on ne pouvait pas, matériellement, pour satisfaire la délégation jacobine, décréter que le Tribunal révolutionnaire devait envoyer les Brissotins à la guillotine sans plus attendre. On se perdait en discussions confuses, dans lesquelles les « reptiles du Marais » espéraient noyer le problème. Claude voyait la manœuvre et n'intervenait pas plus que Robespierre. A six heures de relevée, Hébert survint, pressant. Le triomphe des Brissotins, annonça-t-il, ne laissait aucun doute. Gensonné se disposait, dès la fin des interrogatoires, à résumer toute la défense. Il était fort capable d'embobeliner le jury déjà égaré par l'éloquence de Vergniaud. « Si nous n'agissons pas incontinent, nous sommes enfoncés », confia Hébert à ses amis. Robespierre n'hésita point. « Que nous le voulions ou non, il faut marcher avec eux », dit-il à Claude.

Laisser acquitter les Brissotins, c'eût été la ruine de tout ce que l'on venait d'accomplir depuis leur expulsion, c'était rouvrir cette lutte dans laquelle la république et l'unité française avaient failli périr, c'était bannir à jamais l'espoir d'une véritable démocratie. Maximilien, abandonnant ces hommes qu'il avait d'abord trop couverts de sa mansuétude, griffonna un brouillon de décret :

« La Convention... : Considérant qu'aucun chef de conspirateurs n'a encore été jugé, que des tentatives ont été faites pour exciter des émeutes aristocratiques, etc. Consid. que le glaive de la loi ne paraît atteindre avec facilité que la tête des coupables obscurs, tandis les jugements des gds criminels éprouvent des lenteurs qui donnent libre cours à l'intrigue, imposture, audace c-révolution. Consid. qu'il est également absurde & contraire à l'institution du Trib. révol. de soumettre à des procédures éternelles des crimes où une nation entière est accusatrice & où l'univers est témoin. Décrète... : S'il arrive que le procès porté au Trib. révol. ait été prolongé trois jours, le président ouvrira la séance suiv[te] en demandant aux jurés si leur conscience est suffisamment éclairée. Si les jurés répondent oui, il sera procédé au jugement. Le présid. ne souffrira aucune espèce d'interpellation ni d'incident contraire aux disposit. de la présente. »

Osselin s'empressa de présenter ce texte. Osselin dissimulait chez lui une aristocrate, savait que le Comité de Sûreté générale ne l'ignorait pas, mais espérait la sauver et se sauver lui-même en se montrant sans-culotte à tous crins. Voté à peu près tel quel, le décret fut transmis au tribunal le soir même.

Le lendemain, dès l'ouverture de l'audience, à neuf heures, Fouquier-Tinville en requit la lecture. Après quoi le bel Herman, joli garçon quoique louchant un peu sous ses plumes noires, demanda aux jurés si leur conscience était suffisamment éclairée. Leur président, le ci-devant marquis d'Antonelle, ancien député, les consulta et répondit que non. Les débats se poursuivirent donc, puis furent suspendus à deux heures et demie pour reprendre à six. Alors, comme les jurés venaient de regagner leurs places sous la lumière fumeuse des quinquets et que l'on allait introduire les prévenus, Antonelle se leva.

« Je déclare, dit-il d'une voix émue, que la conscience du jury est suffisamment éclairée. »

Ces quelques mots produisirent un soudain silence. Les juges mêmes étaient impressionnés par cette phrase qui tranchait net la procédure, supprimait interrogatoires, plaidoiries et toutes les garanties reconnues aux accusés. On sentit le coup brutal, la Révolution forçait la porte du prétoire. Herman se ressaisit. Il ne lui restait qu'à soumettre aux jurés la liste des questions. Après quoi ils se retirèrent dans leur chambre pour délibérer. On attendit. Des journalistes parlaient avec les juges. Le public était fiévreux, ce qui n'empêchait pas des gens de manger, un papier ou un mouchoir sur les genoux. Le temps passait lentement. De nouveau, une averse cinglait les fenêtres. Desmoulins s'entretenait de la cause avec Fouquier-Tinville bien content de la loi nouvelle. « Ça va marcher à présent, on ne gaspillera plus le temps et l'argent de la nation. » Quoiqu'il eût voté le décret, Camille trouvait cette justice bien expéditive. Puis les deux cousins s'enquirent mutuellement de leurs ménages. L'accusateur public, veuf, avait épousé en secondes noces une charmante femme, bonne, intelligente et douce, fille d'un colon de Saint-Domingue.

Peu avant dix heures, les jurés rentrèrent, précédés par Antonelle. L'altération de ses traits frappa Camille qui lui dit : « Ah! mon ami, je te plains. Ce sont là des fonctions bien terribles! » Dans le silence et l'attente nerveuse, les réponses tombèrent une à une :

« Oui, les accusés sont coupables... Oui... Oui... »

Brochet, un ancien laquais, adorateur du sans-culotte Marat et du sans-culotte Jésus, voulut, comme la loi le lui permettait, motiver son verdict. Il parla de la république universelle, des entreprises nocturnes et criminelles, des « serpents venimeux qui, après quatre années de constance et de zèle pour acquérir le plus précieux des biens : la liberté et l'égalité, ont voulu, par des manœuvres ténébreuses, étouffer cette même liberté. Le peuple, conclut-il, espère voir les têtes d'autres mandataires coupables tomber bientôt sous le glaive de la loi ».

Ordre donné par le président, les huissiers ouvrirent la porte de la petite salle dans laquelle étaient parqués les vingt et un prévenus. Ils entrèrent avec leurs gendarmes, reprirent place parmi les étages de bancs, face aux jurés, attendant la suite des interrogatoires. Mais Herman, debout, un papier à la main, le lut d'une voix quelque peu forcée. C'était la déclaration du jury. Aussitôt Fouquier-Tinville se leva, rejetant d'un tour d'épaule son manteau en arrière et arquant ses sourcils charbonneux. Il requit la peine de mort pour tous les accusés.

Stupéfaits d'abord, ils réagirent en tumulte, protestant contre cet incroyable déni de justice, s'agitant avec des gestes désordonnés. Gensonné, blême, réclamait en vain la parole, sa voix se perdait dans les clameurs des autres. Lesterpt-Beauvais criait au public : « Peuple, on te trompe! » Sillery, jetant ses cannes, riait à la mort. Fonfrède, Ducos, qui étaient beaux-frères, s'étreignaient. Brissot, les mains tombantes, baissait la tête. Fauchet restait indifférent. Vergniaud, avec son air dédaigneux et chagrin, se tourna vers Valazé qui chancelait en s'appuyant sur lui.

« Qu'as-tu donc? Tu faiblis?

— Non, je meurs. »

Il venait de se plonger en plein cœur la lame d'un stylet caché jusque-là parmi ses papiers.

Desmoulins s'était enfui. Le public demeurait muet. Saisi, il ne répondait pas aux interpellations. Sa sympathie pour certains des accusés s'effaçait maintenant qu'ils avaient été reconnus coupables. Les sans-culottes de la Convention, du tribunal, ne pouvaient pas se tromper. Mais on ne pouvait pas non plus se défendre d'un sentiment de confuse terreur devant cette justice, soudain si brutale, qui coupait la parole afin de couper plus vite la tête. Sur l'ordre d'Herman : « Emmenez-les! » les soldats nationaux tiraient les condamnés à bas des gradins, les poussaient en troupeau vers la porte. Ils se débattaient, jetaient au peuple en passant au long du bat-flanc les notes griffonnées pour leur défense. Ils en appelaient encore à ce peuple : « A nous, frères, amis! C'est pour vous que nous avons combattu. Vive la République!

— Vive la République! » répondit la foule prenant enfin parti contre ces traîtres reconnus. Elle les hua tandis que les gendarmes les entraînaient. Les portes se refermèrent sur leur groupe tumultueux. Ils chantaient à présent.

Contre nous de la tyrannie
Le couteau sanglant est levé...

Leurs voix décrurent, s'éloignèrent, se perdirent dans le labyrinthe des couloirs.

Le public s'était tu, écoutant. Herman, resté debout à sa table, lut l'arrêt de mort qu'il n'avait pas eu le temps de prononcer. Il était près de minuit, l'ombre gagnait la salle où les chandelles achevaient de se consumer en fumant contre leurs réflecteurs de tôle. Elles laissaient voir encore sur l'étagement des bancs vides une masse effondrée : le corps de Valazé qui ne bougeait plus. Herman fit requérir les deux officiers de santé près le tribunal. Ils arrivèrent, examinèrent le malheureux. Ils le retournaient à petit bruit en murmurant entre eux. On attendait dans la pénombre et le silence funèbres. La pluie ruisselait mollement sur les carreaux. « Il est mort », dit un des médecins. D'un signe de sa tête empanachée, le président enregistra cette réponse, puis il envoya deux huissiers identifier le cadavre. Ils reconnurent officiellement en lui Charles-Éléonore Dufriche-Valazé, ce qu'inscrivit le greffier Wolf. Fouquier-Tinville demanda que le mort fût guillotiné comme ses amis. Le tribunal repoussa cette requête : le corps dudit Valazé serait mis dans une charrette accompagnant celle de ses complices au lieu de leur supplice, pour, après leur exécution, être inhumé dans la même sépulture. En attendant, les huissiers le prirent sous les bras et aux jambes pour le descendre dans la ci-devant chapelle de la Conciergerie, où les autres condamnés étaient rassemblés.

Ils passèrent la nuit sous cette voûte, entre ces grilles, avec le cadavre de leur ami allongé sur un banc et recouvert de son manteau. Ils soupèrent. Bailleul leur avait envoyé du dehors un repas soigné. Ils parlèrent, Brissot et Vergniaud de la république, de la France, le jeune Ducos de ses amours. Deux prêtres vinrent les visiter : l'abbé Lambert, ami de Brissot, et l'abbé Lothringer. Jureurs mais par feinte, ils étaient en réalité fidèlement catholiques romains. Fauchet, retournant à la religion traditionnelle, se fit relever de son apostasie par l'abbé Lothringer, après quoi il donna lui-même l'absolution à Sillery. Lesterpt-Beauvais et six autres se confessèrent également. La nuit durait. Ils prirent un peu de repos.

Vers onze heures du matin, cinq charrettes rouges se rangeaient dans la ci-devant cour du Mai sur le côté droit du grand perron. Mme Roland, transférée de Sainte-Pélagie à la Conciergerie, arrivait à ce moment. Les gendarmes qui la conduisaient la retinrent à la grille de la petite cour en contrebas. On y descendait par cinq marches. Les aides du fils Sanson étaient en train de gravir ces degrés, portant sur un brancard le cadavre de Valazé tout taché de sang bruni. Derrière lui sortirent du greffe, au fond de la courette, les vingt autres, tête nue, cheveux coupés, col échancré, mains liées derrière le dos. Manon les vit passer dans cet état, ces hommes dont les principaux avaient été les familiers de son salon, au ministère. Brissot, le cher Brissot. Mais à présent un seul comptait pour elle. Il n'était pas là et elle espérait bien qu'il n'y viendrait jamais. Et cependant que n'eût-elle donné pour le revoir avant de monter à son tour dans une de ces fatales charrettes! Car elle y monterait bientôt, elle ne se faisait plus d'illusions.

Sous un ciel plombé, lourd de pluie, le cortège escorté par les gendarmes nationaux passa entre les maisons du Pont-au-Change puis se dirigea vers la place de la Révolution, accueilli sur tout le trajet par des injures, des imprécations. « A bas les traîtres! Vive la République! » leur criait-on. Fauchet et Brissot étaient blêmes, agités; les autres, impassibles. Le cadavre de Valazé, la tête pendante, cireuse, bouche ouverte, ballottait aux cahots.

On ne démontait plus la guillotine. Elle se dressait entre le Jardin national et l'énorme statue de la Liberté élevée par David au centre de la place pour la fête du 10 août. A sa vue, Vergniaud entonna l'*Hymne des Marseillais*, et les dix-neuf autres l'imitèrent. En descendant des charrettes, en montant un à un sur l'échafaud, ils ne cessèrent de chanter. Sillery, appelé le premier, s'avança au bord de la plate-forme et salua le peuple qui, interdit, fit silence. Scandé avec une régularité hallucinante par les coups sourds du couperet, le chœur s'affaiblissait peu à peu. Vingt-huit minutes. La voix grave et ample de Vergniaud s'éteignit. Bientôt on n'entendit plus que celle de Vigier. Elle se tut brusquement quand il bascula sur la planche engluée de sang. Trente-deux minutes.

Sous l'averse qui crevait, la foule se dispersa rapidement tandis que les tombereaux emportaient les restes des suppliciés au cimetière de la Madeleine.

VIII

Les autres Girondins, sortis de Caen au milieu des gardes nationales d'Ille-et-Vilaine après le désastre de Vernon, avaient réussi, en un mois d'aventures et de périls, à gagner le Finistère. Dans les premiers jours de cette odyssée, le petit Louvet avait été rejoint par sa Lodoïska, et ils s'étaient enfin mariés. Mais, ironie du sort, maintenant qu'ils pouvaient se dire mari et femme, Marguerite devait passer pour la sœur de son Jean-Baptiste — ainsi en jugeait-il du moins — afin de dérouter les espions. L'imaginatif auteur de *Faublas* voyait partout des séides du Comité de Sûreté générale. En vérité, le parti montagnard faisait de plus en plus d'adeptes, jusque dans la Bretagne. Les comités révolutionnaires se formaient en tous lieux et rendaient fort précaire l'existence des Brissotins fugitifs. Déclarés traîtres à la patrie après le rapport de Saint-Just, il suffisait qu'ils fussent saisis pour être condamnés, exécutés sur-le-champ, comme Gorsas. Ils se cachaient, dispersés, aux environs de Quimper. Au milieu du danger, Louvet coulait pourtant avec sa « sœur » des jours divinement incestueux et paisibles, dans une petite maison de campagne louée, au village de Penhars : des jours dont il disait qu'en dépit des menaces planantes c'étaient les plus doux de sa vie. L'industrieuse Lodoïska, fort habile artisane, lui avait aménagé dans le jardin une cache où il se terrerait en cas de visite domiciliaire.

Ce bonheur fut court, hélas. Les nouvelles de Quimper dont le club s'apprêtait à faire rechercher activement les proscrits, les avaient contraints, vers la mi-septembre, de prendre les devants. Il ne restait qu'une ressource : se rendre par mer en Gironde où l'on trouverait asile sûr. Quelques-uns : Duchastel, Salle, Meillan, Bergoin entre autres, s'embarquèrent aussitôt dans une mauvaise barque pontée. Elle n'inspirait à Louvet aucune confiance, il préféra prudemment attendre Pétion, Guadet, Buzot et Barbaroux qui disposaient de moyens moins empiriques. Mais Barbaroux avait attrapé la petite vérole. Ce fut seulement dans les derniers jours de septembre que Pétion envoya un ami chercher Jean-Baptiste, pour le conduire au point de rassemblement d'où l'on gagnerait les abords de Brest. Jean-Baptiste seul. Juste ciel! en dépit de toutes les promesses, il n'y avait point de place pour Lodoïska! Pas de femmes à bord. C'était à prendre ou à laisser. Dieux! il allait donc falloir!...

Bref, le cœur fendu une fois de plus, Louvet, s'arrachant aux bras de sa parfaite amante, eut l'horrible courage de la laisser encore. Elle irait à Paris où elle liquiderait ce qu'ils possédaient, puis le rejoindrait à Bordeaux. Si l'existence ne s'y révélait pas possible, ils émigreraient en Amérique.

Il était cinq heures du soir, il faisait encore grand jour. Malgré le risque d'attirer l'attention, on ne pouvait tarder davantage, car on devait couvrir neuf grandes lieues de pays, soit quinze lieues de poste, avant minuit. Le bâtiment sur lequel les proscrits allaient prendre passage voguerait en convoi sous la protection de vaisseaux de guerre. Le harcèlement perpétuel du cabotage par les corsaires anglais rendait obligatoire ce genre de navigation. A minuit, le convoi et son escorte seraient sous voiles en rade de Brest, ancres à pic, prêts à déraper sitôt le signal donné par un coup de canon. Il fallait donc se trouver dès onze heures à l'endroit de la côte où une chaloupe viendrait embarquer les fugitifs pour les mettre clandestinement à bord après la visite des bâtiments de commerce.

Louvet et son guide sortirent à pied du village. A deux cents pas de là, des chevaux attendaient dans un petit bois de chênes dont les feuilles commençaient à peine de brunir. Le temps, très mauvais les jours précédents, se remettait au beau. L'automne était magnifique. La campagne bretonne, gris-vert et ocre, sentait la pomme et le thym. Au bout de deux lieues par des routes détournées, on distingua un groupe de cavaliers devant un calvaire. C'étaient Pétion, Buzot et Guadet, exacts au rendez-vous, avec deux armateurs de Brest qui avaient organisé toute l'affaire. Barbaroux ne paraissait pas. On avait eu déjà bien des difficultés avec lui dans le pénible trajet de Caen à Quimper. Il ne ressemblait plus au fougueux fédéré du 10 août. Lise n'eût pas reconnu l'Antinoüs dont elle imaginait Manon Roland éprise. Encore qu'il fût le plus jeune de la bande — vingt-six ans — une mauvaise graisse le bouffissait, l'oppressait, et un dégoût universel lui paralysait l'âme. Le suicide de Rebecqui l'avait fortement éprouvé. Pétion aussi était bien changé. Ses cheveux et sa barbe qu'il laissait pousser pour modifier son apparence avaient blanchi en un mois. Il n'était pourtant que dans sa trente-huitième année.

Barbaroux arriva enfin, à la brune, avec plus d'une heure de retard. Par bonheur, nul curieux n'était, durant ce temps, passé à la croisée des chemins, car ce rassemblement de cavaliers près du calvaire marquant évidemment un rendez-vous eût à coup sûr provoqué les soupçons. Heureusement aussi, on alla bon train ensuite. Bientôt on respira dans l'ombre le grand souffle salin qui rabougrissait les chênes, et l'on parvint bien avant minuit au village de pêcheurs choisi pour l'embarquement.

Là, les embarras commencèrent. Sous le mince croissant de la lune nouvelle et très basse qui se multipliait sur les crêtes du clapotis, la petite plage dominée par les épaulements d'un fortin était vide. Pas de chaloupe. A l'auberge, où les deux Brestois avaient fait préparer un souper, on n'avait vu aucune embarcation étrangère au village. La chaloupe n'était probablement pas encore venue. On s'attabla. Comble de malchance, dans la grand-salle le propre commandant du fortin vidait avec un sans-culotte local des pots de cidre. Il avait sous ses ordres cinquante homme de garnison et des canons qui auraient vite fait de couler bas toute embarcation suspecte. D'ordinaire, à cette heure, il dormait tranquillement dans son fort. La malencontre voulait que justement ce soir il fût ici.

Les armateurs montraient de l'inquiétude : il était minuit moins un quart, toujours pas de chaloupe. L'un d'eux parla au patron de l'auberge et courut avec lui réveiller des pêcheurs qui consentirent, moyennant triple salaire, à conduire les « voyageurs » au convoi en partance. Seulement, ma Doué! à c't' heure les barques elles étaient su 'l' flanc dans la vase. Fallait ben compter deux ou trois quarts d'heure d' marée pour qu'elles soyent à flot. Le commandant et son compagnon « maratiste », dans la fumée de leurs libations, regardèrent avec une superbe indifférence sortir les singuliers voyageurs. « Du diable si j'aurais cru que ta bicoque pouvait contenir tant de particuliers », dit simplement à l'aubergiste le commandant qui devait en voir non point sept mais trois fois autant.

L'absence de la chaloupe était angoissante. Elle tracassait particulièrement Louvet. Son cerveau fertile lui peignait déjà une conspiration ourdie par la Montagne, selon lui royaliste, pour le faire tomber, lui et ses compagnons, entre les mains des Anglais. Savait-on si le capitaine avec lequel les Brestois avaient passé marché n'était pas un traître, à la solde de l'infâme Robespierre! Pétion, qui avait retrouvé son flegme d'autrefois, haussa les épaules.

« Si Robespierre savait où nous prendre, il ne nous laisserait pas faire un pas de plus, sois-en sûr. »

Ils quittèrent la grève, à une heure. Le convoi devait déjà voguer dans l'Iroise. La nuit était sombre. La faucille cuivrée de la lune avait disparu, mais le changement du clapotis en vaguelettes produites par la marée couvrait les eaux d'un filet à larges mailles d'écume blanchoyante. Le flot continuait à monter avec un bruit de lèchement sur le sable et de tapotement câlin sur les rochers dominés par le fortin. Tout y semblait dormir. Pourtant des sentinelles veillaient. Un coup de feu pouvait éclater à tout instant. Enfin on eut doublé cette pointe. Dès lors on cessa de ranger le rivage et l'on piqua en plein à travers la rade noire, immense et silencieuse. Personne ne parlait dans la barque, les pêcheurs tiraient avec régularité sur leurs longues rames, changeant parfois de direction. On ne voyait rien.

Ils errèrent ainsi toute la nuit. Louvet s'agitait, dévoré d'inquiétude. La trahison était certaine. Barbaroux, Pétion roulés dans leurs manteaux, dormaient. La tête entre ses mains, Buzot songeait sans doute à Mme Roland. Les étoiles s'éteignirent, le ciel pâlit, le cirque des hauteurs se dessina peu à peu tandis que le jour descendait sur la rade. La mer devint grise, puis verte. Louvet, Guadet, les deux Brestois scrutaient l'étendue murmurante et brumeuse où l'on n'apercevait que, çà et là, des flottilles de pêche. « Il faut aller vers la pointe des Espagnols », dit l'un des armateurs, mais sa voix manquait d'assurance. Si le convoi avait franchi le goulet, il ne restait plus d'espoir. Il était à présent plus de sept heures.

« Quelque chose à dû manquer, ajouta le Brestois. Qu'à cela ne tienne, nous vous cacherons jusqu'au prochain...

— Voyez, voyez! » s'écria son compagnon en se dressant tout à coup.

Devant la pointe, un gros brick, ses perroquets sur les chouques, louvoyait sous son foc, ses huniers et sa brigantine. Ses basses voiles à demi carguées formaient de grandes bourses blanches. Soudain, comme le petit navire changeait d'amures, il largua sa misaine et courut sur la barque en traçant un demi-cercle d'écume. Ç'aurait pu être un brick de guerre tant il manœuvrait avec promptitude et souplesse, mais il n'avait pas de sabords ni de bastingages. Il portait à la corne, au-dessous du pavillon, un numéro en gros chiffres : 18. « C'est bien lui », s'exclamaient les deux négociants brestois. « Vous êtes sauvés. »

Il mit en panne à moins d'une encablure. En quelque coups d'avirons, on l'eut accosté. Même Barbaroux et le corpulent Pétion escaladèrent vivement l'échelle.

« Eh bien, il était temps », dit le capitaine : un athlétique Écossais, rouge de visage comme Danton. « Un instant de plus, je rentrais au port. » Il emmena les proscrits dans la chambre, fort basse sous le gaillard d'arrière. Ils logeraient là. Il expliqua que ses matelots n'avaient rien voulu entendre pour aller à terre avec la chaloupe, ils redoutaient non seulement les sans-culottes du littoral mais encore la marine de guerre qui les aurait fort bien ramassés pour les contraindre à servir sur les vaisseaux, où l'on n'est jamais payé et toujours mal nourri. Le convoi avait défilé à minuit juste.

« Je me suis attardé le plus possible, dit le capitaine, et maintenant nous voilà sans escorte, car si fin voilier que soit ce bâtiment nous ne la rejoindrons pas avant ce soir. Mon équipage n'est pas chaud pour sortir de la rade, nous courons grand risque de tomber sur l'Anglais. »

Les armateurs l'assurèrent qu'il y avait peu à craindre de ce côté; la grande flotte de Brest croisait au large, les corsaires ne se hasarderaient point à l'affronter.

« Je veux le croire, dit le brave Écossais. Tentons l'aventure. »

Pétion, Buzot, Guadet, Louvet, Barbaroux étreignirent avec reconnaissance les généreux Brestois auxquels ils devaient tant. Les deux hommes redescendirent dans la barque, elle s'éloigna au mouvement lent des rames tandis que les fugitifs saluaient encore de la main leurs sauveurs. Le capitaine Mac Dougan avait déjà fait servir et virait vent devant. Le brick vint grand largue. Sa vitesse augmenta progressivement à mesure que les gabiers, calant la mâture haute, hissaient dans le soleil perroquets et cacatois. Couvert de toile, hardiment appuyé de la hanche sur la mer à peine onduleuse, il franchit le goulet avec un élan d'oiseau. Puis, laissant porter, il se mit à tailler sa route dans l'étendue verte du canal des Irois, en soulevant sous son beaupré deux volutes bouillonnantes.

Pendant deux heures, on navigua ainsi sans la moindre traverse. Louvet et Guadet, qui n'avaient pas dormi de la nuit, prenaient un peu de repos dans la chambre. Les autres, assis sur les espars amarrés avec la chaloupe entre les deux mâts, sur la drome — le seul endroit du pont où l'on pût s'asseoir sans gêner la manœuvre —, se flattaient de voir enfin la chance leur sourire. Ce beau temps, cet excellent navire, son nom même — il s'appelait l'*Espoir* —, cette marche rapide : tout semblait d'heureux augure. Le capitaine, qui vint, un moment, parler avec ses illustres passagers, les désenchanta un peu : il prévoyait de la grosse mer pour le lendemain. Le vent halait à l'ouest et le temps changerait sans doute avec la nuit.

Juste alors, des appels partirent de l'avant. Les hommes de veille aux bossoirs annonçaient des voiles à l'horizon par tribord devant. Déjà s'élevaient des cris : « Corsaires anglais! » Les Brissotins s'élancèrent vers la lisse. Effectivement, on apercevait à droite, très loin du Corbeau, des petits grains blancs semés au ras de la mer. Le capitaine se fit apporter sa lunette, il dénombra cinq voiles en demi-cercle. Venant du grand large, elles couraient vers les passes, au plus près tribord amures, et montaient rapidement, car on allait au-devant d'elles, ajoutant la vitesse du brick à la leur. Elles étaient néanmoins beaucoup trop lointaines encore pour que l'on pût distinguer leur pavillon.

« Il faut attendre, dit le capitaine Mac Dougan. D'ici deux ou trois quarts d'heure nous serons fixés. »

L'équipage ne l'entendait pas de cette oreille. On serait fixé trop tard pour prendre chasse avec espoir de s'en sortir. Le second soutint les matelots, il déclara en jurant qu'on n'allait pas, « pour des passagers inconnus, courir le risque d'être conduits en Angleterre ». C'était un individu brutal, qui avait un peu abusé de l'eau-de-vie distribuée aux marins afin de les encourager à la manœuvre. Mac Dougan insista, mais dut finalement céder devant la révolte grondante. Il vira de bord et prit lui aussi l'allure du plus près. Au bruit, Guadet et Louvet étaient sortis sur le pont. Tous les cinq, ils se demandaient ce qu'ils allaient devenir.

« Patience! murmura le brave Écossais, je n'ai pas dit mon dernier mot. Laissons les vapeurs d'alcool se dissiper. En attendant, dînons, messieurs, voulez-vous? »

Ils mangèrent dans la chambre. Après quoi Mac Dougan, montant sur son gaillard, rassembla au-dessous les matelots pour les avertir qu'une fois à Brest il lui faudrait rendre compte de leur mutinerie.

« Vous savez ce qui vous attend : le service sur les vaisseaux.

Quant à toi, Anselme, dit-il au second, cela pourrait bien n'être rien de moins que la guillotine, pour avoir détourné un navire du convoi. »

Un instant plus tard le brick revirait. Les voiles suspectes avaient disparu quand on sortit de l'Iroise. On fit cette fois un peu moins d'ouest, afin de rester plus près de la côte.

De tout le jour, il n'y eut aucune autre alerte. Le soir, le convoi n'était pas en vue. C'est que l'on avait à présent douze heures de retard sur lui. Le vaillant *Espoir* courait toujours par une mer très douce, mais le soleil se voilait de vapeurs pourpres, le vent halait de plus en plus à l'ouest. Pendant la nuit, comme l'avait prédit le capitaine, il fraîchit beaucoup. On commença, dans la chambre, de sentir le petit navire se soulever. Au jour, quant Pétion et Louvet sortirent sur le pont, le ciel était gris, la mer creuse, couleur d'huître, et huit voiles, beaucoup plus proches que celles de la veille, balançaient leurs pyramides blanches, encore une fois par tribord devant. Mac Dougan les observait à la lunette.

« Vaisseaux français », annonça-t-il avec beaucoup d'assurance.

Louvet se demanda si le capitaine en était tellement sûr. Bientôt il n'y eut plus de doute. A mesure que l'on avançait, de nouvelles voilures sortaient de sous l'horizon : dix, quinze, vingt, d'autres encore. Maintenant, on distinguait très bien, à la corne des vaisseaux les plus proches, le pavillon blanc à franc-quartier tricolore et la flamme de guerre à la pomme du grand-mât.

C'était évidemment toute l'escadre de Brest, conduite par la formidable *Montagne* de 120 canons, qui louvoyait là en file de divisions : vingt-deux vaisseaux et quinze frégates, au demeurant assez mal alignés. Le brick, gros pour son espèce mais bien petit à côté de ces mastodontes, passa sur leur front. Les puissantes coques ventrues des 80 et des 74 montaient et descendaient lourdement, découvrant dans le creux des lames leur doublage en feuilles de cuivre, rouge vif sous leurs flancs noirs avec les lignes des sabords couleur chamois. Par ce gros temps, les mantelets des batteries basses restaient fermés. Sous ceux du pont supérieur et par les sabords du pont des gaillards, les pièces allongeaient leurs gueules de bronze luisantes. Les frégates, plus légères mais hérissées elles aussi de canons, éclairaient l'escadre. Partout, du côté du large, on ne voyait que des pyramides de toile penchées sous le vent, qui se balançaient au rythme égal du tangage. Et ici, sur ce bord, la file des murailles noires et jaunes se continuait d'encablure en encablure, chaque navire suivi par son essaim de mouettes. Le énormes châteaux arrière, en retombant à la lame, l'écrasaient sous leur voûte d'arcasse dans une véritable explosion d'écume.

Pour les cinq fugitifs, ce spectacle était magnifique mais terrifiant. Leur cœur patriote vibrait devant cette puissante flotte surgissant de la mer sous le drapeau de la nation. Pourtant le pavillon anglais eût été moins redoutable pour eux que ces trois couleurs. Ils se cachaient dans la chambre dont ils évitaient les fenêtres, à travers lesquelles on aurait pu les apercevoir des sabords défilant à leur hauteur. Le capitaine Mac Dougan se tenait sur la dunette, prêt à répondre au premier porte-voix qui l'interpellerait. Il n'en eut point la peine, nul vaisseau n'accorda la moindre attention au brick. L'escadre était là pour protéger le cabotage non pour en faire la police. Elle poursuivit sa croisière tandis que l'*Espoir* gagnait dans le sud-est sans plus rien craindre des corsaires anglais, au moins pour le moment.

Le soir, on découvrit de nouveau des voiles, droit devant. Après les avoir examinées, le capitaine les déclara françaises et marchandes. Or, voilà que l'une d'elles, virant au vent, se mit à cingler droit sur le brick.

« Êtes-vous sûr, capitaine, demanda Louvet, d'avoir bien distingué ses couleurs? »

En ce moment, comme le navire mystérieux accourait beaupré pointé, amures à bâbord, ses huniers masquaient sa corne de brigantine : on ne pouvait voir le pavillon.

« Je ne suis sûr de rien, répondit Mac Dougan à mi-voix, hormis que, si ce n'est là le convoi, nous serons demain en Angleterre. »

C'était bien le convoi, car, en avançant, on reconnut tout un rassemblement de mâtures variées, tanguant, roulant dans le creux des lames. Mais le navire n'en cinglait pas moins de la façon la plus agressive. On put s'apercevoir qu'il portait la flamme de guerre, et bientôt on reconnut une frégate française. L'équipage du brick montra sa joie, il n'avait plus rien à redouter. Il n'en allait pas de même pour le capitaine ni pour les

Brissotins. Ce bâtiment, détaché de l'escorte, ne courait ainsi sur l'*Espoir* qu'afin de l'arraisonner, cela ne faisait point de doute; et, pour eux six, une visite c'était l'échafaud. La frégate se rapprochait rapidement, inclinée sous sa haute voilure, tapant dans la vague qui rejaillissait jusqu'au filet de beaupré, inondait la figure de proue : une femme casquée. Sous les bossoirs soutenant l'ancre, s'amorçait la ceinture des quarante canons. Les premiers pointaient hors des sabords, en position de chasse.

Devant cette allure menaçante, le capitaine Mac Dougan, sans modifier sa route, avait fait serrer progressivement de la toile. L'*Espoir*, ne marchant plus qu'à faible vitesse, roulait désagréablement pour les estomacs peu marins. Mais l'angoisse défendait du mal de mer les cinq fugitifs. La frégate arrivait à portée. Elle lofa, cassa peu à peu son erre et mit en panne, dérivant lentement. Elle présentait son flanc hérissé des vingt pièces des deux batteries bâbord. De la dunette, une voix métallique tomba, dominant les sifflements du vent et le bruit de l'eau.

« D'où venez-vous, numéro 18?

— De Brest, répondit Mac Dougan dans son pavillon.

— Vous êtes bien arriéré!

— J'ai perdu beaucoup de temps pour sortir. J'ai dû faire demi-tour devant des voiles suspectes. »

Il y eut un silence, puis la voix de cuivre reprit :

« Avez-vous des passagers?

— Non. Des marchandises seulement. »

Nouveau silence, enfin l'ordre redouté arriva :

« Mettez en panne. »

Le capitaine obéit. On contrebrassa les vergues. Sur la frégate, des gabiers à bonnet rouge s'activaient dans la grand-hune et dans celle d'artimon. Un instant plus tard, la chaloupe, enlevée de la grand-rue, apparut au bout de ses palans, passa par-dessus le bastingage et vint s'affaler à la mer, montant et descendant sur les vagues. Les avirons furent armés par les matelots au chapeau de toile cirée, l'embarcation s'écarta.

« Nous sommes perdus, dit Guadet. Jetons-nous dans les flots pour ne point compromettre le capitaine.

— De toute façon, je le suis, répondit-il. Mon équipage parlera. Défendons-nous plutôt, vendons chèrement notre vie. »

Ils possédaient tous des pistolets, ils les chargèrent. Le courageux Écossais, mettant les siens dans les poches de son habit, remonta sur le château. Là, il n'en crut pas ses yeux. La chaloupe avait gagné l'arrière de la frégate et celle-ci, par un de ses sabords d'arcasse, passait à l'embarcation le bout d'un câble qu'elle se mit, en forçant de rames, à traîner vers le brick. Seigneur Dieu! ces malheureux s'étaient imaginé de le remorquer! Ils le croyaient mauvais marcheur ou mal servi, lui qui aurait pu rivaliser avec la frégate. Ah! c'était trop joli! Le capitaine se précipita pour rassurer ses passagers, puis alla sur l'avant surveiller la chaloupe. Abritée par l'étrave de l'*Espoir*, elle se balançait doucement en eau calme. Un de ses marins crochant dans la sous-barbe, et d'autres avec leurs gaffes, empêchaient l'embarcation de tosser contre le taille-mer du brick qui se soulevait au tangage. Anselme avait lancé un filin pour saisir le câble, on le hissait. Debout sur le tillac de la chaloupe, un jeune officier en culotte rouge, gilet rouge, habit bleu, le bicorne crânement campé, dirigeait la manœuvre.

« Capitaine Mac Dougan? dit-il en l'apercevant. Lieutenant Dubon, de la *République*. Faites mailler la remorque sur votre chaîne d'ancre, citoyen. Quand j'aurai regagné mon bord, gardez votre foc, hissez un tourmentin, carguez tout le reste. Et veillez à ce que votre navire n'embarde pas. »

Mac Dougan se retint de sourire. Ces conseils d'un blanc-bec, à lui qui avait vingt ans de mer!

« Je n'y manquerai pas, citoyen lieutenant. »

Continuer à passer pour un marin d'eau douce, c'était le meilleur moyen de rendre plausible son retard. Mais le jeune officier observait d'un œil assez inquiétant le brick, ses lignes d'eau, les façons des matelots. En dépit de sa jeunesse — vingt-cinq ans au plus —, ce garçon semblait fort compétent.

En réalité, Fernand atteignait tout juste ses vingt et un ans. Sa haute taille, sa carrure trompaient. Depuis la prise de la Bastille, le neveu de Claude s'était beaucoup développé, et même depuis le printemps de l'année précédente, où Bernard avait fait sa connaissance à Paris, lorsque Fernand n'était encore qu'aspirant de marine. A présent, il portait l'épaulette. Il avait participé avec la flotte de Toulon à l'expédition du contre-amiral Truguet en Sardaigne, puis commandé lui-même, pendant trois mois, un lougre de huit canons qui faisait la chasse aux Anglais dans la Manche. Depuis un mois, Jean Bon Saint-André, cherchant des officiers instruits pour la flotte de Brest, l'avait envoyé sur la *République* avec le grade d'enseigne de vaisseau. Il remplissait les fonctions de troisième lieutenant.

En rentrant à bord, il alla rendre compte au commandant : un quadragénaire fort vulgaire, ancien maître d'équipage, qui devait à la Révolution et à l'émigration de tous les officiers d'être passé capitaine de frégate. « Ce numéro 18 a quelque chose de suspect, citoyen, lui dit Fernand. Quand les vigies l'ont signalé, il filait comme une mouette. » Si bien que, le prenant pour un corsaire ennemi, car eux non plus ne voyaient point son pavillon ni son numéro de convoi, ils lui avaient couru sus. « Il n'a ralenti qu'en brassant de la toile. Ce n'est pas du tout un mauvais voilier. Il est de plus parfaitement tenu, et ses matelots en remontreraient à beaucoup des nôtres. Je ne croirai jamais que ce bâtiment ait pris douze heures de retard s'il n'a pas relâché sur sa route, ou bien croisé au large. »

Il pouvait avoir mainte raison de faire l'un ou l'autre : prendre à terre des agents royalistes, ou, en mer, des espions de Pitt, des armes pour les contre-révolutionnaires qui s'agitaient encore en Gironde, ou des ballots de ces faux assignats dont les Anglais inondaient la France.

« Foutaises! déclara le commandant montagnard en soufflant la fumée de son brûle-gueule. Ces faillis capitaines au commerce sont tous des hale-boulines, voilà tout. Du reste, citoyen, tu n'as qu'à garder un œil sur lui en attendant la visite, à Blaye. Faudra bien qu'il y aille, hein! »

Garder l'œil sur lui. Facile à dire! On devait courir sans cesse comme le chien du troupeau, pour rassembler ces marchands, incapables de tenir leur place dans le convoi. Par crainte de se jeter les uns sur les autres, avec cette grosse mer, ils tendaient toujours à se disperser. L'escorte comprenait deux frégates et un vaisseau : le *Vengeur du Peuple*, un 74 qui naviguait majestueusement en tête, laissant aux deux bâtiments plus légers le soin de la police. Deux, c'était peu pour ce métier. De plus, l'autre frégate, mal servie, ne se montrait guère meilleure manœuvrière que les marchands. Bien beau, la démocratie, mais quand tout le monde se considère comme maître à bord, il n'y a plus de navigation possible. Le capitaine Marvejol ne manquait point de travers, il était en outre fort loin d'avoir inventé la poudre. Du moins maintenait-il sur la *République*, à grands coups de gueule, voire de poings, la discipline indispensable. Jean Bon Saint-André ayant froidement fait guillotiner comme ennemis du peuple un chaloupier et un calfat qui prétendaient déposer le capitaine, personne ne pipait maintenant : la *République* était le navire le plus allant de toute la division légère.

Tant qu'on eut le brick en remorque, Fernand l'observa curieusement. Tiré au bout du câble, l'*Espoir* embardait parfois, comme n'y eût point manqué en la circonstance un méchant caboteur. « Qu'est-ce que je te disais, citoyen ! » remarqua le commandant. Le jeune officier ne répondit pas, ces zigzags lui semblaient non point maladroits, mais au contraire très habiles. Ils s'accomplissaient toujours sans mettre la remorque en danger. Pourtant ce n'était pas facile : les vagues devenaient vicieuses et le temps vraiment mauvais. Le premier lieutenant, prenant le quart, demandait au commandant la permission de ferler les voiles hautes. Quand on eut rejoint le convoi, que le brick, filant le câble, remercia par signaux, il ventait grand frais et tout annonçait la tempête. Le *Vengeur* profitait de l'ultime clarté pour signaler à tout le monde de prendre la cape.

Le mauvais temps atteignit son plein à l'aube. Pendant la nuit, les Brissotins, sauf Barbaroux que tout laissait indifférent, n'avaient pas fermé l'œil. Ils s'attendaient à s'engloutir avec l'*Espoir* aux trois quarts couché sur le flanc et s'élevant sur des montagnes d'eau pour redescendre vertigineusement, l'instant d'après. Des cataractes s'écrasaient sur le pont. Tout craquait, gémissait. Le capitaine ne s'inquiétait pourtant pas le moins du monde.

« Le seul risque, disait-il, c'est un abordage, mais on veille avec soin. Quant au temps, il reste parfaitement maniable. Je n'aurais pas pris la cape si le chef du convoi ne l'avait ordonné pour éviter que l'on ne se disperse. »

A six heures du matin, au plus fort de la tempête, Mac Dougan redescendit en annonçant qu'elle se calmerait sous peu. « J'ai une bonne nouvelle à vous communiquer : quelques poltrons se séparent du convoi pour s'abriter à La Rochelle. Le *Vengeur du Peuple* a signalé à la *République* de les suivre. J'en suis fort aise, car ce petit lieutenant que j'ai vu hier n'est pas dupe, je crois bien. »

Fernand perdit ainsi contact avec le brick, à grand regret. Il s'y intéressait de plus en plus. Il eût donné un quartier de la solde qu'il touchait rarement, pour savoir ce que manigançait ce petit navire. Sous le ciel en train de s'éclaircir, on l'apercevait encore, très en avant, près de doubler le *Vengeur*. A celui-ci le soin, mais il n'y avait pas grand-chose à espérer de ce gros pataud commandé par un certain capitaine Renaudin auprès duquel le citoyen Marvejol faisait figure d'aigle.

« Je gagerais, dit Fernand au lieutenant en second, que nous ne reverrons pas le numéro 18. Il s'esquivera au moment d'entrer dans la Gironde.

— Il y aurait de la peine.

— Ta, ta, ta! je ne le crois point. »

Le capitaine Mac Dougan avait eu raison : à midi, le ciel était nettoyé, la mer simplement houleuse. On arrivait par le travers de l'île d'Oléron. Deux fois déjà, tandis que le *Vengeur* et la seconde frégate se donnaient un mal du diable pour rassembler le convoi dispersé par la tempête, le vaisseau, hissant le numéro du brick, lui avait intimé l'ordre de rentrer de la toile. Mac Dougan ne manquait pas d'obéir, mais en gardait assez pour gagner sournoisement vers la pointe d'Arvert. A la troisième fois, le gros 74 perdit patience et appuya l'ordre d'un coup de canon. Il fallut obtempérer. D'autant que l'équipage, furieux contre le capitaine, courait de lui-même aux bras de vergues pour mettre en panne. Sans doute pensait-on, sur le vaisseau, que ces espèces de gabiers de poulaine n'étaient même pas capables d'établir correctement leur voilure, car, parvenu à leur hauteur, il les rangea sans rien dire. Il reprit la tête, la frégate talonnant les traînards. On entra derrière lui dans l'estuaire avec la marée montante. Un peu avant la nuit, jetant l'ancre entre de longues îles de sable et la rive toute brouillée de roseaux, il laissa les navires défiler les uns après les autres. devant lui. Dn gaillard, un porte-voix les interpellait tour à tour. « Avez-vous des passagers? » Rien n'obligeait à répondre oui, mais demain il faudrait subir la visite. Mac Dougan dit aux Brissotins qu'il les emmènerait avant. Ils devaient patienter jusqu'au matin, car il eût été très dangereux de se risquer sur le fleuve dans les ténèbres.

Comme le flot se renversait, l'*Espoir* à son tour s'ancra.

Dès la fine pointe du jour, tandis que les oiseaux de marécage s'agitaient avec de lugubres criailleries, le capitaine fit mettre à l'eau son canot : la plus petite embarcation du bord. Les six hommes et quatre matelots s'y entassèrent. Dans l'aube froide et triste, rien ne bougeait sur le *Vengeur*. Des hommes de quart y veillaient pourtant. Ils ne pouvaient point ne pas repérer les fugitifs. Aussi Mac Dougan, au lieu de filer directement, commanda-t-il de remonter derrière les navires voisins, entre la rive et eux, pour contourner le vaisseau par la poupe. Ainsi, lorsqu'un des veilleurs aperçut le canot, celui-ci semblait arriver de l'amont. Pas une seconde l'homme ne pensa que cette minuscule embarcation surchargée s'apprêtait à parcourir quatre lieues de fleuve avec les forts courants qu'allait, dans peu de minutes, provoquer la marée montante. Ces gens venaient de la terre vers le convoi. C'était interdit. Le marin leur cria rudement de passer au large, comme l'escomptait l'astucieux Écossais. Il ne se le fit pas dire deux fois.

Il ne restait plus qu'à braver les périls du fleuve; non pas les moins redoutables. Les violents remous produits par la mer repoussant les eaux douces et les contraignant de remonter leur cours atteignirent bientôt une extrême violence. Toute la force des quatre matelots tirant à pleins muscles sur les avirons suffisait bien juste à maintenir en ligne le frêle esquif tantôt aspiré tantôt rejeté par les tourbillons. La vitesse était son unique sauvegarde. Sous le poids de ses passagers, il ne conservait pas plus d'une main de franc-bord. L'eau jaunâtre, chargée de sable, roulait à hauteur des genoux, et la moindre oscillation la faisait embarquer. Elle remplissait déjà le fond, clapotait sous la claire-voie. Les pieds mouillés, le corpulent Pétion, le gros Barbaroux demeuraient soigneusement immobiles au centre du bateau. Avec des gestes précautionneux, le petit et maigre Louvet, une écope à la main, rejetait l'eau quand elle montait au-delà du caillebotis. Le capitaine tenait fortement la barre. Buzot et Guadet, serrés à l'avant, se faisaient aussi minces que possible.

Enfin les remous s'apaisèrent, remplacés par le courant de la mer victorieuse. Il s'établit avec puissance, emportant le canot comme fétu. Plus besoin de ramer à présent, sinon pour aider le gouvernail à maintenir le petit bateau sur sa ligne et à le détourner des bancs de sable sur lesquels se ruaient les vagues. Il passa dans leur creux devant le fort de Blaye qui ne remarqua pas ce point noir emporté, ou s'en soucia peu. Cinq quarts d'heure plus tard, après avoir longé sur des eaux plus calmes les trois dernières îles de la Gironde, on doublait le bec d'Ambès, on passait dans la rivière Garonne, sur les bords de laquelle les Brissotins comptaient prendre terre.

Pendant ce temps, la *République*, entrée à son tour dans l'estuaire avec les navires détachés du convoi, rejoignait celui-ci devant Blaye. Sous la conduite des vaisseaux de guerre, toute la flottille avait appareillé peu après le départ du canot, pour venir ici au flot montant se soumettre à un minutieux examen. Fernand eut une surprise en découvrant l'*Espoir*, affourché sur ses ancres comme les autres. Décidément, ce brick était étonnant en tout. Le jeune officier obtint sans peine du commandant Marvejol la permission d'aller visiter le fameux numéro 18. Pour l'instant, on n'avait rien à faire.

« Si tu peux piquer quelques bons gabiers sous une raison ou une autre, n'y manque pas, lieutenant. Mais ça me surprendrait qu'il y ait des marins dans ce ramassis de bailles. »

Fernand prit donc un piquet de soldats de marine, et, dans la chaloupe, se dirigea vers l'*Espoir* où le second, Anselme, l'accueillit poliment. Lorsque le jeune lieutenant demanda Mac Dougan, le second lui répondit d'un air tranquille que le capitaine n'était pas là.

« Il est parti à la première heure, avec le flot.

— Parti! Pour où?

— Pour Bordeaux. J'y dois conduire le brick. Le capitaine nous retrouvera là-bas. »

Cela n'avait rien d'extraordinaire. Nombre de ces marchands, au lieu de perdre ici une journée, allaient droit au port, traiter leurs affaires avec des affréteurs en attendant le navire que le second suffisait à mener.

« Comment est-il parti?

— Dans son canot, avec quatre hommes. »

En effet, toutes les autres embarcations étaient là. Seul manquait, au portemanteau du couronnement, ce très petit bateau dans lequel l'Écossais n'avait pu emmener grand-chose ni grand monde. L'appel de l'équipage, d'après le rôle, prouva que tous les matelots se trouvaient à bord, hormis les quatre canotiers mentionnés par le second.

« Écoute-moi bien, citoyen, lui dit Fernand. Tu es sûr que depuis Brest vous n'avez relâché nulle part, vous n'avez rien reçu d'un navire en mer, vous n'avez embarqué ou débarqué aucun passager? Attention à ce que tu vas répondre. »

Anselme ne se troubla point. Blouser l'arrogante marine de guerre lui plaisait fort. Ni lui ni l'équipage n'eussent balancé à trahir leur capitaine, s'il le fallait; mais ce n'était pas leur intérêt, loin de là, car ils seraient tous considérés comme ses complices, et réquisitionnés. De plus, les passagers leur avaient distribué en remerciement cinq cents livres que l'on ne tenait nullement à perdre. Enfin, si cet enseigne malin nourrissait des soupçons, à sa façon de questionner on voyait bien qu'il ne savait pas le plus petit bout de la chose. Aussi Anselme répondit-il d'un ton assuré :

« Citoyen lieutenant, nous n'avons rien fait de tout ce que vous dites. De Brest ici, le brick s'est dérouté simplement pour fuir devant des voiles inquiétantes. Tout notre retard est venu de là. Du reste, interrogez nos gens. »

Ils approuvaient tous de la tête.

« Sacrés bougres! s'exclama Fernand, vous êtes trop forts pour moi, vous et votre capitaine. Vous nous avez joués, je ne sais comment, mais vous nous avez joués. Vous avez dû bien rire en nous voyant vous porter cette remorque, hein? »

Il regardait avec envie ce fin navire, son pont briqué à blanc, ses peintures propres, ses voiles ferlées et non point abandonnées sur leurs cargues comme elles le restaient encore chez la plupart des voisins, ses manœuvres tournées aux cabillots des rateliers, ses cordages lovés à plat pont, prêts à être filés au premier besoin. Bon Dieu! commander ce brick! Avec dix canons de 6 en batterie barbette, et peut-être des batteries de 8 que l'on pourrait installer en établissant un faux pont, on en ferait voir de dures aux corsaires anglais.

Au contraire de Bernard qui se battait par nécessité, Fernand aimait passionnément se battre. Courir à pleines voiles sur un adversaire, le forcer de vitesse, ou par ruse lui couper la retraite en le mettant sous le vent, sentir le vaisseau se soulever en lâchant son tonnerre — ces grondements formidables, ces sifflements de l'air peuplé de fonte, cette fumée poivrée, cette ivresse, ce resserrement des entrailles —, et en même temps rester maître de soi, penser vite, voir clair, imposer sa puissance et sa volonté à l'ennemi : ça, c'était vivre, c'était aussi merveilleux que de faire crier et bondir de plaisir quelque belle fille. Avec ce navire et son équipage, les occasions de se battre ne manqueraient point. Mais Fernand haussa les épaules en poussant un soupir. On ne pouvait tout de même pas demander la réquisition sans avoir le moindre petit bout de preuve. Comme les gens du fort arrivaient, il leur céda la place, bien sûr qu'ils n'y trouveraient rien maintenant.

Les fugitifs étaient désormais à l'abri sur cette terre girondine : à leurs yeux, le dernier camp de la république et de la liberté. Laissant le capitaine continuer vers Bordeaux où ils comptaient le retrouver sous deux jours, et lui témoigner par un beau cadeau leur reconnaissance, ils se dirigeaient, à travers les vignes du Médoc, vers une maison appartenant à un parent de Guadet. Les vendanges étaient faites, on voyait dans les terres des paysans occupés aux labours. Les six hommes ne se cachaient pas, ils n'en avaient plus besoin. Louvet, Pétion marchaient avec entrain sous le soleil d'octobre un peu voilé. Guadet respirait l'air de chez lui. Barbaroux lui-même semblait retrouver du goût à vivre, et Buzot toute sa détermination. Il avait hâte d'agir, de délivrer Mme Roland. On parvint à la maison, au bout d'une allée de jeunes platanes qui commençaient de perdre leurs feuilles. Mais quoi! les volets étaient clos, la porte fermée. Guadet alla chercher les clefs chez l'aubergiste du village à qui on les confiait d'ordinaire, et revint avec de singulières nouvelles : à en croire les gens de l'auberge, Bordeaux appartenait à la Montagne, les « maratistes » détenaient toutes les autorités, la municipalité et le Département brissotins étaient en fuite, une espèce de terreur régnait dans la ville. « Cela me paraît impossible, déclara péremptoirement Guadet. Il faut en avoir le cœur net. Je vais y aller voir, restez ici, installez-vous et m'attendez. » Pétion l'accompagna.

Ils furent de retour le lendemain, après avoir bien failli se faire arrêter. L'incroyable était vrai. Les bataillons des sections sans-culottes, ayant par ruse mis la main sur le château Trompette avec tous les approvisionnements de guerre et de bouche, ainsi que sur le fort de Blaye, avaient affamé la ville, désarmé les bataillons brissotins, ramené les représentants montagnards.

En ce moment la canaille pourchassait, emprisonnait tous les vrais patriotes. La terreur régnait si bien que les deux hommes n'avaient pu trouver asile pour une nouvelle nuit. Il ne fallait plus songer à Bordeaux.

Guadet décida de repartir. A Saint-Émilion, son pays natal, où il comptait beaucoup de parents et d'amis, on aurait tous les refuges désirables. Mais trois jours plus tard il en était encore, lui-même, à errer de gîte en gîte; l'idée de cacher des proscrits terrifiait tout le monde. Amer et humilié, il retourna auprès de ses compagnons, juste pour apprendre que l'aubergiste les avait dénoncés. Un bataillon « maratiste » s'avançait, amenant même du canon. Il fallut détaler, traverser à grand risque la Garonne où les cinq n'échappèrent que par miracle à une traîtrise du passeur. Le calvaire de la fuite en Bretagne recommençait. Un curé constitutionnel les garda pendant deux jours, puis ses ouailles s'ameutèrent, ils durent de nouveau s'éclipser précipitamment, poursuivis cette fois par des cavaliers. Ils passèrent encore la Dordogne et résolurent alors de se séparer. En groupe, ils éveillaient automatiquement les soupçons. Pétion, convaincu que le triomphe de la Montagne durerait peu, et ne désespérant pas de soulever les populations contre elle, resta sur place avec Buzot et Barbaroux. Guadet tira vers les Landes. Louvet résolut de regagner Paris. S'il devait périr, ce serait du moins en s'efforçant de rejoindre sa Lodoïska. Il partit vers Périgueux et Limoges.

IX

A la suite des Brissotins, Philippe Égalité, après un tour sur la place de la Révolution, était allé rejoindre au cimetière de la Madeleine le cousin et la cousine à la perte desquels il avait si fortement contribué. On en terminait enfin avec l'Orléanisme. Danton devrait maintenant dire adieu à ses arrière-pensées. Il allait lui falloir entrer carrément dans le lit de la république ou se déclarer contre elle. D'autant qu'il ne pourrait pas davantage reprendre ses sournoises manœuvres avec les Enragés, réduits au silence. Jacques Roux transféré à Bicêtre, son journal cessait de paraître. Quant à la Société des Femmes révolutionnaires, elle venait d'être purement et simplement dissoute. Mesure provoquée par un scandale qui n'avait pas laissé de réjouir les spectateurs de cette apothéose de la fessée si pratiquée depuis 89 mais jamais sur une pareille échelle. En effet, Claire Lacombe et ses disciples, journellement moquées par leurs voisines les dames de la Halle fort peu révolutionnaires, avaient résolu d'aller en troupe leur donner une correction. Sorties des dépendances de l'ancienne église Saint-Eustache, où elles siégeaient, elles assaillirent leurs adversaires qui les reçurent avec vigueur. On vit alors sur la placette ce rare spectacle : deux troupes de femmes se houspillant dans un ramage de basse-cour en folie, ces dames s'efforçant de se trousser les unes les autres, et finalement, dans des envols de jupons, de chemises, une floraison de rondeurs callipyges de tous les calibres et de tous les tons solidement claquées par les étalières; car ce furent elles les fesseuses, non point les fessées. A la suite de quoi la Convention supprima par décret tous les clubs féminins. Une perquisition au domicile de Claire Lacombe ne fit rien découvrir d'autre que quatre ou cinq piques, aussi n'était-elle point inquiétée. Elle déclarait d'ailleurs ne plus vouloir s'occuper que de son art. Leclerc d'Oze, soumis par son âge à la réquisition, s'était engagé dans le bataillon de la section Marat et partait tenir garnison à La Fère, emmenant sa toute récente épouse, Pauline Léon. Pour Varlet, le Comité de Sûreté générale se disposait à le remettre en liberté sur la demande d'Hébert et des Hébertistes de la Commune qui répondaient de lui après deux mois de détention considérés comme une leçon suffisante. A Stanislas Maillard aussi on venait de rendre la liberté, aucune charge n'ayant été retenue contre lui. Les pièces recherchées par Panis et Sergent ne se trouvaient pas dans ses papiers, et les deux anciens membres du Comité de surveillance restaient avec leur obsession, avec la crainte que Maillard, un jour, ne les accablât.

Égalité était mort courageusement. Vêtu avec sa recherche habituelle, son visage au gros nez plus congestionné que jamais, il montrait un suprême détachement, voire quelque empressement à se débarrasser de la vie. « Dépêchons! » avait-il dit au bourreau.

Manon Roland lui succéda devant le Tribunal révolutionnaire. Une première fois — le jour de la Toussaint — elle avait été interrogée en chambre du conseil par un juge et Fleuriot-Lescot, le substitut de l'accusateur public. Ils avaient eu de la peine à endiguer sa faconde; il n'avait pas fallu moins de trois heures pour obtenir d'elle, acide et finalement glaciale, des réponses à des questions précises sur le complot fédéraliste dont elle nia tout. Ramenée dans sa cellule à la Conciergerie, elle passa ses nerfs en écrivant des pages vengeresses sur Robespierre mais plus encore sur l'ennemi essentiel, le *Cyclope* :

« O Danton! c'est ainsi que tu aiguises les couteaux contre tes victimes. Frappe! une de plus augmentera peu tes crimes, mais leur multiplicité ne peut couvrir ta scélératesse ni te sauver de l'infamie. Aussi cruel que Marius, plus affreux que Catilina, tu surpasses leurs forfaits sans avoir leurs grandes qualités, et l'Histoire vomira ton nom avec horreur! »

Plus calme quoique non moins sévère, elle jugeait également ses anciens amis : les guillotinés du 9 et les traqués.

« Ils ont temporisé avec le crime, les lâches! ils devaient tomber à leur tour, mais ils succombent honteusement sans s'être plaints de personne, sans autre perspective dans la postérité que son parfait mépris. »

La reine Coco n'était point femme, elle, à succomber sans se plaindre. Elle le prouva, le 17 du second mois, quand elle comparut devant la section du tribunal présidée par Dumas. Elle avait préparé un mémoire exposant sa conduite politique depuis le début de la Révolution. Elle en commença la lecture. Dumas l'interrompit en observant qu'elle abusait de la parole pour prononcer l'éloge de criminels dont le tribunal avait reconnu la culpabilité. Elle protesta de toute sa voix contre ce procédé, et, se tournant vers le public : « Je vous demande acte, s'écria-t-elle, de la violence que l'on me fait. » A quoi le peuple répondit : « A bas les traîtres! Vive la République! »

Pour comparaître, Manon s'était vêtue de blanc, les cheveux répandus sur les épaules, noués d'un ruban. L'ignoble Hébert n'avait-il pas eu le front d'écrire, une fois, que ses cheveux n'étaient pas à elle. Elle ne l'oubliait point et tenait à les montrer. Elle les secouait avec colère, séduisante encore, pleine de son indomptable énergie, acharnée à se défendre, elle et son mari, même après le réquisitoire de Fleuriot-Lescot, qui ne laissait aucun espoir; on condamnait en elle l'égérie de la

Gironde. Elle avait du poison caché, mais n'en usa point, voulant subir le supplice, comme elle s'était refusée à fuir, le 2 juin. Dans son cachot, au-dessus du cloître donnant sur la cour des femmes, elle écrivit les dernières lignes de ses dernières pensées : « Nature, ouvre ton sein! Dieu juste, reçois-moi! A trente-neuf ans! » Et cet adieu secret à Buzot : « Adieu! Non, c'est de toi seul que je ne me sépare point. Quitter la terre, c'est nous rapprocher. »

Le lendemain, à quatre heures et demie, elle sortait du greffe, montait à son tour les cinq marches précédant la petite grille derrière laquelle attendait la charrette rouge. L'aboyeur n'avait appelé ce jour-là que deux condamnés : la citoyenne Roland, un certain Lamarque, ancien directeur général de la fabrication des assignats. Cet homme, affaissé contre les ridelles, tremblait de terreur. Tout au long du trajet, Manon lui parla, lui sourit, parvint à lui rendre courage. Elle était paisible, élégante dans sa robe de mousseline blanche, avec une anglaise garnie de dentelle, rattachée par une ceinture de velours noir. Le temps de novembre brumeux et froid ne la faisait point frissonner, il avivait ses couleurs. Au pied de l'échafaud, elle dit doucement à Lamarque :

« Montez le premier, vous n'auriez pas la force de voir couler mon sang. »

Un spectateur qui avait suivi de près l'exécution, en rapporta les détails, le soir, dans une petite pension où une dame Godfroid éduquait des jeunes filles. Il prétendit avoir entendu Mme Roland, devant l'énorme statue de la Liberté dont la figure de plâtre rongé par la pluie présidait aux supplices, prononcer distinctement ces ultimes paroles : « Liberté, liberté! Que de crimes on commet en ton nom! » Parmi les jeunes filles, une enfant de treize ans, aux longs cheveux noirs, écoutait ce récit en se mordant les lèvres. C'était la petite Eudora. L'un des plus fidèles amis des Roland, Bosc, traqué lui-même, l'avait dissimulée ici sous un faux nom. Personne ne savait qu'elle entendait en ce moment raconter la mort de sa mère. Elle eut la force de retenir ses sanglots jusqu'à ce qu'elle pût se cacher pour pleurer.

Son père, réfugié d'abord dans la petite maison de Bosc, à Montmorency, en était parti dès la fin juin pour Rouen où deux de ses vieilles amies lui offraient chez elles un sûr asile.

Il apprit là par les journaux la condamnation de sa femme et déclara qu'il ne lui survivrait point. En vain, ses protectrices l'exhortèrent, lui remontrant qu'il se devait à sa fille. Il ne voulut rien entendre. Alors, elles entrèrent dans ses vues, peut-être avec l'arrière-pensée de gagner quelques jours pendant lesquels s'amortirait sa douleur. Elles délibérèrent avec lui. Un projet fut longuement débattu : il consistait pour Roland à regagner secrètement Paris, à paraître soudain au milieu de la Convention pour y proclamer les vérités indispensables au salut du pays. Après quoi il eût immanquablement suivi Manon sur l'échafaud. Ce dessein convenait fort au caractère de Roland, néanmoins il l'abandonna parce que son jugement entraînerait la confiscation de ses biens. Eudora en serait ainsi privée. Le sexagénaire résolut d'en finir lui-même, au plus tôt. Il embrassa ses amies, s'éloigna de chez elles pour ne les point compromettre, sortit de la ville. La nuit se fermait, il était six heures. Roland suivit la route pendant quelque temps puis, entrant dans l'allée du château de Coquetot, il s'assit sur un talus, au pied d'un arbre, et s'enfonça dans le cœur le fer de sa canne-épée. Au matin, des passants qui aperçurent cet homme paisiblement adossé à un tronc, la tête sur la poitrine, le crurent endormi. De plus près, ils virent le sang.

La mort de l'ancien ministre fut bientôt annoncée à Rouen. Legendre s'y trouvait en mission. Il alla reconnaître le corps. On avait découvert sur lui deux billets; l'un ainsi conçu : « Qui que tu sois qui me trouves gisant, respecte mes restes. Ce sont ceux d'un homme qui est mort comme il a vécu : vertueux et honnête. Puisse mon pays abhorrer enfin tant de crimes et reprendre des sentiments humains et sociaux. » Et l'autre : « Non la crainte, mais l'indignation. J'ai quitté ma retraite au moment où j'ai appris que l'on allait égorger ma femme, et je ne veux plus rester sur une terre couverte de crimes. » Legendre était gueulard, capable de violentes colères, mais nullement inhumain. Il fut ému. Il n'approuvait pas la politique de la terreur; seulement, ses propres Cordeliers le dépassaient. Hébert, Billaud-Varenne, Collot d'Herbois lui faisaient peur, la crainte lui fermait la bouche.

Sur la place de la Révolution, les têtes continuaient à tomber comme les dernières feuilles des Tuileries, du Cours-la-République. Bailly, condamné pour la fuite du roi et le massacre du

Champ de la Fédération, dit à ses juges : « J'ai toujours fait respecter la loi, je saurai m'y soumettre. » Il devait être exécuté *sur les lieux de son crime.* La guillotine se dressait donc, pour la circonstance, devant les vestiges de l'autel de la patrie. La foule s'ameuta, criant que l'endroit où avait coulé le sang des martyrs ne devait pas être souillé par celui de l'assassin. Il fallut démonter l'échafaud, le remonter dans un des fossés près de l'immense tas d'ordures formé par la voirie du Gros-Caillou. Le vieux savant attendit, la chemise échancrée, les mains liées derrière le dos. Il grelottait sous la pluie glacée.

« Tu trembles, Bailly! lui lança un des assistants.

— Oui, mon ami, mais c'est de froid. »

La guillotine reprit sa place habituelle pour expédier Manuel : Manuel, le prédécesseur de Chaumette, le premier qui, avec Dubon, avait réclamé à la Commune l'établissement de la république. Mais les Hébertistes ne lui pardonnaient point de s'être intéressé au malheur de la famille royale, d'avoir protesté contre la mort du ci-devant roi. Il périt. Et après lui le général Lamarlière, comme complice de Custine, le général Houchard, le général Brunet, coupables de n'avoir pas vaincu. Puis l'ancien ministre Duport-Dutertre, puis Barnave. Puis Rabaut Saint-Étienne, Kersaint, Osselin et la belle aristocrate qu'il espérait sauver en outrant le sans-culottisme. Puis la Du Barry, condamnée non pas comme ancienne favorite de Louis XV ni comme maîtresse de Brissac, mais pour sa complicité avec les banquiers Van den Yver, bailleurs de fonds de l'émigration. Retirée dans sa maison de Louveciennes, elle avait été dénoncée par son nègre Zamore. L'agent américain Greive fournit à Fouquier-Tinville les preuves de sa culpabilité. Cette femme de cinquante ans, encore belle, qui tenait à la vie, ne cessa, de la Maison de justice — on ne disait plus le Palais — à l'échafaud, de se tordre en hurlant, d'implorer la pitié, de crier avec désespoir qu'elle ne voulait pas mourir.

Nicolas Vinchon avait voulu voir la célèbre créature, il fut stupéfait par ces façons. Personne ne se comportait de la sorte, jamais. Les clients au fils Sanson (le père ne paraissait plus depuis l'exécution du roi, et certains prétendaient qu'il en était mort de douleur) se montraient toujours soumis à un sort dont ils reconnaissaient évidemment la justesse. Les uns, muets, la tête basse, semblaient accablés sous le poids et la honte de leurs crimes contre la nation. D'autres morguaient ou gardaient une attitude fière, comme la ci-devant reine, souriaient, comme la femme à Roland, chantaient, comme les Brissotins. Beaucoup plastronnaient, plaisantaient entre eux, échangeaient des lazzi avec la foule accompagnant les charrettes. La fin de ces coupables repentants ou de ces coupables impénitents qui narguaient le supplice, faisaient les fanfarons et se disputaient la gloire de passer les derniers, n'émouvait personne. C'était une comédie, gratuite, à laquelle on attendait les acteurs. Comme on n'avait, hélas, plus guère de besogne à la boutique, qu'on ne prenait pas la garde tous les jours, on allait là savoir quelle figure y ferait tel ou tel. En se plaçant le plus près possible de l'endroit où s'arrêtaient les charrettes, et où les condamnés attendaient leur tour de monter à l'échelle, on les entendait parfois dire des mots qui, assurément, deviendraient historiques comme ceux des anciens, cités par les livres de colportage. Nicolas, quand il pouvait recueillir ces phrases, ne manquait point de les noter dans le cahier où il avait pris soin de coucher par écrit tout ce qui s'était déroulé sous ses yeux depuis l'installation de l'Assemblée nationale à Paris. Un jour, si ses filles lui donnaient des petits-enfants, ceux-ci seraient peut-être bien intéressés de lire tout ça. Mais était-ce des mots historiques, ces cris que poussait la malheureuse Du Barry, et ses implorations : « Pitié! Un moment encore, rien qu'un moment, monsieur le bourreau! » Il fallut la porter jusqu'à la planche. C'était affreux.

Après ça, heureusement, huit religieuses se laissèrent décapiter de la manière la plus décente. Néanmoins, l'assistance avait été secouée. On se pressait devant la guinguette du Pont-Tournant, décorée maintenant de l'enseigne *A la Guillotine.* Nicolas dut jouer des coudes pour s'aller réconforter d'une goutte d'eau-de-vie. Près de lui, un citoyen en houppelande disait fort haut : « Si tous les gens qu'on guillotine menaient tel train, c'en serait vite fini des exécutions. Paris ne supporterait pas cette horreur. Mais ils se laissent couper le cou comme des moutons. Ils veulent montrer leur courage, eh bien tant pis pour eux, c'est de l'aristocratisme, ça! » Nicolas rentra chez lui en se frottant machinalement la nuque. Pas possible, Louison ne pouvait faire mal, elle opérait trop vite. Oui, sans doute, Capet avait poussé un cri. Parce que son cou, très gros, s'était mal engagé dans la lunette, le croissant rabattu par Sanson avait cogné avec rudesse l'occiput. Depuis ce jour-là, jamais une plainte.

Tout revint à l'habituel avec le naïf évêque Lamourette qui payait ainsi la folle embrassade de la Législative. En sortant du tribunal, il avait dit : « Qu'est-ce que la guillotine? Une chiquenaude sur le cou. » Il se prêta galamment au baiser de Louisette. Suivirent les généraux Chancel, Biron, le vieux soudard Lückner, l'incapable Harville, que Bernard, dès Jemmapes, avait bien jugé. Sur la plate-forme, Biron cria : « Vive le Roi! » A la bonne heure! avec des gens comme ça, aucun doute ne subsistait.

Pas plus que Legendre, Claude n'approuvait ces exécutions. Celle de Barnave en particulier l'atteignait vivement. Il s'était efforcé de faire agir, au Comité de Sûreté générale, David, Panis (Le Bas était toujours en mission à Strasbourg avec Saint-Just), pour empêcher Amar, Voulland, Vadier de transférer Barnave à Paris. Vainement. Lorsque, ensuite, à la réunion quotidienne des deux comités, les Hébertistes proposèrent le renvoi de l'ancien triumvir (Duport avait réussi à s'évader de sa prison provinciale) devant le tribunal, Claude protesta vigoureusement. Et comme Vadier, l'ancien magistrat ariégeois, long, maigre, courbé sous ses cheveux blancs, énumérait les « crimes » des triumvirs, il s'emporta jusqu'à taper sur la vaste table en s'écriant :

« Sacré tonnerre! oubliez-vous qu'aucun de nous ne serait ici, à cette heure, si Barnave, Duport et les Lameth, déjouant les intrigues de l'hypocrite Mirabeau, bravant la faction d'Orléans et son concile de Montrouge, n'avaient appelé la garde nationale à Versailles, mené le roi à Paris, rendu possibles toutes les révolutions qui vous ont enfin donné la république! Barnave a commis des fautes, j'en conviens. Qui de nous est infaillible? »

Ce fut, ce soir-là, au tour de Robespierre d'emmener Claude à côté.

« Je ne peux pas te soutenir, lui dit-il. Tu sais fort bien que Barnave, Duport, les Lameth sont responsables de l'affaire du Champ de la Fédération, qu'ils désiraient une émeute pour la réprimer, qu'ils voulaient épouvanter le peuple. Ils ont inauguré la terreur, elle se retourne aujourd'hui contre eux. Tu m'as reproché mon indulgence pour les Brissotins.

— Il s'agissait simplement de les tenir sous clef. Maintenant qu'on en est à guillotiner!

— Cela ne me plaît point, mais nous ne pouvons retourner en arrière. Si nous nous laissons dépasser par Hébert et les Cordeliers exagérés, la nation est perdue. »

Face aux Hébertistes des deux Comités : Collot d'Herbois et Billaud-Varenne d'une part, Vadier, Voulland, Jagot de l'autre, les Robespierristes à présent faisaient figure de modérés. A la Commune, aux Cordeliers malgré l'opposition de Legendre et de Dubon, voire aux Jacobins mêmes, Hébert, Chaumette, Momoro ne leur ménageaient qu'à peine les épithètes de modérantistes et de contre-révolutionnaires. Le moindre faux pas, et ces nouveaux Enragés l'emportaient, entraînant la France aux abîmes.

« Quoi qu'il t'en coûte, la patrie l'exige, sacrifie Barnave. Je sais des victimes plus innocentes », dit Maximilien à Claude.

Ils rentrèrent dans la salle blanche et or, illuminée par son grand lustre de cristal sous le plafond où Mignard avait peint la Nuit dans un manteau semé d'étoiles.

« C'est bon, déclara Claude, je consens à la mesure puisqu'elle est de salut public, mais le diable m'emporte si je signe votre arrêté !

— Nous respectons tes sentiments », dit Billaud-Varenne.

Lui et Collot d'Herbois — pour le moment encore à Lyon où il exerçait avec Fouché des représailles exemplaires, écrivait-il — ménageaient Claude. Ils espéraient le gagner. Car il se trouvait, au Comité, dans une situation singulière. Absolument opposé à la démagogie et aux exagérations des Hébertistes, il était cependant d'accord avec eux sur les principes. Leurs idées de démocratie absolue, de suppression des fortunes, de mise en commun de toutes les ressources étaient les siennes longtemps avant que Gracchus Babeuf les eût exprimées. Mais surtout il s'approchait d'eux dans l'immédiat, et s'écartait de Robespierre, sur la question religieuse. Pour lui comme pour eux, il n'y aurait pas de véritable liberté tant qu'il existerait une religion, et il ne leur plaisait pas que la Constitution inspirée par Robespierre fût placée sous l'invocation de l'Être suprême.

Aux yeux de Claude, la constitution civile du clergé importait autant que la suppression des privilèges et la Déclaration des droits. Mais elle ne représentait qu'une étape sur la route de la libération totale, c'est-à-dire la disparition du clergé, de toute église, de tout culte. Pour y parvenir, il comptait sur l'instruction : en éclairant le peuple, on le détacherait de ses croyances ridicules, vestiges de l'obscurantisme. Si, en 91, sur les bancs de la Constituante, et aux Jacobins, il s'était élevé contre les persécutions religieuses, c'est d'abord qu'il ne voulait pas voir la Révolution emprunter au catholicisme romain son fanatisme et ses moyens de despotisme : son Inquisition, sa Saint-Barthélemy, sa révocation de l'Édit de Nantes, ses déportations massives, ses dragonnades, sa tyrannie contre les Jansénistes. Et, deuxièmement, parce qu'il estimait que toute persécution aboutit à renforcer ce qu'elle veut détruire. C'est pourquoi, à cette époque, il tenait tête si fermement sur ce point aux Jacobins de Limoges et à l'homme aux lunettes. Mais depuis il y avait eu les outrances sanglantes des catholiques du Midi, la férocité des prêtres vendéens, la guerre d'un clergé qui entretenait partout l'esprit contre-révolutionnaire, se faisait inlassablement le complice de l'émigration sinon l'agent de l'étranger. Beaucoup même de jureurs n'avaient prêté serment que par feinte, sous le couvert de la loi ils prêchaient la contre-révolution.

Claude en arrivait à considérer d'un œil assez favorable le guillotinage quand il s'agissait de prêtres, voulait avec les Hébertistes que la loi n'admît plus aucune espèce de pratiques religieuses, et approuvait entièrement leur campagne de déchristianisation. Billaud-Varenne, Collot d'Herbois, Fouché, Chaumette, Hébert, Clootz l'ex-baron allemand — second protecteur à Paris de Babet Sage —, Vadier, Voulland, Amar, Ruhl poussaient avec diligence, sur tout le territoire, leurs efforts pour substituer à une religion absurde le culte de la Raison. Robespierre, plein de religiosité, comme son vénéré Jean-Jacques, se cabrait là contre.

Au fond, songeait Claude, c'était Voltaire et Rousseau qui, par-delà leurs tombes, s'affrontaient aux Jacobins où d'aigres paroles avaient été échangées. Mais Maximilien ne pouvait pas grand-chose contre l'influence d'Hébert sur l'esprit public; *Le Père Duchesne*, distribué dans toute la France, aux armées, à la flotte, tirait à six cent mille exemplaires. Le club de la rue Saint-Honoré montra qu'il ne suivait point là-dessus son prophète, en retirant la présidence à Laveaux, directeur du *Journal de la Montagne* où il venait d'écrire un article déiste, probablement inspiré par Robespierre, pour donner le fauteuil à Clootz.

La Convention elle aussi s'accordait à cette campagne. Elle avait supprimé les traitements ecclésiastiques, établi l'égalité des sépultures, remplacé dans les enterrements le drap funèbre par le drapeau de la section. Au lieu d'une croix, on portait devant le cercueil un écriteau avec cette inscription : « L'homme juste ne meurt jamais. » Tous les jours, des curés constitutionnels se présentaient à la barre, déclarant renoncer au sacerdoce. C'était un entraînement comme on en avait beaucoup vu. Sur l'invitation d'Hébert et de Chaumette, Gobel, l'archevêque de Paris, entouré de ses vicaires, vint abdiquer non seulement ses fonctions épiscopales mais sa qualité de ministre du culte catholique. Il déposa sur le bureau son anneau et sa croix, et, dans une tempête d'applaudissements, coiffa le bonnet rouge. Gay-Vernon, le frère de Robert Lindet : Thomas Lindet, évêque d'Évreux, l'imitèrent, suivis par le ministre protestant Julien de Toulouse. Sieyès, déclarant : « Depuis longtemps je ne reconnais plus d'autre culte que celui de la liberté », renonça aux dix mille livres viagères qui lui avaient été attribuées par la Constituante comme indemnité pour ses anciens bénéfices. En revanche, Grégoire, malgré son jacobinisme, se refusa vigoureusement à suivre l'exemple de Gobel. « S'agit-il d'attachement à la cause de la liberté? dit-il. Mes preuves sont faites. » Parbleu! Claude n'oubliait pas les efforts du bon Grégoire, aux premiers temps des États généraux, pour convaincre son ordre de se réunir au tiers. Il avait amené les premiers curés. Et depuis, que de services rendus à la Révolution!

« S'agit-il du revenu attaché à mes fonctions d'évêque? poursuivait-il tout animé, l'œil bleu fulgurant. Je l'abandonne sans regret. S'agit-il de religion? Cet article n'est point de votre domaine. J'ai tâché de faire du bien dans mon diocèse, je reste évêque pour en faire encore.

— Bon, bon, lui dit affectueusement Claude, on ne te forcera pas. Calme-toi.

— Au demeurant, j'invoque la liberté des cultes. On ne l'a point abolie, que je sache. »

Non. Elle existait toujours. Il n'en faudrait pas moins faire disparaître non point l'esprit chrétien, fondement même de la fraternité, de la dignité humaine, de la justice, mais la crédulité et son exploitation, responsables de trop nombreux maux. Avec les Hébertistes, beaucoup de conventionnels, comme

Claude, ne voulaient plus entendre parler de divinité, plus du charlatanisme des prêtres, de leur sournoise emprise sur les âmes. Fouché, dans le ressort de sa mission, avait interdit les pratiques religieuses, réquisitionné les vases et les ornements des églises pour les verser au trésor national. Il laïcisait les cimetières, faisait inscrire sur leurs portes : « La mort est un sommeil éternel. » Partout les comités révolutionnaires enlevaient les dernières cloches et les envoyaient aux fonderies se transformer en canons. Dans les quelques églises affectées jusque-là au culte constitutionnel, on démolissait les autels, on célébrait à présent des fêtes civiques.

En enregistrant la renonciation de Gobel, le président de la Convention, Laloy, pauvre esprit, avait cru concilier le déisme de Robespierre avec l'athéisme des Hébertistes et se faire bien voir des deux partis par la déclaration suivante : « L'Être suprême ne voulant pas d'autre culte que celui de la Raison, cette religion devient la religion nationale. » C'était tellement bête que Claude haussa les épaules sans rien dire. Quels seraient les offices, quelles seraient les célébrations de la Raison? Il ne s'agissait pas seulement de supprimer une religion, il s'agissait de détruire l'esprit religieux, le besoin stupide d'adoration, la peur de la solitude humaine. Il s'agissait d'amener l'homme à ne chercher ni maître ni secours hors de lui-même, de sa propre conscience. Allez donc expliquer cette nécessité à des imbéciles du calibre de ce Laloy! Il aurait fallu entreprendre une démonstration infinie, et l'on n'avait pas le temps; les besognes de toute urgence abondaient, au pavillon de l'Égalité.

Cependant Chaumette, sautant sur la déclaration de Laloy, faisait décréter par la Commune qu'une grande fête civique aurait lieu à Notre-Dame afin d'inaugurer le culte nouveau. Claude n'y serait assurément point allé, mais, après cette fête, Chaumette amena en cortège la Raison aux Tuileries pour la présenter à la Convention.

« Législateurs, s'écria-t-il, le fanatisme a lâché prise. Ses yeux louches n'ont pu soutenir l'éclat de la lumière. Nous avons abandonné les idoles inanimées pour cette image animée, chef-d'œuvre de la Nature. »

Le chef-d'œuvre, porté sur une litière, n'était autre que la citoyenne Aubry, premier sujet de l'Opéra, choisie pour sa réputation de vertu autant que pour sa beauté. Un bonnet rouge coquettement posé sur ses cheveux, un ample manteau bleu jeté sur sa tunique blanche, une pique à la main, elle descendit avec grâce de sa litière pour embrasser le président qui la plaça près de lui. Elle était ravissante et Claude, comme ses collègues, l'applaudit de bon cœur.

On ne pouvait pas ne point rendre sa politesse à une si charmante Raison. La Convention tout entière la reconduisit donc à la ci-devant cathédrale pleine encore de sectionnaires, de clubistes, de municipaux. Chaumette en profita pour recommencer la cérémonie. Dans le chœur, on avait dressé sur des entassements rocheux figurant la Montagne un petit temple rond dédié à la Philosophie et flanqué de bustes de sages. Autour, des théories de jeunes filles en blanc soutenaient de vertes guirlandes. Aux sons d'un hymne composé par Marie-Joseph Chénier :

Descends, ô Liberté, fille de la Nature !
Le peuple a reconquis son pouvoir immortel.
Sous les pompeux débris de l'antique imposture,
Ses mains relèvent ton autel...

la déesse sortit du temple et s'avança entre les rochers vers les jeunes filles qui, l'enchaînant de leurs guirlandes, la menèrent vers un siège de verdure, puis défilèrent devant elle, lui rendant hommage. Des groupes d'enfants, de vieillards suivirent. Enfin figurants et figurantes exécutèrent, sur le thème de *La Marseillaise*, une scène lyrique sous la direction du maître de ballet de l'Opéra. C'était bien organisé, fort décent — et parfaitement vide, comme le dit Claude à son beau-frère Dubon qu'il avait retrouvé parmi les membres de la Commune.

La vague antireligieuse, une fois lancée, ne pouvait s'en tenir à des manifestations si anodines. Clootz se déchaînait. Les exagérés — certains sincères, d'autres, comme Chabot, surenchérissant pour prouver leur civisme dont on avait quelques motifs de douter — introduisirent toutes les extravagances et les ridicules horribles du fanatisme dans ce qui aurait dû conserver la mesure d'une opération politique. On vit à Saint-Denis, rebaptisé Franciade, violer les cercueils des anciens rois. On vit le corps d'Henri IV, dans un état de parfaite conservation, mis debout contre un pilier, avec sa barbe grise, la figure pâle et les dents serrées. Un soldat lui coupa la moustache. Une femme, d'un soufflet, fit rouler le cadavre sur le sol. On sortit du tombeau Louis XIV, le visage noir comme de l'encre, Louis XIII encore reconnaissable, saint Louis cousu dans un sac en cuir. On fouilla la pourriture liquide pour en tirer les ossements de Marie de Médicis, d'Anne d'Autriche, de Marie-Thérèse, de François Ier, de sa mère, de sa femme, et la pourriture sèche pour y trouver les restes des rois et reines des premières races. Tous, Capétiens, Valois, Bourbons, au milieu d'une puanteur effroyable furent jetés pêle-mêle dans des fosses. On vit la momie brune du grand Turenne exposée chez le gardien de la basilique, puis plus tard au Jardin des Plantes entre le squelette d'un éléphant et celui d'un rhinocéros. On vit à Reims, en grand spectacle, le vieux Ruhl briser la sainte ampoule, qu'il fallait détruire, sans doute, mais en secret. On vît brûler sur la Grève, devant la Maison commune — on ne disait plus l'Hôtel de ville — les reliques de Geneviève et autres patrons parisiens. On vit saccager le trésor de Notre-Dame, mutiler sa façade en arrachant des niches les statues des rois, des saints. Les sans-culottes exaltés se taillaient des pantalons dans le velours des chasubles. Partout en France, on menait en processions grotesques des ânes, mitrés, habillés en évêques ou portant le saint sacrement sous la queue. On vit enfin, dans certains quartiers de Paris comme dans certaines grandes villes, en province, le culte de la Raison, dégénérant en saturnales, sombrer dans la pire débauche. A Notre-Dame même, la femme de Momoro, jolie mais des plus galantes, remplaçait la vertueuse Aubry et s'exhibait demi-nue avec un cortège qui ne présentait plus rien de virginal.

Tout cela n'aurait pas été mieux calculé si l'on avait voulu rendre la république odieuse à tout esprit possédant la moindre notion de dignité, de décence, si l'on avait voulu donner au catholicisme lui-même le prestige du martyre. Robespierre ne doutait pas de cette volonté.

« Prends garde, dit-il à Claude, cela fait partie du complot de l'Étranger pour discréditer la Révolution. Hébert et ses séides sont des royalistes masqués. Vois donc à quoi tu te laisses entraîner par ton athéisme. »

Claude n'avait pas attendu cette admonestation pour prendre vivement à partie Hébert et Clootz, aux Jacobins : « Quoi, nous prétendons enseigner au peuple la philosophie, la sagesse, et vous débutez en lui offrant l'exemple de tous les débordements! » Il ne croyait pas néanmoins au complot. Clootz, l'*Orateur du genre humain*, était un utopiste emporté hors de toute mesure par ses chimères; Chaumette, un assez bon garçon, plutôt faible, trop peu sensible aux charmes du beau sexe, racontait-on, et trop sensible à de plus mâles attraits. Mais ne chuchotait-on pas de même que Robespierre et Saint-Just... Ce qui était absolument inexact. La faute des Hébertistes tenait toute dans leur impatience, leurs courtes vues. Ils ne comprenaient pas que les révolutions devaient maintenant céder la place à une évolution, soutenue mais prudente, grâce à laquelle, d'étape en étape, la Révolution atteindrait sa maturité et son terme, c'est-à-dire l'épanouissement de l'homme dans l'égalité, la justice parfaites, dans une complète liberté matérielle, intellectuelle et morale. L'ambition d'Hébert, effrénée pour avoir piétiné trop longtemps devant les Pétion, les Roland, les Danton, les Robespierre, les Marat, l'enivrement de la position qu'il avait acquise une fois disparu l'Ami du peuple, et Jacques Roux, Leclerc éliminés, lui donnaient une véritable frénésie de parvenir, maintenant qu'il se sentait près de dominer ses deux grands rivaux. Il devenait lui-même un de ces Enragés qu'il avait contribué à abattre, et dont, du reste, les partisans se rangeaient désormais avec lui.

En fait, il était allé trop loin. Avec Chaumette, sans doute tenait-il la Commune où le parti Dubon, menacé d'une accusation de modérantisme, ne bougeait plus et se bornait à travailler en silence dans les commissions. Cependant Dubon assurait à Claude que cela ne durerait pas : Hébert effrayait Chaumette dont le caractère n'était ni violent ni sanguinaire et que la crainte seule poussait à l'exagération. Il avait pris sous sa protection Cléry : le valet de Louis au Temple. Dans ses fonctions, il faisait beaucoup de bien. Hébert régnait encore sur les Cordeliers, disposait de Vadier, Jagot et Voulland au Comité de Sûreté générale. Mais le club de la rue Honoré — on ne disait plus Saint — ne le suivait plus qu'avec réticence; les purs Jacobins avaient applaudi la protestation de Claude. Et, au Comité de Salut public, Billaud-Varenne en personne blâmait les excès du fanatisme hébertiste.

D'un commun accord, on rédigea une circulaire pour les

représentants en mission : « Vous devez vous garder, les avisait-on nettement, de fournir aux contre-révolutionnaires hypocrites aucun prétexte qui semble justifier leurs calomnies. Il ne faut pas leur présenter l'occasion de dire que l'on viole la liberté des cultes et que l'on fait la guerre à la religion elle-même. »

Hébert, en outre, s'affaiblissait du discrédit dans lequel tombaient tour à tour les Dantonistes, dont il avait eu le soutien. En l'absence de Danton — encore dans sa maison d'Arcis où il demeurait depuis bientôt un mois, avec un congé régulier de maladie — ses amis se déconsidéraient chaque jour davantage. Claude découvrait avec stupeur que la plupart des hommes avec lesquels il avait vécu plus ou moins familièrement dans l'entourage de Danton étaient des aigrefins. Outre l'abbé d'Espagnac, triste enfant de Brive, devenu grâce à Danton entrepreneur des charrois pour l'armée de Dumouriez, et accusé par Cambon d'effarantes filouteries — il touchait chaque mois cinq millions quatre cent quarante-trois mille livres *en numéraire*, pour un service qui lui coûtait un million cinq cent mille livres *en assignats !* — Perrin avait été condamné à vingt ans de fers pour spéculation sur les fournitures militaires; le gros Robert, dont la remuante petite femme n'en menait pas large, venait d'éviter de justesse le bagne en restituant à la nation d'énormes quantités de rhum qu'il avait accaparées. Chabot, imitant Fabre, se défendait en accusant à son tour. Oui, avoua-t-il au Comité de Sûreté générale, il avait reçu cent mille livres de Delaunay — encore un dantoniste — mais c'était pour acheter Fabre d'Églantine, afin d'obtenir que la Compagnie des Indes fût liquidée par ses propres administrateurs, non par les agents de l'État. Oui, il connaissait le complot dénoncé par Fabre : une conjuration tendant à noyer la république dans les plus folles et les plus sanglantes outrances, mais il ne s'y était mêlé que pour surprendre les complices de Proli : Hébert et sa bande, tous soudoyés par le baron de Batz. Bazire pouvait en témoigner.

Encore une fois, pas de preuves. Bazire, qui avait été exclu du Comité de Sûreté générale, le 13 août, avec les Dantonistes véreux, comme compromis dans les agiotages de Fabre et Chabot, semblait à peine moins suspect qu'eux. On discuta longtemps dans la salle du pavillon de l'Égalité, autour de la table verte à frange d'or, sous le lustre, rideaux tirés. Parmi les membres du Comité de Sûreté générale, Jagot, Voulland, Vadier tentaient mollement de disculper les Hébertistes. Panis chargeait à fond contre eux pour défendre Danton que Bazire avait mis en cause. L'Incorruptible, derrière ses lunettes bleutées, les observait les uns et les autres avec, au coin des lèvres, un pli de mépris, et son regard insaisissable leur donnait froid.

Claude restait étonné par ces découvertes. Il s'était donc trompé du tout au tout en attribuant les excès des Hébertistes à une aveugle impatience, et Maximilien, avec son habitude de soupçonner tout le monde, n'avait pas tort. Hébert royaliste, ou plutôt agent royaliste par ambition personnelle : cela ne surprenait point. Mais Chaumette! Au fait, ce n'était peut-être pas sans raison qu'il protégeait Cléry, et Hue également : les deux derniers serviteurs de la famille royale, et l'abbé Delille ancien mentor de Marie-Antoinette; peut-être pas sans dessein qu'il s'intéressait beaucoup — les rapports d'Héron le montraient — aux enfants royaux sur lesquels la Commune avait mis entièrement la main. Sous prétexte de prévenir un enlèvement, Hébert les faisait garder avec un soin jaloux par des créatures à lui. Tout cela s'expliquait, et même son insistance à réclamer la mort de leur tante : cette Madame Élisabeth que le vain Pétion prétendait avoir troublée pendant le retour de Varennes, et que le Père Duchesne appelait « la grosse Babet ». Elle restait seule à pouvoir combattre dans l'esprit des deux enfants. Qui sait si Hébert ne méditait pas de répudier sa religieuse, d'épouser la fille de Louis XVI et de s'établir en Protecteur, avec Louis XVII, après avoir écœuré la France de la république?

Tout semblait possible, et tout le monde capable de tout, à présent, au milieu de tant de corruptions, de folies, d'avidités déchaînées. Dubon disait qu'à la Commune le tripotage régnait en souverain, dans les marchés de fournitures, les travaux. On trafiquait des cartes de civisme, des certificats, des passeports. Et voilà que les révolutionnaires les plus ardents!... Décidément, Maximilien avait bien raison d'ériger la défiance en système.

Dans la nuit froide, Claude traversa le Carrousel où se dressait, devant l'arbre de la Fraternité défeuillant à la brise, et la tombe de Lazouski, la petite pyramide contenant les souvenirs de Marat, son écritoire, son dernier article, les papiers arrosés de son sang, le fatal couteau. Ces deux-là, le canonnier des Tuileries et l'Ami du peuple, la mort leur épargnait d'amères déceptions.

On avait décidé d'arrêter Chabot, Bazire, Julien de Toulouse, Delaunay, Proli, Desfieux, Pereyra, et quelques comparses. On ne pouvait pas toucher à Hébert, ni même à Fabre, sans preuves assez solides pour les confondre. Encore moins à Danton. Du reste, il ne se trouvait compromis, malgré les imputations de Bazire, que par les fautes de ses amis. Pourtant Robespierre, de sa fine écriture semée comme des grains noirs, qui germeraient, avait noté : « Il faut poursuivre tous les députés chefs de la conspiration et les atteindre à quelque prix que ce soit », ajoutant, après avoir montré ces lignes à Couthon et à Claude : « Sauver l'honneur de la Convention et de la Montagne. Distinguer entre les chefs de la corruption et les faibles égarés. »

Claude ne se leurrait point : les députés coupables, on les atteindrait peut-être, les comparses aussi, mais assurément pas le principal auteur : ce baron de Batz que l'on poursuivait en vain depuis sa tentative d'enlèvement du roi sur le boulevard Bonne-Nouvelle. Depuis, il n'avait pas cessé d'agir. On sentait, on savait sa main en tout endroit où s'offrait une occasion de saper la république. Souvent on saisissait un de ses agents ou de ses complices; lui, jamais, bien qu'il séjournât souvent et longuement à Paris, on ne l'ignorait pas. Pour le prendre, il aurait fallu une police bien autre que celle des sectionnaires, des quelques espions dont on disposait, et pour le désarmer des lois de sûreté encore plus sévères. Il aurait fallu pouvoir pétrifier de terreur tous ceux qui ne craignaient point jusqu'à présent de servir avec lui les cabinets de Vienne et de Londres. Muni par eux de tout l'or nécessaire, il trouvait des complices non seulement parmi les petites coalitions royalistes sans cesse décimées et sans cesse en train de se refaire, mais aussi dans les clubs, dans les comités révolutionnaires des sections, sur les bancs de la Convention, à la Commune, au Palais ci-devant Royal, dans les lieux de plaisir, à la Halle, et même dans les prisons. Des prostituées, des mondaines galantes, des bourgeoises exaspérées par la disette, des agioteurs, des banquiers, des garçons de restaurant, des fonctionnaires, des magistrats, des députés s'attachaient à lui soit pour l'argent soit par leurs convictions. Par l'intermédiaire de Proli, il avait eu en Séchelles une oreille et un œil au saint des saints. Les canons veillant à la porte du Comité de Salut public n'empêchaient pas la trahison de s'y glisser. Seule une terreur accrue y parviendrait peut-être. Qu'on le voulût ou non, on devait frapper impitoyablement. Il ne fallait pas avoir sacrifié pour rien des Barnave, des Vergniaud, une reine.

Bien entendu, Batz ne put être arrêté, ni son banquier, l'Anglais Boyd, qui, prévenu à temps, s'était déjà embarqué pour Londres. Chabot et Bazire avaient certainement donné le mot. Julien de Toulouse s'était enfui. Proli, caché. Il fut pris cependant, en banlieue. Hébert, averti sans doute par ses amis des deux Comités, dont l'insondable Barère faisait peut-être secrètement partie, contre-attaqua aux Jacobins sans oser cependant rompre en visière avec Robespierre. Il se contenta de sourdes menaces.

« La politique de tous les tyrans, dit-il, est de diviser pour régner, celle des patriotes est de se rallier pour écraser les tyrans. Déjà je vous ai avertis que des intrigants cherchaient à nous envenimer les uns contre les autres. On cite des expressions de Robespierre contre moi, on me demande tous les jours comment je ne suis pas encore arrêté. Je réponds : Y aurait-il encore une commission des Douze? Cependant je ne méprise pas trop ces rumeurs; quelquefois, avant d'opprimer on veut pressentir l'opinion publique. »

Oh! ce n'était pas un imbécile, cet ancien escroc, cet écrivain presque génial dans son ordure. Il tentait adroitement d'émousser la hache, mais sous l'audace du ton, Claude devinait la peur. Le Père Duchesne dressait sa tête comme un serpent, il se gardait néanmoins d'aborder la vraie question, il ne soufflait mot du complot de l'Étranger, il abandonnait froidement ses affiliés, les Proli, les Desfieux, et s'efforçait de prouver son zèle patriotique en réclamant plus haut que jamais le procès des derniers Brissotins subsistant, la mort de Madame Élisabeth. « Quand on a jugé le scélérat Brissot, il fallait exterminer tous ses complices. Quand on a jugé Capet, il fallait anéantir sa race. » Puis, se tournant soudain vers Thuriot, il se dévoila en l'accusant de l'avoir « indiqué comme faisant partie des agents soudoyés par Pitt ».

Nul, autour de Robespierre, ne se souciait de défendre Thuriot. Il récoltait ce qu'il avait semé avec ses amis dantonistes et girondinisants. Seul, Desmoulins, qui détestait le Père Duchesne, tenta de le paralyser, mais le pauvre Camille, butant sur les mots, n'était point propre à l'escrime verbale. Maximilien lui dit à mi-voix de se taire. Bientôt convaincu d'avoir favorisé Custine, et, avec Bazire et Chabot, intrigué pour « faire rebrousser chemin à la Convention », voulu « ressusciter le Brissotisme », Thuriot fut exclu de la Société. Robespierre n'avait pas répliqué à Hébert, il empêcha également Claude et Couthon de riposter.

« Non, non, dit-il, ne nous engageons pas encore. »

Il répondit indirectement à la tribune de la Convention, mais en prenant les choses de leur point le plus haut. Passant bien au-dessus du méprisable personnage d'Hébert, il fit un de ses discours de véritable homme d'État. Il s'agissait d'un rapport sur la situation politique, intérieure et extérieure, de la république. Claude ne put qu'admirer et applaudir. C'était un travail profondément médité, édifié sur les plus solides notions. Pour les acquérir, Maximilien avait demandé au Conseil exécutif un fonctionnaire compétent. Deforgues désigna le premier chef de division au ministère des Affaires étrangères, Colchen. Celui-ci, tout l'opposé d'un sans-culotte, avait refusé de se rendre auprès du conventionnel dont il exécrait jusqu'au nom, sans d'ailleurs connaître le personnage. Deforgues, très inquiet, ayant assuré à Robespierre que seul le premier chef de division pouvait lui fournir une vue complète de la situation européenne, Maximilien s'était rendu lui-même au ministère. Colchen eut la surprise de voir un homme parfaitement courtois, en poudre comme lui et vêtu d'un habit du meilleur ton, un homme qui l'appela *monsieur*, non pas citoyen, et se garda de le tutoyer. Il ne fut pas moins surpris, après trois quarts d'heure au cours desquels il avait parlé librement sans ménager son opinion et sans être interrompu une seule fois, quand il entendit l'odieux Robespierre lui répondre, d'une manière fort obligeante, qu'il l'avait écouté avec intérêt et plaisir. Pour l'instant, on l'attendait; il demanda une seconde conférence pour mieux s'assurer, dit-il, que sa mémoire ne le trahirait pas. Cette conférence eut lieu quelques jours plus tard, elle dura une demi-heure. Robespierre paraissait fort content, mais, se défiant encore de sa mémoire, il pria son interlocuteur de lui envoyer une notice sur chacun des objets dont il l'avait entretenu. Colchen, assez troublé par ce personnage si différent de la façon dont on l'imaginait dans la « bonne société », et lui-même grand commis, soucieux par-dessus tout des intérêts de la France, s'était fait finalement un plaisir de lui fournir les renseignements les plus étendus et les plus clairs.

Appuyé là-dessus, Maximilien montra la faiblesse profonde de la coalition étrangère : les ambitions inavouées que couvrait la lutte contre la Révolution française; l'égoïsme de l'Angleterre et l'inintelligent dédain de son Premier ministre; l'alliance fragile de la Prusse avec l'Autriche, toutes manifestations et combinaisons de façade, factices et plus compromises encore par le choc d'intérêts contradictoires, par la haine des nationalités jalouses, et qui faisaient uniquement le jeu de la Russie. Au contraire, à ce colosse aux pieds d'argile, la nation française pouvait opposer son unité, sa force puisée aux racines mêmes, la puissance d'un idéal. L'existence de la France n'assurait-elle pas dans l'Europe l'équilibre politique garantissant l'indépendance des petits États?

« Que sur son sol la liberté périsse, et la nature se couvre d'un voile funèbre, la raison humaine recule jusqu'aux abîmes de l'ignorance et de la barbarie. Le despotisme, comme une mer sans rivages, déborderait sur le globe. »

Mais pour remplir son rôle, fallait-il encore que la France n'épouvantât pas toutes les nations en leur montrant une figure hideuse. Il fallait éviter les excès ou les fureurs qui aviliraient aux regards de l'Europe l'œuvre magnifique de la Révolution.

« La sagesse seule peut fonder une république. Soyez révolutionnaires et politiques. Soyez terribles pour les méchants et secourables aux malheureux, fuyez à la fois le modérantisme et l'exagération systématique des faux patriotes. Ne l'oubliez pas, Pitt a la main dans nos troubles depuis 1789, et les destructeurs des autels servent ses criminels desseins. »

On ne pouvait ni parler plus raisonnablement ni montrer avec plus de clarté la malfaisance des Hébertistes ni enfin prendre plus nettement parti contre les buveurs de sang, contre ceux qui combattaient absurdement le fanatisme par plus de fanatisme encore. C'était, de très haut, une déclaration de guerre à tous les « enragés », au nom de la Révolution elle-même. Oui, un discours de grand homme d'État, mais aussi d'un politique habile. Claude comprit pourquoi Maximilien leur avait demandé, à Couthon et lui, d'attendre. Avant d'ouvrir l'offensive contre la clique du Père Duchesne, il voulait s'assurer l'appui de la Convention pour cette lutte. Dans la position, tout ensemble ferme et modérée, où il venait de s'établir, il incarnait le vœu intime de la majorité : une part de la droite subsistante, toute la Plaine et la plus grande partie de la Montagne. Il en recueillit les applaudissements.

Mais, trois jours plus tard, les mêmes acclamations saluèrent la section de l'Unité dont les membres se présentaient en cortège grotesque, affublés de chapes, de dalmatiques, les bras chargés de ciboires, d'ostensoirs, calices et autres objets du culte. Ils les offrirent à l'Assemblée. Après quoi, étalant un drap funèbre pour symboliser l'enterrement de la superstition, ils dansèrent une ronde au milieu de la salle, aux accents de *Malbrough*. Même pour qui n'attachait aucun caractère sacré à ces objets, le spectacle était affligeant de bassesse et d'indignité. On applaudissait néanmoins. Par peur. Et le ci-devant évêque Gay-Vernon comme les autres. « Tu n'as pas honte? » lui demanda Claude, les bras résolument croisés. « Je déteste la religion, je n'ai jamais cru à un dieu, je crois en l'homme, en sa dignité, en sa conscience. Plutôt que d'applaudir à un pareil abaissement j'aimerais mieux me laisser couper la tête. » Ensuite il dit à Robespierre : « Pour pouvoir compter sur le soutien de la Convention, pour la contraindre à réaliser son vœu, il faudrait d'abord lui prouver que c'est nous les plus forts, non pas les enragés. » Étrange paradoxe : se faire craindre, pour lutter contre la peur!

« Sois tranquille, mon ami », répondit Maximilien.

Le lendemain soir aux Jacobins, comme Hébert parlait de nouveau, sourdement, d'un complot contre les patriotes et se plaignait des « interprétations perfides » que certains intrigants donnaient au dernier discours de Robespierre, l'ex-dantoniste Momoro, l'ancien imprimeur de Desmoulins, devenu membre du Département, emboîta le pas : « A la section Marat, s'écria-t-il, on répand le bruit qu'Hébert, Chaumette,

Pache, Dufourny et moi-même allons être arrêtés. » Il s'en indigna, puis conclut en lançant, comme un défi à Robespierre : « Il faut exterminer les prêtres, les aristocrates et les restes impurs de la race des tyrans! »

Maximilien monta lentement à la tribune. Maigri, les traits accentués, il produisait une singulière impression de concentration, de rigueur. Sa personnalité, trempée dans l'autorité qu'il s'était peu à peu acquise, s'imposait avec force et pouvait à bon droit remplir d'inquiétude les renards du genre Hébert, pressés autour de lui sur les gradins de la vieille église. La voix du maître tomba sur eux, tranchant : « Est-il vrai que nos plus dangereux ennemis soient les *restes impurs de la race des tyrans?* Est-il vrai encore que la principale cause de nos maux soit la superstition? La superstition, elle expire. Vous craignez les prêtres, et ils abdiquent. » Sans daigner regarder Hébert qu'il allait désigner néanmoins clairement avec ses amis, pour la plupart nouveaux venus aux Jacobins, et presque tous apparus depuis le 10 août, Robespierre poursuivit avec un suprême dédain : « De quel droit des hommes, inconnus jusqu'ici dans la carrière de la Révolution, viendraient-ils chercher au milieu de ces événements les moyens d'usurper une popularité fausse, jetant la discorde parmi nous, troublant la liberté des cultes au nom de la liberté, attaquant le fanatisme par un fanatisme nouveau et faisant dégénérer les hommages rendus à la vérité pure en farces ridicules? »

Il n'entendait pas que les applaudissements accordés par la Convention à la chienlit de l'autre jour entretinssent une équivoque, et il le dit fermement : « On a supposé qu'en accueillant les offrandes civiques l'Assemblée avait proscrit le culte catholique. Non, elle n'a pas fait cette démarche téméraire, elle ne la fera jamais. »

C'était bien le maître qui parlait, sur un ton sans réplique, engageant de la sorte la Convention, la rangeant par avance sous son autorité. La déclaration ne plaisait pas trop à Claude et il lui déplaisait encore plus d'entendre Maximilien proférer des bourdes de ce calibre : « L'athéisme est aristocratique. L'idée d'un Grand Être qui veille sur l'innocence opprimée et punit le crime est toute populaire. » Pendant des siècles, le despotisme, l'aristocratie de la naissance ou de la fortune avaient spéculé sur cette trop naïve croyance du peuple puéril, pour le maintenir en esclavage. Vous qui peinez afin d'assurer notre richesse, notre luxe et nos beaux loisirs, consolez-vous : Dieu vous donnera dans la vie éternelle tout ce dont vous manquez. Priez donc et nous laissez jouir en paix des biens de ce monde. Le trône et l'autel : les deux piliers de l'esclavage. Tant que l'un des deux resterait debout, la Révolution ne serait pas faite.

Des Jacobins de la classe indigente approuvaient Robespierre. Il en prit acte. « Le peuple, les malheureux m'applaudissent, si je trouvais ici des censeurs, ce serait parmi les riches et parmi les coupables. » Claude faillit bien l'interrompre brutalement. Mais non, il fallait supporter ces sottises, si rudes fussent-elles à avaler, parce que ce pauvre Maximilien voyait juste sur d'autres points, qu'il était le seul homme capable de faire échec à l'anarchie. Il fallait supporter sa crédulité jusqu'au jour où la république serait assez solidement assise pour qu'on pût la pousser, sans risque pour elle, dans une nouvelle étape.

D'ailleurs, s'il divaguait ainsi, Robespierre ne perdait pas de vue son but. Il l'atteignit soudain en revenant d'une façon foudroyante sur « les contre-révolutionnaires soudoyés par l'étranger, qui se servent du fanatisme pour donner à la Révolution le vernis de l'immoralité : caractère de nos lâches et féroces ennemis ».

Là-dessus, il fit voter le principe d'une épuration périodique de la Société. Menace permanente suspendue non seulement sur Hébert mais sur tous ceux qui dévieraient de la ligne jacobine, c'est-à-dire désormais, robespierriste.

X

« Enfin, te voilà ! »

Danton s'était décidé à rentrer. Toutes les lettres demeurant inutiles, ses amis avaient fini par envoyer son neveu Mergez le chercher. Dans la campagne champenoise où les feuilles jaunes des peupliers jonchaient les chemins, le jeune homme l'avait trouvé en pleine partie de pêche avec des compagnons villageois, sur les bords de la Barbuise, et fort peu enclin à regagner Paris. Mais il le fallait absolument. Fabre, Camille l'en suppliaient : ses ennemis étaient en train de le perdre, les pires rumeurs circulaient à son sujet, on le disait sorti de France, émigré en Suisse avec le fruit de ses rapines. Sa jolie Louise déjà dans la chaise de poste, il avait donné un dernier baiser à sa mère, un dernier regard à sa longue maison basse, à ses bois, ses prés où serpentait le Pleuvard déjà couleur du ciel d'hiver, et il était parti en soupirant.

Cour du Commerce, dans le grand salon au papier arabesque, aux fauteuils de satin vert, ses amis l'accueillaient avec des visages anxieux. Le dos à la cheminée où Marie Fougerot avait allumé un bon feu, il les regardait tous. Fabre, l'avantageux, semblait vieilli de dix ans. Camille avait perdu sa mine insouciante. L'athlétique Delacroix, sa superbe. Le gros Legendre était morne et réticent. « Ah çà! dit Danton, que signifient ces têtes d'enterrement? Ne puis-je donc rester un mois en congé sans que l'on me donne pour mort ou en fuite? » Un mois en congé régulier, oui, mais en réalité cela en faisait près de trois qu'il avait abandonné toute activité politique suivie.

« Mais... mais, malheureux, balbutia Desmoulins, te... te rends-tu compte que Robespierre est à présent le maître incontesté des Jacobins, de la Convention qui l'a a...acclamé l'autre jour?

— Eh! peu m'importe Robespierre! Je ne suis pas de ceux qu'il puisse dévorer. Ne me connaissez-vous plus?

— En attendant, lui annonça Fabre d'Églantine auquel l'angoisse donnait des tics, une cabale est montée contre nous dans cette affaire de la Compagnie des Indes. Tout le monde se dénonce (il ne dit pas qu'il avait lui-même commencé). Chabot, Bazire, Delaunay, Desfieux sont en prison par ordre des Comités. Benoît et d'Espagnac nous ont compromis. Bazire te met en cause. A la Sûreté générale, on nous tient pour complices de Batz, avec la bande à Hébert, dans le complot de l'Étranger.

— Et les Hébertistes, ajouta Delacroix, se retournent contre nous comme des chiens. Ils nous accusent pour se blanchir. Hérault-Séchelles est en exil, Thuriot a été exclu des Jacobins. Avec son épuration, Robespierre nous fera rejeter un à un.

L'exclusion de la Société, c'est le premier pas vers la guillotine. »

Danton mugit. « Nom de Dieu! Vous êtes tous là en train de croasser comme des Cassandres. Qu'on me foute la paix avec ces misérables manœuvres! Demain, je serai à la Convention et l'on verra ce que pèsent devant moi mes ennemis.

— Tu es resté absent trop longtemps, dit Legendre sans chaleur. Les Cordeliers nous échappent. »

Il n'avait plus confiance.

Le lendemain, lorsque Danton se rendit aux Tuileries peu après neuf heures, elles grouillaient de leur foule coutumière. Dès avant la grille enfermant les cours, leurs jeunes marronniers et leurs jeunes érables à présent sans feuilles, se manifestait la vie intense du palais où battait fébrilement le pouls de la France. Des gens agités assiégeaient l'échoppe du père Coulon. Drapé dans sa couverture, les pieds sur une chaufferette qu'il allait de temps à autre regarnir au restaurant Brou contre lequel s'accotait sa guérite, le vieil écrivain public rédigeait sur son papier bleu à vergeures les suppliques, réclamations, projets ou requêtes adressés par ces gens en peine, ou ces illuminés, aux Comités ou bien à la Convention. Dans ce qui formait, avant le 10 août, la cour des Suisses, s'allongeait peu à peu sous les arcades des galeries, sous la surveillance de quelques sectionnaires en armes, la file des citoyens et citoyennes piétinant et soufflant dans leurs doigts en attendant d'accéder aux tribunes. D'autres gardes canalisaient vers la salle des pétitionnaires les délégations en corps, dont une formée, semblait-il, par les dames de la Halle. Cela du moins ne changeait pas : on consacrait toujours les premières heures de la séance du matin à ces réceptions et autres bricoles. Mais dans l'entrée du pavillon de l'Horloge sommé de son énorme bonnet rouge et de son oriflamme tricolore, il y avait un changement : la boutique de la citoyenne Lesclapart, dont l'éventaire offrait habituellement au pied du grand escalier livres et brochures, avec les rapports, les arrêtés des Comités, les listes des suspects, les journaux, était close. Les habitués s'informaient. Le citoyen Pigoche, qui tenait boutique à côté, avec sa sœur, répondait :

« La citoyenne! elle a été arrêtée hier, dans la nuit. On la guillotine aujourd'hui même. »

Une foule disparate — où les bonnets de laine se mêlaient

aux chapeaux à boucle, les bonnets de femme aux coiffures militaires, les hauts collets et les cravates débordantes des élégants impénitents aux mouchoirs crasseux des sans-culottes; où la tricoteuse coudoyait le général en convalescence, le sectionnaire à quarante sous un opulent banquier travesti en « maratiste » à gros sabots et fumant la pipe; où passaient les députés se rendant à leur siège, les solliciteurs cherchant la porte d'un ou d'un autre bureau, les commis, les gendarmes portant des messages, les huissiers et les inspecteurs de la salle, en habit noir, les invalides en uniforme bleu, faisant la police, et enfin les espions de tous les partis — circulait continuellement dans les escaliers, les galeries, entre les boutiques : merceries, librairies, marchands d'estampes et d'emblèmes révolutionnaires, perruquiers, restaurateurs, pâtissiers, limonadiers, bureau de tabac, garnissait les banquettes cramoisies dans les antisalles aux murs imitant le marbre, allait et venait autour de la géante statue de la Liberté couleur de bronze. Tous ces gens-là, parlant, discutant, s'interpellant, criant parfois quelque nouvelle sortie de la salle par la porte aux chimères drapée de sa tenture verte à bordure écarlate, remplissaient le palais — la Maison nationale — d'une rumeur de mer. A la vérité, beaucoup d'entre eux n'étaient là que pour profiter de la chaleur dispensée par les grands poêles d'angle, en faïence. Ils désertaient leurs logis sans feu, sans chandelle, pour passer leurs journées ici où l'on était chauffé gratis, éclairé dès quatre heures par les énormes lustres de la défunte monarchie.

La forte silhouette de Danton, sa grosse tête rougeaude et grêlée, sa chevelure blonde quelque peu en désordre, ses yeux bleu vif, ne passèrent pas inaperçus parmi les conventionnels, les clubistes, certains municipaux, qui venaient comme lui-même prendre le vent du jour dans les galeries, les bureaux, les antichambres des Comités. Dans la salle de la Liberté, Hébert, avec son front fuyant, ses gants et son habit gris fer qui ne ressemblait en rien au débraillé du Père Duchesne, fouinait parmi les groupes. Danton alla des uns aux autres, bonhomme. Eh oui, il revenait guéri, mais non sans peine. Et qu'avait-on fait pendant son absence? Prudemment jovial avec ceux-ci, familier ou grave avec ceux-là, il flairait l'opinion, et il la trouvait singulièrement réticente à son égard. Très vite, il comprit que dans sa grande majorité la Convention était lasse des excès. Le désir de voir le régime trouver son équilibre entre la réaction et l'exagération faisait la force de Robespierre établi en champion de la mesure. On en avait assez du sang, de la peur, de la corruption. Le goût de l'ordre et la vertu l'emportaient. La Révolution voulait se stabiliser. C'était le moment d' « accrocher son char ». Et pour cela, il fallait changer de politique.

Ce jour-là et les jours suivants, Claude ne fut pas surpris d'entendre Danton, à la Convention, aux Jacobins, blâmer le fanatisme antireligieux : c'était naturel à tout esprit raisonnable. Il le fut davantage de voir en même temps Danton prendre parti, avec bonhomie mais fermement, contre tous les excès des Hébertistes : ces excès auxquels il avait lui-même sournoisement poussé.

« Je ne te reconnais plus, Georges, lui dit-il. *Arcis, le clocher de Saint-Étienne, l'Aube cascadant sous les moulins* t'ont-ils donc tant changé!

— Ma parole! d'où te vient cette science?

— Ah! voilà! Ces mots, tu les as prononcés quand tu es parti là-bas, avant le 10 août. Ne t'en souvient-il plus?

— Quelle mémoire! Non, Arcis ne m'a point changé, il m'a rendu à moi-même, mon ami. Je ne suis qu'un paisible bourgeois, tu sais bien.

— Bourgeois, pour ça oui. Paisible, c'est une autre affaire! »

C'est en effet la guerre qu'il voulait : la guerre contre le régime révolutionnaire dont il méditait la ruine. Il était temps d'en finir avec « la sale démocratie », comme il disait, dans les derniers jours de 92, à Théodore de Lameth. On allait semer la division dans le gouvernement, en attirant Robespierre et tous les commissaires non hébertistes. Après quoi, les Comités frappés ainsi d'impuissance, on provoquerait leur renouvellement, au besoin par une « journée ». Une fois au pouvoir, il s'agirait de gouverner résolument à droite, de négocier la paix avec l'Europe. Il faudrait ouvrir les prisons, rendre sa prépondérance à la grande bourgeoisie, seule capable d'assurer la prospérité d'un État, rappeler les émigrés et liquider la Révolution en transigeant avec ses différents ennemis. Il s'était confié à son ami, l'ancien ministre Garat. Quoique celui-ci restât très sceptique sur le succès d'une pareille tentative, Danton s'y lança en continuant la politique entamée par Thuriot, Fabre d'Églantine, Chabot, Bazire.

Menacés par les Robespierristes, abandonnés par Danton, Hébert et Chaumette sentirent passer le vent du couteau. « Il faut laisser la superstition mourir de sa belle mort », écrivit le premier dans son *Père Duchesne.* « Bornez-vous à couper les vivres aux calotins, et chantez du soir au matin des hymnes à la Raison. » Il alla plus loin encore dans la palinodie, en déclarant, au club de la rue Honoré : « On a dit que les Parisiens étaient sans foi, sans religion, qu'ils avaient substitué Marat à Jésus. Déjouons ces calomnies! » Quant à Chaumette, il s'écria, au Conseil général de la Commune, en conclusion d'un long discours plutôt embarrassé : « Ne demandons pas si un homme va à la messe, à la synagogue ou au prêche; demandons-nous seulement s'il est républicain. »

Le soir même, Dubon rapporta la chose à Claude. Ils souhaitaient tous les deux que l'on poussât l'avantage à fond contre les Cordeliers exagérés. Robespierre ne le voulut point. Le recul des Hébertistes lui suffisait, pour l'instant. Il fit voter par la Convention un manifeste aux nations étrangères! « Vos maîtres vous disent que la France a proscrit toutes les religions. Ils mentent. Le peuple français et ses représentants respectent la liberté des cultes, ils n'abhorrent que l'intolérance, quel qu'en soit le prétexte; ils condamnent les extravagances du philosophisme comme les crimes de l'idolâtrie. » Puis, sur une motion de Barère toujours au plus près du vent, l'Assemblée rendit un décret interdisant à quiconque de troubler ou menacer l'exercice des cultes, sous la seule réserve des mesures prises ou à prendre contre les prêtres réfractaires et turbulents.

En capitulant, Hébert, si lâche qu'il fût, ne renonçait pas à la revanche. « Ne craignez pas d'abattre l'idole du jour, écrivait-il. C'est un crime de ne pas démasquer le traître qui se couvre du masque du patriotisme. »

Toute voilée qu'elle était, la menace se laissait facilement comprendre. On aurait dû écraser ce serpent, mais, Maximilien avait raison : Hébert pouvait encore riposter à l'attaque par des coups redoutables. Il gardait du crédit aux Jacobins où il venait d'être élu membre de la commission d'épuration. Bizarrement soutenu par Desmoulins, il obtint que celle-ci se ferait « à la tribune, à haute voix », une séance par décade y serait consacrée. Il fut un des premiers à subir l'épreuve et se défendit assez mal contre Bentabole qui lui reprochait ses exagérations de toute espèce. Mais on ne l'inquiéta pas sérieusement, les Robespierristes s'en abstinrent. C'est indirectement que Robespierre le frappa en faisant exclure son ami et instrument, Clootz, comme étranger, comme ci-devant noble. Maximilien l'appela *Monsieur* en l'accusant avec mépris d'avoir « préparé la mascarade philosophique » de Gobel.

Vint le tour de Danton. On l'attendait avec impatience et sans indulgence, mais, Claude le savait, il ne courait aucun risque, car Maximilien, satisfait de son appui dans la lutte contre l'intolérance religieuse, le soutiendrait, comptant aussi qu'ils uniraient leurs forces pour frapper définitivement l'hébertisme, le moment venu. Danton ne pouvait plus porter ombrage à Robespierre. Attaqué par Coupé, quand il parut à la tribune pour se justifier des murmures s'élevèrent. Les échos de sa mauvaise renommée montaient jusqu'à lui, les filouteries de ses amis — d'aucuns disaient : ses complices — l'éclaboussaient. Claude le sentit atteint. Il essayait de faire gronder ses tonnerres, mais ils ne rendaient plus qu'un son de fer-blanc.

« Je somme tous ceux qui ont pu concevoir des soupçons contre moi de préciser leurs accusations. Ai-je donc perdu ces traits qui caractérisent la figure d'un homme libre? Ne suis-je plus ce même Danton qui s'est toujours trouvé à vos côtés dans les moments d'orage et de crise? Ne suis-je plus celui que vous avez souvent embrassé comme votre ami et qui doit mourir avec vous? J'invoque l'ombre de l'Ami du peuple! J'ai été un des plus intrépides défenseurs de Marat. Vous serez étonnés, quand je vous ferai connaître ma conduite privée, de voir que la fortune colossale dont mes calomniateurs m'accablent se réduit à la petite portion de biens que j'ai toujours possédée. »

Claude ne le voyait pas sans pitié se débattre de la sorte, ce lutteur naguère si puissant et aujourd'hui écrasé sous le poids de ses incohérences. Il ne jouait plus, ce soir, mais dans la sincérité de son effort il n'était pas de meilleure foi pourtant. *Un des plus intrépides défenseurs de Marat :* singulière façon d'interpréter sa déclaration de l'an dernier, presque à la même époque : « Il existe un homme dont les opinions discréditent le parti républicain, c'est Marat. » Eh oui, il y a des gens qui ont de la mémoire! De même pour *la petite portion de biens :* nier qu'elle se fût notablement accrue en trois ans, c'était nier l'évidence. Naïf Danton! il avait eu tort de croire que l'on puisse jongler perpétuellement avec des sincérités de circonstance. Quand il termina, en offrant de soumettre sa conduite à l'examen d'une commission spécialement nommée, il recueillit de maigres applaudissements. Un malaise planait. Robespierre se leva, fit retomber ses lunettes d'écaille repoussées sur son front et parla gravement.

« Tu demandes qu'on précise les griefs relevés contre toi, eh bien, je vais le faire. Danton, tu es accusé d'avoir émigré. On a dit que tu avais passé en Suisse, que ta maladie était feinte pour cacher ta fuite. On a dit que tu avais l'ambition de t'instituer régent sous Louis XVII, qu'à une certaine époque tout a été préparé pour proclamer ta dictature, que tu étais le chef de la conspiration de l'Étranger, que ni Pitt ni Cobourg ne sont nos plus dangereux ennemis, mais toi seul, que la Montagne est pleine de tes complices. » Il s'arrêta et reprit : « Plus un homme a de courage et de patriotisme, plus les ennemis de la chose publique s'acharnent à sa perte, ne le sais-tu pas? » Puis promenant ses regards sur les visages étagés : « Tous les patriotes sont solidaires, affirma-t-il. J'ai été divisé d'opinion avec Danton; dans le temps des trahisons de Dumouriez, mes soupçons ont devancé les siens. Je lui reprochai alors de n'être pas assez irrité contre ce monstre, je lui reprochai de n'avoir pas poursuivi Brissot et ses complices avec assez de véhémence. Ce sont là, je le jure, les seuls reproches que je lui adresse. » Il prit encore un temps et ajouta : « Je me trompe peut-être sur Danton, mais vu dans sa famille il ne mérite que des éloges. Sous le rapport politique, je l'ai observé. Une différence d'opinion entre lui et moi me le faisait épier avec soin, parfois avec colère. S'il n'a pas toujours été de mon avis, conclurai-je qu'il trahissait la patrie? Non, je la lui ai toujours vu servir avec zèle. »

C'est surtout lui-même qu'il servait avec zèle. Maximilien était bien bon de lui apporter cette garantie, non sans restriction, non sans affection aussi. Sans doute, en le sauvant lui laissait-il sentir qu'il aurait pu le perdre et que la menace restait suspendue, mais il n'oubliait pas leur amitié, le temps où il fréquentait familièrement cour du Commerce, où il prenait sur ses genoux le petit Antoine pour écouter sa mère jouant quelque beau morceau de Gossec sur son piano-forte, où il s'intéressait tendrement et timidement à la charmante Adèle. Eh! lui non plus, Claude, n'avait point perdu le souvenir de cette époque affectueuse, du combat en commun. Si ce sacré Georges voulait bien en finir avec ses turbulences, abandonner ses écheveaux d'intrigues, servir sincèrement la république et non plus se servir de la Révolution à des fins personnelles, on lui pardonnerait volontiers.

Comme Robespierre concluait : « Danton veut qu'on le juge, il a raison. Qu'on me juge aussi! Qu'ils se présentent, ces hommes plus patriotes que nous! » Claude répliqua : « Nous jugerons Danton non point sur son passé mais, à l'avenir, sur ses actes. »

Merlin le moustachu, devenu l'un des héros de Mayence, l'un des vainqueurs de la Vendée, rappela qu'entre autres services Danton avait, par son appel à l'audace, sauvé la république. Momoro, nageant entre Hébert et Danton, constata : « Personne ne se présente plus pour parler contre Danton, c'est donc que personne n'a rien à alléguer contre lui. » Il reçut l'accolade du président, Fourcroy. Toute discorde parut oubliée. Desmoulins bégayait de joie à voir l'entente régner de nouveau entre ses deux grands amis Maximilien et Georges. Claude en était heureux également, mais ne s'y fiait qu'à demi.

Il s'y fia encore moins lorsque, le lendemain, les Cordeliers à leur tour donnèrent l'absolution à leur ancien président. Danton, sentant sa position consolidée, n'allait-il pas tenter quelque manœuvre?

Tout parut cependant devoir marcher pour le mieux. Hébert, maté, n'en menant pas large devant la coalition des Robespierristes et des Dantonistes, inquiet d'avoir assisté dans son propre club à la réhabilitation de Danton par les vieux Cordeliers, remplissait *Le Père Duchesne* de sombres prophéties, mais au fond se tenait à peu près tranquille. Claude avait d'autres soucis. A la section militaire du Comité, il s'entendait très bien avec Prieur. Leur collaboration pour tout ce qui touchait à l'armement, approvisionnement, fournitures, produisait les résultats les plus satisfaisants — auxquels Lise ne demeurait pas étrangère. On lui avait donné la surveillance générale des ateliers de citoyennes qui travaillaient bénévolement, dans les églises et les théâtres désaffectés, à la confection de la lingerie, des tricots et des couvertures pour les soldats. Elle parvenait à faire fabriquer ainsi plus de deux mille chemises par jour. Mais Claude était en bisbille avec Carnot : seul maître de la guerre. A propos de Bernard.

Depuis la démission de Beauharnais, Bernard se trouvait pratiquement commander en chef les armées du Rhin et de Moselle au moment où, coupées l'une de l'autre par la ligne des Vosges qu'occupaient Wurmser et Brunswick réunis, manquant de tout, désorganisées par l'exclusion des officiers ci-devant, traitées en ennemies par les populations, et enfin attaquées par des forces supérieures en nombre et en armement, elles avaient dû abandonner la Haute-Alsace, laissant Landau et Wissembourg encerclés. Là-dessus, Saint-Just et Le Bas étaient arrivés en mission à Strasbourg. Déployant une farouche énergie, terrifiant, réquisitionnant, imposant les riches, ils avaient contraint les Alsaciens à nourrir, vêtir, chausser, loger les armées, soigner les malades, et en même temps rétabli la discipline parmi les troupes écœurées de l'abandon où la république les laissait. De plus, la levée en masse et le prodigieux effort accompli depuis trois mois par le Comité de Salut public commençaient alors de produire effet. Des hommes, des armes, des munitions parvenaient chaque jour à Haguenau, ainsi que de nouveaux généraux : Desaix, adjoint depuis un mois à l'état-major, Hoche qui avait brillamment combattu à Dunkerque en liaison avec Jourdan, et remplaçait Pichegru promu divisionnaire sur la proposition de Bernard.

Celui-ci se voyait donc au point de pouvoir prendre bientôt l'offensive, lorsque Saint-Just était venu lui dire que Hoche, nommé par Carnot général de division, allait commander l'armée de Moselle. A Paris, Claude n'avait pas protesté là-contre : rien de plus normal que de prévoir un chef pour chacun de ces deux corps séparés par le massif montagneux et contraints d'opérer à une assez grande distance l'un de l'autre. Mais maintenant l'affaire se gâtait. Hoche, d'abord battu par Brunswick à Kaiserslautern, puis ayant, au début de frimaire, enlevé Deux-Ponts, traversé les Vosges, délogé Wurmser des lignes de Wissembourg, venait de faire sa liaison avec Bernard. Il avait ainsi exécuté à la lettre le plan prescrit, et Carnot, en lui envoyant l'ordre de débloquer Wissembourg puis de pousser à toute force sur Landau pour reprendre cette place avant le fort de l'hiver, prétendait mettre la double armée sous le commandement en chef de Hoche. Claude n'était pas d'accord, il le dit nettement à Carnot.

« Tu es un dictateur, et d'une révoltante injustice. Quoi! Delmay a fait des prodiges quand tous les moyens lui manquaient, maintenant le voilà en état de remporter des victoires et tu lui retires le commandement pour en gratifier un de tes favoris! »

Carnot se contenta de hausser les épaules, l'accusation ne l'atteignait point. Claude se ressaisit, mais il n'admettrait pas cette défaveur obstinément attachée à Bernard pour n'avoir pas été vainqueur dans des circonstances où nul ne pouvait l'être, et parce que ces circonstances avaient voulu que ses qualités apparussent seulement dans des retraites. Tout cela par sa faute, à lui, Claude. Il ne se le pardonnait pas. Si, au lieu de faire donner à Bernard cette maudite armée du Rhin, il l'avait laissé à celle du Nord, à présent il serait en Belgique sinon en Hollande, couvert de gloire, et la république triompherait avec lui au lieu de piétiner avec Jourdan qui n'avait pas su exploiter sa victoire de Wattignies. Il n'osait pas franchir la frontière. Un bon meneur de troupes, plein de courage et de fermeté, rien de plus. Bernard était un homme de guerre d'une tout autre envergure. Il possédait les dons d'un Condé, d'un Turenne. La république lui refuserait-elle l'occasion de les montrer, se refuserait-elle à elle-même la gloire éclatante dont il pouvait la couvrir?

Exaspéré, Claude insista, perdant patience. De son côté, Carnot, orgueilleux, têtu, s'obstinait. La querelle risquait de tourner mal, de compromettre irrémédiablement leur amitié fondée sur une profonde estime réciproque, lorsque Bernard trancha la question sans le savoir en écrivant à Carnot :

« Citoyen, les représentants Saint-Just et Joseph Le Bas me disent que tu juges nécessaire de placer les deux armées sous les ordres du général Hoche. Ils semblent craindre que je n'en prenne ombrage. J'espère que cette pensée ne t'est pas venue un instant, citoyen. Le général Hoche nous a rejoints auréolé de la victoire. Il en prend tout naturellement sur les soldats un ascendant auquel je ne puis prétendre, n'ayant à leur tête partagé avec eux que la mauvaise fortune. Ils auront assurément plus de cœur pour marcher à l'ennemi sous un chef qui nous arrive déjà victorieux. J'ai moi-même beaucoup de confiance en lui. Nous nous entendons comme le font naturellement des frères républicains, et il sait que je le seconderai de toutes mes forces. Ne perdons plus un instant, citoyen. L'Alsace doit être nettoyée avant l'hiver. Salut et fraternité. »

Carnot triomphait, non sans un peu de gêne.

« Eh bien, Mounier-Dupré, tu vois! dit-il.

— Oui, je vois. Je vois qu'aucun de nous ne serait seulement digne de lui cirer les bottes, à Delmay. Il n'y a jamais eu d'homme qui fasse plus simplement, plus naturellement honneur à l'homme.

— Le fait est qu'il paraît avoir un beau caractère, reconnut Carnot. Il me faudra examiner avec plus de soin son dossier. »

A côté de Bernard, tous ces Hébertistes, Dantonistes, les Chabot, les Fabre et autres requins barbotant dans les eaux troubles et sanglantes de la Révolution pour y satisfaire leur dévorant appétit donnaient à Claude la nausée. Trop longtemps il avait cru les Montagnards désintéressés, animés comme lui, comme Bernard, comme Dubon, par la seule passion de la liberté, de la justice. Les yeux ouverts à présent, il en voyait trop appliquer la cynique maxime de Danton : « Vous êtes dessous, mettez-vous dessus. »

C'était à qui s'arracherait le gâteau. Et Danton lui-même, loin de se tenir tranquille après la séance d'épuration qui aurait dû lui montrer sa faiblesse, n'était-il pas en train de reprendre l'opération amorcée l'été dernier? Tout en réclamant, à la tribune, les mesures les plus énergiques. — « Non seulement je ne demande pas le ralentissement des mesures révolutionnaires, mais je me propose d'en présenter qui frapperont plus fort et plus juste » — dans les couloirs il parlait de clémence, de mettre fin à « cette boucherie de députés », de « fixer un terme à la Révolution ». Il croyait sans doute le temps venu d'accomplir sa dernière manœuvre : arrêter la guillotine, désarmer le Tribunal révolutionnaire dont il avait lui-même demandé l'accélération, et récolter l'immense popularité promise à celui qui délivrerait la France de la Terreur. Sa dernière manœuvre! elle pourrait bien l'être, effectivement, mais pas de la façon dont il l'entendait.

Un soir de frimaire le bien nommé, où, malgré les poêles ronflant dans la vieille chapelle des Jacobins, on sentait le froid; comme on levait la séance, Claude s'approcha de cet homme qu'il ne voulait plus appeler Georges, et lui dit : « Je t'ai prévenu mainte fois, Danton. Tu ne m'entends pas davantage que les Brissotins n'ont voulu t'entendre. Tant pis pour toi! Ne me compte plus au nombre de tes amis.

— Mais voyons, Claude!...

— C'est tout vu. Je n'aime pas les gens qui protestent de leur amitié et vous écorchent par-derrière. »

Danton, en marge de l'Assemblée, attaquait sournoisement le Comité, lui reprochant de conduire la guerre avec faiblesse et de négliger la diplomatie.

« La politique et l'amitié sont deux choses sans rapports.

— Pas pour moi », trancha Claude en se dirigeant vers le porche.

Sous la neige qui tombait à petits flocons fugaces dans la nuit, il regagna le pavillon de l'Égalité, pour travailler deux ou trois heures encore.

Le lendemain, à l'éventaire du citoyen Avril qui avait repris la boutique de feu la citoyenne Lesclapart, au pied du grand escalier, dans le pavillon de l'Horloge, s'étalait un nouveau journal : *Le Vieux Cordelier*, rédigé, annonçait une affiche, par Camille Desmoulins.

Depuis cinq jours, Claude présidait la Convention. C'était à lui l'honneur de s'asseoir sous le bouquet de drapeaux ennemis, sur le riche fauteuil drapé à l'antique, devant la table soutenue par deux chimères et dominant la tribune, les quatre bureaux des secrétaires, leurs sièges pourpres à franges noires. Claude enregistra d'un regard le titre du journal mais, sans s'arrêter, gagna directement son petit salon situé derrière l'estrade présidentielle. Il devait préparer l'ordre du jour avec les secrétaires. Il s'était mis en retard, au Comité, à écouter les nouvelles envoyées de Toulon par Augustin Robespierre qui chantait les louanges du chef de bataillon Buonaparte et se disait sûr d'une victoire très prochaine. On en avait grand besoin. La date du renouvellement normal du Comité approchait. Si l'on ne pouvait se prévaloir de succès marquants, les Dantonistes auraient beau jeu.

A dix heures, précédé des huissiers, Claude monta au fauteuil, se découvrit et, agitant la sonnette, déclara la séance ouverte. Tandis que se déroulait, en face de lui, à la barre, l'habituel défilé des pétitionnaires auxquels il répondait mécaniquement, il voyait beaucoup de ses collègues lire et se passer la nouvelle gazette. Maximilien lui-même, d'ordinaire attentif aux demandes ou suggestions des députations populaires, lisait cette feuille, les lunettes remontées sur le front. On l'apercevait aussi en bien des mains parmi le public, dans les tribunes des cinq portiques et sur les banquettes bleues étagées en amphithéâtres dans les arcades latérales. Bien que les séances fussent à présent des plus monotones, la salle aux peintures de marbre, avec ses tentures vertes bordées de rouge et relevées par des cordons, avec ses couronnes, ses bustes en faux bronze, était pleine. Parce qu'il y faisait bon. Derrière les fenêtres au-dessus des tribunes, le ciel se montrait sombre, lourd de neige. Et, comme toujours lorsqu'il la sentait dans l'air, Claude avait froid aux pieds. La partie la moins garnie, dans la salle, c'était le long hémicycle où les représentants apparaissaient singulièrement clairsemés. Des sept cent soixante, il en restait à peine deux cent cinquante. La proscription, la guillotine, le poignard avaient fait des ravages sur ces bancs. En outre, nombre de députés qui n'étaient point au cimetière de la Madeleine, en prison ou bien en détention chez eux — comme toute la députation limousine sauf Gay-Vernon et Claude — se trouvaient en mission dans les départements.

Ce matin-là justement, Danton vint s'en plaindre, réclamant le rappel des commissaires exagérés. « Maintenant que le fédéralisme est brisé, dit-il, tout homme qui se fait ultra-révolutionnaire donnera des résultats aussi dangereux que pourrait le faire le contre-révolutionnaire le plus décidé. » Il profita des applaudissements timides du Marais pour conclure : « Après avoir donné tout à la vigueur, donnons beaucoup à la sagesse. » Les Robespierristes ne pratiquaient pas autre chose; mais, bien entendu, il s'agissait de surenchérir là aussi.

« La Convention nationale », dit ironiquement Claude avant d'accorder la parole à l'hébertiste Fayau, « est heureuse de voir Danton découvrir à son tour une vérité qu'elle s'efforce de pratiquer depuis quelque temps déjà.

— La Convention, déclara Fayau, député vendéen, a montré plus que de la sagesse en réprimant le fanatisme antireligieux, sans trop tenir compte des crimes commis par le fanatisme catholique, en particulier dans ma province. Mais Danton a laissé échapper, involontairement j'espère, des expressions qui ne me plaisent point. Le peuple a besoin d'être terrible, Danton l'invite à la clémence.

— Non, non, il n'a pas dit cela! » se récrièrent ses amis, effrayés.

Il recula aussitôt. « Je n'ai point parlé de clémence. Loin de moi l'idée qu'il faille être indulgent envers les coupables. Au contraire, je demande tous les jours un gouvernement énergique et révolutionnaire. »

Il finirait bien par se prendre les pieds dans ses lacets trop complexes; on ne trompe pas indéfiniment son monde. Fayau répliqua, avec humeur, qu'il n'existait pas cinquante façons d'être républicain, et qu'on ne l'était pas si l'on montrait de la « sagesse » envers les ennemis de la république. Là-dessus, il conclut en réclamant, comme le voulait son chef Hébert, le procès des soixante-treize, exclus le 3 octobre. Et, une fois de plus, Robespierre le refusa d'un ton fort sec. « La Convention, dit-il, les a jugés elle-même en les chassant de son sein, et les a condamnés à la détention. Il n'y a pas à revenir là-dessus. » Comme Amar voulait appuyer Fayau, Maximilien trancha net. « Ils n'étaient coupables que d'une opinion erronée. Le Tribunal n'a point à connaître des opinions mais des crimes. » Claude agita sa sonnette.

« L'Assemblée passe à l'ordre du jour », déclara-t-il, escamotant toute discussion.

Sitôt la séance levée, il envoya un huissier lui acheter le journal de Desmoulins. On n'en trouvait plus, le citoyen Avril avait vendu en une heure tous ses exemplaires. Diantre! *Les Révolutions de France et de Brabant* ne s'étaient pas enlevées de la sorte. Au Comité toutefois, *Le Vieux Cordelier* ne manquait point. Couthon passa le sien à Claude en hochant la tête.

« Ce n'est pas mal, tu verras. »

Le Vieux Cordelier, c'était Camille. Il rappelait son ancienneté révolutionnaire. Avec Danton, Dubon, Santerre, Momoro, Brune — à présent aux armées —, il avait été des tout premiers membres du club fondé par Legendre, et il le proclamait à la face des nouveaux venus qui profitaient du terrain gagné en l'absence de Danton, pour « le huer aux Jacobins comme un homme condamné par tous les suffrages. La victoire nous est restée parce que, au milieu de tant de ruines de réputations colossales, celle de Robespierre est debout; parce qu'il a donné la main à son émule en patriotisme, notre président perpétuel des anciens Cordeliers, notre Horatius Coclès. Après le discours foudroyant de Robespierre il est impossible d'élever la voix contre Danton sans donner une quittance publique des guinées de Pitt ». *Foudroyant!* c'était beaucoup dire! S'adressant à Maximilien, Camille ajoutait : « Dans tous les autres dangers dont tu as délivré la république, tu avais des compagnons de gloire; ce soir-là, tu l'as sauvée seul. » La feuille évoquait moins un journal qu'un pamphlet. Desmoulins, sans les nommer, désignait clairement les Hébertistes et, avec sa verve féroce, fustigeait durement ces hommes qui, « usurpant un titre sacré », outraient l'énergie révolutionnaire pour ruiner la Révolution.

Un instant, Claude se demanda si Maximilien n'avait pas inspiré directement Camille. Mais non, il n'aurait pas approuvé ce panégyrique. En effet, passant dans son cabinet, Claude l'y trouva mécontent, sinon effrayé, de se voir mis en avant de la sorte.

« Tout cela vient de Danton, dit-il. Il a poussé le naïf Desmoulins dont on enflamme aisément l'enthousiasme. Danton se sert adroitement de moi pour se relever dans l'opinion, pour se donner un brevet de civisme.

— Tu peux rétablir les choses, à la Société.

— Non pas. Tous les alliés sont bons pour combattre les exagérés. Camille les mènera rudement, mais je prendrai la précaution de surveiller ses écrits avant qu'il ne les imprime. »

Il se fit communiquer les numéros suivants, en épreuves, pour les corriger et annoter. Danton en faisait autant. Le succès du *Vieux Cordelier* ne cessait de croître, le tirage ne suffisait pas à la demande. Cela donnait même lieu à une spéculation : les marchands ne le vendaient qu'au prix de l'or. Camille malmenait les ultra-révolutionnaires, s'en prenait nommément à Chaumette, à Clootz — qui, affolé, envoyait à Claude en le suppliant de le défendre devant les deux Comités, ces lignes admirables : « Fort de ma vertu, une main sur les mamelles de la nature, je repousserai de l'autre tous les sophismes de la friponnerie » — à Hébert qu'il criblait d'une plume étincelante, impitoyable.

« Ne sais-tu donc pas, Hébert, que quand les tyrans d'Europe veulent avilir la république, quand ils veulent faire croire à leurs esclaves que la France est couverte des ténèbres de la barbarie, que Paris est peuplé de vandales, ne sais-tu pas, malheureux, que ce sont des lambeaux de tes feuilles qu'ils insèrent dans leurs gazettes, comme si le peuple était aussi bête, aussi ignare que tu voudrais le faire croire à M. Pitt, comme si on ne pouvait lui parler qu'un langage aussi grossier, comme si c'était là le langage de la Convention et du Comité de Salut public, comme si tes saletés étaient celles de la Nation, comme si un égout de Paris était la Seine! »

A quoi Hébert riposta : « Il est, braves sans-culottes, un grand homme que vous avez oublié. Il faut que vous soyez bien ingrats, car il prétend que sans lui il n'y aurait jamais eu de révolution. Il s'appelait autrefois le *Procureur général de la Lanterne*, et on lui doit quelques bonnes pendaisons, quelques cœurs et têtes promenés dans Paris au bout des piques. Mais à présent c'est le plus pacifique des humains. Il est si sensible qu'il n'entend jamais parler de guillotine sans frissonner jusqu'aux os. C'est grand dommage que sa langue le trahisse, il prouverait à la Montagne et au Comité de Salut public qu'ils n'ont pas le sens commun. Mais s'il ne parle pas, maître Camille, en revanche, il écrit. Il écrit, au grand contentement des modérés, des Feuillants, des royalistes et des aristocrates. »

Remarque juste, et redoutable. Tous les contre-révolutionnaires achetaient *Le Vieux Cordelier*, applaudissaient aux philippiques de Camille, l'en félicitaient. Leurs feuilles, plus ou moins déguisées, chantaient ses louanges. Les muscadins : ces « culottes dorées » qui, bravant la guillotine, signalaient ostensiblement leur royalisme par le luxe extravagant de leur costume et le musc dont ils se parfumaient en abondance pour combattre, disaient-ils, la mauvaise odeur des patriotes, l'acclamaient dans ce même Palais-Royal où il avait, en juillet 89, appelé aux armes contre la royauté.

Dans son troisième numéro, sous le couvert d'une fiction transparente, empruntée à l'histoire romaine, il fit le procès de la Terreur. Paraphrasant Tacite, il stigmatisait le régime de dénonciations et de suspicion générale établi par les Hébertistes, tournait en ridicule la liste des crimes contre-révolutionnaires, dénonçait l'arbitraire des deux Comités.

Dans le numéro IV, il rejeta toute précaution pour lancer ce cri : « Non, la liberté, cette liberté descendue du ciel, ce n'est point une nymphe de l'Opéra, ce n'est point un bonnet rouge, une chemise sale ou des haillons. La liberté, c'est le bonheur, c'est la raison, c'est l'égalité, c'est la justice!... Voulez-vous que je la reconnaisse, voulez-vous que je tombe à ses pieds, que je verse tout mon sang pour elle? Ouvrez les prisons à ces deux cent mille citoyens que vous appelez suspects, car dans la Déclaration des droits, il n'y a point de maison de suspicion, il n'y a que des maisons d'arrêt, il n'y a point de gens suspects, il n'y a que les prévenus de délits fixés par la loi. Et ne croyez pas que cette mesure serait funeste à la république, ce serait la mesure la plus révolutionnaire que vous ayez prise. Vous voulez exterminer tous vos ennemis par la guillotine! Il n'y eut jamais plus grande folie. Pouvez-vous en faire périr un seul sur l'échafaud sans vous faire dix ennemis, de sa famille, de ses amis? Croyez-vous que ce soit ces femmes, ces vieillards, ces cacochymes, ces égoïstes, ces traînards de la Révolution qui soient dangereux? De vos ennemis, il n'est resté parmi vous que les lâches et les malades; les braves, les forts ont émigré, ils ont péri à Lyon ou dans la Vendée. Tout le reste ne mérite pas votre colère. »

Il demandait la constitution d'un *comité de clémence.*

Claude y était tout disposé, ou plutôt à la création d'un comité de justice, car il pensait bien, après son expérience de septembre 92 à la Commune, qu'une partie des suspects devaient leur emprisonnement à l'animadversion personnelle, à la jalousie, à la bêtise, non point à des agissements ni même des intentions antirévolutionnaires. Quant au reste, on ne pouvait approuver Desmoulins, et il le lui dit.

« Tu as la tête dans les nuages, mon pauvre Camille. Ah! tu t'imagines que les gens dangereux ont émigré ou sont tous morts à Lyon et dans la Vendée! Ceux que Batz recrute journellement, ce sont des amis de la république, selon toi? Sais-tu que chaque section, chaque comité révolutionnaire même, renferme des contre-républicains cachés sous le masque du sansculottisme, qu'ils s'entendent, qu'ils agissent, qu'ils profitent de tout pour gagner des adeptes et miner la Révolution? Sais-tu où se cachait Proli? Chez un commis de la Sûreté générale. Si tu assistais à une réunion des Comités, tu verrais quelle guerre secrète se livre continuellement dans Paris, dans les départements, aux Tuileries, partout, et à quelle armée d'agents étrangers, de complices, nous devons tenir tête. Effrayer ceux qui seraient enclins à les servir : voilà notre seul moyen de les combattre. Nous n'avons contre eux qu'une arme : la guillotine, encore la guillotine, toujours la guillotine.

— Hon, hon, tu es donc devenu un vrai buveur de sang!

— J'en suis loin. J'abhorre cette boucherie, et ce n'est pas moi mais tes amis, avec Danton, qui ont aidé les Hébertistes à mettre la terreur à l'ordre du jour. Au sein des Comités, Robespierre, Couthon, Lindet, Prieur, Carnot, Panis, David et moi-même, nous nous efforçons d'en atténuer les effets en protégeant ceux que l'on peut épargner sans risques pour la république. Nous avons horreur du sang, nous aussi, seulement nous ne le crions pas sur les toits comme Danton. Notre manière attire moins la popularité, mais elle est plus efficace. Si les soixante-treize sont encore de ce monde, ce n'est pas à des clameurs d'indignation qu'ils le doivent. Je suis bien d'accord avec toi : la nation n'a pas pires ennemis que les ultra-révolutionnaires. Cela néanmoins ne diminue pas la malfaisance des contre-révolutionnaires. Il faut frapper également les uns et les autres. Et toi, mon pauvre Camille, toujours entraîné par ton cœur, toujours naïf, toujours pressé de déchirer ceux que tu n'aimes pas, tu fais à la fois le jeu des nouveaux Enragés et des royalistes.

— Moi! Par... par exemple!

— Oui, toi, Candide! En demandant, à dix mille exemplaires, l'ouverture des prisons, chose impossible, tu nous donnes l'apparence d'obstinés terroristes, à nous qui ne sommes nullement sanguinaires. Tu nous assimiles à Hébert. Tu sapes l'autorité dont nous avons tant besoin pour lutter contre l'extrême gauche et la droite extrême. Tu es un instrument entre les mains de Danton, ne t'en rends-tu pas compte? Crois-tu donc que cinq ou six cents morts de plus importent à l'homme qui se vantait des égorgements dans les prisons? La clémence est à présent son drapeau comme l'ont été l'énergie et l'audace. En août, il soutenait par-dessous les Enragés, il poussait à la terreur, il lui fallait un tribunal fonctionnant sans répit. Qui a proclamé, le 5 septembre dernier, à la tribune de la Convention : « Chaque jour un aristocrate doit payer de sa tête ses forfaits »? Soudain, le voici apôtre de l'indulgence. Remarques-tu qu'entre-temps il s'est mis à l'écart? de manière à pouvoir dire : Je n'étais pas là, je reviens, je m'indigne, je veux arrêter ce massacre.

— Danton, protesta Camille, était malade. Et il... il est

sincèrement indigné. Il m'a dit : « Regarde comme la Seine est rouge ! Elle roule du sang. »

— Il a toujours été excellent comédien. Ce n'est pas moi qui le prétends, c'est Fabre ; il s'y connaît. Danton a vu surtout que la « sagesse » de Robespierre répondait à l'aspiration générale, qu'il en prenait une position prépondérante. Ton Horatius Coclès manœuvre pour le supplanter en se montrant encore plus « sage ». Mais, en exagérant la modération, il nous la rendra impossible, sous peine d'être accusés de modérantisme, de feuillantisme. Finalement il renforcera le régime de terreur. Voilà la mauvaise besogne que tu accomplis pour lui sans t'en douter. Travaillons l'Assemblée pour obtenir la création d'un comité de justice, je le veux, j'y emploierai toutes mes forces. Combats les exagérés, mais ne tombe pas toi-même dans l'exagération inverse. Allons, mon ami, si comme tu l'écris les Comités entendaient exterminer par la guillotine tout ce qui n'est pas sans-culotte, existerait-il encore des écrivains royalistes pour te féliciter, des muscadins pour acclamer ton nom ? »

Desmoulins secouait la tête. « Hon, hon, es-tu... es-tu allé au tribunal ? J'ai vu condamner les Brissotins, j'ai vu juger Barnave. C'est affreux ! »

Non, Claude n'avait jamais assisté à une séance du Tribunal révolutionnaire. Le Comité ne lui en laissait pas le loisir. Mais n'avait-on pas pris d'avance toutes les précautions, choisi juges et jurés un à un sur la garantie de leur réputation ? Et l'accusateur public ne venait-il pas, chaque soir, au pavillon de Flore, rendre compte ?

« Tu ne vas pas me dire que ton parent Fouquier-Tinville n'est pas un magistrat scrupuleux ? Comme substitut de Faure à mon ancien tribunal, il a montré le sens le plus exact de la justice, c'est pourquoi on l'a désigné à ce poste. »

Claude était persuadé que les accusateurs, les juges, les jurés, travaillaient en honnêtes citoyens. Ils prononçaient maint acquittement. Assurément, ils ne pouvaient blanchir la reine ni les Brissotins, ni Manon Roland ni le malheureux Barnave. Il aurait fallu ne point les envoyer devant le tribunal, et il avait fait, lui, son possible pour qu'ils n'y comparussent pas. Malheureusement, les nouveaux Enragés étaient les plus forts. Tant qu'ils n'auraient pas eux-mêmes passé la tête à la *chatière*, la Terreur régnerait.

XI

Elle sévissait par tout le pays. Louvet était en train d'en faire l'expérience. Depuis qu'il avait quitté ses amis brissotins demeurés dans la région bordelaise, il avançait peu à peu sur la route de Paris, courant sans cesse les plus grands risques.

Au départ, il s'était affublé d'une « redingote nationale » et d'une petite perruque à la Billaud-Varenne, mais noire, avec laquelle il dissimulait ses cheveux blonds, frisottants et clairsemés. Il espérait offrir ainsi une apparence bien sans-culotte, en se rendant méconnaissable aux « maratistes » des comités révolutionnaires, qui devaient avoir reçu son signalement. La fatigue, l'angoisse, marquant ses traits, le changeaient aussi. On lui donnait bien plus que ses trente-trois ans.

En beaucoup de temps, il ne faisait guère de chemin. Il lui fallait éviter les villes. Il ne pouvait coucher que dans les villages, car il n'avait pas de certificat de civisme et ne possédait, pour papiers, qu'un passeport datant de l'odyssée en Bretagne : un faux passeport de la municipalité de Rennes, au nom du citoyen Larcher. Dans la Gironde, un ami du curé constitutionnel qui les avait abrités tous les cinq s'était occupé de ce passeport. Un homme habile. Grâce à ses talents de faussaire, la pièce portait à présent quatre visas : un du bureau des classes de la Marine, à Lorient, et un de la municipalité, un autre du bureau de la Marine, à Bordeaux, le quatrième, du maire en personne. Tous certifiaient le passage, l'identité du citoyen Larcher, et sa réputation de bon sans-culotte. Ensuite, Louvet, connaissant le nom du président du Comité de surveillance de Libourne, avait ajouté cette signature. Mais le cachet manquait, ainsi que les visas des autres districts traversés depuis par le fugitif et auxquels il se gardait bien de se présenter. Pour comble de difficultés, il souffrait depuis quelques jours d'un rhumatisme dans la cheville gauche, qui prenait maintenant la violence d'une crise aiguë.

Après avoir contourné Périgueux, un soir, à la nuitée il

atteignit un hameau où, défaillant de fatigue et de fièvre, il fit halte à l'auberge pour demander un souper et un lit. « Oui bien, dit l'hôte, mais il faut d'abord me montrer votre passe. » En l'examinant, il secoua la tête. « Il n'est pas visé du chef-lieu. Je vois qu'il l'est de Libourne, sans quoi je vous ferais arrêter sur l'heure. Mais vous avez franchi Périgueux sans vous présenter aux autorités, cela ne va pas ! On vous y ramènera demain. »

Louvet n'ignorait point qu'il y avait à Périgueux deux représentants en mission. Nécessairement, ils le connaissaient. Emmené là-bas, il était perdu, s'ils le voyaient. « C'est bon, dit-il en affectant la tranquillité, je croyais inutile, et même impossible, de faire viser mes papiers dans tous les districts que je traverse. On n'en finirait pas. A part ça, nous irons à Périgueux si vous y tenez, citoyen. Je n'y vois pas d'inconvénient, sinon celui d'allonger ma route, quand je suis déjà bien mal en point. »

L'hôte se contenta de répondre : « Pardieu oui, vous y serez reconduit.

— Allons donc ! » se récria un homme en carmagnole de futaine, seul autre client de l'auberge, qui achevait son souper. « Tu n'as pas le sens commun, mon ami. On n'est point tenu de prendre visa dans toutes les villes, et il y aurait de la cruauté à renvoyer sur ses pas ce pauvre citoyen, vu son état. A force de chicaner les voyageurs, on les dégoûte. C'est comme ça qu'on achèvera de ruiner les aubergistes, le commerce, la France et les voituriers. » Voiturier lui-même, il ne trouvait plus à faire que des charrois.

L'hôte se dérida un peu, mais il semblait toujours à Louvet défiant et maussade. Pour toute repue, il lui donna du pain noir, avec de la piquette. Sa femme avait l'air d'estimer que c'était encore trop. Le charretier intervint de nouveau. Il restait de son souper quelques bons morceaux de volaille. Avec bonté, il força l'infortuné convive à les finir. En fumant sa pipe, les pieds dans l'âtre, il parla. Il était de Limoges, où il retournait avec une charrette de marchandises qu'il avait eu bien de la peine à ramasser. Les affaires marchaient de plus en plus mal. Il s'en plaignit, mais quelque chose paraissait le tracasser davantage. Brusquement, cela sortit :

« C'est comme ce qu'ils appellent leur divorce. Eh bien,

moi je vous le dis, ventrebleu, ils ne me feront jamais quitter ma bonne femme.

— Personne ne vous y contraindra, citoyen, dit Louvet. Le divorce est une faculté pour les ménages qui ne s'entendent pas, il ne saurait être une obligation.

— Avec ça! Toutes les femmes qu'ils enferment à la Visitation, ils les divorcent. J'en connais plus de dix dans ce cas. A commencer par celle du citoyen Naurissane, l'ancien maître de la Monnaie, pour lequel j'ai travaillé souventes fois. Il aimait tellement son épouse qu'il avait fait faire son image en statue dans leur jardin. Eh bien, ils l'ont divorcée la première. Et il n'y a pas que des aristocrates. La commère à mon voisin Michon, une jolie garce, ma foi, ils l'ont divorcée aussi pour la donner à un sans-culotte de la section Égalité. »

Louvet ne dit point qu'il en était probablement de la jolie citoyenne et du sans-culotte en question comme il en avait été de Lodoïska et de lui-même. Il se contenta d'affirmer à son naïf interlocuteur : « Soyez tranquille, je vous garantis que si votre femme et vous ne désirez pas vous séparer, personne au monde ne *vous divorcera.* Vous pouvez m'en croire et dormir en paix là-dessus.

— Ah! vous êtes un brave homme! s'écria le voiturier. Je suis bien aise de vous avoir rencontré. »

Louvet n'en était pas mécontent non plus. S'il pouvait échapper aux funestes soupçons de l'aubergiste, il ferait route avec le bon Limougeaud, sur sa carriole. Mais il faudrait se lever de bonne heure. Il demanda son lit. L'hôtesse le mena dans une soupente où elle lui montra, à la lueur de la chandelle, un grabat devant quoi un palefrenier eût reculé. Elle déclarait en même temps qu'il fallait sur l'heure payer le souper et le gîte. Ainsi donc, c'était ça! Il paraissait si misérable qu'on le prenait pour un chemineau. Se gardant de la détromper, il tendit à cette femme un petit assignat de quinze sols, sur lequel, honnêtement, elle lui rendit un moneron de cinq. Assurément, le repas et le coucher ne valaient pas plus de dix sous. Plus gracieuse, elle lui souhaita bonne nuit, en laissant, par faveur, ce qui restait de la chandelle.

Il aurait dû être heureux de se voir si bien pris pour ce dont il voulait avoir l'air, cependant il en souffrait dans sa dignité. Il ne put retenir cette exclamation à mi-voix : « Que de peines!

Que de peines à souffrir, que d'humiliations à dévorer, hélas! Et tout cela pour finir peut-être sur l'échafaud! » Alors un remuement dans l'ombre, sur les feuilles craquantes d'une paillasse de maïs, lui apprit qu'il n'était point seul en ce grenier. La chandelle éclairait à peine, on ne distinguait rien à deux pas, mais quelque pauvre hère couchait là, que l'arrivée d'un nouvel hôte avait dû réveiller et qui devait avoir entendu l'imprudente exclamation. Du coup toute possibilité de sommeil, de repos s'évanouit. Avec son imagination toujours prête à galoper, le pauvre Jean-Baptiste se voyait à la merci d'un individu en train d'attendre l'aube pour courir dans le hameau alerter les « maratistes », afin de toucher les cent francs promis en prime aux dénonciateurs. Peu à peu néanmoins les ronflements qui retentissaient dans la nuit calmèrent ses alarmes : on ne dort pas de si bon cœur quand on prépare un traquenard. Louvet finit par s'assoupir.

Quand il s'éveilla, une clarté grise entrait par la lucarne. Il faisait jour et il était seul. Il s'habilla en hâte, descendit clopin-clopant. Plus de voiturier. Devant la porte, l'hôte montait à cheval. Il semblait avoir changé d'humeur depuis la veille. « Bon voyage! lança-t-il aimablement. Je m'en vas à Périgueux. » Jean-Baptiste, traînant la jambe et s'appuyant sur le bâton qui lui servait de canne, prit la route, mais il trouvait singulier ce changement chez un homme si mal disposé la nuit dernière. Et pourquoi donc avait-il éprouvé le besoin d'annoncer comme ça où il allait? Se rendait-il vraiment à Périgueux? Ne galopait-il pas en ce moment, tout au contraire, vers Thiviers, pour y prévenir les Montagnards?

Un paysan s'avançait, la houe sur l'épaule. « Mon ami, lui demanda Jean-Baptiste, n'avez-vous pas croisé un cavalier en manteau gris, à peu près cinquante ans, brun, montant un cheval noir?

— Oui-da », dit l'homme.

Louvet continua néanmoins, car il apercevait en avant son charretier de la veille, marchant auprès de ses bêtes qui tiraient avec peine. Depuis le hameau, la route montait rudement. L'attelage fumait dans l'air froid, sous le ciel blême, et n'allait pas vite. Jean-Baptiste, malgré sa boiterie, l'eut rattrapé bientôt. « Eh, bonjour, fit-il d'un ton jovial. Notre hôte est donc devant nous! » Le Limougeaud, secouant la tête, répondit non, en continuant d'encourager de la voix ses chevaux. Perplexe, Louvet le dépassa pour gagner le haut de la côte et voir au loin. Sur ce sommet, il rencontra un voyageur qui répondit à ses questions : « Oui, j'ai croisé votre homme. Vous ne manquerez pas de le rejoindre, il vient de s'arrêter en bas, au bourg que vous pouvez distinguer d'ici. » Un gros village groupait en effet ses toits ocre et roses dans la vallée de part et d'autre de la route, entre des bois de chênes truffiers aux feuilles mortes mais tenaces.

Dans ces conditions, il n'y avait plus à balancer : il fallait retourner vers Périgueux et courir le risque de s'y faire viser. Mieux valait encore s'y présenter de soi-même que d'y être conduit par une bande de dénonciateurs *maratistes*. Pour le pauvre Louvet, ses ennemis restaient des « maratistes ». Il n'ignorait point la mort de Marat, sans se douter de l'importance prise depuis par Hébert. Il ne savait pas que Gay-Vernon avait écrit : « Nous ne sommes plus maratistes, car il n'y a plus de Marat. » Comme, accablé, il retournait sur ses pas en claudiquant, il retrouva le voiturier.

« Eh quoi! s'exclama celui-ci avec surprise. Vous revenez? Avez-vous perdu quelque chose?

— Oui, ma peine et mon temps. Je vais à Périgueux puisqu'il le faut. Mais vous, qui m'aviez inspiré confiance, pourquoi m'avez-vous trompé? Pourquoi vous unir à ce traître?

— Quel traître?

— L'aubergiste, parbleu. Il a passé sur son cheval noir, avec son manteau gris. Il vous a prié de ne m'en rien dire, il est allé me dénoncer au bourg.

— Pas un mot de vrai là-dedans! se récria le Limougeaud. Je l'ai bien vu, ce cavalier. Ce n'est pas notre hôte. Tenez, mon pauvre ami, ajouta-t-il, vous me faites compassion. Dans l'état où vous êtes, avec votre jambe enflée jusqu'au genou, vous retourneriez à Périgueux! Allons donc! Croyez-moi, montez sur ma carriole et venez dîner aux Pallissous. C'est ce village. Dans ma compagnie, personne ne vous cherchera chicane, je vous promets. »

La route raboteuse secouait furieusement la charrette. Louvet se cramponnait pour n'être point jeté bas, et cependant quelle amélioration! N'avoir plus à se traîner, plus à craindre. Là-dessus, il ne se rassurait pas encore complètement, mais quand on fut arrivé aux Pallissous, devant un bon repas, les choses achevèrent de tourner au mieux. Jean-Baptiste apprit que l'aubergiste dont il avait eu si peur se souciait fort peu des aristocrates et des girondistes, et le soupçonnait tout simplement d'être un voleur.

« Moi, je sentais que vous ne l'étiez pas, dit Cibot, le voiturier. L'air n'y fait rien, les brigands ne parlent pas comme vous. Bourliguet a entendu raison, puis vous avez payé à sa femme, ils n'ont plus voulu vous arrêter. Je les connais, ce sont de bonnes gens, ils s'occupent de leurs affaires et rien d'autre. »

D'après la conversation de la veille, Louvet se doutait que son compagnon n'appréciait guère les Montagnards, aussi s'enhardit-il à lui déclarer :

« Non seulement je ne suis pas un voleur, mais encore je les combats. Les voleurs, ce sont les gens qui guillotinent les négociants et détruisent le commerce par cette loi du *maximum*, ruineuse, inexécutable. Ce n'est qu'une permission donnée à tous les brigands de piller les magasins.

— Bravo! » s'exclama Cibot en assenant une claque amicale sur l'épaule de Louvet. « C'est juste ça, mon ami.

— Eh bien, moi, je suis du commerce de Bordeaux. Je me suis prononcé contre les voleurs, les maratistes. Avec nombre de mes camarades, je leur ai fait la guerre, je la leur ai faite longue et mortelle. Enfin ils sont les plus forts, ils veulent ma tête, je me sauve. Voilà.

— Bois un coup, et compte sur moi », s'écria le voiturier. Il leva son verre. « A ta santé, mon ami! Tu as raison, ce sont des coquins, un tas de drôles qui n'ont jamais rien fait. Avec leurs impôts forcés, leurs réquisitions, ils mangent le bien de ceux qui travaillent. Et je te taxe à tant de livres, et je t'avise d'apporter ça et ça au magasin public, si tu ne veux pas être raccourci. J'avais un bon cheval, il m'avait coûté vingt beaux louis. Ne me l'ont-ils pas requéri, comme ils disent! Ils l'ont tellement chargé, la pauvre bête, qu'il en est devenu malade et mort. Et ce divorce! c'est aussi pour requérir ma femme qu'ils ont inventé ça. Est-ce qu'on peut m'ôter ma femme, sacrebleu! Ah! que j'ai bien fait, citoyen, de vous avoir défendu! Vous ne me quittez plus, da! Tout chacun me connaît sur cette route, avec moi vous ne risquez rien. »

Ils s'embrassèrent fraternellement. Louvet paya le dîner

puis, priant le brave Cibot de régler dorénavant leur dépense, lui remit à cette fin un assignat de cinquante francs. Ils repartirent et dès lors tout marcha on ne peut mieux. Ils couchèrent avant Thiviers, de façon à traverser de grand matin ce chef-lieu. Le fugitif s'était étendu à plat ventre sous la bâche qui recouvrait les marchandises. Personne n'y alla voir. Dans les villages, les petits bourgs, il ne se dissimulait pas, restait à demi couché sur la charrette, la jambe étendue, enveloppée d'un sarrau. Il avait l'air d'un pauvre volontaire blessé, sortant des hôpitaux et s'en retournant au pays en congé de semestre. Dans les auberges, Cibot répondait aux questions. Il donnait son compagnon pour un jeune Libournais de ses amis, nul n'en demandait davantage. Louvet s'estimait bien heureux. Parmi tous les Français qui, à cette heure, couraient comme lui les routes en se cachant, bien peu assurément avaient pareille chance.

Le troisième jour, par un temps froid mais beau, on atteignit la bourgade d'Aixe, à trois lieues et demie de Limoges. Bien qu'il eût hâte d'arriver chez lui pour voir si, en son absence, les coquins n'auraient pas « requéri » sa bonne femme, Cibot se retenait de presser le train, de façon à n'entrer en ville qu'à la brune. Pas besoin de se cacher pour traverser Aixe : il n'y avait aucune garde. Louvet restait donc sur la carriole. Cibot, ayant donné plusieurs tours à la mécanique, soutenait ses bêtes avec les guides, car la rue descendait très fort en serpentant parmi de vieilles façades grises. Soudain on déboucha devant la Vienne qui partageait en deux la bourgade, franchissait une digue alimentant des moulins, et coulait, verte et calme, sous un pont. « Sacrédié ! » jura Cibot. Depuis son précédent passage, on avait établi là un poste. Une douzaine de gardes villageois se tenaient au pâle soleil, les uns assis, le fusil ou la pique entre les jambes, d'autres appuyés au parapet. Plusieurs reconnurent le voiturier. Ils l'accueillirent plaisamment. « Eh bé, Gustou ! qu'est-ce que tu nous amènes ? Une charretée d'aristocrates ? » Mais le factionnaire, qui paraissait n'avoir guère plus de seize ans, prenait son rôle au sérieux. Il barrait la route et dévisageait Louvet.

« Qui es-tu toi, citoyen ? demanda-t-il. Montre ton passeport.

— Mon passeport ! » dit Jean-Baptiste suant d'angoisse. Une

inspiration lui vint. « Le voilà, petit bougre », répliqua-t-il en soulevant sa jambe malade. « Va-t'en comme moi te faire mettre à terre par les brigands de la Vendée; après ça, tu pourras te présenter hardiment partout sans avoir besoin de montrer ton passe au premier blanc-bec venu. »

Les aînés approuvèrent, battant des mains. « Bien, bien, camarade! » Le petit soldat moqué prit le parti de rire à son tour. Il s'écarta. Cibot fit claquer son fouet. Des plaisanteries accompagnèrent la carriole. « Heureusement que tu as de la repartie, mon gaillard! » dit le voiturier en repoussant sa toque pour s'essuyer le front. « Quelle venette!

— J'ai connu tant de traverses! On y gagne du sang-froid. »

Le pont franchi, Cibot mit pied à terre pour aider ses chevaux à gravir la rampe droite et raide par laquelle on s'élevait, au flanc du bourg, sur les collines dominant la Vienne. Tandis qu'il tirait ses bêtes par la bride et les encourageait de la voix, Louvet, songeur, se rappelait sa précédente mésaventure sur le chemin de Périgueux : cette aubergiste enragée à lui amener tous les municipaux du village, les uns après les autres, pour le contraindre à montrer son passeport. Elle flairait le suspect, et voulait les cent francs. Il sourit vaguement au souvenir de la façon dont il s'en était tiré, en abreuvant ces rustiques, leur chantant les louanges de la Montagne, en exhibant avec ostentation ledit passeport, pour ne le laisser enfin examiner que par un seul d'entre eux, après s'être rendu compte que le bonhomme ne savait pas lire.

Montées et descentes se succédaient, aussi abruptes. Quel pays bossu! La charrette traversa les bois de Reignefort, passa devant le mas des Landes. On pouvait apercevoir, à droite, par-delà l'Aurence, le sully dont la géante silhouette situait, sur les pentes remontant de l'étang, le petit château à toit de tuiles que M. de Reilhac avait quitté pour une chambre de suspect à la Visitation, et la maison Montégut qui ne voyait plus venir, le dimanche, Jean-Baptiste ni Léonarde.

En achevant de dévaler la côte, on arriva au Moulin-Blanc où les volontaires de la garde bourgeoise, lors de la Grande Peur, avaient arrêté leur patrouille nocturne. Le soleil s'enfonçait, rouge et sans rayons, dans un lit de brumes très bleues. La nuit serait bientôt là. Néanmoins, après avoir dépassé, au bas de la dernière descente, la première auberge et l'embranchement de la route de Thias, Cibot jugea prudent de faire coucher son compagnon sous la bâche. Avec raison, car les sectionnaires de garde à la Poudrière, bien que connaissant « le Gustou », lui demandèrent d'où il venait et voulurent voir si son passe portait bien le visa de Périgueux. C'était pour le principe, ils ne songèrent pas un instant à examiner les marchandises.

Cibot habitait dans le faubourg Saint-Martial, non loin du vieux pont sur la Vienne. On parvint chez lui à la nuit close. Sans la moindre anicroche, Louvet fut logé à l'abri dans une chambre du fond. La citoyenne Cibot : une petite femme fort propre et accorte, le reçut bien, lui prépara un bon lit, lui fit chauffer de l'eau pour baigner sa jambe malade. Le lendemain, elle eut soin de lui apporter, toutes les deux heures, un seau d'eau chaude, et il tira de ces bains ajoutés au repos un notable soulagement. Il n'aurait pu trouver meilleurs hôtes, pourtant il ne se sentait pas tranquille : cette maison était ouverte à tout venant. Parmi les visiteurs, il y avait des sans-culottes dont les horribles propos parvenaient jusqu'à lui. Il apprit ainsi la mort de Lidon, réfugié lui aussi en Gironde. S'efforçant de regagner Brive, sa ville natale, épuisé de fatigue, il avait pu faire tenir à l'un de ses meilleurs amis un billet pour lui demander un cheval. Or cet ami, devenu franc montagnard, avait envoyé au brissotin hors la loi non pas un cheval mais une brigade de gendarmerie. Lidon était mort en combattant.

Mais la verve des « maratistes » limougeauds s'excitait surtout à propos d'un échange de prisonniers avec la Corrèze. A ce que put comprendre Louvet, un certain Dulimbert, appelé aussi compère Guillaume ou compère Lunettes, membre du Comité de surveillance, et dont le sans-culottisme avait paru, un moment, douteux, s'était fort relevé dans l'estime des Jacobins exaltés en organisant cet échange. Soixante-sept détenus de Limoges, que les « maratistes » semblaient détester tout particulièrement, avaient été expédiés à Tulle, et l'on attendait l'arrivée d'un même nombre de prisonniers amenés par la garde sectionnaire de Tulle, sous la conduite dudit compère Lunettes et du Père Duchesne tulliste : l'ancien vicaire apostolique Jumel. On était convenu de donner aux détenus, à leur arrivée, une *scène intéressante*. Réuni hier dans le temple de la Raison par les soins de la commission d'instruction publique, le peuple avait décidé que l'on ne pouvait mieux les recevoir qu'en repaissant leurs yeux de tout ce qui faisait le *beau* de l'ancien régime, de tous ces objets pour lesquels ils avaient marqué un attachement si vif et si soutenu. La colonne ayant quitté Pierrebuffière au lever du jour, on l'attendait d'un instant à l'autre. Toute la sans-culotterie limougeaude se pressait dans le faubourg Martial où la Société populaire mettait en place une de ces processions condamnées par Robespierre. Le club de Limoges retardait quelque peu. Ces braves Jacobins, demeurés à la mode du mois dernier, ne se doutaient pas qu'à présent leur zèle était bel et bien contre-révolutionnaire.

Vers trois heures, le brouhaha s'accrut soudain. L'escorte venait d'apparaître par-delà le vieux pont, sur la route de Toulouse. Les soixante-sept prisonniers remplissaient cinq charrettes, trois couvertes et deux à découvert, dans lesquelles ils étaient fort à l'étroit. Ils venaient d'un peu partout : de Brive comme des petites communes paysannes, de Colonges, de Meyssac, d'Obazine, de Corrèze, de Lapleau. On les avait rassemblés à la maison de détention de Tulle. On comptait parmi eux aussi bien d'humbles cultivateurs condamnés pour avoir retenu leurs grains, des ouvriers accusés de sentiments contre-révolutionnaires, que des négociants suspects de fédéralisme, des aristocrates détenus comme parents d'émigrés. Ils grelottaient, par ce froid. Partis de Tulle l'avant-veille, ils avaient couché à Uzerche dans une église gardée par des sentinelles, sur un peu de paille, sans la moindre couverture, n'ayant reçu pour tout souper qu'un morceau de pain avec un bout de fromage. Le lendemain soir, à Pierrebuffière, la garde nationale de la commune s'était substituée à l'escorte pour les surveiller dans l'église qui leur servait, là aussi, de dortoir, et les avait bien mieux traités, leur fournissant un souper réconfortant.

Quand les charrettes eurent passé le pont Martial, la procession grotesque s'avança au-devant d'elles, précédée par un détachement de la garde sectionnaire. Derrière, venaient pêle-mêle des sans-culottes affublés de chapes et de chasubles, d'autres en robes de procureurs et de ci-devant conseillers, d'autres déguisés en pénitents, en moines, en nonnes A leur suite, un prêtre, brandissant une patène et un purificatoire, chevauchait à rebours un âne mitré. Suivait un cochon coiffé d'une couronne, barré de cordons, chamarré de croix et de plaques, avec cette pancarte : *Je suis le roi Cochon.* Un second portait la tiare, les habits pontificaux et l'inscription : *Ego sum papa.* Quatre hommes à bonnet rouge soutenaient sur leurs épaules un vaste sarcophage décoré de ces mots : *Royalisme, Féodalité, Susperstition, Égoïsme, Fédéralisme.* Tout autour, des citoyens et citoyennes vêtus comme des aristocrates en deuil, les cheveux épars, se répandaient en gémissements, tandis que, derrière eux, les bons sans-culottes psalmodiaient : *Requiescant in pace.* Enfin, à quelque distance, une musique accompagnait la Société populaire, en bon ordre derrière son actuel président : le citoyen Boysse, régent des charrois militaires, qui donnait le bras à la déesse Raison — laquelle n'était autre que la blonde Manon Poinsaud. Tous, aux sons des instruments, chantaient des airs patriotiques.

Les charrettes fermant la marche, on parcourut ainsi les principales rues de la Cité et de la ville haute, parmi la populace qui criait : « Au gibier de guillotine! » Puis, au bout de deux heures, montant le boulevard de la Poste-aux-Chevaux, le cortège arriva sur l'ancienne place d'Aine devenue la place de la Fraternité. Le soir de décembre, froid et brumeux, tombait rapidement. Les arbres du ci-devant jardin d'Orsay (maintenant la Montagne) formaient un fond sombre derrière lequel rougeoyait le ciel. Les derniers rayons éclairaient la guillotine dressée au milieu de la place. Depuis une quinzaine, le rasoir national s'était mis à fonctionner, raccourcissant cinq prêtres ultramontains. Le tribunal criminel venait, ce jour même, d'en condamner un sixième. Les prisonniers, sur les charrettes que le compère Lunettes et le Père Duchesne tulliste avaient fait ranger autour de l'échafaud, virent le réfractaire, sortant des geôles de l'ancien présidial, les cheveux coupés, la chemise échancrée, les mains liées derrière le dos, gravir la dure pente de la ruelle Monte-à-Regret. Un instant plus tard, il était sur la plate-forme, sous leurs yeux. Les aides l'attachèrent à la planche qui bascula, le couteau s'abattit, la tête sauta, suivie d'un panache rouge, et l'affreuse odeur du sang se répandit.

« A qui le tour? demanda le bourreau en s'avançant vers les charrettes. Lesquels faut-il prendre?

— Tous! Raccourcis-les tous! lui criait la populace.

— Y en a trop! protesta-t-il. Pour ce soir, j'en expédierai cinq ou six. Choisissez-les! »

On fit durer encore un moment la comédie, puis, comme le soir s'enténébrait, les malheureux furent conduits à la maison de détention où ils se trouvèrent finalement beaucoup mieux traités et beaucoup plus en sécurité qu'à Tulle. De même pour les Limougeauds transportés en Corrèze. Par ses démonstrations de férocité, Guillaume Dulimbert les avait, en fait, soustraits, les uns et les autres, aux haines locales. Du même coup, l'ancien moine s'était acquis une réputation de montagnard enragé : réputation dont il avait grand besoin pour tenir tête aux attaques de Préat, Frègebois et leurs amis.

Devenus les maîtres de Limoges, par le moyen de la Société populaire sur laquelle ils régnaient en terrorisant les vieux Jacobins, ils exerçaient leur dictature sur le Comité de Surveillance — successeur du Comité de Salut public — établi dans l'hôtel Naurissane, et sur le tribunal criminel dont ils avaient chassé Pierre Dumas. Il était en prison, avec presque tous les anciens amis de la Paix, les anciens députés aux États généraux et à la Constituante : Montaudon, M. de Reilhac, et enfin nombre de Jacobins de la première heure. Les fondateurs mêmes du club : Nicaut, Pinchaud, Barbou, demeuraient encore en liberté mais la sentaient des plus précaires et n'osaient pas ne point soutenir les exagérations des Hébertistes limousins. Ceux-ci estimaient que la terreur n'était pas à l'ordre du jour dans le département. On se bornait à guillotiner quelques prêtres réfractaires, cela ne suffisait pas à lutter contre la misère et la famine entretenues par les suspects de toute espèce. Le club venait d'adresser à Gonneau, remplaçant de Dumas à la présidence du tribunal, cette sommation : « Pourquoi ton tribunal ne s'est-il pas encore occupé du châtiment des contre-révolutionnaires? Pourquoi tous les ennemis déclarés du peuple restent-ils tranquilles dans une prison, tandis qu'ils devraient avoir joué à la main chaude? Pourquoi les Dumas, les Lesterpt (le frère du député guillotiné avec les Brissotins) et tous les autres prévaricateurs iniques ne sont-ils pas en état d'accusation? Pourquoi la femme Naurissane n'a-t-elle expié ses espiègleries? Pourquoi la ci-devant Rochechouart espère-t-elle encore habiter son château? Pourquoi? Pourquoi...? on n'en finirait point. Gonneau, nous t'envoyons tous ces pourquoi; c'est à toi d'y répondre. Nous n'avons pas oublié que tu as montré de la sans-culotterie. Eh bien, marche! Le peuple malheureux te demande justice. Qu'elle lui soit enfin rendue! »

Pendant ce temps, compère Guillaume vivait à petit bruit, organisait des spectacles patriotiques dans le salon de musique de l'hôtel Naurissane, et, se gardant bien d'occuper des fonctions en vue, se contentait de se faire déléguer à la surveillance de la poste aux lettres. Là, avec ses vieilles habitudes d'espion, il ne se gênait point pour ouvrir la correspondance de ses collègues ni pour en prendre des copies qui deviendraient, le cas échéant, d'utiles boucliers, voire de bonnes armes.

Il hasarda encore davantage. Il avait trop d'expérience pour ne point sentir qu'à force d'excès, sous la pression des Hébertistes et des enragés de toute espèce, la Révolution s'épuisait dans ses outrances et courait à une inévitable réaction. Ce n'était pas seulement contre les Publicola Pédon, les Frègebois, les Janni, les Préat, les Boysse, les Foucaud qu'il fallait se prémunir, mais aussi contre les persécutés du jour, contre ceux qui, demain, exerceraient peut-être leurs vengeances. Les royalistes et les catholiques romains émigrés se répandaient, dans leurs feuilles, dans leurs lettres, en promesses de massacres, et ne s'annonçaient pas moins féroces que les plus violents sans-culottes. Ils proclamaient qu'ils mettraient à mort cent mille personnes. N'avaient-ils pas, du reste, montré les premiers leurs dispositions, à Lyon, dans le Midi! L'homme aux lunettes discernait dans la Terreur une forme de la peur qui, selon lui, tenaillait secrètement tous les Pères Duchesne de France et provoquait leur vertige de fureur : la peur de ne point exterminer tous ceux qui pourraient les exterminer à leur tour. Quant à lui, s'il obéissait à sa haine pour les ecclésiastiques en terrorisant de son mieux ceux que l'on détenait au couvent de la Règle, en faisant expédier le plus possible de prêtres à la guillotine ou sur les pontons, et s'il ne voulait nullement ralentir sur ce point son action, il ne laissait pas de concevoir qu'il pourrait bien avoir, un jour, à la payer. C'est pourquoi, cette nuit même, au sortir du club où l'on avait célébré la mascarade antireligieuse et l'exécution de l'abbé Rempnoux, il risqua sa vie dans une singulière expédition.

Quand l'horloge de Saint-Michel, devenu le temple de la Raison, eut sonné dix heures, il sortit de chez lui. La rue des Combes était déserte et noire comme toute la ville, car la municipalité aux finances exsangues économisait l'huile des réverbères; les particuliers, eux, économisaient la chandelle hors de prix, et, faute de combustible, se réchauffaient sous leur édredon. A cette heure, tout le monde dormait depuis longtemps, sauf les sectionnaires de garde au poste de la ci-devant place Dauphine, maintenant place de la Liberté. Guillaume, emmitouflé dans sa houppelande et son cache-nez, ses sabots enveloppés de chiffons, descendit sans bruit vers la petite place Fontaine-des-Barres qui avait vu, l'été de l'année précédente, le massacre de l'abbé Chabrol. Les toits se confondaient avec le ciel obscur. A l'extrémité de la place, l'ex-moine entendit des pas et se rencogna vivement sous la porte de l'ancien couvent des Filles-Notre-Dame. Les bruits portaient loin dans la nuit. Au bout d'un moment, un groupe confus muni d'une lanterne — patrouille ou gardes rentrant chez eux — passa en direction de la rue Pont-Hérisson. Lorsque les échos se furent éteints, compère Lunettes se hâta de grimper la rude montée du portail Imbert. En arrivant sur la place de la ci-devant Intendance, il soufflait. Il ne s'en dirigea pas moins rapidement vers Saint-Michel dont on devinait la masse sombre. A l'Intendance, une lumière jaunissait la fenêtre du poste. Par ce froid, les gardes se tenaient à couvert. Sans doute même somnolaient-ils en toute quiétude, sur les bat-flanc. Qui se fût soucié d'attaquer la mairie, le Département ou le District!

Tout contre le perron de la Maison de justice, siège du tribunal criminel, à laquelle s'accolait la vieille église, Guillaume Dulimbert monta précautionneusement les quelques marches usées en haut desquelles se trouvait l'une des portes de Saint-Michel. Il gratta aux vantaux cloutés. Le guichet s'entrebâilla tandis qu'une voix chuchotait : « Faufile-toi, je ne peux pas ouvrir davantage, ça grince. » Puis, quand il fut entré : « Tu y as mis le temps! Je n'y tenais plus. »

L'orfèvre Robert, vieux camarade de Guillaume à l'époque où il polissonnait sur la place de la Mothe avec les gamins du quartier, habitait place Saint-Michel, tout contre l'église. Un peu avant l'heure où l'on fermait pour la nuit le temple de la Raison, il s'y était caché afin d'introduire plus tard son acolyte, promoteur de l'expédition. Robert démasqua une lanterne sourde. Les deux hommes passèrent dans la nef. Nulle lampe d'autel n'y brillait plus, nulle clarté du dehors ne colorait la rosace ni les vitraux. La seule lueur dans le vaisseau vide et sonore était ce rond tombant de la lanterne sur les dalles où, jadis, par une nuit désespérée, avait reposé le cadavre du consul Étienne Pinchaud.

Dans la ci-devant sacristie, le rond jaunâtre éclaira un entassement d'étoffes que l'homme aux lunettes fouilla des deux mains. « Le voilà », dit-il à voix basse en amenant à la lueur de la lanterne une tête de mort. C'était un très ancien crâne bruni, aux dents encore luisantes. Guillaume se releva. Le danger ne l'empêchait pas de sourire : il tenait le plus sûr des gages contre la vengeance éventuelle des ultramontains. Juste avant de partir pour Tulle, accompagnant à Saint-Michel les commissaires désignés par la municipalité, conformément aux ordres de la Convention, pour saisir et déposer à la Monnaie les matières précieuses conservées dans les églises, il avait assisté à l'ouverture du reliquaire de Saint-Martial. Il avait vu le crâne dix-sept fois centenaire, extrait de son enveloppe en argent, jeté dans un coin sur d'antiques étoffes et recouvert par d'autres rebuts. Le chef de saint Martial, apôtre de l'Aquitaine, un des soixante-douze disciples! Sur quoi les fervents catholiques ne passeraient-ils pas l'éponge, un jour, pour rentrer en possession de cette relique! Que ne pardonnerait-on pas à un homme capable de la rendre à l'Église, et à Limoges dont elle avait fait la prospérité dans les temps de foi! Mais il fallait que l'authenticité de ces restes ne pût être mise en doute. C'est pourquoi le rusé personnage s'était adjoint Robert : un témoin. En outre, il lui donna le maxillaire inférieur, comme preuve, puis il enveloppa le crâne dans un morceau d'étoffe cramoisie qui devait provenir d'une antique chape ou chasuble.

Un quart d'heure plus tard, rentré chez lui sans encombre, compère Lunettes logea son précieux gage dans un trou qu'il avait ménagé, avant de partir, dans le mur de sa chambre, et boucha l'ouverture au mortier. De son côté, l'orfèvre procédait de même avec le maxillaire, après en avoir détaché une dent. Guillaume le lui avait recommandé, ainsi que de la faire tenir à l'un de ces prêtres vivant dans les dédales souterrains. Robert en chargea sa femme, elle savait fort bien où se cachait le curé de Saint-Michel. Il faudrait lui dire que c'était une relique, sans plus, afin qu'il la conservât soigneusement. Ainsi le rajustage des trois pièces démontrerait d'une façon formelle leur authenticité, si l'on produisait les deux autres.

Son travail de maçon terminé, l'ex-moine, un sourire sur sa bouche lippue, s'endormit avec plus de tranquillité qu'il n'en avait connu depuis trois mois. A présent, il s'estimait paré de tous les côtés. Il ne se doutait pas que ses astuces étaient en train de lui préparer des moments difficiles.

Dans le faubourg Martial, Louvet, lui, ne dormait pas : son hôtesse l'inquiétait. Manifestement, ces charrettes chargées de détenus, les débordements des « maratistes » l'avaient effrayée. Jean-Baptiste se demandait si elle ne redoutait pas désormais, en le gardant chez elle, d'encourir, avec son mari, de pareilles fureurs. En tout cas, la peur la tenait. Les sans-culottes qui entraient ici à tout bout de champ finiraient par s'en rendre compte et en chercher la raison. Ne valait-il pas mieux sortir de cette maison dès l'aube pour rejoindre, à tout risque, la route de Paris? Sa jambe allait bien, maintenant. Il marcherait.

Mais il ne pouvait traverser Limoges sans guide. Lorsque, au petit matin, il en dit un mot, Cibot se récria. Ce serait folie! Il expliqua qu'il ne fallait pas songer à traverser la ville, ni surtout à prendre le faubourg de Paris où les postes exerçaient une surveillance sévère. Il serait indispensable de faire un vaste détour pour retrouver la route. « Vous ne risquez rien céans, ajouta-t-il. Vous partirez demain, foi de Gustou. Accordez-moi la journée, je ne rentrerai pas avant d'avoir trouvé quelqu'un de sûr à qui vous confier jusqu'au terme du voyage. »

Louvet ne voulut pas chagriner un si brave homme en lui avouant la cause de ses alarmes. Il le laissa donc partir, mais il craignait fort de ne le point revoir. Enfermé dans sa chambre, il passa la journée à écouter des allées et venues, s'attendant sans cesse à une irruption de sans-culottes. La petite femme, en lui apportant à manger, dissimulait mal sa contrainte, qui s'accrut sur le soir. La nuit était tombée, Cibot ne revenait pas. Soudain sa femme, coiffée pour sortir, enveloppée d'une mante et visiblement nerveuse, vint déclarer à Louvet : « Citoyen Larcher, mon mari me fait dire de vous mener sur l'heure à une auberge du faubourg, où vous trouverez des voituriers qui vous conduiront à Orléans. » Jean-Baptiste la regarda en secouant la tête. « Si on vous a dit cela, on vous trompe, citoyenne. D'abord, les voituriers ne partent pas à cette heure, ensuite, je ne dois point passer par le faubourg, Cibot le sait. Enfin, il m'a bien recommandé de l'attendre. Il m'a donné sa parole, je n'ai confiance qu'en ce bon ami. » La petite femme alors éclata en sanglots. « J'ai peur! gémit-elle. J'ai peur! Ils nous arrêteront tous! » Puis elle reprit à travers ses larmes : « Pardonnez-moi, citoyen. Ne dites pas à mon mari ce que j'ai voulu faire. Je le regrette, mais j'ai si peur! »

Cibot rentra peu après. Il vint droit à la chambre, et, tout animé, saisissant son protégé par les épaules : « Sacrebleu! s'écria-t-il, ça y est, vous partez demain. Un bon garçon vous roule jusqu'à Paris. Il est prévenu que vous êtes marchandise de contrebande et il répond de vous mettre en sûreté. Vous pouvez lui faire confiance comme à moi-même. C'est un bon patriote mais pas de ces enragés. Ah! sacrebleu! que je suis content! » Les yeux mouillés, Jean-Baptiste le remercia, lui exprima tout ce qu'il ressentait. Il s'en voulait de dissimuler son identité à un homme si dévoué, si généreux. Saurait-il néanmoins garder le secret envers sa femme? Elle était trop dangereuse, avec sa peur. Il les entendit parler longuement dans la salle. Il y eut des pleurs, des pas précipités, des battements de portes, enfin le bruit des verrous qu'on refermait.

Louvet se mit entre les draps. Il était huit heures. A deux heures du matin, Cibot le réveilla pour le convier à casser la croûte avant de partir. On entama une andouille, on trinqua. Cependant il y avait une ombre sur la joie du brave Gustou.

« Je crains bien, mon ami, lui dit Jean-Baptiste, d'avoir répandu le trouble dans votre ménage. C'est ça, n'est-il pas vrai?

— Oui, ma pauvre femme n'a pas eu le courage de passer cette nuit dans la maison. Ça me fait peine, car sitôt après vous avoir conduit, je repars pour Périgueux. C'est une absence de dix jours, et dans un cas pareil, avant de quitter son épouse, on aime bien la cajoler un peu. Que voulez-vous, moi je l'adore comme au premier jour, ma Jacqueline. » Comme Louvet s'excusait : « Bah! bah! dit le bon Cibot, c'est partie remise. Je la retrouverai, ma femme; je n'aurais pas retrouvé l'occasion de sauver un honnête homme. »

Louvet fut de nouveau ému aux larmes. Son hôte ne le laissa point s'attendrir. Il lui versa du café, une goutte d'eau-de-vie pour se tenir chaud, lui bourra les poches de pain, de viande, de châtaignes, lui offrit encore des gants de laine et un bonnet de coton. Enfin il l'entraîna, car il fallait arriver au rendez-vous à la pointe du jour. Quand ils sortirent, c'était l'heure la plus froide. Il gelait, les arbres couverts de givre se dessinaient en silhouettes pâles dans la nuit où l'on entendait bruire doucement la Vienne. Cibot longea la rivière jusqu'au pont Étienne, passa derrière le Naveix pour remonter vers les Bénédictins. De là, par la Grange et le chemin d'Aigueperse, il contourna la manufacture de porcelaine dont l'aube éclairait maintenant les cheminées mortes. Les deux compagnons débouchèrent enfin sur la grand-route, hors de vue du poste le plus avancé. En cinq minutes, ils atteignirent la petite auberge, lieu du rendez-vous. Cibot remit son protégé entre les mains de son nouveau guide, renouvela ses recommandations les plus instantes à celui-ci, puis, se tournant vers Louvet, le serra sur sa poitrine. L'écrivain et le charretier se tinrent embrassés, aussi émus l'un que l'autre en se disant adieu.

Plusieurs véhicules, dont les conducteurs buvaient la goutte, attendaient devant l'auberge. Louvet fut saisi de voir son voiturier, un nommé Champalimaud, se diriger vers une grosse berline jaune et noire, pleine de voyageurs.

« Ne vous inquiétez pas », dit ce Champalimaud qui avait l'air d'un garçon décidé, « ils sont prévenus et vous aideront. »

Dans son nouvel avatar, Jean-Baptiste — toujours sous le nom de Larcher — passait pour un soldat de marine en situation irrégulière : cela correspondait au visa du bureau des classes de Lorient et au visa de Bordeaux, dont il pouvait faire état, au moins à l'égard de ses compagnons. Là-dessus, le romancier n'avait pas de peine à broder : séparé depuis vingt-cinq mois d'une épouse très chère, et ne parvenant point à obtenir un congé, il s'était résolu à le prendre de lui-même pour la revoir. Il ne mentait qu'à moitié : c'était bien pour rejoindre Lodoïska qu'il retournait à Paris.

L'histoire touchait beaucoup ces dames. Car il y en avait

trois parmi les sept voyageurs, tous très montagnards, du moins en paroles. Or leur jacobinisme, justement, leur faisait un devoir d'aider un citoyen dont on avait contraint la liberté au-delà des mesures imposées par la discipline militaire. Un des sept : un dragon regagnant l'armée du Nord, disait que certains représentants se conduisaient envers les soldats comme de véritables despotes. Bref, toute la carrossée en usa du mieux avec le malheureux Larcher. A l'approche des agglomérations où il pouvait y avoir des corps de garde, il s'allongeait dans la paille répandue en bonne couche sur le plancher pour tenir chaud aux pieds. Recouvert par les pans du grand manteau du cavalier, par les houppelandes des bons Jacobins, enfoncé sous les jupons de leurs épouses « maratistes », il était tout aussi invisible que sous la bâche, dans la charrette du généreux Cibot. Mais il existait d'autres périls. Une fois les passeports vus, tout le monde le croyait hors d'affaire, on s'arrêtait à l'auberge pour dîner ou souper parmi les allées et venues d'autres voyageurs. La route de Paris à Toulouse était très fréquentée, dans les deux sens, notamment par les coureurs en chaise de poste qui voyageaient gratis : députés en mission, commissaires, agents des Comités, dont beaucoup connaissaient Louvet. Ses compagnons n'eussent point compris qu'un humble personnage comme le prétendu Larcher redoutât de voir sa figure reconnue. Pareille crainte eût immanquablement éveillé les soupçons sur son identité. Il lui fallait, d'un air serein, affronter les risques des auberges, en se fiant à sa perruque noire. Il lui fallait aussi, sans changer de visage, entendre les propos, horribles pour lui, de certains commensaux.

C'est ainsi qu'à Châteauroux un homme, arrivant de Paris où il avait assisté à l'exécution de Mme Roland, en régala toute la tablée. Louvet ignorait cette mort. Il ne put masquer son émotion et ne réussit qu'à grand-peine à retenir des larmes. Heureusement, Champalimaud avait été seul à remarquer cet émoi. En sortant, il serra furtivement la main de Jean-Baptiste et lui dit :

« Vous vous conduisez bien, continuez et ne craignez pas que je vous manque. Fussiez-vous le diable, je vous passerai. »

Deux jours après, à Vierzon, Louvet apprit la fin de Cussy, arrêté et exécuté en Gironde. A mesure que l'on avançait vers Paris, les nouvelles des guillotinages se multipliaient, avec les occasions de mauvaises rencontres. Tremblant pour Marguerite, doutant de pouvoir lui-même survivre au milieu des dangers toujours croissants, Louvet en arrivait par moments à désirer la mort qui le délivrerait d'un monde devenu infernal. Ce délire de sang, cette tyrannie démente, comment des hommes qu'il avait connus sensibles, éclairés, honnêtes, s'en faisaient-ils les ministres! Cela se comprenait de la part d'un Danton, l'*Ogre*, le *Cyclope*, de l'atroce conspirateur Robespierre, des infâmes Billaud-Varenne, Collot d'Herbois, mais un Carnot, un Mounier-Dupré jusque-là si sage, un Robert Lindet, un Prieur, Couthon, le doux Couthon qu'indignaient les fureurs de Marat, et qui avait été longtemps du côté de Roland, de Brissot! Quelle folie les emportait? quelle contagion anéantissait en eux leurs sentiments humains?... A la table voisine, une fille épanouie riait avec un jeune officier de chasseurs. Le bonheur leur jaillissait des yeux. Il y avait donc encore de la joie sur cette terre! Louvet soupira. « Ces gentils amoureux vous font penser à votre femme », lui dit une des *épouses maratistes*. « Soyez tranquille, vous la reverrez bientôt. » On dînait dans une auberge de Salbris. La lourde berline voyageait lentement. On avait quitté Limoges depuis cinq jours.

On atteignit Orléans. Les portes en étaient fermées. La nuit précédente, des perquisitions domiciliaires avaient permis, dit le chef de poste, de mettre la main sur quarante scélérats contre-révolutionnaires. Il examina très soigneusement tous les passeports avant d'apposer son visa. L'opération n'en finissait plus, Louvet étouffait sous les manteaux, les jupons. C'est dans cette ville qu'il courait les plus grands risques. Il avait été élu à la Convention par le Loiret : nombre d'Orléanais connaissaient bien sa figure, et il comptait parmi eux ses pires ennemis. Que l'un d'eux l'entrevît, il était perdu. Malheureusement, Champalimaud ne pouvait s'abstenir de faire étape ici : il devait y décharger des colis et en prendre d'autres. Enfin, ces manutentions terminées, on repartit. Mais comme la berline allait franchir la grille du pont, sur la Loire étalée entre ses bancs de sable et qu'un vent froid frisait, un officier sorti du poste intima au conducteur l'ordre d'arrêter. Se présentant à la portière, il lança : « Que tout le monde descende!

— Nos passeports ont été visés partout, protesta le dragon.

—Il n'est pas question de ça. Descendez tous. » Les hommes commencèrent de mettre pied à terre. « Les citoyennes aussi, dit l'officier. Il y a bien des scélérats qui prennent le déguisement de femme. Il ne s'agit point de passeports, je veux voir les figures. Qu'il ne reste personne là-haut, j'y regarderai, je vous en préviens. Allons, citoyennes! »

Elles descendirent une à une avec leurs jupes secourables. A chacune qui se levait, Louvet se sentait un peu plus découvert, bien qu'elles prissent soin d'entasser sur lui sacs de voyage et paquets. Le cavalier, se défaisant prestement de son vaste manteau, le lui avait jeté dessus. A petit bruit, le hors-la-loi s'arrangea du mieux possible, mais il ne gardait plus d'espoir. Recroquevillé sur lui-même, il sortit le pistolet qu'il cachait sur sa poitrine, dans la poche intérieure de sa houppelande, l'arma et se tint prêt à se faire sauter la cervelle.

Au bout d'un moment, il sentit l'officier grimper dans la voiture, l'entendit fourgonner parmi les colis, les bagages. Sa botte toucha le proscrit qui disait un silencieux adieu à Lodoïska. Il était convaincu qu'on l'avait reconnu au passage, dénoncé, et que le garde national le cherchait personnellement. En réalité, il fouillait par principe. Après avoir remué les ballots de marchandises entassés derrière la banquette du fond, pour voir s'ils ne couvraient pas une cachette, il donna quelques coups de pieds çà et là, manqua de peu Louvet, puis sauta à terre.

« C'est bon! Vous pouvez aller », déclara-t-il.

Une demi-lieue plus loin, toute la carrossée en tremblait encore. Jean-Baptiste ne savait comment remercier ces affreux *maratistes* qui, au contraire de nombreux *honnêtes gens* sur lesquels il avait vainement compté, ne balançaient point à risquer pour lui la prison au moins. En fait, ils jouaient leurs têtes, sans le savoir. Cependant ne s'en doutaient-ils pas? Ne soupçonnaient-ils pas à présent qu'il n'était point un simple déserteur?

« Sacrebleu! lui dit le dragon, pourquoi diantre vous êtes-vous celé, camarade, puisque cet officier ne se souciait en rien des passeports?

— Il restait bien le maître de les demander ensuite. Alors, qu'aurais-je fait? » répondit Louvet.

Il s'en voulait de continuer à mentir, mais pouvait-il répondre : « Parce que je suis Jean-Baptiste Louvet, hors la loi, et qu'il suffit de constater mon identité pour m'envoyer à la guillotine »?

A l'entrée d'Étampes, la visite fut sévère : un sans-culotte, monté sur le marchepied, mit la tête dans la voiture pour vérifier s'il n'y avait pas plus de voyageurs que de passes. Après quoi on entra dans la petite ville où l'on trouva beaucoup de mouvement. Des soldats obstruaient la rue principale, les tambours battaient aux champs. Un cavalier empanaché, tout bardé de tricolore, passait dans les rangs, les troupes lui portaient les armes. Jean-Baptiste, avec effroi, reconnut son ennemi personnel, Léonard Bourdon, contre qui il avait, lors des élections, fait une violente campagne ici même.

Un municipal arrêta la berline en disant au conducteur d'attendre la fin de la cérémonie. L'une des femmes, curieuse, s'obstinait à tenir les rideaux ouverts. Louvet, de nouveau en place sur la banquette, se rencognait désespérément. Il suffirait que le *Léopard* vint à faire tourner son cheval par ici, que son regard tombât sur les occupants de la berline, et tout était dit. La main dans sa poitrine, sur le pistolet, le pouce sur le chien, l'index sur la détente, Louvet avait fermé les yeux. Il les rouvrit en entendant les tambours battre la marche. Bourdon avait disparu, les troupes défilaient.

« Voilà bien du remue-ménage! Si nous poussions plus loin, pour dîner? Il y aura trop de monde ici dans les auberges », dit Champalimaud avec un coup d'œil à Louvet.

Malgré quelques protestations de la curieuse, on alla deux lieues plus loin, à Étréchy. Ce n'était qu'un petit village, pourtant dix voyageurs y vinrent, comme la voiturée de Champalimaud, s'asseoir à la table d'hôte. Cela faisait beaucoup, mais aucun ne semblait redoutable. Il n'y avait parmi eux qu'un Parisien, canonnier à l'armée des Pyrénées-Orientales d'où il revenait avec un bras en moins. Louvet mangeait donc d'assez bon appétit, quand des cris montèrent de la rue : « Vive le représentant du peuple! » Fausse alerte, heureusement. Les bonnes gens prenaient pour le député un domestique envoyé en avant. Mais si le courrier passait, le maître ne tarderait point. L'hôte se hâtait de préparer des bouteilles, et la municipalité rustique accourait. Jean-Baptiste n'avait plus faim, cependant que les autres, ces goinfres, n'en finissaient pas de s'empiffrer. Et la curieuse qui minaudait :

« Nous allons peut-être le voir tout de même, ce grand homme!

— Non, citoyenne, répliqua Champalimaud. Si nous voulons trouver gîte pour la nuit, il nous faut avancer sans retard. Allons, mesdames, pressons, pressons! »

Ainsi la rencontre fut-elle encore évitée.

Pas pour longtemps, car le représentant du peuple et son cortège étaient attendus également à l'auberge d'Arpajon où l'on descendit à la nuit close. Ils devaient y souper et coucher. Tout y était retenu pour leur usage. Les voyageurs de deux diligences occupaient entièrement les autres hostelleries. Après les avoir visitées, le voiturier revint, fort perplexe, prendre Louvet à part.

« Impossible d'aller plus loin, lui déclara-t-il. Longjumeau est loin et mes bêtes ont couvert largement leur étape, aujourd'hui. Il faut loger céans. L'hôte nous recevra, il y est obligé, mais c'est vous qui me donnez de la tablature. Ce monsieur député vous connaît par cœur, sans doute?

— Sans doute. Il a souvent passé en revue mon bataillon.

— Oui, oui, j'entends. Dites-moi, vous faites en ce moment des choses que vous n'avez jamais faites, je crois. Eh bien, si vous passiez la nuit sur la paille, dans l'écurie? »

Louvet avait eu de pires couchées, en Bretagne; c'était ni plus ni moins dans la paille d'une grange, à Rostrenen, qu'il avait failli, avec ses compagnons déguisés comme lui en volontaires, être saisi par les troupes *maratistes*.

« Pourquoi pas? répondit-il. Cependant n'y aurait-il point de la bizarrerie. Qu'en penserait la carrossée?

— Ne vous inquiétez pas, je m'en charge. »

Fatigué par les émotions de ce jour, Jean-Baptiste dormit profondément, non point tout à fait sur la paille mais sur un grabat de palefrenier, le pistolet sous la main. Il n'entendit point arriver Bourdon et ses acolytes, et ils étaient encore entre les draps quand on partit, de fort grand matin, car les Limougeauds avaient dû, au milieu de la nuit, céder les lits retenus. Champalimaud observa qu'en s'avisant de coucher dans l'écurie le citoyen Larcher avait trouvé le bon moyen de dormir tranquille.

« Parbleu! dit le dragon, je regrette bien de n'en avoir pas fait autant. »

A Longjumeau, l'examen des passeports fut minutieux et sans histoire, mais au dîner, à La Croix-de-Berny où la table réunissait de nombreux hôtes, Louvet tressaillit en entendant un des convives : un muscadin qui le regardait fixement, dire à l'aubergiste : « Ah! çà, me prenez-vous donc pour un romancier? » Un instant plus tard, il y revint. « Je ne fais pas des romans, moi. » Il se pencha vers son voisin, lui chuchota quelques mots, et ce garçon se mit à fredonner le refrain d'une romance bien connue dont Louvet avait écrit les paroles :

Est-ce crainte, est-ce indifférence?
Je voudrais bien le deviner.

Pas de doute, il était identifié. Bah! la façon de le lui donner à entendre montrait bien que l'on ne cherchait pas à lui nuire. Un peu cruels comme on l'est aisément à cet âge, ces jeunes gens s'amusaient, sans imaginer ses angoisses.

Elles atteignaient au plus haut point en ce moment, avec la crainte de la visite aux barrières. L'examen y serait bien pire que partout ailleurs. Assurément, les gardes voudraient voir tout le monde, ils fouilleraient à fond la voiture. La dernière lieue fut la plus torturante. Avoir surmonté tant d'obstacles, réussi à parvenir si près de Marguerite, pour se faire prendre à l'instant de la revoir peut-être!... L'espérance fébrile et le désespoir se partageaient l'âme du hors-la-loi. En approchant de la barrière d'Enfer, on vit, devant la grille entre les deux pavillons jaunâtres, tout un amas de véhicules qui s'écoulait lentement. Leur nombre même semblait interdire une fouille soigneuse. En effet, le poste n'examinait que les sortants. Aux entrants, on ne demandait pas même les passeports. Louvet pénétra dans Paris sans avoir à se dissimuler. Cinq minutes plus tard, la berline s'arrêtait devant les Chartreux, au milieu de la rue d'Enfer quasiment déserte. Avec émotion, Jean-Baptiste remercia mille fois ses compagnons de voyage, les assurant que sa femme et lui se souviendraient toujours de ce qu'ils leur devaient. Il donna cent livres et sa montre en or au bon Champalimaud, le chargea de ses bénédictions pour Cibot, essentiel artisan de son salut. Pendant ce temps, le dragon poussait la bienveillance jusqu'à lui chercher un fiacre avec lequel il revint.

« Adieu, camarade, dit-il. J'aime les braves, soldats ou non. »

Il était trois heures après midi lorsque le fiacre déposa Louvet à quelques pas de la maison amie dans laquelle Lodoïska devait se trouver si elle vivait encore. Il tira fiévreusement la sonnette. Ce fut le jeune fils d'un député montagnard qui lui ouvrit. Louvet s'enfuit, affolé. Au bas de l'escalier, il se ressaisit et, voyant une servante prête à entrer dans la maison, il se renseigna auprès d'elle. Elle lui apprit que les précédents locataires avaient déménagé, ils habitaient un peu plus loin. Il y courut. Non, Marguerite n'était ni morte ni en prison. Du seuil, il entendit sa voix, s'élança en l'appelant. Elle poussa un cri et tomba dans ses bras. Mêlant baisers et larmes, les deux amants oublièrent tout pendant un instant, dans leur joie déchirante. Ils reprirent conscience pour voir autour d'eux des mines empruntées. Ils étaient pourtant chez de vieux amis du père de Louvet, des gens que lui-même considérait comme de sa famille. Ils n'avaient pas hésité à recueillir sa femme. Mais avec lui la peur entrait dans leur maison. Sous un prétexte hypocrite, ils la quittèrent, et bientôt firent dire à Jean-Baptiste qu'ils lui donnaient une heure pour déguerpir.

Heureusement, il existait à Paris aussi des Mac Dougan, des Cibot, des Champalimaud. Louvet et sa femme furent reçus dans plusieurs asiles successifs durant les dix jours qu'elle employa, en usant de certaines complicités, à louer, sous son nom de jeune fille, un appartement et à y ménager elle-même, comme elle avait déjà fait à Penhars, une cache où Jean-Baptiste pourrait échapper aux visites domiciliaires.

XII

Au moment où Louvet rentrait dans Paris, un beau tapage éclatait à Limoges. Les membres des comités et du club avaient mis cinq mois à découvrir que leur collègue, l'homme aux lunettes, profitait de ses fonctions à la surveillance de la poste aux lettres pour lire tout particulièrement leur correspondance. Aucun n'étant sûr de n'avoir pas écrit ou reçu, pendant ces cinq mois, quelques lignes sur lesquelles on ne pût l'accuser d'une chose ou d'une autre — il existait tant de motifs de suspicion! — tous se montraient furieux, et d'autant plus qu'ils avaient plus à craindre.

Préat était enragé. D'abord, il ne pouvait pas, physiquement, souffrir compère Lunettes. Bel homme, vif dans ses manières comme dans ses idées, plein d'appétits qu'il ne cachait point, galant avec les citoyennes, sensible à la beauté et véritable artiste dans son artisanat, le peintre sur porcelaine nourrissait une aversion d'instinct pour l'ex-moine, sa laideur, sa papelardise, ses façons souterraines. Et puis cet horrible individu venait de lui jouer un tour. C'est du reste comme ça qu'il avait trahi ses agissements.

Brutus Préat correspondait depuis peu avec un certain Brigueil en affaire avec M. Mounier pour l'achat de la Manufacture ci-devant royale de porcelaine. Ce Brigueil la voulait à bon marché, étant donné son état d'abandon. Le père de Claude n'entendait pas du tout les choses de la sorte. Au-contraire, considérant la plus-value des biens avec la dépréciation du papier, il demandait une somme importante, et le paiement en numéraire. L'affaire en restait là, lorsque ledit Brigueil : un spéculateur, s'était adressé à Préat pour obtenir à vil prix la Manufacture. S'il réussissait, il lui en promettait la direction. Brutus n'eût point accepté de pot-de-vin, mais il considérait que son ancien patron prenait un peu trop avantage de la Révolution. Sa manufacture, périclitante dès 87, ne valait déjà pas grand-chose à l'époque. Aux premiers temps du jacobinisme, le père Mounier tirait singulièrement la langue. Le club l'avait bel et bien sauvé de l'indigence. Il le méritait, car c'était un brave homme, vrai démocrate, mais d'avoir mordu au gâteau, ça lui aiguisait les dents. Quoi! nanti de la Monnaie où il exerçait les plus grasses fonctions de tout Limoges — celles qui avaient fait de Naurissane un Crésus, en d'autres temps, il est vrai —, il prétendait encore garder la Manufacture! Si l'une était nationale, l'autre également. La nation pouvait disposer de la Manufacture comme elle avait disposé de la Monnaie. Mounier devait choisir entre l'une et l'autre, et, s'il gardait la Monnaie, s'estimer favorisé en recevant pour la Manufacture une indemnité raisonnable, c'est-à-dire la somme offerte par Brigueil. C'est ce que Brutus Préat écrivait à celui-ci, en se flattant d'en faire décider ainsi par le District, sur le vœu du comité local.

Guillaume Dulimbert n'avait pas manqué de relever toute cette correspondance ni de mettre au fait le père de Claude, comptant bien le voir partir en guerre sur-le-champ contre Préat et les Hébertistes limougeauds. Ils allaient avoir sur le dos une bonne accusation pour abus de fonctions, vénalité, etc, et seraient jetés bas avant de savoir d'où venait le coup.

Dans son calcul, Guillaume n'omettait qu'une chose : M. Mounier était trop avisé pour attaquer de but en blanc Préat et ses acolytes, l'ex-dominicain Foucaud, Frègebois, Janni, Publicola Pédon, devant lesquels les Nicaut, les Farne, les Barbou, les Malinvaud et autres vieux Jacobins tremblaient. Prudemment, il avait commencé par préparer ses batteries, parlant de l'affaire aux uns et aux autres : à certains qui, pour gagner la faveur de Préat, s'étaient empressés de l'avertir. Brigueil et lui étant seuls au courant de ses intentions, il fallait nécessairement que leur correspondance ait été surprise. Par qui? il n'eut aucune peine à le deviner. Le soir même, il dénonçait avec véhémence compère Lunettes à la Société populaire, et le club indigné, furieux, demandait la saisie immédiate des papiers de Guillaume Dulimbert, l'ouverture d'une enquête à son sujet.

Trois jours plus tard, Guillaume, voyageant en poste, arrivait à Paris et se présentait au pavillon de l'Égalité où Claude, surpris, le reçut aussitôt. En exposant sa situation, l'ancien moine insista sur le fait que s'il profitait de ses fonctions pour ouvrir les lettres, c'était afin de contrecarrer les Hébertistes limousins, d'obtenir des armes contre eux, et de protéger les gens qu'ils poursuivaient de haines personnelles. « J'ai favorisé des émigrés inoffensifs, j'ai été de ceux qui ont fait évader ton beau-frère Naurissane, tu l'as bien compris; je me suis également employé à faciliter l'émigration de Pétiniaud-Beaupeyrat. Je ne m'en repens point. Mais cela ne laisse pas de me rendre vulnérable aux coups de ces furieux. Parmi mes papiers, on trouvera des choses compromettantes. Il faut pourtant que je sois blanchi et que je retourne là-bas, sans quoi ces énergumènes décimeront Limoges. Ils veulent la tête de ta belle-sœur et de bien d'autres personnes dont il n'y a plus pourtant rien à craindre, ils veulent celle de Dumas qu'ils maintiennent en prison, on ne parvient point à le leur arracher. Par leurs excès, ils rendent la Révolution odieuse non seulement à la bourgeoisie mais même aux petites gens.

— Je sais, dit Claude. C'est cela que nous combattons. »

Ils y avaient grand-peine, avec l'ancienne collusion qui se renouait sourdement entre les Hébertistes et les Dantonistes. Fréron poussait à cette alliance, contre Robespierre. De Toulon, où il était, lui aussi, en mission, comme Augustin, Saliceti, Gasparin, Barras, il écrivait à Desmoulins et à Fabre, leur reprochant de harceler Hébert. « Je ne comprends pas Fréron », disait Camille. Claude comprenait trop bien, lui. Tout était bon aux Dantonistes pour abattre Maximilien dont, à eux seuls, ils ne parvenaient pas à ébranler les assises. Ensuite ils se débarrasseraient facilement d'Hébert, après s'en être servis. Et Danton continuait son double jeu, poussait Camille à réclamer, dans son *Vieux Cordelier*, la clémence, la fin du régime de terreur, mais déclarait à la tribune de la Convention : « Il faut outrer l'action républicaine, non point la ralentir. » Il envoyait aux Robespierristes d'insidieuses flèches en dénonçant ceux « qui veulent débander l'arc révolutionnaire ». Claude enrageait. Il ne sentait pas ce qu'il y avait de sincère, chez Danton, dans son désir de ramener un régime plus humain. Lise répétait vainement : Danton est bon et généreux, quels que soient ses défauts. Claude ne croyait plus à cette générosité. Les contradictions perpétuelles de son ancien ami avaient fini par l'exaspérer. Dans ces mouvements de bascule, il ne voyait que duplicité.

« Si Danton était homme de cœur, répondait-il à Lise, il s'allierait simplement, franchement avec Maximilien pour réduire à l'impuissance les exagérés. A l'heure présente, voilà le mouvement naturel de tout républicain. Il y a sans doute un fond de banale bonté chez Danton, mais incomparablement plus d'avidité. Il n'écoute que son ambition. Il se soucie bien de la république! Ce qu'il veut en ce moment, c'est, par n'importe quel moyen, faire renouveler le Comité pour nous sortir de là et y prendre notre place, avec ses autres avides : les Fabre, les Séchelles. On les voit bien agir, allons! »

Dans cette lutte du républicanisme contre toutes les espèces d'ultras, Claude ne pouvait pas ne point soutenir l'homme aux lunettes. Il lui était cependant difficile d'intervenir lui-même, du fait que son père se trouvait en cause, indirectement mais en cause tout de même. En prenant parti contre les Hébertistes limougeauds, Claude semblerait conduit par l'intérêt. Mieux valait laisser Dulimbert attaquer, et lui fournir tous les auxilliaires désirables. Comme frère Guillaume, avec son manque total d'éloquence, n'improvisait jamais, on convint qu'il allait rédiger soigneusement un mémoire sur les agissements de Préat et de ses amis, pour le lire demain soir, à la tribune des Jacobins. Claude se chargea du reste. On pouvait compter sur Gay-Vernon et Xavier Audouin.

Mais le lendemain, lorsque Claude, un peu en retard, entra dans la vieille chapelle conventuelle, chaude et illuminée, Préat en personne se trouvait là. Il n'avait pas eu le moindre doute sur ce que signifiait la disparition de compère Lunettes, et s'était empressé de le suivre. Il le devançait à la tribune où son élocution facile lui assurait l'avantage. Son aspect aussi. Dulimbert semblait porter la marque de tous les vices sur sa longue et lourde figure rancie. Avec ses yeux indiscernables derrière l'épaisseur des verres, sa bouche obscène et son incroyable menton, il inspirait la répulsion. Préat, l'air ouvert, attirait la sympathie.

Il avait commencé en dénonçant « les menées, en province, de personnages douteux ». Il évoqua ces « individus oubliés de leurs compatriotes dont ils ne se sont jamais souciés, et qui soudain, à l'aube de la Révolution, ont éprouvé le besoin de reparaître dans leur ville natale, d'y vivre dans l'ombre, tout en faisant de mystérieux voyages, et de briguer, parmi les fonctions civiques, seulement celles qui les mettent à même d'espionner leurs concitoyens, de se livrer aux plus sournois agissements. Des hommes dont on ne connaît point le passé, caché sous de singuliers voiles, mais on n'ignore pas cependant qu'ils ont vécu à l'étranger, et, chose bizarre, particulièrement en Prusse. Des hommes qui se donnent des airs de révolutionnaires farouches, et qui protègent les suspects, qui s'efforcent hypocritement de discréditer les patriotes vivant au grand jour, qui les épient, qui minutent contre eux des accusations ».

Le peintre sur porcelaine se tourna vers compère Lunettes, et, le désignant : « Eh bien, j'accuse à mon tour! Je t'accuse, Dulimbert, de tout ce que je viens d'énumérer. J'ajoute, citoyens, que ce mauvais frère, abusant de l'emploi où il s'est glissé, à la surveillance de la poste, a violé nos correspondances pour tâcher de nous compromettre. Je puis prouver qu'il a intercepté, entre autres, des lettres de Xavier Audouin. Décelé, il s'est enfui pour venir dans cette enceinte répandre sur nous des calomnies empoisonnées. Je demande que vous le chassiez de votre sein. »

Préat fut applaudi, Guillaume, couvert de huées. Audouin arrêta ce tapage en déclarant : « Je remercie le citoyen Préat de l'intérêt qu'il prend au respect de ma correspondance; mais, n'ayant rien à cacher, je ne crains nullement qu'elle soit lue par des tiers. Seule, une mauvaise conscience peut s'offusquer de ces investigations, légitimes à tout prendre. Nos frères de Limoges s'estiment-ils si purs, sont-ils si sûrs les uns des autres, que leurs lettres n'aient pas besoin d'être surveillées? Le citoyen Dulimbert, je crois le savoir, a découvert, dans certaines missives envoyées ou reçues par quelques-uns de ces patriotes insoupçonnables, des choses bien faites pour justifier sa défiance. »

L'ex-évêque Gay-Vernon intervint. « Nous avons entendu Préat, dit-il, il faut entendre Dulimbert. C'est la plus élémentaire justice. » Il en fut ainsi décidé, mais compère Guillaume bredouilla qu'on le prenait de court : il n'était pas préparé à réfuter des accusations si perfides, il demandait un peu de temps pour présenter sa défense.

On lui accorda quatre jours, et comme la séance de ce soir devait être consacrée à l'épuration, on examina la conduite de Fabre d'Églantine. Les Hébertistes se déchaînèrent contre lui; ils ne lui pardonnaient pas de les avoir impliqués, avec Proli, Desfieux, Dubuisson, Pereyra, dans le complot de l'Étranger. Ils ne parvinrent point cependant à prouver qu'il fût lui-même réellement compromis dans l'affaire de la Compagnie des Indes. Chabot ne lui ayant pas remis les cent mille livres destinées à le soudoyer, il bénéficiait du doute. Il fut finalement confirmé comme membre du club, après avoir frôlé l'expulsion. Danton l'avait défendu courageusement, et Claude en fut ému.

Quatre jours plus tard, l'homme aux lunettes présenta sa défense, fort adroitement. Conseillé par Claude, il déclara d'abord que le patriotisme, le républicanisme de Préat ne souffraient pas discussion. « Je n'ai jamais eu l'intention de l'attaquer là-dessus, pas plus que sur son indubitable honnêteté. Ce que je lui reproche, nous le verrons tout à l'heure. Je commencerai par répondre à ses propres imputations. »

Sur quoi, l'ancien moine fit brièvement l'historique de sa vie. Il raconta comment il avait été malgré lui confiné dans un couvent, quelles peines il avait eues à obtenir la restitution de ses vœux, quelles vexations policières il avait subies une fois rendu au siècle, et comment enfin la fréquentation des philosophes lui avait valu une longue détention à la Bastille. Fuyant la tyrannie, il s'était réfugié juste au-delà du Rhin. « En Prusse, oui, eh bien, Voltaire lui aussi a cherché un refuge en Prusse, et nul ne l'a soupçonné pour cela. Préat me reproche d'avoir abandonné mon pays. Vous venez d'en entendre la raison. Préat me reproche d'être retourné à Limoges au début de la Révolution. C'est elle, c'est l'ère de la liberté qui me rendait possible ce retour. Après une existence difficile, je suis allé chercher dans ma ville natale la paix, la tranquillité propres aux travaux de l'esprit. Voilà pourquoi je ne brigue point les emplois en vue, mais j'ai demandé, pour servir la république, les modestes fonctions qui conviennent à mes capacités. » Sur l'ouverture des correspondances, il reprit l'argument fourni par Xavier Audouin et le développa très adroitement. Il ne cherchait point, dit-il, des armes contre ses collègues, il estimait seulement que la pensée comme les actes de tout citoyen, fût-il Cincinnatus en personne, devait être soumise à la surveillance de ses frères. « L'Incorruptible Robespierre n'a-t-il pas lui-même institué l'épuration permanente de notre Société? N'a-t-il pas exigé de la subir? »

Ce bon Guillaume arrangeait l'Histoire à sa façon. Il se gardait de dire qu'il avait été courrier du Grand Orient, et bien d'autres choses, à coup sûr. Il ne parlait point de ses voyages à Londres, ni du rôle mystérieux dans lequel Claude l'avait surpris, en 89, ni de la petite porte par laquelle on sortait nuitamment de chez Mirabeau, à Versailles, ni de ses surprenantes prophéties et de ses non moins étonnantes interventions dans la vie de quelques hommes. Au vrai, son existence semblait bien changée maintenant, et aussi les positions respectives : Claude faisait figure de protecteur, Guillaume d'auxiliaire. Soit qu'il se sentît vieillir — mais il n'avait que cinquante ans —, soit qu'il jugeât trop dangereux à cette heure le grand théâtre du monde, il se contentait de la scène limousine où, toujours voué à l'ombre, il n'en menait pas moins une action des plus utiles à la cause de la république. Cela seul comptait. Sans lui, le fédéralisme eût peut-être emporté Limoges comme Bordeaux, et à présent le fanatisme d'un Foucaud, l'excessive ardeur d'un Préat, la méchanceté d'un Frègebois, y produiraient des hécatombes.

C'est cette outrance révolutionnaire que Dulimbert, de la tribune, reprochait au peintre sur porcelaine. « Voilà l'erreur de ton esprit, dont j'ai cherché la trace et la raison dans tes lettres, pour la corriger par des remontrances fraternelles, non point, comme tu le crois peu généreusement, pour *minuter des accusations.* »

Là-dessus, l'ex-moine était en terrain solide, et Préat en délicate posture. Il l'avait bien compris, du reste, aux premières réactions de Gay-Vernon et Audouin. Claude l'avait chapitré avec une entière franchise, car il l'estimait malgré les emportements de son caractère. « Je suis un démocrate absolu, lui avait-il dit, et un incroyant : tu sais cela depuis longtemps, tu m'as vu grandir dans ces convictions. Crois-moi donc si je t'affirme que nous irions contre notre désir de voir s'établir une démocratie complète et disparaître la superstition, si la hâte excessive de réaliser nos espoirs mettait en péril la marche révolutionnaire. A l'heure présente, c'est se montrer contre-révolutionnaire que d'être révolutionnaire avec excès.

— Mais le peuple souffre. Sais-tu qu'il y a en ce moment plus de quatre mille vieillards, enfants ou malades à l'hôpital de Limoges? Plus de dix mille personnes sont sans moyens d'existence.

— Le peuple souffrirait encore davantage si, en rendant odieux la Convention et le nouveau régime, on facilitait aux royalistes l'entreprise de rétablir le trône et l'autel. Ne le comprends-tu pas? On retarde, à Limoges. Tu vois bien qu'ici Chaumette, Hébert ont senti leur erreur, qu'ils se sont rangés à l'opinion de Robespierre. Suis donc cet exemple. Refrène Foucaud, réprime Frègebois, ce n'est point un patriote, c'est un individu méprisable, il songe uniquement à satisfaire ses rancunes, ses aigreurs, il se plaît au malheur des autres. Laisse tranquille Dulimbert, il agit exactement comme nous le souhaitons, ici. Et je te prie de t'arranger pour rendre la liberté à Dumas, dès ton retour. Il faut être insensé pour accuser un démocrate si sûr, un des premiers artisans de la Révolution.

— Il a protégé Pétiniaud-Beaupeyrat lors de son procès.

— Eh! sacrebleu, je l'eusse moi-même protégé! Te représentes-tu ce que les gens qui ne sont ni révolutionnaires ni contre-révolutionnaires et souhaitent tout simplement un régime juste, honnête, peuvent penser de la manière dont vous traitez un homme qui s'est ruiné à fournir du blé au peuple? Encore une fois, voulez-vous faire haïr la république? Au lieu d'élever des autels à la Raison pour célébrer un culte ridicule, cultivez-la donc en vous-mêmes! »

Quant à Gay-Vernon, il avait adressé au club limougeaud une lettre sévère, tançant Foucaud, principal responsable de la mascarade organisée pour recevoir les suspects de Tulle, et Publicola Pédon qui en avait donné un enthousiaste compte rendu dans le *Journal du Département.* « Sachez-le bien, frères et amis, écrivait Gay-Vernon, la Convention ne tolérera pas ces extravagances. Pénétrez-vous bien de ceci : elle ne frappe point les prêtres en tant que tels, elle frappe en certains d'entre eux les complices de l'étranger et les séides du royalisme. Prenez-y garde, les excès du sans-culottisme ne sont pas moins suspects que les tiédeurs des modérantistes. » L'ex-évêque tâchait ainsi d'affirmer sa rectitude dans la nouvelle ligne jacobine. Il redoutait l'épreuve de l'épuration. Son apostasie, à la suite de Gobel, lui avait valu le mépris de Robespierre et le soupçon de marcher avec Hébert, Chaumette, Clootz. L'expulsion du ci-devant « Orateur du genre humain » donnait froid dans le dos. Gay-Vernon se doutait bien que si Robespierre ménageait encore Hébert et Chaumette, il n'en avait pourtant pas fini avec eux. On reparlerait, certainement, du complot de l'Étranger. A ce moment, il ne ferait pas bon passer pour avoir eu la moindre apparence de sympathie pour les Hébertistes. Quelle vie! Gay-Vernon commençait de regretter son tranquille épiscopat limousin, la quiétude du palais aux terrasses étagées sur la Vienne.

Les explications de Guillaume Dulimbert furent accueillies favorablement par le club. Préat, sans s'y laisser prendre, n'insista pas. Compère Lunettes put écrire à la Société de Limoges qu'il était entièrement lavé des accusations faussement portées contre lui. Entre-temps, les Jacobins limougeauds avaient inventorié en détail ses papiers. Le jour même où, dans la chapelle du Collège, les secrétaires donnaient lecture de son bulletin de victoire, confirmé par un billet de Gay-Vernon assidu correspondant du club, le citoyen Martin demandait à interpeller Dulimbert, dès son retour, au sujet de lettres transmises par lui à des parents d'émigrés. Redoutable imputation qui menait tout droit au *vasistas*, comme disait agréablement le cynique Vadier. Cette accusation n'eut aucune suite. Préat, sitôt rentré, s'entretint en grand secret avec Janni, Foucaud, Pédon. A la suite de quoi, la commission chargée du rapport sur les activités de « l'homme indéfinissable » le déclara complètement justifié. On n'avait trouvé chez lui que les preuves de son patriotisme. Frègebois n'y comprenait rien. On lui ferma la bouche. Le citoyen Martin se hâta de remarquer : « Depuis la disparition de Dulimbert, tous les aristocrates se réjouissent. Rien ne pourrait prouver plus clairement sa vertu révolutionnaire. » Guillaume put réintégrer en toute sécurité, au moins pour le moment, son logis de la rue des Combes. Nul n'avait songé à sonder les murs. Le chef de Saint-Martial y reposait toujours, à l'abri de tout soupçon. La réapparition de compère Lunettes fut accueillie, à la Société populaire, par des applaudissements. On lui avait tout de même retiré ses fonctions de commissaire à la poste aux lettres. Peu de jours après, Pierre Dumas était remis en liberté.

La question de la Manufacture restait toutefois pendante. On en débattit publiquement en séance, aux Jacobins. Préat exposa et développa ses idées sur le sujet. M. Mounier répondit :

« Il existe deux différences capitales dont tu ne tiens pas compte, frère et ami. La direction de la Monnaie était une charge. Abolie comme toutes les charges, elle est revenue entre les mains de la nation, qui a laissé cette fonction à Naurissane. Lorsqu'il a émigré, il n'y avait pas lieu de l'indemniser puisque ses biens étaient saisis. La Manufacture, elle, n'a jamais été rien d'autre qu'une entreprise privée, décorée du vain titre de Royale par la superstition du temps. Je l'ai acquise avec les deniers de ma famille, j'en suis comptable envers ma femme et mes enfants. Voilà pourquoi je me refuse à la céder à vil prix. La Monnaie n'est pas plus ma propriété que le tribunal n'est celle du citoyen Gonneau. Au contraire, la Manufacture est ma possession, et mes biens ne sont pas des biens d'émigré. Si vous estimez, citoyens, que j'accapare une fonction qui devrait revenir à un autre, je la résignerai sur-le-champ. Mais pour me retirer, sous une forme ou une autre, la Manufacture, il faudrait une loi de la Convention décrétant l'abolition de toute propriété. »

A l'évocation du sacrilège, tout le club se mit à bourdonner. On acceptait de voir emprisonner, guillotiner des amis, des parents, massacrer des prêtres, on s'était tu en apprenant la mort de Lesterpt-Beauvais, de Gorsas dont le frère continuait à venir au club, comme le beau-frère de Vergniaud, par crainte d'être suspect, mais l'idée d'une atteinte aux possessions individuelles ou familiales eût poussé au martyre les plus timorés. A l'aube de toutes les grandes journées, les pires sans-culottes avaient toujours pris soin de proclamer bien haut le caractère sacré des propriétés. Frègebois n'eût point souffert que l'on touchât ni à sa modeste maison ni aux biens nationaux qu'il était en train d'acquérir çà et là, en sous-main.

On ne vota point. Préat demanda la parole. « Je te prie d'accepter mes excuses, citoyen Mounier, fit-il. Je n'avais pas pensé à ce que tu viens de dire. Ton raisonnement est juste, et comme l'esprit de justice, seul, me poussait, je n'ai aucune honte à reconnaître mon erreur. Je le déclare hautement, frères et amis : je suis heureux de cette discussion. Elle montre que lorsque des questions se posent entre de vrais républicains, elles doivent être exposées publiquement. Ainsi, le bon droit, la raison, l'honnêteté triomphent toujours. »

XIII

En disant à Préat qu'Hébert et ses amis se rangeaient à l'opinion de Robespierre, Claude donnait sciemment un sérieux coup de pouce à la vérité. En apparence, oui, les Hébertistes, les Cordeliers nouveaux venus au club de la rue de la Convention — ou rue Honoré —, se conformaient à la ligne jacobine. En action, ils faisaient tout pour jeter bas le présent Comité de Salut public, et Danton leur donnait la main.

La date du renouvellement revenait, en cette troisième décade de frimaire. Déjà les positions d'attaque étaient arrêtées, les listes des nouveaux membres prêtes. Hébert, en habit gris, ganté de peau fine, s'agitait dans les antisalles, aux Tuileries. Claude le prit à part pour lui glisser cette remarque :

« As-tu bien pensé, Hébert, à ce que vous allez accomplir? Tes amis ne seront pas les plus nombreux au pavillon de l'Égalité. Crois-tu que ceux de Danton auront à votre égard notre indulgence? Crois-tu qu'une fois au pouvoir, ils laisseront les bureaux de la Guerre peuplés de vos créatures, qu'ils ne vous demanderont pas compte de Vincent, des incapacités de Rossignol, des erreurs de Ronsin? »

Cette indulgence, ou plutôt cette temporisation, avait été la politique des Robespierristes, tandis que les dantonistes Bourdon de l'Oise, Clauzel, Philippeaux, Fabre d'Églantine, à la Convention et aux Jacobins, depuis plus d'un mois signalaient avec vigueur l'envahissement de presque toutes les administrations par les créatures de la Commune, tonnaient contre « les commis de Bouchotte, se rendant tous les soirs aux Cordeliers pour y demander la tête des représentants qui dénoncent les créatures des bureaux de la Guerre », contre « les généraux communards qui se font tirer par des équipages à douze chevaux », contre « les agents des ministres, choisis parmi les hommes les plus ineptes et les plus connus pour leur immoralité », et dénonçaient enfin les bureaux de la Guerre comme source des pires abus : « Vous ne les verrez pas cesser tant que l'on n'aura pas traîné à l'échafaud les chefs et les bureaucrates. » Danton se répandait en paroles conciliantes. A tout prendre, les *généraux communards*, les Rossignol, les Ronsin, c'est lui qui les avait faits en réclamant, avec la Commune, la formation d'une armée révolutionnaire. Mais Philippeaux et autres n'écoutaient pas Danton. Les Robespierristes, eux, s'étaient gardés d'intervenir dans ce débat, laissant Bourdon réclamer la suppression du Conseil exécutif provisoire, c'est-à-dire le Conseil des ministres. En faisant passer la Convention à l'ordre du jour sur cette demande, ils avaient même donné l'impression de vouloir soutenir les Hébertistes là-dessus. Hébert allait-il, en renversant le Comité, sacrifier cet appui, pour le maigre avantage d'augmenter un peu le nombre de ses partisans au pavillon de Flore?

« Tu as jusqu'à demain pour réfléchir, ajouta Claude. Attention de ne pas te tromper. »

De son côté, Robespierre n'était pas sans prendre quelques précautions. Le lendemain, en séance, quand l'appel nominal pour le renouvellement fut annoncé, un député obscur, Jay Sainte-Foy, ami de Jean Bon Saint-André, demanda la parole, et, avec une chaleur communicative, dépeignit à la Convention les périls « d'un changement dans le centre du gouvernement révolutionnaire, à cette heure critique. Tout homme impartial, poursuivit-il, doit reconnaître la force des conceptions du Comité dirigeant, son énergie et la rapidité qu'il apporte à exécuter ses décisions. Allons-nous briser ce rouage au moment où son action commence de produire les résultats espérés? Citoyens, ne songez ici qu'aux intérêts de la république, écoutez en vous la voix de la sagesse! » L'Assemblée l'entendit, effectivement. Les Dantonistes se lancèrent vainement à l'assaut. Non soutenus par les acolytes d'Hébert, ils n'ébranlèrent point la majorité. Par un vote massif, la Convention prorogea les pouvoirs du Comité de Salut public.

« Laissons les tigres du pavillon de l'Égalité se dévorer entre eux », dit Danton à ses amis, dédaigneusement. En réalité, déçu, troublé, il mesurait sa chute. Lasse de le voir souffler tout ensemble le chaud et le froid, l'Assemblée se détournait de lui comme s'en était détourné Claude.

Ce ne furent point « les tigres » du Comité qui s'entre-dévorèrent, mais les Hébertistes et les Dantonistes. Plusieurs de ceux-ci, les jours suivants, montèrent à la tribune pour dépeindre avec indignation les abus de pouvoir et les excès de toutes sortes commis en Vendée par les agents hébertistes du Conseil exécutif provisoire. « Tant qu'il y aura un Conseil exécutif, s'écria Bourdon de l'Oise, le gouvernement révolutionnaire ne pourra marcher. » Charlier et lui-même réclamèrent la citation immédiate des ministres à la barre de l'Assemblée. Fabre d'Églantine se leva lui aussi. Blanchi de justesse, aux Jacobins, il sentait peser sur lui, avec le mépris de Robespierre et la suspicion de tout le Comité, la menace d'une accusation capitale. Le renouvellement aurait écarté ce péril. Fabre, déjà en guerre contre le Père Duchesne, était maintenant exaspéré par la défection des partisans d'Hébert à l'Assemblée, qui avaient permis le maintien du Comité en exercice. Il partit à fond contre le ministre de la Guerre, Bouchotte, contre Ronsin, le général de l'armée révolutionnaire, « livrant Paris à ses traîneurs de sabre, aussi insolents et féroces qu'ils sont moustachus. Ils vont jusque dans les foyers des théâtres menacer les spectateurs de les hacher comme chair à pâté », contre Maillard, le Maillard de Septembre, « soi-disant agent de police militaire », enfin contre Vincent, le secrétaire général du ministre, « Vincent qui a inondé Paris d'horribles affiches signées Ronsin, et qui souffle la discorde entre les Cordeliers et les Jacobins ». Fabre demanda l'arrestation de Vincent. Bourdon appuya : Vincent le désignait à la vindicte des Cordeliers pour avoir, pendant sa mission en Vendée, suspendu le général Rossignol.

« Et moi, vint proclamer Lebon, je déclare que, sur la fin d'un repas dont était Vincent, je lui ai entendu dire : Nous forcerons bien la Convention à organiser le gouvernement selon les termes de la Constitution. Nous ne sommes pas les valets du Comité de Salut public. »

Arrivant du Comité de Sûreté générale, Voulland s'efforça de justifier les « maladresses » commises par certains agents des ministères. Selon lui, elles tenaient aux difficultés de la campagne. L'Assemblée ne le suivit point. Outrée par les propos de Vincent, elle décréta que, sous trois jours au plus, le Comité de Salut public lui présenterait un rapport sur la suppression du Conseil exécutif. Cette fois, Robespierre et ses amis ne dirent pas un mot. Ils n'avaient plus à soutenir, ou feindre de soutenir, Hébert.

Le lendemain, Vincent, Ronsin étaient arrêtés, et le Conseil exécutif venait à la barre se justifier. Par la voix de Deforgues, son président, il se défendit d'avoir voulu rivaliser de pouvoir avec la Convention. Le ministre de la Justice, Gohier, affirma que les agents coupables seraient déférés au Tribunal révolutionnaire. Les Cordeliers ripostèrent par l'envoi d'une députation requérant la mise en accusation immédiate des soixante-treize représentants girondistes détenus. Le chapeau sur la tête, le verbe insolent, l'orateur de la faction exigeait. Couthon, président, dut rappeler le grossier personnage au respect de l'Assemblée.

« Je demande, lança Claude, que la Société des Amis des Droits de l'Homme dise une fois pour toutes si, oui ou non, elle se considère comme au-dessus des lois. La loi a institué en

France une représentation nationale, et l'Assemblée des représentants a jugé elle-même les soixante-treize. Elle les a condamnés à la détention jusqu'à la paix. Elle ne peut tolérer qu'on lui intime de se déjuger. Je rappelle aux citoyens pétitionnaires que tenter d'affaiblir l'autorité de la Convention, c'est se ranger au nombre des ennemis de la république. »

Robespierre prit la parole pour approuver Claude et conclut en proposant l'ordre du jour. Danton appuya également. Quelques rares voix hébertistes protestèrent, en haut de la Montagne, mais, noyées sous les applaudissements, elles se turent.

Quand on donnait au Marais le courage de ses opinions, l'Assemblée se montrait massivement hostile aux ultra-révolutionnaires. Malheureusement, les hommes capables de lui fournir ce ressort se trouvaient pris entre les périls, très réels, du modérantisme qui faisait relever la tête aux royalistes, Feuillants, rétrogrades de tout poil, et les non moins dangereux délires de la faction cordelière : des Hébert et des Momoro. C'était épuisant, cette nécessité de garder la mesure entre les efforts, ou sournois ou violents, des deux extrêmes. Surtout avec tant de chacals du genre Barère, prêts à sauter sur vous à la moindre défaillance. Robespierre y perdait sa santé, Claude son bel équilibre. Chaque coup d'arrêt infligé à l'une des deux cohortes menaçantes provoquait une avance de l'autre. Sitôt Vincent et Ronsin sous les verrous, des femmes de suspects emprisonnés vinrent en groupe réclamer la libération de leurs maris. Si touchantes que fussent leurs larmes et leurs supplications, cette démarche n'en était pas moins une manœuvre aristocratique. « Tu vois, Camille, dit Claude, le fruit de ta campagne pour la clémence. »

Robespierre montait à la tribune. La volonté de réprimer certaines exagérations ne devait pas, rappela-t-il, faire oublier la menace de l'aristocratisme toujours agissant. Déjà, Maximilien, aux Jacobins, avait mis la Société en garde contre un relâchement de la suspicion. « L'aristocratie est plus dangereuse que jamais, parce que jamais elle ne fut plus perfide. Autrefois elle vous attaquait en bataille rangée, maintenant elle est au milieu de vous, dans votre sein. Déguisée sous le voile du patriotisme, elle vous porte, dans le secret, des coups de poignard dont vous ne vous défiez pas. Puisqu'elle a changé de tactique, il faut changer nos moyens de défense. Il est temps enfin de fonder le repos des gens de bien sur la ruine des scélérats. »

Ce « voile du patriotisme » déguisait aussi bien les amis modérantistes de Danton et les Cordeliers, que les royalistes, pour Maximilien. Il protesta contre la démarche des femmes pétitionnaires : « Des épouses vertueuses et républicaines auraient pris une route bien différente. » Cependant il était acquis à l'idée d'un comité de justice, dont Claude, Couthon et lui avaient longuement discuté. Lui seul disposait de l'autorité nécessaire pour en proposer l'institution. Il le fit et obtint que l'on désignerait un ensemble de commissaires, dont les noms ne seraient point publiés, car il fallait mettre ces vérificateurs à l'abri de l'or et des séductions féminines, pour réviser les dossiers de tous les détenus, comme Claude, Panis et leurs compagnons du comité de surveillance l'avaient fait, à la Commune, à la veille de Septembre.

Mais, après le coup de boutoir porté aux Hébertistes par l'arrestation de Ronsin et de Vincent, cette nouvelle mesure mettait le comble à leur colère. Ils rendaient responsables « la faction d'Églantine » et surtout Desmoulins. Avec véhémence, ils reprochaient à Camille d'avoir, dans son *Vieux Cordelier*, passé volontairement sous silence, comme un péril imaginaire, le double effort de l'Europe coalisée et de la Vendée rebelle, pour ne signaler que les persécutions des terroristes contre « des femmes, des vieillards, des cacochymes ». Hébert se taisait. Ce silence inquiétait Claude. Le Père Duchesne le fuyait, à présent. Au risque d'être mal reçu, il se fit conduire vivement rue Antoine par une voiture du Comité.

Comme Marat, Hébert avait un intérieur bourgeois, une femme aimante — laide mais aimante. Il jouissait en outre d'une aisance que n'avait jamais connue l'Ami du peuple, et ne se privait point de festoyer à prix d'or, avec ses amis, dans les restaurants du ci-devant Palais-Royal. Là, rien ne manquait, nul ne vous demandait votre carte de sûreté ni votre carte de viande. Le combustible ne manquait pas non plus dans la cheminée du salon où Hébert accueillit Claude assez bien, avec ses manières d'hypocrite. Toutefois, il montra quelque sincérité.

« Je devrais t'en vouloir, Mounier-Dupré, dit-il. Tu m'as

joué un mauvais tour. Nous vous avons laissés au Comité de Salut public, et non seulement vous ne nous avez pas soutenus dans l'affaire du Conseil exécutif, mais encore vous prenez parti, Robespierre et toi, contre les bons Cordeliers. »

A son égard, aucun scrupule n'embarrassait Claude. Il ne mentait d'ailleurs qu'à demi en répondant : « Je ne t'ai joué aucun tour. J'ai voulu te voir pour te détromper, car je me suis bien aperçu de ton mécontentement. Ni Robespierre ni moi n'avons pu vous soutenir dans l'affaire du Conseil : les Dantonistes vous avaient trop enfoncés. Nous aurions compromis en vain, avec le peu de crédit dont nous disposons, toute possibilité d'action future. Il ne faut pas nous accuser, nous, mais Vincent et la sottise de ses propos. Comment veux-tu défendre devant la Convention un maladroit qui l'insulte et la menace? Quant à tes Cordeliers, tu serais avisé de te défier d'eux : ils vont trop vite, ils te feront couper le cou si tu ne les retiens. Est-ce intelligent d'irriter la Convention en exigeant la tête de soixante-treize imbéciles réduits à l'impuissance? Vous avez, dans l'Assemblée, des ennemis autrement redoutables, et par cette demande vous leur fournissez l'occasion de vous montrer comme des furieux, altérés de sang. Ce n'est pas contre nous que vous avez à vous battre, c'est contre les amis de Danton.

— Je le sais. Sois tranquille, ils vont subir un rude assaut. »

Donc, c'était bien exact, la faction méditait une contre-offensive. Claude essaya d'en apprendre davantage, mais Hébert ne se livra pas. Il dit seulement qu'on blanchirait Vincent et Ronsin.

Tout se découvrit quand Collot d'Herbois parut soudain à l'Assemblée. Le Père Duchesne l'avait appelé, il accourait de Lyon à l'aide des Hébertistes. Il lui fallait d'abord justifier les exécutions massives, les fusillades et mitraillades organisées par lui et Fouché dans la plaine des Brotteaux. Au Comité de Salut public, on savait que les modérantistes exagéraient beaucoup ces massacres. En réalité, la commission populaire, créée par Collot et Fouché, avait condamné à mort trois cent cinquante lyonnais, parmi lesquels nombre d'hommes couverts de crimes, et prononcé mille huit cents acquittements. Collot souligna ce chiffre et fut applaudi. Succès pour les Hébertistes. Mais, un instant plus tard, la Convention leur portait un nouveau coup en accordant à Fabre d'Églantine l'arrestation d'un des leurs : le démagogue Mazuel, adjudant-général, qui déclamait dans les clubs contre les représentants, les traitait de conspirateurs. Par la même occasion, Fabre, avec le sourd appui de Sergent et Panis, réussit à faire arrêter de nouveau Stanislas Maillard. En raison de son état de santé, il serait détenu chez lui.

Cependant c'était aux Jacobins — où Claude présidait depuis l'avant-veille — qu'Hébert comptait prendre sa revanche. Il sortit de son silence pour inviter Collot d'Herbois à rendre compte de sa mission à Lyon devenu commune affranchie, et donner son avis sur le général de l'armée révolutionnaire. L'ancien auteur-acteur déclara que Ronsin les avait bien servis, Fouché et lui, dans l'accomplissement de cette mission. Ronsin, jeune homme très intelligent mais très ambitieux, ne s'illusionnait d'ailleurs point sur ses hommes. « C'est un ramassis de brigands, disait-il, mais trouvez-moi donc des honnêtes gens qui veuillent faire ce métier! » Avec tous ses vices, une telle armée était nécessaire pour la besogne qu'il avait fallu accomplir à Lyon. Collot revint sur les massacres des Brotteaux. Il affirma qu'en recourant aux mitraillages pour foudroyer deux cents coupables d'un coup (à la Convention, il parlait seulement de soixante), lui et Fouché avaient obéi à la sensibilité. « Parce qu'en guillotinant vingt coupables de suite, on fait mourir vingt fois le dernier. » En bon disciple de Rousseau, il insista sur cette *sensibilité.* « Oui, s'exclama-t-il, nous aussi nous sommes sensibles! Les Jacobins ont toutes les vertus, mais ils réservent leurs sentiments pour les patriotes, qui sont leurs frères. Les aristocrates ne le seront jamais. » Claude le regardait : Collot était sincère, certainement; seul avec Billaud-Varenne parmi les alliés d'Hébert, on ne pouvait le suspecter d'obéir à l'intérêt ni à l'intrigue.

Appuyé sur ce solide champion, le Père Duchesne reprit la parole pour dénoncer la conjuration de Fabre d'Églantine, Bourdon, Philippeaux, Laveaux et Camille Desmoulins.

« Camille Desmoulins! s'écria le tape-dur Nicolas, juré et imprimeur du Tribunal révolutionnaire, Camille Desmoulins frise depuis longtemps la guillotine. »

Hébert, qui avait décidément retrouvé sa langue, dressait un réquisitoire contre *les traîtres :*

« Philippeaux mendie, dans un pamphlet qu'il fait circuler en Vendée, des faux témoins contre Ronsin et ose vanter les gens nobles chassés de l'armée. Desmoulins a rendu autrefois de grands services, mais depuis son mariage avec une femme riche il est l'hôte des aristocrates et, à l'occasion, leur protecteur. Dans son *Vieux Cordelier*, il tourne les patriotes en ridicule. Mais la cheville ouvrière de tous ces complots, c'est Fabre d'Églantine. Serpent rusé se repliant en toutes façons, il sème la discorde parmi les Jacobins. Il s'est insinué parmi les républicains en voyant que les aristocrates avaient le dessous, et s'est fait élire député sans avoir jamais accompli aucune action civique. S'il combat Ronsin, c'est parce que ce vaillant patriote a blâmé le luxe insolent de Fabre-Fond qui doit à son frère d'être général de brigade en Vendée. Tous ces fauteurs de complots ont obtenu, grâce à des faux témoins, l'incarcération de nos frères, et ils comptent bien que la Convention, impuissante à débrouiller de telles intrigues, amnistiera en masse aristocrates, Feuillants, modérés. A qui Fabre espère-t-il faire croire que Vincent a reçu de l'argent de Pitt pour immoler Custine? »

Suivit un panégyrique de Vincent. En réalité, le fils du portier de la Conciergerie, autrefois clerc chez un avocat au Conseil du Roi, s'était introduit à la Guerre avec les Cordeliers, sous Pache. Devenu chef de bureau, il avait été destitué par Beurnonville mais réintégré par Bouchotte, comme secrétaire général. Petit homme excité, brutal, quelque peu ivrogne, il terrorisait le ministère où il mettait un affreux désordre. Carnot le haïssait. Claude aurait, à la rigueur, souffert Ronsin, mais Vincent n'était pas possible : il menaçait l'effort accompli par le Comité de Salut public. Hélas, il fallait des précautions pour s'en délivrer.

« Deux hommes, continua Hébert, ont toute mon estime et toute ma confiance : c'est Danton et Robespierre, les deux colonnes de la Révolution. Je les engage à ne plus se laisser circonvenir par des pygmées qui veulent s'élever à l'ombre de leur patriotisme. Qu'ils s'en débarrassent et ils seront grands, ils écraseront avec nous ces reptiles qui ont juré de perdre la liberté. »

Du fauteuil présidentiel, Claude jeta un coup d'œil à Robespierre. Il restait impassible, les lunettes bleutées cachant ses yeux, les lèvres serrées. Danton, carré sur son banc, croisant les jambes, les bras sur la poitrine, ne manifestait rien, lui non plus. On avait peine à croire qu'un vermisseau comme Hébert, sorti en quelques mois de sa fange, pût se permettre de morigéner ces deux géants. Un an plus tôt, ils l'eussent dédaigneusement écrasé d'un coup de talon. Ils ne bougèrent pas davantage lorsqu'il demanda l'expulsion de Fabre, Desmoulins, Bourdon de l'Oise et une motion de défiance envers Philippeaux qui, n'étant pas membre de la Société, n'en pouvait être exclu. Hébert réclama encore, malgré l'avertissement de Claude, l'envoi d'une adresse à la Convention pour la mise en jugement des soixante-treize, puis le rapport Amar sur la conspiration de Chabot et Bazire, enfin un vote de confiance en faveur de Vincent et de Ronsin.

Le club n'accorda rien de tout cela. On décida simplement qu'au cours d'une prochaine séance, les Jacobins pris à partie par le frère Hébert devraient présenter leur justification. Quant à Ronsin et à Vincent, on leur enverrait un extrait du procès-verbal comme témoignage de sympathie fraternelle.

« Mes amis, écoutez-moi », dit Claude à Robespierre et à Couthon, quand ils sortirent ensemble dans la nuit froide, « il est temps, il est grand temps d'en finir avec Hébert, et il s'y prête bien imprudemment en demandant le rapport Amar. Il ne sait pas ce que ce rapport contient. » Couthon approuva, mais Maximilien hésitait. Il craignait de renforcer les Dantonistes, de lâcher les rênes à tous les réacteurs, si l'on supprimait l'épouvantail hébertiste. « Non, je ne sais pas encore », répéta Robespierre, puis il se tut. On arrivait au portail. Le gendarme de Couthon souleva dans ses bras le paralytique et le mit en voiture. Maximilien monta également pour lui tenir compagnie, bien que le trajet fût très court. Couthon aussi habitait avec sa famille la maison Duplay, mais la partie de l'immeuble donnant sur la rue.

En dépit de son demi-échec, Hébert, dans *Le Père Duchesne*, célébra sur un ton lyrique les résultats de la journée : « On avait escamoté un décret à la Convention pour mettre en état d'arrestation le brave général de l'armée révolutionnaire. On a fait siffler la linotte au patriote Vincent. Mais le brave Collot d'Herbois est arrivé pour débrouiller l'intrigue. Il a confondu les calomniateurs. Le géant a paru et tous les nains qui asticotent les meilleurs patriotes sont rentrés sous terre. »

Dans un autre article — une prosopopée où il prêtait la parole à Marat —, le Père Duchesne faisait dire au défunt Ami du peuple : « C'est l'énergie de Vincent qui a purgé les bureaux de la Guerre de tous les muscadins que Servan, Beurnonville y avaient placés. Raconte ce qui s'est passé, la veille de ma mort, entre Vincent, toi et moi. Sans nous, l'infâme Custine vivrait encore. C'est Vincent qui a réuni les pièces prouvant les crimes de ce scélérat. Je sais que le petit bougre est hargneux, dans sa fièvre patriotique il frappe parfois à tort et à travers. C'est là aussi le crime qu'on n'a cessé de me reprocher. Je sais bon gré à nos frères les Cordeliers et aux citoyens de la section Mucius Scevola d'avoir rendu hommage au patriotisme de Vincent. Que le Comité de Sûreté générale examine sa conduite et lui accorde prompte justice. S'il est innocent, il faut lui rendre la liberté. »

Le 3 nivôse, la Société des Amis des Droits de l'Homme et du Citoyen, c'est-à-dire les Cordeliers, signifiait à la Convention cette mise en demeure. Et le soir, aux Jacobins, la discussion s'engagea, furieuse, sur la question Vincent-Ronsin. Sous la querelle des personnes, on sentait bien là une lutte profonde, et mortelle, entre la volonté de maintenir, sinon d'accroître encore le régime de terreur, et la volonté de le réduire. Le public s'y passionnait si fort que l'on faisait commerce des places dans la vieille église conventuelle, elles se payèrent jusqu'à vingt-cinq francs. Philippeaux, Fabre d'Églantine, Desmoulins, Bourdon de l'Oise devaient comparaître devant l'aréopage jacobin. Collot d'Herbois ouvrit le feu contre eux en annonçant la mort de Gaillard, grand ami du martyr Chalier. Gaillard, à l'idée que la Convention semblait désapprouver l'énergie déployée à Lyon, s'était suicidé de chagrin. « Vous ai-je trompés, s'écria Collot, quand je vous ai dit que les patriotes allaient être réduits au désespoir, si l'esprit public venait à baisser ici? » Et il s'en prit aux « faiseurs de libelles, qui traduisent les auteurs anciens afin de modérer le mouvement révolutionnaire ».

Mais c'était avant tout Philippeaux que l'on attendait : les Cordeliers pour le confondre; les modérantistes, nombreux parmi le public, pour l'entendre accabler la clique d'Hébert. Tout le monde avait lu le pamphlet dans lequel Philippeaux dénonçait les incapacités, les extravagances et les couardises de l'état-major de Saumur, et l'accusait d'avoir trahi en faisant échouer le plan de campagne du 2 septembre. Claude, Prieur, Carnot même, savaient que non : il s'agissait d'imbécillités, de rivalités, d'humeur entre généraux, nullement de trahison. C'est pourquoi le Comité n'avait pas voulu poursuivre Rossignol. Sur quoi le bouillant Philippeaux rendait le Comité de Salut public comptable des trente mille hommes tombés dans cette désastreuse campagne. Il semblait même pousser la suspicion plus loin. *Si vous n'avez été que trompés*, avait-il écrit dans son factum.

Le chirurgien Levasseur, comme lui député du Mans, l'attaqua sans merci, lui reprochant ses erreurs politiques passées et ses dénonciations mensongères. Il dit que Philippeaux voulait faire retomber sur d'autres son propre échec avec les « colonnes mobiles » imaginées par lui et dont le résultat avait été déplorable. « Non seulement, ajouta-t-il, Philippeaux a traité Ronsin et Rossignol de scélérats, mais encore il a déclaré que le club des Jacobins est une assemblée de fripons.

— Je n'ai jamais tenu pareil propos. C'est une calomnie!

— Tu l'as tenu, s'écria Hébert, j'en garantis l'authenticité. »

Tapotant sur le bureau, Claude pria les orateurs de revenir au fond de la question.

« Je maintiens les termes de mon rapport, assura Philippeaux. Les *épauletiers* ont causé les malheurs de la république, en Vendée. Ils ont gaspillé le sang de cinquante mille de nos frères et dilapidé les deniers publics. Rossignol et Ronsin ne pensaient qu'aux intrigues, au plaisir, à la bonne chère. Ils n'étaient jamais à la tête de leurs troupes, excepté, malheureusement, le 18 septembre, où Ronsin laissa trois mille brigands écraser quarante-cinq mille hommes. Le jour fatal de Coron, après avoir disposé notre artillerie dans une gorge, en tête d'une colonne de six lieues de flanc, il se tint caché dans une étable, comme un lâche coquin, à deux lieues du champ de bataille où nos infortunés camarades étaient hachés par nos propres canons tournés contre eux par l'ennemi. »

Un tollé s'éleva. Claude dut recourir à sa sonnette. Danton réclamait la parole. « J'ai averti Philippeaux, annonça-t-il. Je lui ai dit : Il faut que tu prouves tes accusations ou que tu portes ta tête sur l'échafaud. J'ajouterai : il n'y a peut-être de coupables que les événements. Dans tous les cas, tout le monde doit être entendu, et surtout écouté. »

Robespierre, se posant en arbitre entre Philippeaux et les Hébertistes, reprocha aux deux partis de favoriser la contre-révolution par leur ardeur à s'entre-déchirer. « Évidemment, Philippeaux doit prouver ses accusations, il doit démontrer si le Comité de Salut public, en refusant d'arrêter Rossignol, a réellement sacrifié trente mille hommes, comme notre collègue n'a pas hésité à l'écrire. En cela, je ne le crois pas coupable d'intentions mauvaises, mais entraîné par des passions. Qu'il examine s'il n'y a en lui ni petites vanités ni haines personnelles. Qu'il considère la lutte dans laquelle il nous engage. Il verra que les modérantistes seront heureux de se ranger derrière lui, puis les aristocrates à leur suite. La Convention elle-même se partagera, il s'y élèvera un nouveau parti d'opposition. Ce serait désastreux, car cela renouvellerait le combat dont nous sortons à peine et les conspirations que nous avons eu tant de mal à déjouer. »

Sur un ton un peu doctoral, c'était là cependant la voix de la sagesse. Celle aussi de la sincérité. Claude le savait bien : Maximilien appréhendait de voir renaître une puissante opposition. C'est pourquoi il n'osait point porter des coups décisifs aux nouveaux Cordeliers. Il redoutait, en les abattant, de laisser le champ libre aux intrigants dantonistes pour former cette nouvelle droite contre-révolutionnaire. « Ah! si Danton voulait! » confiait-il parfois à Claude. Mais, pas plus l'un que l'autre, ils ne croyaient au désintéressement ni au républicanisme de Danton.

Philippeaux se déclara d'accord avec Robespierre, tout en reprochant au Comité de Salut public d'avoir mal accueilli son rapport. « Voilà pourquoi j'ai fait imprimer ma brochure, dont il n'a été tiré, précisa-t-il, que le nombre d'exemplaires destinés à nos collègues de la Convention.

— Tu mens! » lui cria Levasseur.

Nouveau tumulte. Les clameurs emplissaient la voûte de la salle bondée où la chaleur de la foule, ajoutée à celle des poêles, rendait l'atmosphère étouffante. Danton en sueur tonna, couvrant le vacarme : « L'ennemi est à nos portes et nous nous dévorons les uns les autres! Toutes nos altercations tuent-elles un Prussien? » En vérité, aux dernières nouvelles des armées du Nord et du Rhin, l'ennemi se trouvait à présent loin de « nos portes », mais la formule restait bonne;

on applaudit. Claude ramena le silence. Momoro en profita pour insinuer que la Convention opprimait les patriotes. « Non, répondit Robespierre, on ne me le fera pas croire. Et si le peuple, égaré par une poignée de factieux, voulait en imposer à l'Assemblée nationale, nous mourrions sur nos chaises curules. » Avis aux Cordeliers. On n'était plus au 2 juin. Danton, impatienté, s'écria qu'il fallait en finir avec ces discordes. « Nommons une commission chargée d'entendre accusés et accusateurs.

— Ne pourrait-on d'abord, suggéra Couthon, s'assurer si la question en vaut la peine, si ce n'est pas simplement une querelle d'homme à homme? Philippeaux, en ton âme et conscience, crois-tu qu'il y ait eu vraiment trahison?

— J'en suis certain, répondit l'impétueux député du Mans.

— Alors il faut nommer une commission, elle nous présentera son rapport. »

Sur la proposition de Claude, qui prit les Hébertistes par surprise, les cas de Desmoulins, Fabre et Bourdon furent adjoints à celui de Philippeaux, et soumis à l'examen des commissaires. Camille échappait ainsi aux hasards, aux pièges, d'une discussion particulière. C'est pour lui seul que Claude avait accompli ce tour de prestidigitation sous le nez d'Hébert, de Momoro, de Nicolas privés des bêtes noires dont ils espéraient bien sonner, ce soir, l'hallali.

Ils murmurèrent et ne s'en seraient pas tenus là. Mais, le lendemain, tandis que la tête de l'ancien ministre Lebrun tombait sur la place de la Révolution, Barère annonçait à l'Assemblée la reprise de Toulon. Ce fut une séance triomphale pour le Comité de Salut public. A cette nouvelle, parvenue dans la nuit, s'ajoutaient les succès continus des armées du Rhin et de Moselle. Après Deux-Ponts, Lauterbourg était enlevé aux Austro-Prussiens qui ne cessaient de reculer devant l'offensive de Hoche, admirablement servi par Bernard.

Claude, allant voir, un instant, son beau-frère Dubon tenu à la chambre depuis une décade par un mauvais coup de froid, put l'assurer que la sournoise coalition héberto-dantoniste du 22 frimaire pour abattre le Comité ne risquait plus de se reproduire. La victoire de Toulon sur les royalistes et les Anglais, la marche irrésistible en Alsace ne laissaient à

Danton aucun espoir de renverser le comité Robespierre. « Il était grand temps, ajouta Claude. Si cet heureux événement avait tardé le gouvernement républicain succombait sous la calomnie. Legendre, Panis et beaucoup d'autres, même du Marais, Sieyès, Cambacérès, nous ont déclaré : « Vous avez bien fait de réussir, car si votre Dugommier et votre Buonaparte n'avaient pas emporté Toulon, vous êtiez cuits, au renouvellement du Comité... »

« Pourquoi me regardes-tu comme ça, Gabrielle? » demanda brusquement Claude à sa sœur qui cousait, en face de son mari, au coin du feu.

« Ah! pourquoi? » répondit-elle avec une mine mystérieuse. « Demande-le à Jean.

— Voyez-moi cette futée! fit-il en souriant. Elle veut parler, j'imagine, de la lettre dans laquelle Delmay annonce la délivrance imminente de Landau.

— Oui. Tu n'en dis rien. Nous sommes donc mieux renseignés que toi, à ton Comité?

— Ça, par exemple! Bernard vous écrit et nous laisse, Lise et moi, sans nouvelles! J'en ai indirectement par les rapports, mais...

— En vérité, expliqua Gabrielle tendrement amusée, ce n'est pas tant à Jean et à moi que Bernard écrit. C'est bien plutôt à ta nièce, seulement il s'adresse à nous tous. Même un général révolutionnaire ne saurait entretenir une correspondance avec une jeune fille. En revanche, les parents peuvent la charger de répondre en leur nom. Voilà. »

Claude n'en revenait pas. Il considérait avec stupéfaction Gabrielle et Jean drapé dans sa robe de chambre, un madras noué autour de la tête. Il fallait dire quelque chose. « Je comprends », fit Claude d'une façon toute machinale. Or, justement, il ne comprenait pas, absolument pas. Son regard erra, à travers les petits carreaux de la fenêtre, par-dessus la bannière ricolore qui surmontait le piédestal vide de la statue du Vert-Galant, par-dessus la Seine charriant des glaçons, par-dessus le toit du pavillon de Flore, vers les lointains perdus dans la grisaille de ce jour d'hiver. « Alors, Bernard annonce qu'ils vont dégager Landau? » dit Claude en se ressaisissant d'un effort.

Le soir, à la fin du souper, après avoir beaucoup hésité,

il demanda précautionneusement à sa femme : « Sais-tu, mon poulet, que Claudine et Bernard correspondent?

— Oui, répondit Lise, bien entendu, je le sais. » Elle se mit à rire doucement en regardant son mari. « Oui, ils s'aiment. Que crois-tu donc, mon ami? J'en suis heureuse. Claudine était la seule que je puisse être heureuse de voir aimer par lui. Ah! l'on me juge mal! Elle aussi imaginait que je me tournerais contre elle en ennemie. La pauvre enfant chérie, elle s'est causé bien du tourment. Elle ne savait pas ce qu'il y avait entre Bernard et moi, mais, avec son instinct, elle sentait. Elle sentait à faux. J'avais tout compris depuis longtemps, comme Gabrielle. J'ai confessé Claudine. Quels pleurs! Et je lui ai dit : Ah! chère petite sotte! rien ne peut m'être plus doux que votre amour. C'est celui que Bernard et moi avons eu l'un pour l'autre quand j'avais ton âge : celui que nous avons manqué, et que tu vas réussir, toi. Car elle le réussira, je l'espère. Pourvu que Bernard!... Ce n'est plus pour lui seul que je tremble, maintenant. Quand donc finira cette guerre! »

Claude écoutait, de plus en plus étourdi. Ainsi, sans qu'il en sût rien, tout cela s'était fait sous ses yeux. Les êtres les plus chers à son cœur avaient dénoué et renoué leur destin; il n'avait rien senti, rien deviné. Lise lui prit la main : « Ne t'accuse pas, mon ami. Tu es accablé de travaux et de soucis tellement plus importants que ceux-là. Je n'ai pas trouvé l'occasion de te raconter ces choses. Nous sommes si peu ensemble!

— Oui, et c'est cela qui m'angoisse. Je m'aperçois tout à coup que nous risquons de nous trouver bientôt étrangers l'un à l'autre.

— Ne dis pas cela, mon cœur! » se récria-t-elle en se levant pour venir l'enlacer. « La rigueur de ces temps nous sépare, elle ne saurait nous éloigner. Et puis enfin, tout cela ne peut plus durer beaucoup. C'est une crise, vous triompherez, vous êtes en bonne route, il ne faut pas ralentir ton effort. »

Claude la prit dans ses bras et la tint toute serrée, lui baisant les yeux, la bouche. « Lise, ma Lison, dit-il, je ne retourne pas au Comité, ce soir. Je veux rester avec toi, chez nous. Parle-moi de toi, de Bernard, de Claudine. Parle-moi de nous. Ne regrettes-tu rien? »

D'ordinaire, il ne rentrait du Comité que vers minuit, parfois plus tard. La plupart du temps, il y retournait à sept heures du matin, huit heures au plus. Il n'avait plus guère de vie intime. Souvent, il dînait ou soupait en hâte au pavillon où d'aucuns, comme Barère, couchaient même. De son côté, Lise était très occupée par ses ateliers dont elle obtenait de si bons résultats que la Convention l'avait mandée pour lui déclarer qu'elle méritait bien de la patrie et pour l'admettre aux honneurs de la séance.

Cette soirée chez eux fut une brève résurrection de leurs heures les plus belles. Dès le jour, Claude repartit à la besogne et à la bataille. La reprise de Toulon provoquait chez le Père Duchesne une exultation sauvage. Il annonçait des hécatombes de royalistes et de feuillantins toulonnais, des représailles plus exemplaires encore que le châtiment de Lyon. Or les Robespierristes, bien résolus à frapper les coupables, n'entendaient cependant point laisser les Cordeliers ultras en multiplier le nombre, de façon à rendre haïssable le gouvernement révolutionnaire. Car c'était là certainement le secret dessein d'Hébert. Au nom du Comité de Salut public, Maximilien lut à la Convention le *Rapport sur les principes du Gouvernement révolutionnaire* auquel il travaillait depuis plusieurs jours dans sa petite chambre. Déjà Saint-Just, en vendémiaire, avait posé ces principes, et Billaud-Varenne, en brumaire, en avait tiré les déductions pratiques. Les idées de Saint-Just planaient. Robespierre les concrétisa, en fit application à la situation présente. Il définit très précisément la politique d'équilibre poursuivie par le Comité, en distinguant tout d'abord le régime imposé en ce moment par les circonstances, de la république constitutionnelle à quoi l'on devait aboutir.

« La Révolution est la guerre de la liberté contre ses ennemis, la Constitution est le régime de la liberté victorieuse et paisible », proclama-t-il. Et, tout de suite, il attaqua : « Le gouvernement révolutionnaire n'a rien de commun ni avec l'anarchie ni avec le désordre. Son but, au contraire, est de les réprimer, pour amener et affermir le règne des lois. Ce ne sont point les passions particulières qui doivent le diriger, c'est l'intérêt public. »

Les exagérés de toute espèce allaient être désignés plus

directement encore. Comparant le gouvernement révolutionnaire à un vaisseau, Robespierre, droit et sec derrière la tablette de la tribune en faux marbre jaune et vert, poursuivit : « Il vogue entre deux écueils : la faiblesse et la témérité, le modérantisme et l'excès; le modérantisme qui est à la modération ce que l'impuissance est à la chasteté, et l'excès qui ressemble à l'énergie comme l'hydropisie à la santé. » Sans doute, un excès de ferveur patriotique était-il préférable au « marasme de ce modérantisme qui a favorisé le gouvernement de Pitt et Cobourg en France, depuis cinq ans. Les cours étrangères ont vomi sur la France les scélérats habiles qu'elles tiennent à leur solde. Ils délibèrent dans nos administrations, s'introduisent dans nos assemblées sectionnaires et dans nos clubs; ils ont siégé jusque dans la représentation nationale. »

Mais l'excès de patriotisme pouvait n'être aussi qu'un masque. Maximilien montra les ennemis de la liberté poussant aux exagérations contradictoires pour incendier la république, excitant le fanatisme dans la Vendée et la persécution des cultes à Paris, immolant Le Pelletier et Marat puis réclamant pour eux des honneurs divins, afin de rendre ridicules et odieux ces grands patriotes. « Le fanatique couvert de scapulaires et le fanatique prêchant l'athéisme, ont entre eux beaucoup de rapports. Les barons démocrates sont les frères des marquis de Coblentz, *et quelquefois les bonnets rouges sont plus voisins des talons rouges qu'on ne pourrait le penser.* »

Ce cinglant avertissement donné aux Hébertistes, Robespierre reprit ses distinctions : « Le gouvernement révolutionnaire doit aux bons citoyens toute la protection nationale, il ne doit aux ennemis du peuple que la mort. Ce n'est point dans le cœur des patriotes ou des malheureux qu'il faut porter la terreur. Nous ne savons haïr que les ennemis de la patrie. » Encore devait-on, là aussi, observer des différences : « La punition de cent coupables obscurs et subalternes est moins utile à la liberté que le supplice d'un chef de conspiration. »

C'était la thèse soutenue depuis longtemps par Claude qui insistait là-dessus auprès de Fouquier-Tinville et du Comité de Sûreté générale, aux réunions du soir. Maximilien également voulait ménager les petits coupables, effrayer les conspirateurs par d'illustres exemples. Aussi conclut-il en proposant d'envoyer sans retard au Tribunal révolutionnaire les personnages importants que l'on détenait encore : Diétrich, maire de Strasbourg, dont l'antipatriotisme et la sympathie aristocratique pour les Prussiens avaient indigné les représentants en mission; tous les officiers généraux complices de Dumouriez, de Custine et de Houchard; enfin les banquiers agents de l'Angleterre et de l'Espagne. Puis il demanda que les récompenses en biens nationaux, promises aux défenseurs de la patrie, fussent augmentées d'un tiers.

L'impression de ce rapport, son envoi aux départements furent acquis à une majorité considérable. Durement touchés, les Hébertistes ripostèrent plus rudement encore. Le soir même, aux Jacobins, Chaumette, fulminant contre les calomniateurs qui voulaient noircir devant le peuple les patriotes de la Commune, souleva les acclamations de l'assistance cordelière. Et le lendemain, à la Convention, comme Barère — tout en blâmant avec sévérité les « nouvelles traductions de Tacite » et l'indulgence de Desmoulins — rapportait un projet sur la composition du *comité de justice* demandé par Robespierre, Billaud-Varenne se leva. Sombre, violent, il effraya l'Assemblée en l'accusant de manquer d'énergie et de fermeté républicaine. Il la fit passer à l'ordre du jour sur la composition du comité. Puis, chargeant encore, se plaignant, menaçant, il disloqua la majorité, si bien que la Convention, en panique, rapporta son décret initial. Le *comité de justice* se trouva enterré avant d'avoir vécu.

Dès lors, l'offensive des ultras contre les « citra-révolutionnaires » se développa sans repos. « Ils osent vous dire », s'écriait Hébert au club de la rue de la Convention « qu'il faut ouvrir les prisons et que, quand une tête tombe, on fait à la république des millions d'ennemis. » Aux Cordeliers, attaquant les Dantonistes à coups redoublés, mais surtout Desmoulins devenu son ennemi personnel, il ne craignit pas de dire : « Vit-on jamais un homme plus lâche que Camille Desmoulins? Depuis quelque temps, il ne rêve que guillotine. Tous les matins, il se tâte le col et croit toujours voir le fatal instrument prêt à le frapper. Voulez-vous avoir un échantillon de sa politique? Écoutez. Dînant avec moi chez le maire Pache, au moment où la patrie venait de perdre Toulon, il a déclaré ceci : Les trois quarts et demi des marchands de France sont des âmes vénales, des fripons de toute volée. Ils sont au plus offrant. Je suppose que les Anglais aient donné deux millions pour acheter Toulon; eh bien, donnons-en trois, et Toulon n'est plus aux Anglais. Je vous laisse à juger, citoyens, si c'est là le langage que doit tenir un vrai patriote. »

Les Cordeliers exclurent Desmoulins de leur club. Aux Jacobins, Hébert réclamait contre les lenteurs de la commission chargée du rapport sur les Dantonistes incriminés : « Bourdon de l'Oise, Fabre d'Églantine et Camille devaient être chassés dernièrement du sein de la Société. Tous les républicains le demandaient à grands cris. Des faits nombreux accusent Camille, tout ce qui fut allégué contre Brissot n'approche pas de ce que l'on peut lui reprocher. Son but a été jusqu'ici de ridiculiser et de calomnier les patriotes. »

La risposte de Desmoulins ne se fit pas attendre : il publia un cinquième numéro du *Vieux Cordelier*, intitulé « Ma défense » et dédié aux Jacobins.

« Pardon, frères et amis, écrivait-il. Pardon si j'ose prendre encore le titre de vieux Cordelier, après l'arrêté du club qui me chasse et me défend de porter ce nom. Mais, en vérité, c'est une insolence inouïe que celle de petits-fils se révoltant contre leur grand-père, et je veux plaider cette cause contre des fils ingrats. » Pour justifier sa conduite, il reprenait l'image employée par Robespierre. « Le vaisseau de la république vogue entre deux écueils, le rocher de l'exagération et le banc de sable du modérantisme. Voyant que le Père Duchesne et presque toutes les vigies patriotes se tenaient sur le tillac, avec leurs lunettes, occupés uniquement à crier : Gare! vous allez toucher au modérantisme! il a bien fallu que moi, vieux Cordelier et l'un des plus anciens Jacobins, je me chargeasse de faire la faction difficile, dont aucun des jeunes gens ne voulait, crainte de se dépopulariser, celle de crier : Gare! vous allez toucher à l'exagération!... Mais si le vaisseau s'approche trop de l'écueil du modérantisme, on verra si je suis modéré. J'ai été révolutionnaire avant vous tous. J'ai été plus, et je m'en fais gloire, lorsque, dans la nuit du 12 au 13 juillet 89, moi et celui qui est aujourd'hui le général Danican nous forcions les arquebusiers à ouvrir leurs boutiques pour armer le premier des bataillons de sans-culottes. Alors j'avais l'audace de la Révolution. Maintenant, député à l'Assemblée nationale, l'audace qui me convient est celle de la raison, celle de dire mon opinion avec franchise. »

Là-dessus, revenant à une phrase que les Hébertistes lui reprochaient âprement : *Vincent Pitt gouverne George Bouchotte :* « Eh quoi ! se récriait-il, en 1787 j'ai bien appelé Louis XVI mon gros benêt de roi, sans être embastillé pour cela ! Bouchotte serait-il un plus grand seigneur? » Si lui, Desmoulins, avait pris la défense du général Dillon, Collot d'Herbois n'avait-il pas défendu Proli? Et Barère qui stigmatisait à la Convention les nouveaux traducteurs de Tacite, était-il un patriote si rectiligne? « Toi, mon cher Barère, l'heureux tuteur de Paméla » (c'était la fille naturelle de Mme de Genlis et de Philippe d'Orléans, dont Barère avait été, en effet, le tuteur), « toi l'ancien président des Feuillants ! le promoteur de la commission des Douze ! toi qui, le 2 juin, au Comité de Salut public, délibérait si on n'arrêterait pas Danton ! toi dont je relèverais bien d'autres fautes si je voulais fouiller dans le *vieux sac* » (Barère s'appelait autrefois de Vieuzac), « comment se fait-il que tu deviennes tout à coup un passe-Robespierre, et que je sois par toi apostrophé si sec?... Tout cela, poursuivait Camille, n'est qu'une querelle de ménage avec mes amis les patriotes Collot et Barère. Mais je vais être à mon tour bougrement en colère contre le Père Duchesne. Attends-moi, Hébert, je suis à toi dans un moment ! Ce n'est pas avec des injures grossières que je vais t'attaquer, c'est avec des faits. »

Auparavant, il entendait en finir avec l'odieuse imputation d'avoir épousé Lucile pour sa fortune. Il racontait donc brièvement l'histoire de son mariage, qui lui avait valu quatre mille livres de rente tombées maintenant à rien. Il traçait un tableau de sa vie simple et indolente. « De ma femme, je ne dirai qu'un mot. J'avais toujours cru à l'immortalité de l'âme. Après tant de sacrifices que j'avais faits à la liberté et au bonheur du peuple, je me disais, au fort de la persécution : « Il faut que les récompenses attendent la vertu ailleurs. » Mais mon mariage est si heureux, mon bonheur domestique si grand, que j'ai craint d'avoir reçu ma récompense sur la terre, et j'avais perdu ma démonstration de l'immortalité. Maintenant, les persécutions, le déchaînement contre moi, les lâches calomnies me rendent toute mon espérance. »

Passant alors, selon sa promesse, à Hébert, il rappelait les filouteries de cet ancien receveur de contremarques, sa fortune subite et malhonnête. « Tu n'étais pas avec nous, en 1789, dans le cheval de bois. Et, comme les goujats, tu ne t'es fait remarquer qu'après la victoire; tu t'es signalé en désignant les vainqueurs, comme Thersite, en saisissant la plus forte part du butin, et en faisant chauffer tes fourneaux de calomnie avec la *braise* de Bouchotte. » Celui-ci, écrivait-il, avait donné à Hébert, sur les fonds de la Guerre, d'abord cent vingt mille francs, puis dix, puis soixante, pour les exemplaires du *Père Duchesne* distribués aux armées. Ces exemplaires ne valaient que seize mille francs, par conséquent, le surplus avait été volé à la nation. « Deux cent mille francs au pauvre sans-culotte Hébert, pour soutenir les motions de Proli, de Clootz! deux cent mille francs pour calomnier Danton, Lindet, Chambon, Thuriot, Delacroix, Philippeaux, Bourdon de l'Oise, Barras, Fréron, d'Églantine, Legendre, et presque tous les commissaires de la Convention! pour inonder la France de ses écrits si propres à former l'esprit et le cœur! S'étonnera-t-on après cela de cette exclamation filiale d'Hébert aux Jacobins : « Oser attaquer Bouchotte, un patriote si pur! » Je suis étonné, moi, que dans le transport de sa reconnaissance, le Père Duchesne ne se soit pas écrié : Bouchotte qui m'a donné deux cent mille livres depuis le mois de juin! »

Camille accusait ensuite Hébert d'avoir, en prêchant l'athéisme, soulevé des séditions en province. « Ce politique sans vue est le plus insensé des patriotes, s'il n'est le plus rusé des aristocrates. » Desmoulins l'appelait encore entrepreneur de contre-révolution avec la complicité des agents étrangers. S'il avait livré Chabot et Bazire, c'était pour devancer leurs propres dénonciations. « Ainsi, ce vil flagorneur aux gages de deux cent mille livres me reprocherait les quatre mille francs de ma femme! Cet ami intime du banquier Kock, de la conspiratrice Rochechouart, me reprocherait mes relations! Cet écrivain insensé ou perfide me reprocherait mes écrits *aristocratiques*, lui dont je démontrerai que les feuilles sont les délices de Coblentz et le seul espoir de Pitt! Cet homme, rayé de la liste des garçons de théâtre, pour vol, ferait rayer de la liste des Jacobins les députés fondateurs immortels de la république! Nous savons que des scélérats méditent un nouveau 31 mai contre les hommes les plus énergiques de la

Montagne. Cela ne nous intimide point. Eh quoi! lorsque, tous les jours, douze cent mille Français affrontent les redoutes hérissées de batteries, nous, députés à la Convention, serions-nous plus lâches que nos soldats? Craindrions-nous de regarder Bouchotte en face? N'oserions-nous pas braver la grande colère du Père Duchesne, pour remporter la victoire que le peuple attend de nous, la victoire sur les ultra-révolutionnaires comme sur les citra-révolutionnaires, sur tous les intrigants, les fripons, les ambitieux, sur tous les ennemis du bien public? Prenez garde : l'anarchie, en rendant tous les hommes maîtres, les réduit bientôt à se donner un maître. »

Enfin, le polémiste concluait par ces considérations rassurantes, et adroites : « Le Comité de Salut public, ce Comité sauveur, a porté remède à l'anarchie. Dans son discours sur le gouvernement révolutionnaire, Robespierre a su arrêter le torrent de la décomposition politique, qui entraînait, déracinés, citoyens et principes, en jetant l'ancre lui-même aux maximes fondamentales de notre Révolution. »

Philippeaux, dans sa brochure contre les nouveaux Enragés, dénonçait, lui aussi, des malversations hébertistes. « Le muscadin Hébert, qui a su se travestir d'une manière si originalement grotesque dans sa feuille du *Père Duchesne*, puise à discrétion dans le trésor national, sous les bienveillants auspices du monarque Bouchotte. Dans le seul mois de septembre, il en a reçu soixante mille livres pour faire son éloge et celui de ses commis. M. Hébert gagne son argent, mais le peuple ne sera pas longtemps dupe de ce jongleur hypocrite qui le gruge pour élever un piédestal à ses oppresseurs et à ses bourreaux. Des voiles horribles se déchireront et *M. Hébert ira à la guillotine.* »

Loin d'écouter Danton, associé à Robespierre pour condamner cette guerre de pamphlets, Philippeaux tournait tout en arme contre les ultras. Il rapportait les propos tenus par plusieurs d'entre eux au cours d'un dîner. « Un être que, le croyant honnête homme, j'avais secouru dans l'adversité, vint me prier d'un repas fraternel qu'il donnait à ses bienfaiteurs. Je résistai trois jours de suite, car je n'aime pas manger chez les autres. Enfin je me laissai vaincre et me rendis au lieu marqué, rue Neuve-des-Petits-Champs. J'y trouvai, avec Levasseur et Bouteroux, plusieurs visages inconnus, tels qu'Hébert,

Vincent, Daubigny, Sijas, adjoint du ministre de la Guerre, deux ou trois épauletiers, Chaumette, procureur de la Commune, et un muscadin que tous mes concitoyens virent, en 1790, cracher au visage des patriotes; c'était une sorte de guet-apens. Après une demi-heure de conversation indifférente, Vincent m'assaillit d'outrages et de menaces sur le décret que j'avais fait rendre contre Ronsin et Rossignol. Je répondis que des fripons ou des traîtres pouvaient seuls me reprocher cette action civique. Là-dessus, Hébert et les épauletiers firent chorus avec Vincent. Celui-ci osa me dire, d'un ton impudent : « Je t'ai dénoncé aux Cordeliers, nous avons fait justice de la commission et nous saurons faire *abouler* les députés qui, comme toi, oseraient critiquer la conduite des généraux investis de notre confiance. » A ce propos atroce, que personne ne releva et qui fut assaisonné d'imprécations, je me crus transporté à Coblentz. Je reprochai à l'hôte de m'avoir fait trouver au milieu de ces contre-révolutionnaires et je sortis promptement de ce séjour infect. »

Hébert répliqua, dans *Le Père Duchesne*, par une bordée de grossièretés contre les « Philippotins, vils excréments du royalisme et du brissotisme, sortis de la fange du Marais. Je suis accusé par Philippeaux d'être un muscadin à la solde de l'Angleterre, pour avoir rivé son clou à ce Philippeaux dans un dîner patriotique où il était venu écrémer la marmite sans être prié, et pour l'avoir rembarré de la bonne sorte lorsqu'il osa dire en ma présence que les Jacobins étaient des scélérats et qu'il les ferait sauter. Il s'est permis d'imprimer que Bouchotte vide la caisse nationale pour me graisser la patte. Si je suis un homme vendu, le brave Xavier Audouin, Duval, rédacteur du *Républicain*, Rougyff le sont donc comme moi. Marat l'était aussi. Pour chauffer mes fourneaux, on sait bien qu'il me faut de la braise, foutre! »

Le dernier jour de décembre 93 — primidi 11 nivôse selon le calendrier républicain, auquel on avait du mal à s'adapter — Jean Dubon, guéri et retourné depuis deux jours à la Commune, vint au pavillon de l'Égalité, voir Claude avant la séance de relevée de la Convention. Dubon avait acquis la certitude qu'Hébert, Chaumette et leurs amis du Conseil général préparaient effectivement un nouveau 31 mai. Ils entendaient « purger » une fois encore la Convention au moyen d'un autre soulèvement, et dans ce but ils accroissaient par tous les moyens en leur pouvoir la raréfaction des denrées, afin de pousser le mécontement à la fureur, et ils travaillaient en secret les sociétés populaires. Depuis le décret interdisant aux sections de s'assembler plus de deux fois la semaine, la plupart d'entre elles s'étaient constituées en sociétés populaires. Elles s'agitaient fort, au sujet de Vincent et Ronsin, contre les Philippotins, les Indulgents, les Dantonistes, considérés comme une nouvelle Gironde. « J'en suis certain, dit Jean Dubon, un complot s'organise à la Commune, avec des complices ici même, à la Sûreté générale et dans la Convention.

— Nous ne l'ignorons pas, tu penses bien, répondit Claude. Je répète sans cesse à Maximilien qu'il faut en finir. Allons le trouver. »

Ils passèrent dans l'ancien billard, devenu le cabinet de Robespierre. Maximilien les écouta mais secoua négativement la tête. Les Hébertistes, ils venaient de le montrer, étaient trop forts pour que l'on rompît en visière avec eux. De plus, ils contrebalançaient la dangereuse influence des amis de Danton. Si l'on abattait Hébert, on serait débordé par la surenchère des Indulgents, et la république disparaîtrait sous le flot renaissant du feuillantisme, du royalisme. « Pour le moment, ajouta Robespierre, l'intrigant d'Églantine et le malheureux Camille m'inquiètent davantage qu'Hébert. Malgré mes avertissements, Camille persévère dans l'erreur, il sert la doctrine liberticide des hommes du 22 frimaire. Il ne se rend pas compte que, tout en me louant, il combat pour la contre-révolution. Je me demande si Danton pousse secrètement ses amis ou s'il est dépassé par eux, par Fabre qui a toujours été son mauvais génie. Quoi qu'il en soit, Hébert n'a pas tort : les Dantonistes deviennent de nouveaux Brissotins. Le danger est là. »

Dubon fut frappé par l'air tourmenté, malade, de Robespierre. « Tu sembles bien fatigué, lui dit-il, tu devrais prendre quelques jours de repos.

— Me reposer! Le puis-je donc, quand tout se conjugue pour menacer mon ouvrage? Il faut tenir contre vents et marées. Il faut aller jusqu'au bout. » Il se passa la main sur le visage, et répéta : « Jusqu'au bout, quoi qu'il en coûte! »

DEUXIÈME PARTIE

I

L'hiver était affreux, plus rude encore que celui de l'année précédente. La Seine charriait des bancs de glace qui se soudaient par endroits. Le petit bras était entièrement pris. En avant du Pont-Neuf, les batelets ne circulaient plus d'une rive à l'autre, entre le port Nicolas et le quai des Quatre-Nations.

Jamais le peuple n'avait tant souffert. Il manquait de tout : de nourriture, de feu, de luminaire. La seconde loi du *maximum*, qui taxait les marchandises à la production, fixait le prix de leur transport, le bénéfice du vendeur de gros et celui du détaillant, n'était pas appliquée partout, et là où elle s'appliquait strictement le commerce disparaissait : il se pratiquait sous le manteau. Grâce aux efforts de Robert Lindet et de la commission des subsistances, siégeant à l'hôtel de Toulouse, le pain ne faisait pas trop défaut, moins qu'à d'autres périodes; mais, pour la grande partie de la population, c'était à peu près le seul aliment. Depuis l'insurrection, la Vendée, le Bocage, grands producteurs de viande, n'en fournissaient plus. Pas davantage les départements du Nord et du Rhin ravagés par la guerre. Les bouchers, qui parvenaient à trouver des animaux, à très haut prix, ne vendaient à la taxe que les déchets. La bonne viande et même les bas morceaux s'en allaient aux cuisines des traiteurs, des riches ou des citoyens capables de payer le plat de côtes dix fois ce que valait auparavant le filet. Pour les légumes, les œufs, le beurre, le poisson, ils n'arrivaient point jusqu'à Paris. Des acheteurs clandestins, hommes ou femmes — des filles publiques privées de leurs ressources par les arrêtés du vertueux Chaumette — faisaient métier de se rendre chaque jour sur les routes, au-devant des paysans, des mareyeurs, pour acquérir leurs chargements au prix fort, ou de parcourir les campagnes, raflant œufs, volailles, gibier, laitages, fruits d'hiver. Ils ou elles revendaient le tout à des clients aisés. Les sectionnaires à cinquante sous par jour n'en pouvaient donner vingt pour avoir un chou. En revanche, avec cent francs par tête on mangeait fort bien chez les restaurateurs de la place des Victoires-Nationales. Avec deux cents francs, muscadins et sans-culottes profiteurs de la Révolution se gobergeaient au ci-devant Palais-Royal, chez Venua ou chez le Suisse du Pont-Tournant.

L'institution de la carte de pain, de la carte de viande ne changeait rien à cela, pas plus que l'obligation de tuer exclusivement dans les abattoirs autorisés, pas plus que l'interdiction d'aller faire la queue aux boutiques avant six heures du matin, pas plus que la surveillance des routes par la police, pas plus enfin que le guillotinage de quelques « bouchers aristocrates » et d'acheteurs clandestins. L'Assemblée avait enjoint à la Commune de faire labourer les pelouses des Tuileries, du Luxembourg, de tous les jardins, pour y cultiver des pommes de terre et autres légumes. Encore fallait-il attendre la saison favorable.

Dans la grisaille de l'hiver, Paris prenait un air étrangement lugubre, avec nombre de ses demeures fermées, soit par l'émigration, soit parce que les habitants effrayés s'étaient retirés dans leurs maisons de campagne. Les grilles arrachées aux hôtels aristocratiques laissaient des porches béants, des cicatrices sur les murs. Les arbres, taillés ras pour fournir un peu de bois aux indigents, ne dressaient plus que des moignons. Les façades barbouillées de bleu, blanc, rouge par les propriétaires ou les locataires soucieux de signaler leurs sentiments patriotiques, se délavaient à la pluie qui mélangeait les couleurs avec le noir des inscriptions révolutionnaires, détrempait les drapeaux, achevait de ronger les effigies en stuc dressées par David. Sur la place de la Révolution, elle entraînait en filets, en flaques, le sang dont le sol était imbibé sous l'échafaud vers lequel se dirigeaient chaque jour les charrettes rouges. Elles passaient au long des queues qui se succédaient aux épiceries, aux boulangeries, aux boucheries. Sous la surveillance de quelques sectionnaires équipés de bric et de broc, munis de piques ou de fusils de chasse, les gens emmitouflés s'alignaient, tenant d'une main la corde tendue depuis la porte afin que chacun gardât son rang. Parfois des malveillants ou des retardataires coupaient subrepticement cette corde. C'était alors le désordre, la bagarre, voire le pillage. Les beaux étalages qui attiraient autrefois le chaland n'existaient plus : les magasins de modes travaillaient à l'habillement des troupes, les tailleurs confectionnaient des uniformes. Ce commerce-là ne chômait point. Au contraire, il embauchait toujours davantage, car les ateliers de citoyennes bénévoles étaient loin de pouvoir produire les articles dont on avait besoin par centaines de milliers.

Le soir, à cinq heures, les théâtres encore ouverts, où l'on ne donnait que des pièces patriotiques, regorgeaient : on y avait chaud et le billet coûtait moins que trois heures de chandelle.

Ne sortant guère du Carrousel, Claude se rendait peu compte de la sinistre transformation de Paris. Mais un « vainqueur de la Bastille », Kerverseau, ancien homme de loi, qui, ayant quitté depuis dix-huit mois la capitale, y retournait pour affaires en ce début de janvier 94, demeurait stupéfait en voyant, à huit heures du soir, par les portières de la diligence roulant vers la place des Victoires, le morne aspect de la ville. Quel changement! Même à l'époque où il en était sorti, c'était l'heure la plus brillante. A la lueur de l'infinité des réverbères se joignait l'éclat des lampes multipliées qui faisaient jaillir la lumière des boutiques où le luxe et les arts entassaient mille objets plus élégants, plus précieux les uns que les autres. C'était l'heure où des bougies étincelaient à travers les vitres, à tous les étages, où les voitures se croisaient avec rapidité pour se rendre aux différents spectacles, aux concerts, aux bals qui se donnaient dans tous les quartiers. Au lieu de ce tumulte, de cette foule animée, de cet éclat imposant, un silence sépulcral régnait dans les rues, les boutiques étaient déjà fermées, chacun s'empressait de se barricader chez soi, « et l'on dirait, songeait-il, que le crêpe de la mort est étendu sur tout ce qui respire ».

Des surprises plus désagréables encore attendaient l'ancien robin. Sortant des Messageries, sa valise à la main, il fut arrêté par un factionnaire. « Citoyen, lui dit ce soldat, à cette heure il n'est pas permis d'emporter des bagages. Donne-moi ta valise, on te la rendra demain, au corps de garde.

— Mais j'ai là-dedans ma chemise de nuit, mes objets de toilette!

— Je n'y puis rien, c'est la loi. »

Le vainqueur de la Bastille après avoir obtempéré, plutôt mécontent, s'en fut vers le logis d'un vieil ami chez lequel il comptait descendre. Il parvint un peu avant neuf heures à cette maison, dont il agita énergiquement le heurtoir. Il ignorait que les visites domiciliaires se faisaient maintenant dans la nuit, et que seuls des commissaires se fussent permis de mener pareil tapage. La porte s'ouvrit sur des gens épouvantés. En reconnaissant Kerverseau, son ami ne se rassura guère. Sans s'occuper de ce qu'il était devenu ni de ce qui l'amenait, il le pria brièvement de porter ailleurs ses pas.

« Mille regrets, mais tu as quitté Paris depuis trop longtemps : il y a grand danger pour toi à y rentrer, pour moi à te recevoir.

— Quoi! du danger pour une nuit!

— Oui, pour une nuit. Si une visite se produisait dans ce moment, je serais perdu et les miens aussi, tout jacobin que je suis.

— Fort bien. Alors auras-tu la bonté de m'indiquer dans le voisinage un hôtel où l'on me recevra?

— Pour toi, je prendrai le risque de te conduire. C'en est un, crois-moi. »

Il l'emmena en hâte chez un fruitier proche, qui louait des chambres. Le bonhomme, mettant la tête à sa fenêtre, refusa de recevoir une pratique si tard. Sur quoi l'ami se retira de l'affaire en disant à Kerverseau de chercher ailleurs et de ne point s'attarder sur le pavé s'il ne voulait être ramassé par quelque patrouille. L'avocat commençait de se sentir passablement inquiet. Retournant à la charge, il tambourina chez le fruitier, persista si bien que celui-ci se résolut enfin à ouvrir, en bonnet de nuit. Il s'excusa : il fallait se coucher, faute de luminaire. Cependant il allumait une lampe pour examiner le passeport du voyageur. Aussitôt, il se récria : « Votre passe n'est pas signé du comité révolutionnaire de cette section!

— Comment le serait-il? Je débarque à l'instant. Le comité ne siège pas à l'heure qu'il est. Donnez-moi seulement à coucher pour cette nuit, demain dès le point du jour j'irai chercher ce visa.

— Impossible. Absolument impossible. Si l'on faisait une

visite ce soir, et l'on en fait presque toutes les nuits dans les hôtels, on m'enverrait en prison pour vous avoir logé. Ainsi, mon cher, hors de chez moi sur-le-champ! » conclut le fruitier, un solide gaillard, qui poussa Kerverseau dehors en ajoutant que s'il voulait séjourner dans la ville il lui fallait en plus obtenir un certificat de confiance. Il lui ferma la porte à la figure.

Ce fut alors que la contagion de la peur gagna vraiment Kerverseau. Où aller? que faire? Tout était noir, sinistre, avec de loin en loin la lueur d'un réverbère allumé pour quatre d'éteints. Il tombait une fine pluie glaciale. Pas un chat dehors. L'infortuné allait au hasard vers la place qu'il appelait encore du Palais-Égalité, espérant trouver là quelque café ouvert. Il lui semblait vivre un cauchemar. Ce n'était pas croyable, une si affreuse métamorphose en dix-huit mois. Soudain il entendit du bruit : un roulement, des cris étouffés, un martèlement de pas. Cela s'approchait. Tapi dans une encoignure, il vit paraître deux files d'hommes à piques, dont certains munis de torches, qui escortaient une voiture aux glaces dépolies par la buée. Les cris sourds venaient de là-dedans. Ils éclatèrent lorsque, le cortège s'étant arrêté non loin, devant le portail d'un ancien monastère, les sectionnaires tirèrent de la voiture une femme hurlante. Un guichet s'ouvrit où l'on enfourna la malheureuse, et l'escorte fit rapidement demi-tour sous la pluie.

Kerverseau attendit un moment dans son recoin. Mouillé jusqu'au cuir, transi, les pieds morfondus, il finit par s'élancer... pour donner en plein dans une patrouille, à l'angle de la rue Vivienne. Cette fois, c'en était fait! Il ne perdit pourtant pas la tête. Les gardes civiques voulurent bien écouter son histoire. Leur chef dit qu'elle était facile à vérifier. En deux minutes, on fut aux Messageries où le registre des arrivées et la valise servirent de preuves. Le chef de patrouille se montra bienveillant.

« Tu aurais dû, dit-il, au lieu de chercher d'abord à te loger, aller directement au comité de cette section, il siégeait encore à huit heures. Tu t'es trompé, ce n'est pas un crime. Nous devons nous montrer sévères à l'encontre des suspects, mais nous ne tracassons pas les honnêtes citoyens. » Il lui conseilla de passer le reste de la nuit ici. Le commis du bureau, qui s'apprêtait à reprendre sa veille somnolente dans un fauteuil, près du poêle, permit au voyageur de s'improviser une couche sur des ballots.

Quand il s'éveilla, au petit jour, Kerverseau ne songeait qu'à retourner chez lui le plus tôt possible. Cette expérience lui suffisait. Au diable les affaires! elles attendraient des temps meilleurs. Il apprit d'un nouveau commis, remplaçant le précédent, qu'une diligence partait à huit heures. Il en était sept. Le voyageur s'empressa de retenir une place, courut déjeuner dans un café voisin et revint vivement s'installer dans la voiture avec sa valise récupérée. La diligence allait démarrer, quand un commissaire de police se présenta pour vérifier les passeports. « Descendez, vous n'êtes pas en règle », dit-il après avoir examiné celui de Kerverseau. « Comment, pas en règle!

— Non. Ce passe n'est point visé par le comité révolutionnaire de la section sur laquelle vous étiez logé.

— Citoyen, je n'ai logé nulle part. Je suis arrivé hier soir à huit heures, j'ai terminé mes affaires à neuf, j'ai passé la nuit dans ce bureau, et je pars.

— Il n'y a point d'affaires qui tiennent. On ne peut quitter Paris sans avoir fait rafraîchir son passeport à un comité révolutionnaire, l'arrêté de la Commune est précis à cet égard. Il faut aller montrer votre figure aux commissaires. »

Kerverseau dut descendre. Dans son émoi, il oublia sa valise que la diligence emporta.

En se maudissant d'avoir quitté la province, il entra dans le premier garni. On le reçut bien, à cette heure, car les voyageurs n'abondaient pas. Cela ne l'étonnait point, à présent. L'hôtesse lui dit où il trouverait le comité de la section. Il s'y rendit. Le grand jour, les Parisiens qui avaient tout l'air de circuler librement le rassurèrent un peu. La bigarrure des rues le stupéfiait : ces façades peinturlurées, les pavillons tricolores au-dessus des portes de toutes les maisons habitées, les banderoles surmontant les fenêtres, et ces inscriptions sur les murs : « Unité, indivisibilité, liberté, égalité, ou la mort », « La bienfaisance, la justice et l'humanité sont à l'ordre du jour », ou encore : « Les citoyens habitant cet immeuble ont fourni leur contingent de sel vengeur pour immoler les tyrans. » Partout se répétaient les mêmes mots : fraternité, égalité, liberté. Il pensait à la scène dont il avait été témoin dans la nuit; et, songeant aux deux cent mille détenus dans les maisons nationales, il médita sur une phrase de Voltaire : « On ne parle jamais tant de liberté dans un État que quand la liberté n'y existe plus. »

La section siégeait dans l'ancien couvent des Filles-Saint-Thomas, où Weber, le frère de lait de Marie-Antoinette, avait, en septembre 92, connu de telles transes après avoir échappé par miracle aux massacreurs de la Force. Un vaste drapeau coiffé d'un énorme bonnet rouge remplaçait la croix du portail devant lequel des piquiers en sabots montaient la garde en soufflant dans leurs doigts. Kerverseau pénétra dans la petite cour qui lui parut garnie de coupe-jarrets des plus patibulaires. C'étaient simplement des ouvriers, des artisans, des petits boutiquiers ruinés, comme le brave Nicolas Vinchon contraint lui aussi de prendre la garde à son tour, dans sa section, sur l'autre rive de la Seine.

Le Comité patriotique se tenait à l'étage. Un escalier fort crasseux y mena le visiteur qui pénétra dans une antichambre plus sale encore, digne en tout point, estima-t-il, d'être celle des Enfers. Il suffoquait. Dans la fumée des pipes, la chaleur d'un poêle ardent accentuait une odeur d'humanité malpropre, de vin et de mangeaille, à lever le cœur. Un des gardes barbus, aux cheveux gras, interpella Kerverseau : « Que veux-tu?

— Faire viser mon passeport.

— Entre là. »

La salle ne valait pas mieux que l'antichambre. Même chaleur, mêmes senteurs dégoûtantes, mêmes figures de brigands. C'est que le débraillé, la crasse étaient des impératifs — non point de la mode mais de la prudence. Seuls, des Robespierre, des Saint-Just, des Barère, des Hébert, des Mounier-Dupré, des Lindet, et les puissants comme eux pouvaient se permettre élégance ou correction. Les révolutionnaires de seconde zone devaient se régler sur les Vincent, les Varlet, sur la grossière image du Père Duchesne à pipe, à sabots, et imiter son jargon. Kerverseau en restait aux sans-culottes bourgeois. Il se croyait ici devant les véritables bandits dont ces hommes, assis derrière une table tachée d'encre et de ronds vineux, s'appliquaient à se donner l'air. Il frémit en les entendant discuter de scellés à mettre chez un particulier où il y avait « de l'auber, de la criche », c'est-à-dire de l'argent.

« Toi, là, que veux-tu? s'enquit le président.

— Faire viser mon passe.

— D'où viens-tu?

— De Villefranche.

— Dans le Rhône? Pays d'aristocrates!

— Vous êtes dans l'erreur, citoyen.

— Vous! On voit bien que dans ta commune on n'est guère au pas. Il n'y a que Pitt et Cobourg pour se donner du vous. Dans un pays libre, on doit se tutoyer.

— Citoyen, une autre fois je n'y manquerai pas.

— C'est bon, fais-nous avancer tes témoins. On va voir si leur mine est aussi suspecte que la tienne.

— Quels témoins? demanda Kerverseau, surpris.

— Comment, quels témoins! Monsieur fait l'idiot, ou il n'y a pas de bon Dieu! Apprends que nous sommes ici des bougres à poil, on ne nous en conte point. Laisse ton passeport et sors vite si tu ne veux pas qu'il t'arrive quelque chose de pire. Ne ramène ton museau que quand tu seras en règle! »

Comme le pauvre Kerverseau, ne sachant à quel saint se vouer, était retourné à son garni, l'hôtesse lui dit qu'en effet toute personne demandant un visa devait se présenter avec deux témoins garantissant son civisme. Si l'on avait ensuite des notes fâcheuses sur son compte et si elle ne se retrouvait pas, on mettait en prison ses témoins.

« Dans ce cas, s'exclama Kerverseau, je suis perdu, je le vois bien. Nul ne voudra s'exposer à la prison en répondant d'un inconnu. Je ne sortirai jamais de cette maudite ville.

— Malheureux, taisez-vous! chuchota la femme. Si l'on nous entendait!... Tenez, ajouta-t-elle, je connais un citoyen qui vous rendra ce service, en payant, toutefois, car il en fait métier. » Elle indiqua l'adresse : « La seconde petite boutique à gauche, dans la rue de la Loi.

— Où prenez-vous la rue de la Loi? J'ai demeuré quarante ans à Paris sans en entendre jamais parler. »

C'était tout bonnement la rue de Richelieu rebaptisée. L'ancien robin y trouva sans peine la boutique en question : un trou, une niche, plutôt qu'un magasin, où une commère attendait en vain les chalands pour leur débiter du sel et du tabac, seules marchandises visibles sur le minuscule comptoir, et encore en minimes quantités. Son homme n'était pas là, mais il allait revenir d'un instant à l'autre, dit-elle. « Il a poussé seulement jusqu'à la place de la Révolution, pour voir une fournée d'aristocrates éternuer dans le sac. Ça n'en valait guère la peine, du reste. Une menue fournée bien ordinaire. »

Le mari ne partageait point cette opinion. Il le dit en rentrant, peu après. « Sacrebleu! ajouta-t-il, ces chiens-là sont morts avec bien du courage. C'est malheureux que des aristocrates meurent comme ça. Il y avait surtout, dans la bande,une petite poulette de seize à dix-huit ans, fraîche comme une rose. Elle vous a grimpé sur le coffre ni plus ni moins que si elle allait défiler une contredanse.

— Seize à dix-huit ans, observa Kerverseau, c'est être aristocrate de bonne heure.

— Ah! bien oui! dans cette caste-là, ça vous suce le fédéralisme avec le lait. »

Mis au courant de ce qu'attendait de lui son visiteur, le marchand de tabac remarqua seulement qu'il fallait un second témoin. « Oh! je l'aurai bientôt trouvé. Tu n'as peut-être pas dîné, citoyen? Non, eh bien, plante-toi sur ce tabouret, nous allons nous caler l'estomac, nous ferons ton affaire ensuite. Ce sera réglé en un quart d'heure. »

Effectivement, toutes les difficultés qui n'avaient cessé de se resserrer sur le pauvre Kerverseau se relâchèrent en quelques minutes, comme par miracle. Il eût sans la moindre peine obtenu aussi bien un certificat de confiance pour séjourner dans la capitale, mais il était écœuré de Paris. Dès le lendemain, à huit heures du matin, il reprit la diligence, en songeant à ce que devait être l'existence des véritables suspects, quand on rendait la vie si difficile à un citoyen auquel ne manquait qu'un malheureux visa.

Bien des gens traqués, cachés dans Paris, les connaissaient, les affres de cette existence. Louvet la menait, dans le logement au fond duquel sa femme lui avait ménagé une retraite soigneusement dissimulée où il courait s'enfouir aux premiers tintements de la sonnette. Elle résonnait peu souvent, et presque toujours elle annonçait simplement quelque voisine ou la portière. Nul ne soupçonnait la présence d'un homme dans l'appartement garni d'épais tapis, tout calfeutré de tentures pour étouffer les pas, les bruits. Lodoïska avait amené Jean-Baptiste pendant la nuit. Elle passait pour fille, nouvelle venue à Paris où elle ne possédait ni parents ni relations. Cela lui permettait de n'ouvrir qu'après avoir demandé qui était là. Louvet en profitait pour disparaître dans sa cachette; il s'y enfermait aussi quand Lodoïska sortait. Il disposait d'un siège, d'une petite table avec du papier, de l'encre, des plumes et d'une réserve de livres. Il écrivait ou lisait en attendant le signal libérateur. Personne n'aurait pensé qu'une cache se trouvait là. Plusieurs fois, les commissaires de la section, procédant à la visite périodique des logements, étaient passés devant ce retrait sans y prendre garde. Mais ils agissaient par simple routine, ils ne donnaient qu'un coup d'œil. Il en irait tout autrement si la défiance s'éveillait, la cache n'échapperait pas à de véritables recherches.

Sans doute, Louvet et sa Marguerite, en dépit de leurs alertes, jouissaient-ils du suprême bonheur d'être ensemble. Depuis Penhars, ils avaient été sevrés l'un de l'autre; ils se rattrapaient : revanche de l'amour sur la cruauté du temps. Revanche traversée d'anxiété, de douleurs causées par la mort de tant d'amis dont les journaux leur apprenaient la fin tragique. Clavière se poignardait, à la Conciergerie; désespérée, sa femme s'empoisonnait. Rabaut-Saint-Étienne, caché lui aussi dans Paris, et vendu par une servante qu'il avait crue de confiance, était exécuté; sa femme, résolue à le suivre, se tirait une balle dans la tête après s'être assise sur la margelle d'un puits afin de mourir noyée si elle se manquait. Boisguyon, le jeune Custine, Valady enfin, arrêté aux environs de Périgueux alors qu'il marchait sur les traces de Louvet, périssaient tour à tour place de la Révolution. De Pétion, de Barbaroux, de Buzot, aucune nouvelle. Ils devaient vivre encore dans la Gironde où Tallien, proconsul à Bordeaux, ne semblait pas les rechercher bien activement.

Lodoïska et son Jean-Baptiste étaient déterminés à ne point se survivre, eux non plus. Chaque nuit leur apportait, avec les joies des amants, l'angoisse d'entendre soudain résonner à la porte les coups annonçant une perquisition. Car, malgré tous les soins, le soupçon ne pouvait pas ne point finir par s'éveiller. Il n'était pas normal qu'une aimable personne comme Lodoïska menât une existence si retirée, pas croyable qu'elle ne se fît aucune relation, pas possible qu'on ne vît là rien de suspect. Pour se procurer la nourriture de deux personnes, avec une seule carte de viande, même en s'imposant des privations, il lui fallait recourir à mille ruses dont la portière, les voisines ne seraient pas toujours dupes. Quand tout, ou presque, était crime, il suffisait de bien peu pour provoquer la méfiance, et dès lors!...

Pendant ce temps, Danton, bien à l'aise, lui, dans son appartement de la cour du Commerce, avec une table abondamment garnie, et sa jeune femme ravissante, n'échappait pas néanmoins à l'inquiétude. Il s'énervait, ne concevait pas les succès du Comité auquel il avait prédit les pires désastres, et qui poussait hors des frontières ses armées triomphantes. Landau débloqué, Spire tombant au pouvoir de l'armée de Moselle, les Autrichiens chassés d'Alsace, repassant en hâte le Rhin, c'était autant de coups pour sa politique à lui, qui aurait eu besoin de défaites. Alors il serait apparu comme le sauveur. De quoi pouvait-on sauver une nation en train d'imposer irrésistiblement sa force à tous ses ennemis? De la terreur : rançon de ces victoires. De l'angoisse, de l'énorme ennui pesant sur la France et dont il sentait lui-même le poids. Cette morne vie, trop bête, ces hommes trop cruels, il les prenait en dégoût. « Rien ne vaut plus la peine. Tout est foutu! » répétait-il. Il déclarait à ses amis : « Nos succès nous coûtent plus cher que des défaites. Notre diplomatie à coups de canons nous vaudra la guerre perpétuelle. Nous battrons-nous pendant vingt ans, jusqu'à l'épuisement total? » Au temps où il était si fort partisan de la guerre, même de la guerre conquérante, où il fixait à la Convention le tracé des frontières de la république, c'est exactement ce que lui rétorquait Claude. De fait, Danton avait échoué dans la conduite de la guerre, comme dans la conduite de la diplomatie. Nul ne l'écoutait plus sinon les royalistes, les ci-devant fédéralistes et les mécontents : commerçants, industriels, honnêtes ou non, en révolte contre le *maximum*, ouvriers que les Comités de Salut public et de Sûreté générale envoyaient en prison quand ils prétendaient faire grève pour obtenir une augmentation de salaires, fermiers, propriétaires, contraints sous peine de mort de livrer leur blé aux greniers publics. Ainsi Danton, un peu malgré lui, mais entraîné par son inconséquence, sa turbulence et son avidité, devenait l'homme de la réaction, l'espoir de tous ceux qui voyaient dans une paix de compromis le moyen d'en finir avec un régime odieux.

Claude se demandait si Desmoulins se trompait de bonne foi en prêtant sa plume à cette réaction. En réclamant si haut l'indulgence, n'obéissait-il pas, comme Danton, à un intérêt qui divorçait d'avec celui de la nation? Désir peut-être de protéger les siens et ses amis. Il disait lui-même que, seuls, trois des témoins de son mariage : Robespierre, Danton et Claude, subsistaient encore, tous les autres ayant été guillotinés, dont six en même temps que Brissot. Et la suspicion planait sur la famille Duplessis. Mais aussi ambition, envie de retrouver la célébrité qu'il avait perdue. Loin de briller à la Convention, où son défaut de langue lui interdisait pratiquement la tribune, il avait glissé peu à peu dans l'obscurité. Voilà qu'avec son thème de l'indulgence, il remontait en pleine lumière. *Le Vieux Cordelier* se vendait presque autant que *Le Père Duchesne*. Camille était trop homme de lettres pour ne point s'attacher à ce succès. Il devait pourtant sentir les risques de sa position.

Il les sentait, effectivement. Exclu des Cordeliers, menacé aux Jacobins, il percevait le refroidissement de Robespierre qui ne le suivait plus dans sa campagne. Si Maximilien le défendait encore contre les Cordeliers ultras avec une sorte de commisération dédaigneuse, il ne lui cachait pas sa réprobation, sa croissante défiance. Même le grand ami Fréron, le *Lapin*, réprouvait ses appels à l'indulgence. Il écrivait de Toulon où il demeurait en mission :

« Le *Loup-garou* (c'était Camille) doit tenir en bride son imagination relativement à ses comités de clémence. Ce serait un triomphe pour les contre-révolutionnaires. Que sa philanthropie ne l'égare pas. Qu'il se contente de faire une guerre à outrance aux patriotes d'industrie. » Or, au premier rang de ceux-ci se trouvaient particulièrement des Dantonistes. Fréron-lapin regrettait *Monsieur Hon-hon*, *Bouli-Boula* (toujours Camille) et le bon *Rouleau* (Lucile), « le thym et le serpolet dont les jolies mains à petits trous le nourrissaient », il se souvenait des *idylles, des saules, des tombeaux, des éclats de rire* de la jeune femme, lectrice à la fois de Young et de Grécourt. Il la revoyait, disait-il, « trottant dans sa chambre, courant sur le parquet, s'asseyant une minute à son piano, des heures entières dans son fauteuil, rêvant, puis faisant le café à la chausse, se démenant comme un lutin et montrant ses dents comme un chat ». Il l'imitait dans son langage : « Qu'est-ce que ça me fait?

C'est clair comme le jour! » Il était follement amoureux d'elle. Sans doute était-ce la cause de cette mélancolie que Claude prenait pour de l'infatuation, et qui lui rendait Fréron peu sympathique. « Adieu, folle, cent fois folle, Rouleau chéri, terminait-il. Le lapin embrasse toute la garenne, en attendant de retourner s'ébaudir sur l'herbe de Bourg-Égalité. » Là se trouvait la maison de campagne des parents de Lucile, où ils avaient tous été si heureux ensemble.

Camille ne croyait plus au retour de ces heures dorées. Il disait à Brune venu porter les nouvelles des armées à la Convention, et qui dînait avec Lucile et lui dans le charmant appartement de la place du Théâtre-Français : « *Edamus et bibamus, cras enim moriamur*, mangeons et buvons, car nous mourrons demain. »

II

Le 16 nivôse — 5 janvier 1794 pour ceux qui dataient encore selon l'ancienne manière —, Collot d'Herbois présenta, aux Jacobins, le rapport sur Philippeaux et Camille. La salle conventuelle était aussi pleine qu'au soir du 3 nivôse. Les places se vendaient aussi cher. Il ne faisait pas moins chaud, non plus, sous la vieille voûte. Dehors, il gelait.

L'ancien acteur se montra impartial. Examinant toute la conduite du député du Mans, il fit voir que ses attaques contre les agents d'exécution visaient en réalité le Comité de Salut public, qu'elles continuaient une longue suite d'actions et de votes antidémocratiques. En quoi Collot avait parfaitement raison : Philippeaux était un feuillantiste. Quant à Camille, il fallait, dit le rapporteur, se rappeler sa *France libre*, son *Procureur de la Lanterne*. Desmoulins, bon patriote auquel la Révolution devait beaucoup, avait pu se laisser égarer. On le lui pardonnerait en l'engageant à ne plus commettre de pareilles erreurs. La commission proposait à son sujet une simple motion de censure. Claude trouva le jugement des plus justes. Camille avait besoin d'être rappelé à l'ordre.

Susceptible, obstiné, il ne l'entendait pas de cette oreille.

Il réagit en faisant passer un billet à Jay Sainte-Foy qui, en récompense de son intervention du 22 frimaire pour empêcher le renouvellement du Comité, avait pris la suite de Claude au fauteuil. Desmoulins demandait la lecture de son dernier numéro, dans lequel se trouvait exposée sa défense. Hébert bondit à la tribune.

« On essaie de détourner la discussion, se récria-t-il. Faute de pouvoir répondre, on recourt à la calomnie. Je suis accusé dans ce libelle d'être un audacieux brigand, un spoliateur de la fortune publique.

— En... en voici la preuve, riposta Camille brandissant une feuille de papier. Je... je tiens là un extrait des registres de la Trésorerie nationale. Il... il porte que, le 2 juin, il a été payé à Hébert par Bouchotte une somme de cent vingt-trois mille francs, qu'il... il lui a été payé, le 4 octobre, une somme de soixante mille francs, pour six cent mille exemplaires du *Père Duchesne.* Ces exemplaires n'en valaient que dix-sept mille.

— Je suis heureux d'être accusé en face, je vais répondre », déclara Hébert.

Robespierre jeune, revenu de Toulon, interrompit ce dialogue. « Je constate, dit-il, que dans une Société où l'on s'occupait, il y a cinq mois, des grands intérêts de la république, toute la place est prise aujourd'hui par de misérables querelles entre particuliers. Eh! peu nous importe qu'Hébert ait volé en distribuant des contremarques! » Toute l'assistance partit à rire, tandis que l'élégant Hébert, levant les bras au ciel, frappant du talon le plancher de la tribune, s'exclamait : « Veux-t-on m'assassiner aujourd'hui? » Impitoyable, Augustin poursuivit : « Ceux qui ne sont pas sans reproche ne doivent point interrompre la discussion générale. Et tu as des reproches à te faire. Je n'ai pas lu sans horreur, sans indignation, tes écrits sur le culte. Ils sont propres à jeter l'incendie dans tous les départements. Au surplus, *Le Père Duchesne* n'a rien à envier au *Vieux Cordelier.* »

Maximilien intervint : « On a mauvaise grâce à se plaindre de la calomnie, quand on a soi-même calomnié », dit-il sèchement à Hébert. Puis, se tournant vers Camille : « Je gagerais que tes pièces démonstratives ne prouvent rien. » Il déplora le scandale de ces discussions qu'il avait voulu éviter. « Maintenant, ce qui nous importe, c'est de savoir si les accusations de Philippeaux sont fondées. Voilà ce qu'il faut éclaircir. Le but de la Révolution est le triomphe de l'innocence. »

Danton affectait une sérénité dont il était assurément fort loin. « Laissons cela à la guillotine de l'opinion, dit-il, sacrifions nos débats particuliers à l'intérêt général. » On ne lui accorda nulle attention. Si la Convention l'écoutait encore et l'applaudissait parfois, aux Jacobins il ne comptait plus. On entendit une foule de témoignages contradictoires sur la conduite de Ronsin, de Rossignol, de Bouchotte, puis on arrêta cette audition qui sombrait dans la confusion et l'indifférence. On remit à la prochaine séance la défense de Philippeaux, Desmoulins et Fabre d'Églantine.

Ce soir-là — le surlendemain —, quand ils furent appelés à la tribune, aucun d'eux ne se présenta. Déjà, le matin, à la Convention, Choudieu avait démontré que la plupart des allégations de Philippeaux étaient inexactes, et déclaré : « S'il n'est pas fou, c'est le plus grand des imposteurs. » Stanislas Maillard, dans une brochure intitulée : *Le voile tombe et le calomniateur est découvert*, avait prouvé que les accusations de Fabre contre lui étaient forgées de toutes pièces. Quand l'appel aux défenseurs eut été répété en vain pour la troisième fois, Robespierre constata : « Ceux qui ont provoqué la lutte fuient le combat. Laissons juge l'opinion publique. » Danton maintenait difficilement son masque de sérénité. Soudain Camille arriva. Il parut à la tribune, inquiet, hésitant, le teint bilieux, la chevelure négligée. Il confessa qu'il avait cru de bonne foi aux révélations de Philippeaux. Ne connaissant pas personnellement le commissaire en Vendée, il s'était fié à ce qu'en disaient ses collègues Bourdon de l'Oise et Goupilleau. « Aujourd'hui, je... je m'aperçois que Philippeaux a... a... altéré la vérité. Je...je ne sais plus où j'en suis, je n'ai plus d'avis sur la question. »

Dans l'intention évidente de terminer l'affaire en ce qui concernait Desmoulins, de le tirer de là, Robespierre déclara : « Le caractère de Camille est connu. La liberté doit le traiter comme un enfant étourdi qui a touché à des armes dangereuses et en a fait un funeste usage. Il faut simplement l'engager à quitter les mauvaises compagnies dont il subit l'influence. » D'un ton à la fois badin et dédaigneux, Maximilien poursuivit : « Il faut le garder avec nous et sévir contre ses écrits que Brissot lui-même n'eût pas désavoués, les traiter comme les aristocrates qui s'en repaissent. Je propose que ses numéros soient brûlés incontinent. »

On rit, on applaudit; tout cela n'était pas méchant. Robespierre oubliait que Brissot, après des années d'amitié, avait provoqué la fureur de Desmoulins en le qualifiant simplement, sur ce mode dédaigneux, de « jeune homme ». Claude sentit monter la colère de Camille, absolument blême à présent, les mains tremblantes. D'un trait, sans le moindre balbutiement, il lança :

« Fort bien dit, Robespierre. Mais je te répondrai comme Rousseau : Brûler n'est pas répondre. »

Maximilien à son tour se cabra. Redressant sa petite taille, serrant les lèvres :

« Apprends, Camille, dit-il d'une voix acide, que si tu n'étais pas Camille, on pourrait ne pas avoir tant d'indulgence pour toi! La façon dont tu prétends défendre des feuilles qui font les délices des contre-révolutionnaires prouve de mauvaises intentions.

— Mes... mes intentions, tu les connais. Je... j'ai été chez toi, je t'ai lu mes numéros.

— Je n'en ai écouté qu'un ou deux, j'ai refusé d'entendre les autres. »

Mal à l'aise, Claude craignait d'envenimer la querelle s'il s'adressait en public aux deux interlocuteurs. Danton intervint, sur la pointe des pieds.

« Camille ne doit pas se froisser des leçons un peu sévères que Robespierre vient de lui donner, l'amitié seule les dicte. Citoyens, que la justice et le sang-froid président toujours à vos décisions. En jugeant Desmoulins, prenez garde de porter un coup funeste à la liberté de la presse. »

Bien, Georges, très bien! fit Claude en lui-même. Il y avait des moments, comme celui-ci, où ce gros taureau, parfois si fin, si sensible, reconquérait malgré tout sa sympathie.

« Eh bien, décida Robespierre, qu'on ne brûle pas mais qu'on lise. Puisqu'il le veut, que Camille soit couvert d'ignominie. L'homme qui tient à des écrits si perfides est peut-être plus qu'égaré. »

Un des secrétaires donna lecture du numéro IV, dans lequel

Desmoulins, protestant contre les incarcérations en masse, réclamait l'ouverture des prisons. Les gradins murmuraient sourdement. Lu ainsi, à voix haute, le pamphlet prenait les allures d'un défi essentiellement antirévolutionnaire. Malheureux Camille! Claude le regardait de loin avec effroi.

« Tu es insensé! lui dit-il après la séance en l'entraînant dans l'ancienne sacristie pour le morigéner. Compromis comme tu l'es, aller te quereller avec Maximilien qui a voulu te protéger! C'est la seconde fois, prends garde qu'il n'y en ait pas de troisième! Il a sacrifié l'ouvrage pour sauver l'auteur, ne le comprends-tu pas? Et toi, Georges, reprit-il a l'adresse de Danton qui les avait suivis, tu es bien coupable de l'avoir laissé écrire, ou de l'avoir poussé à écrire, de telles choses, quand c'est toi et les tiens qui avez aidé les Hébertistes à mettre la terreur à l'ordre du jour.

— Je la voulais contre les ennemis de la patrie, non point contre des innocents.

— Allons donc! Tu voulais tout bonnement nous obliger à exercer cette terreur, nous rendre odieux par ce moyen. C'est de même pour te placer sur le piédestal de la clémence que tu as engagé Camille dans une campagne dont on te sait le promoteur. Vous ne réclamez à tue-tête l'indulgence que pour nous la rendre impossible en secret. Je t'en conjure, Georges, s'il te reste une lueur de bon sens, renonce à cette rivalité. Ce n'est pas la Révolution qui nous dévorera tous, comme le disait le malheureux Vergniaud, c'est nous qui nous entre-dévorons parce que justement trop d'entre nous ne pensent pas à la Révolution mais à eux-mêmes. Eh bien, pensez à vous, sacrebleu! regardez-vous! Camille et toi vous avez déjà le cou dans la lunette. »

Danton protesta qu'il était absolument sincère dans son désir de clémence. Il se dit tout prêt à lutter avec Robespierre contre les ultras. Or, le lendemain matin, il faisait, au moyen de Bourdon de l'Oise, décréter par la Convention la réorganisation du Conseil exécutif, avec des ministres responsables. Coup droit contre les Hébertistes, sans doute, mais aussi pour le Comité de Salut public. On enterrerait le décret, assurément. Il n'en montrait pas moins que Danton ne désarmait pas. En allant, quelques instants plus tard, parler de Camille à Robespierre, Claude le trouva en train de rédiger un projet de discours dirigé à la fois contre les indulgents et les ultras.

« Ce sont deux factions également funestes, dit-il. L'une prêche la fureur, l'autre la clémence ; l'une conseille la faiblesse, l'autre la folie. Toutes deux se rapprochent et se *confondent*, souligna-t-il. Voilà ce que j'ai l'intention de montrer désormais. Il faudra débarrasser la France de l'une comme de l'autre.

— Tu penses à Danton ?

— A la plupart de ses amis. A Fabre, d'abord. C'est lui, j'en suis sûr, qui a égaré Danton dans les dédales d'une politique fausse, pusillanime. C'est son mauvais génie. Cette tête féconde en artifices a conçu le projet d'éteindre l'énergie révolutionnaire pour éviter que les patriotes ne déchirent le voile dont il couvre ses agissements de spéculateur et ses intrigues.

— Et Camille ? Je lui ai fait la leçon, hier soir. Il était accablé par ta colère. »

Maximilien haussa les épaules.

« Ce n'est qu'un vaniteux, un versatile. »

Au club, le soir, Momoro lut le numéro III du *Vieux Cordelier*, Momoro qui, en juin 89, n'osait pas imprimer *La France libre*, accusait maintenant Desmoulins de modérantisme. Ce numéro III était le pastiche de Tacite, où Camille fustigeait les absurdités sanglantes de la Terreur. On écouta dans un silence glacial. Hébert demanda la parole : « Vous allez entendre la lecture du cinquième numéro de Camille Desmoulins. Il est particulièrement dirigé contre moi. Je ne m'en crois pas atteint, cet homme est tellement couvert de boue qu'il ne peut plus atteindre un patriote, mais le poison est toujours du poison, il faut l'antidote. Je demande qu'après la lecture de ces infamies la Société veuille bien écouter la réfutation victorieuse que je crois en avoir fait aujourd'hui. »

Robespierre se leva. « Je m'oppose à ces lectures. *Le Vieux Cordelier* est un amas bizarre de vérités et de mensonges, de politique et de chimères. Nous n'avons pas à nous en soucier. Quant à Hébert, il s'occupe trop de lui-même, il veut que tout le monde ait les yeux sur lui, il ne pense pas assez à l'intérêt national. » Montant à la tribune, Maximilien poursuivit : « Que les Jacobins chassent ou conservent Desmoulins, peu importe. Ce n'est qu'un individu. Citra-révolutionnaires et ultra-révolutionnaires s'entendent comme des brigands dans une forêt.

Hébert et Camille ont également tort à nos yeux. Il existe une nouvelle faction qui s'est ralliée sous les bannières déchirées du brissotisme. Quelques meneurs adroits font mouvoir la machine en se tenant cachés dans les coulisses. Au fond, c'est la suite de la Gironde, ce sont les mêmes acteurs avec un masque différent. »

Danton, après son mauvais tour du matin, avait jugé prudent de ne point venir. Fabre d'Églantine voulut répondre. Mais Robespierre : « Je prie Fabre d'attendre, s'il a son thème tout prêt, le mien n'est pas encore fini. » Là-dessus, Maximilien de poursuivre, frappant à droite et à gauche : « Les deux sortes de conspirateurs paraissent se combattre mais concourent à servir la cause des tyrans. L'une des factions complote pour effrayer l'Assemblée nationale, l'autre pour inquiéter le peuple. Ne vous alarmez pas cependant, la victoire du patriotisme est assurée, il n'y a plus à écraser que quelques serpents.

— Ils le seront! » s'écria-t-on sur les gradins, tandis qu'une explosion d'applaudissements faisait vibrer les lustres.

L'autorité de Robespierre s'imposait, enflammant la plus grande partie du club, effrayant ceux qu'il visait. « J'invite la Société, reprit-il, à ne s'attacher qu'à la conjuration, sans discuter plus longtemps les numéros du *Vieux Cordelier.* » Puis, se tournant vers Fabre : « Je demande que cet homme, si habile à exposer les intrigues au théâtre, veuille bien s'expliquer sur celle-ci. Nous verrons comment il s'en sortira. »

Blême, Fabre d'Églantine tenta gauchement de se défendre. Il déclara n'avoir exercé aucune influence sur Desmoulins, il n'avait jamais lu en épreuve un seul de ses numéros, il n'entretenait pas de relations avec Philippeaux ni avec Bourdon. Il répondrait à tout, si Robespierre voulait bien préciser ses accusations.

« A la guillotine! » clama un citoyen des tribunes. Maximilien le fit expulser sur-le-champ. Fabre dit encore quelques mots perdus dans le brouhaha. On se désintéressait de lui comme s'il n'existait déjà plus. La sueur lui collait les cheveux aux tempes. Il trébucha en descendant de la tribune. On leva la séance sans rien décider sur Desmoulins ni sur lui.

Six jours plus tard il était arrêté. On avait découvert, parmi les papiers saisis chez Delaunay, une preuve de sa collusion avec Fabre dans la liquidation de la Compagnie des Indes. Le Comité de Sûreté générale l'envoya rejoindre Delaunay, ainsi que Chabot et Bazire, à la prison du Luxembourg.

Ce même jour, 23 nivôse, c'est-à-dire le 12 janvier, Jacques Roux, l'ex-rival d'Hébert, l'ex-chef de file des Enragés, avait comparu au Châtelet devant le tribunal correctionnel. Celui-ci, s'estimant incompétent, prononça le renvoi de l'accusé devant le Tribunal révolutionnaire. Alors Roux, qui cachait parmi ses papiers un petit couteau à manche d'ivoire, l'ouvrit et s'en porta plusieurs coups à la poitrine. Désarmé par ses gardes, sanglant, tandis que l'on cherchait un chirurgien, il répondit aux questions étonnées des magistrats : « Depuis longtemps j'étais résolu au sacrifice de ma vie, mais les inculpations atroces de mes persécuteurs m'ont singulièrement incité à passer aux actes.

— Le tribunal, par son jugement, n'avait pas prononcé sur votre cause, il n'a fait que vous renvoyer devant des juges compétents, lui fit-on observer.

— Je n'ai point à me plaindre du tribunal, il a agi d'après la loi, moi j'ai agi d'après ma liberté.

— Vous n'aviez pas à craindre de paraître devant le Tribunal révolutionnaire. Marat, que vous regardez comme votre ami, en est sorti triomphant.

— Il y a beaucoup de différence entre Marat et moi. Il n'avait pas mon énergie, et il n'a pas été persécuté comme moi, répondit assez injustement le blessé. Je méprise la vie, ajouta-t-il. Un sort heureux est réservé aux amis de la liberté, dans la vie future. Je vous recommande mon petit orphelin Masselin que j'ai recueilli chez moi. Je demande qu'avant de terminer ma carrière on me couvre du bonnet rouge et que le président du tribunal me donne le baiser de paix et de fraternité. »

Au moment où le président satisfaisait à ce vœu, un chirurgien arriva. Il constata que Jacques Roux portait au côté gauche de la poitrine cinq blessures dont aucune n'était dangereuse. Ramené à Bicêtre, il fut placé à l'infirmerie en attendant de comparaître devant le Tribunal révolutionnaire.

En ce qui concernait l'arrestation de Fabre d'Églantine, la Convention devait en ratifier le décret. Claude attendait là Danton. Soutiendrait-il son vieil ami, si peu défendable fût-il? Non, il reconnut que le Comité de Sûreté générale avait bien agi en mettant sous la main de la loi un homme présumé coupable. Cependant il demanda, non sans habileté, que les prévenus dans l'affaire de la Compagnie des Indes fussent traduits à la barre de la Convention. « Lorsqu'on vous dévoile des turpitudes, un agiotage, des corruptions, lorsqu'on vous dénonce un faux qui peut être désavoué, pourquoi n'entendriez-vous pas ceux que l'on accuse? » Dans un grand débat, pensait-il sans doute, on pourrait noyer cette affaire sous des flots d'éloquence.

Amar répondit sèchement : « Ce serait porter le soupçon sur le Comité. » Billaud-Varenne, défiant du regard le *Géant de la Révolution* devenu l'*Idole pourrie*, s'écria : » Malheur à celui qui a siégé à côté de Fabre d'Églantine et qui est encore sa dupe! »

Le géant se tut. Claude ne put se défendre d'un serrement de cœur à le voir ainsi baisser la tête : taureau essoufflé. Était-il, comme Vadier le prétendait avec d'obscènes ricanements, épuisé par sa trop jeune et trop jolie Louise? Si on avait voulu l'abattre maintenant, il aurait suffi de l'abandonner au Comité de Sûreté générale. Hormis Panis et Ruhl, tous les commissaires, même son ami David pris de peur, étaient contre lui désormais.

Robespierre ne retirait pourtant pas de sur lui une main toujours fraternelle. Il désirait le réduire, le cerner, l'amener à une alliance, encore possible voulait croire Claude, malgré tout. Cette main, Maximilien l'étendait aussi sur Camille. Exclu des Jacobins le 21 nivôse, à l'instigation des Hébertistes, il avait été réintégré à celle de Robespierre qui le sauvait ainsi pour la quatrième fois, en déclarant : « L'intérêt public ne veut pas qu'un individu se venge d'un autre, ni qu'une coterie triomphe d'une autre », et en menaçant de faire exclure ceux qui avaient exclu Desmoulins.

L'Incorruptible exerçait à présent sur les Jacobins une prépondérance telle qu'effrayés du risque les Hébertistes avaient réadmis Camille. Mais Amar, Vadier, au Comité de Sûreté générale, ne le tenaient pas quitte. N'osant braver Robespierre, ils inquiétaient Desmoulins dans sa belle-famille, faisaient perquisitionner chez le citoyen Duplessis, déclaré suspect. Le 24 nivôse, an II de la République française une et indivisible, Lucile, répondant à la lettre de Fréron, lui écrivait :

« Revenez, Fréron, revenez bien vite. Vous n'avez point de temps à perdre, ramenez avec vous tous les vieux Cordeliers que vous rencontrerez. Vous ne pouvez avoir idée de tout ce qui se fait ici! Vous n'appercevez qu'une faible lueur dans le lointain. Aussi je ne m'étonne pas que vous reprochiez à Camille son *comité de clémence*. Ce n'est pas de Toulon qu'il faut juger. Nous sommes calomnié, persécuté par des ignorants, des intrigants, et même des patriottes. Robespière, votre boussolle, a dénoncé Camille aux Jacobins; il a fait lire ses numéros III et IV, a demandé qu'ils fussent brulez. Pendant deux séances consécutives, il a tonné contre Camille. A la troisième séance on avait rayé Camille. Par une bisarie bien singulière, il a fait des efforts inconcevables pour obtenir que sa radiation fût rapportée; elle a été rapportée, mais il a vu que lorsqu'il ne pensait pas ou qu'il n'agissait pas à la volonté d'une certaine quantité d'individus, il n'avait pas tout pouvoir. Marius (elle désignait ainsi Danton) n'est plus écouté, il perd courage, il devient faible. Déglantine est arrêté, mis au Luxembourg; on l'accuse de faits très graves. Il n'était donc pas patriotte! il avait si bien été jusqu'à ce moment. Un patriotte de moins c'est un malheur de plus... La vie me devient un pesant fardeau. Je ne scais plus penser. Mes yeux se remplissent de larmes. Je renferme en mon cœur cette douleur affreuse, je montre à Camille un frond serein, j'affecte du courage pour qu'il continue d'en avoir... Oui, le serpolet est tout prêt. C'est à travers mille soucis que je l'ai cueillis. Je ne ris plus, je ne fais plus le chat, je ne touche plus à mon piano, je ne rève plus, je ne suis plus qu'une machine. Je ne vois plus personne, je ne sors plus. Il y a longtemps que je ne vois plus les Robert. Ils ont éprouvé des désagréments par leur faute. Ils tâchent de se faire oublier... Adieu, lapin, vous allez encore m'appeler folle. Je ne le suis pourtant pas encore tout à fait, il me reste assé de raison pour souffrir... Entendez-vous, mon loup qui crie Martin, mon pauvre Martin, reviens bien vite. Revenez, revenez bien vite, nous vous attendons avec impatience. »

Plus au courant que ne l'imaginait Lucile, Fréron écrivait du Midi à Bayle : « Par le mot qu'a dit Billaud : malheur à ceux qui siègent à côté de Fabre, aurait-il voulu parler de Danton? Celui-ci est-il compromis? »

Prudent, Fréron se renseignait, pas tellement pressé de revenir, malgré son amour pour Lucile. La peur faisait le vide autour de Danton, de Desmoulins. Son imprimeur avait refusé de composer le numéro VI du *Vieux Cordelier* où Camille se plaignait des persécutions exercées sur sa belle-famille par la section Mucius Scevola. Cependant Robespierre imposait, une sorte de trêve aux querelles de personnes. Durant dix jours on ne discuta, aux Jacobins, que du parlementarisme britannique et des crimes du gouvernement anglais. Discussions auxquelles Claude se dispensa d'assister. Un sujet plus urgent occupait la section de la Guerre.

Si les armées du Rhin et de la Moselle, soutenues par Saint-Just et Le Bas, remportaient des succès définitifs, libérant l'Alsace, disloquant la coalition austro-prussienne, l'armée du Nord restait inerte depuis sa victoire à Wattignies. Peu après celle-ci, le Comité de Salut public avait écrit à Jourdan de passer la Sambre, de ressaisir Le Quesnoy, d'attaquer Namur. Les généraux donnaient désormais au Comité l'habitude de voir ses décisions réalisées à la lettre. Il avait prescrit à Dugommier de reprendre aux Espagnols le fort de Bellegarde avant le 21 septembre; cela s'était accompli. Il avait ordonné de soumettre Lyon avant le 24 vendémiaire; la ville avait été soumise le 18. De battre les insurgés de l'Ouest avant le 30; ils étaient défaits à Cholet le 26. Il avait fixé le 11 nivôse (31 décembre) pour terme au siège de Toulon; quinze jours plus tôt, le 26 frimaire, les troupes républicaines étaient entrées dans la ville.

Ce fut donc d'abord avec étonnement puis avec une humeur croissante que l'on constata, au pavillon de Flore, l'immobilité de Jourdan. En quartiers à Maubeuge, il ne bougeait pas, après avoir cependant répondu qu'il allait faire de son mieux pour exécuter les ordres du Comité. En réalité, le général les considérait comme inexécutables. En les recevant, il avait dit adieu à sa tête. Formé à l'école de la ci-devant armée où l'on n'opérait qu'à la belle saison, il lui semblait impossible de passer la Sambre et de poursuivre une campagne en hiver. Il se gardait toutefois de le dire. Il écrivait à Bouchotte et à Carnot qu'il s'apprêtait à l'offensive, mais la pluie ne lui permettait pas de s'engager, pour l'instant, les chemins étaient impraticables, il fallait attendre un temps meilleur.

On disputait vivement là-dessus, au Comité. Par le même temps, les généraux de la Moselle et du Rhin se battaient à outrance, ils remportaient victoire sur victoire. Robespierre ne comprenait pas. Ses soupçons, toujours prompts, s'éveillaient. Collot d'Herbois et Billaud-Varenne s'impatientaient, criaient haro sur Jourdan, bien que Claude se portât garant de son républicanisme, de son sans-culottisme. Carnot, quoique très désireux de pousser l'offensive sur tous les fronts, se rendait compte des difficultés. Il s'efforçait de modérer ses collègues. Claude et lui, pour défendre Jourdan, trouvaient en Barère un allié inattendu. A la fin l'impatience agressive de Collot et Billaud éclata.

« Si votre général n'est pas un contre-révolutionnaire, c'est un incapable, déclara Billaud. D'autres ont éternué dans le panier pour bien moins. Il nous faut sa tête. »

Dans les premiers jours de janvier, il devint évident que l'on ne pourrait éviter à Jourdan la destitution. Claude en avisa Bernard en lui demandant s'il accepterait de commander l'armée du Nord. La proposition émanait de Carnot, revenu de ses préventions contre le général Delmay.

« Non, répondit Bernard, je ne peux pas succéder dans de telles conditions à Jourdan, tu t'en doutes bien. Je me ferai tuer plutôt. Jourdan est un soldat plein de courage, un républicain qui a tout sacrifié à la république, il a sauvé la France à Hondschoote et à Wattignies, c'est une honte de lui retirer son armée. Aucun officier digne de ce nom, aucun Jacobin digne de ce titre n'accepterait de s'associer à cette injustice. S'il se trouve un général pour le faire, soyez sûrs que c'est un homme sans morale. J'ai dit mon sentiment là-dessus à Saint-Just, à Le Bas. Je te prie de lire ma lettre au Comité, je t'en voudrais d'y manquer. »

Claude s'y décida, non sans appréhension. Comme il s'y attendait, Billaud-Varenne piqua une crise. « Ton Delmay est un insolent! s'écria-t-il, un ennemi du peuple! On n'est pas républicain quand on donne le pas à ses amitiés sur les intérêts de la patrie. Je demande que Delmay soit arrêté sur-le-champ et envoyé avec Jourdan à Fouquier-Tinville. » Ce fut un tollé dans le salon blanc. Collot d'Herbois lui-même dit à Billaud qu'il allait trop loin. Robespierre tapotait la table. Il était mécontent, mais la résolution de Bernard, dont il connaissait le caractère, l'impressionnait. On ne décida rien, ce soir-là. Le temps manquait, d'ailleurs : tous les « politiques » se disposaient à se rendre au club (c'était à cette séance que Collot avait fait son rapport sur Philippeaux et Desmoulins). Le lendemain, 6 janvier, le ministre Bouchotte ayant chaleureusement recommandé Pichegru au Comité, pour recueillir la succession de Jourdan, Billaud et Collot revinrent à la charge, exigeant la destitution du général limousin. Robespierre inclinait à suivre Bouchotte. Carnot, Claude, Barère bataillèrent en vain. Ils obtinrent seulement que Jourdan ne serait pas arrêté avant d'avoir été entendu à Paris.

Il arriva le 14 janvier — le lendemain de l'arrestation de Fabre d'Églantine —, très affecté par l'idée qu'on pût le soupçonner de trahison. Claude le réconforta. Il le conduisit au pavillon, où Collot d'Herbois et Billaud-Varenne, satisfaits de voir le chef de l'armée du Nord agir tout à l'inverse de son prédécesseur Dumouriez, en se livrant au Comité sans hésitation, se montrèrent moins agressifs. Comme Billaud reprochait au général d'avoir, par son inaction, fait échouer le plan de campagne qui, fortement soutenu, aurait rejeté partout l'ennemi hors du territoire, Jourdan expliqua que les longues pluies imprégnant les plaines grasses du nord, dans lesquelles l'eau stagnait, ne produisaient pas du tout le même résultat sur le sol caillouteux de l'Alsace, et sur ses pentes favorables au ruissellement. Toute la détermination du monde ne pouvait rien contre les conditions atmosphériques ni contre le dénuement d'une armée qui manquait de tout pour affronter en campagne les rigueurs d'un hiver particulièrement rude. Finalement, Collot déclara : « Nous ne te soupçonnons pas, citoyen. Nous t'accusons seulement de t'être refroidi sur tes victoires. Nous estimons que tu dois être remplacé par un général plus énergique. Sois sans crainte, ta retraite ne sera pas déshonorante. » Barère fut chargé, selon l'habitude, de faire rapport là-dessus à la Convention.

« Jourdan, annonça-t-il à l'Assemblée, rentre pour quelque temps dans ses foyers, non pas à la manière de ces officiers suspects, de ces généraux douteux que la loi suspend ou destitue, mais comme un soldat glorieux qui se repose sur ses lauriers. Il est pauvre, c'est son éloge, son titre à la reconnaissance nationale. Nous vous proposons de lui accorder une retraite, conformément aux lois établies. »

Claude et Lise étaient heureux de voir Jourdan tiré à merveille de ce pas infiniment périlleux. « Je regrette, dit Claude, que Bernard ait refusé ta succession. Cette armée du Nord où j'ai tant de fois voulu le placer, où j'ai manqué sottement de le placer, lui échappe encore.

— Moi aussi, affirma Jourdan, je le regrette. Il s'est conduit en ami loyal et en grand cœur. S'il y a quelqu'un entre les mains de qui j'aurais résigné avec plaisir mon commandement, c'est lui. Ce Pichegru ne me dit rien de bon, ce ne peut être qu'un ambitieux, un intrigant. Il a dû embobeliner les représentants et Bouchotte. Quant à moi, je m'estime diantrement heureux de m'en tirer avec ma tête sur les épaules. Je l'avoue, j'ai eu peur. Je suis bien content d'aller retrouver ma bonne Jeanne, mes filles, ma boutique. »

Le 24 janvier, de retour dans sa mercerie, il se présentait au club de Limoges, où il fut reçu par de longues ovations. Le président, après avoir salué en lui un glorieux frère, lui donna l'accolade et le fit asseoir près de lui. Quelques jours plus tard, un vote unanime portait à la présidence le vainqueur de Wattignies. Loin de montrer la moindre amertume de sa disgrâce, il restait profondément fidèle au régime. Il protestait, à la Société populaire, contre « les ménagements dont on use avec les ennemis intérieurs », et incitait les patriotes à dénoncer sans hésitation « tout citoyen qui trahirait la chose publique ». Il avait retrouvé à Limoges son frère d'armes de mai dernier, Joseph Romanet, ci-devant chevalier du Caillaud, qui commandait comme lui une brigade à l'armée du Nord et dont Houchard avait fait alors, en même temps que celui de Jourdan, l'éloge au Comité de Salut public. Frappé, en septembre, par la mesure générale suspendant tous les officiers ex-nobles, il était rentré dans ses foyers. Fervent républicain lui aussi en dépit de sa suspension, il jouissait de toutes les sympathies jacobines. A la demande de Jourdan, il fut admis au club, par acclamation. En revanche, les meneurs de la Société avaient repris leurs attaques contre Pierre Dumas. Jourdan, qui n'oubliait pas les efforts de Dumas pour organiser les premiers bataillons de la Haute-Vienne, le tenait pour un bon patriote; mais, comme ses amis Barbou, Nicot,

Pinchaud, comme l'homme aux lunettes, comme le père de Claude, il n'aurait pu le défendre sans se compromettre dangereusement. Dumas fut arrêté de nouveau. Les Enragés limousins : Publicola Pédon, Frègebois, Foucaud, en tête, voulaient le voir comparaître devant le tribunal criminel où il avait protégé les bourgeois aristocrates, lorsqu'il le présidait.

Claude coupa court en faisant réclamer Dumas par le Comité de Sûreté générale. Il fut transféré à Paris, détenu au Luxembourg dans les conditions réservées aux favoris du Comité, avec permission de recevoir la visite de sa femme. Lise installa celle-ci et ses enfants dans un logement de la rue de l'Échelle. Jeanne pouvait voir son mari tous les jours. Pour être sûr que le dossier de Dumas ne serait point, par quelque malencontre, envoyé au greffe du Tribunal révolutionnaire, Claude pria Panis de le lui remettre. En agissant ainsi, il ne doutait pas de s'attirer la rancune des terroristes limougeauds. Il ne s'en souciait pas, il entendait fermement éviter à Pierre le sort de Gorsas, de Lesterpt-Beauvais.

« Je vous garantis une chose, ma chère Jeanne, dit-il, c'est que pour toucher à la tête de votre mari, il faudrait d'abord couper la mienne. Répétez-lui cela et assurez-le que j'irai sous peu l'embrasser. Pour le moment, nous sommes en pleine bataille. »

III

La trêve, en effet, était rompue. Tandis que Jourdan gagnait Limoges, la Convention, se rendant en corps, le 21 janvier, sur la place de la Révolution, pour célébrer l'anniversaire de la mort du tyran Capet, avait été conduite sur le Grand-Carré, par Billaud-Varenne, au moment où tombaient les têtes de quatre condamnés. Hasard ou préméditation? Toujours est-il que, le lendemain, Bourdon de l'Oise protestait avec vigueur contre le dessein, évident chez les Hébertistes, de « faire passer les représentants de la nation pour une assemblée de cannibales. »

Deux jours plus tard, Danton montait à la tribune, et, carrément cette fois, réclamait la modération. Rappelant qu'il avait été le principal artisan de toutes les mesures révolutionnaires, le créateur des Comités, du tribunal, il observa que la situation était à présent tout autre, elle n'exigeait plus tant de rigueur. Il avait fallu se rendre terrible quand la république était menacée. « Aujourd'hui, la république n'est-elle pas formidable à tous ses ennemis? N'est-elle pas victorieuse et triomphante? Il faut saisir ce moment pour éviter l'erreur de prolonger un système violent. Profitons de nos victoires, renonçons aux méthodes bonnes pour les heures de désespoir, mettons à l'ordre du jour la raison et la justice », dit-il en substance.

Le matin suivant, il vint de très bonne heure trouver Claude au pavillon de l'Égalité. « Écoute, je veux en finir, annonça-t-il. Il est temps d'unir nos efforts. Vous ne pouvez pas sérieusement me prendre pour un ambitieux. Que la Révolution se fixe, et je me retirerai. Je suis las, tu le sais bien, je souhaite d'aller vivre au calme dans ma maison d'Arcis. »

Claude haussa les épaules. « Je n'en crois rien, répliqua-t-il. Ou plutôt, je veux bien croire que tu le crois, mais ce n'est pas vrai, tu ne renonceras jamais au pouvoir.

— J'y renoncerai, je m'y engage, quand le pays jouira de la tranquillité à laquelle il aspire. Viens, accompagne-moi chez Robespierre. Je veux lui parler.

— Je t'en avertis, Robespierre ne saurait s'accorder avec tes idées de paix et de clémence systématique. Tu as entendu Barère, hier : il exprimait l'opinion unanime du Comité. »

Annonçant à la Convention la prise de Spire par l'armée du Rhin et de Moselle, Barère avait dit : « Dans les guerres ordinaires, après des succès pareils à ceux que nous remportons depuis l'offensive en Alsace, on aurait obtenu la paix. Les guerres des rois n'étaient que des tournois sanglants dont les peuples faisaient les frais et dont les souverains commandaient insolemment la pompe. Dans les guerres de la liberté, la seule victoire possible, c'est l'extermination des despotes. Lorsque les républicains ont formé quinze armées, il n'y a ni paix ni trêve ni armistice ni aucun traité à faire avec les tyrans, qu'au nom d'une république définitivement affermie, triomphante... Cependant quelques voix se font déjà entendre pour vanter les avantages de la paix. Quel politique habile, quel patriote sincère, quel républicain prononcé, oserait parler de mettre présentement fin à la guerre, sans crainte de compromettre la liberté à peine établie, et de faire perdre à la République française la puissance qu'elle commence d'acquérir aux yeux du monde? »

Les tripotages diplomatiques auxquels Danton se plaisait tant n'avaient jamais eu d'autres résultats que de permettre aux Prussiens et aux Autrichiens battus de se retirer pour reprendre de plus belle la campagne.

« Robespierre, dit Claude, ne veut pas qu'en détendant les ressorts de la nation, on fasse le jeu de l'étranger. A l'heure actuelle, une trêve ne profiterait qu'à nos ennemis. Je trouve très suspect, je te le déclare, cet empressement que tu as pour voler à leur secours chaque fois que nous sommes en passe de les écraser.

— Voyons, Claude! Tu ne mesures pas tes paroles. Tu m'accuses d'être un contre-révolutionnaire, moi, Danton, moi! » Il se frappait la poitrine de ses gros poings.

« Non, je ne t'accuse pas, je constate seulement, de plus en plus, ce que j'ai toujours soupçonné : tu n'es pas un vrai républicain. Tu es, au fond, comme Mirabeau, comme ton ennemi La Fayette, comme Barnave, Lameth, comme Lanjuinais, comme ton ami Dumouriez. Tu as consenti à la république parce que tu n'as pu faire autrement, quand il ne t'est resté aucun espoir orléaniste. Tu as beau siéger sur la Montagne, tu es un homme du Marais. Si nous te laissions aller ton train, nous aurions bientôt un régime aristocratique sous l'étiquette républicaine, un régime où l'argent, à coup sûr, serait roi, avec l'intrigue pour reine et l'agiotage comme Premier ministre. »

Danton mimant l'indignation, Claude, de la main, lui imposa silence, et reprit :

« J'ai été contre la guerre tant qu'elle a paru évitable, maintenant il faut la poursuivre jusqu'à l'effondrement de la coalition, ou tout serait à recommencer l'année prochaine. Je déteste la Terreur, mais j'estime qu'un système d'indulgence serait désastreux tant qu'il reste une conjuration dans l'Ouest, que Batz trouve des centaines de complices dans Paris. Réforme ta conduite, modère Bourdon et Camille, cesse d'attaquer sournoisement les Comités, alors je te mènerai à Robespierre, vous pourrez vous entendre. Pour le moment, une discussion entre vous tournerait fort mal. »

Comme Danton insistait, Claude lui répondit carrément : « Écoute, Georges, tes malices sont cousues de trop gros fil. Ton discours, hier, était facile à comprendre, il signifiait ceci : Mes petits amis, vous avez fait la guerre, vous avez bien mérité de la nation. Dans l'intérêt de cette même nation, il est temps pour vous de céder la place à des hommes plus malins, c'est-à-dire Danton et sa bande. Et ce matin tu viens prétendre que tu veux te retirer à la campagne! Allons, cesse ces finasseries! je te le conseille avec tout ce qui me reste d'amitié pour toi. Tu es en danger, tu nous mets nous-mêmes en danger. Les *patriotes rectilignes* des Comités s'exaspèrent contre nous. Si Robespierre retirait la main qui te protège, toi et Camille, vous ne vivriez pas quarante-huit heures de plus.

— Bah! ces cochons-là ne m'effrayent point. Je suis plus fort qu'eux, j'ai plus d'un tour dans mon sac.

— Tu en as trop. »

Danton alla néanmoins chez Robespierre. Claude apprit qu'il s'y était fait conduire par Laignelot. Comme prévu, l'entretien avait très mal tourné. Les deux interlocuteurs en étaient arrivés à se voussoyer. Enfin, Danton déplorant la persistance du système de terreur où l'on confondait innocents et coupables, Robespierre lui avait aigrement répondu : « Eh! qui vous dit que l'on ait fait périr un innocent! » Sur quoi Danton, se tournant vers Laignelot : « Que penses-tu de ça, pas un innocent n'a péri! » Il s'était retiré brusquement, oubliant qu'après les massacres de Septembre il avait lui-même affirmé à Brissot : « Pas un seul innocent n'a péri. »

Pourtant, au Comité, Maximilien tenait tête à Billaud-Varenne qui réclamait celle de Danton. Aux Jacobins, il soutenait encore les Dantonistes en s'opposant à la libération de Vincent et de Ronsin, demandée par Léonard Bourdon — le *Léopard*, l'ennemi particulier de Louvet —, et il encourageait Legendre, en pleine bagarre avec Hébert. Retour de mission en Seine-et-Oise, l'ancien boucher avait subi victorieusement l'épreuve de l'épuration. Alors il s'était retourné contre le Père Duchesne qui l'avait traité de contre-révolutionnaire. « Il m'accuse de malveillance et de bêtise. La bêtise, ça m'est égal; la malveillance, qu'il la prouve. » Hébert s'en montrant incapable, Legendre constata : « Il n'a pas craint de me diffamer à la tribune, c'est la manœuvre actuelle des ennemis de la république contre les patriotes. Hébert n'est qu'un vil intrigant. »

Tout au long du débat, Legendre avait été applaudi. Il le fut plus encore lorsque, Momoro proposant que les deux adversaires échangeassent le baiser de paix, le gros boucher refusa. « Demande-t-on à Brutus d'embrasser César? » s'écria-t-il, indigné. Legendre, Brutus : cela ne manquait pas de saveur. Personne ne rit, on l'acclama. Les Hébertistes pouvaient mesurer leur perte d'influence, ici, en un mois. Ils se rattrapaient dans leur fort : aux Cordeliers.

Ceux-ci, le lendemain même, présentèrent à la Convention une requête pour la mise en liberté de Ronsin et de Vincent. Elle fut renvoyée au Comité de Sûreté générale pour rapport.

Entre-temps, Danton était retourné chez Robespierre et la conversation entre eux redevenait plus cordiale. Mais ce pauvre Georges ne cessait d'accumuler sottise sur sottise. Il faisait là aussi le *Cyclope*, dans ce milieu tout confit en dévotion maximilienne. Il tenait des propos gaillards aux dames Duplay. Tournant Éléonore en héroïne antique, il l'avait surnommée *Cornélie Copeau*, et il en riait avec ses amis comme s'il ne s'imaginait pas que tout cela reviendrait aux oreilles des intéressés. Il disait de Maximilien certaines choses justes : « Robespierre porte en lui toutes les certitudes. J'aimerais mieux qu'il ne fût qu'un scélérat comme tant d'autres, il ferait moins de mal. Il se proclame incorruptible et le pire est qu'il a droit à ce titre. Il a de la vertu une conception dérisoire qui la rendrait haïssable et funeste... Il ira jusqu'au bout de son système. Condorcet l'avait bien jugé : c'est un prêtre, un chef de secte, qui vise à la sainteté et ne se plaît qu'avec des dévotes. Il ne connaît les hommes qu'à travers les livres. La force des imbéciles de son espèce est irrésistible pour les assemblées et les foules. Il veut moraliser le monde et ne s'arrêtera pas tant qu'il y aura une tête à couper. Après les sottes querelles avec les Roland, nous voilà aux prises avec les bêtises de Robespierre et de ses commères. Après la reine Coco, Cornélie Copeau. Tout est foutu. Il vaut mieux casser des cailloux sur les grands chemins que de gouverner les hommes. »

Un prêtre, oui certes, Claude l'avait dit depuis longtemps. Mais il savait aussi que Maximilien n'aimait pas spécialement couper des têtes; il aurait voulu mettre un terme à la Terreur. C'était Danton, d'une part, Hébert, de l'autre, qui rendaient tout adoucissement impossible. Par une maligne ironie des choses, le Comité devait les réduire tous deux, afin de réaliser, lui, dans la toute-puissance, l'équilibre de leurs aspirations contraires : la démocratie complète, la paix sociale. Alors la Révolution serait achevée.

Danton, Desmoulins ne concevaient pas que par la manière dont ils plaidaient une cause, juste en soi, ils la compromettaient. Camille avait réussi à trouver un imprimeur pour son numéro VI. Il y prenait à partie non plus seulement Hébert mais le gouvernement révolutionnaire lui-même.

D'autres non plus ne comprenaient pas que l'entente devenait chaque jour plus impossible entre les patriotes rectilignes et les Indulgents. Il y eut plusieurs repas chez Deforgues, autrefois clerc de Danton, maintenant ministre des Affaires étrangères, qui réunit à sa table son ancien patron et Robespierre, avec quelques amis communs, pour anéantir, disait-il, de regrettables préventions. Il ne s'agissait pas de préventions, mais d'inconciliables. Claude assista au dernier de ces dîners. Comme Danton, affectant de rire, lançait à Robespierre : « Tes amis disent que c'est mon tour d'aller à la guillotine », Maximilien répondit en le regardant bien en face : « Ce ne sont pas mes amis qui disent cela, ce sont nos ennemis à tous les deux, ce sont ceux qui me reprochent journellement de défendre un conspirateur, de souffrir ses agitations. » Un peu plus tard, Robespierre parlant d'un changement nécessaire dans l'ordre moral comme dans l'ordre politique, et assurant : « Dieu a créé les hommes pour s'aimer mutuellement, pour arriver au bonheur par la route de la vertu », Danton l'interrompit. « La voilà bien, s'exclama-t-il, la vieille tyrannie! Brûlons, torturons, coupons les têtes, pour obliger les gens à vivre selon les commandements. La vertu! Je n'en connais pas de plus solide que celle que je déploie toutes les nuits avec ma femme. Et, je vais te dire, qui hait les vices hait les hommes. Pour moi, le peuple est un amas de créatures humaines, de chair et de sang; elles m'inspirent des tendresses vivantes. Pour toi, le peuple est un principe. Nous ne nous entendrons jamais. »

En l'occurrence, la sympathie de Claude n'allait pas à Robespierre dont il n'aimait pas plus que Danton le puritanisme. Malheureusement, si la Révolution se faisait au nom de l'humanité, il lui fallait encore, pour le moment, donner le pas aux principes sur les sentiments, sur les aspirations humaines.

Deux jours après, le 14 pluviôse, 2 février, Voulland présenta son rapport à la Convention sur Ronsin et Vincent. Le Comité de Sûreté générale n'avait relevé à leur encontre aucune charge solide. Bourdon de l'Oise, Philippeaux, Lecointre, Legendre et tous les Dantonistes refusèrent ces conclusions. Danton, loin de suivre ses amis, prêcha en faveur des « deux patriotes que leurs services constants recommandaient à la bienveillance de l'Assemblée ». Politique de bascule? Peut-être, mais peut-être aussi Danton espérait-il gagner l'indulgence des Hébertistes pour Chabot, Bazire, Fabre d'Églantine, et craignait-il qu'en allant trop au fond de leur affaire on ne parvînt jusqu'à lui. Grâce à son intervention, Vincent et Ronsin furent libérés le soir même. Échec à Robespierre, contre qui Hébert, sans le nommer, triompha dans son *Père Duchesne*.

Le lendemain soir, le Théâtre de la République — le Théâtre-Français — donnait la première représentation d'une tragédie de Jean-Baptiste Legouvé : *Epicharis et Néron*, avec Talma dans le rôle du despote romain. Les membres des Comités avaient reçu des invitations. Claude était trop occupé pour perdre son temps de la sorte. Prieur et lui, harcelés par Saint-Just qui était là-bas sur place, s'efforçaient de réunir et diriger vers l'armée du Nord les fournitures indispensables à une offensive dont Pichegru se montrait tout aussi incapable que Jourdan, faute de matériel. Mais Maximilien alla au théâtre, Danton aussi et bien d'autres députés, les membres de la Commune et son procureur général, Chaumette. Il était avec Danton et Merlin de Thionville, dit à Claude, en revenant de la représentation, Jean Dubon qui avait emmené Gabrielle, Claudine et Lise. Jean ajouta : « Il y a un moment où les sénateurs se dressent et crient : *Mort au tyran!* Aussitôt tous les Dantonistes ont applaudi avec frénésie en se tournant vers la loge d'avant-scène occupée par Robespierre pâle et agité. Il avançait et retirait sa petite mine, comme un serpent qui darde et rentre la tête.

— Et Chaumette, que faisait-il?

— Chaumette ne bougeait pas. Il avait l'air fort mal à l'aise de se trouver pris là-dedans. »

L'épithète de « tyran » avait été déjà lancée à Robespierre par les Hébertistes lorsqu'il avait, aux Jacobins, mis fin aux discussions personnelles, pour imposer l'examen des crimes du gouvernement anglais. Que les Dantonistes lui appliquassent à leur tour ce qualificatif, c'était la preuve, pour lui, de la secrète collusion entre les partis extrêmes. Il ne parla point de cet incident à Claude, mais l'avertit, lui et Couthon, qu'il préparait un rapport dans lequel il viserait les deux sortes d'extrémistes. Il le fit inscrire à l'ordre du jour de la Convention, pour le 17 pluviôse, sous le titre de *Rapport sur les principes de morale à appliquer dans l'administration de la république.* Il était temps, estimait Maximilien, de fixer le terme de la Révolution, les buts poursuivis par le gouvernement révolutionnaire, et de définir clairement ses ennemis.

Lorsque, ce 5 février 94, il parut à la tribune, il semblait exténué. Le jour triste qu'il recevait en face, venant de haut, accusait sa pâleur, son amaigrissement. Pourtant, sous la chevelure poudrée à blanc, sa figure — que certains disaient de chat-tigre — s'enlevait avec vigueur devant l'estrade présidentielle marbrée, supportant la table à pieds de griffons. Il dressait sa petite taille, sous le regard de Danton nonchalamment carré à son banc, sur la Montagne.

Ce fut à lui que Robespierre s'attaqua d'abord en dénonçant la malfaisance des Indulgents dans lesquels les royalistes mettaient tous leurs espoirs. Puis il flétrit avec non moins de sévérité les démagogues, ces « faux révolutionnaires donnant beaucoup aux formes extérieures du patriotisme, mais aimant mieux user cent bonnets rouges que d'accomplir une bonne action. L'une de ces factions nous pousse à la faiblesse, l'autre aux excès. L'une veut changer la liberté en bacchante, l'autre en prostituée ». Toutes les deux s'opposaient à la marche du gouvernement révolutionnaire qui tendait à établir un État honnête et pur, non point à laisser la France s'enfoncer dans l'anarchie. « Il est temps de marquer le but auquel nous voulons arriver. Ce but, c'est la jouissance paisible de la liberté et de l'égalité, le règne de la justice. Pour y parvenir, il faut instaurer un régime qui produira les résultats suivants : toutes les passions basses et cruelles seront inconnues, toutes les passions bienfaisantes et généreuses seront éveillées par les lois. La seule ambition sera le désir de mériter la gloire et de servir la patrie. Les distinctions ne naîtront que de l'égalité même. Le citoyen sera soumis au magistrat, le magistrat au peuple, et le peuple à la justice. La patrie assurera le bien-être de chaque individu, et chaque individu jouira avec orgueil des richesses et de la gloire de la patrie. Toutes les âmes s'agrandiront par la communication continuelle des sentiments républicains. Les arts seront les décorations de la liberté qui les ennoblit. Le commerce deviendra la source de la richesse publique et non pas seulement de l'opulence monstrueuse de quelques maisons.

« Nous voulons, déclara Robespierre, substituer dans notre pays la morale à l'égoïsme, la probité à l'honneur, les principes aux usages, les devoirs aux bienséances, l'empire de la raison à la tyrannie de la mode, le mépris du vice au mépris du malheur, la fierté à l'insolence, la grandeur d'âme à la vanité, l'amour de la gloire à l'amour de l'argent, les bonnes gens à la bonne compagnie, le mérite à l'intrigue, le génie au bel esprit, la vérité à l'éclat, le charme du bonheur aux ennuis de la volupté, la grandeur de l'homme à la petitesse des grands.

— Joli pays! dit Danton entre haut et bas. On s'y embêterait à en crever.

— Ainsi, poursuivait Maximilien, un peuple aimable, frivole et misérable deviendra magnanime, puissant, heureux. Or, quelle nature de gouvernement peut réaliser ces prodiges? Le seul gouvernement démocratique, dont le principe fondamental se trouve dans la vertu. La vertu n'est autre chose que l'amour de la patrie et de ses lois. Mais comme l'essence de la démocratie est l'égalité, il s'ensuit que l'amour de la patrie embrasse également l'amour de l'égalité. Donc, la première règle de la conduite politique d'un gouvernement républicain doit être le maintien de l'égalité et le développement de la vertu. Tout ce qui tend à élever les âmes, à diriger les passions du cœur humain vers l'intérêt public, doit être adopté ou établi. Tout ce qui tend à les concentrer dans l'abjection du moi personnel, à réveiller l'engouement pour les petites choses et le mépris des grandes, doit être rejeté ou réprimé. » Et Robespierre conclut fortement : « Dans le système de la Révolution française, ce qui est immoral est impolitique, ce qui est corrupteur est contre-révolutionnaire. »

Le centre se joignit aux Robespierristes pour applaudir ce discours, en voter l'impression et l'envoi aux départements, aux sociétés populaires, aux armées. Les Dantonistes parurent le traiter par le mépris. Les Hébertistes contre-attaquèrent, aux Jacobins, en demandant qu'une délégation de la Société allât inviter la Convention à se purger des traîtres et à chasser les crapauds du Marais qui avaient essayé de gravir la Montagne. La motion était présentée par un certain Brichet, employé aux bureaux de la Guerre, un ami de Vincent. Robespierre se leva, et, tranchant, laissa tomber : « Le Marais s'unit aujourd'hui à la Montagne pour prendre des décisions salutaires et vigoureuses. Monsieur Brichet et ses semblables, si ardents à lutter contre des traîtres qu'ils ne désignent pas, sont eux-mêmes les premiers traîtres, en qualité d'agents des puissances étrangères. Je demande leur expulsion. » Il n'y allait plus par quatre chemins, la guerre contre les Hébertistes était déclarée. L'assistance frémit d'excitation. Comme Sentex protestait et dénonçait « un despotisme d'opinion par lequel la Société se laissait dominer », Maximilien, pareil à un chat en colère, répondit en réclamant l'expulsion de Sentex lui aussi, et l'obtint aussitôt avec celle de Brichet. Deux Hébertistes par terre! Les amis du Père Duchesne devaient commencer de se sentir singulièrement mal à l'aise dans leur peau. Ils tentèrent de regagner du terrain en présentant au club la candidature de Vincent pour qui Momoro déploya tous ses efforts. Le dantoniste Dufourny la fit écarter.

Claude n'avait pas assisté à ces débats, dont il recevait néanmoins maint écho. Le 27 pluviôse, Augustin Robespierre vint le prévenir que Maximilien était au lit, fort mal en point. Souberbielle lui interdisait tout travail et prescrivait impérativement une longue période de repos. Saint-Just avait été avisé de rentrer d'urgence à Paris. Par un fâcheux hasard, Couthon se trouvait également au lit. Il fallait que Claude prît la relève au club. Il y retourna donc, après être passé voir Maximilien.

Mais les Hébertistes avaient renoncé à combattre dans

l'enceinte des Jacobins. Ils s'étaient repliés sur leur forteresse, aux Cordeliers, où ils s'agitaient violemment. Cette violence verbale atteignit son paroxysme au cours d'une séance qui se tint dans le temple de la Raison, car le club, partageant avec le Musée de Paris l'ancienne chapelle des Cordeliers, ne disposait de ce local qu'un jour sur deux. Sous les voûtes donc de Notre-Dame, les ultras, sans nommer Robespierre, dénoncé néanmoins comme le chef des Modérés, désignèrent en lui de la façon la plus claire l'ennemi que l'on devait abattre. Momoro parla dédaigneusement des « hommes usés en république », des « jambes cassées en Révolution ». Vincent promit de démasquer des intrigants dont on serait étonné d'apprendre les noms et les complots contre les sans-culottes. Hébert, toujours tiré à quatre épingles, dénonça, dans le langage châtié de ses interventions oratoires, « ceux qui, avides des pouvoirs qu'ils accumulent, mais toujours insatiables, ont inventé et répètent dans leurs grands discours le mot *ultra-révolutionnaire*, pour détruire les amis du peuple qui surveillent leurs intrigues ». Et il conclut : « Il faut que cette clique ennemie de l'égalité soit à jamais renversée. » Les allusions ne pouvaient laisser de doute à personne.

Après un entretien dans la chambre de Maximilien, avec lui et Saint-Just, Claude expédia au domicile du Père Duchesne ce bref billet : « Je t'engage, Hébert, à faire moins de bruit. Le rapport Amar est prêt depuis longtemps. Il pourrait être présenté à la Convention. » C'était le rapport sur le *complot de l'Étranger*. Il ne visait plus seulement les quelques Dantonistes emprisonnés, il dénonçait maintenant les liaisons des principaux Hébertistes avec Proli, Batz, les agents de l'Angleterre et de l'Espagne. Le Père Duchesne ne l'ignorait pas. Après avoir tant réclamé ce rapport, il se gardait bien d'en parler.

Le lendemain soir, Jean Dubon qui continuait d'aller aux Cordeliers, eut la surprise de voir Hébert battre soudain en retraite. Plus question de la clique ennemie. On ne parla que de rééditer *L'Ami du Peuple*. Et, quarante-huit heures plus tard, Hébert justifiait la Convention et les Comités dans un discours sur la vie chère dont il rendait responsables les fermiers, « les marchands de vin qui font vendange sous le Pont-Neuf ». Il écrivait dans son *Père Duchesne :* « Ce n'est pas la faute de la

Convention si on se fout du maximum à la barbe des autorités. Qu'on double, qu'on triple l'armée révolutionnaire! A l'approche de ses guillotines, greniers et boutiques s'ouvriront. »

En l'absence de Robespierre et de Couthon, Saint-Just, président de la Convention depuis le 1er ventôse, avait été chargé par Maximilien de poursuivre la campagne pour la consolidation du gouvernement. Le 8 ventôse — 26 février, ancien style —, se faisant remplacer par Claude au fauteuil, il descendit à la tribune pour lire, au nom du Comité de Salut public et du Comité de Sûreté générale, un rapport qui avait provoqué, la veille, au pavillon de l'Égalité, quelques remous. Entre autres choses, Saint-Just proposait tout simplement aux deux Comités d'ouvrir les prisons pour employer à des travaux forcés les détenus. Dans sa logique désincarnée, il raisonnait ainsi : « Depuis mille ans, la noblesse opprime le peuple français par des exactions et des vexations féodales de tout genre. La féodalité et la noblesse n'existent plus. Vous avez besoin de faire réparer les routes des départements frontières pour le passage de l'artillerie, des convois. Ordonnez que les nobles détenus iront par corvée travailler tous les jours à la réparation des grandes routes. » La proposition était tombée dans un silence stupéfait et scandalisé. Même Billaud, même Collot d'Herbois qui fauchait au canon les fédéralistes lyonnais, même Barère toujours prêt à tout, s'ils jugeaient naturel de guillotiner les nobles coupables ou seulement dangereux, n'admettaient pas de les humilier. La loi assurait aux suspects, dans les maisons de détention, un traitement que les soldats en loques pouvaient envier. Tout prisonnier avait droit à une paillasse, un matelas, deux paires de drap, six chemises, six mouchoirs, six paires de bas, et il recevait en outre une allocation; il pouvait faire apporter ses meubles. L'idée de Saint-Just avait été repoussée unanimement.

A la tribune, froid, distant et comme isolé dans sa jeune beauté, il annonça qu'il s'agissait de fixer les moyens les plus rapides pour reconnaître et délivrer l'innocence et le patriotisme opprimés, comme pour punir les coupables. Au demeurant, la situation justifiait l'emprisonnement des suspects. « Je suis sans indulgence pour les ennemis de mon pays », affirma-t-il. Qu'était d'ailleurs cette rigueur si âprement reprochée au gouvernement, à côté de la barbarie de l'ancien régime, voire de la cruauté dont faisaient encore montre les monarchies persistantes? « En 1788, on a pendu plus d'un millier d'hommes. En un an, votre Tribunal révolutionnaire a fait périr à peine trois cents scélérats. On semble compter pour rien le sang de deux cent mille patriotes répandu et oublié. La Terreur a rempli les maisons d'arrêt, mais on ne punit plus les coupables. » Et, visant les louvoiements de Danton, il dit avec un dédain glacial : « Il est dans la France une secte politique qui joue tous les partis. Parlez-vous de la terreur, elle vous parle de clémence; devenez-vous cléments, elle vous vante la terreur. Certains voudraient briser l'échafaud parce qu'ils craignent d'y monter. » Faisant allusion à la querelle Hébert-Desmoulins, il ajouta : « Dernièrement, on s'est moins occupé des victoires de la république que de quelques pamphlets. Tandis qu'on détourne le peuple des mâles objets, les auteurs de complots criminels respirent et s'enhardissent. » Pour lui, et c'était là son grand principe, « ceux qui font les révolutions à moitié ne font que creuser leur tombeau ». Il repoussait cependant la terreur systématique : « arme à deux tranchants dont les uns se sont servis à venger le peuple, et d'autres à servir la tyrannie ». En conclusion de son rapport, il demanda d'adoption du décret suivant :

« Art. 1er. — Le Comité de Sûreté générale est investi du pouvoir de mettre en liberté les patriotes détenus. Toute personne qui réclamera sa liberté rendra compte de sa conduite depuis le 1er mai 1789. Art. 2. — Les propriétés des patriotes sont inviolables et sacrées. Les biens des personnes reconnues ennemies de la Révolution seront séquestrés au profit de la république. Ces personnes seront détenues jusqu'à la paix et bannies ensuite à perpétuité. »

A son tour, Saint-Just frappait ainsi les deux partis : les Dantonistes qui *voulaient briser l'échafaud par crainte d'y monter*, et les Hébertistes qui *avaient servi la tyrannie* en abusant de la terreur. Il laissait aussi planer sur *les complots criminels* une menaçante ambiguïté dans laquelle pouvaient se confondre les intrigues de Danton et celles d'Hébert. Mais il leur donnait à tous deux, s'ils étaient sincères, des satisfactions par ce décret susceptible de mettre fin à l'irritante question des détentions arbitraires. Danton ne répliqua point, se bornant à demander que l'on épurât les Comités « des faux patriotes en bonnet rouge ». Quant aux rectilignes, Collot d'Herbois, le soir, aux Jacobins, se félicita du décret. En libérant les patriotes détenus, on allait redonner force aux amis de la liberté, ils se replongeraient dans la Révolution avec une vigueur nouvelle. Une délégation des Cordeliers se présenta « pour jurer union avec les Jacobins », et reçut l'accolade fraternelle du président Lavicomterie.

Toutefois, le petit groupe qui se réunissait chez Duplay, autour de Robespierre toujours condamné à la chambre par le docteur Souberbielle, ne se leurrait point sur ces félicitations et ces embrassades. Les rapports de police, les espions des deux Comités, les municipaux opposés, comme Dubon, aux Hébertistes de la Commune, enfin nombre de patriotes dans les sections où l'influence de Robespierre gagnait sans cesse, affirmaient tous que les ultras préparaient sourdement une troisième révolution. Au grand jour, ils n'attaquaient que les Dantonistes; aux Cordeliers, on avait voté leur expulsion de la Montagne, en qualifiant celle-ci de roche Tarpéienne. Mais en réalité on voulait jeter bas toute la Convention sauf quelques députés cordeliers. Les ultras comptaient sur les *épauletiers* de l'armée révolutionnaire dont quatre mille hommes restaient à Paris, et sur une quantité de septembriseurs, d'aventuriers, de tape-dur échappés au contrôle du grand Maillard miné par sa maladie.

Avec une insolence croissante depuis la libération de Vincent et de Ronsin, tous ces séides se répandaient dans les cafés, les assemblées de sections, se mêlaient aux queues, en accusant la Convention et le gouvernement, gangrenés par le modérantisme, de spéculer sur la misère du peuple pour instaurer leur despotisme. Un mot courait : « Il faut nommer Pache *Grand Juge*, et tout s'arrangera. » Le dessein des meneurs semblait être de substituer aux deux Comités un Tribunal suprême présidé par ce Grand Juge assisté d'un « Censeur », et un Conseil militaire dirigé par un « Généralissime ». Le tout, d'ailleurs, paraissait fort vague dans leur esprit. On répétait simplement le nom de Pache, pour la dignité suprême. On nommait parfois Chaumette et Momoro, pour la fonction de censeur. Le généralissime serait sans doute Ronsin. Les conjurés n'avaient pas l'air fixés là-dessus ni sur cent autres détails non moins importants.

Un soir, Legendre, sincèrement indigné, vint raconter que le matin-même, invité à dîner par Pache, il avait trouvé chez le maire Vincent et Ronsin. Vincent, obligé mainte fois par Legendre avant de se caser à la Guerre, l'avait embrassé avec amitié.

« Après quoi, il m'a déclaré », dit le ci-devant boucher, « j'embrasse l'ancien Legendre, non le nouveau, car le nouveau est devenu un modéré et ne mérite aucune estime. Puis voilà-t-il pas que ce petit Vincent me demande d'un air mauvais si j'avais porté dans mes missions le costume des représentants. Moi, je réponds bonnement : Oui, je l'ai porté aux armées. — Eh bien, c'est un costume fort pompeux. De vrais républicains ne se travestissent pas ainsi. Sais-tu ce que je vais faire? J'habillerai un mannequin avec ces oripeaux, je rassemblerai le peuple et je lui dirai : Voilà les beaux représentants que vous vous êtes donnés! Ils vous prêchent l'égalité mais se couvrent d'or et de plumes. Et je mettrai le feu au mannequin. Oui, j'y mettrai le feu! braillait-il en tapant sur la table comme un furieux. — Tu es fou, lui ai-je dit. Il en avait toute la mine. La colère me montait au nez, à moi aussi. J'ai ajouté : Tu es un séditieux! Nous avons failli nous houspiller, au grand ennui de Pache qui tâchait de nous apaiser. Il a engagé Ronsin à calmer son ami. — A la vérité, répondit Ronsin, Vincent est vif, mais son caractère convient aux circonstances. Il faut de pareils hommes pour les temps où nous vivons. Quant à toi, Legendre, sache-le bien, vous avez une faction dans le sein de l'Assemblée. Si vous ne l'en chassez pas, vous nous en devrez raison. »

Le gros boucher conclut : « Vous pensez si j'étais indigné! Je suis sorti en assurant à Pache que je poserai plus les pieds dans sa mairie.

— Je te remercie, dit Robespierre, de nous avoir avisés. Sois tranquille, toutes les intrigues trouveront bientôt leur terme. »

Déjà, l'avant-veille, Saint-Just, en faisant voter les moyens d'exécution du décret pris cinq jours plus tôt, le 8 ventôse, avait porté aux Hébertistes un coup paralysant. Leur clientèle se recrutait exclusivement parmi la classe la plus pauvre. Saint-Just, au nom du Comité de Salut public, avait demandé et obtenu que les biens enlevés aux ennemis de la Révolution fussent répartis, dans chaque commune, entre les citoyens malheureux. Ceux-ci n'allaient assurément pas se soulever contre un gouvernement si soucieux de leur sort. La mesure répondait tout ensemble à l'idéal démocratique des Robespierristes et à la nécessité de désarmer la faction cordelière. En même temps, Saint-Just la frappait en dénonçant les fonctionnaires profiteurs de la Révolution : tous nouveaux Cordeliers. « Le lendemain qu'un homme est dans un emploi lucratif, disait le jeune orateur, il met un palais en réquisition, il a des valets, son épouse se plaint qu'elle a bien du mal à trouver des délices. Le mari est monté du parterre aux loges brillantes, et tandis que ces profiteurs se réjouissent, le peuple cultive la terre, fabrique les souliers des soldats et les armes qui défendent les poltrons indifférents. Ils vont, le soir, dans les lieux publics, se plaindre du gouvernement. La compassion les a comblés de biens, ils ne sont point assouvis, il leur faut une révolte pour leur procurer les trésors de Colchide. » Au passage, il stigmatisait les oisifs : « Obligez tout le monde à prendre une profession utile à la liberté. » Mais il réservait sa dernière flèche aux faux patriotes déjà désignés par Robespierre. « Allez donc », disait son jeune disciple, « allez chercher ces scélérats chez les banquiers. Ils sont en pantalon, leurs propos sont ultra-révolutionnaires, on n'est jamais à leur hauteur; ils concluent toujours par un trait délicat dirigé avec douceur contre la patrie. »

Criblés dans toutes leurs espèces, les ultras entrèrent en fureur. Le matin du 4 mars, Paris s'éveilla couvert de placards déclarant que la Convention était la cause de tous les maux présents du peuple. Il fallait arracher de l'Assemblée la faction qui voulait renouveler les Brissotins et leur funeste despotisme. Certaines affiches invitaient les patriotes à balayer la Convention tout entière, on organiserait le pouvoir exécutif, on choisirait un chef.

La prophétie de Vergniaud annonçant, l'année précédente, qu'après les prisonniers du Temple on rendrait l'Assemblée elle-même responsable de la cherté des vivres, du manque de numéraire, et de tous les maux, se vérifiait ainsi. Claude se rappelait ces paroles : *Qui me garantira que dans cette nouvelle tempête, où l'on verra ressortir les massacreurs de Septembre, on ne vous présentera pas ce défenseur, ce chef que l'on dit être si nécessaire?* On voyait en effet ressortir les acteurs de Septembre. Avec les épauletiers dont l'arrogance ne connaissait plus aucun frein, ils parlaient hardiment de retourner aux prisons, d'y égorger les ennemis que la Convention s'obstinait à préserver. On ferait le tri des sans-culottes confondus avec eux, on donnerait aux patriotes à la fois la liberté et des armes. Ronsin, en grand uniforme de général de l'armée révolutionnaire, tout ceinturé, barré de tricolore, empanaché de plumes rouges, parcourait les prisons avec son état-major de traîneurs de sabres, réclamait les écrous, dressait des listes. Et Vincent ne protestait nullement contre une telle débauche de chamarrures.

Réduite à elle-même, cette agitation n'eût pas été très inquiétante, car les patriotes, dans leur plus grand nombre, semblaient peu disposés à suivre. Même en ce 14 ventôse, tandis que les Hébertistes s'efforçaient de soulever Paris, des sections envoyaient, comme chaque jour, leurs délégués chez Duplay, pour acclamer l'Incorruptible et lui apporter des adresses de fidélité, des vœux. Mais le risque fort grave, c'était la collusion des ultras avec l'étranger. Barère la signalait comme à peu près certaine. L'avant-veille, le Comité avait fait comparaître au pavillon le ministre des Affaires étrangères pour lui poser carrément la question : « Le parti cordelier entretient-il des intelligences avec les puissances coalisées? — Je ne le crois pas », avait répondu Deforgues. A ce mot, Saint-Just, pris d'une de ces colères qui l'emportaient parfois, s'était levé furieux, traitant le ministre de scélérat et de fripon. « Après avoir dépensé plus de cent quatre-vingts millions dans ton département, il faut que tu sois un traître pour nous dire *je ne crois pas*, quand tu devrais être sûr de tous tes agents, vu les sommes dépensées! » Barère et Claude étaient intervenus pour calmer Saint-Just.

Claude ne jugeait pas Deforgues malintentionné, bien qu'ami de Danton. Il y avait toutefois des traîtres dans ses bureaux, des hommes en rapport avec les espions royalistes et les espions anglais. On ne connaissait point leurs chefs, hormis Batz, mais ils existaient. Pour les déceler, il aurait fallu disposer d'une police beaucoup plus puissante, plus sûre. Trouvant partout des complicités, ils entretenaient un réseau d'intrigues, d'ailleurs contraires. Évidemment, les unes et les autres tendaient à une restauration monarchique, mais les agents des princes travaillaient pour le comte de Provence; les Anglais n'en voulaient point, ils désiraient mettre sur le trône le petit Louis XVII, avec un régent populaire en France. Le Comité n'ignorait rien de cela. C'est là-dessus que pouvaient jouer les ambitions d'Hébert — peut-être aussi de Danton. Hébert, grâce à Chaumette et au moyen de leurs postes à la Commune, tenait étroitement le petit Capet au Temple et ne le laissait approcher par personne. Or Saint-Just et Carnot soupçonnaient le général Hoche, dont le républicanisme inspirait les plus grands doutes, d'être prêt à soutenir avec ses troupes une révolution hébertiste ayant pour but secret l'avènement du petit roi. Claude se demandait si Danton ne favorisait pas une telle entreprise, dans l'idée de se substituer à Hébert, au dernier moment. Depuis qu'il avait contribué à la libération de Vincent et de Ronsin, les ultras, tout en se déchaînant contre les Dantonistes, semblaient réconciliés avec Danton lui-même.

Tout était possible. On nageait dans un océan d'intrigues qui se chevauchaient, innombrables, comme les vagues. Jamais, même pendant les prolégomènes du 10 août, il n'y avait eu pareil grouillement. Tout le monde tramait, soit par ambition, soit pour se défendre, car tout le monde se sentait menacé par les uns ou les autres. Le Comité formait bloc contre ses ennemis cordeliers ou dantonistes, mais dans son sein chacun menait ses propres combinaisons offensives ou défensives. Claude en venait à penser que, non pas la maladie de Robespierre, mais le prolongement de sa convalescence tandis que Couthon lui aussi s'éternisait au logis, répondait à un calcul. Lequel? Voulaient-ils tous deux éviter de se compromettre en prenant des mesures contre les ultras, tant que l'on n'était pas sûr de les abattre? Maximilien n'avait jamais été très communicatif, il le devenait de moins en moins. Il aurait pu retourner aux Tuileries, il allait tous les jours respirer l'air de la campagne déjà printanière, à Choisy, chez Vaugeois, beau-frère de Duplay et maire du village. Il avait demandé à Claude d'employer ses relations avec Xavier Audouin pour amener là-bas son beau-père, Pache, qui s'y était rendu. S'assurer Pache, le grand homme des Hébertistes : bon moyen de les affaiblir.

Chez Duplay, ce soir du 4 mars, on savait que la section Marat, présidée par Momoro, s'était réunie tumultueusement, avant la séance ordinaire des Cordeliers. Dubon avait fait prévenir qu'il irait à celle-ci pour observer. L'opposition menée depuis longtemps par Dubon, aux Cordeliers, contre Danton, lui donnait à présent une assise difficilement ébranlable dans le club devenu anti-dantoniste. Aussi les Hébertistes, quoique n'ignorant point son hostilité, n'avaient pas osé demander son expulsion. Il aurait eu toute une majorité pour lui. Enfin, il avait fait son possible pour défendre Clootz contre la rage de

Robespierre qu'il estimait injuste envers l'Orateur du genre humain. Chaumette lui en savait gré.

Arrivant à l'heure habituelle à la Société des Amis des Droits de l'Homme, Dubon trouva la vieille salle basse déjà pleine et en effervescence. Sous la voûte, au centre de laquelle pendait l'urne enfermant le cœur de Marat, au moins trois cents personnes des deux sexes s'entassaient, soit sur les bancs de bois en amphithéâtre, soit dans les espèces de tribunes qui surmontaient ces bancs. Les chandelles des lustres fumaient, ajoutant leur odeur à celle d'une assistance dont une grande partie considérait la propreté comme contre-révolutionnaire, et d'ailleurs n'avait pas les moyens d'acheter du savon, au prix qu'il coûtait. Les lourdes chaînes rouillées, suspendues au mur derrière la tribune des orateurs, encadraient toujours le tableau de la Déclaration des droits. On était en train de le couvrir d'un crêpe noir. Momoro, président, déclara d'un ton colère et lugubre : « Ce saint tableau restera voilé jusqu'à ce que, par l'anéantissement de la faction, le peuple ait recouvré ses droits sacrés. »

C'était le classique appel à l'insurrection. Ainsi avaient procédé les prédécesseurs des Hébertistes, ainsi avaient été annoncés le 10 août et le 31 mai. Seulement, le 9 août, à cette heure-ci, tout le quartier, toute la rive gauche et les faubourgs grondaient, bouillonnant d'un patriotisme volcanique. Ce soir, par les baies en ogives, entrouvertes sur la nuit du jardin conventuel, pour donner un peu d'air, n'arrivait aucun bruit. Le 9 août encore, Dubon avait assisté aux hésitations de Danton. Ce soir, Hébert semblait bien plus embarrassé devant la véhémence de ses acolytes. Il ne pouvait se montrer moins enragé que l'hystérique Vincent ou le monstrueux Carrier. Criaillant comme une femme, Vincent dénonçait la nouvelle faction des Dufourny, des Delaunay, Philippeaux, Bourdon de l'Oise, Chabot, Bazire, Fabre d'Églantine, qui, dit-il, « veulent établir un système destructif de modérantisme. Leur conspiration renversera infailliblement la liberté si l'on ne déploie pas toute la terreur de la guillotine ».

Carrier lui succéda. Les noyades de Nantes avaient fait frémir le Comité de Salut public. Couthon s'était hâté de rappeler le féroce représentant. On n'osait pas le poursuivre, car il aurait fallu poursuivre aussi les autres responsables d'exécutions massives : Collot d'Herbois, Fouché, Barras, Fréron, trop gros gibier, du moins pour l'instant.

Le député du Cantal, ancien conseiller au bailliage d'Aurillac, était un homme de trente-huit ans, mis à la mode sans-culotte. Il débuta sur un ton calme, disant qu'il ne possédait point de certitude absolue quant aux intentions des modérantistes, vu son long éloignement du théâtre de la Révolution; mais, dès son retour à Paris, il avait été « effrayé des nouveaux visages que j'ai vus sur la Montagne et des propos parvenus à mes oreilles ». En parlant, il s'excitait, sa voix montait, l'amertume produite par l'horreur et le mépris que la plupart de ses collègues laissaient percer à son égard, s'agitait en lui. Il finit par s'écrier furieusement : « On voudrait, je le vois, je le sens, faire rétrogsader la Révolution. On s'apitoie sur le sort de ceux que la justice frappe du glaive de la loi. Les contre-révolutionnaires veulent briser les échafauds. Pour combattre ces traîtres, il ne suffit pas de continuer le journal de Marat, c'est l'insurrection, la sainte insurrection, que les Cordeliers opposeront aux scélérats, car c'est dans le cœur des Cordeliers qu'a toujours brûlé le feu sacré du patriotisme. »

Hébert prit la parole. Dubon le devinait animé par la colère, la haine contre Robespierre, Danton, Desmoulins, mais étranglé par la peur. Il annonça violemment : « Je vais arracher les masques. » Dans la salle, tous les Enragés applaudirent avec excitation. Ils furent déçus, car ils entendirent seulement dénoncer une fois de plus « les complices de Brissot, les soixante-treize députés qui ne sont pas encore livrés au bourreau, et les intrigants empressés à les soustraire au glaive vengeur ». Parmi ces intrigants, il n'en nomma qu'un seul : « M. Amar, noble, trésorier du roi de France et de Navarre », contre lequel il s'acharna, avec une virulence facile à comprendre quand on connaissait le fameux rapport suspendu sur la tête d'Hébert comme une épée de Damoclès. Il s'efforçait de l'émousser en déconsidérant Amar par avance.

Dubon suivait avec un vif intérêt le combat qui se livrait en Hébert. Il désignait Robespierre comme il l'avait déjà fait lors de la séance à Notre-Dame, et il tremblait d'aller plus loin. Il avait ce nom dans la gorge et ne se résolvait pas à le cracher. Il s'emportait contre les ambitieux.

« Les ambitieux! ces hommes qui se tiennent derrière la toile, qui veulent régner! Mais les Cordeliers ne le permettront pas.

— Non, non! nous ne le souffrirons pas! cria l'assistance.

— Les hommes qui ont fermé la bouche aux patriotes dans les sociétés populaires, je vous les nommerai. »

Aussitôt, frémissant de s'être engagé par cette imprudente promesse, il recula, lança d'un ton plaintif : « Depuis deux mois, je me retiens, je me suis imposé la loi de la circonspection, mais mon cœur n'y peut plus tenir quand je vois ces hommes accumuler leurs ravages. Je sais ce qu'ils trament contre moi. Je trouverai des défenseurs.

— Oui, lui cria-t-on. Oui, compte sur nous!

— Père Duchesne, dit Boulanger, parle et ne crains rien. Nous serons les Pères Duchesne qui frapperont. »

Et Momoro : « Je te ferai le reproche que tu te fais à toi-même, Hébert. C'est que depuis deux mois tu crains de dire la vérité. parle, nous te soutiendrons. »

Le petit homme en gris ne se fiait pas tellement à ces soutiens. Il se savait écouté par Dubon et bien d'autres alliés des Robespierristes, par les journalistes qui s'empresseraient d'imprimer ses propos, et il voyait bien à quoi Momoro, Vincent, Carrier le poussaient. Vincent, montrant un vieil exemplaire du *Père Duchesne*, déplorait la faiblesse des numéros récents. « On croirait, dit-il, que le Père Duchesne est mort. »

Hébert en prit texte pour accuser le système d'oppression dont il avait été victime « dans une société très connue » où il s'était vu refuser la parole, où l'on étouffait sa voix, tandis qu'un Camille Desmoulins, ce traître vendu au parti de l'étranger, chassé, rayé par les patriotes, jouissait de la protection d'un homme...

Au bord du Rubicon, le chef de file des ultra-révolutionnaires renâcla de nouveau. Ravalant le nom qui allait sortir, il se défila encore une fois par la tangente : « Oui, un homme égaré sans doute, car autrement je ne saurais de quelle épithète le qualifier, s'est trouvé là fort à propos pour faire réintégrer Desmoulins, malgré la volonté du peuple. »

Hébert s'interrompit, tamponnant sa figure en sueur. Il estimait assurément ne s'être que trop aventuré malgré ses circonlocutions. Il détourna sa bilieuse éloquence sur les comparses : Paré, que les intrigants lui avaient préféré pour le ministère de l'Intérieur.

« Un Paré! d'où vient-il? Comment est-il parvenu à cet emploi? On ne sait, ou plutôt on sait trop par quelle cabale.

— C'est un nouveau Roland, aboya Vincent.

— Et Deforgues qui occupe le ministère des Affaires étrangères, et que j'appelle, moi, un ministre étranger aux affaires! »

Bouchotte seul était un solide patriote. Voilà pourquoi la faction voulait lui enlever le portefeuille de la Guerre. On devait nommer à sa place un Carnot-Feulens, ex-feuillant, frère du membre du Comité de Salut public, un imbécile et un malveillant, général à l'armée du Nord, ou bien Westermann, monstre couvert d'opprobre, complice de Dumouriez, qui s'était montré, en Vendée, le pire ennemi des généraux révolutionnaires. En présence de tels complots, le seul moyen de soustraire le peuple à la faction qui l'opprimait, c'était l'insurrection.

« Les Cordeliers ne seront pas les derniers à en donner le signal », conclut Hébert au milieu des applaudissements.

Toute l'assistance, néanmoins, ne partageait pas cet enthousiasme. Si prudentes qu'elles demeurassent, les attaques contre Robespierre et les Jacobins avaient déplu à des citoyennes familières des deux clubs. Elles murmuraient. Comme Vincent observait qu'il semblait y avoir dans l'assemblée des femmes payées pour injurier le Père Duchesne, l'une d'elles riposta vertement : « Et moi je suis payée pour te claquer, polisson! »

S'adressant à la veuve et à la sœur de Marat, présentes à la séance, elle ajouta : « Les scélérats qui sont là cherchent à vous tromper et à vous perdre.

— Il faut chasser toutes ces taupes-là! » vociféra Ancard.

Vincent escaladait les marches de la tribune. « Que chacun, ordonna-t-il, mette sa carte à la boutonnière. Je vais faire ma ronde, accompagné des commissaires épurateurs, afin de démasquer les faux frères. »

Pendant qu'il procédait à ce contrôle, d'autres orateurs se succédèrent, prônant eux aussi l'insurrection. Ils se répétaient à l'envi. Dubon se leva, gagna la porte. Il fut arrêté par Vincent qui lui dit aigrement :

« Tu vas faire ton rapport à la faction, annonce-lui sa fin prochaine.

— Je vais tout bonnement me mettre entre les draps, j'en ai mon saoul de vos sottises. Tout cela ne vaut même pas la peine d'y penser. On ne parle point d'insurrection quand on n'est pas capable de la faire, et vous ne l'êtes pas. »

Ce qui se vérifia le lendemain. Seule, la section Marat répondit à l'appel des Cordeliers. Claude était bien tranquille là-dessus. L'organisation du gouvernement révolutionnaire avait rompu la puissante machine montée par Danton, deux ans plus tôt, à l'Hôtel de ville, avec le bureau de correspondance des sections : la machine à soulever le peuple. A présent, les sections ne correspondaient plus avec la Commune, elles ne relevaient plus du Conseil général, elles se trouvaient sous l'autorité directe de la Convention, c'est-à-dire de ses deux Comités. Dans celui de Sûreté générale, les Hébertistes ne comptaient plus que deux partisans : Voulland et Vadier, d'ailleurs occupés à virer savamment de bord depuis la dégringolade d'Hébert aux Jacobins. Dans le Comité de Salut public, Collot d'Herbois évoluait aussi. Il avait subi l'influence de son ami Billaud-Varenne qui criait contre « les parvenus de la démagogie ». Mais, pour l'instant, Billaud était en mission.

Conduits par Momoro, les délégués de la section Marat se présentèrent à la Maison commune. Ils se déclarèrent en insurrection jusqu'au moment où la punition des ennemis du peuple aurait ramené la liberté, le calme et l'abondance. Dehors, sur la Grève, au jeune soleil de mars quelques agitateurs menés par des épauletiers faisaient du bruit. Un bruit ridicule pour les hommes qui avaient, ici même, entendu les formidables grondements du 14 juillet, du 20 juin, du 10 août. Comme Pétion alors, Pache aujourd'hui restait dans sa mairie, sur l'autre rive. A sa place, Dubon répondit aux pétitionnaires.

« Il est étonnant, dit-il d'un ton froid, il est étonnant que l'on choisisse, pour lancer le signal de l'émeute, pour violer la Déclaration des droits, le moment où l'Assemblée nationale prend les mesures les plus énergiques contre les ennemis de la Révolution et en faveur des patriotes malheureux. Cette agitation inclinerait à croire qu'un certain parti, agissant pour le compte des aristocrates visés par ces mesures, et pour celui de l'étranger, veut ruiner l'ouvrage bienfaisant de la Convention et priver les sans-culottes d'en jouir. Ceux-ci trouveront singulier qu'après les efforts accomplis par le Conseil général pour assurer les subsistances et en régler la distribution à tous, à l'instant que ces efforts vont porter leur fruit on vienne nous demander de proclamer la guerre civile. »

Comme les tribunes applaudissaient, Dubon conclut :

« Vous entendez? Notre réponse à cette surprenante pétition, ce sont les citoyens et les citoyennes qui vous la donnent. »

Discours adroit. Avec la fin de l'hiver, l'approvisionnement devenait moins difficile. Bientôt, on récolterait les légumes cultivés « nationalement » dans les jardins publics et les terrains réquisitionnés. Le procureur syndic Chaumette le dit dans une allocution lénifiante et embarrassée. Il était fort mal à l'aise, abandonné de tous. Hébert n'avait pas jugé bon d'occuper son siège de substitut ni d'accompagner les pétitionnaires. Ronsin, seul capable, avec ses troupes, de donner consistance au mouvement, ne se manifestait point. Tout cela sentait la défaite. Dehors, les braillards s'essoufflaient sans réunir rien de plus que quelques badauds. Hanriot sortit avec une compagnie de la garde nationale, et les épauletiers se dispersèrent sans résistance.

Non seulement l'affaire ne mordait pas, mais déjà le Comité de Salut public lançait une foudroyante riposte préparée pendant la nuit. La Convention, émue par les bruits d'insurrection, se réunissait avant l'heure habituelle. Barère parut aussitôt à la tribune. « Vos deux Comités, annonça-t-il, assurés de l'existence d'un complot contre la Convention, ont mandé le citoyen Fouquier et l'ont chargé par décret de rechercher et de poursuivre toutes les personnes coupables d'avoir, par leurs écrits, par des libelles ou pamphlets, ou par des placards affichés sur la voie publique, provoqué à la révolte. Nous vous demandons la confirmation de ce décret. »

Saint-Just et Claude étaient là, prêts à épauler le porte-parole du Comité. Ils n'eurent point à intervenir, la confirmation fut votée sur-le-champ, même par les quelques députés amis d'Hébert, car nul ne pouvait refuser son suffrage sans se désigner par là comme conspirateur. Et Fouquier-Tinville était déjà en train d'instruire.

Cependant, le soir, à la séance des Jacobins, Collot d'Herbois tout en blâmant « l'agitation populaire », et en invitant les bons citoyens « à se serrer autour du Comité de Salut public », s'efforça d'empêcher la rupture avec les Cordeliers. Momoro en profita pour tenter une justification. Il convint que l'on avait violé la Déclaration des droits, mais nia tout dessein d'insurrection. Le mensonge était flagrant, des protestations éclatèrent. Plus adroitement, Carrier reconnut les propos qu'il avait tenus lui-même, mais il s'agissait, spécifia-t-il, d'une « insurrection conditionnelle ». Finalement, on admit que Collot irait, avec une délégation, aux Cordeliers pour « ramener à la raison ces frères égarés par des suggestions perfides ».

Il s'y rendit le lendemain soir et donna aux frères égarés une sévère leçon. « On parle de s'insurger, quand Pitt, embouchant la trompette de Daniel, prophétise une insurrection en France. » Hébert répondit piteusement que, pour les Cordeliers, insurrection voulait dire union plus intime avec les Jacobins. On enleva l'étoffe noire couvrant le tableau des Droits, on la déchira, on la remit à la délégation en signe de fraternité.

Les jours suivants, ce ne furent que palinodies et embrassades. Les Cordeliers rendirent leur visite aux Jacobins. Ils eurent le désagrément d'entendre Collot vitupérer avec rudesse « la couleur noire, couleur de l'hypocrisie et du mensonge ». Hébert, affolé par cette sévérité persistante, se débattait. Il flétrit les journalistes assez infâmes pour oser dire que ses amis avaient voulu créer un schisme avec les Jacobins et renverser la république par la dissolution de la représentation nationale. « Je demande acte du désaveu formel que je fais d'avoir, comme l'insinuent les journaux, mis en cause Robespierre, dans la séance du 14 ventôse. »

Ces dérobades provoquées par l'idée de l'accusateur public à l'ouvrage ne trompaient personne, au pavillon de l'Égalité. Sans doute, Hébert aurait-il bien voulu revenir en eau plus calme, mais après avoir outrepassé Marat puis Jacques Roux, Varlet, Leclerc, il se trouvait dépassé à son tour par ce qu'il avait déclenché. Les rapports de police parvenant aux deux Comités confirmaient la défaveur des Hébertistes dans beaucoup de sociétés populaires. Dans certaines, on entendait qualifier Hébert d'accapareur. (L'agent d'Héron, notant ce propos, ignorait qu'il avait été mis en circulation par les agents de la Sûreté générale. Il prenait assez bien, en dépit de son absurdité.) Mais dans d'autres sections, on affirmait, encore selon les rapports des *mouches* : « Le club des Cordeliers ne quittera point prise avant d'avoir culbuté les ministres, excepté Bouchotte, pour mettre à leur place des hommes de son choix. » Un autre espion signalait : « Chaque section a son esprit de parti. L'une est pour Hébert, l'autre pour Danton, celle-ci pour les Cordeliers, celle-là pour les Jacobins. On craint que cette division n'allume la guerre civile. »

Tel semblait être, en effet, le risque. Après l'échec de l'insurrection hébertiste, les contre-révolutionnaires — tous les contre-révolutionnaires, ultras et citras — devaient nécessairement recourir à la guerre, en lançant contre la Convention Ronsin et ses troupes associées à celles qu'un général rebelle amènerait des frontières, le tout avec le concours des royalistes et le soutien de l'étranger.

Dans le petit groupe des Robespierristes, Claude était seul sceptique là-dessus. Il n'en disait rien toutefois. Il en profita pour faire rappeler Jourdan au service, sous prétexte de l'opposer à Hoche, le cas échéant. Il avait également écrit à Bernard pour lui demander s'il marcherait au besoin sur Paris avec ses divisions afin de défendre la représentation nationale. C'était surtout pour montrer la réponse de Bernard au Comité dont elle lui vaudrait la faveur. Bernard déclara qu'au premier signal il accourrait avec trois divisions, laissant les autres à Malinvaud pour interdire tout mouvement ennemi sur le Rhin, et qu'il se portait garant du républicanisme de son armée. Pendant ce temps, Bouchotte se hâtait de faire connaître à Jourdan, pour lequel il avait toujours eu de la sympathie, sa nomination à l'armée de Moselle dont le commandement serait retiré à Hoche. Or, le ministre de la Guerre connaissait fort bien le sans-culottisme de Jourdan, confirmé par toute la conduite du général depuis son renvoi à Limoges. Si donc Bouchotte trempait dans un complot militaire — et comment en eût-il existé dont il ne fût pas au courant, lui, le protecteur de Vincent et de Ronsin? — il ne se serait pas empressé d'appeler un pur Jacobin à la succession du « généralissime » choisi par les conspirateurs.

La vérité, pour Claude, c'était qu'évidemment les néo-Cordeliers et les Dantonistes voulaient une contre-révolution à leur profit, mais ils la désiraient d'une façon absolument anarchique, en se tirant mutuellement dans les jambes, et ils ne disposaient d'aucun moyen organisé pour la faire. Ils étaient les jouets, les instruments des royalistes et de Pitt. Ni le rapport Amar ni les déclarations de Pache lors d'une dernière réunion secrète, à Choisy, ne démontraient autre chose que le disparate des efforts antirépublicains. A cette réunion assistaient Robespierre, Couthon, Barère, Saint-Just, Billaud-Varenne revenu de mission. Pache parla des tentatives accomplies pour affamer le peuple. Ici on avait enterré des vivres, là convaincu les paysans de retenir leur grain, là encore on tuait des génisses pleines, là enfin on exhortait les ouvriers à se révolter contre la taxation des salaires. Tout cela, selon le maire, était lié au complot des Hébertistes agissant avec l'Angleterre pour porter Louis XVII sur le trône avec un régent, après dissolution de la Convention. Le cabinet de Saint-James conclurait la paix, reconnaîtrait le nouveau gouvernement de la France et le ferait admettre par les autres cours européennes.

Billaud-Varenne dit alors qu'il fallait décidément en finir avec Hébert, mais aussi avec tous les prisonniers du Temple, et avec Danton. A quoi Robespierre répondit sèchement que l'on verrait plus tard. Pour l'instant, il s'agissait de frapper la faction des ultras sans leur laisser aucun moyen de réagir. Saint-Just fut chargé de préparer un rapport à la Convention, sur le complot. Mais on n'attendrait pas le vote de l'Assemblée pour agir.

Chacun des présents avait juré le secret. Tout le monde tint sa promesse. Le 23 ventôse — 13 mars —, quand Saint-Just lut, devant les deux Comités réunis, son projet de discours, ce fut une surprise agréable pour Carnot, Prieur, Lindet. Tous les membres du Comité de Salut public étaient là de nouveau, sauf Jean Bon Saint-André presque continuellement en mission auprès des escadres, voire en mer avec l'une ou l'autre. Collot d'Herbois et Billaud ne dirent rien. Ils abandonnaient les Hébertistes comme Claude avait abandonné à une nécessité horrible Vergniaud, Lesterpt-Beauvais, Barnave, Marie-Antoinette. Cette fois, il ne pouvait s'empêcher de ressentir un cruel contentement : les ultras allaient payer leur acharnement contre tant de victimes, que, sans eux, on eût pu épargner. Ils se noyaient dans ce sang-là, aujourd'hui. Combiens de vies aurait-on sauvées si, tout de suite après la mort de l'Ami du peuple, il avait été possible d'envoyer à la guillotine trois ou quatre passe-Marat!

Dès l'ouverture de la séance de relevée, Saint-Just prit place à la tribune de la Convention pour lire son *Rapport sur les factions de l'Étranger et sur la conjuration ourdie par elles dans la République française pour détruire le gouvernement républicain par la corruption et pour affamer Paris.*

Ce seul titre, avec ses termes soigneusement pesés, disait d'avance que le discours ne visait pas uniquement les Hébertistes. Non point *la faction*, mais *les factions*. Et le mot *corruption* touchait aussi bien l'entourage de Danton, les Chabot, les Bazire, les Fabre, sinon Danton lui-même. Claude avait approuvé, espérant que l'exemple dont cet avertissement allait s'accompagner vaincrait enfin l'obstination coupable de Danton et de Desmoulins.

« Je viens, dit Saint-Just, vous payer, au nom du Comité de Salut public, le tribut sévère de l'amour de la patrie. Je viens vous dire, sans aucun ménagement, des vérités âpres, voilées jusqu'aujourd'hui. Je vous parle avec la franchise d'une probité déterminée à tout entreprendre, à tout dire pour le salut de la patrie. » Le rapport s'appuyait sur les pièces réunies par Fouquier-Tinville, mais ne nommait personne. Saint-Just ne cita que les coupables déjà emprisonnés : Desfieux, Proli, Chabot, Fabre, Bazire; néanmoins il désignait clairement les hommes des deux partis extrêmes. « Tous les complots sont unis, affirma-t-il, ce sont des vagues qui semblent se fuir, et qui se mêlent cependant. La faction des Indulgents veut sauver les criminels, et la faction de l'Étranger se montre hurlante parce qu'elle ne peut faire autrement sans se démasquer, mais elle tourne la vérité contre les défenseurs du peuple. Toutes ces factions se retrouvent, la nuit, pour concerter leurs attentats du jour. Elles paraissent se combattre pour que l'opinion se partage entre elles. Elles se rapprochent ensuite pour étouffer la liberté entre deux crimes. »

Danton était là qui écoutait, les bras croisés sur sa large poitrine. Entendait-il l'avertissement? Saint-Just poursuivit, fustigeant Hébert sans le nommer : « Celui-là se déguise qui s'est déclaré le chef d'une opinion et qui, si ce parti a le dessous, déclame contre sa propre opinion, pour tromper ses juges et le peuple... Quel mérite y a-t-il à être patriote quand on est comblé de biens, quand un pamphlet vous rapporte trente mille livres de rente? »

Il évoqua sévèrement *Le Père Duchesne :* « Un écrit sans naïveté, mais sombre et guindé où, par un piège tendu peut-être depuis longtemps, la liberté est burlesque. » Puis, passant aux néo-Cordeliers : « Depuis que les sociétés populaires se sont remplies d'êtres artificieux qui viennent briguer à grands cris leur élévation à la législature, au ministère, au généralat, depuis qu'il y a dans ces sociétés trop de fonctionnaires, trop peu de citoyens, le peuple est annihilé. »

Avec amertume, Saint-Just constatait : « Tout le monde veut gouverner, personne ne veut être citoyen. »

Ayant fait ainsi le procès des tendances, il en vint au complot « connu depuis longtemps par le Comité de Salut public », et il décrivit les menées des factieux d'accord avec l'Angleterre pour le relèvement du trône avec un régent. « Cette idée a saisi l'espoir ridicule de quelques personnages qui croient déjà se voir sur le pavois. » Il réunissait là, de nouveau, Hébertistes et Dantonistes, auxquels il lança cette apostrophe : « Que voulez-vous, vous qui ne voulez point de la vertu pour être heureux? Que voulez-vous, vous qui ne voulez point de terreur contre les méchants? Que voulez-vous, ô vous qui, sans vertu, tournez la terreur contre la liberté? Et cependant vous êtes ligués, car tous les crimes se tiennent et forment dans ce moment une zone torride autour de la république. » Pour la sauver, il fallait déclarer une guerre impitoyable à la corruption. « Il vous sera fait dans quelques jours, conclut-il, un rapport sur les personnages qui ont conjuré contre la patrie. Des mesures sont déjà prises pour s'assurer des coupables, nous les cernons. L'intérêt du peuple et de la justice ne permet point de vous en dire davantage et ne permettait pas d'en dire moins, parce que la loi que je vous propose est instante, et devait être motivée. »

Il n'y eut pas, il ne pouvait y avoir, d'opposition. La loi fut votée immédiatement. Elle portait : « Sont déclarés traîtres à la patrie et seront punis comme tels, ceux qui seront convaincus d'avoir favorisé dans la république le plan de corruption des citoyens, de subversion des pouvoirs et de l'esprit public; d'avoir excité des inquiétudes à dessein d'empêcher l'arrivage des denrées à Paris; ceux qui auront tenté d'ouvrir les prisons, d'ébranler ou d'altérer la forme du gouvernement républicain. »

Si Danton, si Camille ne comprenaient pas qu'avec cet avant-dernier membre de phrase le couteau était sur leurs têtes!...

On vota également l'impression de ce décret et son envoi

aux sociétés populaires, aux armées, aux départements. Legendre demanda et obtint aussitôt qu'il en serait donné lecture, chaque décade, dans le Temple de la Raison.

Nous cernons les coupables, avait dit Saint-Just. Effectivement, depuis le matin, les principaux Hébertistes se trouvaient sous la surveillance de la police. Dans la nuit, les gendarmes nationaux procédèrent aux arrestations d'Hébert, de Vincent, de Ronsin, de Momoro et de deux comparses. Un commencement. Fouquier-Tinville continuait à informer.

Quand il vint, à onze heures de la nuit, rendre compte au pavillon de l'Égalité, il apportait une dramatique nouvelle : Jacques Roux, rééditant à deux mois d'intervalle sa tentative du 12 janvier, s'était cette fois frappé mortellement. Il avait expiré ce soir même, à l'infirmerie de Bicêtre.

« Ce sont, dit Amar, les modérantistes et les royalistes masqués du Châtelet qui l'ont tué, ce malheureux, avec leur arrêt de renvoi. Nous ne voulions pour lui qu'une peine correctionnelle.

— Bah! fit Moïse Bayle, qu'avait-il donc à craindre du Tribunal révolutionnaire? Il eût été le cent quatre-vingt-troisième acquitté depuis quarante jours. Le tribunal ne condamne que les coupables. Cet homme n'était pas sain d'esprit. »

IV

Paris s'éveillait tranquillement sous un ciel tendre. Comment le peuple allait-il réagir à la nouvelle du coup de filet?

Un peu avant la séance de la Convention, Héron fit passer un premier rapport résumant les observations des *mouches*. « Dans leur grand nombre, les sections sont calmes. Elles paraissent éprouver une espèce de soulagement. Les arrestations font l'objet de toutes les conversations de café. On les approuve en général, et les détenus sont traités d'intrigants. Quelques-uns de leurs partisans vont de porte en porte engager les citoyens à prendre la défense d'Hébert, de Momoro, de Vincent, de Ronsin, mais ces démarches ne semblent pas produire grand résultat. » Plus tard, d'autres rapports arrivèrent. A la section des Lombards, les femmes disaient qu'elles n'avaient jamais eu confiance dans ce muscadin d'Hébert. Elles le verraient avec grand plaisir aller au supplice. A la Courtille, elles s'écriaient : « Qui aurait cru qu'Hébert fût un scélérat comme Pétion! » A la section du Temple, le président lisait le discours de Saint-Just, et chacun de s'exclamer : « Cet Hébert, quel coquin! »

Le soir, vers cinq heures, une foule se pressait dans la cour de la Maison de justice, pensant y voir déjà les Hébertistes condamnés. On plaisantait sur la grande colère du Père Duchesne dans sa prison. Le geôlier, racontait-on, lui ayant demandé ce qu'il voulait pour son souper, Hébert, pâle et défait, avait répondu qu'il lui restait encore son pain du déjeuner. Il ne lui fallait qu'une chopine, il n'avait pas faim. Et l'on ajoutait : « La terreur punit déjà le traître. »

A cette heure-là, Barère, successeur d'Hérault-Séchelles aux affaires diplomatiques, venait de faire une trouvaille dans la correspondance. Selon un agent à Venise, le comte d'Antraigues annonçait dans les salons vénitiens que la république serait renversée à Paris, d'ici cinq ou six jours. Cette note portant la date du 27 février, les cinq ou six jours donnaient celle du 14 ou 15 ventôse où s'était effectivement produite la tentative hébertiste. Depuis plusieurs mois, le ministre Deforgues et le Comité présumaient que cet Antraigues, ancien constituant, émigré en 90, dirigeait de Venise les espions royalistes en France. Déjà, en décembre, après la reprise de Toulon, un bulletin émanant très probablement de ce personnage, sous la forme déguisée d'une lettre espagnole, avait été découvert parmi les papiers tombés aux mains des troupes républicaines. C'est même ce qui avait provoqué les soupçons du Comité envers Hérault-Séchelles, car lui seul, chargé alors des relations diplomatiques, pouvait transmettre à l'étranger le résultat d'une délibération dont la lettre faisait état : délibération connue exclusivement des participants. Hérault expédié en Alsace sous la surveillance de Saint-Just et Le Bas, les émigrés ne manquaient pourtant pas de contacts avec les milieux révolutionnaires. Lorsqu'il s'était dit certain d'une collusion entre Hébertistes et royalistes, Barère pensait à Momoro. Sous sa protection vivait tranquillement à Paris un frère du trop fameux Puisaye : l'organisateur de la révolte fédéraliste à Caen, l'incendiaire de la Vendée. Ce frère était l'amant de la galante citoyenne Momoro. Ainsi, sans nul doute, se faisait la liaison des faux patriotes avec les Vendéens et avec Antraigues. C'est de la sorte que celui-ci pouvait annoncer, six jours à l'avance, le triomphe de leur conjuration. Le Comité ordonna sur-le-champ l'arrestation de la femme Momoro. Elle serait détenue à Port-Libre.

Cependant, les Cordeliers s'agitaient en désordre. Les uns votaient l'envoi d'une délégation à l'accusateur public pour accélérer la mise en jugement des détenus dont l'innocence éclaterait aussitôt, d'autres proclamaient la Déclaration des droits violée de nouveau, et, de nouveau, appelaient à l'insurrection. Loin de s'entendre, on s'anathématisait, on s'expulsait mutuellement.

Les Jacobins, au contraire, formaient bloc autour du Comité de Salut public. Lorsque Claude arriva au club, un peu tard, après une longue discussion avec Saint-Just, Collot et Lindet à propos d'Hérault-Séchelles, Billaud-Varenne avait révélé la découverte faite dans la correspondance diplomatique. Il rapprochait le fait d'autres informations fournies par l'enquête de Fouquier-Tinville. Des hommes de l'armée révolutionnaire étaient prêts à combattre contre la liberté. Une fausse patrouille devait surprendre le corps de garde veillant à l'Abbaye, ouvrir les portes aux prisonniers, leur donner des armes. Avec eux, on se serait porté à la Monnaie, pour y prendre des fonds et rallier le peuple en lui distribuant de l'argent.

« Les preuves de ce que je vous annonce, dit Billaud, sont au Tribunal révolutionnaire, devant lequel comparaîtra le *Régent* choisi par les conjurés. Ils espéraient dissoudre la République française et lui substituer une autre puissance. Des hommes qui auraient dû être contents d'avoir atteint la hauteur où ils étaient parvenus et où jamais ils n'auraient dû arriver, des ambitieux qui aspiraient au ministère : ces hommes qui n'étaient auparavant que des ouvreurs de loges, étaient montés aux premières loges, ces hommes sont les conspirateurs d'aujourd'hui. Leur exemple, ajouta perfidement Billaud, apprendra au peuple qu'en révolution il ne faut jamais idolâtrer personne. »

Robespierre se leva, non pour répondre à cette flèche qui pouvait s'adresser à lui comme à Danton, mais pour recommander la mesure en toute chose. « On ne doit pas impliquer de vrais patriotes dans le procès intenté aux contre-révolutionnaires. »

Billaud-Varenne et Collot d'Herbois avaient mis longtemps à se déclarer contre la faction. Ils s'y étaient résolus en la voyant découvrir ses ambitions effrénées. A présent, Billaud l'intraitable menaçait de s'emballer. Il fallait prendre contre lui des précautions.

Atterrés par son réquisitoire, plusieurs Cordeliers présents aux Jacobins coururent faire part à leur club de l'horrible conspiration imputée aux détenus. La majorité refusa de l'admettre. Beaucoup, néanmoins, étaient ébranlés. Au demeurant, presque tout Paris approuvait le Comité de Salut public. Claude et ses collègues le savaient et sentaient que, dans la lutte contre les ultras, ils pouvaient tout se permettre.

Après la séance au club, on se réunit encore, avec les membres du Comité de Sûreté générale. On résolut d'incarcérer Chenaux, successeur de Momoro à la présidence des Cordeliers, et Ancard qui avait excité au soulèvement. Mais il fallait ne point frapper un côté seulement, ne point encourir le reproche de modérantisme. Déjà, dans les maisons de détention où les nouvelles avaient été apprises avec transport, on célébrait la fin du système de rigueur, les suspects croyaient voir demain les portes s'ouvrir. Le Comité devait montrer sa résolution d'atteindre tous les ennemis de la république. Billaud-Varenne, Vadier, réclamaient l'arrestation de Danton non moins compromis qu'Hébert, et celle d'Hérault-Séchelles, également demandée par Saint-Just. Hérault, revenu d'Alsace, avait reçu au pavillon un accueil si glacial qu'il ne s'y était plus présenté. Retiré dans sa luxueuse demeure, il épuisait, avec les plus belles femmes, tous les raffinements de la volupté, avant de quitter la vie dont il savait bien qu'il ne jouirait plus longtemps. Robespierre refusa une fois encore l'arrestation de Danton en s'écriant avec colère : « Vous voulez perdre les meilleurs patriotes ! » mais il s'offrit pour rédiger le rapport sur Séchelles. La majorité décida de le confier à Saint-Just.

Hérault fut arrêté le lendemain et enfermé au Luxembourg. En apprenant la chose, Danton s'insurgea. « Si la tyrannie du Comité n'est pas contenue, je désespère du salut de la république », proclamait-il parmi les groupes qui attendaient l'ouverture de la séance, dans la salle de la Liberté où le soleil, entrant par les fenêtres hautes, jouait sur le bonnet phrygien de la déesse et sur la peinture marbrée des murs.

Mais lorsque la Convention siégea, Danton ne chercha point à défendre Hérault. De nombreuses délégations se succédaient à la barre, envoyées par les sections, par les municipalités de la banlieue, pour féliciter l'Assemblée d'avoir étouffé dans l'œuf la conjuration. Seule, la Commune de Paris n'était pas représentée. Bourdon de l'Oise le fit remarquer et s'en indigna. Pour lui, Hébert ne manquait point de complices dans le Conseil général. Le complot restait incomplètement dévoilé, il fallait enjoindre aux deux Comités d'épurer la municipalité parisienne.

Cette motion, adoptée, provoqua, le soir, une très vive dispute entre Claude et Maximilien. Pour obéir au vœu de l'Assemblée — auquel il souscrivait d'ailleurs avec empressement — Robespierre voulait arrêter Chaumette, et lui adjoindre ceux qui avaient avec lui provoqué la grande campagne de déchristianisation : Clootz, Gobel. Claude estimait extravagant de prétendre que ces deux-là, Clootz surtout, aient pu tremper dans une tentative de restauration monarchique, et il s'opposa formellement à toute mesure contre eux. Robespierre insistant avec aigreur, le ton monta très vite.

« Tu ne cherches plus là des conspirateurs, dit Claude, tu poursuis de ta haine des hommes dont le seul tort est de ne point partager ta superstition déiste. Eh bien, sache-le, nous sommes nombreux à nous être lancés dans la Révolution pour détruire la tyrannie religieuse aussi bien que la tyrannie politique. Nous ne souffrirons pas que l'on instaure dans la république une Inquisition, au nom du dieu de Rousseau. »

A quoi Robespierre, la voix criarde, répliqua que si l'on avait laissé faire les athées comme lui, Mounier-Dupré, il n'existerait plus, en ce moment, de république. Elle se serait effondrée dans les saturnales de l'anarchie, au milieu du dégoût général. Les membres des Comités écoutaient sans prendre parti dans cet épineux débat. Plusieurs, dont Billaud-Varenne, Collot d'Herbois, étaient en conformité d'idées, sur le principe, avec Claude, mais ils n'entendaient pas rompre des lances en faveur de personnages aussi peu intéressants, à leurs yeux, que Clootz ou le vieux Gobel. Vadier ricanait, Barère observait, attentif à la fêlure qui se trahissait là et qui pourrait grandir. Saint-Just vit le danger.

« Tu as tort, Mounier-Dupré, dit-il, froid et sévère. Tu t'abandonnes à une passion d'idées, tu lui donnes le pas sur les intérêts de la république.

— S'il en est ainsi, répondit Claude en se levant, délibérez sans moi! »

Il arriva chez lui tout animé encore. Lise dormait; elle s'éveilla. « Il y a dans ce Robespierre l'étoffe d'un cafard tyrannique! » dit Claude en racontant à sa femme ce qui venait de se produire. Il voulait démissionner du Comité. Lise le calma, lui conseilla de réfléchir. Elle se leva pour lui préparer une tasse de tilleul.

Le matin, de bonne heure, Panis se présenta en médiateur, apportant les regrets de Robespierre. « Nous tous aussi, vos amis, nous déplorons cette algarade, ajouta-t-il. Il ne faut pas surtout qu'elle rompe l'unité du Comité de Salut public. Ce serait désastreux, et pour une bien petite cause. Car enfin, si ces hommes pour lesquels tu t'es emporté un peu vite, avoue-le, sont innocents, ils n'ont rien à craindre du Tribunal. Au contraire, ils en sortiront avec une réputation confirmée, comme Marat.

— Tu as raison, reconnut Claude, je me suis emporté. Nous sommes surmenés, les nerfs lâchent parfois. Dis à Maximilien que j'irai le voir. »

Il s'y rendit sitôt habillé. La matinée était belle, le printemps précoce, les marronniers des Tuileries dépliaient déjà leurs jeunes feuilles. Dans la rue de la Convention, un peu après les Jacobins, Claude tomba sur Tallien et Fouché, revenus depuis peu, le premier de la Gironde, le second de Lyon. Ils avançaient tête basse, l'air effondrés.

« Ah! çà! s'exclama Claude, quelle mine faites-vous!

— Tu n'en aurais pas d'autre s'il t'advenait ce qui nous arrive, dit Tallien. Nous sortons de chez ton ami Robespierre. Je te recommande sa façon de recevoir les visiteurs patriotes. Toi qui me connais depuis les premiers temps de la Révolution, qui m'as vu me dépenser toujours pour elle sans mesurer ma peine, conçois-tu cet accueil? Tu le sais, d'infâmes calomniateurs répandent sur Fouché et sur moi les bruits les plus atroces. »

Claude savait en effet; on accusait les deux conventionnels d'avoir profité de leurs missions pour s'enrichir scandaleusement. On assurait qu'à Bordeaux il suffisait d'avoir beaucoup d'argent pour acheter sa liberté à Tallien. C'était probablement vrai, car, minable au temps où il jouait aux Cordeliers les seconds de Danton, et même au moment de son élection à la nouvelle Assemblée, on le voyait maintenant plus qu'à l'aise. Il ramenait de Bordeaux une très belle maîtresse, laquelle ne l'aimait assurément pas pour ses charmes : sa lourde figure et son énorme nez.

« Nous avons voulu, poursuivait Tallien, nous défendre auprès de Robespierre contre ces calomnies, et nous sommes de concert allés le voir. D'abord la fille Duplay nous a dit qu'il n'était pas là, puis, comme nous insistions, elle s'est décidée à nous conduire. Et alors, mon ami, deux chiens seraient entrés dans sa chambre, il ne les aurait pas traités plus mal. » Enveloppé d'une chemise-peignoir, Maximilien sortait des mains de son coiffeur, la chevelure poudrée à blanc. Sa figure enfarinée semblait un masque. « Sans nous rendre en aucune façon notre salut, il s'est tourné vers son miroir suspendu à la croisée, a pris son couteau de toilette et s'est mis à racler minutieusement la poudre sur son visage. Nous attendions, debout, plutôt interloqués, tu t'en doutes. Quand il a eu fini, ôtant son peignoir il l'a posé sur une chaise tout près de nous, exprès pour blanchir nos habits, sans nous demander aucune excuse et sans même avoir l'air de prêter la moindre attention à notre présence. Il se lava dans une cuvette qu'il tenait à la main, se nettoya les dents, cracha longuement, toujours comme si nous n'étions pas là. » Finalement, Tallien avait pris la parole. « Lorsqu'on est aussi francs du collier que Fouché et moi, lui ai-je dit, il est bien pénible non seulement de ne pas se voir rendre justice, mais de se voir l'objet des accusations les plus iniques, des allégations les plus monstrueuses. Nous sommes bien sûrs qu'au moins ceux qui nous connaissent, comme toi, Robespierre, nous rendront justice et nous la feront rendre. » Pas un mot en réponse, même seulement pour leur offrir de s'asseoir. Il les regardait fixement, sans ses lunettes, avec ses yeux verts, glacés. Un vrai chat-tigre. « Je n'osais plus le tutoyer, j'ai continué en lui disant vous, mais les mots ne sortaient plus, j'avais la gorge nouée. Fouché est intervenu : « Croyez bien que notre démarche auprès de vous nous est dictée par l'estime que nous inspirent vos principes et votre personne. » Alors Robespierre a parlé. Il a dit à Fouché : « Ta figure est l'expression du crime. » Il a pincé les lèvres déjà fort pincées, et nous a tourné le dos. Voilà quelle a été notre entrevue. Nous sommes partis. Ce n'est pas un homme, c'est un animal féroce.

— Bah! fit Claude amusé, vous l'avez pris dans une mauvaise passe. Moi aussi, hier soir, il m'a rabroué de belle sorte. Nous nous sommes disputés. Je vais tâcher d'arranger les choses, je lui parlerai pour vous. »

Dans la cour de la menuiserie, il trouva devant la pompe la citoyenne Duplay assise au soleil sur un escabeau, et occupée, en bonne ménagère, à éplucher des légumes. L'aidaient dans cette besogne deux hommes de la section des Piques, le sabre au baudrier, qui veillaient sur la sécurité de l'Incorruptible. Éléonore achevait d'étendre du linge. Claude salua les deux femmes. Robespierre accompagné par son danois, Brount, qui folâtrait autour de lui, sortit de la salle à manger. Il ne ressemblait en rien à un chat-tigre. Il avait l'air aimable et un peu triste que lui connaissaient bien ses intimes. En voyant Claude, il sourit, s'avança vers lui et l'embrassa. « Mon ami, comme je suis content que tu sois venu! Ma vivacité ne répondait qu'à tes paroles. Tu n'as pas un instant cessé de m'être cher, et j'aurais souffert de t'avoir blessé. » Un peu confus de cet élan si peu mérité, Claude s'excusa. Il avait tous les torts. « J'ai cédé à une méchante nervosité, dit-il. Je sais bien que tu es au-dessus des haines personnelles et que ta sévérité pour les déchristianisateurs provient des périls dans lesquels ils ont, par leurs outrances, précipité la Révolution. »

Éléonore retint Brount, tout gémissant de voir partir son maître. Bras dessus, bras dessous, les deux amis franchirent la voûte, remontèrent la rue ensoleillée, passèrent devant le portail des Feuillants qui masquait le vieux Manège si plein de souvenirs. Comme Claude racontait sa rencontre avec Tallien et Fouché : « J'espère, dit Maximilien, que tu n'es pas la dupe de ces hommes perdus! Fouché est un hypocrite, un serpent, et Tallien un vil jouisseur sans conscience.

— Non, rassure-toi, je ne suis pas leur dupe. Mais il faut compter aussi avec les vices, on ne peut pas instaurer la vertu par décret. Une république doit être fondée sur un idéal et construite dans le réel. »

Saint-Just, sortant de l'hôtel des États-Unis, où il logeait, aperçut Maximilien et Claude. Il les rattrapa. Il était soucieux. L'instruction du complot hébertiste se révélait pleine de risques. Pourrait-on ne point toucher à Carrier? Il avait, comme Momoro, et plus fort qu'Hébert, appelé à l'insurrection les Cordeliers. Carrier traduit au tribunal, on n'éviterait pas la divulgation publique des atrocités commises à Nantes, et, dit Saint-Just, tous les adversaires du Comité ne manqueront pas de les exploiter contre nous. » Risque d'autant plus inquiétant que Billaud-Varenne par sa conduite dans les prisons, en Septembre, Collot fusilleur des Lyonnais, n'étaient pas exempts de reproches, eux non plus. Ils seraient certainement mis en cause. Tout cela pouvait entraîner la dislocation, le renouvellement intégral du Comité. De plus, il faudrait impliquer Bouchotte, car il avait couvert Vincent et Ronsin. Ces deux-là réclamaient la citation de Danton et d'Hanriot que plusieurs témoignages désignaient comme le Grand Juge et le Généralissime choisis réellement par les conjurés. Au moyen d'Hanriot, rallié maintenant, s'il avait jamais trempé dans le complot, on tenait la garde civique parisienne; il fallait le ménager. Saint-Just estimait prudent de ne point engager le procès, de laisser les Hébertistes en détention. Cela semblait bien difficile.

Chaumette avait été arrêté à l'aube. Le Conseil général comprit, il chargea Pache de conduire une délégation à l'Assemblée. Le vieux Ruhl, le briseur de la sainte ampoule, membre du Comité de Sûreté générale, présidait. Il reçut les délégués en déplorant que la municipalité de Paris fût une des dernières à venir féliciter la Convention. Danton alors demanda la parole. On s'y attendait, on avait été surpris de son silence, les jours précédents. Pendant qu'il gagnait la tribune, ses amis, parmi lesquels se creusaient à présent bien des vides, paraissaient fort excités. Claude voyait Desmoulins, Delacroix, Philippeaux, Courtois, Bourdon de l'Oise parler vivement entre eux. Fréron – enfin de retour – et Legendre observaient plus de réserve. En rentrant de Toulon, Fréron était allé avec Barras chez Robespierre, pour se disculper auprès de lui des accusations dont on les criblait. Maximilien avait accueilli les deux commissaires aussi durement que Tallien et Fouché aujourd'hui. Depuis, le Lapin — qui n'approuvait pas la politique d'indulgence, car son expérience dans le Midi lui faisait considérer la rigueur comme indispensable encore — se ralliait, avec presque tous les ex-représentants en mission, à Collot d'Herbois et à Billaud-Varenne. Ils formaient un groupe dit des *Terroristes*, hétéroclite et vague dans ses frontières, mais avec lequel il fallait compter.

Danton devait avoir prévenu ses fidèles qu'il allait réparer en un jour les effets de sa longue inertie. Le moment pouvait paraître favorable pour une de ces opérations de grand style dont il avait fourni maint exemple. Le coup frappé sur les Hébertistes ne démontrait-il point la justesse des campagnes du *Vieux Cordelier*, et ne prouvait-il pas que les Comités eux-mêmes reconnaissaient le besoin de la modération?

Campé à la tribune, massif, la chevelure blonde en crinière, la cravate froissée, Danton semblait avoir ressaisi sa puissance et retrouvé tout son art. Il préluda en rendant hommage, avec une sérénité un peu dédaigneuse, aux Comités « qui travaillent jour et nuit », à la Convention « qui jamais ne m'a paru plus grande ». Puis, abordant la situation : « Ne vous effrayez pas, dit-il, de l'effervescence du premier âge de la liberté. Elle est comme un vin fort et nouveau qui bouillonne jusqu'à ce qu'il soit purgé de toute son écume. » A présent, il importait d'en finir avec les passions personnelles. « Au nom de la patrie, ne laissons plus aucune prise à la dissension. Si jamais, quand nous serons vainqueurs (et déjà la victoire nous est assurée), si jamais des passions particulières devaient prévaloir sur l'amour de la patrie, si elles tentaient de creuser un nouvel abîme pour la liberté, je voudrais m'y précipiter le premier. Mais loin de nous tout ressentiment. Le temps est venu où l'on ne jugera plus que sur les actions. Les masques tombent. On ne confondra plus ceux qui veulent égorger les patriotes, avec les véritables magistrats du peuple. »

Il désignait visiblement là Billaud-Varenne, Vadier, Voulland, acharnés contre lui. Ce fut sa seule pointe. Claude trouvait son discours très habile : cet appel à l'union, après l'arrestation des factieux, pouvait rallier tous les modérés, voire les Robespierristes, dont Danton avait l'air d'accepter la politique de juste-milieu. Il alla plus loin encore dans sa tentative en justifiant, sans les nommer, Pache et la Commune qu'il désirait attirer dans son orbite. Il visait évidemment à réunir, face à ses ennemis, une vaste majorité de révolutionnaires sages et politiques sur laquelle il s'appuierait. Là-dessus, Rulh tint à préciser qu'en dépit de ses remontrances aux délégués municipaux il ne les suspectait nullement. « Je vais, dit-il, descendre à la tribune pour m'expliquer. » Et, s'adressant à Danton : « Viens, mon cher collègue, occupe toi-même le fauteuil. » Danton déclina cet honneur : « Ne propose pas qu'on occupe un poste que tu remplis si dignement », puis termina son discours en demandant « de l'union, de l'ensemble, de l'accord ». Comme il quittait la tribune, il rencontra le vieil Alsacien descendant du bureau présidentiel. Les deux hommes s'embrassèrent tandis que de longs applaudissements crépitaient dans la salle. L'impression du discours fut votée dans l'enthousiasme.

C'était incontestablement un succès. Il faisait verdir Billaud, Vadier, Collot d'Herbois, mais réjouissait Claude et avec lui tous ceux qui voyaient le salut de la république dans une collaboration entre Danton et Robespierre. Tout de suite, Panis, Legendre s'entendirent pour organiser une nouvelle entrevue. Maximilien consentit. Il restait, malgré toutes les discordes, attaché à l'ami auquel il écrivait, l'année précédente : « Je t'aime jusqu'à la mort », et qu'il avait défendu avec acharnement contre Billaud-Varenne, au sein du Comité. Panis offrit sa maison de campagne. On décida de s'y réunir le surlendemain pour dîner. En l'annonçant à Lise, Claude ajouta :

« J'ai longtemps douté, mais je crois maintenant que Georges a compris. Sans doute, la leçon donnée aux Hébertistes lui a-t-elle profité. Une entente me paraît possible. Pour ma part, je désirerais beaucoup injecter le sang généreux de Danton à la république glacée et tyranniquement vertueuse de Robespierre. »

Seulement Danton, déjà installé à Sèvres depuis les premiers jours de mars pour savourer le printemps, ne reparut plus à la Convention. Comme chaque fois qu'il avait remporté une victoire, ce paresseux colosse, capable de tout soulever et incapable d'organiser la suite, se reposait sur ses lauriers. Et pendant qu'il goûtait les saveurs printanières sur les lèvres de la jolie Lise, dans Paris les Dantonistes gâchaient tout. Desmoulins, ce pauvre fou, laissait circuler en manuscrit un extravagant numéro VII du *Vieux Cordelier* que nul imprimeur n'avait voulu publier. Il y dénonçait de prétendues faiblesses de la Convention envers les Comités, s'attaquait directement, avec sa vieille verve haineuse, à Robespierre son dernier protecteur, à Saint-Just, à Barère, Billaud, Collot, à Vadier, Voulland, Amar, à David « qui a déshonoré son art en oubliant qu'en peinture comme en éloquence le foyer du génie c'est le cœur », à Claude lui-même « qui a toujours, dès les premières luttes de la Révolution, précédé la victoire dans le camp où elle s'annonçait ». Enfin, il prétendait démasquer Héron, l'homme à tout faire de la nouvelle tyrannie.

Claude comprenait assez bien l'irritation de Camille atteint dans ses amis, dans sa belle-famille, désavoué par Fréron, mais il était difficile de continuer à tenir pour patriote un homme dont tous les amis justement étaient pourris et la famille suspecte. Il comprenait aussi l'aversion de Desmoulins pour la république inhumainement spartiate dont rêvaient Robespierre et Saint-Just. Ce n'étaient point là raisons suffisantes pour se déchaîner si fielleusement, pour sonner l'assaut à tous les ennemis de la Révolution. Ce n'était pas le moyen de l'assouplir mais de l'étouffer. Et tel s'affirmait à présent le désir de Camille, faute de la pouvoir conduire à son gré. Lui aussi, comme Fabre et les autres jouisseurs, il l'aimait quand il en tirait avantage. Sa mauvaise foi indignait Lise révoltée par cette odieuse façon d'interpréter la conduite de Claude.

« Bah! dit-il, on l'a vu depuis longtemps avec Brissot : Camille est de ceux qui rendent en venin ce qu'on leur a donné en amitié. Tant pis pour lui! »

Reprenant la dénonciation du *Vieux Cordelier*, le Don Quichotte Bourdon n'imagina rien de mieux que de réclamer, à la tribune, l'arrestation d'Héron. Bourdon avait choisi son moment, aucun membre des Comités n'était là. Ils se trouvaient au pavillon, où l'on agitait le problème des Hébertistes. On avait finalement résolu de limiter les débats. L'accusation ne mentionnerait pas le complot de l'Étranger, on s'en tiendrait à la tentative insurrectionnelle et aux manœuvres contre le ravitaillement. C'est alors qu'un huissier de l'Assemblée se présenta, portant un billet « très urgent » pour le citoyen Robespierre. A peine y eut-il jeté un regard, Maximilien se leva vivement. « La Convention, dit-il, vient de décréter Héron. »

Rude coup porté aux deux Comités. C'était en quelque sorte un vote de défiance. Robespierre sortit, suivi par Claude, tandis que Couthon appelait son gendarme. En avançant vite par le long couloir sombre, Maximilien murmura : « Je ne veux pas croire que Danton ait trempé là-dedans. »

Ils passèrent le corps de garde, débouchèrent dans le vaste espace ensoleillé du pavillon de l'Unité, dont les portes étaient ouvertes sur la cour et sur le Jardin national, gravirent le Grand-Degré — l'escalier du 10 août. Au pavillon de la Liberté, se produisaient des remous. Sans savoir ce qui se passait au juste, les curieux accouraient des antisalles, questionnant les huissiers et les gardes réunis dans le petit vestibule au fond duquel s'ouvrait, sous sa tenture bordée de rouge, la porte en marqueterie donnant accès à la salle des séances. Sitôt entrés, Maximilien demanda la parole et gagna la tribune, Claude se tint prêt à le soutenir. Un instant plus tard, Couthon arriva dans son fauteuil mécanique.

Robespierre, s'indignant d'un « décret illégalement surpris à la Convention », la fouettait d'une voix sèche et amère. Il défendit Héron, déclara qu'en l'accusant on accusait les Comités eux-mêmes. Ayant obtenu le rapport du décret, il engagea vigoureusement la contre-offensive. Cette sournoise manœuvre entreprise contre les Comités, au moment où ils venaient d'anéantir les Hébertistes après avoir réduit au silence les Enragés, montrait bien que la conjuration n'était pas démantelée, loin de là. « Une faction qui voulait déchirer la patrie est près d'expirer, mais l'autre n'est point abattue. Elle trouve dans la chute de la première une sorte de triomphe. Elle se croit à présent tout permis, et nous n'aurons rien fait si nous ne l'exterminons pas à son tour. »

Après la déclaration de guerre aux ultras et leur écrasement, Maximilien se décidait donc à donner, contre les Dantonistes, le signal de l'assaut depuis longtemps réclamé par les patriotes rectilignes du pavillon de l'Égalité et de l'hôtel de Brionne. Restait à savoir si les partisans de Danton agissaient contre son avis, comme ils l'avaient déjà fait à plusieurs reprises, ou s'il se retirait à la campagne pour les laisser agir sans se compromettre, lui. Ce qui était bien dans sa manière.

La question fut tranchée un quart d'heure plus tard. Comme Claude retournait au Comité afin de poursuivre le plan de ravitaillement pour l'armée du Nord, avec magasins et départs de convois échelonnés, auquel Prieur et lui travaillaient depuis deux jours, Vadier arriva, triomphant. Le Comité de Sûreté générale ayant fait arrêter le dernier imprimeur de Desmoulins : Desenne, on venait, en perquisitionnant chez lui, de découvrir parmi ses papiers l'infâme numéro VII du *Vieux Cordelier*, manuscrit original dont les copies circulaient sous le manteau. Or, ce manuscrit était abondamment annoté par Danton lui-même. « Et ce n'est pas tout », dit Vadier en lançant la liasse sur la vaste table oblongue à tapis vert frangé d'or, « voici un bulletin que l'on a saisi, à Orléans, sur un courrier des princes. Lisez donc. »

Le rédacteur du message, un espion appartenant sans doute au réseau d'Antraigues, hostile à l'Angleterre, avertissait son chef, non sans indignation, que le plan des agents anglais « prévoit Danton comme régent parce qu'il a été désigné expressément par Pitt ». Claude haussa les épaules, peu convaincu. Certains hommes de l'hôtel de Brionne lui semblaient fort capables de faire fabriquer une lettre et de l'attribuer à un espion royaliste. Allez donc vérifier! Et même authentique, ce message ne prouvait rien. D'abord, parce que les agents de Batz et les agents d'Antraigues, combattant dans un même but de restauration monarchique, mais pour deux partis rivaux, cherchaient mutuellement à s'égarer. Ensuite, parce que les bulletins de ce genre, saisis çà ou là, mêlaient aux informations d'une inquiétante exactitude les plus extravagants ragots.

En revanche, hélas, le manuscrit du *Vieux Cordelier* ne laissait aucun doute : chevauchant les pattes de mouche de Camille, c'était bien là l'écriture écrasée par les gros doigts de Danton. Vadier exultait. Les pommettes rouges d'excitation sous ses cheveux blancs, frottant ses mains maigres aux veines saillantes, il s'exclama : « On le videra, ce gros turbot farci! »

On entendait, venant de la cour, le brouhaha produit par le public qui s'écoulait sur le Carrousel, après la séance. Robespierre arriva, au bout d'un instant, avec Couthon. On les mit au courant. Vadier était parti en compagnie de Billaud et Collot. Carnot avait regagné les ci-devant appartements du roi, à l'étage au-dessus, où tout un état-major d'officiers plus ou moins ex-nobles travaillait sous ses ordres aux plans de campagne des quinze armées. De là-haut, Carnot manœuvrait un million deux cent mille hommes. Saint-Just, indifférent, dépouillait la correspondance diplomatique, installé au bout de la table. « Que résouds-tu? » demanda Barère à Maximilien.

« Nous en discuterons ce soir », répondit-il. Il fit signe à Claude et Couthon de sortir avec lui.

« Tu ne veux pas aller chez Panis, je pense? dit l'infirme. Moi, je n'irai pas. Danton est un monstre de duplicité. Tu ne l'as que trop défendu, tu te perdras si tu ne t'en sépares à l'heure même.

— J'y vais cependant. Si faible que soit la chance de s'entendre encore avec lui, je veux la tenter. »

Une voiture de service attendait dans la cour, à l'angle du pavillon, devant l'ancien escalier de la Reine. Sous les arcades, les canonniers montaient la garde, pique ou sabre en main, pièces pointées. Par les larges soupiraux du sous-sol, arrivaient les bruits de l'imprimerie installée dans les ci-devant offices royaux. Claude suivit Maximilien. La voiture partit rapidement vers la place de la Liberté, autrefois de la Bastille, et Charenton.

Panis avait racheté à son beau-frère Santerre quasi ruiné, détenu depuis ses revers en Vendée, la maison dans laquelle le comité insurrectionnel de juillet 92 s'était réuni après la réception des Marseillais, durant cette nuit fracassante où le ciel en fureur foudroyait la terre et tuait les hommes. Combien d'autres orages, depuis lors! Que de victimes! Combien de fantômes aujourd'hui, autour des survivants, dans ce salon mal entrevu à la lueur des bougies et des éclairs, vingt-sept mois plus tôt. Il était charmant, en pleine clarté, avec ses boiseries gris perle encadrant une tenture rose et rouge que le soleil empourprait par endroits. Dehors, les jeunes feuillages, les premières fleurs, jaillissaient en bouquets sous les fenêtres. Mais aux yeux de Claude revenaient des figures disparues. Lazouski, Barbaroux, Rebecqui, ceux qui étaient morts à la tâche et ceux qu'il avait fallu sacrifier, ceux qui, après avoir tant donné à la Révolution, s'étaient retournés contre elle, follement, pour la fixer, comme si l'on pouvait arrêter un coup de canon quand on a mis le feu à la poudre. Combien d'autres se briseraient-ils encore dans cette tentative insensée?

Danton arriva en compagnie d'Humbert, autrefois logeur de Robespierre, rue de Saintonge, maintenant chef de bureau aux Relations extérieures, de Courtois, député d'Arcis, et du ministre Deforgues, chaque jour plus suspect à Saint-Just : à n'en point douter, des fuites se produisaient aux Affaires étrangères.

Danton était dans sa plus belle humeur et quelque peu triomphant. Probablement considérait-il comme une victoire cette nouvelle tentative de conciliation : ne se sentant pas assez fort pour le combattre, Robespierre cherchait à le gagner. L'attitude de Maximilien justifiait cette idée. En face du gros Georges, débordant, il restait guindé, mal à l'aise, parce qu'il se défiait de cette comédie du cœur sur la main, où Danton était passé maître. Il ne s'agissait plus aujourd'hui de jouer les bons compères, mais de prendre froidement un engagement formel. Comme on quittait le salon pour la salle à manger, Claude glissa dans l'oreille de Danton : « Prends garde, tu commettrais une erreur tragique si tu croyais que nous sommes ici par faiblesse. »

Il n'en perdit rien de sa jovialité. Le début du repas fut cordial. Maximilien s'appliquait à éviter les points de friction, tout en s'efforçant de placer la conversation là où il faudrait bien en venir pour que cette entrevue ne fût point une vaine rencontre. Claude sentait tristement l'impuissance de Robespierre à dominer un homme tel que Danton. Raisonneur têtu, tout farci de logique, Maximilien prétendait le convaincre. Danton ne connaissait que la raison du plus fort, du plus rusé. L'unique moyen de le réduire eût consisté à lui faire voir que tout était fini pour lui. Mais il ne l'aurait pas cru, même devant l'évidence. Il ne pouvait pas concevoir qu'à cette heure où, sous l'inflexible direction de Maximilien, la Révolution sortait de l'anarchie, dessinait enfin sa route, son but, ses étapes et organisait déjà l'avenir — il ne pouvait concevoir qu'entre lui, l'aventurier brouillon aux inspirations hasardeuses, aux desseins indiscernables et suspects, et Robespierre le pilote sûr, aucun patriote n'hésiterait dans son choix. Il se savait pourtant condamné par presque tous les membres des deux Comités, abandonné par les Jacobins. Il ne rassemblait plus autour de lui qu'une petite troupe décimée, marquée d'infamie, depuis longtemps promise à la guillotine. Sa crédulité, sa vanité l'élevaient au-dessus de tout cela. Il s'estimait intouchable. Il était l'Arche. Il était le pape de la Révolution. Il gardait toute confiance dans sa faconde et son machiavélisme. Son récent succès à la Convention lui donnait l'assurance de disperser d'un souffle tous les pygmées criaillant après lui.

Échauffé par la bonne chère, il mêlait à présent le dédain à la familiarité. « Dérobe-toi donc, disait-il, aux trames que nouent contre moi ces individus dont la présence déshonore les Comités : le sénile Vadier, Amar, tartufe libidineux qui me reproche mon épouse et se débauche avec des petites filles, Billaud, Collot, jamais assouvis de sang. Billaud ne me pardonne pas, sans doute, de l'avoir obligé, lui et sa belle femme, quand ils étaient dans la misère. Cesse de prêter l'oreille aux commérages de quelques imbéciles. Ne regarde que la patrie, ses besoins, ses dangers.

— Me suis-je jamais occupé d'autre chose? coupa Robespierre dont les lèvres se pinçaient.

— Non, mais toi qui devrais être à la tête des patriotes, tu t'en isoles presque toujours. Tu écoutes ton cortège de sots prétentieux et de hargneux roquets, ton Saint-Just qui porte sa tête comme le saint sacrement.

— Il te sied bien de critiquer mes compagnies! Et ton Chabot, ton Bazire, ton Fabre d'Églantine, ton Séchelles : des prévaricateurs, des corrompus, des traîtres.

— Voyons, mes amis, mes amis! se récria Legendre, ne recommencez pas ces querelles qui ne reposent sur rien d'important. Votre mésintelligence étonne les véritables amis de la patrie. »

Panis, Deforgues, Humbert, se joignant à l'ancien boucher, ramenèrent la concorde.

« Vous avez raison, déclara Danton, rien de profond ne nous sépare. La haine a toujours été étrangère à mon cœur. Oublions nos ressentiments, Maximilien. Je sais d'ailleurs que tu m'as défendu, au Comité. Secoue l'intrigue, unissons-nous pour humaniser la république.

— Quant à moi, je le veux. C'est toi qui nous rends à dessein la modération impossible en réclamant une excessive indulgence. Cesse cette politique, et nous nous entendrons.

— Je n'agis point par politique. Trop de sang a coulé, vous y noierez la république. Le Tribunal révolutionnaire, je l'avais inventé comme un rempart, vous en faites une boucherie. Il faut arrêter cela.

— Je le sais. La République française ne doit point passer aux yeux de l'étranger pour une buveuse de sang. Mais qui, de nous deux, a protégé les soixante-treize? N'étais-je point d'accord avec toi pour épargner la reine? N'ai-je pas obtenu le vote d'un comité de justice? Il aurait existé si Desmoulins et toi n'aviez pas exaspéré les terroristes, effrayé la Convention, en exigeant vos comités de clémence. Oui, il faut modérer le système de rigueur, il faut distinguer entre l'indispensable sévérité et l'indulgence possible, mais des têtes de grands coupables doivent encore tomber avant que le régime républicain soit suffisamment affermi pour n'avoir plus rien à craindre. Alors il pourra remiser les échafauds et supprimer la peine de mort.

— Quelle folie! Chaque tête que vous faites tomber suscite dix ennemis nouveaux à la Révolution et renforce la haine dans le cœur des autres.

— Tiens! remarqua ironiquement Claude, la formule est donc de toi? On la croyait à Desmoulins.

— Camille écrit selon sa conscience, et sa conscience lui dicte ce que pensent tous les amis de la patrie.

— Quand cesseras-tu de mentir, Danton? riposta Claude. Nous avons le numéro VII de Desmoulins, annoté de ta main.

— Lui ou moi, qu'importe! Bien d'autres écriraient de même. Ne comprenez-vous pas que toute la France hait votre despotisme? Il se recommande de la liberté pour emprisonner les femmes et les vieillards, assassiner les citoyens, envoyer la jeunesse se faire tuer dans une guerre éternelle. Votre république est atroce. Nous en voulons une heureuse, une belle fille qu'on aime, pacifique au-dehors, paisible au-dedans : une république où il fasse bon vivre.

— Et c'est toi, dit Robespierre avec une amère ironie, toi qui, par la puissance de ta parole, contiendras les royalistes, persuaderas les princes de renoncer à leurs complots, convertiras tous les ennemis de la Révolution, les aristocrates nobles et bourgeois, tous ceux qui haïssent la démocratie? C'est toi qui désarmeras d'un sourire la coalition? Tu sauras, comme Orphée charmant les tigres, convaincre Billaud, Collot, Vadier, Amar, Voulland, de te laisser la tête sur les épaules pour accomplir ces beaux miracles? Eh bien, je le souhaite, je te le souhaite de tout cœur, mon pauvre Danton. »

La rencontre tournait mieux encore que ne l'avaient espéré Panis, Legendre et Humbert. Loin de finir sur des éclats, comme les précédentes entrevues, elle semblait devoir se terminer sur ce ton de raillerie non dénué d'amitié. Robespierre maintenant laissait parler les autres. Les bras croisés, il écoutait, pensif. Il avait repris son air distant et triste. Enfin il se leva, il fallait rentrer. Danton l'embrassa. Il se laissa faire froidement. Pendant le trajet, il ne parla point, adossé, les yeux clos, tenant ses lunettes sur ses genoux. Au moment où l'on arrivait, par le quai, au guichet du Louvre, il se redressa. « Tant pis! » dit-il. Puis chaussant ses lunettes, il regarda Claude. « J'ai tout tenté, tu en es témoin. »

On ne songea guère à Danton, ce soir-là, au Comité. La séance fut occupée tout entière par le procès des Hébertistes. En dépit des précautions prises, les débats débordaient. Le vice-président Dumas et Fouquier ne parvenaient point à empêcher accusés ou témoins de mettre en cause des non-prévenus plus ou moins liés aux Comités, et Barère lui-même. On le donnait pour un ami d'Hébert. Au total, les témoignages se révélaient beaucoup moins accablants pour les Hébertistes que pour les Dantonistes dont ils soulignaient la corruption et les liaisons suspectes. Chabot et Desfieux, premiers dénonciateurs du complot d'Hébert avec l'Angleterre, avaient dû reconnaître qu'ils touchaient 10 % sur les bénéfices d'une maison de jeu et de plaisir tenue, au Palais ci-devant Royal, par la belle Mme de Saint-Amaranthe et sa ravissante fille mariée au jeune Sartine dont le père, l'ancien lieutenant général de police, était émigré. Or la Sûreté générale savait que ces femmes appartenaient au réseau du baron de Batz. Le procès risquait de tourner à la confusion des accusateurs. Laboureau, un jeune étudiant en médecine, espion du Comité, avait été incarcéré et mis en jugement avec Hébert, Momoro, Vincent, Ronsin. Il ne parvenait pas à trouver dans leurs confidences la preuve d'un lien entre eux et Batz, malgré les déclarations de Westermann. « Westermann, disaient-ils dans leurs conversations, est un coquin, et si l'on faisait bien on l'arrêterait aussi. » Ronsin déclarait à ses compagnons d'infortune : « Ceci est un procès politique. Aux Cordeliers, vous avez parlé quand il fallait agir. Vous devriez savoir que, tôt ou tard, les instruments des révolutions sont brisés. Il vous restait une ressource, vous l'avez manquée. Cependant, soyez tranquilles, le temps nous vengera, le peuple victimera les juges et fera justice de notre mort. » A Hébert, gémissant sur la liberté assassinée avec eux, Ronsin répondait : « Tu ne sais pas ce que tu dis. La liberté ne peut maintenant se détruire, le parti qui nous envoie à la guillotine y marchera à son tour, et ce ne sera pas long. » Laboureau notait toutefois que Vincent se défiait de lui et ne parlait jamais en sa présence.

Peut-être y avait-il quelque chose là-dessous, mais il ne s'agissait plus de chercher, il fallait absolument limiter les interrogatoires et les témoignages. Les juges, mandés au pavillon avec Dumas et Fouquier-Tinville qui cachait mal son peu d'enthousiasme à procéder contre plusieurs des prévenus, furent sermonnés de la façon la plus vigoureuse. Barère leur enjoignit de trier les témoins et de ne pas les laisser tant parler.

Tout à la fin de la séance, Billaud et Collot d'Herbois voulurent revenir à la question Danton. Robespierre, arguant de l'heure tardive, les renvoya au lendemain.

Ce lendemain soir, au club, il reprit sa déclaration du 30 ventôse à la Convention, en appuyant : « Ce n'est pas assez d'étouffer une faction, il faut les écraser toutes. Il faut attaquer celle qui existe encore, avec la même énergie que nous avons montrée en poursuivant l'autre. » Voyant les regards étonnés, angoissés, de Legendre, de Panis, de tous ceux qui craignaient de comprendre, il leur confirma : « Oui, il existe une seconde faction dont on vous a fait pressentir les agissements criminels. Le moment de la dévoiler viendra. Ce moment n'est pas éloigné. »

Quelques instants plus tard, au Comité où Billaud-Varenne, Collot d'Herbois, Saint-Just, réclamaient un rapport sur Danton accusé carrément par Hébert d'être le régent choisi par le cabinet anglais, Robespierre dit : « C'est bon. Je le ferai. » Mais Maximilien n'inspirait pas confiance aux patriotes rectilignes, pour cette tâche : il s'était trop longtemps obstiné à protéger Danton. Le rapport fut confié à Saint-Just. Comme, nouveau venu dans la carrière, il ne connaissait Danton que depuis septembre 92, c'est-à-dire depuis les dernières élections, on convint que Robespierre collaborerait avec lui.

A cette heure, le procès des Hébertistes, rondement mené selon les instructions données la veille, s'achevait. Proli avait convenu de ses relations avec Dumouriez. Au milieu des dix-neuf accusés répartis sur les gradins, Hébert occupait à présent le fauteuil de fer. Dumas ne laissait l'accusé répondre que par oui ou par non. L'homme en gris faisait piteuse mine, et le public, dans la salle bondée, s'étonnait de voir au Père Duchesne

« plutôt l'air d'un sot que d'un homme d'esprit ». Les derniers témoins défilaient. Laveaux, sous-chef de bureau à la Guerre, qu'Hébert avait fait censurer, aux Jacobins, pour avoir proclamé l'existence de l'Être suprême, rappela cet incident puis stigmatisa les procédés du journaliste semant de fausses nouvelles pour alarmer le peuple, et les démentant après. Une citoyenne Dubois « imprimeur », vint raconter comment Hébert avait, en 1790, à Belleville, pillé la maison de campagne où le charitable médecin Boisset le logeait. Dubon et Lubin, vice-président et président du Conseil général, confirmèrent les manœuvres d'Hébert pour donner des inquiétudes sur les subsistances. D'autres témoins évoquèrent les conciliabules nocturnes d'Hébert avec de Kock, les somptueux soupers que le banquier offrait au Père Duchesne, à sa Jacqueline, à Vincent et Ronsin. En s'indignant de ce luxe insultant à la misère publique, on rappela qu'Hébert avait défendu avec acharnement Kock dénoncé par Desmoulins comme un affidé de Dumouriez. Le vice-président Dumas, résumant les faits articulés contre le journaliste, lui dit que son *Père Duchesne* était un organe contre-révolutionnaire et que son objet consistait à tout mettre en combustion. Comme Hébert voulait proclamer la pureté de ses intentions, Dumas lui jeta : « Est-ce votre désintéressement qui vous a fait recevoir cent mille livres de la Trésorerie nationale, pour une mission dont les patriotes se sont acquittés pour rien? »

Blême, suant d'angoisse, Hébert tenta vainement de se justifier; accablé par les pièces à conviction, il fut bientôt réduit au silence. Et cependant, malgré le discrédit où il était tombé, il conservait encore quelques partisans. Sur le perron du Palais et dans la cour où les curieux refoulés de la salle comble, se pressaient au-delà des grilles jusque dans la rue, des sans-culottes critiquaient la façon dont le tribunal conduisait les débats. « On ne laisse aux accusés ni le temps ni les moyens de se défendre. Le président est trop dur : Il ne s'agit pas ici de phrases, fait-il aux prévenus. Hébert est un nouveau martyr de la liberté, et ce qui prouve combien il est étranger au complot où on l'implique, c'est qu'on cherche à prouver sa culpabilité en l'accusant d'un vol de matelas. »

Ces protestations provenaient de patriotes à cinquante sous, d'épauletiers qui avaient prudemment remisé leur uniforme.

« Allons donc! » leur répliqua un citoyen, « vous applaudiriez le tribunal, si la Convention et les Jacobins occupaient la place des Hébertistes. » Puis, prudemment lui aussi, il s'esquiva. En général, le peuple ne pardonnait pas au Père Duchesne de l'avoir trompé. Les bruits les plus fantaisistes et les plus contradictoires circulaient dans la foule. Une bande de trois cents sectionnaires du faubourg Antoine se proposaient, disait-on, d'enlever Hébert pour le soustraire au jugement. Des commères affirmaient très sérieusement que l'on venait de trouver chez lui un million en assignats. Bouchotte, parbleu, l'avait fourni.

Les Jacobins, qui attendaient avec passion l'issue du procès, s'étaient mis en permanence jusqu'au prononcé du jugement. Après avoir témoigné, Dubon se rendit au club pour y porter les dernières nouvelles du tribunal. Selon Fouquier, tout serait terminé ce soir même. Il était neuf heures et demie. Bréard, montant à la tribune, prit la parole pour rassembler en un solide faisceau tout ce qu'il fallait, parmi des accusations confuses, retenir contre les conjurés.

« Leur projet essentiel, dit-il, était d'avilir la Convention nationale et les agents de la république. La conduite d'Hébert, lors de la nomination de Paré au ministère de l'Intérieur, en fournit une preuve convaincante. Hébert ambitionnait la place. Ce motif l'engagea à proposer, conjointement avec son associé Vincent, l'organisation du gouvernement constitutionnel. Non content de calomnier le ministère, on le vit aussi attaquer par des sobriquets insolents les membres de la Convention qui n'avaient pas voté en sa faveur. On le vit dénoncer à cette tribune d'autres membres chargés par le Comité de Salut public de missions importantes dans les départements. On le vit dénoncer les représentants du peuple près l'armée du Midi et celle du Nord, pendant que l'une chassait les Anglais de Toulon et que l'autre délivrait Maubeuge, faisait mordre la poussière aux féroces Autrichiens. Et après avoir ainsi dénoncé les membres les plus énergiques de la Convention pendant leur absence, ne l'avez-vous pas vu avec cette lâcheté et cette fourberie qui le caractérisent, démentir ce que les journaux n'avaient fait que répéter après lui?... »

Dubon apprécia cette analyse. Le complot des Hébertistes avec les royalistes et l'étranger, il n'y croyait pas. Le crime, véritable et certain, d'Hébert et de ses associés était là : ils voulaient le pouvoir, par ambition, par cupidité. Pour l'obtenir, ils n'avaient pas balancé à mettre en péril l'œuvre en train de s'accomplir grâce aux efforts du gouvernement révolutionnaire.

Au moment où Bréard achevait ce réquisitoire, Fouquier-Tinville, au tribunal, terminait le sien, qui était loin d'avoir cette précision. Il tendait, au contraire, à confondre volontairement toutes les culpabilités : les évidentes et les hypothétiques. Le président les résuma en qualifiant les accusés « d'infâmes, de brigands, de traîtres, de méprisables instruments, d'âmes viles, de barbares, d'hypocrites, d'égorgeurs, de parricides, d'affameurs, de féroces esclaves, d'usurpateurs, d'agents du tyran, de valets de l'étranger, de faux patriotes et de royalistes ». Après quoi, le jury se déclara suffisamment éclairé. Nul besoin d'entendre les plaidoiries. Dumas prononça la clôture des débats.

Pourtant les jurés n'étaient pas d'accord. Il leur fallut deux heures pour s'y mettre. Quand ils ressortirent enfin de leur salle de délibération, ils rapportèrent un verdict affirmatif sur toutes les questions, sauf, bien entendu sur celles qui concernaient Laboureau. On le fit rentrer isolément. En l'entendant acquitter, le gendarme qui l'escortait se jeta dans ses bras. Fouquier-Tinville, seul, connaissait le rôle joué par le jeune étudiant contre lequel il s'était gardé de requérir. Le président, les juges, les jurés lui donnèrent l'accolade aux applaudissements de l'assistance. Dumas, le plaçant près de lui sur l'estrade, s'écria le plus sincèrement du monde : « La justice voit avec plaisir l'innocence s'asseoir à ses côtés. » Puis il ordonna d'introduire les autres accusés. Apercevant Laboureau, assis à la droite du président, ils comprirent. Hébert, le regard fixe, les yeux pleins de larmes, était livide. Il écouta la lecture de son arrêt en grelottant de terreur. Ses jambes se dérobaient sous lui. Deux gendarmes l'emportèrent. Clootz, condamné aussi, en appela « au genre humain ». Momoro, Vincent, Ronsin conservèrent la même fermeté qu'ils avaient montrée en prison.

Pendant la nuit, Hébert eut une crise horrible. Nerveux et imaginatif, il distinguait la guillotine devant lui, il se sentait basculer sur la planche, sa tête s'engageait dans la *chatière*, comme il avait si souvent appelé la lunette; il attendait la chute du couteau. Et il se débattait comme un fou, en hurlant à ses compagnons : « Les assassins! les assassins! Ils viennent me tuer. Les voilà, ils viennent pour me saisir. Au secours! Défendez-moi! »

Dès le matin, les rues, de la Maison de justice à la place de la Révolution, et celle-ci tout entière, étaient garnies de spectateurs déjà en place pour se trouver eu premier rang. Depuis la veille, on louait les fenêtres au long du trajet. Les mieux situées se payaient jusqu'à vingt-cinq francs. Comme pour les exécutions de Capet et de l'Autrichienne, mais favorisés maintenant par le temps beau et doux, les curieux couronnaient le mur du Jardin national. On appliquait contre les grilles des échelles où des citoyennes ne craignaient pas de se percher, en serrant pudiquement leurs cottes. Des gamins, des sans-culottes ingambes grimpaient sur les chevaux de pierre, dans les arbres, sur la statue, à présent informe, de la Liberté. Au milieu de cette foule ne manquaient pas les profiteurs de l'anarchie, furieux de voir son règne finir avec les Hébertistes. Les agents signalaient à Héron qu'il y avait « des hommes et des femmes apostés sur la place pour y semer le trouble ». Mais le sort fait aux meneurs ultras donnait à réfléchir. On ne se trouvait plus en présence d'une Assemblée divisée, faible, tenue en échec par la Commune, hésitant devant la turbulence des sections. Le Comité de Salut public avait tout réduit à sa loi, il frappait comme l'éclair et impitoyablement. Enfin il comptait pour lui l'immense majorité de la population, elle le montrait assez par son allégresse. « J'illuminerais, disait un patriote, si la chandelle n'était tant rare. »

A quatre heures, de la Conciergerie à l'échafaud un bruit courut comme le feu au long d'une traînée de poudre. Les charrettes partaient. Sanson avait attendu, les condamnés ayant demandé à souper. Mais seuls Clootz et Ronsin achevèrent leur demi-bouteille de vin et leur potage. Hébert, amené au petit escalier, pouvait à peine se soutenir. Les aides durent le hisser sur son banc. Une demi-heure plus tard, Carnot, coincé dans la rue de la Convention par le sinistre cortège, voyait malgré lui défiler entre des pelotons de soldats nationaux les six charrettes couleur de sang, précédées et suivies par des sans-culottes en joie qui braillaient : « Ah! il est bougrement en colère, le Père Duchesne! » Ils brandissaient à bout de piques une imitation des célèbres fourneaux. Effondré, aux trois quarts privé de sens, Hébert n'entendait pas. Anacharsis Clootz, debout, criait au peuple : « Mes amis, je vous prie de ne pas me confondre avec ces coquins-là. »

Les observateurs de police rapportèrent que Ronsin, Momoro, Vincent, Proli étaient morts bravement. Il avait fallu descendre Hébert de la charrette pour le porter jusque sur la planche. Clootz avait demandé à passer le dernier et montré un extraordinaire sang-froid.

« Le peuple, silencieux pendant les exécutions, a ensuite jeté en l'air ses chapeaux en criant : Vive la République! »

V

Ceux qui manifestaient ainsi leur allégresse, en cette soirée du 5 germinal — 25 mars 94 — croyaient voir, dans la disparition des ultra-révolutionnaires, le triomphe de l'esprit modérateur. Pour certains même, c'était l'annonce, si longtemps espérée, de la contre-révolution. Claude et ses collègues des deux Comités s'en rendaient parfaitement compte. Robespierre, Saint-Just, Billaud-Varenne, Collot, Couthon jugeaient bien en estimant qu'après avoir frappé à gauche il fallait frapper à droite. D'autant plus que déjà les Dantonistes se renforçaient de ce succès. L'esprit rétrograde, répandu dans une grande partie de la population, était le leur. C'est eux qui avaient déclenché la lutte contre l'armée révolutionnaire, contre Ronsin, Vincent, Hébert et les Cordeliers exagérés. Leur exécution donnait aux Indulgents toutes les témérités.

Les jours suivants, ils ne mirent plus aucun frein à leurs attaques. Bourdon de l'Oise poursuivait de ses coups Pache, Bouchotte et les agents du gouvernement. Philippeaux reprenait de plus belle ses véhémentes dénonciations sur la conduite de la guerre en Vendée, soutenu par Merlin le moustachu dont les prévarications éclipsaient la gloire conquise à Mayence. Delacroix, Thuriot agitaient la Montagne contre les Comités. Desmoulins appelait ouvertement au combat contre les responsables du prolongement de la guerre et de la terreur.

Pourtant Danton, à Sèvres, ne devait pas ignorer quelle

menace planait sur ses amis et lui-même. Claude pensait bien que Panis l'avait prévenu de la décision prise au pavillon, le 23 mars, et bien d'autres pouvaient lui décrire la joie de Voulland, Amar, Vadier, Collot, Billaud savourant par avance leur victoire. Collot d'Herbois répétait : « On trouvera le moyen de le conduire à l'échafaud, celui-là aussi. » David se répandait en malédictions furieuses contre son ancien ami, ce qui valait au peintre cette apostrophe de Desmoulins : « David broie du rouge. » Vadier insinuait en se frottant les mains : « La petite Louise Danton a été notre meilleur auxiliaire. Avec sa peau fraîche et ses yeux doux, c'est elle qui a désarmé cet hercule de foire. »

Danton semblait en effet désarmé. La plupart du temps, il restait à la campagne, étrangement indolent. Les avertissements ne lui manquaient pas. Il les négligeait tous. Son ami Thibeaudeau, député de Poitiers, lui déclarant : « Ton insouciance m'étonne, je ne conçois rien à ton apathie. Tu ne vois donc pas que Robespierre conspire ta perte? » il répondit : « Si je croyais qu'il en eût seulement la pensée, je lui mangerais les entrailles. » Mais ses réactions se bornaient à ce genre de rodomontades. Il faisait bonne chère et, sa jolie femme à son bras, partait en promenade vers Saint-Cloud, vers Meudon. Le printemps éclatait en couleurs neuves, en verdures et en fleurs, dans une grisante odeur de sève. Joie de vivre!...

Westermann non plus ne comprenait pas cette inertie quand le péril croissait de jour en jour. Il fallait sans attendre prendre l'offensive. L'Alsacien voulait que l'on soulevât les faubourgs. Par un audacieux coup de main, on anéantirait les Comités. Danton restait sceptique là-dessus; le temps des insurrections était passé, le pouvoir solidement concentré ne laissait aucune chance à un soulèvement, l'échec de la tentative hébertiste en fournissait la preuve. C'est sur ses ressources de manœuvrier et d'orateur qu'il comptait pour livrer bataille dans la Convention, pour la retourner comme il y avait si souvent réussi. Au demeurant, malgré toutes les mises en garde il ne croyait point qu'il y eût des hommes assez hardis pour toucher à sa tête.

« Voyez, se récriait-il, ne tient-elle pas bien sur mes épaules! Et pourquoi voudraient-ils me faire périr? A quoi bon? A quel sujet?

— Défie-toi de Saint-Just, lui répétaient les uns et les autres.

— Bah! Saint-Just! Il n'osera pas. »

Il arrivait néanmoins à Danton de se mettre en colère. Trois jours après la mort des Hébertistes, il vint à l'Assemblée. Rencontrant David dans la salle de la Liberté, il l'interpella violemment, lui reprocha son ingratitude. Puis, lui montrant le vieux Vadier qui se dirigeait vers le vestibule, il s'exclama en serrant avec toute sa poigne le bras du peintre : « Cet homme a dit de moi : *Nous le viderons, ce gros turbot farci*. Eh bien, rapporte-lui, à ce scélérat, que le jour où je pourrai craindre pour ma vie je deviendrai plus féroce qu'un cannibale, que je lui mangerai la cervelle et que je ch...rai dans son crâne! » David, pâle de frayeur, cherchait à s'esquiver. Danton gueulait ces menaces à pleine voix, les témoins s'empressèrent d'en faire des gorges chaudes et les rieurs ne furent pas du côté de Vadier.

Le surlendemain, on revit Danton, un moment. Comme il sortait avant la fin de la séance, avec Fréron, Panis, Barras, Brune de passage à Paris — Desmoulins ne venait plus à la Convention — il apostropha Voulland, Amar, Vadier qui parlaient à Barère sur le perron du pavillon de l'Unité, ci-devant de l'Horloge.

« Lisez donc les mémoires de Philippeaux, lança le tribun à ses ennemis. Vous y trouverez les moyens de finir cette guerre en Vendée, que vous perpétuez pour vous rendre nécessaires.

— C'est toi qui as fait imprimer et distribuer ces mémoires de fou! riposta Voulland.

— C'est toi, dit Amar, qui fais écrire *Le Vieux Cordelier* contre le gouvernement.

— Je n'ai point à m'en défendre », répliqua Danton. Et, comme la discussion s'envenimait, il gronda : « Je monterai à la tribune, je vous accuserai de concussion, de tyrannie. J'ai des preuves, je vous confondrai. »

Les quatre hommes rompirent et s'éloignèrent dans le grand vestibule aux colonnes bordé de boutiques. Ils ne se sentaient pas à l'abri de tout reproche. Le sanglier acculé pouvait leur porter des coups mortels, il fallait hâter sa fin. Barras comprit leur pensée. Il n'oubliait pas la manière menaçante dont l'Incorruptible les avait reçus, Fréron et lui, à leur retour de Toulon. Il se savait visé comme Danton. Il le prit par le bras.

« Rentrons à l'Assemblée, dit-il. Monte à la tribune ainsi que tu viens de le promettre, nous te soutiendrons. Tu as trop ou pas assez parlé, il s'agit de combattre sur-le-champ, n'attendons pas demain, tu seras peut-être arrêté cette nuit. »

Danton haussa les épaules.

« Allons donc! Ils n'oseraient pas. Tranquillise-toi, mon ami, et viens avec nous manger la poularde.

— Non, dit Barras, merci, je vous quitte. »

S'adressant à Fréron, Brune et Panis :

« Veillez bien sur Danton, leur recommanda-t-il. Il a menacé au lieu de frapper. »

Même en ce moment où tout l'avertissait que l'heure de l'action décisive était venue, il temporisait encore, il espérait négocier — comme il avait temporisé jusqu'au bout, le 9 août, même après avoir fait sonner le tocsin.

Mais pendant qu'il « mangeait la poularde », Saint-Just, lui, travaillait sur les notes de Robespierre. Pour Maximilien, le grand coupable était Fabre, quant à Danton il ne désirait pas sa mort, il voulait « qu'il s'en aille », comme Danton disait des Brissotins, un an plus tôt : « Qu'ils s'en aillent! » Seulement, c'était Saint-Just, le rapporteur désigné. Il ajoutait du vitriol aux renseignements fournis par Maximilien. Celui-ci lui avait demandé de ménager au moins Camille, au sujet duquel il notait non sans indulgence : « Desmoulins, par la mobilité de son imagination et par sa vanité, était propre à devenir le séide de Fabre et de Danton. Ce fut par cette route qu'ils le poussèrent jusqu'au crime, mais ils ne se l'étaient attaché que par les dehors du patriotisme dont ils se couvraient. Desmoulins montra de la franchise et du républicanisme en censurant avec véhémence, dans ses feuilles, Mirabeau, La Fayette, Barnave et Lameth, au temps de leur puissance et de leur réputation, après les avoir loués de bonne foi. » Sous la plume de Saint-Just, cela devenait : « Camille Desmoulins, qui fut d'abord dupe et finit par être complice, fut, comme Philippeaux, un instrument de Fabre et de Danton. Il manquait de caractère, on le prit par l'orgueil. Il attaqua en rhéteur le gouvernement révolutionnaire dans toutes ses conséquences, il parla effrontément en faveur des ennemis de la Révolution. »

Le 10 germinal, le sixième jour après l'exécution des Hébertistes, Claude venait d'entrer dans son cabinet. Il était fort tôt. Par la fenêtre on voyait, sous la terrasse, dans le Jardin national sur lequel le château projetait son ombre, la rosée argenter encore autour du bassin les carrés de pommes de terre remplaçant pelouses et corbeilles. Au-delà, le soleil ne touchait que le haut des marronniers aux cippes de fleurs blanches ou roses. On relevait les gardes civiques préposés à la surveillance des légumes. Claude était anxieux. Durant ces six jours, il avait peu vu Robespierre et ne savait au juste quelle forme allait prendre l'attaque contre les Dantonistes. Jusqu'où irait-on? Le Bas lui avait rapporté un mot de Saint-Just apercevant Danton chez un ami commun : « Je frémis en songeant qu'on veut que cet homme n'existe plus dans dix jours. » Pourtant Saint-Just semblait résolu à l'anéantir. Oui, certes, il fallait en débarrasser la république, mais de là tout de même à le tuer! L'attaque, d'ailleurs, n'allait pas sans grands périls. Amar, Vadier, Barère, David, Voulland cachaient mal leur peur. Danton avait pour lui les royalistes, les gros bourgeois, les culottes dorées, les muscadins, les profiteurs; on pouvait s'attendre à tout. Ces incertitudes, cette dramatique atmosphère portaient la nervosité au paroxysme. Claude sursauta quand la porte s'ouvrit et il poussa un soupir en apercevant Robespierre. Son anxiété, à lui aussi, se lisait sur ses traits, bien qu'il se forçât de paraître impassible, mais une fois entré il les laissa se dénouer.

« Danton et Desmoulins, dit-il, sont perdus. Le rapport de Saint-Just sera mortel. » Il ôta ses lunettes, et, le regard dans le vague, ajouta : « Pourquoi s'obstinent-ils? Pourquoi ne se dérobent-ils point au glaive? Tant d'autres ont fui, qui vivent en sûreté.

— Le rapport est prêt?

— Saint-Just le lira au Comité ce soir, il pourra être présenté à la Convention demain. »

Claude comprenait d'autant mieux les souhaits inexprimés de Robespierre qu'ils étaient également les siens. Il n'y avait plus moyen non seulement de ne pas frapper Danton, mais même de ne point se montrer résolu à sa perte. Quiconque, au sein du Comité, semblerait le protéger encore se vouerait à l'échafaud. On avait trop longtemps, tout en le sachant coupable, résisté à ceux qui voulaient l'immoler. Aux yeux de Billaud-Varenne, de Collot, de Vadier, d'Amar, de Voulland, et de tous les patriotes rectilignes, cette faiblesse pour l'homme devenait un crime contre la république. En dehors des deux Comités, nombre de conventionnels partageaient cette opinion.

Gay-Vernon ne disait-il pas : « On conçoit mal votre lenteur à punir des scélérats dont l'action perverse se confirme chaque jour. » La seule chose que l'on pût encore faire pour Danton consistait à le convaincre de s'enfuir. Et puis on éviterait ainsi les périls de l'attaque finale.

Robespierre passa dans son cabinet. Claude sonna pour envoyer le garçon de bureau lui chercher un locatis, bien attelé. Il ne voulait pas prendre une voiture de service, avec un automédon fort susceptible d'espionner pour le compte de la Sûreté générale. Il se fit conduire grand train. Tandis que le cabriolet longeait la Seine en direction du Point du Jour, il dressa ses batteries : pour obtenir un résultat, il fallait effrayer. Il s'y efforcerait.

A Sèvres, par cette matinée assez fraîche, et qui tournait à l'aigre après les trop belles promesses de l'aube, Danton se tenait au coin du feu, les jambes protégées par des jambières en carton. Desmoulins et Delacroix étaient venus de Paris. Camille, mal peigné, le teint plus jaune que jamais, les yeux fiévreux, se perdait en balbutiements de colère et d'effroi. Plus maître de lui, l'athlétique Delacroix expliquait que tout le monde, à l'Assemblée, considérait leur arrestation comme imminente. Danton, dans son fauteuil, écoutait avec indifférence. Camille hoqueta en se tordant les mains : « Ne... ne feras-tu rien? Nous laisseras... nous laisseras-tu tuer?

— Ne tremble pas comme ça, dit Danton non sans mépris. Il faut attendre ce fameux rapport. C'est alors que je livrerai bataille. Nous verrons qui, du jeune homme ou de Danton, est capable de rallier la Convention, de la soulever d'enthousiasme. Je le ridiculiserai, ce petit pédant, je l'écraserai, il rentrera sous terre. J'anéantirai les trente tyrans, ils seront chassés. »

A ce moment, Claude arriva, introduit par la servante Marie. Desmoulins se convulsa.

« Co... comment oses-tu! C'est toi qui... Tu nous... Tu es un traître!

— Je te conseille de te taire, répondit Claude avec dédain. S'il y a ici un perfide, habitué à se retourner venimeusement contre ses amis, c'est bien toi. Quant à moi, voilà des semaines que je risque ma tête pour vous sauver, et je viens encore pour cela. Robespierre ne veut pas votre mort, je ne crois pas que Couthon ni Saint-Just la désirent non plus, mais personne maintenant ne peut plus vous disputer à ceux de nos collègues qui l'ont résolue. Fuyez, cachez-vous. Si vous ne le faites pas sur-le-champ, c'en est fini de vous. Les Comités sont convoqués pour entendre, ce soir, le rapport de Saint-Just. Panis vous confirmera la chose si vous n'avez pas confiance en moi.

— Mais si, assurément, dit Danton. Je te remercie d'être venu, je sais que tu nous as défendus, avec Robespierre, contre Billaud et Collot. Je sais que tu n'es point ennemi de nos personnes. Seulement, vois-tu, mon bon Claude, certains seraient bien contents de nous voir lever le pied : cela ôterait du leur une belle épine. Si tu n'y as point songé, d'aucuns y ont peut-être pensé à ta place. Fuir, ce serait nous reconnaître coupables, ce serait renoncer à la bataille dans la Convention. Je tiens considérablement à la livrer, cette bataille-là. Je te garantis qu'elle fera des victimes. Peut-être ce ne sera pas nous. J'ai encore quelque chose là et là », acheva-t-il en se frappant successivement le front et la poitrine.

Claude le considéra. Avec sa chaude laideur, sa voix entraînante, son génie de tribun et son vaste coffre, oui c'était encore un adversaire formidable, auprès duquel Saint-Just ne semblait pas de taille.

« Écoute-moi bien, Danton, répondit Claude d'un ton solennel. *Il n'y aura pas de bataille.* Sieyès était au Comité lorsqu'on a décidé le rapport contre toi.

— Sieyès! s'exclama Delacroix.

— En personne. Robespierre lui avait demandé de venir. Nous voulions connaître la position des hommes de la Plaine, sur lesquels tu comptes follement, Danton. Ils t'abandonnent. Sieyès a opiné pour le rapport. Avec qui te battras-tu contre la Montagne?

— Sieyès, ce fourbe!

— Oui. Comprends-tu enfin qu'il te faut partir?

— Et où irais-je? Quel pays me donnerait asile? D'ailleurs emporte-t-on le sol de la patrie à la semelle de ses bottes?

— Belle phrase! Mais ce n'est plus le temps d'en faire. Il ne te reste qu'à suivre l'exemple de Lanjuinais, de Pétion, de Louvet. Ils n'ont pas craint de fuir, eux. Ils se cachent et ils vivent. Imite-les, si tu ne veux subir le sort du malheureux Vergniaud.

— Eh bien, non, ma foi, répliqua Danton en secouant avec

colère sa grosse tête rougeaude et blonde. Non, je ne m'en irai pas. Si je ne puis me battre à la Convention, je me battrai au tribunal. Marat en est sorti triomphant. Moi aussi, j'ai de quoi confondre mes ennemis. On n'étouffera pas ma voix. »

Sa voix de cuivre. Elle claironnait ce défi et il était redoutable. Si les Dantonistes ne comptaient plus guère de partisans à l'Assemblée, ils n'en manquaient pas dans Paris. Ils avaient pour eux désormais, outre les contre-révolutionnaires et les mécontents, les anciens Enragés, les anciens Hébertistes survivants et pleins de rancœur, les familles des détenus et tous ceux que la Terreur menaçait. Contre cette masse, heureusement incohérente, on ne pouvait compter, comme vrais patriotes, que sur une minorité, à présent bien organisée, d'ouvriers, d'artisans et de petits bourgeois.

« Tant pis! » dit Claude en reprenant son chapeau à boucle d'acier. « Adieu, Danton. » Il sortit brusquement, la gorge serrée. On le vit, par la fenêtre, traverser le jardin. Danton se rassit. « Je suis saoul des hommes, grogna-t-il. L'humanité est trop bête! c'est à vous ôter l'envie de vous défendre. Ah! je l'ai dit et je le répète : Malheur à ceux qui provoquent les révolutions, mais malheur à ceux qui les font! »

En vérité, il se sentait soudain décontenancé. Devant l'Assemblée, il pouvait compter sur son habileté d'orateur pour retourner complètement la situation, comme il l'avait fait lorsque les Brissotins s'étaient lancés furieusement à l'assaut en demandant contre lui une commission d'examen. Au lieu d'être inquiété, n'avait-il pas trouvé moyen de se faire élire au Comité de Salut public! Mais devant le Tribunal révolutionnaire, il ne s'agissait pas d'éloquence; il faudrait réfuter point par point un dossier dont il supputait les charges éventuelles. Comment nier l'entente avec Lameth, l'intrigue nouée par le truchement de Chabot et Bazire pour enlever Louis XVI, les subsides d'Ocariz, la complicité dans la tentative des agents de Batz pour faire évader Marie-Antoinette de la Conciergerie, les cent mille livres reçues de la Cour en compensation d'une charge qui en valait dix mille, et tant de maquignonnages si constants, si embrouillés qu'il les oubliait lui-même. Quoi! n'était-ce pas naturel de prendre l'argent où on le trouve! Il faut bien vivre. Mais une instruction judiciaire, fût-elle menée par cette bande d'imbéciles, ne manquerait point de pêcher là-dedans plus qu'il n'en fallait pour le perdre. Néanmoins, il ne renonçait pas. Il décida de rentrer à Paris.

D'instinct, il retournait dans son fort, comme un gros ours traqué. Dans cet appartement de la cour du Commerce, il avait vécu tous les moments essentiels de son existence. Là, il avait goûté le plus parfait bonheur avec sa bien-aimée Gabrielle-Antoinette. Là, ses enfants étaient nés. Là, il avait lancé la foudre du 10 août. Là, Desmoulins et Fabre l'avaient tiré du lit pour le conduire au ministère. Là, il s'était enfermé dans sa douleur après la mort de sa femme. Là enfin, il avait serré pour la première fois dans ses bras la jolie petite Louise.

Et maintenant il y était seul avec elle muette d'effroi. Legendre, Fréron vinrent le voir. Ils l'aimaient encore, mais ils ne le soutiendraient pas, il le savait. Il marchait à grands pas dans son cabinet de travail. Il tisonnait avec violence. Puis il s'acagnardait, de longs moments, au coin du feu. Il n'y avait rien à faire qu'attendre, partagé entre l'étreinte peut-être mortelle du passé, et l'idée obstinée que Danton ne pouvait pas être vaincu. Un sentiment d'irréel le gagnait en même temps qu'une grande lassitude. Peu à peu, la nuit envahissait la pièce. Les reflets des flammes dansaient au plafond. Danton passa dans le salon, entraîna Louise. « Allons, viens, soupons », dit-il.

A cette heure, Saint-Just, dans son cabinet, au pavillon de Flore, recopiait son rapport. Sa plume grinçait sur le vergé bleuâtre, dans la lumière de la lampe Quinquet. Nul autre bruit que le pas des factionnaires sur la terrasse et le claquement sourd des presses à frisquette imprimant, au sous-sol, les décrets de la Convention. Tout autant que Danton, « le jeune homme » désirait la bataille au sein de l'Assemblée. Il ambitionnait de se mesurer au colosse tonitruant. Il entendait le démasquer et le vaincre là même où il avait édifié son imposture. Il voulait affronter à la tribune cette idole et l'effondrer sous les coups d'une irrésistible logique. La rigueur de celle-ci ne permettait pas l'improvisation. Saint-Just tissait méticuleusement sur le papier le filet dans lequel il emprisonnerait son adversaire, mais il multipliait les accusations directes, les provocations, les apostrophes, pour appeler au dialogue. Ce qu'il préparait si minutieusement, ce n'était pas une dénonciation, c'était un duel.

Cependant, les membres du Comité de Salut public, du Comité de Sûreté générale, et ceux du Comité de législation exceptionnellement appelés, se réunissaient dans la grande salle du pavillon. Claude arriva en même temps que Treilhard, son ancien président au tribunal du Département, membre du Comité de législation, comme Sieyès, Cambacérès, Merlin de Douai dit *Merlins-Suspects*, à cause de la loi du 17 septembre 93 dont il avait été le rapporteur.

« Que signifie cette convocation? s'enquit Treilhard. Pourquoi donc avez-vous besoin de nous?

– Une grave décision à prendre. Vous allez entendre un rapport sur lequel il nous faut votre avis. Entre. »

Ils traversèrent l'antisalle où plafonnaient parmi des nuages et des fûts de colonnes les déesses peintes par Mignard. Les murs blancs, salis, avec leurs filets d'or effacés par endroits, paraissaient jaunes à la lumière des bougies. Elle brillait aux vitres des deux fenêtres. Entre ces reflets, on devinait le jardin noir et le ciel plus clair que la masse des marronniers lointains. Les gardes s'étaient levés de leurs banquettes. Des secrétaires grossoyaient sur le grand bureau encombré d'encriers et de paperasses. Un des huissiers souleva la tenture qui étouffait les échos des délibérations. Claude ouvrit la porte derrière laquelle la reine avait peut-être attendu Barnave venant tenter un suprême effort pour sauver la monarchie constitutionnelle.

Dans la vaste pièce, pleine de lumières et d'ombres, il y avait déjà, autour de la table à tapis vert frangé d'or, une dizaine de membres des Comités. Robespierre était là, lèvres serrées, traits tendus, ses lunettes sur le front. Il tapotait fébrilement son sous-main, un bras pendant par-dessus le dossier de la chaise. La figure douce et pensive, Couthon, dans son fauteuil mécanique aux engrenages de bois, tenait, sur ses genoux cachés par une couverture, sa petite levrette grise. D'autres commissaires étaient également assis çà et là, isolés ou en groupes, d'autres, debout. Certains allaient et venaient nerveusement. Personne ne parlait. Des signes de tête distraits, quelques « Bonsoir », saluèrent seuls les nouveaux venus. Les rideaux étaient tirés sur les fenêtres. Le lustre de bronze et de cristal répandait sa lumière diffuse. Les reflets des flambeaux sur le tapis de la longue table ovale teintaient de vert les contours des visages. Des bûches brûlaient dans la haute cheminée de marbre blanc, et leurs lueurs luttant avec celles des bougies projetaient des formes mouvantes sur la blancheur des boiseries où les dorures luisaient, sur les colonnes restant de l'alcôve, sur l'allégorie de la Nuit et du Sommeil peinte au plafond. Carnot, Lindet, puis Panis, David, Le Bas, venant du Comité de Sûreté générale, arrivèrent successivement. On était dix-sept lorsque, par la porte donnant sur le couloir, Saint-Just entra, une liasse de papiers à la main.

« Voici le rapport », dit-il.

On se rassembla autour de la table, dans un bruit de chaises frottant sur le parquet, ce qui fit aboyer la levrette de Couthon. Il la calma. Saint-Just attira un des flambeaux et se mit à lire.

Sa lecture dura près de deux heures, pendant lesquelles la surprise, l'émotion, la crainte transparurent sur bien des visages. Les membres du Comité de législation et certains de la Sûreté générale ne s'attendaient pas à cette charge irrésistible. Le vieux Ruhl semblait atterré. Sieyès, peu soucieux de se compromettre, n'était pas venu. Cambacérès restait impassible. Treilhard paraissait mal à l'aise. Toutefois, la plupart des auditeurs étaient visiblement saisis par l'argumentation de Saint-Just. Claude avait remarqué qu'après un long tableau des agissements relevés contre les Dantonistes, lorsqu'il s'en était pris à Danton lui-même, il le citait directement. Il comptait donc le faire comparaître à la barre de l'Assemblée? En effet, il conclut en demandant que les accusés fussent traduits à la Convention.

« Tu perds l'esprit! s'exclama Vadier. Il s'agit de les arrêter tout de suite.

— Non. Il faut les laisser se défendre avant de mettre aux voix le décret d'accusation. »

L'ancien conseiller royal bondit. Pourquoi les Dantonistes jouiraient-ils d'un privilège refusé à leurs prédécesseurs? Avait-on entendu Clootz? Avait-on entendu les Brissotins? Et Barnave? Et Duport-Dutertre? Accorder la parole à Danton, c'était lui permettre d'abuser une fois encore l'Assemblée, de la retourner comme un gant, de frapper à son tour. N'en avait-il pas proféré la menace, avant-hier? Saint-Just ne venait-il pas de démontrer admirablement le cheminement tortueux de la faction? Allait-on donner à celle-ci le temps d'anéantir les patriotes, de mener à bien son complot contre la république? Voulait-on faire ici le jeu des aristocrates?

Saint-Just s'obstinait. Cachait-il une arrière-idée de sauver Danton et Desmoulins? Peu probable, pensait Claude. C'est par gloriole que le beau Saint-Just tenait à ce face à face avec Danton; il se voyait en David terrassant Goliath. Il avait soigneusement réglé son assaut et voulait le livrer en public, il voulait qu'on le vît plus fort que le puissant Danton. Et puis il se piquait dans son amour-propre d'auteur. Son texte n'était pas seulement un rapport, mais un discours. Les apostrophes, les appels du pied deviendraient ridicules en l'absence de l'adversaire. Bottes et coups droits ne pourfendraient que le vide.

« Vadier a raison, dit Claude. Nous savons de quelles volte-face la Plaine est susceptible. N'a-t-elle pas, l'autre jour encore, applaudi Danton avec enthousiasme? Comment réagira la Convention si, sous prétexte de te répondre, il se lance dans une harangue frémissante de ce patriotisme dont il sait si bien prendre l'accent, et si ces complices organisent quelque manifestation tapageuse aux portes de l'Assemblée? Mieux vaut la placer devant le fait accompli. Nous n'agissons pas en traîtres. Danton a été suffisamment prévenu, nous lui avons assez tendu la perche. Il s'obstine dans ses menées, il se prétend sûr de triompher, comme Marat, devant le Tribunal révolutionnaire. Qu'il y aille donc! Nous ne pouvons pas, mon ami, laisser mettre la république en péril pour te ménager le plaisir de faire un discours. »

Ce garçon était bien téméraire. Se croire capable de tenir tête à Danton! Robespierre soutint cependant que l'on devrait entendre les accusés. Les arrêter sans l'assentiment de la Convention, c'était prêter le flanc à l'accusation de tyrannie que l'on entendait formuler sourdement contre les Comités. Vadier, Billaud, Collot s'emportèrent. La discussion devenait très violente. Ruhl, Lindet protestaient contre l'arbitraire de telles arrestations.

« Songez-y bien, avertit Carnot, une tête comme celle-là en entraîne beaucoup d'autres! »

Plusieurs des commissaires s'étaient levés. Saint-Just martelait la table à coups de poing. Soudain, au paroxysme de la colère, il jeta dans le feu son manuscrit qui ne signifiait plus rien à ses yeux, et sortit en claquant la porte. Amar s'empressa de dérober aux tisons le rapport, tandis que Robespierre et Vadier s'affrontaient.

« Tu peux courir la chance d'être guillotiné, si tel est ton bon plaisir, s'écria Vadier, ses cheveux blancs en désordre. Pour moi, je veux éviter ce risque en les faisant arrêter sur-le-champ. Car il ne faut point avoir d'illusions : si nous ne les guillotinons pas, ils nous guillotineront. »

Robespierre se tut. Un silence, non moins brutal que venaient de l'être les propos, tomba comme un coup de hache. Le rouge de la passion et la pâleur de l'effroi marbraient les visages.

Saint-Just rentra, ramené par son ami Le Bas, et s'assit d'un air maussade. Barère, saisissant un bout de papier qui traînait, se mit à brouillonner. Dans la cheminée, le feu mourait lentement. Quelqu'un tira les rideaux. Le jour commençait de poindre. Il avait plu. Barère raturait, surchargeait. Enfin il donna lecture : Danton, Delacroix, Philippeaux, Desmoulins, députés à la Convention nationale, seraient arrêtés sans délai et enfermés au Luxembourg. Le maire de Paris était chargé de faire exécuter cet ordre.

« Fort bien ! » dit Billaud-Varenne.

Il s'avança, saisit la plume et signa d'un mouvement décidé. Vadier l'imita aussitôt, puis le papier circula autour de la table. Claude s'aperçut que Barère avait, pour cette occasion, déguisé son écriture. C'était bien de lui. Lindet repoussa la feuille.

« Je suis ici, dit-il, pour nourrir les citoyens, non pas pour tuer des patriotes. »

Ruhl aussi refusa. Tous les autres signèrent, Robespierre le dernier. On se leva bruyamment. Saint-Just avait repris son rapport. Panis s'était furtivement éclipsé. Il courait prévenir Danton. Claude haussa les épaules. Personne n'aurait été autant et si inutilement averti.

Une heure plus tard, les gendarmes opéraient. Ils emmenaient Philippeaux, Delacroix. Camille, rentré chez lui, la veille au soir, pour apprendre, par une lettre de son père, la mort de sa mère qu'il ne savait même pas malade, avait encore les yeux rougis de pleurs quand les soldats vinrent le saisir. Folle, Lucile s'accrochait à lui. Un évanouissement le lui fit lâcher.

Tout près de là, Danton attendait. Il avait remercié et renvoyé Panis. On ne pouvait plus tenter de fuir. D'ailleurs, il n'en éprouvait nulle envie. Restait toujours la possibilité de se défendre, au tribunal, de soulever peut-être tous ceux qui ne voulaient plus de la tyrannie républicaine. Et puis qu'importait ! il en avait son aise de ce monde absurde où les fous faisaient la loi, où l'on gâchait à plaisir le bonheur de vivre.

Tassé dans son fauteuil, à côté de sa jeune femme brisée, endormie sur un des lits jumeaux, Danton écoutait. Le jour était clair à présent, blêmi par des nuages qui couraient, annonçant une giboulée prochaine. Un bruit de voiture, de bottes, de fers emplit la rue juste éveillée. Des ordres, des pas lourds retentirent sous le porche, dans le grand escalier de pierre. Les crosses résonnèrent sur les dalles, devant l'antichambre. Louise s'était dressée en sursaut. Danton l'étreignit frénétiquement, lui couvrant le visage de baisers. Elle sanglotait et tremblait.

« N'aie pas peur, dit Danton, ils n'oseront pas me faire mourir. »

Il la laissa, presque pâmée, entre les mains de Marie Fougerot, elle-même en pleurs, et il se remit aux gendarmes. Le remue-ménage avait attiré les voisins. A toutes les fenêtres, au seuil des boutiques, se montraient des gens effarés, s'interpellant, questionnant. Ils virent sortir, au milieu des soldats, des baïonnettes, un gaillard en habit bleu, qui se retournait et criait : « Adieu, adieu ! » d'une voix tonnante.

« Quoi ! se dirent-ils avec stupeur, c'est le citoyen Danton qu'on emmène ! »

La même stupéfaction l'accueillit au Luxembourg. Les nouvelles circulaient de chambre en chambre. On ne savait que penser. Arrêtés, l'homme du 14 juillet et l'homme du 10 août ! La contre-révolution était-elle donc faite ? Les détenus éberlués se pressaient pour voir passer le créateur du Tribunal révolutionnaire, l'inventeur des visites domiciliaires, le ministre qui avait cautionné les massacreurs de Septembre. « Eh oui, c'est moi ! déclarait-il en plastronnant. C'est Danton, regardez-le bien. J'entre ici pour avoir voulu finir vos misères et votre captivité, mais si la raison ne revient pas en ce bas monde, vous n'avez encore vu que des roses. »

Legendre, dans sa demeure toute proche des Cordeliers, avait appris très vite l'arrestation de Danton et de Desmoulins. Qu'on pût les accuser, il n'en doutait pas, mais il les estimait coupables de légèreté, d'erreurs, assurément point d'intentions mauvaises. L'arbitraire de la mesure prise contre eux l'indignait. Il se hâta d'alerter quelques modérés encore amis des Dantonistes. Dès l'ouverture de la séance, à l'Assemblée, Delmas, ancien adversaire de Claude au premier Comité de Salut public, déposa une motion d'ordre afin que l'on convoquât immédiatement les commissaires en train de siéger au pavillon de l'Égalité. Après quoi Legendre fonça. « Citoyens, dit-il, quatre membres de cette Assemblée ont été arrêtés cette nuit. Danton en est un, j'ignore le nom des autres, mais je demande que tous soient traduits à la barre où ils seront jugés, accusés ou absous par vous. Je crois Danton aussi pur que moi-même... »

Des protestations interrompirent l'ex-boucher. Il reprit avec force : « Je ne veux attaquer aucun membre des Comités, mais j'ai le droit de craindre que des haines particulières et des passions individuelles n'arrachent à la nation des hommes qui lui ont rendu les plus utiles services. Celui qui, en septembre 92, fit lever la France entière par les mesures énergiques dont il se servit pour ébranler le peuple, doit avoir la faculté de s'expliquer quand on l'accuse de trahir la patrie. Il est depuis ce matin dans les fers. On a craint sans doute que ses réponses ne détruisent les accusations dirigées contre lui. Je demande en conséquence qu'avant que vous entendiez aucun rapport, les détenus soient mandés. »

Payan répondit par une motion inverse. L'Assemblée, présidée par Tallien, devenait houleuse. Robespierre et Barère, devançant les autres commissaires, étaient déjà survenus. Robespierre monta vivement à la tribune. Il était résolu, il n'entendait pas laisser attaquer un acte des Comités.

« A l'agitation qui règne dans cette assemblée, déclara-t-il sèchement, on voit bien qu'il s'agit d'un grand intérêt. Il s'agit, en effet, de savoir si quelques hommes l'emporteront aujourd'hui sur la patrie. Comment pouvez-vous oublier vos principes? Voulez-vous accorder à certains individus ce que vous avez refusé naguère à Bazire, à Chabot, à Fabre d'Églantine? Pourquoi cette différence? Que m'importent les beaux discours, les éloges qu'on se donne à soi-même ou à ses amis? Il ne s'agit pas de savoir si un homme a commis tel ou tel acte patriotique, mais quelle a été toute sa carrière. Legendre paraît ignorer le nom de ceux qui ont été arrêtés. Toute la Convention les connaît. Son ami Delacroix est du nombre de ces détenus. Pourquoi feint-il de l'ignorer? Parce qu'il sait qu'on ne peut sans impudeur défendre Delacroix. Legendre a parlé de Danton parce qu'il croit sans doute qu'à ce nom est attaché un privilège. Nous ne voulons point de privilèges. Nous ne voulons point d'idoles. »

Des applaudissements coururent, s'enflèrent, dans la salle et dans le public nombreux ce matin. Claude venait d'arriver avec Carnot, Billaud, Collot, Prieur. Il mesura les progrès accomplis par Maximilien. Il était loin, l'orateur, diffus et tâtonnant, de la Constituante et même des premiers temps de la Convention, qui se perdait dans sa rhétorique aigre ou pleurnicharhe.

« Nous verrons, poursuivit-il avec âpreté, nous verrons en ce jour si la Convention saura briser une prétendue idole, pourrie depuis longtemps, ou si celle-ci, dans sa chute, écrasera la Convention et le peuple français. »

La suite de son discours, haché de nouveaux applaudissements, fut une réplique aux accusations d'antiparlementarisme et de dictature, par lesquelles, dit-il, on essayait de déconsidérer les Comités. Et comme, du côté des anciens Dantonistes, s'élevaient des murmures, voire des cris de « Tyran! » Maximilien lança : « Quiconque tremble est coupable, car jamais l'innocence ne redoute la surveillance publique. »

Après avoir affirmé que si les dangers de Danton devaient un jour devenir les siens, cette considération ne l'arrêterait pas un instant, il expliqua pourquoi il s'était séparé de Danton, comme il s'était déclaré l'ennemi de Pétion, de Roland après avoir été leur ami, quand il avait découvert qu'ils trahissaient la Révolution. Et il conclut : « Les âmes vulgaires ou les hommes impurs craignent toujours de voir tomber leurs semblables, parce que, n'ayant plus devant eux une barrière de coupables, ils restent exposés au jour de la vérité. Mais s'il existe des âmes vulgaires, il en est d'héroïques dans cette Assemblée. Elles sauront braver toutes les fausses terreurs. D'ailleurs, le nombre des accusés n'est pas grand, le crime n'a trouvé que peu de partisans parmi nous. En frappant quelques têtes, la patrie sera délivrée. »

Devant le succès de ce discours, Legendre s'effondra. Il protesta qu'il ne doutait pas du jugement de Robespierre et ne s'obstinait pas à défendre des coupables. Barère prit alors la parole pour justifier le Comité des allégations de dictature et de tyrannie. Il demanda le vote sur la motion de Legendre. Elle fut repoussée à l'unanimité : Danton, Desmoulins, Philippeaux, Delacroix ne seraient pas entendus.

Restait à écouter le rapporteur des Comités. Saint-Just gravit les marches de la tribune. Il n'avait pas cherché à remanier son texte. Raide, les yeux fixés sur les feuillets qu'il tenait de la main droite, il se mit à les lire froidement, sans autre geste que de lever de temps en temps l'autre main et de la laisser retomber comme un couperet.

« Citoyens, disait-il, il y a quelque chose de terrible dans l'amour sacré de la patrie, il est tellement exclusif qu'il immole tout sans pitié, sans frayeur, sans respect humain, à l'intérêt public. Vos Comités, pleins de ce sentiment, m'ont chargé de vous demander justice, au nom de la patrie, contre des hommes qui trahissent depuis longtemps la cause populaire, qui vous ont fait la guerre avec tous les conjurés, avec Orléans, avec Brissot, avec Hébert, avec Hérault et leurs complices. Puisse cet exemple être le dernier que vous donnerez de votre inflexibilité envers vous-mêmes! »

C'était une autre forme de l'espoir exprimé par Maximilien dans sa conclusion : *En frappant quelques têtes, la patrie sera délivrée.* On ne demandait plus que cet ultime sacrifice. Après, c'en serait fini du régime de terreur. Claude l'espérait aussi : le parti hébertiste et le parti dantoniste décapités, le gouvernement démocratique, n'étant plus sous cette double menace, trouverait son jeu normal.

Saint-Just poursuivait : « Tout nous convainc que l'étranger forma ou favorisa, de tout temps, divers partis, pour ourdir les mêmes complots et pour les rendre inextricables. »

Durant plus d'une heure, le rapporteur passa en revue ces complots, distinguant la faction orléaniste animée d'abord par Mirabeau, puis Brissot, Buzot et Dumouriez, celle dont Carra s'était fait l'agent en proposant un prince de la maison de Hanovre, enfin celle de Barnave, Duport, Lameth, puis Manuel, qui travaillaient pour les Bourbons. Il montra les liens de ces factions avec les Hébertistes et les Dantonistes. Après ce vaste tableau, il s'attacha directement à ces derniers, et d'abord à leur chef.

« Danton, voyons ta conduite passée, et prouvons que, dès

le premier jour, complice de tous les attentats, tu fus toujours contraire au parti de la liberté, que tu conspirais avec Mirabeau et Dumouriez, avec Hébert et avec Hérault de Séchelles. Danton, tu as servi la tyrannie. Tu fus, il est vrai, opposé à La Fayette, mais Mirabeau, Orléans, Dumouriez lui furent opposés de même. Oserais-tu nier d'avoir été vendu aux trois hommes les plus violents conspirateurs contre la liberté? »

Saint-Just reprit alors tout ce qui paraissait incompréhensible, contradictoire et absurde dans la conduite de Danton s'il était un vrai sans-culotte, mais qui s'expliquait d'une façon fort logique s'il était un aventurier. « Dans les premiers éclairs de la Révolution, tu montras à la Cour un front menaçant, tu parlais contre elle avec véhémence. Mirabeau, qui méditait un changement de dynastie, sentit le prix de ton audace. Il s'empara de toi. » C'était, en effet, grâce au monstrueux marquis, Claude le savait comme Robespierre, que Danton avait été nommé au Département de Paris, en un temps où l'Assemblée électorale était royaliste et dominée par les partisans d'Orléans. « Tous les amis de Mirabeau se vantaient hautement de t'avoir fermé la bouche, et l'on n'entendit plus parler de toi jusqu'aux jours qui précédèrent le massacre du Champ-de-Mars. Alors tu appuyas aux Jacobins la motion de Laclos : prétexte funeste pour déployer le drapeau rouge. »

Claude se rappelait fort bien les incohérences de Danton dans ces journées. Danton, en habit de basin gris, haranguant la foule, sur l'un des piliers de l'autel de la patrie; puis, après avoir enflammé ses troupes, se désintéressant soudain de l'affaire, traitant ses Cordeliers d'imbéciles, laissant le ménage Robert récolter des signatures au bas de la pétition. C'est ce jour-là que, pour la première fois, Danton avait inspiré à Claude des doutes dont il s'était entretenu avec Pétion en revenant du Champ-de-Mars. Et le lendemain, après le massacre, Barnave ou Lameth, il ne savait plus au juste, avait avisé Danton de fuir, alors que l'on arrêtait Brune et Momoro.

C'est à quoi Saint-Just faisait allusion : « Le calme de ta retraite à Arcis-sur-Aube se conçoit-il? toi, l'un des auteurs de la pétition! Ceux qui l'avaient signée étaient, les uns morts, les autres chargés de fers. » Rapprochant cette fuite du nouveau départ pour Arcis pendant que les comités insurrectionnels clandestins préparaient la révolution du 10 août, le rapporteur demanda : « Que dirai-je de ton lâche et constant abandon de la cause publique dans les crises où tu prenais toujours le parti de la retraite? » Il analysa ensuite les liaisons de Danton avec Dumouriez, sa façon de le soutenir au Comité de défense, alors même que le général rebelle ne cachait plus ses desseins et menaçait l'Assemblée. L'évidente sympathie de Danton pour les Girondins était soulignée : « Brissot et ses complices sortaient toujours contents d'avec toi. Tu les menaçais sans indignation, et tu leur donnais plutôt des conseils pour corrompre la liberté, pour se sauver, pour mieux nous tromper, que tu n'en donnais au parti républicain. *La haine*, disais-tu, *est insupportable à mon cœur.* Mais n'es-tu pas criminel et responsable de n'avoir pas haï les ennemis de la patrie? » Soulignée également, la politique du pire par laquelle Danton encourageait sournoisement les Hébertistes aux derniers excès. « Et dans le même temps tu te déclarais pour les principes modérés. Tes formes robustes déguisaient la faiblesse de tes conseils. Tu disais que les maximes sévères feraient trop d'ennemis à la république. Conciliateur banal, tous tes exordes à la tribune débutaient comme le tonnerre, et tu finissais par faire transiger la vérité et le mensonge. »

Rassemblant le faisceau de ses accusations, Saint-Just proclama : « Mauvais citoyen, tu as conspiré. Faux ami, tu disais il y a deux jours du mal de Camille Desmoulins, instrument que tu as perdu, et tu lui prêtais un vice honteux. Méchant homme, tu as comparé l'opinion publique à une femme de mauvaise vie, tu as dit que l'honneur était ridicule, que la gloire et la postérité étaient une sottise. »

Effectivement, lors d'une des entrevues avec Robespierre, Danton s'était écrié : « L'opinion publique est une putain! »

La dernière partie du discours traitait successivement le cas de Philippeaux, de Desmoulins, de Delacroix, et se terminait ainsi : « Les amis du profond Brissot avaient dit longtemps de lui qu'il était un inconséquent, un étourdi même. Fabre disait de Danton qu'il était insouciant, que son tempérament le portait à la campagne, aux bains, aux choses innocentes. Danton disait de Fabre que sa tête était un imbroglio, un répertoire de choses comiques, et le présentait comme ridicule parce que ce n'est presque qu'à ce prix qu'il pouvait ne point passer pour un traître par le simple aperçu de sa tortueuse manière de se conduire. »

Enfin, après une péroraison : « Toutes les réputations qui se sont écroulées étaient des réputations usurpées. Ceux qui nous reprochent notre sévérité aimeraient mieux que nous fussions injustes. Peu importe que le temps ait conduit des vanités diverses à l'échafaud, au cimetière, au néant, pourvu que la liberté reste. » Saint-Just conclut par ce projet de décret :

« La Convention nationale, après avoir entendu le rapport des Comités de Sûreté générale et de Salut public, décrète d'accusation Danton, Delacroix, Philippeaux, Camille Desmoulins, Hérault de Séchelles, prévenus : 1° de complicité avec Orléans et Dumouriez, avec Fabre d'Églantine et les ennemis de la république; 2° d'avoir trempé dans la conspiration tendant à rétablir la monarchie. En conséquence, elle ordonne leur mise en jugement avec Fabre d'Églantine. »

Sans doute, ce réquisitoire ne constituait-il qu'un tissu serré de présomptions, mais chacun, dans la vaste salle verte et jaune, aux bustes antiques, au bouquet de drapeaux flottant au-dessus de la tribune, savait une chose ou une autre qui rendait indubitable l'ensemble des charges articulées par le rapporteur. Claude, pour sa part, aurait pu en citer des dizaines, et, au moins, comme preuve indubitable, la lettre de Bertrand de Molleville qui avait provoqué chez Danton à son retour de Belgique, juste avant le jugement du roi, cette scène effrayante. Il jurait alors ses grands dieux d'afficher lui-même dans tout Paris cette épître dans laquelle l'ancien ministre, réfugié à Londres, lui disait détenir les reçus des sommes touchées par lui, Danton, sur les fonds secrets de Montmorin, pour défendre les intérêts de la Cour. Il jurait de dénoncer à la tribune les manœuvres infâmes des royalistes pour le compromettre. Et il s'était gardé d'afficher ou de dénoncer rien de tout cela.

D'autres députés, comme Tallien, Fréron, avaient été témoins de son intimité avec Laclos, Sillery, Philippe d'Orléans, qui venait faire le thé chez les Robert. Couthon n'ignorait pas comment Dumouriez, par l'intermédiaire de Westermann, et de Fabre, s'était entendu avec Danton pour établir sinon Orléans du moins son fils sur le trône. Et Sieyès enfin, la

Taupe, en savait plus sur les accusés que Robespierre, Saint-Just, Claude et tous les autres réunis. Aussi le vote fut-il unanime. Il n'y eut pas une voix contre le projet : ni celles de Panis, de Delmas, de Legendre, ni celles de Ruhl, de Lindet, cette fois.

« Il faut convenir, dit Maximilien entre haut et bas, que Danton a des amis bien lâches. »

Sieyès n'avait pas fait une vaine promesse : la Plaine abandonnait Danton pour Robespierre. Aux yeux de Claude, le sens de ce vote était clair : la Convention ne voulait plus d'aventure. Elle choisissait Robespierre parce qu'il frappait toutes les formes de l'anarchie, parce qu'il fixait à la Révolution non pas, comme Danton, un terme rétrograde mais un but en avant et une ligne pour y parvenir, parce qu'il entendait conduire la république du gouvernement révolutionnaire au régime constitutionnel. Cette opinion fut confirmée par un mot du ci-devant évêque Gay-Vernon, assis à côté de Claude et qui lui dit :

« Nous avons trouvé un homme d'État, marchez sans souci maintenant : il ne sera plus question de renouveler le Comité. Donnez-nous la victoire sur les armées des tyrans, et la république sera inébranlable. »

Mais tout n'était pas joué, loin de là. Le procès s'annonçait plus menaçant encore que celui des Hébertistes. Claude s'exaspérait contre l'obstination perverse de Danton. Pourquoi n'avait-il pas voulu se mettre en sûreté, quand on n'eût pas demandé mieux, à tous égards, que de faciliter son salut! Possédé par cet instinct de destruction qu'il avait toujours montré, il préférait risquer sa tête, avec une chance d'anéantir le gouvernement et la république. On comprenait la haine de Billaud-Varenne à son égard. Pour comble, à la maison, Lise prenait le parti des accusés. Lucile Desmoulins était venue la supplier d'agir sur son mari pour sauver Camille, et Lise avait oublié les venimeuses attaques du *Vieux Cordelier*. Elle plaidait aussi pour Danton. Elle ne pouvait le croire coupable malgré tant d'évidences. Claude lui répétait en vain : « C'est la sensibilité qui parle en toi, non pas la raison. Rappelle-toi : Dubon, et Bernard lui aussi l'ont toujours considéré comme suspect. » Elle ne voyait en lui que l'homme chaleureux, si vivant, aimant tout et tout le monde.

Lucile remuait ciel et terre. Avec la timide Louise, elle s'était efforcée de voir Robespierre. N'y parvenant pas, elle lui avait écrit une lettre suppliante et menaçante. Elle harcelait Legendre, Fréron. Dans l'excès de son désespoir, elle exhortait Legendre à poignarder le tyran, c'est-à-dire Maximilien. Phénomène bizarre, nul partisan des Dantonistes ne s'en prenait à Vadier, à Billaud-Varenne, à Collot, à Saint-Just auteur du rapport. C'est Robespierre, l'ultime défenseur de Danton, que l'on rendait responsable : il avait terrorisé l'Assemblée, disait-on, pour se débarrasser d'un rival opposé à sa tyrannie sanglante. Ces propos se colportaient, de l'argent était répandu, assuraient les rapports de police, pour provoquer un mouvement autour du tribunal. Une agitation sourde régnait dans les prisons.

Ces deux jours, entre le décret de l'Assemblée et l'ouverture du procès que Fouquier-Tinville avait promis de commencer le 13, furent fébriles. Les deux Comités siégeaient quasiment en permanence. Pour la plupart des commissaires, leurs têtes ne se trouvaient pas moins en jeu que celle de Danton. S'il n'était pas condamné, il les ferait condamner, eux. David, Amar, Vadier, Billaud, Collot d'Herbois, Barère ne l'ignoraient point. Le vindicatif Camille ne pardonnerait pas non plus à Robespierre ni à Saint-Just, ni peut-être à Claude. Outre les menées des anciens Dantonistes et surtout des royalistes et Feuillants, enragés de voir disparaître avec Danton tout espoir de contre-révolution prochaine, on pouvait craindre que Brune, très populaire aux armées, n'entraînât des troupes sur Paris. Quant à Hoche, il était arrêté depuis dix jours. D'autre part, Fouquier-Tinville, Herman, le jeune président du Tribunal révolutionnaire, ne paraissaient pas des plus sûrs. Fouquier était apparenté à Desmoulins, il ne fallait pas l'oublier. De plus, dans le procès des Hébertistes, il avait montré peu d'ardeur à suivre les directives du Comité.

Le 11 au soir, quand il vint rendre compte de l'instruction et demander les ordres, comme on lui interdisait absolument de laisser les accusés citer aucun témoin parmi les membres de la Convention, il observa que c'était une violation des principes les plus élémentaires. A quoi Saint-Just lui répondit qu'il lui appartenait, à lui, accusateur public, de choisir les témoins afin d'éclairer les débats et non de les embrouiller au gré des accusés. Billaud ajouta brutalement : « Tu n'as pas à t'occuper des principes, mais d'obtenir la condamnation de tous ces scélérats, sinon c'est toi qui mettras ta tête à la chatière. Et Herman aussi, tu peux le lui dire. »

Sitôt après le départ de Fouquier, s'ensuivit une longue discussion à la fin de laquelle on résolut de le faire arrêter, avec Herman. Fleuriot-Lescot : le substitut de l'accusateur public, et le vice-président Dumas les remplaceraient. On décida également l'arrestation de Westermann, soupçonné d'agiter les faubourgs. Il serait joint aux autres accusés.

Il parut bon aussi de mettre sous les verrous tous les anciens meneurs des Enragés, que le comité révolutionnaire des Gravilliers signalait comme très suspects. Neuf mandats furent décernés, dont un contre Claire Lacombe qui avait demandé un passeport pour Dunkerque où l'appelait, prétendait-elle, un engagement théâtral — mais de Dunkerque on se rend sans peine en Angleterre — un contre Leclerc d'Oze devenu secrétaire du commandant de place à La Fère, et un contre sa femme Pauline Léon. Il n'était nullement question de les envoyer, les uns ou les autres, au Tribunal révolutionnaire, mais de les tenir sous clef jusqu'à la paix.

Le lendemain, coup sur coup, le Comité récolta deux atouts inattendus. D'abord une pièce transmise par Deforgues : une lettre adressée de Londres par le comte d'André à Danton et prouvant la connivence de celui-ci avec l'Angleterre pour une restauration monarchique. Puis la Sûreté générale découvrit, parmi les rares papiers saisis chez Danton, une autre lettre par laquelle le cabinet de Saint-James notifiait au banquier Perregaux d'avancer à plusieurs personnes, désignées par des initiales, des sommes dont certaines allaient jusqu'à cent quatre-vingt mille francs. Tout d'abord, il parut invraisemblable à Claude que Danton ait pu conserver cette lettre accablante, car si ses propres initiales n'y figuraient pas, elle démontrait néanmoins qu'il se trouvait en liaison avec les agents royalistes en France. Puis tout s'expliqua : ce papier avait été découvert, dans le petit salon, entre la paroi du secrétaire et le fond d'un tiroir. Il était resté là, alors que Danton croyait assurément l'avoir brûlé.

« Es-tu convaincue, cette fois? demanda Claude à sa femme en lui rapportant le fait pendant le souper.

— C'est incroyable. Le malheureux! soupira-t-elle. Mais as-tu la certitude que la lettre a été vraiment trouvée chez lui? Cet affreux Vadier me semble parfaitement capable...

— Et celle d'André? Deforgues ne l'a pas fabriquée, tu penses! Il l'aurait plutôt détruite. Il nous l'a transmise parce qu'il n'a pu faire autrement. Il se sait lui aussi en mauvaise posture. Et ce papier-là porte bien le nom de Danton.

— Tout cela est navrant, dit Lise. La pauvre Louise! la pauvre Lucile! »

Claude retourna vivement au pavillon de Flore. Les autres commissaires qui, eux, n'habitaient point comme lui à deux pas, avaient soupé sur place. Ils examinaient à nouveau la question Herman et Fouquier. Couthon estimait impolitique de les arrêter présentement, ce serait ajouter au trouble des esprits. Fouquier et Herman n'ignoraient pas quelle menace pesait sur eux. Cela suffirait à les rendre raisonnables. D'ailleurs, le Comité de Sûreté générale n'aurait qu'à les surveiller. On s'accorda. Barère griffonna pour Hanriot un contre-ordre à l'arrestation de l'accusateur public et du président. En même temps, sur les instances de Saint-Just et de Barère, on résolut d'arrêter Deforgues. S'il se désolidarisait aujourd'hui des Dantonistes, il n'en avait pas moins favorisé leurs intrigues. Toutefois, il ne serait pas joint à eux, on ne l'enverrait pas au tribunal, jusqu'à plus ample informé.

A une heure du matin, Claude retraversa le Carrousel pour rentrer se coucher. C'était le 13 germinal, autrement dit le 2 avril. Les odeurs printanières venant du Jardin national parfumaient la nuit. Claude songeait aux accusés que l'on allait transférer à la Conciergerie pour les faire comparaître ce matin même. Ils se dressaient en ennemis, on ne pouvait pas les plaindre, cependant il ressentait une tristesse profonde. Le chagrin l'étreignait, l'angoisse l'agitait, comme ils devaient, pensait-il, étreindre et agiter Robespierre à l'instant de cette bataille mortelle avec d'anciens amis. *Pauvre Louise! pauvre Lucile!* se lamentait Lise, avec son bon cœur. Elle ne se doutait pas qu'elle pourrait peut-être dire aussi justement : pauvre Lise! Il fallait la laisser dans cette ignorance, mais en l'embrassant tout endormie quand il se glissa près d'elle, et au jour quand il la quitta, si blonde, si tendre, il se demandait anxieusement s'il la serrerait encore longtemps dans ses bras.

Il se retint de l'étreindre trop fort, pour ne point l'alarmer.

Le procès ne commença qu'à onze heures. Le Comité était informé constamment de ce qui se passait à la Maison de justice, autour de laquelle Hanriot montait bonne garde. Depuis huit heures, la foule s'entassait dans la salle. Les rapports signalaient une affluence considérable dans la salle des pas perdus, sur les paliers, dans les escaliers, la cour, la rue, sur le quai de l'Horloge, jusqu'à la ci-devant place Dauphine. L'accusateur public avait fait traîner en longueur la constitution du jury dans la chambre du Conseil et limité le nombre des jurés à sept patriotes sûrs. Parmi ceux-ci se trouvaient le docteur Souberbielle, Trinchant, Renaudin, tous familiers de la maison Duplay. Les accusés introduits, Danton s'était précipité « comme un taureau dans l'arène ». Un instant plus tôt, il disait à ses amis : « Nous allons voir comment ces bougres-là comparaîtront devant moi. » Desmoulins avait récusé le juré Renaudin comme étant notoirement son ennemi personnel, « mais le tribunal n'en a tenu aucun compte ». Un observateur notait : « Paris-Fabricius, greffier de l'accusateur public, s'est levé de son siège, a couru à l'accusé Danton et l'a embrassé en pleurant. Il est à remarquer que le C^ien^ Fouquier n'avait pas permis audit Fabricius d'assister à la constitution du jury. »

Quatre membres du Comité de Sûreté générale : Vadier, Amar, Voulland et David étaient au Palais, tout à proximité du prétoire. Une porte ouverte leur permettait d'entendre et de voir dans la salle de la Liberté. C'était l'ancienne Grand-Chambre de la Tournelle, inchangée depuis qu'avaient retenti là les dernières protestations des Brissotins. Elle conservait toujours son dallage de marbre noir et blanc, son plafond bleu et or, ses boiseries : vestiges des somptuosités passées, contrastant avec la tenture de papier gros bleu, et les bat-flanc pour contenir le public. En ce beau jour déjà chaud, les reflets du soleil entraient par les fenêtres ouvertes, qui donnaient sur la cour de la Conciergerie. Les détenus, comme les citoyens massés sur le quai, pouvaient entendre les échos de la puissante voix de Danton.

Il n'eut guère l'occasion de la faire retentir pendant cette première audience, consacrée à la lecture de l'acte d'accusation, puis au scandale de la Compagnie des Indes. Les principaux accusés, en l'occurrence, étaient Delaunay, l'ex-abbé d'Espagnac, le ci-devant capucin Chabot, Fabre d'Églantine; le principal témoin, Cambon, venu du comité des finances. « Nous considères-tu comme des conspirateurs? » lui lança Danton. L'ancien membre du Comité de Salut public ne pouvant, à cette question goguenarde, retenir un sourire : « Voyez, s'écria Danton, il rit. Il ne le croit pas. Greffier, écrivez qu'il a ri! »

Ce fut à peu près sa seule intervention, ce jour-là. Le témoignage de Cambon écrasa d'Espagnac, Delaunay et Chabot, dont les tripotages ne laissaient aucun doute. Chabot se savait si bien perdu qu'il avait essayé, mais en vain, de se suicider en s'empoisonnant dans sa prison. A l'égard de Danton et de Delacroix, Cambon fut bienveillant. « Ils ont, dit-il, dénoncé Dumouriez dès qu'on a pu suspecter sa trahison, et dans le Comité où je siégeais avec eux je leur ai toujours entendu annoncer qu'après de grandes crises la république triompherait. » L'accusateur public et le président Herman eurent beau le pousser, il ne dit rien contre ses deux anciens collègues, malgré la présence menaçante des membres de la Sûreté générale qui s'agitaient derrière les juges et les jurés. Cambon était cité par Fouquier-Tinville. Si tous les témoins à charge déposaient ainsi, l'affaire allait lui « péter dans les mains », songeait-il avec inquiétude. Elle se présentait mal pour sa sécurité à lui. Westermann secoua l'assistance en demandant à montrer ses sept blessures « toutes reçues de face, dit-il. Je n'en ai reçu qu'une dans le dos : mon acte d'accusation ». Herman suspendit la séance pour ce jour.

Au Comité, on ne s'affolait point. Les grands coups n'étaient pas encore portés, le public ne se passionnait pas. En cette première audience, l'accusation avait au moins démontré que le clan dantoniste se composait des hommes les plus corrompus, les plus véreux.

Le lendemain, Herman, louchant un peu sous les plumes noires de son chapeau, entama l'interrogatoire de Danton qui avait pris place sur le fauteuil de fer. « Danton, la Convention vous accuse d'avoir favorisé Dumouriez, de ne l'avoir point fait connaître pour ce qu'il était, d'avoir partagé ses projets liberticides. » Avec son prodigieux dédain de la réalité, il répondit magnifiquement : « Dumouriez, je ne l'ai vu qu'une fois. Quand il me tâta pour me proposer d'être ministre, je lui répondis que je ne le serais qu'au bruit des canons. » Un juré demandant, à l'instigation d'Amar : « Pourriez-vous dire la raison pour laquelle Dumouriez ne poursuivit pas les Prussiens lors de leur retraite? » Danton qui n'avait pas cessé, en 92, de négocier avec les Prussiens, d'accord avec Dumouriez, et par l'intermédiaire de Fabre et Westermann, répliqua de même : « Je n'en sais rien, je ne me mêlais de la guerre que sous les rapports politiques. Les opérations militaires m'étaient totalement étrangères. » Puis, bousculant l'ordre que ces froids raisonneurs croyaient pouvoir lui imposer, il garda la parole et se mit à faire rouler ses tonnerres. « Les lâches qui me calomnient oseraient-ils m'attaquer en face? Qu'ils se montrent et bientôt je les couvrirai eux-mêmes de l'ignominie, de l'opprobre qui les caractérisent. » Puis, se rappelant que depuis un certain temps il jouait la carte de l'indulgence : « Je les confondrai, et ensuite j'aurai la générosité de réclamer leur grâce. Je demande des commissaires de la Convention pour recevoir ma dénonciation sur le système de dictature. Oui, moi, Danton, je dévoilerai le système de dictature qui se montre aujourd'hui à découvert. »

C'était l'offensive prévisible et prévue. Herman s'efforça de la juguler. « Danton, dit-il, l'audace est le propre du crime, et le calme celui de l'innocence. Sans doute la défense est de droit légitime, mais elle sait se renfermer dans les bornes de la décence, elle sait tout respecter, même ses accusateurs.

— Lorsque je me vois si grièvement, si injustement inculpé, suis-je le maître de commander à l'indignation qui me soulève contre mes détracteurs! » Et, repartant de plus belle : « Moi, vendu! Moi! Un homme de ma trempe est impayable! Que l'accusateur qui m'accuse devant la Convention administre la preuve, les semi-preuves, les indices, de vénalité! Saint-Just, tu répondras à la postérité de la diffamation lancée contre le meilleur ami du peuple, contre son plus ardent défenseur. En parcourant cette liste d'horreurs, je sens toute mon existence frémir.

— Je vous rappelle à l'ordre! s'écria Herman. Vous manquez à la représentation nationale, au tribunal et au peuple souverain.

— Le peuple! Il déchirera nos ennemis par lambeaux, quand nous ne serons plus. »

Fouquier, fronçant ses sourcils méphistophéliques, protesta. « Les accusés injurient le tribunal en annonçant qu'ils sont sûrs de la mort. C'est se méfier de la justice.

— Je vais donc descendre à me justifier. Je vais suivre le plan adopté par Saint-Just. Moi, vendu à Mirabeau, à Orléans? Qu'ils paraissent, ceux qui ont connu ce marché! Combien m'a-t-on acheté? Moi, partisan des royalistes et de la royauté? A-t-on oublié que j'ai été nommé au Département en dépit de tous les contre-révolutionnaires qui m'exécraient? Mes intelligences avec Mirabeau! Tout le monde sait que j'ai combattu Mirabeau, j'ai contrarié ses projets toutes les fois que je les ai crus funestes à la liberté. »

Il continua ainsi, lançant négations ou affirmations, sans fournir aucune preuve. Toute sa défense était dans la violence de son indignation, dans la chaleur communicative et la puissance de sa voix. On l'entendait partout : dehors, à travers les fenêtres ouvertes dans les couloirs, les salles, les escaliers que les commis escaladaient, courant du greffe au parquet, cherchant fiévreusement les pièces réclamées sans cesse par l'accusateur public. Les témoins se groupaient, discutaient, indécis. La buvette était assiégée. L'attente, l'excitation qui gagnait, le beau temps séchaient les gorges. Un soleil quasi estival chauffait les murs du Palais où l'atmosphère se chargeait d'orage. Des disputes éclataient, couvertes soudain par les clameurs et les applaudissements provenant de la Grand-Chambre.

Car on applaudissait maintenant Danton magnifique de colère, secouant son mufle, improvisant le plus prodigieux de ses discours, le plus décousu, le moins véridique, le plus empoignant. « J'ai toute ma tête », grondait-il dressé, rouge, ruisselant de sueur, froissant sa cravate, « j'ai toute ma tête lorsque je provoque mes accusateurs. Qu'on les produise, et je les replonge dans le néant dont ils n'auraient jamais dû sortir! Vils imposteurs, paraissez! Je vais vous arracher le masque qui vous dérobe à la vindicte publique.

— Ce n'est point par des sorties indécentes contre vos accusateurs, riposta en toute logique le président, que vous parviendrez à convaincre le jury de votre innocence. Parlez-lui un langage qu'il puisse entendre. Ne l'oubliez pas : ceux qui vous accusent jouissent de l'estime populaire.

— Parler! Un accusé comme moi répond devant le jury mais ne lui parle pas. Je me défends, je ne calomnie point. Je vais maintenant dénoncer les trois plats coquins qui ont perdu Robespierre, j'ai des choses essentielles à révéler...

— Je vous prie de vous enfermer dans votre défense, tonna Herman à son tour. Sinon je vous retirerai la parole, je vous en préviens. »

Danton, changeant alors de registre, revint sur les motifs de l'accusation. « C'est une chose bien étrange que l'aveuglement de l'Assemblée sur mon compte jusqu'à ce jour, dit-il, narquois. C'est une chose vraiment miraculeuse que son illumination subite! »

A quoi Herman répliqua froidement :

« L'ironie à laquelle vous avez recours n'est pas un argument. Elle ne détruit point le reproche que l'on vous fait d'avoir porté le masque du patriotisme pour tromper vos collègues et favoriser la monarchie.

— Je me souviens effectivement, dit Danton plus narquoisement encore, d'avoir provoqué le rétablissement de la royauté et protégé le tyran en m'opposant de toutes mes forces à son voyage à Saint-Cloud, le 18 avril 91, en faisant hérisser de piques et de baïonnettes son passage, et en enchaînant en quelque sorte ses coursiers fougueux. Si c'est là se déclarer partisan de la royauté, s'en montrer l'ami, si à ces traits on peut reconnaître l'homme favorisant la tyrannie, dans cette hypothèse je m'avoue coupable de ce crime. »

Herman n'était pas de force. Fouquier griffonnait des conseils sur des bouts de papier qu'il lui passait. Il répondait de même. « Dans une demi-heure, je suspendrai l'audience », écrivit-il enfin. La salle était houleuse; les juges, le jury, incertains. Souberbielle, les yeux baissés, secouait la tête aux propos d'Amar, de Vadier, de David qui ne se cachaient plus. Très inquiets, ils s'efforçaient de combattre dans l'esprit des jurés l'influence du formidable tribun. Il rappelait maintenant ses services. « J'ai fait la Commune du 10 août, l'arrêt de mort de Mandat. Mon nom est lié à toutes les institutions révolutionnaires : l'armée populaire, le Comité de Salut public, ce tribunal. Et l'on ose me prétendre modéré!... »

La voix, toujours indignée, ironique, commençait de s'érailler, son bronze se fêlait après deux heures de grondements. Herman en profita pour inviter Danton à interrompre sa défense. Il la reprendrait demain, après l'interrogatoire des autres prévenus. Il accepta.

David, Amar, Vadier, Voulland, encore secoués par ses charges furieuses, entendaient bien ne pas lui laisser l'occasion de la reprendre. Ils allèrent au pavillon de l'Égalité dresser un sombre tableau de la situation. David, beaucoup plus brillant par le talent que par le courage, était en pleine panique. Vadier et lui demandèrent que l'on trouvât un moyen de mettre Danton hors débats. La majorité n'y consentit point.

« Alors, s'écria David en tapant du poing, il sortira du tribunal porté en triomphe sur les épaules du peuple!

— Non, répondit Billaud-Varenne, nous avons de quoi le confondre quand il en sera temps. Le public n'importe pas, son opinion change en un tournemain. Ce qui compte, c'est la conviction du jury. Sois tranquille, Danton et ses amis iront à la guillotine, et il le sait bien. Il gueule, c'est son jeu, il n'a jamais rien fait d'autre. »

A la séance des Jacobins, Levasseur déclara que Danton, lorsque le scandale des pillages commis en Belgique par les représentants avait éclaté, s'était emparé, au Comité de Salut public, de toutes les pièces et procès-verbaux relatifs à cette affaire, afin de l'étouffer. Il le savait bien, lui, Levasseur, car il était alors membre du comité de correspondance, à la Convention, et il avait eu en main tout le dossier avant que Danton ne l'eût saisi.

Le lendemain, la troisième audience, dans la Grand-Chambre toujours archicomble, débuta là-dessus, par l'interrogatoire de Delacroix. Puissant lui aussi, mais beaucoup moins éloquent et habile, il s'efforça, en criant, d'embrouiller les choses. Herman, Fouquier le harcelèrent, l'enfermant dans ses propres contradictions. Il se défendit en proclamant bien haut son innocence, mais ne convainquit personne. Quant à Desmoulins, il avait rédigé une note dirigée surtout contre Saint-Just : *Le chevalier de Saint-Just m'a juré une haine implacable pour une plaisanterie que je me suis permise, il y a cinq mois, dans un de mes numéros. Bourdaloue disait : « Molière me met dans sa comédie, je le mettrai dans mon sermon. » J'ai mis Saint-Just dans un numéro rieur* (il avait en effet écrit : Avec Legendre, il n'y a pas de membre de la Convention qui se prenne tant au sérieux que Saint-Just; il porte sa tête comme le saint sacrement), *et il me met dans un rapport guillotineur où il n'y a pas un mot de vrai à mon égard.* Mais il ne suffisait pas de le prétendre, il aurait fallu démontrer la fausseté de Saint-Just. Camille ne trouva rien à dire, sinon que l'on oubliait son pamphlet contre Brissot, que les Comités n'avaient pas donné suite à la dénonciation de Chabot contre Hébert, et il termina en décochant aux commissaires quelques flèches barbelées.

Tout cela ne portait pas. Danton, venant à la rescousse, fit donner de nouveau sa voix. Delacroix, soutenu, s'en prit violemment à Fouquier-Tinville à propos des témoins dont on lui avait fourni une liste et qu'il n'avait pas assignés. Philippeaux, Westermann, Hérault-Séchelles, Fabre d'Églantine se joignaient à l'assaut. Débordé, Herman s'écria :

« Je vois les prévenus conspirer en plein tribunal. Je les rappelle au devoir.

— Et moi, président, je te rappelle à la pudeur. Nous avons le droit de parler ici. »

Pour couvrir cette voix, Herman, blême, suant, sonnait à tour de bras.

« N'entends-tu pas ma sonnette? glapissait-il.

— Un homme qui défend sa vie se moque d'une sonnette, et hurle. »

Le public semblait prendre tout entier parti pour les accusés. Amar, Vadier, David, Voulland insistaient en vain pour que le jury déclarât sa conscience suffisamment éclairée. Cela pouvait se faire dès la fin de cette troisième audience, mais les jurés s'y refusaient pour la plupart. Les quatre commissaires pressentaient, les uns avec effroi, les autres avec fureur, le triomphe prochain de leurs ennemis. Fouquier-Tinville, au comble de l'énervement, multipliait les billets à Herman. Comme Delacroix et Danton, s'appuyant l'un l'autre, proclamaient l'iniquité de ce procès sans témoins à décharge, Fouquier répondit :

« Rien ne vous interdit d'appeler des témoins, autres toutefois que ceux désignés par vous dans la Convention. C'est elle tout entière qui vous accuse. Je ne peux pas faire comparaître vos accusateurs.

— Il est donc permis à mes collègues de m'assassiner,

répliqua Delacroix, et à moi défendu de démasquer, de confondre les assassins! »

A leur tour, Desmoulins, Philippeaux exigeaient à grands cris la comparution de leurs témoins. Ils sommaient le tribunal de réclamer à l'Assemblée la nomination d'une commission chargée d'examiner leur demande. Le tapage redoublait. Fouquier s'exclama :

« Il est temps de faire cesser cette lutte scandaleuse à la fois pour le tribunal et pour tous ceux qui vous entendent! Je vais écrire à la Convention afin de connaître son vœu. Il sera exactement suivi. »

Sur-le-champ, il rédigea une lettre au Comité de Salut public et la soumit à Herman. Amar, qui n'était point sot, discernait bien les sentiments de Fouquier. Écartelé entre ses inclinations sourdement hostiles aux Comités, et la peur des commissaires, il aurait voulu obtenir soit un décret forçant la main au jury, comme ç'avait été le cas pour les Brissotins, soit la comparution des témoins réclamés par les accusés, et qui achèveraient leur victoire. De l'une ou l'autre façon, il se sauvait, lui, car il se serait fait l'auxiliaire des vainqueurs, d'un côté ou de l'autre.

Herman corrigea les termes de la lettre. Cela donnait finalement : « Un orage terrible gronde depuis le début de la séance. Les accusés, en forcenés, réclament l'audition des témoins à décharge, des Ciens députés Simond, Courtois, Laignelot, Fréron, Panis, Legendre, les deux Lindet, les deux Merlin, Billaud-Varenne, Mounier-Dupré, etc. Ils en appellent au peuple du refus qu'ils prétendent éprouver. Malgré la fermeté du président et du tribunal tout entier, leurs réclamations multipliées troublent la séance. Ils ne se tairont pas avant que leurs témoins ne soient entendus, ou sans un décret. Nous vous invitons à nous tracer définitivement notre conduite sur cette réclamation, l'ordre judiciaire ne nous fournissant aucun moyen de motiver le refus des témoins. »

En attendant la réponse du Comité, l'audience continua, dans une atmosphère plus calme. Les prévenus croyaient que le message s'adressait à la Convention même, et ne doutaient point d'obtenir satisfaction. C'est pourquoi Danton dit à Herman : « Je te respecte, président, tu as l'âme honnête. » Pendant ce temps, Amar et Voulland roulaient vers le pavillon de Flore, avec le message. Il n'était pas tout à fait le quart avant quatre heures.

Or, le Comité venait de recevoir une lettre d'un agent du service diplomatique, Laflotte, mêlé aux détenus. Il avertissait les Comités d'une conspiration ourdie dans les prisons par le ci-devant général Dillon, autrefois favori de l'Autrichienne et depuis longtemps lié avec le ménage Desmoulins; par l'ex-constituant Thouret, le député Simond, ancien vicaire épiscopal de Strasbourg, séide d'Hérault-Séchelles, et enfin d'Espagnac qui finançait l'affaire. Un cousin de celui-ci, le général Séhuguet, devait marcher sur Paris à la tête de ses troupes, d'autres seraient amenées par l'ami de Danton, Brune. La femme de Desmoulins correspondait avec les conjurés et tenait, à l'extérieur, tous les fils de la conspiration. Dillon et d'Espagnac lui avaient fait remettre mille écus, pour envoyer du monde au tribunal et provoquer un soulèvement.

Tout cela correspondait bien aux craintes concernant Brune et aux indications fournies par les notes de police. Elles continuaient à mentionner des signes d'agitation dans les prisons et des distributions d'argent aux fins de soulever le peuple. Le message de Fouquier et Herman, arrivant là-dessus, confirma la nécessité de réprimer sur-le-champ toute tentative de trouble. Amar signala le double jeu de Fouquier qui ne se déciderait pas si on ne lui montrait point, en prenant une mesure énergique, une mesure décisive, de quel côté se trouvaient dès maintenant les vainqueurs. La demande de faire entendre des témoins parlementaires était cousue de fil blanc. En plein accord, le Comité réitéra son refus. Il ne pouvait pas davantage être question de finir le procès par décret, mais Voulland reprit la motion soutenue la veille au soir par Vadier et David : mettre les prévenus hors débats.

Claude haussa les épaules. Robespierre, lèvres pincées, pianotant sur le tapis vert où s'allongeait un rayon de soleil, ne disait rien. Lindet faisait une mine franchement réprobatrice. « Non pas tous les prévenus, mais ceux qui provoquent du scandale », proposa la voix douce de Couthon. Aussitôt tout se dégela dans le salon blanc. Barère se mit à parler d'abondance, prouvant que la mesure demeurait dans les plus strictes limites de la justice. Le président et l'accusateur public d'un tribunal n'ont-ils pas pour premier devoir d'assurer l'ordre dans son enceinte? Carnot, Lindet en convinrent. « Évidemment, reconnut Claude, quand j'étais accusateur, je n'aurais pas souffert qu'un prévenu fît du scandale. » Écarté de la table, assis de côté sur sa chaise, Robespierre semblait se désintéresser de la question. Il regardait les frondaisons du Jardin national, et ne disait toujours rien. Saint-Just prit du papier, rédigea un bref projet de décret dont il donna lecture. On le chargea d'aller le présenter à la Convention. Il s'y rendit avec Barère, Claude et Amar.

L'Assemblée légiférait, en nombre restreint et devant un public qui n'occupait que fort peu des banquettes bleues. L'intérêt aujourd'hui n'était pas ici. Saint-Just demanda la parole à Tallien. Montant à la tribune, il mit la Convention au courant de ce qui se passait à la Maison de justice, lut le début du message de Fouquier : « Un orage terrible gronde... », rapprocha ce désordre des renseignements que l'on venait de recevoir sur la conspiration dans les prisons. « Vous avez, déclara-t-il, échappé au plus grand danger qui ait jamais menacé la liberté. Encore la victoire n'est-elle pas acquise, mais, placés au poste d'honneur, nous couvrirons la patrie de nos corps. Mourir n'est rien, pourvu que la Révolution triomphe. Vos Comités estiment peu la vie, ils font cas de l'honneur. » Il réclama le vote du décret présenté par les Comités de Salut public et de Sûreté générale. Le projet stipulait : « Le tribunal continuera l'instruction jusqu'à ce que, selon la loi, la conscience du jury soit suffisamment éclairée; à charge par le président de réprimer toute tentative des accusés pour troubler la tranquillité publique et entraver la marche de la justice. Tout prévenu de conspiration, qui résistera ou insultera la justice nationale, sera mis hors des débats sur-le-champ. » Il n'y eut point de discussion, le décret fut rendu en un instant. Sitôt après, Billaud-Varenne, présent à la Convention avec Collot d'Herbois, demanda que le tribunal convoquât comme témoin la femme de Philippeaux. Mais Amar et ses trois compagnons ne l'entendaient pas de cette oreille, ils ne voulaient plus de témoins, plus de débats.

A la Tournelle, l'audience se poursuivait par l'interrogatoire de Lhuillier, l'ancien membre de la Commune, agent national du Département de Paris. Il se défendait paisiblement et fort bien. Cinq heures venaient de sonner, lorsqu'un huissier remit à Herman un billet envoyé par Collot d'Herbois et ainsi conçu :

« 15 germinal.

Au Président du Tribunal révolutionnaire.

Citoyen,

La Convention a rendu un décret dont tu recevras tout à l'heure l'expédition. Ce décret réprimera l'étrange désordre qui a eu lieu au tribunal et l'empêchera de se renouveler. On te portera aussi des pièces, dont la Convention a ordonné la lecture, qui éclaireront l'opinion publique sur toute la profondeur de la conspiration. »

Herman passa le billet à Fouquier. Un instant plus tard, le même huissier vint parler à l'accusateur. Sortant vivement de la salle, il trouva dans le couloir Amar et Voulland retour des Tuileries. Ils lui donnèrent le décret et la lettre de Laflotte.

« Voilà de quoi vous mettre à l'aise.

— Nous en avions bien besoin », répondit Fouquier en se forçant à prendre une mine joviale.

Pour lui, maintenant, il n'y avait plus de question. Il fallait en finir au plus tôt avec les perdants. Voulland et Amar ne se fiaient pas trop à lui. Ils conservèrent les deux pièces capitales, pour s'en servir eux-mêmes au meilleur moment.

Revenu à sa place, derrière sa table aux pieds de griffons, devant l'estrade du président et des juges, à droite de laquelle s'étageaient sur les gradins les seize accusés, Fouquier-Tinville lut la réponse de la Convention à leur requête et la lettre de Laflotte. Desmoulins eut un cri : « Ah! les scélérats! non... non contents de m'assassiner, ils veulent assassiner ma femme! » Danton protestait avec force : « Ce décret ne nous concerne point, c'est une machination infernale pour nous perdre. Je n'ai jamais insulté le tribunal, j'en prends le peuple à témoin. » Et, désignant David et les autres commissaires qui parlaient bas aux jurés : « Voyez ces lâches assassins! Ils nous suivront jusqu'à la mort. »

Dans sa plus grande partie, l'assistance n'était plus dupe de cette indignation. Le décret ne fermait pas la bouche aux prévenus, il les contraignait seulement à se défendre comme s'était défendu Lhuillier, en réfutant d'une façon méthodique et précise les imputations articulées contre lui. Le théâtre de Danton, ses jolis coups de menton et de gueule, son désir manifeste, à lui et à ses amis, de tout mettre en ébullition, ne prouvaient que leur incapacité à se justifier. Ils démontraient eux-mêmes qu'ils étaient bien des hommes de désordre, livrés à l'anarchie, à la corruption. Hormis quelques partisans obstinés et des individus payés pour faire du bruit, le public se tut comme il s'était tu au procès des Brissotins dès que la Convention avait armé contre eux le tribunal. Herman déclara l'audience terminée. Les gendarmes firent redescendre les prévenus, ivres de colère, à la Conciergerie.

Les jurés ne doutaient plus, néanmoins ils restaient sensibles au prestige de ces grands Jacobins qui avaient été si longtemps comme les drapeaux de la Révolution : Desmoulins, le héraut du 14 juillet; Danton, l'athlète du 10 août; Westermann, le héros des Tuileries. Coupables d'avoir par la suite compromis ce qu'ils avaient donné, en ces jours, à la nation : oui mais, malgré tout, les envoyer à l'échafaud! C'était un peu comme si l'on eût guillotiné la Révolution elle-même.

La journée avait été rude pour l'accusateur public. Les commissaires ne lui laissèrent pourtant pas de répit, ils le suivirent dans son cabinet où ils lui déclarèrent que tout devait être fini demain. A lui de s'arranger pour cela. Quand ils l'eurent quitté, il ôta son manteau court, son chapeau à plumes noires, son sautoir tricolore, et gagna son appartement réparti entre la tour de César et la tour d'Argent, au second étage. Il traversa l'antichambre sombre, entra dans le salon dont les fenêtres dominaient la Seine rosie et dorée par le soleil couchant. Un beau soir très doux descendait lentement sur Paris. La bonne Henriette, la seconde épouse de Fouquier, faisait ses comptes sur un secrétaire en bois de rose lorsqu'il entra. Il la tenait le plus possible à l'écart de sa profession. Aujourd'hui celle-ci avait forcé leur intimité. « Eh bien? » demanda la jeune femme. (Elle avait trente-deux ans, lui quarante-huit.) « J'ai fait mon possible pour les sauver », dit-il en se laissant tomber lourdement sur un siège, le front labouré de rides, les sourcils plus arqués que jamais. « Robespierre veut leur condamnation. C'est eux ou moi. » Pour lui aussi, c'était

Robespierre le responsable. Il le craignait et le détestait. Henriette vint nouer ses bras au cou de son mari. « Les malheureux! soupira-t-elle. Mais je ne veux pas que tu meures. » Elle aimait cet homme consciencieux, plein de bonté pour elle et leurs enfants. Depuis douze ans, elle s'était trouvée heureuse avec lui, même dans les années difficiles où il se débattait contre la mauvaise fortune. Ils avaient connu ensemble les pires difficultés mais aussi de grandes joies. Elle ne savait pas, la douce Henriette, que si Antoine avait été contraint de vendre sa charge de procureur au Châtelet, c'était pour payer ses dettes de jeu. Il ne jouait plus, depuis. « Allons, mon ami, viens souper, dit-elle, nous t'attendions. » Ils montèrent à l'étage au-dessus où se trouvaient la salle à manger et la cuisine. Après le souper, Fouquier redescendit. Son lit était dressé dans son cabinet même, car l'accusateur travaillait fort tard dans la nuit.

L'audience du 16 s'ouvrit dès huit heures et demie. Fouquier fit d'abord relire le décret, puis il déclara aux prévenus qu'il avait une foule de témoins à produire, cependant il y renonçait puisqu'on n'entendrait pas les leurs. Ils seraient jugés sur pièces écrites et avaient donc à se défendre uniquement contre ce genre de preuves. Danton, Delacroix protestèrent vigoureusement, Herman leur coupa la parole en se mettant à interroger les banquiers autrichiens Frey, beaux-frères de Chabot. Avec eux se terminait la série des interrogatoires. Danton comptait bien reprendre sa défense, comme cela lui avait été promis l'avant-veille. Mais Herman, bien catéchisé par les commissaires et sachant ce qui l'attendait s'il ne les satisfaisait pas, se tourna vers le jury et lui demanda s'il était suffisamment éclairé. Nouvelles protestations véhémentes des accusés. Quoi! on voulait clore les débats, quand il n'y avait eu ni production des pièces annoncées par l'accusateur, ni réquisitoire ni plaidoiries! En réponse, le président fit donner lecture du décret en usage depuis le procès des Brissotins, et il invita le jury à se retirer pour délibérer si, oui ou non, il entendait poursuivre l'information. Les sept se retirèrent donc et revinrent au bout de quelques minutes en se déclarant suffisamment éclairés.

« Jugés sans être entendus! s'écria Danton. C'est bon, nous avons assez vécu pour nous endormir dans la gloire. »

Les autres s'insurgeaient avec la fureur du désespoir, froissaient leurs papiers, les jetaient en boules à la tête des magistrats. Fouquier requit alors qu'en raison de l'indécence des prévenus le verdict et le jugement fussent prononcés hors de leur présence. Le tribunal s'y accorda. Ils s'accrochaient à leurs bancs. Il fallut trois gendarmes pour en arracher Desmoulins qui poussait des clameurs aiguës. Delacroix criait à la tyrannie. Danton, à pleine gorge, lança : « Moi, conspirateur! Mais je b... ma femme tous les jours! » Puis tout se confondit dans le tumulte. Parmi le public, pas une voix, cette fois ne s'éleva pour prendre le parti des accusés.

Les jurés hésitaient encore sur le verdict. Retirés dans leur chambre de délibération, ils étaient plusieurs à reculer devant cette chose énorme : tuer Danton. Leur chef, l'Auvergnat Trinchant, ne s'y résignait pas. Les commissaires de la Sûreté générale montèrent avec Herman et Fouquier à la buvette touchant la salle du jury et appelèrent les « faibles » pour les exhorter. L'un d'eux pleurait. Son collègue Souberbielle lui dit :

« Enfin, voyons, lequel, de Robespierre et de Danton, est le plus utile à la république?

— C'est Robespierre.

— Eh bien alors, il faut guillotiner Danton. »

David répétait aux uns et aux autres : « L'opinion a déjà jugé. »

Amar et Voulland résolurent alors de jeter sur le tapis les dernières cartes : ils remirent à Herman la lettre de l'ancien ministre d'André et celle du Foreign Office. Accompagné de Fouquier, Herman entra dans la salle du jury avec les deux documents. Un instant plus tard, Paris-Fabricius, qui se trouvait au greffe, entendit un grand bruit dans l'escalier. Sortant sur le palier, il vit descendre à grand vacarme les jurés. Ils semblaient furieux. Trinchant en tête gesticulait et criait : « Les scélérats! Ils vont périr. » Voulland, Vadier, Amar suivaient, avec David qui proclamait d'un ton triomphal : « Enfin, nous les tenons! » Ils s'engouffrèrent dans la Grand-Chambre où le jury déclara tous les accusés, sauf Lhuillier, coupables de conspiration contre la représentation nationale, en vue de rétablir la monarchie. Fouquier présenta ses conclusions. Herman, après avoir consulté ses assesseurs, rendit la sentence de mort et ordonna que le jugement serait notifié aux condamnés entre les deux guichets de la prison.

Il le fut peu après midi. « Ce jugement, je ne veux pas l'écouter, proclama Danton, je crache dessus. Qu'on nous mène tout de suite à la guillotine. » Desmoulins sanglotait. Ses compagnons se détournaient de lui et parlaient entre eux d'un air indifférent. Sanson, avisé de procéder à l'exécution le jour même, arriva bientôt à la Conciergerie. « Gros gibier aujourd'hui ! » remarqua le gendarme qui le fit entrer.

Franchis les deux étroits guichets, on pénétrait dans la pièce réservée au concierge, Richard. Elle donnait, à gauche, accès au greffe, coupé en deux par une cloison à jour garnie de barreaux de bois. Les Dantonistes étaient là derrière, les uns serrés sur le banc établi contre les deux murs, les autres debout. Sanson et ses aides les firent passer dans la pièce du concierge. Sur une chaise, dans l'angle du fond, se faisait la toilette des condamnés. Tandis qu'on lui coupait les cheveux, Fabre se lamentait sur sa comédie, *L'Orange de Malte*, saisie avec ses papiers. Ce misérable Collot d'Herbois, qui s'était toujours fait siffler au théâtre, serait bien capable de se l'approprier. Desmoulins se débattit entre les mains des aides en gémissant : « Ma Lucile ! Mon petit Horace ! » Hérault-Séchelles, Philippeaux, Westermann restaient impassibles. Avec une tragique gaieté, Danton plaisantait le bourreau : « Prends garde de nous manquer quand tu nous démantibuleras les vertèbres cervicales ! » et il lançait de gros mots.

Une fois prêts, on les enferma de nouveau dans l'arrière-greffe. Ils attendirent dans cette petite pièce : antichambre ordinaire de la mort, pour tous les condamnés. On entendait la rumeur de la foule autour du Palais. Puis ce furent les roulements de grosses roues, les pas des chevaux et les bruits guerriers de l'escorte.

A quatre heures, on les fit sortir un par un, les mains liées. Ils traversèrent la petite cour pleine d'ombre. A leur tour, après les Brissotins, les Hébertistes, ils gravirent les marches en haut desquelles, derrière la grille, trois charrettes s'alignaient dans la cour du Mai, contre le Grand Perron couvert de curieux. Le convoi partit, chaque voiture entourée de gendarmes. On déboucha du Pont-au-Change dans l'illumination du soleil irradiant la Seine, les quais. Le peuple, en nombre, ne manifestait que curiosité. Sur le passage du cortège, quelques sans-culottes crièrent cependant : « A la guillotine ! » et huèrent les condamnés. D'autres chantaient *La Marseillaise.* Desmoulins se débattait dans ses liens, si furieusement qu'il déchira son habit, sa chemise. Le torse à demi nu, il criait à la foule : « Peuple, on te trompe ! On massacre tes défenseurs. Je suis le premier apôtre de la liberté. Me laisserez-vous assassiner?

— Tiens-tois donc tranquille ! lui dit Danton. Penses-tu attendrir cette canaille? » Mais lui-même gardait encore un suprême espoir. Brune n'avait-il pas juré de périr ou de les sauver, lui et Camille ! Legendre, Fréron l'aideraient peut-être. Fabre d'Églantine continuait à regretter sa pièce :

« De si beaux vers !

— Des vers ! Avant huit jours, tu en feras à foison. »

Dans la longue rue de la Convention, ex-Saint-Honoré, au café de la Régence, David, un crayon aux doigts, s'apprêtait à croquer Danton au passage, comme il avait déjà croqué la reine. Danton le souffleta d'un mot : « Valet ! » Et, plus loin, devant la maison Duplay, il s'écria : « Tu me suis, Robespierre. Ta demeure sera rasée. On y sèmera du sel. »

Les charrettes débouchèrent par la rue ci-devant Royale. La place de la Révolution, mi-partie d'ombre et de lumière dorée, était noire de monde. Le soleil, près de se coucher maintenant, donnait au ciel la couleur même des lilas qui fleurissaient sur les terrasses des Tuileries, et lançait des rayons par-dessus les masses des marronniers en fleur dans les Champs-Élysées. Beauté du soir d'avril. La statue de la Liberté allongeait son ombre jusqu'à l'échafaud. Entre les bras rouges de la guillotine, le couteau brillait, rose. Hérault-Séchelles cherchait du regard quelqu'un aux fenêtres du ministère de la Marine. Une jolie main agita un mouchoir de dentelle. Hérault sourit et inclina la tête.

Le premier, Diedrichsen, secrétaire des banquiers Frey, gravit les dix marches fatales. Puis, de minute en minute, Delaunay, Bazire, Fabre, Séchelles. « Mon ami, lui dit Danton en guise d'adieu, si dans le monde où nous allons il se fait des révolutions, crois-moi, ne nous en mêlons pas. » A l'ultime moment, Camille avait retrouvé son calme. « Voilà donc, murmura-t-il amèrement, voilà comment nous devions finir, nous !... Ma pauvre femme ! » Delacroix voulut embrasser Danton, mais le bourreau était pressé d'en terminer avant la nuit. Les aides poussèrent Delacroix vers les marches. Danton haussa les épaules. « Imbéciles! empêcherez-vous nos têtes de se baiser dans le panier? » Il monta le dernier les degrés gluants. Les pieds dans le sang de ses amis, il s'avança vers la planche. Sa silhouette puissante se découpa sur le ciel aux reflets d'incendie. Un instant, il baissa le front. Cette fois, il n'avait plus d'espoir ni d'illusion. « Ma bien-aimée, je ne te verrai donc plus! » Il se redressa. « Allons, Danton, pas de faiblesse! » Et, à Sanson : « Tu montreras ma tête au peuple, il n'en voit pas tous les jours de pareilles! » La planche bascula, le couperet lança son dernier éclair. Sanson se pencha, se releva, brandit dans les lueurs du couchant une grosse boule dont le sang gouttait.

« Vive la République! » criait la foule.

Bien entendu, Nicolas Vinchon, le petit mercier de la rue de Seine, n'avait rien manqué ni du procès ni de l'exécution. Rentré chez lui, il nota les dernières paroles du tribun et ajouta : « Il tombe avec ses amis dans le sang qu'ils ont versé. Ceux qui ont versé le leur y tomberont nécessairement à leur tour. Bientôt la Révolution s'arrêtera parce qu'il n'y aura plus aucun de ceux qui l'ont faite. Que deviendra la liberté, alors? N'aurons-nous tant souffert que pour perdre ce qui nous a tant coûté? »

Les corps dépouillés des quinze suppliciés avaient été déposés au cimetière de la Madeleine, mais ils ne rejoignirent pas là le roi, la reine, les Brissotins, Manon Roland. Hébert et ses amis avaient été les derniers inhumés dans ce jardin nourri de corps sans tête. La section du Mont-Blanc se plaignait de ce voisinage, les gens craignaient une épidémie, et puis le pavé de la rue Ville-l'Évêque était constamment souillé de sang. Aussi, depuis le 25 mars, les charniers avaient été fermés. Les cadavres de Danton et de ses amis furent repris pendant la nuit et transportés au bout du faubourg de la Petite-Pologne. Là, dans la plaine Monceau, s'étendait un désert d'herbages, de broussailles et de frondaisons, bordé par les murs de la Folie de Chartres, par la rue de Valois et celle des Errancis toutes campagnardes. C'est là que, dans la nuit d'avril parfumée par l'odeur des lilas, les Dantonistes furent enterrés à la lueur des lanternes.

Huit jours plus tard, Lucile, exécutée en même temps que Dillon, Chaumette, Gobel et la femme d'Hébert, venait retrouver son « Monsieur Hon ».

Le surlendemain, les administrateurs de police firent savoir au Comité que Stanislas Maillard, dévoré par la phtisie, venait de mourir dans son petit logement de la place de la Commune, ci-devant de Grève. Il avait trente et un ans. Peu de jours auparavant, un « aristocrate » rescapé grâce à lui de l'Abbaye était allé le remercier et lui exprimer sa reconnaissance.

VI

Ce fut dans cette tragique période que Lise fit à son mari la confidence si longtemps attendue : ils allaient avoir un enfant.

« Est-ce vrai? Es-tu sûre?

— Oui. Je te l'aurais déjà dit, mais je ne voulais pas t'annoncer une chose pareille au plus fort de tant de tristesses. »

Un enfant! Ceux de presque tous les ménages qu'ils avaient connus depuis 89 étaient à présent des orphelins : la petite Eudora, le petit Horace que Desmoulins éprouvait tant d'impatience à voir naître, les fils de Danton, celui de Philippeaux, les fils ou filles de Carra, de Gorsas, de Valazé, de Brissot. Lui, Claude, verrait-il le sien ou la sienne? Quel révolutionnaire pouvait être sûr de vivre encore dans neuf mois? Et que serait-il, cet enfant conçu dans la fièvre et l'angoisse?... Mais, à travers tous ses sombres sentiments, s'épanouissait en Claude une fusée de joie, de tendresse pour ce petit être encore informe qui existait dans le sein de Lise.

« Le fruit de notre amour, notre amour incarné! Que c'est beau, ma bien-aimée! » murmura-t-il en la serrant avec précaution contre lui.

Bien entendu, en songeant qu'il pourrait être immolé, Claude n'envisageait point un risque venant des Montagnards ni des Comités. Au contraire de beaucoup de gens qui tremblaient en ce moment pour leur vie, il n'avait ou croyait n'avoir rien à craindre de ce côté-là : le sien, celui de ses amis. Ils frappaient les contre-révolutionnaires. S'ils avaient avec lui fait tomber le glaive de la loi sur les Brissotins, sur les Hébertistes puis les Dantonistes, c'est parce que ces faux patriotes menaçaient, d'une façon ou d'une autre, la démocratie républicaine. Le péril, pour Claude et les Jacobins, pour tous ceux qui pouvaient être, comme Le Pelletier, comme Marat, comme Chalier à Lyon, martyrs de l'idéal démocratique, venait de tous les aristocrates nobles ou bourgeois, royalistes, monarchistes, ex-Feuillants, muscadins, prêtres ultramontains, émigrés; de ceux qui, battus en Vendée, entretenaient toujours dans le Bocage des foyers de conspiration avec l'Angleterre et d'insurrection, qui rallumaient la guerre civile dans l'Ouest au moyen de la Chouannerie; de ceux qui donnaient la main à la coalition étrangère en train de rassembler des forces pour foncer à nouveau sur Paris, par le nord cette fois.

L'ennemi tenait encore, depuis l'automne dernier, une partie de ce département. Cobourg et son chef d'état-major, le colonel Mack, fameux tacticien, massaient sur ce point le principal des cent soixante mille hommes composant l'armée autrichienne. Éperonné par Carnot, Pichegru venait de les attaquer et de se faire enlever le Cateau-Cambrésis. La nouvelle en était arrivée au Comité le 10 germinal : le jour où Saint-Just présentait son rapport sur les Dantonistes. Cobourg comptait évidemment percer par la trouée de l'Oise et se ruer vers Paris. Une fois de plus, les royalistes, les ultramontains annonçaient avec une fureur délirante le massacre général de tous les sans-culottes, une terreur blanche auprès de laquelle les rêves sanguinaires des Hébertistes n'étaient que bergerades.

Cependant, Carnot et Saint-Just, sans sous-estimer le danger, ne se montraient guère émus. En pareille occurrence, Danton n'eût pas manqué de pousser de grands beuglements qui eussent affolé tout le monde. Carnot se contenta de faire au Comité un rapport précis de la situation : rapport impatiemment écouté par Robespierre. Son inexpérience des choses militaires lui rendait difficile de comprendre les opérations. Mais Claude, qui connaissait au moins l'état des armées, puisqu'il contribuait avec Prieur à les fournir et les nourrir, prêta l'oreille la plus attentive.

« Le revers de Pichegru, dit Carnot, est sans importance. Même si la trouée de l'Oise était forcée, Cobourg ne serait pas en mesure de l'exploiter avant deux ou trois décades. D'après nos renseignements, et nous les tenons pour sûrs, ses préparatifs d'offensive ne seront pas terminés plus tôt. Nous la prendrons avant lui, dans quinze jours. Voilà le dispositif des coalisés sur l'ensemble des fronts, à l'est et au nord. » Un des officiers de l'état-major qui travaillait à l'étage au-dessus, dans les anciens appartements du roi, avait étalé des cartes sur la vaste table verte autour de laquelle tout chacun se rangea. « En Alsace, nous avons devant nous, ici, le duc de Saxe-Teschen avec soixante mille Impériaux et les émigrés du ci-devant Condé. Ni les uns ni les autres ne bougeront. Leur mission est de monter la garde, face aux soixante mille hommes de l'armée du Rhin que commande le général Delmay. Les Prussiens, soixante-cinq mille, sous les ordres de Moellendorf, sont réunis aux abords de Mayence. Ils pourraient prononcer une pointe en Alsace, mais ils rencontreront ici Jourdan avec les quarante-cinq mille hommes de l'armée de Moselle. Au besoin, Delmay la renforcerait de son aile gauche. Au centre, l'armée des Ardennes, commandée par le général Charbonnier, et appuyée sur Charleville, oppose aux Austro-Anglo-Hollandais trente mille hommes qui se lient aux cent cinquante mille de l'armée du Nord couvrant le reste du front. Vous le voyez, les forces sont à peu près égales numériquement. Dans le fait, nous sommes inférieurs en cavalerie, et très supérieurs en artillerie. Nous disposons encore de quinze jours pour nos derniers préparatifs. Alors nous déclencherons l'offensive dans le triangle Landrecies, Maubeuge, Valenciennes, et dans un mois nous occuperons la Flandre. C'est au nord qu'il faut frapper de toutes nos forces. Je vous propose de mander les généraux en chef pour leur expliquer bien clairement le plan de campagne et la façon dont nous entendons les voir agir. »

C'est ainsi que Bernard revint à Paris. Il arriva le quatridi 24 germinal : le 13 avril ancien style, qui était cette année-là le dimanche des Rameaux.

Bernard portait son meilleur uniforme : habit bleu-gris à haut collet rouge rabattu, épaulettes à grosses torsades d'or, col de linge blanc, cravate noire bouffant sur les vastes revers blancs et bleus bordés de larges broderies dorées, haute ceinture de soie tricolore formant sur la hanche un nœud à grosses coques et retombant en deux pans frangés d'or, ceinturon doré, dragonne d'or à la poignée du sabre, culotte blanche, bottes noires à revers jaunes, bicorne à ganse d'or, à cocarde et panache bleu, blanc, rouge. Dans la pleine force de ses vingt-neuf ans, avec son visage mâle, brun et bronzé, il arrêtait bien des regards.

La bonne grosse Margot lui ouvrit la porte et demeura pantoise à s'exclamer d'admiration.

« Que tu es beau! s'écria Lise en lui sautant au cou.

— C'est toi qui es belle, toujours plus belle, mon amie. » Il la souleva et l'embrassa.

« Attention! fit-elle, je suis une petite chose fragile, maintenant.

— Fragile?

— Oui, pour huit mois encore.

— Ma chère, quelle nouvelle! C'est magnifique! Tu es bien heureuse. Claude doit rayonner. »

Assis côte à côte sur le canapé du salon, ils parlèrent longuement, avec cette tendresse qui avait pris entre eux sa dernière forme : celle d'une profonde affection fraternelle. Puis Lise dit que Claudine était prévenue et attendait avec impatience.

« Moi aussi, répondit-il, j'ai hâte de la revoir, quoique je me sente coupable envers elle.

— Comment cela, coupable? Tes sentiments pour elle auraient-ils changé?

— Mes sentiments pour elle n'ont pas changé, ils se sont seulement approfondis. Je l'aime comme je ne croyais pouvoir aimer qu'une seule femme. C'est un peu de toi, ma chère amie, que je retrouve en elle.

— Je le sais bien, dit Lise en tendant les mains à Bernard. Mais tu l'aimes pour elle, j'espère, pas seulement pour ce souvenir?

— Rassure-toi. Je l'aime pour ce qu'elle est, pour sa grâce, pour son cœur, pour son âme, pour la qualité de son esprit.

— Eh bien alors, mon ami, je ne comprends pas.

— Lise, songes-tu que je puis être tué demain?

— Ah! ne parle pas d'une chose pareille! Combien de fois cette horreur m'a tenue éveillée, tremblante! Non, ce n'est pas possible, notre amour, à tous, te protège.

— Peut-être bien, acquiesça Bernard avec un fugitif sourire. J'ai eu ce sentiment, une fois. Ce jour-là, un de mes officiers a été tué à ma place, vraiment. Il ne faut tout de même pas trop compter là-dessus. Tout soldat est un mort en sursis. Je peux être tué, ou pire, mutilé comme un de mes généraux de brigade qui a eu les deux cuisses broyées par un boulet. Alors Claudine se trouverait veuve à dix-neuf ans, ou bien accablée pour la vie d'un mari infirme. Ai-je le droit d'offrir à un être si cher un avenir si menacé? »

Lise le regarda longuement en lui tenant les mains.

« Si je ne connaissais pas ta conscience, dit-elle enfin, je croirais que tu n'aimes pas Claudine, pour te poser une telle question. Je te réponds ceci, Bernard : Tu ne dois pas repousser cette enfant. Depuis que son cœur s'est ouvert, elle n'a cessé de se vouer davantage à toi. Elle est passionnément amoureuse, elle ne vit que de t'attendre. Si je savais que par malheur tu doives mourir demain, je voudrais que tu l'épouses aujourd'hui, car pour elle rien ne serait pire que de n'avoir pas été réellement tienne. Je te parle comme une femme, diras-tu, mais Claudine est une femme. Va vite la retrouver, je ne veux pas la priver davantage de ta présence. Claude et moi nous irons dîner là-bas avec vous tous, c'est déjà entendu, et il te conduira au Comité ce soir. »

Claudine l'attendait, en effet. Elle le guettait à la fenêtre, courut lui ouvrir la porte et se jeta sur sa poitrine. Gabrielle, complice, restait dans le salon, un sourire aux lèvres, les yeux humides. Elle vit entrer le merveilleux couple : Claudine, toute grâce, fraîcheur radieuse, Bernard magnifique dans sa grave beauté.

« Mon Dieu! mes enfants, soupira Gabrielle, qui pourrait penser que vous n'ayez pas été faits l'un pour l'autre? »

Il ne fallait cependant pas songer encore à les marier. Bernard devait repartir dès demain matin. On se contenta donc de les fiancer. Ils purent passer toute la relevée ensemble. Ils allèrent, seuls, au Jardin national où ils retrouvèrent des souvenirs. N'était-ce point là que, pour la première fois, elle lui était apparue non plus comme une enfant mais comme une jeune fille?

Le soir, Claude le mena au pavillon de l'Égalité où il fut très bien reçu. On lui savait bon gré des dispositions dont il avait fait preuve en se déclarant prêt à marcher avec ses troupes au secours du Comité. Carnot lui exposa longuement les plans de campagne puis la stratégie que l'on voulait voir adopter : « Toujours agir en masse et offensivement, livrer de grandes batailles et poursuivre l'ennemi jusqu'à destruction entière. En toute occasion, engager le combat à la baïonnette. » Sur ce dernier point, Bernard se permit d'avoir une opinion différente.

Il approuvait pleinement les autres principes, mais jugeait la charge à la baïonnette inutilement meurtrière pour l'assaillant. Il le dit sans ambages. Selon lui, elle ne devait intervenir qu'en dernier ressort, pour bousculer l'ennemi déjà ébranlé. « La baïonnette, observa-t-il, est un vestige des temps passés, un reste de la lance. L'arme moderne par excellence, c'est le canon. Celui qui possède la plus forte artillerie ou qui sait le mieux s'en servir tient d'avance la victoire. La rapidité des mouvements et la puissance du canon, voilà, si vous m'en croyez, citoyens, les éléments essentiels de la guerre moderne. C'est ainsi que se gagneront les grandes batailles. Ne devons-nous pas la victoire de Toulon à la manière dont le citoyen Buonaparte a employé son artillerie? »

Carnot ne niait point l'importance de cette arme, mais il voyait le facteur décisif des combats dans la masse des forces tombant en avalanche sur l'adversaire. Et, avec son caractère entier, coléreux, il supportait mal la contradiction. Il s'emporta. Bernard demeurait très calme, au contraire. Il s'était peu à peu, par instinct et par expérience, formé une conception de la guerre, dans laquelle la réflexion, le calcul, la souplesse, la manœuvre comptaient plus, au fond, que le choc. Carnot ne se souciait pas de cela, il demandait aux généraux d'entraîner leurs hommes et de les jeter sur l'ennemi avec une force suffisante pour le rompre et le détruire. La tactique de Bouvines, ou plutôt l'absence de tactique. Dénué de toute expérience militaire, Saint-Just partageait cette idée qui flattait son héroïsme simpliste. Bernard l'avait vu charger à la tête des demi-brigades, il se battait comme un archange. Mais sous son front aplati il n'y avait que des idées de jeune homme. « C'est bon, citoyens, dit Bernard, dans toute la mesure du possible je tiendrai compte des désirs du Comité. » Il n'en avait pas la moindre intention, estimant les charges en masse beaucoup trop coûteuses. Il continuait à croire profondément que si le premier devoir d'un général consistait à remporter la victoire, le second était de la remporter au moindre prix de vies humaines.

« Beau caractère, mais sacrée mauvaise tête! Nous n'avons pas besoin de généraux raisonneurs », bougonna Carnot quand Bernard fut parti. Claude lui dit, une heure plus tard : « Tu as perdu en un instant beaucoup de la faveur que tu t'étais acquise.

— Peu m'importe! j'ai fait mon devoir. Ton Carnot est un

imbécile. Il avait un grand homme de guerre : Hoche, il le met en prison pour des motifs absurdes. Il prétend diriger les armées, et il ne serait pas capable de ranger en bataille une division. Ses plans d'ensemble ne valent ni plus ni moins que d'autres, au demeurant, mais qu'il nous laisse toute latitude pour les exécuter. »

Claude secoua la tête. « Tu vois la chose ainsi parce que tu es un stratège, toi, mon ami. La plupart des généraux, Jourdan lui-même, ont besoin d'être guidés pas à pas.

— Parbleu ! A force d'en guillotiner ou d'en arrêter, il ne vous restera plus bientôt que des médiocres. Je ne voudrais pas te causer la moindre peine, Claude, mais laisse-moi te dire qu'à mon avis votre Comité devient tyrannique.

— Je ne l'ignore pas. C'est à ce prix que nous avons pu mettre sur pied quinze armées et les fournir de ce dont elles ont besoin pour se battre. En six mois nous avons accompli une besogne de titans, cela ne pouvait se réaliser par des moyens ordinaires.

— Tu dis vrai. Vous avez bien mérité de la patrie. Grâce à vous, nous sommes forts, et nous vaincrons, j'en suis sûr. Il est loin, le temps des désertions. Il y a parmi les troupes une grande détermination, un patriotisme enflammé. Si tu savais quel air héroïque on respire, comme tout est simple et pur, là-bas ! » dit Bernard.

Il revit Claudine le lendemain matin. Gabrielle s'était arrangée pour les laisser seuls. Claudine voulait se montrer digne fiancée d'un homme dont elle admirait le courage, cependant elle ne put empêcher des larmes de perler à ses cils. « Ne pleure pas, mon amour », murmura Bernard en lui baisant les yeux. « C'est pour te revenir bien vite que je vais me battre, maintenant. Sois patiente. Je te le promets, avant l'automne la France sera victorieuse et nous serons unis. »

Ils se séparaient lorsque la sonnette résonna. Une voix joyeuse se mit à crier derrière la porte : « Tout le monde sur le pont ! voilà l'amiral ! » Fernand ! Claudine lui ouvrit. Il l'enleva et la fit tournoyer puis s'arrêta en apercevant Bernard.

« Général, dit-il, je...

— Pas général, ton beau-frère ou presque, mon garçon. Depuis hier, le fiancé de Claudine. Tu manquais seul à ce mémorable jour. »

Fernand revenait d'une croisière dans le golfe de Gascogne.

La division légère, conduite par la *République* ayant à son bord Jean Bon Saint-André, était entrée en rade de Brest la veille, et comme le représentant se rendait à Paris pour deux jours, il avait emmené le neveu de son collègue Mounier-Dupré afin de lui donner l'occasion de voir sa famille.

« Pas de chance, dit Fernand, d'avoir manqué de si peu une si belle chose, mais je suis diablement heureux de l'apprendre. Vous ne pouviez trouver plus délicieuse femme, chaque fois que je reviens elle m'apparaît plus ravissante. Et toi, mon amie, tu ne pouvais trouver plus admirable époux.

— Tu es un plaisant garçon, Fernand. J'espère que tu vas me tutoyer et m'appeler Bernard. Comment se porte la marine?

— Mieux, beaucoup mieux, grâce au citoyen Saint-André. Nous ne sommes pas encore en mesure d'anéantir les Anglais, mais nous nous défendons avantageusement. »

Fernand disait vrai, le blocus des côtes devenait de plus en plus périlleux pour les croisières anglaises. Leurs pertes se multipliaient. Dans tous les duels de bateau à bateau, l'avantage restait aux bâtiments de la république, beaucoup plus marins. Les corsaires harcelaient jusque dans l'océan Indien le commerce britannique. Pitt devait à son tour protéger ses marchands par des navires de guerre. Un de ces convois, richement chargé, avait été enlevé au large de Terre-Neuve après une vive canonnade. Sur mer comme sur terre, la France nouvelle montrait sa résolution.

Cependant la crise intérieure n'était point terminée. Tandis que Bernard regagnait son poste en Alsace, des convulsions agitaient toujours le Comité de Salut public. Les factions abattues laissaient des séquelles. Claude croyait sentir que là-dessus la divergence, déjà perceptible depuis quelque temps, entre Saint-Just et Robespierre s'accroissait sourdement. Saint-Just considérait Pache comme complice, avec Deforgues, des conjurations dans lesquelles il les soupçonnait d'avoir trempé sous prétexte de les découvrir. « Pache, disait-il, ne s'en est fait l'espion que lorsqu'il a vu ce parti sur le point d'être exterminé. J'ai à cet égard des preuves complètes. » Saint-Just voulait l'arrestation de Pache et de son gendre Xavier Audouin. Robespierre s'y opposait absolument, Pache et Audouin, estimait-il, avaient rendu de grands services en retour desquels ils méritaient d'être protégés. Claude partageait cet avis sur Audouin. On ne pouvait soupçonner son républicanisme.

« Je l'ai chargé, ainsi que Gay-Vernon, de correspondre avec les Jacobins de Limoges, et je réponds de lui.

— Je ne mets pas en doute ta sincérité, mais tu t'avances beaucoup », répondit Saint-Just.

La question fut débattue toute une nuit, dans une séance très secrète, à l'hôtel des Invalides. Saint-Just n'obtint pas gain de cause, mais de son côté il refusa la sauvegarde demandée par Robespierre. On remplaça Pache à la mairie par Fleuriot-Lescot, substitut de Fouquier-Tinville. Payan succéda comme agent national près la Commune à feu le procureur-syndic Chaumette. Herman, en récompense de la fermeté dont il avait fait montre dans le procès des Dantonistes, fut nommé ministre de l'Administration intérieure, police et tribunaux.

En vérité, les ministres n'étaient plus que de simples agents du Comité. Celui-ci, sous l'impulsion de Saint-Just, Robespierre et Couthon, tendait à saisir tous les moyens d'exécution, par défiance des fonctionnaires, presque tous corrompus, comme les deux récents procès venaient d'en fournir mainte preuve. Au demeurant, la corruption ne les atteignait pas seuls, elle était générale, elle résultait de l'anarchie. On ne voyait partout que trafics, vénalité, ambitions avides. La nation avait besoin non seulement de lois civiles mais encore d'un code moral. Dans un grand rapport complétant ceux de ventôse, Saint-Just évoqua devant la Convention les institutions de la république dont Robespierre et lui rêvaient. Pour la première fois, il en dessina l'esquisse. Son fondement, égalitaire, démocratique, répondait assez bien aux idées de Claude, mais là-dessus Saint-Just bâtissait un extravagant et puéril assemblage d'utopies plus éloignées les unes que les autres des réalités humaines : un songe d'antiquité grecque et romaine mal digérée, avec les vieillards, décorés d'une écharpe blanche, passant leurs jours à faire fumer l'encens sur les autels : bref quelque chose d'absolument inimaginable au XVIIIe siècle, en cet âge de la vapeur, des aérostats, du télégraphe. Toutefois, le rapporteur conclut d'une façon plus pratique en demandant l'établissement de deux commissions chargées, l'une de proposer un Code civil, l'autre de mettre sur pied les Institutions républicaines.

Il ajouta, dans un de ces pathos dont il se montrait coutumier : « Sans doute n'est-il pas temps encore de faire le bien. Il faut attendre un mal général assez grand pour que l'opinion générale éprouve le besoin de mesures propres à faire le bien. Ce qui produit le bien général est toujours terrible ou paraît bizarre lorsqu'on commence trop tôt. » Cela voulait dire, probablement, qu'il fallait, à son avis, continuer pour l'instant le régime de rigueur. Et il réclama le renforcement des pouvoirs du Comité, avec la création d'un bureau de police pour la surveillance des fonctionnaires et des agents nationaux.

Sitôt le vote obtenu, Saint-Just composa lui-même, avec des compatriotes ou des amis à lui, comme Gateau, Garnerin, son ancien précepteur Eve Demaillot, ce bureau dont il se trouva ainsi le chef, et il l'installa au premier étage des Tuileries.

Certes, il fallait lutter contre la corruption, mais Claude voyait d'un très mauvais œil se forger ainsi les instruments matériels et moraux d'un despotisme pire encore que celui de la monarchie. Tout en proclamant bien haut la volonté d'aboutir au gouvernement constitutionnel, on s'en éloignait chaque jour davantage. Malgré les déclarations réitérées de Saint-Just à l'Assemblée : « Nous n'avons plus d'appui que dans vous-mêmes... Vous avez donné un exemple qui doit être imité par tous », les formes parlementaires ne pouvaient laisser d'illusion : la Convention n'était plus qu'une machine à voter les motions présentées par Saint-Just, lequel semblait en passe de devenir pour Robespierre ce qu'Hébert avait été pour Marat. Le jeune homme appliquait la doctrine robespierriste, mais le disciple dépassait le maître. Cependant, malgré leurs divergences, et peut-être à présent leur défiance réciproque, ils demeuraient assez unis pour former avec Couthon, au sein du Comité, une sorte de triumvirat dont Barère se faisait le valet. Le jour même de l'arrestation des Dantonistes, il avait annoncé à la Convention : « Le Comité s'occupe d'un vaste plan de régénération, dont le résultat doit être de bannir à la fois de la république l'immoralité et les préjugés, la superstition et l'athéisme. » Le 17 germinal, Couthon avait fait prévoir le prochain dépôt d'un « projet de fête décadaire dédiée à l'Éternel ». Saint-Just venait à son tour de fournir sa collaboration à ce « vaste plan », mais l'essentiel appartiendrait à Robespierre qui, on le savait, travaillait à un grand discours.

Claude n'était point seul à s'alarmer de tous ces symptômes. La création du bureau de police provoqua les plus vives réactions de Carnot, de Lindet, Prieur, Billaud-Varenne et Collot d'Herbois. Lindet demanda que Saint-Just se rendît aux armées du Nord « pour y faire exécuter les décrets du Comité de Salut public ». Bon moyen de l'éloigner. Et puis il avait montré sa valeur sur ce théâtre, il ne pouvait là qu'être utile. Robespierre s'efforça de lui substituer Couthon. La majorité ne voulut rien entendre. La mission convenait, d'ailleurs, au jeune homme : il préférait le grand air pur des armées à l'atmosphère pesante et sournoise dans laquelle on vivait ici. Il était, comme les autres, nerveux, irrité par ses collègues, par Robespierre lui-même, et mécontent de tout. Il eut une violente querelle avec Carnot; il l'accusa d'être lié avec les ennemis des patriotes.

« Sache, dit-il, qu'il me suffirait de quelques lignes pour dresser ton acte d'accusation et te faire guillotiner dans deux jours.

— Dresse-le, je t'y invite, répondit Carnot d'un ton de mépris furieux. Je ne te crains pas, ni toi ni tes amis. Vous êtes des dictateurs ridicules. » Et, comme Saint-Just le menaçait de demander son expulsion : « Tu sortiras du Comité avant moi! » riposta Carnot. Englobant d'un geste le jeune homme, Couthon et Robespierre, il leur lança cette aspotrophe : « Triumvirs, vous disparaîtrez! »

Tout allait mal en ce moment pour Saint-Just. Claude savait, par Claudine amie d'Éléonore Duplay, qu'il venait quasiment de rompre ses fiançailles avec Henriette, la sœur de Le Bas.

Huit jours après le départ de celui-ci et de Saint-Just, Robespierre montait à la tribune de la Convention pour lire un *Rapport sur les rapports des idées religieuses et morales avec les principes républicains.* « Le moment où le bruit de nos victoires retentit dans l'univers est celui où les législateurs de la République française doivent affirmer les principes sur lesquels reposeront la stabilité et la félicité de la république », commença-t-il. Puis il s'éleva contre les hommes « vendus à Pitt, qui attaquèrent tout à coup les cultes par la violence, pour s'ériger eux-mêmes en apôtres fougueux du néant et en missionnaires fanatiques de l'athéisme ». Ce n'était pas comme philosophe, prétendait-il, qu'il condamnait l'athéisme, mais comme politique. « Aux yeux du législateur tout ce qui est utile à la nation, et bon dans la pratique, est la vérité. L'idée de l'Être suprême et de l'immortalité de l'âme est un rappel constant à la justice, elle est donc sociale et républicaine. Tous les conspirateurs ont été des athées : Brissot, Vergniaud, Guadet, Condorcet, Hébert, Danton. » Condorcet, arrêté le 6 avril à Bourg-Égalité, venait de s'empoisonner dans sa prison.

Opposant au christianisme corrompu le christianisme épuré des vrais serviteurs de l'Être suprême, il poursuivit : « Ce culte déiste doit être national, et il le sera si toute l'éducation publique est dirigée vers un but religieux, et surtout si des fêtes populaires, officielles, glorifient la divinité. Ce culte réussira si les femmes le veulent. O femmes françaises, servez-vous de votre empire pour étendre celui de la vertu républicaine!... Si l'existence de Dieu, si l'immortalité de l'âme n'étaient que des songes, elles seraient encore les plus belles de toutes les conceptions de l'esprit humain... Celui qui peut remplacer Dieu dans le système de la vie sociale est à mes yeux un prodige de génie; celui qui, sans l'avoir remplacé, ne songe qu'à le bannir de l'esprit des hommes, me paraît un prodige de stupidité ou de perversité. »

Et, pour terminer, cette menace : « Malheur à celui qui cherche à étouffer par de désolantes doctrines cet instinct moral du peuple, qui est le principe de toutes les grandes actions! Les ennemis de la république, ce sont les hommes corrompus. »

La veille, au Comité, Claude avait entendu cette lecture sans dire un mot. Elle avait été, du reste, très froidement accueillie, sauf par Couthon et Barère, et avec un air de réjouissance sardonique par Billaud et Collot d'Herbois. Carnot, Prieur, Robert Lindet, Claude auraient refusé leur approbation, mais Billaud Varenne et Collot avaient poussé vivement à l'adoption. Comme Claude, en sortant, leur reprochait de favoriser ainsi l'absurde manie de Robespierre : « Tu ne comprends pas, mon ami, lui avait répondu le sombre Billaud. Nous l'aidons, oui, mais à se démasquer. »

A présent, les bras ostensiblement croisés, Claude écoutait les bravos qui couvraient les dernières paroles du petit homme poudré, cambré à la tribune dans son habit de nankin à rayures vertes et blanches. Il lut alors son projet de décret :

« Art. 1er. — Le peuple français reconnaît l'existence de l'Être suprême et l'immortalité de l'âme. » Suivaient quatorze autres articles, dont l'un, le onzième, maintenait la liberté des cultes, conformément au décret du 18 frimaire. La liberté des cultes, mais pas celle de n'en pratiquer aucun. Ainsi, il devenait obligatoire de pratiquer une religion, obligatoire de croire en Dieu, quel que fût son nom. En vérité, c'était uniquement pour avoir abjuré le catholicisme que Gobel avait été guillotiné. Le dernier article arrêtait : « Il sera célébré, le 20 prairial prochain, une fête en l'honneur de l'Être suprême. David est chargé d'en présenter le plan à la Convention nationale. »

« Tu vas reprendre ta soutane, je pense, dit Claude à Gay-Vernon, un peu jaune, qui faisait semblant d'applaudir.

— Allons donc! répliqua le ci-devant évêque. C'est une pantalonnade, ce décret. Il ne sera jamais applicable. »

La plupart des conventionnels pensaient comme Gay-Vernon. La motion semblait n'avoir ni but ni objet. Une lubie mystique de Robespierre. Un de ses accès de rousseauïsme. On vota sans se donner la peine de débattre. Quelques flatteurs demandèrent l'impression du rapport. C'était là un honneur insuffisant pour le nouveau pontife et la religion nouvelle. Couthon, d'un ton dévot, déclara que la Providence avait été offensée par les saturnales des athéistes. L'impression du rapport ne suffisait pas à la venger.

« Il faut, dit-il, que le rapport soit non seulement imprimé, envoyé aux départements, aux armées, à tous les corps constitués et à toutes les Sociétés populaires, mais qu'il soit affiché en placards dans les rues. Il faut qu'on lise sur les murs et sur les guérites la véritable profession de foi du peuple français. *(Applaudissements.)* Je demande enfin, qu'attendu que la morale de la représentation nationale a été calomniée chez les peuples étrangers, le rapport de Robespierre soit traduit dans toutes les langues et répandu par tout l'univers. » *(Applaudissements.)*

Aux Jacobins toutefois les choses ne se passèrent pas si bien. Le club fit voir qu'il n'appréciait nullement cette offensive contre la liberté de penser. Et comme le jeune Jullien, de la Drôme, membre de la Commission exécutive de l'instruction publique, tout dévoué à Robespierre, proposait une adresse pour féliciter la Convention, des protestations très vives s'élevèrent. Après Fouché, Barras, Élie Lacoste, Tallien, Amar, Dubon prit la parole. Il demanda rudement si l'on n'avait abattu les factions et fermé le club des Cordeliers que pour voir paraître une nouvelle conjuration, plus odieuse encore, contre la liberté. Robespierre, furieux, répondit d'une façon sournoise et menaçante en évoquant les ramifications du complot de l'Étranger dont tous les séides n'avaient pas été atteints.

« Et moi, riposta Dubon, je découvre aujourd'hui qu'il existe dans notre sein même un complot contre la république. Ne cherche-t-on pas à rétablir l'autel pour pouvoir ensuite relever le trône? »

Couthon secourut Robespierre vert de rage. « Dubon, toi qui as toujours été un de nos plus solides amis, comment peux-tu...

— Je ne saurais être l'ami d'aucun tyran. J'ai déjà dit que c'était une intolérable tyrannie de condamner Gobel pour avoir dépouillé la prêtrise. Or votre décret est la codification de cette tyrannie, la pire de toutes : celle qui enchaîne les consciences. Tout homme est libre de croire ou non en une divinité, de croire ou non à l'immortalité de l'âme. Le fondement de la république, c'est l'amour de la patrie, l'amour de la liberté, l'amour de nos semblables. Nous n'y laisserons pas substituer je ne sais quelle superstition imitée du pied-plat Rousseau, je ne sais quel « christianisme épuré » qui ramènerait l'Inquisition et les Dragonnades! »

Les applaudissements de toute une partie de l'assistance avertirent Robespierre qu'il fallait lâcher du lest. « Il n'est pas question, dit-il d'un ton méprisant, d'inquiéter ou de bannir ceux qui ne croient pas à la divinité. Ce serait effrayer trop d'imbéciles ou d'hommes corrompus. On poursuivra seulement ceux d'entre eux qui conspirent contre la liberté. »

Finalement, l'adresse fut adoptée, avec pas mal d'atténuations. Quand on vint la lire à la Convention, Carnot, assis au fauteuil présidentiel, la reçut froidement, feignit de croire que le Dieu dont il s'agissait était simplement la Nature ni plus ni moins, et montra par toute son attitude combien peu importaient ces mômeries. Mais elles produisaient un effet considérable sur le public, du moins sur une partie : sur les ecclésiastiques et tous ceux qui, attachés à la religion, voyaient là une étape vers son retour. Dubon n'avait pu empêcher le Conseil général d'adhérer au nouveau déisme. Cependant l'adresse de la Commune, que Payan vint lire à la barre de la Convention, appuyait sur la portée politique du décret, en glissant sur la divinité. L'agent national marqua bien, du reste, sa position. Il ne s'agissait point, dit-il, de créer une religion nouvelle. En revanche, Fleuriot-Lescot, dans une proclamation aux Parisiens, laissa voir que non seulement on ressuscitait l'esprit religieux, mais aussi la plus absurde superstition. Dieu allait récompenser la France du décret du 18 floréal, en accordant de bonnes récoltes. « L'abondance est là, écrivait le maire, elle vous attend. L'Être suprême a commandé à la Nature de vous préparer d'abondantes récoltes. Il vous observe, soyez dignes de ses bienfaits. » En lisant ces inepties placardées sur les murs du Carrousel, Claude eut le vertige. Il ne restait plus qu'à renouveler le vœu de Louis XIII! N'aurait-on mené depuis 89 cette farouche bataille contre l'esclavage, les préjugés, l'obscurantisme, que pour replonger le peuple en plein Moyen Age?

La force de sa conviction antireligieuse n'aveuglait pas Claude. De même qu'elle n'avait point diminué pour lui l'odieux des chienlits hébertistes, de même elle ne lui cachait pas qu'en voulant symboliser dans la divinité un idéal de justice, de dignité, de fraternité, Robespierre luttait contre l'anarchie et la corruption. Mais sa nature de prêtre manqué le faisait recourir à un remède abominable : au moyen dont l'Église et la royauté s'étaient servies pendant des siècles pour maintenir leurs sujets dans l'ordre, la patience et la soumission. Inutile de discuter, ni au Comité ni à la Convention ni aux Jacobins. Un esprit si profondément obstiné, qui avait couvé pendant longtemps son dessein en dépit de tous les avertissements, ne reculerait pas. Il fallait combattre par des moyens plus efficaces que la discussion cette extravagance de Robespierre.

Pourtant Claude le soutint, à la réunion des Comités, ce soir-là, afin de sauver la sœur de Louis XVI. Les patriotes rectilignes réclamaient son jugement. N'était-elle pas complice de tous les crimes imputés à Capet et à sa femme, complice de leur fuite, de la séduction des commissaires Pétion et Barnave pendant le retour de Varennes, complice des préparatifs du massacre, aux Tuileries! On ne pouvait guère répondre à ces arguments. Robespierre rétorqua seulement, avec obstination, que la mort de Madame Élisabeth ne servirait en rien la république. Au contraire, cette cruauté inutile lui nuirait aux yeux des nations. A quoi Collot répliquait : Ne pas condamner cette femme nous nuirait davantage, car cela laisserait supposer que nous nous repentons d'avoir exécuté son frère et sa belle-sœur. « Pas du tout, dit Claude, cela prouverait simplement que sa culpabilité étant moindre, la république, généreuse, lui pardonne. Cette femme est désormais inoffensive. Pourquoi la tuer? » Il plaida la cause de l'humanité, longuement mais en vain. Le rigide Collot demeura impitoyable. Claude dut abandonner la malheureuse, donner ce gage aux rectilignes, avec lesquels il lui fallait marcher dorénavant.

Touché d'avoir eu son appui, et peut-être non sans remords, Maximilien lui dit : « Tu n'approuves pas, je le sais bien, la direction que j'ai prise. J'y étais obligé. Seule une foi profonde, universelle, liée à l'instinct croyant du peuple, peut assurer l'honnêteté et la félicité dans la république. Sans doute as-tu compris les motifs qui me guident. Quoi qu'il en soit, je te remercie de ne t'être pas joint aux adversaires de mon rapport.

— Non, je n'approuve pas ton moyen. Mais je pense que tu ne me ranges point parmi les imbéciles ou les hommes corrompus dont tu parlais. Je connais l'intérêt supérieur de la Révolution. Je m'y suis toujours plié, j'y ai tout sacrifié. Sois-en sûr, je suis prêt à y sacrifier encore, et tu le verras », répondit Claude.

Deux jours plus tard, Madame Élisabeth, qui ne comptait pas encore trente ans, arrivait sur la place du Sang, comme disaient les muscadins, avec vingt-quatre autres personnes convaincues de menées contre-révolutionnaires. Il y avait là des ci-devant nobles : un Loménie de Brienne, Mmes de Crussol, de Laigle, de Montmorin, la vieille Mme de Senozan, sœur de Malesherbes guillotiné dix jours plus tôt, deux prêtres, des bourgeois, des domestiques. Madame Élisabeth devait mourir la dernière, comme la plus coupable. Nicolas Vinchon la vit s'asseoir sur un des paniers destinés à transporter les corps, pour attendre là son tour. Alors, chacun des aristocrates montant à l'échafaud vint au passage s'incliner devant la princesse. Les hommes ployaient le genou, les femmes faisaient une grande révérence de cour. Sereine, Madame les embrassait tous. Quand elle fut, à la fin, devant la planche, Sanson voulut la défaire de la mousseline qui lui voilait la gorge. Elle rougit violemment et s'exclama :

« Au nom de votre mère, monsieur, couvrez-moi! » Il replaça l'étoffe.

Robespierre, dans le même temps, feuilletait des volumes à la devanture du libraire Maret, au ci-devant Palais-Royal. Le marchand, qui le connaissait de longue date et avait avec lui son franc-parler, lui reprocha d'avoir envoyé la malheureuse princesse à l'échafaud. « Je vous garantis, mon cher Maret, dit Maximilien, que loin d'être l'auteur de sa mort, j'ai voulu la sauver. C'est Collot d'Herbois qui me l'a arrachée. »

Ce soir-là, Saint-Just fit au pavillon de l'Égalité une apparition inattendue. Il venait conférer avec Carnot de la situation des armées après le nouveau revers subi par Pichegru qui s'était, au début de son offensive, laissé enlever Landrecies par les Autrichiens. Cela datait de sept jours. Le bureau militaire avait déjà pris des mesures pour pousser sur la Meuse, en rapprochant de l'armée des Ardennes celle de Jourdan et en leur adjoignant seize mille hommes retirés à l'armée du Rhin, c'est-à-dire à Bernard. Malgré tout ce que le jeune représentant put dire d'utile, cette conférence ne semblait pas indispensable. En redescendant du bureau, il querella un peu Prieur et Claude à propos des armes légères et des poudres dont il jugeait les réserves insuffisantes dans les dépôts, alors qu'il y en avait trop à Paris. Puis il disparut. Il coucha dans la chambre dont il disposait au pavillon même, et repartit à l'aube. Certainement, il avait dû s'entretenir en secret avec Robespierre.

Pour Claude, c'était là le véritable motif de ce voyage. Saint-Just accourait-il au bruit du discours de Maximilien, pour tâcher de le modérer dans sa croisade, pour lui en montrer les dangers? Ou pour toute autre chose? Les mystères, au pavillon, ne cessaient de se multiplier, de s'épaissir, avec le nombre croissant des bureaux. N'était-ce pas celui de sa police que Saint-Just venait voir? Dans la matinée suivante, Claude fut averti par Héron que Pache et Xavier Audouin étaient arrêtés. En l'absence de Saint-Just, Robespierre ou Couthon s'occupaient du bureau de police. Claude y monta. Maximilien s'y trouvait en train d'annoter des pièces. A la question pleine d'étonnement : « Tu as fait saisir Pache et son gendre? » il répondit : « Non, ils ont été arrêtés par ordre du Comité de Sûreté générale, dont quatre membres ont signé le mandat. J'ai seulement ordonné l'apposition des scellés. Saint-Just ne se trompait point : Pache ne doit pas rester en liberté, il avait lié, réellement lié partie avec les Hébertistes. Il ne risque rien, toutefois, il n'ira pas au tribunal.

— Bon. Pour lui, je ne peux rien dire, je ne le connais pas assez. Mais je t'avertis que ce soir, à la réunion, je demanderai la libération d'Audouin. J'ai répondu de lui, il a une influence excellente sur les Jacobins de Limoges. Il nous a aidés, Gay-Vernon et moi, à préserver la Haute-Vienne du fédéralisme, à contenir les Enragés locaux.

— Je ne m'opposerai pas à son élargissement puisque tu le juges bon. Je t'appuierai même, au besoin. Audouin n'est guère compromis. On lui reproche seulement d'avoir soutenu, pendant sa mission en Vendée, Ronsin et l'incapable Rossignol. Mais nous aussi, au début, nous avions eu confiance en eux. »

Estimant utile de se ménager d'autres appuis dans cette affaire, Claude se rendit au Comité de Sûreté générale en traversant le Palais national dans toute sa longueur. Par la salle de la Liberté où la déesse couleur de bronze élevait au-dessus du globe terrestre le bonnet phrygien, puis par les galeries donnant accès aux gradins publics dans l'Assemblée, il atteignit l'extrémité du pavillon de Marsan : maintenant pavillon de la Liberté. La Sûreté générale avait là une salle de séances et les cabinets réservés aux commissaires, le tout relié par un couloir en planches à l'hôtel de Brionne qu'occupaient les bureaux. Le cabinet de Vadier donnait sur le restaurant Berger et la terrasse des Feuillants, garnie de promeneurs flânant au soleil et regardant les ouvriers qui s'activaient dans le jardin à préparer la fête de l'Être suprême. Entre les tilleuls prêts à fleurir, on apercevait la Carrière avec le café Hottot et l'entrée du Manège.

A cinquante-huit ans, Vadier, méridional gouailleur, grand, sec, au long nez, au teint bistré sous les cheveux blancs, restait un incorrigible plaisantin. Il eût cultivé la facétie même sur la bascule. Voltairien jusqu'à la moelle, il jetait feu et flammes depuis que Robespierre se posait en grand prêtre d'une religion d'État. La question Audouin le laissait indifférent.

« Fais-en à ton gré », dit-il avec son tenace accent gascon, et il ajouta : « Tu as abandonné pour de bon, j'espère, ton Maximilien? Il faut barrer la route à ce calotin fanatique, et nous débarrasser de cette clique d'imbéciles qui veulent se remettre à dire la messe. J'en trouverai le moyen, je te le garantis. »

Claude n'en doutait point, il connaissait Vadier depuis 89 : cet ancien conseiller au présidial de Pamiers, député aux États généraux, à la Constituante, juge au tribunal de Mirepoix durant la Législative, envoyé de nouveau par l'Ariège à la Convention, avait la vocation tout ensemble procédurière et policière, assortie à son esprit retors. Il regardait Claude d'un œil pétillant. « Je crois même le tenir dès à présent, ce moyen. Que penses-tu de ça? » demanda-t-il en lançant à travers son bureau un dossier. « Voilà ce que Héron et Sénar ont découvert dans les papiers de feu Chaumette. »

C'était, entre autres paperasses, un cahier de six feuilles portant de singulières notations :

« *Du 23 décembre 1790.* — Eh bien, voilà les calamités qui veulent se multiplier, mais il ne faut pas s'en inquiéter.

Du 23 janvier 1791. — Il y en a quelques-uns qui ont passé de ce monde-ci dans l'autre, mais il ne faut pas s'en inquiéter, car ce n'est qu'une absence.

Du 23 mars 1791. — Il ne faut pas s'inquiéter des événements qui se passent sur la terre, parce que le temps n'est pas encore venu. Nous sommes satisfaits de quelques-uns de ces hommes qui se sont attachés à nous.

Du 10 juin 1791. — Il est arrivé à son ordinaire. Il m'a donné sa bénédiction. Que les hommes ne s'impatientent pas et qu'ils se préparent, parce que le temps approche.

Du 2 août 1791. — Il a passé, il y a quelques jours, Il m'a donné sa bénédiction, et Il a répété : Surtout la prière. » Etc.

« Quelles sont ces élucubrations? dit Claude. Et d'où viennent-elles?

— De chez une veuve Godefroid, couturière, qui demeurait rue des Rosiers, au cinquième sur la cour. Tu as le procès-verbal d'une perquisition opérée là en janvier de l'an dernier par le commissaire de la section des Droits de l'homme. La citoyenne Godefroid logeait une certaine Catherine Théot, qui, après avoir longtemps servi des petits bourgeois, est devenue sur le tard visionnaire et thaumaturge. Elles avaient été signalées à la police par des gens du quartier. On les a conduites à l'Hôtel de ville et relâchées après un interrogatoire dont il ne reste nulle trace, mais Chaumette avait conservé ces papiers. Vois donc le reste. »

Il consistait en brouillons de lettres dictées à la veuve Godefroid par Catherine Théot qui ne savait pas lire. L'un d'eux était ainsi rédigé : « J'ai l'honneur de vous faire écrire ceci, comme j'ai beaucoup de confiance en vous et que vous aimez à faire les œuvres de Dieu, c'est pourquoi que Dieu vous a choisi pour être l'ange de son conseil, et pour être le guide de sa milice pour les conduire dans la voie de Dieu. Je vous prie de prier l'Assemblée de faire faire des processions, afin que le Seigneur nous envoie de la pluie, et faire un mandement qui soit signé par l'Assemblée. » Ces brouillons ne comportaient ni date ni mention de destinataire.

« Que dirais-tu, demanda Vadier d'un ton sardonique, si ce *Il* et ce *vous* c'était Robespierre?

— Cela ne se soutient pas un instant, répondit Claude avec un haussement d'épaule.

— Pourquoi pas? Son discours sur l'Être suprême ne pourrait-il pas être ce « mandement »? La Convention ne l'a-t-elle pas « signé »? La « procession » n'est-elle pas en train de se préparer pour le 20 prairial?

— Allons donc! Tu n'y crois pas, toi-même.

— Pour le moment. Mais j'arriverai à y croire, y faire croire et à couvrir de ridicule l'Incorruptible, pour peu que les choses paraissent désigner en lui cet ange du Seigneur, ce guide des milices célestes. Et, jubila Vadier frottant ses mains sèches, les choses sont présentement en fort bonne voie. »

Les agents d'Héron avaient retrouvé les deux femmes, installées rue de la Contrescarpe, au coin de la rue Neuve-Geneviève, non loin du Panthéon. Elles recevaient dans leur logement nombre d'adeptes formant la Cour de la Mère de Dieu : ainsi appelait-on maintenant Catherine Théot. Des dénonciations sur ces rassemblements étaient arrivées à la section de l'Observatoire, qui n'y avait pas donné suite. Héron et son bras droit Sénar, s'étant présentés comme catéchumènes, avaient assisté à quelques séances, sans voir là aucun personnage intéressant, hormis soudain dom Gerle, l'ancien constituant, ex-protecteur d'une autre prophétesse : Suzanne Labrousse. Grâce à la présence de dom Gerle, on donnerait aisément à l'affaire une teinte politique et on pourrait l'étendre, avec quelques chances d'en éclabousser Robespierre.

« Héron et Sénar ont coffré tout ce monde, conclut Vadier.

Nous allons procéder à l'instruction. Le diable m'emporte si je ne fais pas du rapport un soufflet capable de moucher notre sainte Chandelle! »

Claude se retira, songeur. Manifestement Vadier, après Billaud-Varenne, tenait déjà pour acquise sa rupture avec Maximilien. En vérité, il semblait difficile de faire échec à son système en le ménageant, lui. On ne moucherait pas la sainte Chandelle, comme le disait Vadier, sans abattre Robespierre. Eh bien, pourquoi pas, s'il le fallait!

Claude n'avait jamais été vraiment robespierriste. Il avait soutenu Maximilien tant que celui-ci répondait incontestablement aux besoins du Comité, de la nation. Il s'était associé à lui pour combattre la double faction, en comptant qu'ensuite, ultras et citras anéantis, toutes les forces révolutionnaires concourraient pour conduire la France à la victoire et au régime institué par la Constitution. La lutte contre les factieux hébertistes et les factieux dantonistes exigeait l'union de tous les patriotes. Il avait fallu cette impérieuse nécessité pour le faire passer, lui Claude, sur l'incompatibilité essentielle existant depuis toujours entre lui et Maximilien, sur l'opposition d'idées qui avait si vivement éclaté en pleine séance des deux Comités, à propos de Clootz et Gobel. Et voilà maintenant qu'au lieu du concert espéré, Robespierre se dressait en chef d'une nouvelle faction. Car lui, Couthon, Saint-Just, violant la Constitution enfermée dans l'arche en bois de cèdre, lui substituaient déjà leurs propres institutions, avouaient le dessein de fonder une république déiste et autoritaire. Maximilien, dominant l'Assemblée au moyen des deux autres triumvirs, entendait dicter ses propres lois. Sa conviction tyrannique, libérée des ménagements que lui avaient imposés ses redoutables adversaires, à présent disparus, l'emporterait bientôt sans mesure. L'hostilité violente se déclencherait inévitablement entre lui et ceux qu'il avait déjà, aux Jacobins, marqués en les appelant, « les imbéciles, les hommes corrompus ».

Oui, pensait Claude avec une sourde colère, je suis de ces *imbéciles* pour lesquels la liberté ne va pas sans la liberté de conscience, et je ne reculerai devant rien pour la défendre.

VII

Collot d'Herbois logeait au numéro 4 de la rue Favart, près de la rue de la Loi, ci-devant Richelieu, au troisième étage. Au cinquième, dans une mansarde, vivait depuis six mois un homme de cinquante ans nommé Henri Ladmiral. Ancien domestique d'une famille noble, puis garçon de bureau à la Loterie, il se trouvait sans emploi depuis la suppression de celle-ci, comme immorale, par la loi du 25 brumaire. Les cent cinquante francs d'indemnité qu'il avait reçus à ce moment avaient duré d'autant moins qu'il était joueur et porté sur la bouteille. Incapable de se reclasser dans une société où toutes les places revenaient aux patriotes, il vivotait misérablement et s'aigrissait, encore qu'il eût une jolie maîtresse : une ci-devant noble, séparée de son mari en émigration. Elle se partageait entre Ladmiral et le conventionnel Turreau qui lui facilitait une existence difficile en lui fournissant sa protection, avec tous les certificats, visas, cartes, dont il fallait de plus en plus être muni pour ne point aller en prison. Quant au triste Ladmiral, elle lui confiait un peu d'argent au moyen de quoi il achetait, aux criées de biens d'émigrés ou de condamnés, des petits meubles, des objets, du linge, des habits, pour les revendre. Il partageait avec elle ces maigres bénéfices dont ils avaient fort besoin tous les deux. La nuit, il hantait les maisons de jeu, cherchant des dindons à plumer.

D'abord indifférent à la Révolution, il s'était pris d'aversion pour elle en raison de la misère où elle le réduisait. Sa colère augmentait de jour en jour. Son désir de vengeance se fixait sur la personne de Robespierre puisque la voix publique le désignait à présent comme l'artisan de tout ce qui se faisait, le maître de la Révolution. C'était donc à cause de cet homme qu'il touchait aujourd'hui le fond du dénuement. Il venait de vendre ses meubles. Il ne lui restait plus dans son galetas qu'un matelas et une chaise. Sur son dernier argent, il acheta deux pistolets.

Le 3 prairial, tenant ces armes prêtes au fond de ses poches, il partit dès huit heures, dans le matin bleuté et doré. Il gagna le boulevard. Par la place des Piques où deux drapeaux flottaient, l'un à la section, l'autre au ministère de la Justice, il arriva rue de la Convention. Il savait où habitait Robespierre, mais ignorait à quelle heure le tribun sortait habituellement pour se rendre aux Tuileries. C'est à ce moment qu'il l'abattrait. Il essaya de se renseigner dans l'une des deux boutiques encadrant le porche. La marchande, fruitière-laitière, lui dit de s'adresser à la menuiserie, dans la cour. Il franchit le long passage voûté. Derrière le vitrage de l'atelier, les compagnons s'activaient fort, car Duplay avait une grosse commande d'échafaudages pour la fête du 20. Ladmiral vit, près de la pompe, une citoyenne et un sectionnaire en armes, auprès desquels il voulut s'informer. Au premier mot, on lui répondit : « Robespierre est occupé, il ne peut recevoir. » La présence du garde civique dissuada le visiteur de se montrer trop curieux. Il repartit. Eh bien, il tuerait son homme aux Tuileries, voilà tout. En portant ses pas dans cette direction, il sentit la faim et entra au restaurant Roulot, tout au bout de la terrasse des Feuillants, où il se paya un déjeuner de quinze francs. Ce serait sa dernière bombance. Ensuite, installé à la Convention dans les tribunes, au milieu d'une assistance clairsemée et très sage, une somnolence le prit. La nuit précédente il n'avait pas fermé l'œil, et depuis plusieurs semaines il lui fallait de l'opium pour dormir. Il perdit conscience en écoutant Cambon qui parlait inépuisablement des finances.

Le brouhaha dans la salle en train de se vider réveilla tardivement le dormeur. Quoi ! c'était donc fini ! Ce foutu Robespierre lui échappait encore. Il courut par l'extérieur au pavillon de l'Unité, espérant que sa victime n'avait pas encore passé. Parmi le va-et-vient du public, des conventionnels descendaient l'escalier des Suisses, traversaient le vaste vestibule aux colonnes. Quelques-uns s'arrêtaient devant les boutiques, d'autres sortaient par le perron, vers le Carrousel, d'autres allaient à l'inverse, voir sur la terrasse ensoleillée les ouvriers dressant un échafaudage contre cette façade et couvrant d'un plancher le bassin, d'autres enfin se dirigeaient vers la galerie du pavillon de l'Égalité, défendue par un poste. Aucun n'était Robespierre.

Au bout d'un moment, comme nul député n'arrivait plus, Ladmiral, déçu et exaspéré, partit à son tour et alla faire les cent pas dans la cour, devant la porte vitrée de l'escalier de la Reine. Le misérable Robespierre ne coucherait pas ici, il faudrait bien qu'il s'en retournât chez lui, à un moment ou un autre. Malheureusement, on ne pouvait monter ici une trop longue faction. Ladmiral vit s'en aller Collot d'Herbois et d'autres, mais il s'aperçut qu'il éveillait les soupçons des canonniers de garde. Il lui fallut s'éloigner. Il rôda longtemps et en vain sur le Carrousel, travaillé par une exaspération et une déception croissantes. Il avait des instants d'abattement et d'autres où la fureur de vengeance, la rage de tuer flambaient en lui. Il traîna de café en café sur le chemin que devait emprunter sa victime. A la terrasse de l'un d'eux, il fit une partie de dames avec un jeune homme inconnu. Le soir tombait, le ciel était clair encore, d'un bleu vert. Dans l'ombre des maisons les lumières s'allumaient. Envahi par une grande lassitude, Ladmiral regagna la rue Favart, soupa chez Dufils, le traiteur, où il usa la soirée.

A onze heures, il rentrait chez lui, saoul de déception et d'énervement. Son désir de vengeance tournait au besoin bestial de tuer, de se détendre dans cet acte que la malchance lui avait refusé tout le jour. Eh! pardieu! n'avait-il pas ici, dans la maison même, ce Collot qui se vantait de son importance au Comité de Salut public! Celui-là, au moins, ne risquait pas de lui échapper. Assis sur l'unique chaise dans sa mansarde, il vérifia ses armes en attendant, fébrile. Parfois il se levait, arpentait le carreau. Ce Collot revenait toujours tard dans la nuit. Vers une heure enfin, on l'entendit taper avec sa canne, comme d'habitude, à la porte de la rue. Penché sur la rampe, Ladmiral vit la servante du conventionnel sortir du troisième, un bougeoir à la main, descendre, ouvrir. En montant, le député parlait. Sa voix forte parvenait jusque là-haut, reconnaissable.

Ladmiral bondit, dévala l'escalier, arriva sur Collot en lui criant : « Arrête ici! Voilà ta dernière heure! » Il tira presque à bout portant, mais le pistolet fit long feu. De saisissement, Collot avait laissé tomber sa canne; il se baissa vite pour la rattraper et se défendre. Juste alors le furieux lâchait son second coup, qui manqua le but. La servante poussait des cris à réveiller tout le quartier. Quatre à quatre, Ladmiral regrimpa s'enfermer dans sa chambre.

La maison, la rue s'emplissaient de tumulte. Alertés par les hurlements de la servante qui avait ouvert la fenêtre et appelait à la garde, à l'assassin, une patrouille accourait des péristyles du théâtre proche. Bertrand Arnaud, membre de la Commune, lui aussi locataire de l'immeuble, s'était jeté en bas du lit. Ne prenant que le temps de saisir son écharpe, il monta, en chemise, les jambes velues, suivi par les sectionnaires. On les mit au courant, ils se lancèrent bravement à l'assaut, avec leurs piques et leurs sabres pour seules armes. Ladmiral les attendait, ses pistolets rechargés. Il entrouvrit la porte et tira, blessant l'un des assaillants : le serrurier Geffroy. Les autres se ruèrent, saisirent le furieux, le maîtrisèrent. Arnaud, empêchant qu'on lui fît violence, ordonna de le conduire au poste.

Au matin, dès la première heure le bruit courait que Collot d'Herbois avait été assassiné. Dieu merci, comme Barère l'annonça peu après à la Convention, il n'en était rien! Toujours porte-parole du Comité, Barère exposa les faits. Dès son premier interrogatoire, Ladmiral n'avait pas caché qu'il s'était rabattu sur Collot, faute de pouvoir atteindre Robespierre. Bien entendu, il s'agissait d'un complot. Des aristocrates avaient armé la main du criminel. « Il faut de nouvelles victimes aux héritiers impies des Capets et de leurs courtisans. Qu'on assassine, qu'on empoisonne, est la réponse des tyrans coalisés. Le gouvernement anglais a vomi parmi nous la trahison et la guerre, entouré la Convention nationale d'assassins. » Pour Couthon aussi, seule l'Angleterre avait pu « vomir un pareil monstre ». Dans le style nouvellement en honneur, le paralytique conjura l'Être suprême de veiller sans cesse « sur les hommes de bien qui honorent sa Providence ». Puis Collot d'Herbois en personne parut au moment bien choisi et fut couvert d'acclamations. On décréta que la Convention insérerait chaque jour dans son procès-verbal le bulletin de santé du brave citoyen Geffroy.

Claude s'était gardé de prendre la parole. Il ne croyait pas à un complot. Il avait vu les procès-verbaux d'interrogatoire transmis au Comité de Sûreté générale. Ils montraient clairement que Ladmiral avait agi d'instinct, comme une bête lasse de souffrir se retourne, enragée, contre ses maîtres tourmenteurs. Malheureusement, pour beaucoup d'autres Français, plus intéressants que ce dévoyé — des Français ni royalistes ni sans-culottes —, le gouvernement révolutionnaire devenait de plus en plus un tourmenteur. Et cela par la faute de l'esprit systématique dans lequel s'ancraient Robespierre, Couthon et Saint-Just. Un mystique, un infirme à demi mort, un adolescent vivant en plein rêve d'héroïsme, de simplicité antique et de logique pure, tous sans aucun souci des réalités humaines, tous s'imaginant que le bonheur, les sentiments, la pensée se régentent à coups de décrets. Ils n'étaient pas moins fanatiques dans leur genre que les Hébertistes. La suppression successive, et nécessaire malgré tout, des opposants dans l'Assemblée, avait fortifié, chez Robespierre et Couthon, ce fanatisme qui se donnait maintenant libre cours. Mais, s'il n'existait plus aucun parti d'opposition, les éléments d'opposition ne manquaient pas. Dans la Convention, purgée à présent de tous les faux révolutionnaires, il devait être possible de réunir assez d'hommes résolus, pour faire échec à la nouvelle tyrannie.

Ce même jour de mai 94, le 4 prairial, au soir, une jeune fille de vingt ans avait quitté son domicile, au coin de la rue de la Lanterne et de la rue des Marmousets, près du pont Notre-Dame. Un baluchon à la main, elle errait dans Paris qu'elle connaissait mal, car elle était rarement sortie de la Cité. Elle portait sur elle deux petits couteaux et cherchait Robespierre, comme Ladmiral, la veille. Ignorant son adresse. elle s'enquit à un corps de garde de pompiers. Ils n'en savaient pas beaucoup plus qu'elle là-dessus.

« Voyons, Robespierre est bien dans quelque place, dit-elle.

— Oui, il est président du Comité de Salut public.

— C'est donc un roi! s'exclama-t-elle naïvement. Où se trouve ce Comité?

— A la Convention, sans doute. »

On lui dit par où il fallait passer pour s'y rendre. Elle finit par arriver au Carrousel. Sur le perron du Palais national les portes à mufles de lions étaient fermées. Elle entra au café Payen pour se renseigner. Le patron lui apprit que Robespierre habitait à la menuiserie Duplay et lui indiqua le chemin. La jeune fille demanda la permission de laisser ici son baluchon.

Elle partit en disant d'un petit ton tranquille : « Je vais voir un homme qui est beaucoup aujourd'hui, et qui demain ne sera plus rien. » Vers neuf heures, elle arrivait devant le porche, sous lequel elle s'engagea sans hésitation.

Dans la cour, Éléonore causait avec le serrurier Didié, le peintre Châtelet, tous deux jurés au Tribunal révolutionnaire, et Boulanger, aide de camp d'Hanriot. La porte, la fenêtre de la salle à manger étaient ouvertes, laissant apercevoir la pièce éclairée. Dehors, il faisait encore jour. Éléonore et les trois hommes virent s'avancer une jeune fille assez jolie, mise comme une petite ouvrière coquette. Elle salua d'un signe de tête et demanda Robespierre.

« Il est absent, répondit Éléonore. Du reste, les solliciteurs ne doivent pas venir ici mais s'adresser au Comité de Salut public.

— C'est bien étonnant qu'il ne soit pas là, riposta la visiteuse avec humeur. Voilà trois heures que je le cherche. N'est-il pas fonctionnaire public? Donc il doit répondre à toutes les personnes qui se présentent chez lui. »

Ces propos irrévérencieux excitaient le soupçon. Les trois citoyens invitèrent la jeune fille à les suivre. Ils l'emmenèrent à l'hôtel de Brionne. En chemin, ils la firent parler. Elle observa que, « dans l'ancien régime, quand on se présentait chez le roi, on entrait tout de suite.

— Regrettez-vous donc les rois? dit un de ses guides.

— Je verserais tout mon sang pour en avoir un. Voilà mon opinion : vous êtes des tyrans. »

Au Comité de Sûreté générale, elle déclara se nommer Anne-Cécile Renault, vivant avec sa tante et son père, papetier dans la section de la Cité.

« Pourquoi vouliez-vous approcher Robespierre? lui demanda t-on.

— Pour savoir s'il me convenait.

— Qu'entendez-vous par là?

— Je n'ai rien à répondre. Ne m'interrogez pas davantage.

— Enfin de quoi vouliez-vous l'entretenir?

— C'est selon que je l'aurais trouvé.

— Aviez-vous un mémoire à lui présenter?

— Cela ne vous regarde pas! »

Voulland la fit fouiller par une femme, une solliciteuse

qui attendait. On trouva sur la jeune fille les deux petits couteaux de poche, l'un en écaille, l'autre en ivoire garni d'argent. Ils n'étaient guère offensifs. Elle réclama le paquet qu'elle avait déposé au café Payen. Didié et Châtelet allèrent le chercher. Pendant ce temps, Vadier, auquel tout cela semblait fort bizarre, essayait de savoir si la jeune Cécile ne connaissait pas la rue de la Contrescarpe, la citoyenne Godefroid, Catherine Théot, dom Gerle. Vadier pensait que cette « visite » avait pu être suscitée pour remettre au premier plan l'Incorruptible, un peu éclipsé par Collot. Il fallut se rendre à l'évidence, la jeune fille n'avait jamais entendu ces noms-là. Ce n'était qu'une petite cervelle un peu folle. Il s'en désintéressa. Elle reconnut son baluchon. Il contenait seulement du linge.

« Je m'en suis munie, expliqua-t-elle, pour n'en point manquer là où l'on va me conduire.

— De quel lieu entendez-vous parler?

— De la prison, pour aller ensuite à la guillotine. »

Cécile Renault, dont la tante était une ci-devant religieuse, appartenait à une famille petite-bourgeoise et dévote où l'on regrettait l'ancien ordre de choses. Sa tentative, d'ailleurs bien confuse, n'avait pas d'autre source, aux yeux de Claude. Elle confirmait, en tout cas, qu'il existait, en dehors de tout complot, une résistance de plus en plus vive au régime. C'était bien plus grave encore que les conjurations. Les nouveaux triumvirs donnaient au gouvernement tout entier un air de tyrannie. Ils dégoûtaient le peuple de la république.

Robespierre devait être très frappé. De toute la journée du 5, il ne parut nulle part. Le 6 seulement, il vint au pavillon de Flore, suivi à peu de distance par des gardes du corps bénévoles. Il voulait que l'on rappelât Saint-Just. « La liberté, dit-il, est exposée à de nouveaux dangers. Le Comité a besoin de réunir l'énergie et les lumières de tous ses membres. » Il rédigea lui-même pour Saint-Just un message hâtif, lui demandant de revenir toutes affaires cessantes. Dans son trouble, il signa deux fois. Il paraissait fort effrayé, non pas tant pour lui-même, sans doute, que pour son ouvrage. Depuis le 18 floréal, il se voyait en train de réaliser son espoir d'une république vertueuse et croyante, il conduisait le peuple vers un âge d'or. Et soudain, en réponse, ce peuple lui décochait coup sur coup deux assassins! Claude pensait bien que Robespierre, avec sa manie de subodorer partout des complots, ne manquait point de rattacher Cécile Renault, après Ladmiral, à l'éternelle conjuration austro-anglo-royaliste. Mais, au fond de lui-même, y croyait-il vraiment? De toute façon, d'ailleurs, son œuvre était menacée. S'il disparaissait, elle n'aurait pour défenseurs que Couthon, à moitié mort, et Saint-Just dont la foi en l'Être suprême semblait assez tiède. Pour le reste, il n'ignorait évidemment point l'hostilité de presque tous ses collègues à ses idées.

Le soir, aux Jacobins, il se montra tout ensemble plein de grandeur d'âme et sourdement menaçant pour les « traîtres » qui s'opposeraient à son entreprise. Collot avait raconté, avec sa faconde d'auteur-acteur, son « assassinat ». On venait de décerner par acclamations le titre de jacobin au brave serrurier Geffroy tenu au lit par sa blessure, quand Robespierre parut. Voulland qui présidait, et qui était bien résolu à le perdre, le serra sur son cœur, amenant aux lèvres de Maximilien cette contraction pour laquelle Barras, Tallien, Fouché le qualifiaient de chat-tigre. Habilement, il se garda d'imiter Collot d'Herbois. Il ne parla de lui-même qu'au regard de l'intérêt général.

« Jamais, remarqua-t-il, les défenseurs de la liberté n'ont cru pouvoir jouir d'une longue suite d'années, leur existence est incertaine et précaire... Moi qui ne crois pas à la nécessité de vivre, mais seulement à la vertu et à la Providence, je me trouve placé dans l'état où les assassins ont voulu me mettre. Je me sens plus indépendant que jamais de la méchanceté des hommes... Mon âme est plus que jamais disposée à dévoiler les traîtres et à leur arracher les masques dont ils osent se couvrir. »

Sans doute Robespierre était-il sincère, mais cette façon de continuer à se prétendre le défenseur de la liberté quand il ne prétendait à rien de moins qu'à l'anéantir maintenant dans les esprits, exaspérait Claude. L'instinct despotique et l'infatuation qu'il avait depuis longtemps décelés en Maximilien, et dont, bien avant le 10 août, il redoutait déjà les conséquences, éclatèrent tout à coup, lorsque le jeune Rousselin, ci-devant de Saint-Albin, proposa de « décerner à Geffroy les honneurs civiques dans la prochaine fête de l'Être suprême ». Pâle de colère, Robespierre s'opposa violemment à cette motion. Parbleu! Si on la votait, Collot et son sauveur seraient les héros de la cérémonie où il comptait bien, lui, tenir le rôle de grand pontife. Collot, ou bien Amar, Tallien ou Fouché, ou peut être même Carnot, avait adroitement poussé Rousselin. Il ne s'attendait pas à une riposte si virulente. Traité de perfide, de suppôt des tyrans, de dantoniste attardé, il fut en un instant exclu de la Société. Néanmoins, il avait rempli son rôle en dévoilant les visées du petit homme et ce qui se cachait sous son apparente modestie.

En revanche, le lendemain, à la Convention, Robespierre se releva jusqu'aux sommets en prononçant un de ses plus saisissants discours, plein d'une majesté funèbre. L'inévitable Barère, qui se faisait le thuriféraire de Maximilien, et s'employait par là même à saper sa puissance en le glorifiant comme une idole, n'avait pas manqué d'attribuer les tentatives de Ladmiral et Cécile Renault à la coalition des tyrans étrangers, particulièrement à Pitt. Robespierre parut d'abord le suivre, mais évoquant les crimes des rois armés contre la République française, d'une envolée il échappa au piège. Il s'effaça pour placer la Convention tout entière devant ses périls, ses succès, ses devoirs.

« Ce sera, dit-il, un beau sujet d'entretien pour la postérité, c'est déjà un spectacle digne de la terre et du ciel, de voir les représentants du peuple français, placés sur un volcan inépuisable de conspirations, tout ensemble rendre à l'éternel auteur des choses l'hommage d'un grand peuple, et lancer la foudre sur les tyrans, fonder la première démocratie d'Europe, et rappeler parmi les mortels la liberté, la justice et la vertu exilées... Les tyrans conjurés espéraient affamer le peuple. Il vit encore, et la nature lui promet l'abondance. Ils espéraient nous exterminer les uns après les autres par des révoltes soudoyées. Ce projet a échoué. Ils ont cru nous accabler sous l'effort de leur coalition en armes. Leurs canons tombent en notre pouvoir, leurs satellites fuient devant nos soldats. » L'armée du Nord venait en effet, le 29 floréal — 18 mars — d'enlever à l'ennemi soixante canons et de faire deux mille prisonniers.

« Ils ont cherché, poursuivit Robespierre, à dissoudre la Convention par la corruption. La Convention a puni leurs complices. Ils ont essayé de dépraver la république en bannissant le bon sens, la vertu et la Divinité. Nous avons proclamé la Divinité et l'immortalité de l'âme. Que leur restait-il à employer contre nous? L'assassinat. Réjouissons-nous et rendons grâces au ciel d'avoir ainsi mérité les poignards de la tyrannie... O rois, nous ne nous plaindrons point du genre de guerre que vous nous faites! Quand les puissances de la terre se liguent pour tuer un faible individu, sans doute ne saurait-il s'obstiner à vivre. Aussi n'avons-nous pas fait entrer dans nos calculs l'avantage de vivre longuement. Ce n'est pas pour vivre que l'on déclare la guerre à tous les tyrans et à tous les vices... Entouré de leurs assassins, je me suis déjà placé moi-même dans l'ordre de choses où ils veulent m'envoyer. Je ne tiens plus à une vie passagère que par l'amour de la patrie et par la soif de justice. Dégagé de toutes les considérations personnelles, je me sens mieux disposé à poursuivre avec énergie tous les scélérats qui conspirent contre mon pays et contre le genre humain. Plus ils se hâtent de terminer ma carrière ici-bas, plus je veux me hâter de la remplir d'actions utiles au bonheur de mes semblables. Je leur laisserai du moins un testament dont la lecture fera frémir tous les tyrans et leurs complices. »

Avec un détachement suprême, et comme s'il parlait d'outre-tombe, il prodigua ses conseils sur les institutions républicaines. C'était, une fois encore, l'homme supérieur qui se faisait entendre. Il exerçait en ce moment sur la Convention un ascendant sans exemple. Claude lui-même le subissait.

Robespierre se résuma : « Des êtres pervers sont parvenus à jeter la république et la raison du peuple dans le chaos. Il s'agit de recréer l'harmonie du monde moral et du monde politique. En disant ces choses », ajouta-t-il tandis que son regard défiait Collot, Tallien, Bourdon, Fouché, Barras, Fréron, Amar, Vadier, tous ceux dont il connaissait l'hostilité plus ou moins secrète, « j'aiguise peut-être contre moi des poignards. C'est pour cela que je les dis. J'ai assez vécu. Oui, j'ai assez vécu. J'ai vu le peuple français s'élancer du sein de la servitude au faîte de la gloire républicaine. J'ai vu ses fers brisés et les trônes coupables renversés ou ébranlés sous ses mains triomphantes. J'ai vu plus : j'ai vu cette Assemblée, investie de la toute-puissance de la nation française, marcher d'un pas rapide et ferme vers le bonheur public, donner l'exemple de tous les courages et de toutes les vertus. Achevez, citoyens, achevez vos sublimes destinées! Vous nous avez placés à l'avant-garde. Nous méritons cet honneur, nous vous tracerons de notre sang la route de l'immortalité. »

Si ce discours avait parfois suscité les murmures des anciens Dantonistes ou Hébertistes, il avait plus souvent encore provoqué les applaudissements. La fin souleva d'immenses acclamations. De nouveau, la traduction dans toutes les langues fut votée. Pas de doute, Robespierre venait d'assurer sa suprématie. Nul ne pouvait songer à la lui disputer. Il était désormais le premier personnage de l'État : le maître. Et pourtant, il demeurait inquiet. Non sans raison. Vadier, hochant sa tête blanche, n'avait-il pas murmuré : « Il faudra bien, tout de même, que nous l'y fassions passer lui aussi, faute de quoi c'est la dictature. » Vadier poussait avec une diligente astuce les interrogatoires de la Mère de Dieu et de ses acolytes, sans réussir à impliquer directement l'Incorruptible.

Là-dessus, Saint-Just, répondant à l'appel qui lui avait été adressé, revint du Nord. Il n'y mettait aucun empressement. Les seuls résultats de son retour furent d'abord des querelles assez aigres avec Carnot et la commission militaire qui, disait-il, n'acheminait pas assez vite les poudres ni les eaux-de-vie. Enfin, il demanda pourquoi on l'avait rappelé. Robespierre, exposant alors la situation telle qu'il la voyait, parla d'un soulèvement aristocratique fort à craindre. Le crime de Ladmiral, provoqué par les agents de Batz, en fournissait la preuve, dit-il. Puis il fit sourdement allusion à l'existence d'une faction nouvelle.

Eh bien, pensa Claude, les choses ont l'air d'aller assez mal entre lui et Saint-Just. Le voilà donc réduit à lui dire ça devant nous, au lieu de l'entretenir tête à tête! En plein Comité, il accusait tout bonnement la plupart des présents, car ils ne doutaient point de figurer, selon lui, parmi les factieux. C'était contre eux, au premier chef, et accessoirement contre les aristocrates, qu'il demandait à Saint-Just un rapport visant à renforcer et accélérer la justice, afin de réprimer tous les complots. Un mortel silence accueillit sa requête. Sur quoi Saint-Just répondit que l'on en était à un point où il convenait de « détendre la corde de l'arc », non pas de la tendre encore. La justice disposait de moyens de répression suffisants. Il serait très impolitique d'aggraver le système de terreur. Pour lui, il se refusait à écrire un rapport dans ce sens. « Il faut aggraver quelque temps la rigueur, pour pouvoir la supprimer plus vite », dit Couthon. Saint-Just secoua sa belle tête. Robespierre, faisant des yeux le tour de la table, ne vit tout autour que des figures fermées ou hostiles. « Eh quoi! tout le monde ici m'abandonne! » s'exclama-t-il, blême de dépit. Il se leva et sortit avec colère.

Il allait cependant trouver une grande compensation. Le 16 prairial, 4 juin, la Convention le portait à la présidence. C'était le désigner pour tenir le rôle principal dans la fête du 20, comme il le désirait. Tous les anti-Robespierristes avaient voté pour, car le laisser paraître là en pontife, en idole, en dictateur qui se dévoile, c'était aussi le meilleur moyen de le perdre. Et les Jacobins lui réservaient un coup droit. Le surlendemain, tandis que Saint-Just repartait pour le Nord, la majorité du club choisissait comme président Fouché. Dans cette Société dont Robespierre avait été le maître, donner le fauteuil à l'homme qui, le premier, avait déclaré qu'il n'existait aucun dieu, et fait inscrire au portail des cimetières : « La mort est un repos éternel », on ne pouvait infliger pire camouflet au grand prêtre de l'Être suprême.

Maximilien comprendrait-il qu'à son tour, après celui d'Hébert, de Fabre d'Églantine, de Desmoulins, de Danton. son glas sonnait dans la vieille chapelle, et s'obstinerait-il comme eux?

VIII

Lorsque Jean Bon Saint-André était revenu à Paris, emmenant l'enseigne Fernand Dubon, il répondait à un appel pressant du Comité de Salut public. Malgré les déclarations du maire Fleuriot-Lescot, de Robespierre et de ses encenseurs, leur Divinité ne faisait point de miracles, la terre ne donnait pas plus aux déistes qu'elle n'avait donné aux athées, et les subsistances restaient compromises parce que ni Dieu ni la Nature ne rompaient le blocus anglais. Il devenait indispensable d'y procéder à leur place.

Depuis le mois de décembre, à la demande de Robert Lindet,

principal responsable du ravitaillement, le Comité avait résolu d'acquérir en Amérique des grains et des denrées coloniales en grandes quantités, d'en charger une centaine de navires marchands demeurés dans les ports américains, et de faire escorter ces navires par des vaisseaux de guerre sous les ordres du contre-amiral Van Stabel. L'escadre de Brest devrait se porter au-devant du convoi quand il entrerait dans la zone vraiment dangereuse, pour tenir à distance toute flotte anglaise.

Le 11 avril, six jours après l'exécution des Dantonistes, Van Stabel et son armada étaient sortis de la Chesapeake. Ils devaient maintenant approcher. C'est pourquoi Saint-André, avec la division légère, venait de ratisser la mer jusqu'au golfe de Gascogne — sans rencontrer de forces adverses, comme il le dit au Comité. Il avait envoyé cinq vaisseaux, commandés par le contre-amiral Nielly, croiser au large de Belle-Ile, pour accueillir le convoi. Le reste de l'escadre : vingt-six vaisseaux, se trouvait en rade, à Brest, prêt à prendre la mer si quelque flotte anglaise était signalée.

Or, et voilà de quoi le Comité voulait informer d'urgence le commissaire à la Marine, on avait appris, par les agents des Affaires étrangères, que l'Amirauté britannique concentrait à Spithead trois divisions de vaisseaux de ligne, trente-deux au total, sous les ordres de lord Howe. Cela, évidemment, dans le dessein d'intercepter Van Stabel. Il fallait absolument le lui interdire. Il fallait absolument que les blés et les denrées américains arrivassent. Lindet se déclarait incapable d'assurer sans eux les approvisionnements. Mais le Comité manquait totalement de confiance dans ses forces navales. Hormis Jean Bon Saint-André, ancien officier de marine, il n'existait aucun marin au pavillon de l'Égalité. Prieur et Claude s'occupaient seulement de fournir et nourrir les flottes, comme ils fournissaient et nourrissaient les armées. Nul ne pouvait élaborer des plans de guerre sur mer ni même juger la valeur offensive d'une escadre, et l'on avait tellement l'habitude de tout décider ici, de contrôler étroitement les généraux, de tenir en bride même les commissaires auprès d'eux, que l'on n'osait pas se fier à des amiraux dont on ne savait point juger les talents, ni s'en remettre là-dessus à Saint-André, en dépit de ses mérites. Lui, de son côté, assumant seul une responsabilité dramatique, et n'étant pas sûr des gros vaisseaux de ligne, aux équipages de fortune, avec une mestrance improvisée, des officiers trop vite promus, n'envisageait pas sans appréhension une grande bataille navale. Il n'y aurait pas reculé, mais il ne voulait point s'y risquer sans une décision de ses collègues.

Claude, qui avait soupé avec lui et Fernand, chez Dubon, était impressionné par l'enthousiasme, les affirmations de son neveu, la résolution calme de Saint-André, l'estime dont il témoignait pour le contre-amiral Villaret-Joyeuse. Il avait proposé de donner un blanc-seing au commissaire à la Marine. On s'était arrêté finalement à une cote mal taillée : Saint-André agirait au mieux pour assurer le passage du convoi, par tous les moyens possibles, toutefois on recommandait à l'escadre de s'en tenir au harcèlement et d'éviter le combat.

« Mon bon oncle! s'était exclamé Fernand à cette nouvelle, laisse-moi te dire que vous êtes d'aimables plaisantins, dans votre Comité. Si je comprends bien, nous devons nous battre sans nous battre et sauver l'indispensable convoi sans courir le moindre risque! Eh bien, je te garantis que nous livrerons la bataille. Tous les équipages ne demandent que ça. »

Jean Bon Saint-André avait depuis longtemps regagné Brest lorsque, le 16 floréal, 5 mai, Howe fut décelé par les frégates croisant à la sortie de l'Iroise. Sur la *République*, Fernand vit, dans le gris mauve qui perlait l'atmosphère du soir, monter de la haute mer des pyramides roses derrière lesquelles d'autres, puis d'autres, puis d'autres encore apparurent en se dédoublant. Le lendemain, vingt-six vaisseaux de ligne, dont les moins gros étaient des 74, défilèrent devant le canal des Irois où ils n'osèrent point s'aventurer. Les jours suivants, les bâtiments d'observation constatèrent que l'escadre anglaise avait établi son blocus au large d'Ouessant. Elle comptait toujours vingt-six voiles. Pourquoi vingt-six, au lieu des trente-deux annoncées par le Comité de Salut public? Le renseignement pouvait être inexact, ou encore lord Howe avait pu se voir contraint de détacher six navires pour protéger quelque convoi anglais, mais il pouvait aussi avoir envoyé une division s'embusquer dans le sud.

Une fois de plus, les frégates partirent en reconnaissance. Elles battirent la mer jusqu'à l'estuaire de la Gironde sans découvrir d'autres ennemis que des corsaires. La *République* s'empara de l'un d'eux par le travers des Glénans, et Fernand, comme plus jeune officier, fut chargé de conduire la prise à Brest. Il y arriva pour recevoir l'ordre de faire porter son coffre sur le *Patriote:* un deux-ponts de quatre-vingts canons. Les bâtiments légers n'ayant point à intervenir dans une bataille, Jean Bon leur enlevait quelques officiers subalternes, choisis parmi les meilleurs, pour renforcer les états-majors trop faibles sur la plupart des vaisseaux.

Quatre jours plus tard, les vingt-six navires de ligne se trouvaient ancrés en bon ordre à la sortie du goulet, dans l'anse de Berthaume. Le lendemain, 16 mai, le vent étant favorable, les ancres furent dérapées. L'escadre entière sortit de l'Iroise, cinglant droit devant plein ouest, à la suite de la formidable *Montagne* qui battait pavillon amiral. Jean Bon Saint-André était à bord, avec Villaret-Joyeuse : un ex-noble qui avait commandé des frégates sous Suffren. Loin d'émigrer, il se montrait ardent défenseur de la France républicaine. Il avait su mériter l'estime et la confiance du représentant. Simple lieutenant de vaisseau, il s'était vu promouvoir directement contre-amiral, puis avait reçu le commandement en chef. Saint-André l'appuyait de tout son pouvoir. Le destin du convoi et, partant, celui de la république, reposait sur ces deux hommes également patriotes, également courageux.

Ce destin ne laissait pas Fernand sans inquiétudes. Il lui fallait tout l'optimisme de la jeunesse pour conserver le bel enthousiasme qu'il avait montré à Claude. Il ne pouvait pas ne point constater à quel point la plupart des vaisseaux étaient mal servis. On naviguait en colonnes, beaucoup avaient peine à garder les distances et à tenir la file. Le *Patriote* faisait à peine exception. C'était pourtant un excellent voilier, sensible, très manœuvrant, rapide, mais quelle différence avec l'équipage de la *République*, entraîné par des mois de sorties afin de chasser le corsaire et d'escorter les navires marchands! Rien de tel que le métier de « chien du troupeau », avec ses perpétuels virements de bord, ses louvoiements, ses mises en panne, ses brusques élans à pleines voiles, pour former des gabiers. Trop de vaisseaux n'avaient encore manœuvré que sur rade. Le *Patriote* ne comptait pas un vrai matelot sur cinq. Son commandant : le lieutenant de vaisseau Charbonnier, que l'ancien régime avait laissé vieillir sous l'épaulette d'enseigne, était un fort bon marin, seulement il manquait d'effectifs. On devait appeler à la manœuvre les soldats de marine, c'est-à-dire en l'occurrence des paysans ou des citadins levés par la réquisition et tout juste exercés au maniement des armes. S'ils arrivaient, depuis peu, à ne plus confondre tribord avec bâbord, misaine et artimont, la nomenclature compliquée du gréement leur échappait. Ils ne comprenaient rien aux sifflets ni aux commandements. On ne pouvait que leur demander leur force pour aider les matelots de pont. Quant à les envoyer dans la mâture, il n'y fallait point songer. C'est à peine si les grenadiers étaient capables de gagner leur poste de combat dans les hunes. Les officiers, presque tous promus de l'année, s'employaient de leur mieux. Ils auraient dû être dix au moins. Ils étaient huit, avec Fernand qui remplissait les fonctions de cinquième lieutenant. Il aurait dû y avoir huit cents hommes à bord. Il n'y en avait que sept cent cinquante.

Tandis que l'escadre faisait ainsi de l'ouest, lord Howe, repassant devant Brest, constatait la disparition de la flotte française. Elle lui avait filé sous le nez. Il se lança en chasse. Des jours durant, on l'entraîna loin des côtes. Le 9 prairial, 28 mai, on s'en trouvait à plus de sept cents milles, sur le parallèle de Brest, quand les vigies des deux flottes signalèrent ensemble l'adversaire. Pendant les huit derniers jours, le temps n'avait cessé de se gâter. La houle maintenant était forte, il ventait une brise de suroît grand frais. Le crachin bouchait la vue. De sorte que l'on se tombait dessus à l'improviste sans avoir pu prendre aucun dispositif de bataille. Fernand vit monter un signal à la corne de la *Montagne :* « A tous. Imitez ma manœuvre. » L'amiral brassait afin de venir au plus près. On avait l'avantage du vent, Villaret-Joyeuse en profitait pour se dérober. Lui et Saint-André obéissaient aux recommandations de Paris, et, en prenant chasse devant Howe, ils l'écartaient un peu plus de la route du convoi.

Aussitôt, les Anglais appuyèrent la chasse. Le *Patriote* naviguait à présent au vent de la *Montagne*, à quelques encablures par bâbord, avec le *Juste :* un 80 également, par tribord. Très bons voiliers, les uns et les autres, ils menaient les trois colonnes. Les hurlements du vent et les détonations des lames brisant par l'arrière ne leur permirent pas d'entendre la canonnade qui se déchaînait loin déjà derrière eux. Un des trois-ponts, le *Révolutionnaire*, de 110, manquant à la manœuvre s'était laissé sous-venter, et avait été enveloppé par l'ennemi. Le gros vaisseau se défendait bien. Il malmena ses adversaires au point qu'un 74 anglais, l'*Audacious*, partit à la dérive. Néanmoins, le 110 eût été accablé par le nombre si Howe, soucieux de garder ses navires pour une bataille générale, ne les avait rappelés. Le *Révolutionnaire*, à demi désemparé, appuyé dans le lit du vent et des vagues par une voile de cape, resta seul sur la mer où la nuit tombait dans la crasse et les hurlements du vent.

Au matin, le temps était toujours le même. Il gênait considérablement les vaisseaux mal montés, il servait au contraire l'escadre anglaise. Les marins de fortune, recrutés au moyen de la « presse », achetés à des marchands d'hommes ou envoyés par les cours d'assises, n'y manquaient pas, mais elle possédait des maîtres expérimentés dans l'art de dresser un équipage à coups de canne ou de chat à neuf queues, et un corps d'officiers où les simples enseignes avaient derrière eux des années de navigation. A l'aube, elle était dans les eaux de l'escadre française. Dès sept heures, elle manifesta l'intention de la forcer à combattre, en cherchant à prendre l'avantage du vent. Aussitôt la *Montagne* hissa le signal du branle-bas. Les hamacs, montés des batteries, étaient déjà roulés dans la gorge des bastingages. Les tambours appelèrent les soldats de marine à leurs postes de tirailleurs ou dans les compagnies d'abordage, tandis que les sifflets faisaient s'activer chaque marin à sa besogne précise. Partout on éteignait les feux. Les gabiers doublaient les principales manœuvres pour le cas où elles seraient coupées par un projectile, assuraient les mâts, tendaient les filets de casse-tête destinés à retenir les débris de vergues. Les matelots dégageaient les ponts, des mousses les sablaient pour que l'on ne glissât point dans le sang. On fixait aux pompes les manches à eau, on remplissait la chaloupe, dans la grand-rue. On démontait les cloisons mobiles séparant les postes, les chambres. Dans les batteries, les canonniers préparaient les pièces, décapelaient les bragues. Les servants prenaient place aux palans, se tenaient prêts à ouvrir au commandement les mantelets des sabords.

Des hommes, nu-pieds, montaient des soutes les gargousses et le pulvérin, d'autres portaient les boulets, les boîtes à mitraille. Dans les faux ponts de tous les navires, les médecins déballaient leurs instruments — couteaux, scies à os, aiguilles — et faisaient former des tables d'opération en réunissant les coffres.

Sur le *Patriote*, Fernand surveillait les préparatifs de la batterie barbette dont les pièces s'alignaient à découvert de chaque côté du pont des gaillards. Plus on s'élevait dans le navire, plus la grosseur et le poids de l'artillerie diminuaient. Question d'équilibre. Dans la 1re batterie, au-dessus du faux pont, régnait le 24 : onze canons de chaque bord. La 2e batterie était armée de trente pièces de 18, quinze par bordée; la batterie barbette ou découverte, de dix et dix pièces de 12, plus, tout à l'avant du tillac, quatre de 8 livres, à longue portée, servant à la chasse. Le grade des officiers diminuait avec le calibre. C'est ainsi que Fernand commandait sur le pont des gaillards, avec un aspirant comme auxiliaire, chacun ayant une bordée directement sous ses ordres. Sur le château arrière, le commandant, le premier lieutenant, l'officier de quart et son assistant veillaient à la manœuvre. Au-dessous du château, les quartiers-maîtres à la barre, debout devant la roue et l'habitacle, gouvernaient, avec des remplaçants près d'eux, prêts à prendre les manettes s'il arrivait malheur au timonier. Tous les matelots portaient le baudrier soutenant le large sabre d'abordage à coquille pleine. Près de chaque canon, dans des baquets, les mèches lentes se consumaient insensiblement sur du sable, sous un couvercle facile à soulever, de façon que les chefs de pièces pussent allumer là ou rallumer leur boutefeu. A côté, les mousses avaient rempli les seaux d'eau dans lesquels les servants tremperaient leurs écouvillons enveloppés de fauberts. D'autres seaux, également pleins, étaient rangés autour des rateliers du mât de misaine et du grand mât. Dans les hululements de la forte brise, tout cela tanguait et roulait en même temps que le vaisseau grimpant vers le ciel sale et crachineux puis redescendant avec un balancement paresseux de la hanche. Les vagues, qui couraient dans le sens de la marche, étaient loin de déferler à bord; elles brisaient sous l'arrière, et la proue claquait dans l'écume. Le *Patriote* tenait admirablement la mer, appuyé sur ses huniers, perroquets ferlés, voiles basses relevées sur les cargues. Sous le beaupré, la civadière avait été ferlée aussi sur sa vergue, et ma foi assez correctement, avec ses rabans bien passés. Seul, au-dessus, le clin-foc restait en l'air et plein. De la sorte, on avait du tillac une vue entièrement dégagée, aussi loin, du moins, que l'on pût distinguer quelque chose dans la brouillasse.

Les Anglais, voilés de brume, arrivaient par le travers, presque à portée. Si l'on voulait continuer à fuir pour les éloigner du convoi, il fallait virer en colonnes. En effet, le signal monta, répété par tous les vaisseaux. Ça va être du joli! pensa Fernand. Il ne se trompait point, hélas. Le *Patriote* vira relativement bien, tout en manquant de se faire emporter ses haubans par le beaupré du *Vengeur du Peuple* aussi pataud qu'au temps où il participait à la police des convois, avec les frégates. Mais, non loin d'eux, le *Montagnard*, le *Brutus*, le *Tyrannicide:* tous trois des 74, culaient ou se laissaient dépaler. En un instant, les Anglais les entourèrent. Sans hésiter, le commandant Charbonnier ordonna de revirer et d'ouvrir le feu. Heureusement, le *Patriote* était manœuvrant, il accomplissait tout seul la moitié de la besogne. Il s'inclina puis, d'un mouvement merveilleusement aisé, revint à son précédent cap. Escaladant les lames, il fonça dans le vacarme et la fumée du combat. Au commandement de Fernand, les deux 8 livres, à tribord, avaient commencé le feu. Bientôt, les 24 de la batterie basse rugirent, et, sous l'effet de la décharge, le navire se souleva du bord engagé. Mais cette batterie ne pouvait ouvrir ses mantelets qu'entre deux passages de vagues. Ses boulets firent cependant des ravages, on vit s'abattre un mât de hune sommé de la flamme anglaise.

Debout sur la claire-voie, au milieu du pont des gaillards, Fernand apercevait par l'ouverture de la grand-rue les servants d'un 18, sur le pont principal, en train de pointer leur canon. Ils s'écartèrent vivement. Presque aussitôt les quinze pièces lâchèrent leur première bordée qui roula comme un grondement de tonnerre. Enfin les 12 livres furent à portée utile. « Feu! » ordonna Fernand. « Écartez-vous! » crièrent les chefs de pièce en relevant, chacun sur la sienne, le petit toit de métal qui protégeait la cuvette remplie de pulvérin. Ils y plongèrent leur boutefeu. La poudre fusa, le grésillement s'enfonça dans la lumière, et les dix canons bondirent, reculant à bout de bragues. Les servants plongèrent leurs écouvillons dans les gueules encore fumantes, pour éteindre les débris. Puis de nouvelles gargousses, de nouveaux boulets, de nouvelles bourres, furent enfoncés à petits coups de refouloirs. Les palans, halés main sur main, firent rouler les massifs affûts de bois, ramenant les canons en position de tir, la volée sortie à travers le sabord. Les pointeurs se courbèrent sur les culasses, visant un but instable, comme le pont lui-même. De la main, ils faisaient signe à leurs aides qui, de chaque côté, avec une barre d'anspect engagée sous l'affût, déplaçaient l'arrière, tout doucement, à la demande.

Toutes ces opérations s'accomplissaient avec plus ou moins de promptitude selon la qualité des hommes. Aussi Fernand avait-il ordonné le feu à volonté, afin que chaque pièce prête tirât sans plus attendre. L'effet de choc était moins grand, mais les boulets pleuvaient sans discontinuer. Du reste, les 24, en bas, tiraient nécessairement par bordée ou par sections, et la puissance massive leur appartenait. Les Anglais en subissaient les ravages. Néanmoins ils résistaient encore avec énergie, lorsque la *Montagne* apparut, foudroyante. Incapables de soutenir le feu de ses cent vingt pièces lourdes, ils abandonnèrent leurs proies.

Malheureusement, le *Montagnard*, le *Brutus* et deux autres 74 : l'*Indomptable*, le *Mont-Blanc*, étaient désormais hors d'état de tenir la ligne. Il fallut se séparer d'eux. Les moins avariés remorquant les autres, ils reprirent la route de Brest. Avec le gros *Révolutionnaire* disparu depuis la veille, cela faisait cinq vaisseaux en moins. Howe n'en avait perdu qu'un seul : l'*Audacious*. On restait à vingt et un contre vingt-cinq.

Sur le *Patriote*, une bordée anglaise avait fait quelques dégâts à l'avant, tuant quatre soldats de marine sur le gaillard, arrachant une herpe et brisant le boute-hors de beaupré au ras du chouque. Tout en chassant sous un étai de misaine pour remplacer le foc, le commandant fit tirer de la drome un espars. Les palans de la chaloupe enlevèrent de la grand-rue cette rechange, et les matelots la halèrent au-dessus du marchepied de beaupré. Il n'y eut plus qu'à engager dans l'orifice du chouque, débarrassé des débris par le maître charpentier et ses aides, l'extrémité du nouveau boute-hors. On y capela les drailles des focs, et, en ridant les manœuvres on le fit sortir à la longueur voulue. De nouveau, les voiles avant furent envoyées, étarquées bon plein. Un tel travail n'eût pas demandé deux quarts d'heure à des matelots experts. On y usa près de quatre. Mais plusieurs des deux-ponts britanniques en avaient pour bien plus longtemps à réparer leurs avaries, autrement graves.

De la soirée, on ne revit pas la flotte anglaise, tandis que Villaret-Joyeuse, regroupant les navires, faisait encore de l'ouest, avec le *Patriote*, le *Juste*, le *Vengeur* à sa suite. On ne la revit pas non plus le lendemain. Au soir, on aperçut, par le travers devant, cinq voiles qui bientôt se révélèrent françaises. C'était la division du contre-amiral Nielly croisant à la recherche du convoi, à neuf cents milles de la côte. Un des vaisseaux, endommagé par une fausse manœuvre dans le gros temps, avait dû rejoindre Brest. Toujours ces gabiers de poulaine! En revanche, Nielly ramenait le *Révolutionnaire* qu'il avait pris en remorque et qui s'était réparé suffisamment pour pouvoir de nouveau mettre en ligne ses cent dix pièces. Ainsi, on se retrouvait à égalité de forces avec Howe. Malgré leur infériorité manœuvrière, les équipages voulaient résolument combattre. Ils avaient hissé en tête de mâts des pavillons bleus portant la devise jacobine : « Vivre libre ou mourir ». Ils haïssaient les Anglais qui, loin de leur faire une guerre loyale, affamaient le peuple pour le contraindre à rentrer dans l'ancien esclavage. L'ardeur des hommes sur le *Patriote* n'était pas refroidie par la mort de leurs quatre camarades. Ils les avaient vus, cousus dans une toile, un boulet aux pieds, glisser à la mer sur la planche suiffée, et ils savaient qu'en cas de bataille ce serait leur sort, à beaucoup d'entre eux. Mais ces victimes criaient vengeance, comme tant de malheureux, morts de misère, l'hiver dernier. Fernand, lui, se confirmait dans sa confiance. Le vaisseau ne s'était pas mal tiré de ses contacts avec l'ennemi, et quant à lui-même, après ces vingt-deux jours de travail sous voiles, il tenait ses sections bien en main.

Il allait achever son quart, le premier de jour, de quatre à huit, lorsque les vigies annoncèrent des voiles en vue par bâbord avant. C'était le 13 prairial, le 1er juin, peu après la demie de sept heures. Il faisait clair depuis longtemps sous un ciel plus dégagé, avec de gros nuages blancs qui se poursuivaient sur un fond gris. La brise, toujours de suroît, avait un peu calmi, en revanche la houle ne mollissait guère. Les crêtes des lames écumaient encore contre les mantelets de la 1re batterie des trois-ponts, fort basse, et lui rendraient de nouveau le tir incommode si les voiles annoncées appartenaient à l'ennemi. Mais il s'agissait peut-être de Van Stabel escortant le convoi. Fernand fit prévenir le commandant. Celui-ci monta aussitôt sur la dunette avec la plupart des officiers, et il envoya un des lieutenants dans la mâture.

Quand Fernand quitta le quart, nul doute ne subsistait : c'était bien Howe qui se présentait, avec l'avantage de la brise, cette fois. Il avait employé ces deux jours à réparer, puis à décrire un large circuit afin de mettre l'escadre française sous le vent et de la contraindre ainsi au combat. On aurait pu l'éviter encore une fois en virant de bord. C'eût été retomber dans les désordres du 10. Puisque les équipages voulaient la bataille, Villaret-Joyeuse et Jean Bon Saint-André résolurent de l'accepter.

Fernand déjeunait en hâte au carré, lorsque les tambours, les sifflets donnèrent le signal du branle-bas. De nouveau, les filets de casse-tête furent établis entre les mâts, tout le navire préparé, les canons mis partout en batterie. Du passavant, Fernand vit des boules noires monter aux drisses de l'amiral, éclore en autant de pavillons. Les quartiers-maîtres timoniers, lunette à l'œil, les déchiffrèrent. C'étaient les ordres de bataille, pour tous : ligne de file, au plus près bon plein, sous les huniers. Après quoi la *Montagne* adressa des signaux individuels aux traînards pour les rassembler, les amener dans la file.

A neuf heures, l'escadre s'alignait en ordre, chaque navire dans le sillage de son matelot. Le *Patriote* suivait la *Montagne*, beaupré pointé sur cette énorme poupe et ses deux vastes galeries en surplomb de la voûte d'arcasse où, par moments, le safran du gouvernail et ses chaînes de sauvegarde ruisselantes se découvraient. La galerie inférieure, couleur chamois comme les lignes des sabords, se rehaussait de bleu et de rouge sombre. La galerie supérieure avait des balustres dorés. Au-dessus, sur le couronnement assez plat, encadré par ses deux fanaux, se dressait le mât de pavillon portant la grande enseigne blanche à franc-quartier tricolore. Le pavillon amiral, bleu, blanc, rouge, était hissé en tête du grand mât, par-dessus la flamme de guerre.

Sur les flancs, plus larges au maître bau que le château arrière, on voyait se hérisser la ceinture des canons.

A bâbord, à contre-vent et à contre-jour — si l'on pouvait parler de contre-jour par cette lumière diffuse —, l'escadre anglaise sortait maintenant tout entière de la mer dont le gris de plomb retournait peu à peu au verdâtre. L'ennemi, mené par la *Queen Charlotte*, égale en force à la *Montagne* et arborant comme elle pavillon amiral, bleu surcroisé de blanc et rouge, attaquait par quatre colonnes, en ligne de relèvement, ce qui indiquait, chez Howe, l'intention de rompre sur ces quatre points de rencontre la file française, puis de relever alors ses colonnes afin de prendre entre deux feux l'escadre ainsi tronçonnée. Avant d'y parvenir, messieurs les Anglais allaient essuyer le feu des vingt-six murailles présentant chacune toute son artillerie d'un bord. Et comme ils s'offriraient par l'avant, eux, ils ne pourraient utiliser qu'une petite partie de la leur.

Très calme, captivé par le métier, Fernand supputait les inconvénients de cette tactique et ses avantages. L'aurait-il employée, à la place de Howe? Oui, à tout prendre. Il ne faisait courir de péril qu'à ses quatre vaisseaux de tête, et pas grand péril, car il aurait fallu une chance extrême pour causer beaucoup de dommages à un navire en le canonnant par la proue — sauf si l'on ravageait ses gaillards en tirant à mitraille, ce qui ne pouvait se faire de loin. Fernand était passionné par le jeu, par le spectacle. Pour l'instant, il oubliait le convoi, la haine contre ces suppôts des tyrans. Il admirait de toute son âme cette chose si forte et si belle : ces colonnes de voiles blanches, de coques sombres, appareillées, conduites par le trois-ponts qui montait majestueusement à la houle, s'inclinait en glissant avec aisance dans le creux suivant, se penchait sur l'autre hanche puis remontait tandis que sous son taille-mer la vague éclatait en deux gerbes d'écume rejaillissant jusqu'à la figure de proue.

L'espace diminuait rapidement entre les deux flottes. On distinguait les habits rouges des soldats de marine rangés en ligne sur les passavants de la *Reine Charlotte*. Soudain, les canons de chasse des quatre premiers vaisseaux vomirent des bouffées blanches et des langues de feu. Des boulets — coups trop courts — tombèrent à l'eau, écrêtant les vagues ou faisant jaillir des geysers. D'autres passèrent en ronflant. Alors on vit tous les mantelets de la 1re batterie au flanc bâbord de la *Montagne* qui se soulevait au roulis, se relever d'un coup, les gueules des pièces se darder, cracher leur foudre, rentrer. Les mantelets se rabattirent sur les sabords au moment où les batteries supérieures tonnaient à leur tour. Le *Patriote* tirait, lui aussi, de tous ses canons bâbord. La fumée voilait et dévoilait les assaillants environnés de gerbes; mais bien des coups portaient, car des trous apparurent dans des voiles anglaises, des morceaux de mâture volèrent. Un hunier désenvergué se mit à battre dans le vent comme une aile folle. Les projectiles n'épargnaient pas davantage les navires républicains, et d'autant moins à mesure que les colonnes de Howe, exécutant le plan prévu, s'engageaient dans la ligne française où elles usaient maintenant de toute leur artillerie. Fernand n'avait eu encore qu'un blessé par éclat de bois, lorsque l'aspirant, son adjoint, fut projeté à plat pont, la tête en bouillie.

L'amiral avait signalé : « Liberté de manœuvre. » Il ne pouvait plus, en effet, être question de tenir une file. A chacun de combattre selon ses moyens, dans la mêlée. La *Montagne* courut sur la *Queen Charlotte* qui venait de foudroyer au passage le *Vengeur du Peuple*, lequel ne trouvait pas moyen de lui répondre par un seul coup de canon. En revanche, quand la *Montagne* sortit toute proche, dans les tourbillons sulfureux, il lui lança toute sa bordée de 18. Le commandant Basire, capitaine de pavillon de l'amiral, eut grand-peine à empêcher ses canonniers, furieux, de tirer sur les « bougres de traîtres » du *Vengeur*.

Le *Patriote* et le *Juste* encadraient la *Montagne* lorsqu'elle rejoignit la *Queen Charlotte* flanquée elle-même du *Gibraltar* et du *Brunswick:* deux 74. Les deux amiraux, passant bord à bord, se canonnèrent d'un feu d'enfilade à bout portant, qui, mieux fourni par la *Reine Charlotte*, fit en quelques instants une hécatombe sur la *Montagne*, autour de Villaret-Joyeuse et de Jean Bon. Deux cents morts ou blessés gisaient sur les passavants, les gaillards; et parmi eux le commandant Basire. Le navire saignait. Des ruisseaux pourpres, coulant des ponts par les dalots, se répandaient sur la muraille noire et chamois. Il riposta néanmoins sans faiblir.

A tribord, le *Patriote* avait engagé le *Gibraltar*. Là aussi, dans les volutes de fumée qu'emportait le vent, et dans un fracas continu, le combat était dur. Des matelots relevaient sans cesse les blessés, les descendaient dans le poste du faux pont. On rassemblait les morts au pied des mâts. Des cris, des craquements, les claquements sourds des boulets frappant le bois, le miaulement des balles, le crépitement de la fusillade dirigée par les soldats sur les passavants, les gaillards et les hunes adverses, se mêlaient au tonnerre ininterrompu des pièces, avec une explosion et un soulèvement plus fort quand une bordée partait tout entière. On respirait à pleines narines l'odeur de la poudre. Le sable, çà et là humide de sang, crissait sous les pieds. La sueur coulait dans les yeux qu'on essuyait d'un revers de main. Fernand s'aperçut que chez lui cette sueur était rouge. Il se tâta le front, sentit une coupure produite, sans doute, par un éclat de bois. Il se fit un bandeau avec son mouchoir et continua de diriger le tir de sa batterie.

Le combat quasi bord à bord durait depuis une demi-heure. Le feu du *Gibraltar* diminuait et le navire anglais tombait peu à peu sous le vent. Les hommes de Fernand poussaient des cris de victoire, quand les sifflets des maîtres stridèrent, appelant les matelots aux bras. Fernand se rendit compte que la *Montagne* se dégageait. L'amiral volait au secours du *Terrible*. Celui-ci avait désemparé un trois-ponts ennemi, mais allait être lui-même accablé. Certains vaisseaux républicains se laissaient sous-venter ou emporter loin du feu, et cela permettait aux Anglais de se réunir à deux ou trois contre un adversaire.

Le *Patriote*, dont l'équipage, somme toute, ne se montrait pas mauvais du tout, suivit son matelot à la rescousse. Au passage, Fernand balaya d'une bordée à mitraille le tillac du *Brunswick* engagé flanc à flanc avec le *Vengeur*. Le capitaine Renaudin n'aurait plus qu'à jeter ses compagnies d'abordage sur le pont anglais; 74 contre 74 : combat égal. Il n'en allait pas de même là-bas, du côté du *Terrible*, où s'était formé un amalgame de vaisseaux tirant des deux bords, au milieu d'un désordre de gabies brisées, de mâts tombés à l'eau et traînant avec les haubans et les manœuvres. Des chaloupes ramassaient les hommes cramponnés à des fusées de vergues, à des restes de hune, des barres de perroquets, des mâtereaux. Entre les bouffées des décharges, qui s'enlevaient aussitôt dans le vent comme d'immenses rideaux, on apercevait le *Tyrannicide*, rasé. Il soutenait néanmoins le feu, tandis que, pour pouvoir continuer à gouverner, quelques matelots s'efforçaient d'établir une voile de fortune sur le tronçon restant du mât de misaine. Le *Patriote*, crachant de toutes ses pièces, entra dans la fournaise.

Après son passage, et le mitraillage du *Brunswick*, le commandant du *Vengeur du Peuple*, le capitaine Renaudin, avait bien pensé, comme s'y attendait Fernand, à lancer les compagnies d'abordage contre l'équipage anglais décimé. Il y avait pensé trop longtemps. Pendant qu'il faisait diriger une violente mousqueterie contre les hunes opposées pour en chasser les habits rouges, le *Brunswick* soucieux d'éviter un assaut qu'il n'eût pu soutenir, manœuvra pour se dégager. Quand on voulut jeter sur lui les grappins, c'était trop tard. Renaudin n'aurait cependant pas eu de peine à le rejoindre, si un nouvel ennemi, le *Ramillies*, n'avait pris à partie sur l'autre bord le *Vengeur* déjà malmené dans ses œuvres vives par la canonnade à bout portant. Le *Brunswick* avait subi surtout des pertes en hommes, cela ne l'empêchait pas de tirer. En panne à moins d'une demi-encablure, saignant lui aussi par les dalots, il lâchait encore des bordées, incomplètes mais redoutables. Ainsi le *Vengeur* devait répondre au feu de deux adversaires.

Il le fit assez longtemps à son honneur, finissant par désemparer le *Ramillies*. Mais il était à présent démâté et serré dans un enchevêtrement de débris qui flottaient autour de sa coque. Soudain des cris affolés s'élevèrent de la batterie basse : « Nous coulons ! »

Il n'en était rien. En se dégageant, le *Brunswick* avait arraché quelques mantelets des sabords demeurés ouverts car les vagues ne se faisaient pas sentir entre les deux navires accolés. Maintenant qu'ils étaient séparés, la mer entrait librement à chaque coup de roulis. Elle jaillissait en gerbes par-dessus les seuillets, elle se précipitait par l'écoutille dans le faux pont d'où les infirmiers se hâtaient de sortir les blessés. Tout le monde perdait la tête. La mer envahissait le navire ! On coulait ! En fait, il aurait suffi d'aveugler les sabords en improvisant des mantelets. Cela restait encore facile. L'idée n'en vint à personne. La panique régnait. Chacun ne songeait qu'à remonter des fonds, à ne pas se laisser prendre au piège là sous les barrots. Gagné lui-même par l'affolement, le capitaine Renaudin ne chercha seulement point à savoir pourquoi il coulait. Des boulets avaient provoqué des voies d'eau, bien entendu. Il arrêta le tir, mit aux pompes tous les hommes valides et amena son pavillon. Puis, comme les vaisseaux français semblaient avoir déserté les flots, il arbora le pavillon britannique pour demander du secours à l'ennemi. Le *Ramillies* ne s'en aperçut pas, il s'éloignait en dérivant. Quant au *Brunswick*, tout proche, il ne pouvait porter secours à quiconque, toutes ses embarcations étant détruites ou hors de service. Lui aussi, par la même cause que le *Vengeur*, avait les mêmes voies d'eau, mais il s'était empressé de les obturer. Il n'en demeurait pas moins incapable et d'amariner son adversaire qui se rendait et de le secourir. Les rats, sortant de celui-ci en longues files, se dirigeaient vers le *Brunswick.*

Tandis qu'aux environs la bataille continuait, furieuse, ce morceau de mer restait abandonné de tous. Une heure plus tard, vers trois heures après midi, le *Trente et un Mai* apparut, sortant de la fumée. Aussitôt, Renaudin, amenant le pavillon anglais, rehissa l'enseigne à franc-quartier tricolore, qu'il laissa en berne. A quoi le survenant ne répondit point. Incapable sans doute de mettre en panne ou de manœuvrer par cette grosse houle, il passa, poussé par le vent, sans tenter rien, ni pour son compatriote en perdition ni contre l'ennemi facile à réduire pourtant, au point où il en était.

Finalement, ce furent, vers cinq heures, deux anglais, le *Culloden* et le *King Alfred* qui envoyèrent des chaloupes. Prisonniers, le capitaine Renaudin et son état-major se trouvèrent embarqués les premiers. Parmi toutes les choses auxquelles on ne songea point, ce jour-là, sur le *Vengeur*, le pire oubli fut celui de cette loi marine selon laquelle le commandant doit rester le dernier vivant à son bord. Avec Renaudin et ses officiers, quatre cents hommes valides ou non grièvement blessés s'entassèrent dans les embarcations. Dès lors, les pompes n'étant plus servies, le navire, qui avait résisté pendant plus de quatre heures à la montée des eaux, coula rapidement. Il s'enfonçait droit, sans prendre aucune gîte, et de plus en plus vite à mesure que la mer atteignait les sabords supérieurs, la galerie de poupe. Les vagues affleurèrent le tillac où l'air, chassé de l'intérieur, s'échappait par les écoutilles en sifflant et projetant des colonnes d'eau pulvérisée. Bientôt, dans une couronne d'écume, n'émergea plus que le gaillard d'arrière sur lequel les blessés graves, les moribonds ressaisirent leurs dernières forces pour lancer une rageuse *Marseillaise* :

Allons enfants de la patrie,
Le jour de gloire est arrivé...

Oui, il était arrivé, l'instant de la gloire, pour ces hommes lâchement abandonnés, qui mouraient avec ce chant aux lèvres, en martyrs, en héros. Quelqu'un avait trouvé la force de hisser à bloc l'étamine blanche au quartier bleu, blanc, rouge. Un instant, elle resta seule dressée sur l'eau laiteuse et bouillonnante qui s'était refermée sur le gaillard. Quelques hommes accrochés à des épaves, rejetés par la mer, furent encore sauvés.

Fernand n'avait rien vu de ce drame. Le *Patriote* combattait beaucoup plus loin dans l'ouest, toujours à la suite de l'amiral qui portait sans cesse sa *Montagne* sur les points où les Anglais attaquaient le plus rudement. Si tous les vaisseaux s'étaient montrés aussi bons manœuvriers qu'elle, l'ennemi n'eût pas pris l'avantage. Hélas, on voyait d'heure en heure, le pavillon de la république descendre au mât de nouveaux navires désemparés. A deux heures et demie ç'avait été le *Sans-Pareil*, puis l'*Impétueux*. Peu après quatre heures, le *Juste*. A cinq heures, l'*America*, le *Northumberland*, français en dépit de son nom, et l'*Achille* après une magnifique défense, amenaient tous ensemble. Au soir tombant, la flotte ne comptait plus que dix-neuf vaisseaux, dont plusieurs avariés assez gravement. La plupart avaient subi surtout de lourdes pertes en hommes : cinq mille au total, on le sut plus tard. La flotte anglaise était loin, elle aussi, de demeurer intacte. On pouvait encore lui tenir tête, mais Villaret et Jean Bon ne s'illusionnaient pas : on finirait par être écrasés. Ils se décidèrent à la retraite. On mit le cap sur Brest en remorquant les éclopés. Durement éprouvé, Howe, amarinant ses six prises, ne tenta pas la poursuite. En cours de route, on rencontra une escadre ennemie, de neuf vaisseaux, qui manifesta d'abord des intentions menaçantes, puis vira quand Villaret, mettant à l'abri les navires les plus atteints, lui courut sus. Elle disparut dans le nord-est.

Le 23 prairial, 11 juin, on entrait dans le goulet de Brest. La flotte avait livré un combat malheureux mais gagné la bataille, car tandis qu'elle entraînait Howe à plus de neuf cents milles des côtes et qu'elle se défendait âprement, le convoi mené par Van Stabel avait passé sans encombre. Pitt essuyait une cuisante défaite, il perdait toute possibilité d'étrangler la République française. Tel fut l'avis du Comité. Il décréta que Jean Bon Saint-André et Villaret-Joyeuse méritaient bien de la patrie. Ils avaient, en effet, remarquablement accompli leur mission, laquelle ne consistait point à détruire la flotte anglaise, mais, avec des équipages insuffisants et inexperts, à faire passer intact le convoi américain. Barère célébra devant la Convention, avec plus de lyrisme que d'exactitude, l'héroïsme du *Vengeur*. Enfin, le capitaine Renaudin, libéré par les Anglais, fut promu contre-amiral; ce que Fernand eût jugé avec sévérité s'il n'avait lui-même reçu sa seconde épaulette. Lieutenant de vaisseau, embarqué comme troisième lieutenant à bord du *Révolutionnaire* remis à neuf, il participa, sous les ordres du contre-amiral Nielly, à une rencontre, au large d'Ouessant, avec une division ennemie : rencontre qui se termina par la capture du deux-ponts anglais l'*Alexandre*, de 80 canons.

IX

Le mauvais temps essuyé par l'escadre pendant les combats du 9 au 13 prairial avait également sévi à Paris, mais depuis plusieurs jours le soleil de juin brillait de nouveau tandis que se préparait activement la grande fête du 20. David s'y dépensait. Cinquante membres du club des Jacobins avaient été nommés commissaires des cérémonies, avec les vingt-huit artistes chargés des préparatifs. L'échafaudage dressé aux Tuileries, dans le jardin, s'était changé peu à peu en un immense amphithéâtre qui s'adossait au Palais national. Recouvrant la terrasse, il élevait majestueusement ses rampes, ornées de vases et de statues en stuc, jusqu'au premier étage du pavillon de l'Horloge — ou de l'Unité. Là, une plate-forme communiquait de plain-pied avec le vestibule du palais, par les balcons dont on avait déposé les fers. Au centre des gradins, se dressait une haute tribune. En face, sur le bassin rond, trônait à présent un groupe de figures allégoriques représentant l'Athéisme entouré par la Folie, l'Ambition, l'Égoïsme, la Discorde et autres ennemis du bonheur républicain. Des praticiens s'activaient à les terminer. Au Champ-de-Mars, d'importants travaux s'achevaient également.

Robespierre veillait à tout. Il avait voulu associer le peuple entier aux cérémonies, non comme simple figurant mais comme participant effectif. Chaque jour, les enfants des écoles étaient conduits à l'Institut national de Musique, on leur serinait ce qu'ils devraient chanter. Des solistes de l'Opéra allaient dans les sections apprendre aux citoyens et citoyennes les thèmes mélodiques des œuvres figurant au programme de la fête. On voyait sur les places, aux carrefours, les plus célèbres musiciens : Gossec, Méhul, Lesueur, Cherubini, juchés sur une chaise ou un tonneau, et battant la mesure au cercle des passants rassemblés.

Soudain, presque à la veille du grand jour, ces maîtres se trouvèrent singulièrement embarrassés. Robespierre apprenant, à la lecture des journaux, que le poème orchestré par Gossec pour être chanté sur la Montagne du Champ-de-Mars, avait comme auteur Marie-Joseph Chénier, s'emporta contre la commission de l'Instruction publique. Quoi! aller choisir pour une pareille solennité l'œuvre d'un ancien ami des Brissotins, passé dans l'opposition, rangé au plus bas du Marais, un homme dont le frère, contre-révolutionnaire notoire, était emprisonné à Maison-Lazare! Cela ne pouvait se qualifier que de trahison. Heureusement, l'Être suprême inspira un poète jusque-là inconnu : un certain Théodore Desorgues, natif d'Aix-en-Provence et disciple de Rousseau. Il improvisa une ode sur la musique déjà composée, et le nouvel hymne, au demeurant non dénué de majesté, fut imprimé, distribué en hâte.

Toute la journée du 19 prairial, on vit défiler par les rues des charrettes apportant des montagnes de roses cueillies jusqu'à dix lieues à la ronde, de la verdure, des fleurs des champs. Le peuple se préparait avec joie, encouragé par le temps magnifique. Tout semblait annoncer une ère nouvelle, heureuse. L'ennemi était repoussé des frontières, la crainte de la famine écartée. Même dans les prisons naissait une espérance. Jusqu'à la nuit, citoyens et citoyennes s'affairèrent à orner leurs maisons de feuillages, de drapeaux, de fleurs, de banderoles.

Le lendemain décadi, selon l'ancien calendrier le dimanche de Pentecôte — et Robespierre n'avait probablement pas choisi sans raison cette date, — le rappel général battit dès cinq heures du matin. A la brève nuit de juin avait déjà succédé une aurore radieuse. Le « Détail de l'ordre à observer pour la cérémonie », distribué dans toutes les sections, indiquait à chacune qu'elle devait se réunir, sous les ordres de son commissaire jacobin, se former en quatre colonnes, une d'adolescents, une d'hommes, une de femmes, une de jeunes filles, et se tenir prête à marcher. Le canon du Pont-Neuf donnerait à huit heures le signal du départ. Les quarante-huit sections se dirigeraient alors vers le Jardin national pour s'y rejoindre, se disposer sur les terrasses et dans les allées « où la place de chacune sera indiquée par des jalons portant des lettres alphabétiques ».

Claude était en train de s'habiller, en pestant contre Barère : il avait eu l'idée ridicule de faire revêtir en ce jour, à tous les représentants, l'uniforme des conventionnels en mission aux armées. Les inspecteurs de la salle, chargés de fournir ces costumes aux députés qui n'en possédaient point, les avaient livrés juste la veille au soir. Cette manie de l'uniforme! Et ce stupide bouquet que l'on devait tenir à la main! Tout cela rappelait furieusement la procession des États généraux, ses mantelets, ses cierges. C'était le même gaspillage des deniers publics, quand on continuait, et aujourd'hui plus encore qu'en 89, de courir après le numéraire.

En culotte de basin blanc, avec ses demi-bottes habituelles, Claude, maugréant, enfila donc cet habit bleu à haut collet rabattu, rouge, et revers de même couleur sur lesquels s'étalaient les revers blancs du gilet. Il attacha par-dessus, à sa taille, la haute ceinture tricolore retombant en deux pans. Mais, au grand amusement de Lise, il envoya promener le sabre livré avec l'uniforme. Un sabre, à lui qui n'avait jamais été seulement garde national! Et que diantre les législateurs avaient-ils à faire d'un sabre! « Ne grogne pas, tu es beau », lui dit Lise en lui nouant au cou ses bras nus. Elle était rose et blonde, en chemise; sa grossesse ne se trahissait pas encore. « Je t'adore », dit-il. Il l'embrassa puis lui passa son déshabillé. Margot leur servit le déjeuner et s'ébahit de voir son maître devenu « un vrai général, tout comme le citoyen Bernard ».

« Eh non, répliqua Claude, montrant son collet, ses revers. Moi, je n'ai pas de broderies d'or là et là, ne le remarques-tu point? »

Il avait été convenu que Lise assisterait à la cérémonie, des fenêtres du bureau de Cambon : l'ancien appartement de Madame Élisabeth. Quant au Champ-de-Mars, elle n'irait pas. Souberbielle ne le lui avait pas permis, ce serait trop fatigant. Il fallait faire attention : jusqu'au troisième mois, les accidents n'étaient pas rares. Voulant travailler au Comité avant de perdre les trois quarts du jour en mômeries, Claude dit qu'il les attendrait, elle et Gabrielle, au pavillon, pour les mener chez Cambon. Claudine, avec les élèves de l'Institut de Musique, faisait partie des chœurs.

Arrivé dans son cabinet, Claude y fut rejoint peu après par Vadier, qui n'avait pas consenti à se « travestir », dit-il. Et il ajouta en se frottant les mains : « J'ai quelque chose de bon à t'apprendre, mon ami. Nous savons depuis hier soir que dom Gerle a un certificat civique rédigé par l'Incorruptible. S'il n'y a point là, sans doute, de quoi souffler notre sainte Chandelle, on peut tout de même avec ça lui causer des embarras sérieux. N'est-ce pas ton avis? »

L'Incorruptible, en ce moment, songeait à bien autre chose qu'à ses adversaires et à leurs trames. Ils ne comprenaient pas que s'il avait tenu à jouer le premier rôle dans cette fête, ce n'était pas pour y chercher un triomphe personnel, mais pour faire triompher la vérité qu'il était sûr de détenir. Maintenant, il avait oublié Ladmiral et Cécile Renault. Il voyait luire enfin le jour tant désiré. Il était sûr que le peuple entier allait s'unir à lui dans un élan de religion instinctive, se remettre à lui. Alors, soutenu par l'immense force populaire, il écraserait toutes les cabales, anéantirait toutes les formes de corruption, et instaurerait le règne du bonheur dans la simplicité, le naturel, la pureté, l'heureuse vertu.

De sa chambre, par la fenêtre ouverte, on entendait, à travers la cour et le passage voûté, le va-et-vient des gens dans la rue de la Convention, le bruit allègre des préparatifs. Assis devant sa table, avec Brount à ses pieds, Maximilien donna un dernier coup d'œil à son discours mis au net par Simon l'invalide. Sur une chaise, au pied du lit, attendait non pas l'uniforme quasi militaire des représentants, mais un habit d'une seule couleur : bleu barbeau, et dessus l'écharpe bleu, blanc, rouge, à franges d'or, le chapeau rond, de haute forme, ombragé par un panache tricolore.

Quand il eut revêtu cet habit sur une culotte de nankin blanc, avec des bas chinés, un gilet blanc, une cravate blanche à jabot de dentelle, il descendit dans la salle à manger. Toute la famille l'attendait, les femmes en toilette claire, Duplay et son fils en costume neuf, Simon dans son uniforme de volontaire, s'appuyant sur une canne pour aider son pilon. Tous se disposaient à aller applaudir le grand homme qu'ils avaient couvé. Il leur sourit avec affection. Il était trop nerveux, trop impatient, pour déjeuner. L'âme brûlait en lui, il vivait de désir, de joie, d'espoir. Éléonore tout émue lui remit le gros bouquet d'épis et de fleurs artificielles : bleuets, marguerites, coquelicots, qu'elle avait confectionné elle-même. Maximilien la remercia tendrement et partit, accompagné par les gardes bénévoles qui ne le laissaient plus sortir sans protection.

Le canon de huit heures avait déjà tonné sur le Pont-Neuf, les sections étaient en marche, convergeant vers les Tuileries. Leurs cohortes pacifiques s'avançaient par les rues résonnant du roulement des tambours. Chaque façade se parait de festons, de drapeaux; des guirlandes vertes et fleuries plafonnaient de fenêtre à fenêtre. Le parfum de tant de roses et l'odeur des feuillages coupés imprégnaient l'air. Maximilien alla au Palais national voir si tout y était prêt. Dirigés par l'artificier Ruggieri, des ouvriers avaient travaillé depuis trois heures du matin à retoucher le groupe des figures allégoriques, faites de toile soufrée, qui s'enflammeraient d'un seul coup, sous la main du président de la Convention, pour dévoiler une statue de la Sagesse. Magnifique symbole. Il parlerait à l'âme populaire, estimait Maximilien. Mais l'exécution de ce coup de théâtre causait du souci à l'artificier. Pendant la nuit, il avait jugé bon de donner une autre disposition au léger échafaudage dissimulé sous la toile combustible. A présent, il pensait que cela irait bien.

La Convention devait se rassembler au pavillon de l'Unité, dans la salle même où le peuple, le 20 juin, avait défilé devant Marie-Antoinette et le dauphin coiffé d'un bonnet rouge.

De là, les députés sortiraient en corps sur la plate-forme recouverte d'un tapis tricolore et supportant leurs sièges disposés en hémicycle, avec, en avant, surélevé comme un trône, le fauteuil présidentiel. Pour le moment, personne encore n'était arrivé. Robespierre se rendit dans la salle de la Liberté. Il y trouva Vilatte dit Sempronius Gracchus, beau garçon de vingt-six ans, qui avait été quelque temps professeur à Limoges. Barère et lui l'avaient fait nommer juré au Tribunal révolutionnaire. Claude s'en défiait fort : il le soupçonnait de leur servir d' « informateur », particulièrement à Barère, comme le jeune Jullien servait particulièrement d' « informateur » à Robespierre.

Vilatte pria Maximilien de venir chez lui attendre l'heure de la réunion. Par les soins de Barère, le jeune homme occupait un logement au pavillon de Flore. Robespierre accepta l'offre. Les manières distinguées de ce garçon, fort enthousiaste du beau et de la vertu, lui plaisaient. Vertueux! l'était-il tant? Il vivait avec une très jolie fille, brune au teint clair, gaie, spirituelle, si ravissante que les maîtresses de Barère et du vieux Vadier la détestaient. A tout prendre, il n'y avait point de mal à ce que deux jeunes êtres si bien assortis s'aimassent puisqu'ils se montraient fidèles l'un à l'autre. En entrant chez Vilatte, Maximilien salua donc aimablement la jeune femme. Elle le débarrassa de son bouquet et le pria de prendre quelque chose. Un en-cas était préparé, car Vilatte avait invité les membres du Tribunal révolutionnaire à venir voir de chez lui la fête. Quelques-uns se trouvaient là.

Robespierre mangea peu et ne parla guère. Il semblait soulevé sur des nuages. Toute son attitude révélait l'exaltation de son âme. Il s'approcha de la fenêtre, contempla longtemps, avec une visible émotion, l'immense foule qui emplissait en ordre le jardin, chaque colonne gagnant sa place assignée. Les femmes, toutes en robes blanches — les épouses portant des bouquets de roses, les jeunes filles des corbeilles remplies de pétales — occupaient le côté du Bord de l'Eau. Les hommes, le côté des Feuillants. Ces longues masses disparaissaient sous les ombrages des marronniers. Dans l'allée centrale, derrière les tambours et les drapeaux des quarante-huit sections groupées là, moutonnaient jusqu'au grand bassin et plus loin jusqu'au Pont-Tournant, les cohortes des adolescents, la force armée des sections, les canonniers avec leurs pièces, les délégations des vieillards. Le ciel versait là-dessus une lumière splendide qui avivait les couleurs. Quel prodigieux tableau! Ces centaines de milliers d'individus rassemblés dans une pensée commune. Et cette pensée, il en était, lui Robespierre, l'interprète, le guide et le défenseur. Comment ne point se sentir bouleversé?

« Voilà, murmura-t-il, la plus touchante partie de l'humanité. Que la nature est éloquente et majestueuse! Combien cette fête doit faire trembler les tyrans et les pervers! »

Perdu dans sa contemplation, il avait laissé passer l'heure. Il s'en avisa soudain et partit précipitamment, prenant son chapeau mais oubliant son bouquet. Quand il s'en aperçut, il fallut revenir. Pendant ce temps les conventionnels s'impatientaient. Ses ennemis chuchotaient : « Il fait le roi. Nous prend-il pour des courtisans? Nous ne l'attendrons pas davantage. » Lorsqu'il arriva, tous étaient installés à leurs places sur la plate-forme. Son entrée solitaire parut une recherche de l'orgueil. Il gagna le fauteuil surélevé. Dans le jardin, les tambours roulèrent. Méhul leva sa baguette, et l'orchestre, rangé sur les premiers degrés de l'amphithéâtre, attaqua le morceau d'ouverture.

Pour les sectionnaires, sur les deux terrasses et dans les allées, le spectacle se présentait ainsi : au point le plus haut, le bonnet rouge et l'oriflamme sommant le pavillon de l'Unité, qui avaient été remis à neuf, détachaient contre le ciel leurs teintes vives. Au-dessous, le dôme à quatre pans luisait au soleil. Plus bas, de chaque côté, les galeries du palais ornées de festons tricolores, de guirlandes, fermaient le décor qui se terminait à droite par le pavillon de l'Égalité, à gauche par celui de la Liberté, enguirlandés eux aussi et surmontés chacun d'un drapeau. Revenant au pavillon central, à la hauteur du premier étage le regard était frappé par un moutonnement bleu, blanc, rouge : les plumes de la Convention établie en gradins sur sa plate-forme, deux cents panaches ondulant au vent léger. En avant, seul, un petit personnage bleu clair et blanc, qui trônait comme un monarque : point de mire pour des centaines de milliers d'yeux. De part et d'autre de lui, s'ouvrait l'immense fer à cheval des degrés coupés par des échelonnements de vases fleuris et de statues, et couverts par les choristes de l'Opéra, de l'Institut de Musique, par les solistes — toutes les femmes vêtues de blanc, couronnées de roses —, enfin par l'orchestre. Entre celui-ci et les tambours, les musiques militaires, les drapeaux, qui lui faisaient face, les monstrueux ennemis de la république, promis aux flammes, se dressaient dans un espace vide.

Après le morceau d'ouverture, le petit homme en bleu barbeau se leva, prit place à la tribune disposée en avant de lui, un peu plus bas. L'enthousiasme lui rendait la voix inhabituellement forte et nette. Seuls pourtant les membres de la Convention, les artistes, les premiers rangs de sectionnaires, entendirent le discours :

« Français, Républicains, il est enfin arrivé, ce jour à jamais fortuné que le peuple français consacre à l'Être suprême! Jamais le monde qu'il a créé n'offrit à son auteur un spectacle si digne de ses regards. Il a vu régner sur la terre la tyrannie, le crime et l'imposture. Il voit dans ce moment une nation entière, aux prises avec tous les oppresseurs du genre humain, suspendre le cours de ses travaux héroïques pour élever sa pensée et ses vœux vers le grand Être qui lui donna la mission de les entreprendre et la force de les exécuter... »

Robespierre chanta les louanges de l'Éternel : « Il a créé les hommes pour s'aider, s'aimer mutuellement et pour arriver au bonheur par la route de la vertu... Tout ce qui est bon est son ouvrage; le mal appartient à l'homme dépravé qui opprime ou laisse opprimer ses semblables », puis il déclara : « Être des êtres, nous n'avons pas à t'adresser d'injustes prières : la haine de l'hypocrisie et de la tyrannie brûle dans nos cœurs avec l'amour de la justice et de la patrie. Notre sang coule pour la cause de l'humanité. Voilà notre prière, voilà nos sacrifices, voilà le culte que nous t'offrons. »

Et l'orateur conclut : « Demain, reprenant nos travaux, nous combattrons encore les vices et les tyrans. »

Plusieurs fois ce bref discours avait été coupé d'applaudissements auxquels s'associaient de confiance les gens qui ne comprenaient pas les paroles. Mais la dernière phrase déçut généralement et déplut. La majeure partie du public s'attendait à entendre annoncer une espèce de réconciliation nationale sous les auspices de l'Être suprême, l'abolissement des mesures de rigueur, la fin de la vie difficile. Au sein même de la Convention, beaucoup se sentaient visés par cette allusion à la poursuite du combat contre les vices, et considéraient comme une intolérable hypocrisie les mots « tyrans, tyrannie, oppression » dans la bouche de Robespierre.

Grave et compassé, tel un pontife, il descendit l'escalier monumental où tous les yeux le suivaient. L'ironie, la haine l'accompagnaient. Il s'avança vers les statues de toile. Ruggieri lui remit une symbolique lance à feu, avec laquelle le petit homme toucha la robe de l'Athéisme tandis que des aides enflammaient tout le groupe. Un tourbillon de fumée sombre et âcre s'éleva aussitôt, lançant de hautes volutes. En un instant, tout fut consumé, la Sagesse apparut. Mais dans quel état! charbonnée, lamentable, la figure tachée de noir. Quand Robespierre regagna la tribune, les ricanements, les sarcasmes se donnaient libre cours parmi ses collègues. « Ta sagesse est obscurcie », lui lança-t-on. Et lorsqu'il reprit la parole pour déclarer, de l'athéisme : « Il est rentré dans le néant, ce monstre que le génie des rois avait vomi sur la France », les sceptiques ne se privèrent plus de s'esclaffer.

Cependant l'immense chœur soutenu par l'immense orchestre attaquait l'hymne à l'Éternel, dont tout le peuple, jusque sur la place de la Révolution, accompagna la mélodie. En même temps, les choristes en robes blanches faisaient pleuvoir des pétales de roses. C'eût été sublime, songeait Claude en écoutant cette voix formidable et harmonieuse qui sortait de centaines de milliers de poitrines, si l'on avait chanté ainsi *La Marseillaise* ou quelque hymne patriotique, au lieu de ces absurdes cantiques. Beaucoup de conventionnels partageaient cette opinion, leur hostilité contre Robespierre commençait de se manifester ouvertement.

On descendit. Le cortège se forma pour gagner le Champ-de-Mars. En tête, cent tambours, des musiques militaires ouvrirent la marche, suivis par un détachement de cavalerie. Derrière, venaient les différents groupes des sections, puis un char « rustique » tiré par huit bœufs aux cornes dorées, caparaçonnés aux couleurs nationales. La Liberté figurait là-dessus, assise, une massue à la main, ombragée par un jeune arbre et entourée d'une quantité d'instruments agricoles. La Convention accompagnait le char. Parmi les représentants, détonnaient certains irréductibles qui, tel Vadier, avaient refusé l'uniforme, se contentant de l'écharpe. Le groupe entier était encadré par un ruban tricolore « porté par l'enfance ornée de violettes, l'adolescence ornée de myrtes, la virilité ornée de chêne et la vieillesse ornée de pampres », ainsi que le prescrivait le programme. Charmantes chez les enfants, et chez les adolescentes, à partir de la « virilité » ces parures produisaient un effet parfaitement ridicule. Venait enfin un autre char où l'on avait eu la singulière idée de réunir des aveugles qui chantaient un hymne à la divinité. Un corps de cavalerie terminait le cortège, au long duquel David s'affairait, agitant son chapeau à plumes et criant : « Place au délégué de la Convention! » Ses propres collègues lui donnaient le plus de mal. Tandis que l'on se dirigeait, par l'allée centrale, vers le Pont-Tournant, ils mettaient une mauvaise grâce grandissante à rester dans l'ordre. Pestant contre la prétention de les faire marcher au son du tambour et en files, ils rompaient leurs rangs pour se grouper à leur fantaisie. Ils rabrouaient David, se moquaient des objurgations des huissiers, et s'arrangeaient sournoisement, à l'instigation de Fouché, de Tallien, d'Amar, pour agrandir l'espace qui les séparait de Robespierre.

Quand on déboucha sur la place de la Révolution, il se trouvait isolé, à vingt pas d'eux. Il semblait ainsi l'unique célébrant de cette fête. « Il faut laisser la place des fantômes », dit durement Ruamps. Parmi les députés, l'un songeait à Danton qu'il pleurait, d'autres pensaient à Vergniaud, à Brissot, aux Roland, certains peut-être à Louis XVI dont Maximilien, Couthon et Saint-Just leur avaient arraché la condamnation. Oui, tout un bataillon de fantômes peuplait l'espace vide entre Robespierre et la Convention, sur l'emplacement même où le bourreau avait montré leurs têtes au peuple, et d'où l'échafaud s'était éclipsé. Mais on n'ignorait pas que douze têtes étaient tombées ici, hier, qu'une équipe d'ouvriers avait passé la nuit à nettoyer cet endroit imbibé de sang.

Les tambours, les trompettes, les musiques, les chants, des salves d'artillerie accompagnaient la marche du cortège passant par le pont de la Révolution, l'esplanade des Invalides, l'avenue de l'École-de-Mars. Ces bruits triomphaux, ces applaudissements ne pouvaient empêcher Maximilien d'entendre ce qui se clamait maintenant derrière lui. Bourdon de l'Oise le dénonçait à la foule comme un charlatan, un dictateur. Thirion, Montaut l'invectivaient. Lecointre le traitait de tyran. « Je le poignarderai de ma main », déclarait-il. Comme une femme, au passage, jetait des fleurs en criant : « Vive Robespierre! » Merlin de Thionville la repoussa vivement. « Crie donc Vive la République, malheureuse! »

Maximilien se retourna. « Pourquoi maltraiter cette pauvre femme?

— Parce que *nous ne voulons pas d'idole.* Te rappelles-tu cette phrase? Nous as-tu fait sacrifier Danton pour prendre sa place? »

Elle était loin, la joie exaltante de ce matin. Au visage de Robespierre, malgré ses efforts pour paraître impassible, l'expression du chagrin et de la déception la plus amère remplaçait l'air illuminé qu'il avait eu chez Vilatte. Son chapeau à la main, son bouquet de l'autre, il marchait d'un pas parfois incertain, au milieu de ce désert si tôt fait autour de lui. Il avait cru imposer sa doctrine à la Convention, et il devait maintenant comprendre qu'il avait attiré sur lui toutes les haines et toutes les rancunes : celles des anciens Feuillants qui se taisaient depuis la mort du roi, attendant leur heure; celles des anciens girondistes ou girondinisants qui ne renonçaient point à la revanche; celles des anciens hébertistes, des Fouché, des Billaud-Varenne, des Collot d'Herbois, des Vadier, des Amar, qui ne voulaient point avoir condamné Hébert et Chaumette pour en arriver à restaurer la superstition et fonder là-dessus la dictature d'un cagot fanatique; celles des anciens amis de Danton, les Tallien, les Fréron, les Barras, ces jouisseurs qui exécraient son austère vertu.

Devinant ce qu'il ressentait, Claude l'aurait plaint si l'on avait pu éprouver la moindre pitié pour un homme dont l'esprit têtu, intolérant et dogmatique faisait à présent le plus grand ennemi de la liberté. Le pire, c'était qu'avec son manque total de réalisme il ne s'en rendait même pas compte. Sincère mais abstrait, son amour du peuple le transformait en un oppresseur, un bourreau de ce peuple. Il ne lui venait pas à l'idée que cette fête menée tambour battant était odieusement tyrannique. Avait-il songé un seul instant, en surveillant les apprêts de la journée, que les êtres humains ne sont pas des entités? Avait-il prévu des repos, des temps pour se restaurer?

Pas le moindre. Cela le peignait tout entier. Depuis cinq heures du matin — et il était à présent deux heures après midi —, il tenait debout en plein soleil des milliers de femmes, d'enfants, de vieillards, auxquels les chefs de section interdisaient de s'asseoir, de boire, de manger, parce que cela eût été contraire à la majesté de la cérémonie. Se soucie-t-on de la matière quand on célèbre la Divinité! Sans doute estimait-il tout naturellement, comme le disait une de ces femmes, que la nourriture d'encens devait leur suffire. Mais de temps à autre, dans le cortège, une silhouette blanche s'effondrait. Robespierre la voyait-il? Concevait-il la monstruosité de son idéalisme? Assurément non. Il ne devait être occupé que de son amertume.

On passa devant l'École militaire. Un arc triomphal en forme de niveau se dressait là, par lequel la procession entra dans le Champ-de-Mars, baptisé champ de la Réunion. Au centre, à la place de l'autel de la Patrie, on voyait maintenant une accumulation de rochers avec du gazon, des escaliers tournants, des buissons, des trépieds, une grotte. Au sommet tronqué, un arbre. En arrière de ce massif, une haute colonne supportant une statue. La Liberté? ou l'Être suprême? Un peu en avant de l'École militaire, s'élevait une espèce de temple gréco-romain précédé de vastes degrés sur lesquels la Convention prit place. Tant de puéril symbolisme ajoutait à l'irritation de Claude. N'en finirait-on jamais avec cette antiquité de pacotille, cette manie de vouloir ressusciter Rome à Paris et la république de Brutus à l'aube presque du XIXe siècle!

Pour la plupart des conventionnels, c'était une journée de mauvaise humeur. Ils avaient fini par se débarrasser de leurs bouquets en les lançant au public, sur le parcours. Dans leur uniforme de drap, ils souffraient de la chaleur. La poussière desséchait la gorge. La cérémonie les excédait. Cependant l'orchestre et les chœurs entamaient l'hymne de Gossec et Desorgues : « Père de l'univers, suprême intelligence... » Ici, l'espace triomphait de la musique. Si puissante qu'elle fût, elle se perdait dans l'immensité du Champ-de-Mars. Et le peuple harassé s'en désintéressait. On en avait par-dessus la tête des commissaires, on les envoya promener. On s'assit à terre ou sur les talus herbeux. Les précautionneux mangèrent et burent les provisions dont ils s'étaient munis en vue du « repas civique et frugal » prévu par le programme, mais seulement à la fin de la cérémonie. D'autres partirent pour s'en procurer aux environs. Une fois restaurés, ceux qui restaient reprirent goût à la fête; ils accompagnèrent de nouveau les chœurs. On chanta des strophes à la divinité sur l'air de *La Marseillaise.* Au sommet de la Montagne, un chef d'orchestre battait la mesure avec un drapeau. Le soir approchait, ramenant un peu de fraîcheur. Enfin, après le dernier hymne, une canonnade formidable éclata, répercutée par les coteaux de Passy. Claude ne sut point si l'ultime commandement du programme était exécuté : « Les enfants jettent des fleurs vers le ciel, les vieillards bénissent les adolescents, les mères remercient l'Être suprême de leur fécondité, les vierges jurent de n'épouser que des citoyens ayant servi la patrie. » En tout cas, ce fut presque aussitôt la débandade.

Les députés mouraient de faim, ce qui n'améliorait pas leur humeur. Au lieu de retourner en corps aux Tuileries, comme le voulait le cérémonial, ils s'empressèrent de chercher pitance dans les estaminets, aux abords de l'École de Mars, tandis que la foule refluait en désordre vers le Jardin national pour voir les illuminations. Leur soif et leur faim apaisées, les conventionnels s'en allèrent par petits groupes, en clabaudant contre Robespierre. On citait le mot d'un montagnard : « Voyez ce bougre-là, ça ne lui suffit pas d'être le maître, il faut encore qu'il soit dieu! »

Mis en gaieté par le petit vin de Suresnes, Vadier et Amar s'amusaient à intriguer Vilatte retrouvé dans le jardin des Tuileries. « La Mère de Dieu n'enfantera pas son Verbe divin », annonçait Vadier parodiant Catherine Théot. « L'œuf que la poule couve n'aura pas de germe », enchaînait Amar.

« Je n'entends rien à cette théologie, fit Vilatte, dis-moi donc ce qu'est cette Mère de Dieu.

— Ah! ce sont des mystères étrangers aux profanes. C'est la Mère du Sage qui est le centre où le ciel et la terre doivent aboutir. »

Le jeune homme, subodorant quelque chose d'important sous ces plaisanteries, s'efforça d'obtenir des explications. Les deux autres se gardèrent de lui en donner.

Robespierre rentrait chez Duplay. Tout le monde l'attendait

de nouveau dans cette salle à manger d'où il était parti si heureux, si impatient, ce matin. A présent, fourbu, il écouta dans un silence consterné les compliments de ses hôtes. Tous, ils avaient assisté aux cérémonies du Jardin national et du Champ-de-Mars; ils ne tarissaient pas sur le triomphe de leur cher grand homme. Il les laissa parler puis, secouant la tête, leur dit d'un ton las et triste : « Vous ne me verrez plus longtemps. » Et sans rien ajouter, il monta dans sa chambre.

Pour lui, désormais, estimait Claude, il ne restait qu'un recours : supprimer tous les adversaires de son utopie, l'imposer par une oppression policière et une terreur accrues. Sans aucun doute, il allait adopter cette ligne. C'est ce que déclara Claude dès le lendemain, 21 prairial, aux principaux membres du Comité de Sûreté générale et à Tallien, furieux et bouleversé, car sa maîtresse, la belle Thérésa Cabarrus, ci-devant marquise de Fontenay, venait d'être arrêtée par le bureau de police aux ordres de Robespierre —, à Fouché, Barras, Legendre, Panis, Dubon, Carnot. Il les avait réunis chez lui afin d'aviser. « Attention à nos têtes! poursuivit-il. Je t'engage vivement, mon cher Vadier, à ne pas perdre un instant pour présenter ton rapport. Tâche qu'il soit efficace. » Carnot émit l'avis d'accuser carrément Robespierre de dictature, devant la Convention. Le Comité de Sûreté générale arrêterait Hanriot et l'on dissoudrait la Commune. Cela parut irréalisable, pour le moment.

Robespierre, qui présidait encore la Convention, ne perdit pas de temps, lui non plus. Le 22, Couthon se fit porter à la tribune et commença un discours auquel, tout d'abord, dans le brouhaha propre aux débuts de séances, nul ne prêta la moindre attention. Soudain, on se rendit compte que l'infirme était ni plus ni moins en train d'exposer un plan de réforme judiciaire. Du coup, les oreilles se tendirent. Il s'agissait là, évidemment, du moyen de « continuer à combattre les vices et les tyrans » annoncé l'avant-veille, pendant la fête, par l'Incorruptible. Puisque Saint-Just, lors de son bref retour à Paris, avait repoussé toute idée d'accélérer la justice, Maximilien s'était mis lui-même au travail, avec la collaboration de Couthon. On ne l'ignorait point. On connaissait même, par les protestations de Fouquier-Tinville auprès des deux Comités, le caractère outrancier du projet. Cela n'importait guère, car ledit plan devrait, avant de passer à la Convention, obtenir l'assentiment de la majorité au Comité de Salut public. Si Fouquier disait vrai, on démolirait la machine de guerre robespierriste. Claude et ses alliés attendaient d'en juger par eux-mêmes. Et voilà que Robespierre et Couthon, déjouant insolemment cette attente, se permettaient de passer par-dessus leurs collègues! C'en était trop!

De sa voix douce, le paralytique affirmait : « Les tribunaux sont destinés à punir les ennemis de la république. On ne doit prendre que le temps de les reconnaître. Il s'agit moins de les châtier que de les anéantir. L'indulgence envers eux est atroce, la clémence parricide. » En conséquence, proposait-il, le Tribunal révolutionnaire serait renforcé, on lui ajouterait deux nouvelles sections. Plus de défenseurs. « Les conspirateurs n'en doivent trouver aucun. » Plus de procédure écrite, plus de témoins, sauf cas exceptionnels, plus d'interrogatoires à l'audience, une simple constatation d'identité suffirait. Les jurés, ramenés à cinq par section, pourraient se contenter de preuves morales. Une seule peine : la mort. Tout citoyen serait tenu de dénoncer les suspects, c'est-à-dire, outre les catégories déjà désignées à différentes reprises, « tous ceux qui auront cherché à dissoudre ou avilir la Convention nationale, ceux qui auront abusé des principes de la Révolution, ceux qui auront répandu de fausses nouvelles, égaré l'opinion, corrompu la conscience publique, dépravé les mœurs, enfin ceux qui, par quelque moyen que ce soit, attenteraient à la liberté, à l'unité, à la sûreté de la république ou retarderaient son affermissement ». En somme, on donnait au tribunal le pouvoir de condamner n'importe quel citoyen opposé d'une façon ou d'une autre à la doctrine robespierriste. Et le rapporteur lut la liste des douze nouveaux juges et des cinquante nouveaux jurés proposés : tous amis personnels de Robespierre, ou de Couthon, entre autres Duplay. Il fallait ce nombre pour que les quatre sections pussent siéger d'une façon permanente.

Ruamps, qui représentait la Charente-Inférieure, se leva. « Je demande l'ajournement et l'impression pour examen. Si une telle loi était adoptée d'emblée, je me brûlerais la cervelle au pied de la tribune. »

Jacobin convaincu, Ruamps avait été jusqu'à ces derniers temps un des soutiens de Robespierre. D'autres Montagnards protestaient également. Lecointre avec violence. Claude peinait à se taire, et n'était point le seul. Les membres du gouvernement ne pouvaient s'élever contre le projet présenté par l'un d'entre eux, sans trahir ainsi l'antagonisme qui divisait le Comité. Depuis des mois, la Convention n'osait pas y toucher parce que, le croyant toujours uni fortement, elle voyait dans l'accord de ces dix hommes le ressort de leur énergie, la source des victoires remportées par la France sur la Coalition. S'ils se révélaient soudain divisés, ennemis, on les changerait. Robespierre, Saint-Just impressionnaient encore la majorité de la Convention, ce n'est pas eux qu'elle renverrait. On perdrait là tout moyen de combattre la dictature montante. Or, la date périodique du renouvellement tombait aujourd'hui même. Maximilien et Couthon avaient supérieurement manigancé leur coup pour fermer la bouche à leurs collègues, pour les contraindre à laisser passer une loi au moyen de laquelle les Robespierristes leur couperaient la tête.

Claude rageait. Barère tenta une manœuvre bien conforme à ses habitudes. Répondant, au nom du Comité, aux Montagnards qui réclamaient l'ajournement : « Soit, dit-il, mais ce délai ne saurait excéder trois jours. » Trois ou mille, cela se valait. Si la loi ne passait pas sur-le-champ, si on la mettait vraiment en discussion, il n'en resterait rien. Robespierre le savait. Il descendit du fauteuil pour remplacer Couthon à la tribune, et il exigea la discussion séance tenante.

« Que l'Assemblée siège jusqu'à ce soir s'il le faut. Au milieu des victoires de la république, les conspirateurs sont plus actifs, plus ardents que jamais. Il faut les frapper. Le projet de loi est fondé sur la justice et la raison. Cette opposition qui se manifeste n'est pas naturelle; on cherche à diviser la Convention, à l'épouvanter. Ce n'est pas nous qu'elle doit avoir à craindre. On ne nous empêchera pas de sauver la patrie. »

Les Robespierristes applaudirent. Couthon recommença la lecture du projet, article par article. Il en comptait vingt-deux. Les discuter de la sorte, sans préparation, sans texte sous les yeux, quelle dérision! Mieux valait, pour l'instant, laisser faire. Une loi peut toujours être rapportée. Maximilien se trompait beaucoup s'il se croyait triomphant.

Sitôt après le vote, le Comité de Salut public fut prorogé sans changement. La séance levée, il y eut, dans les antisalles, des conciliabules orageux. Léonard Bourdon, Thuriot, Bourdon de l'Oise, Fréron, Tallien, Cambon, Rovère, Guffroy, Ruamps, Merlin, Legendre, et tous ceux qui se sentaient menacés par cette loi « nationicide », comme la qualifiait Moïse Bayle, la reprochaient avec colère aux anti-Robespierristes du pavillon de Flore et du pavillon de Marsan. « Vous êtes des traîtres! » clamait le violent Lecointre. Collot et Amar leur expliquèrent alors qu'au mépris de toutes les règles aucune lecture préalable n'avait été faite, aucun des Comités consulté. « C'est un acte de suprême despotisme, dit Claude; et, sachez-le, nous sommes visés tout autant que vous. » On pouvait l'avouer maintenant. « Mais toi, s'écria Lecointre en secouant Billaud-Varenne, pourquoi donc as-tu donné ton appui à cette loi scélérate? » Billaud, effectivement, avait, à l'encontre de ses collègues, joint sa voix à celles de Robespierre et de Couthon pour défendre le projet. « Parce que je l'estime utile à la république, répliqua-t-il. Depuis longtemps, le tribunal se plaint des entraves qui embarrassent sa marche, il se plaint de manquer de jurés. Il fallait y remédier. Si la loi nous menace, elle peut menacer aussi bien Robespierre. Et je te garantis qu'il va lui falloir répondre de la façon dont il s'est conduit avec nous. Je me charge de lui dire son fait. »

Le lendemain matin, en effet, dans le salon blanc, aux fenêtres ouvertes sur les ombrages du jardin, Billaud prit rudement Maximilien à partie.

« Nul ici, lui déclara-t-il, n'a le droit de communiquer à la Convention un rapport sans que nous l'ayons examiné tous ensemble. Tu es le premier à se l'être permis, et nous ne souffrirons pas ces façons d'intrigant, de despote, sache-le bien.

— Il n'y a là aucun despotisme, dit Robespierre en haussant les épaules. Tout s'étant toujours fait de confiance entre nous jusqu'à présent, j'ai cru pouvoir me charger de ce travail, avec Couthon. Voilà tout.

- Parbleu! riposta Claude, ironique. Et la besogne terminée, tu n'as pas trouvé le loisir de nous la soumettre. D'ailleurs, tu étais si certain de notre accord qu'il ne valait pas la peine de nous le demander.

— Écoute, reprit Billaud-Varenne, j'ai eu de l'estime, de l'admiration, de l'amitié pour toi, tu le sais bien. Mais maintenant, partout, à l'étranger, on parle de Robespierre comme du nouveau maître de la France. Les armées de Robespierre, les agents de Robespierre, la politique de Robespierre : voilà ce qu'impriment les gazettes étrangères. Tu relèves les autels, il ne te manque plus qu'un trône. Nous n'avons pas jeté bas Capet pour te mettre à sa place. Tous les ambitieux, nous les avons brisés, souviens-t'en.

— L'intrigue ne vient point de ma part! se récria Robespierre, échauffé à son tour. Les complots m'enveloppent. Il y a dans la Convention une faction qui veut me perdre. Ruamps en est, Bourdon, Fréron, Fouché, Tallien, Legendre. Vous les soutenez contre moi. »

Barère et Lindet s'empressèrent de fermer les fenêtres, sous lesquelles des gardes, attirés par les éclats de voix, écoutaient curieusement.

« Legendre a toujours été un patriote irréprochable, protesta Claude. Il n'a jamais entendu que sa conscience.

— Ruamps, dit Billaud-Varenne, a rempli ses missions aux armées avec zèle et honneur. Il a dénoncé Custine. Il t'a soutenu contre les Brissotins, contre Hébert, contre Danton. Il se tourne contre toi parce qu'il croit que tu veux, avec ton décret, te mettre en mesure de guillotiner la Convention nationale. »

Robespierre, les poings crispés, marchait nerveusement de la table verte aux colonnes de l'ancienne alcôve et des colonnes à la table.

« C'est une folie! cria-t-il. Je ne veux aucun mal à la Convention. Je n'en veux qu'à ces factieux, ces hommes impurs, ces concussionnaires, qui ont profité de leur mission dans les départements pour se conduire comme des proconsuls. Ce sont ces fripons, ces rebelles à notre autorité, mes ennemis. Tu te ranges avec eux, Billaud! Je te connais maintenant.

— Moi aussi, je te connais, répliqua Billaud, hors de lui. Je te connais comme un contre-révolutionnaire! »

Robespierre s'abandonna sur une des chaises blanches. Les nerfs brisés, il ne put retenir des larmes et, accoudé à la table, cacha son visage derrière sa main.

Il s'abstint de paraître à la Convention. Bourdon de l'Oise en profita. « La loi votée hier, dit-il, donnerait aux Comités, avec quatre signatures, le droit d'envoyer au Tribunal révolutionnaire n'importe quel représentant, sans que l'Assemblée soit consultée. Voulez-vous donc cela? » Exclamations et protestations jaillirent. « Dans ce cas, poursuivit-il, décrétons que la

Convention demeure seule à pouvoir porter le décret d'accusation contre ses membres. » Merlin de Douai — *Merlin-Suspects* — rédigea la motion en forme de considérant. Elle fut aussitôt adoptée.

Bien entendu, Robespierre en serait avisé sans retard; il fallait s'attendre à le voir réagir. Le soir même, il se rendit aux Jacobins. Claude n'y était pas, mais Dubon s'y trouvait. En sortant, il passa au pavillon et se montra pessimiste. « Tous ces gens-là, dit-il, même ton Fouché, ton Barras, sont des foutriquets. Ils peuvent bien attaquer Robespierre par la bande, quant à lui tenir tête, jamais. Il est venu se plaindre aigrement de la défiance dont la Convention fait preuve envers lui. Soudain, avec un de ces brusques coups de dent que tu sais, il s'est jeté sur Fouché. Il l'a mis en demeure de s'expliquer sur son athéisme terroriste, dans la Nièvre. A son fauteuil présidentiel, Fouché n'en menait pas large. Il s'est platement et bassement excusé en invoquant l'exemple de Chaumette. A quoi Robespierre lui a répliqué tout roide : *Il ne s'agit pas de jeter de la boue sur Chaumette maintenant que ce monstre a péri sur l'échafaud, il fallait le combattre avant sa mort.* Fouché n'est qu'un couard. Il devait répondre froidement à Robespierre de s'expliquer, lui, sur son terrorisme déiste. »

Claude ne demanda point à son beau-frère pourquoi il ne l'avait pas fait lui-même : il était déjà dans une situation presque impossible, à l'Hôtel de ville, et il fallait rester là, car s'il cessait d'y soutenir l'opposition sourde contre le maire, Fleuriot-Lescot, et l'agent national, Payan, la Commune tomberait entièrement aux mains des triumvirs.

« Lecointre a raison, ajouta Dubon, contre Robespierre il n'existe qu'une arme : le poignard. Si on ne l'emploie pas, cet ambitieux sera bientôt le tyran de la France. Il exerce sur tous ces poltrons une fascination inconcevable, ils lui livreront leurs têtes et les nôtres.

— Contre une idole, dit Claude, il existe une arme meilleure que le poignard : le ridicule. Je crois Vadier très propre à l'employer. »

En attendant, le lendemain Couthon et Robespierre attaquaient l'amendement. D'un air doux et attristé, l'infirme protesta contre l'interprétation fausse et calomnieuse de son rapport. Jamais il n'avait été question de faire de cette loi une arme contre l'Assemblée, jamais de menacer celle-ci ni de tenter de l'asservir. En votant la motion de Bourdon, la Convention marquait au Comité une injurieuse défiance. Bourdon de l'Oise répliqua : « J'estime Couthon, j'estime le Comité, mais j'estime aussi que l'Assemblée nationale ne doit pas abdiquer la moindre parcelle de sa souveraineté. » De nouveau, Robespierre quitta le fauteuil pour répondre. Il fallait, dit-il, être un mauvais citoyen pour penser que le Comité de Salut public pût vouloir asservir la Convention. La vérité c'était qu'au sein de celle-ci les continuateurs de Danton, d'Hébert et autres essayaient de former dans la Montagne un parti d'opposition.

« On doit frapper ces intrigants, plus misérables que les aristocrates parce qu'ils sont plus hypocrites. Ils égarent l'Assemblée nationale et veulent déconsidérer le Comité.

— Je demande qu'on prouve ce qu'on avance là! se récria Bourdon. On vient de dire assez clairement que je suis un scélérat.

— Je n'ai nommé personne, riposta Robespierre d'un ton coupant. Malheur à qui se nomme lui-même! »

Des voix s'élevèrent : « Les noms, tous les noms!

— Je les donnerai quand il faudra. »

Effrayé par cette menace, *Merlin-Suspects* se hâta de s'excuser : il n'avait nullement soupçonné le Comité, mais seulement cru qu'il fallait conserver à la représentation nationale son privilège. L'amendement fut rapporté.

En contemplant ce despote devant lequel une partie des conventionnels, remplis de haine et d'effroi, tremblaient, Claude se rappelait le petit avocat guindé qu'il avait vu pour la première fois à l'hôtel du Renard, l'obstiné parleur qui s'efforçait en vain de s'imposer aux États généraux. Cette obstination lui avait réussi. Il tenait à présent dans ses mains les têtes de ses deux cents et quelques collègues. Du moins le croyaient-ils. Toute sa force résidait là.

Dans les jours qui suivirent, la terreur régna parmi ceux dont il avait refusé de donner encore les noms. Ils se savaient, eux, ou supposaient être sur sa liste. Bourdon, tout courage envolé, restait au lit, malade de peur. Mailhe, qui, lors du procès de Louis XVI, avait proposé le sursis et se croyait maintenant condamné pour cela, passait ses journées à arpenter la route de

Neuilly ou les chemins du bois de Boulogne. D'autres s'étourdissaient au théâtre, au Vaudeville où ils oubliaient, un moment, leur cauchemar. Mais tous, rentrés chez eux, vivaient dans la hantise d'entendre des pas lourds s'arrêter devant la porte, et le marteau retentir rudement. Certains ne couchaient plus dans leur maison. Tallien ne sortait qu'accompagné par un hercule armé d'un énorme gourdin et capable à lui seul de mettre en fuite une patrouille. A la Convention où beaucoup n'osaient pas ne point continuer à se rendre, d'aucuns ne s'asseyaient pas. Ils restaient debout au pied de la tribune, prêts à s'enfuir. Vadier, toujours gouailleur, avait beau s'efforcer de les rassurer en leur parlant du grand miracle qu'il allait bientôt accomplir grâce aux sept sceaux du Saint-Esprit, aux sept dons de la Nouvelle Ève, ses mines entendues et satisfaites, ses airs malins ne réconfortaient point les effrayés.

Vadier devait lire son rapport le 27. Le *Vieil Inquisiteur*, comme on le surnommait, préparait son public en annonçant en confidence aux uns et aux autres que ce jour-là il y aurait du rire à la Convention. La nouvelle faisait boule de neige, et Vadier en avait peut-être trop dit, car le 26, au moment où l'on sortait du Comité, Claude, en traversant l'antisalle, entendit le jeune Vilatte conseiller aux secrétaires : « Allez à l'Assemblée demain, elle s'égaiera avec l'affaire de la Mère de Dieu. » Il ne savait assurément pas que cette affaire touchait à l'Incorruptible. Une chose assez surprenante se produisit alors. Robespierre avait également entendu. Il rougit violemment. « Comment ça! Est-ce sûr? » demanda-t-il. Puis, avec colère : « Des conspirations chimériques pour en cacher de réelles! » Et il partit, furieux. Il connaissait donc, au moins de nom, cette Mère de Dieu. Claude soupçonna que Vadier, Héron et Sénar ne savaient pas tout là-dessus. Leur dossier était extrêmement mince. Mais si la Convention décidait l'envoi à Fouquier-Tinville, on pouvait croire, d'après la mine de Maximilien, que se découvriraient des choses sans doute gênantes pour lui.

En arrivant à la Convention, le lendemain matin, avec Prieur et Barère, Claude vit Bréard au fauteuil. Maximilien s'était abstenu de venir. Pour l'instant on liquidait les broutilles. Après avoir reçu quelques pétitionnaires ouvriers protestant contre le *maximum* appliqué aux salaires, on écoutait, très vaguement, l'analyse de la correspondance. « La société populaire de Rivesaltes fait part qu'elle a célébré dans le temple de la Raison une fête en l'honneur du général Dagobert... La société populaire de Stenay envoie les détails de la fête célébrée dans cette commune pour l'inauguration d'un temple à la Raison. » Décidément l'Être suprême ne prenait guère, en province. C'était réconfortant. « L'agent national du district de Neuville, Loiret, fait hommage à la Convention d'un hymne qu'il a composé... »

Enfin Vadier prit place à la tribune. On riait par avance, et l'on ne cessa point de rire tout le temps que dura son discours bouffon. Sans nommer une seule fois Robespierre, le *Vieil Inquisiteur* le ridiculisait de toutes les manières, se moquait de son mysticisme, de sa vanité. Tout en accablant de traits ironiques, mordants ou égrillards, les dévots de la rue Contrescarpe, il laissait entendre que l'on connaissait bien le principal d'entre eux sans oser se risquer à le désigner ici. De la sorte, chacun pouvait imaginer le pontife de l'Être suprême trônant avec la Mère de Dieu et dom Gerle au milieu de leurs ouailles, recevant comme les autres « les sept baisers rituels » et, à son tour, « suçant voluptueusement le menton de la vieille folle ». A qui, mieux qu'à Robespierre, s'appliquait cette « abnégation des plaisirs charnels imposée aux élus de la Mère de Dieu », dont Vadier tirait de burlesques et cruels effets? Le déchaînement contre l'athéisme, et la suprême aspiration de l'Incorruptible apparaissaient clairement dans l'évocation grotesque « du grand coup de tonnerre qui doit réduire en poudre tous les mécréants et n'épargner que les adeptes de la mère Catherine, immortels comme elle-même. Chantant ses louanges, ils jouiront sans fin, au paradis terrestre qu'elle va rétablir, de l'éclat radieux de son antique virginité ».

Les rires, les applaudissements sardoniques accompagnaient les paroles de Vadier. Il conclut en proposant l'envoi de Catherine Théot, dom Gerle et quelques comparses, au Tribunal révolutionnaire, et la poursuite de l'instruction par l'accusateur public. Non seulement la Convention s'y accorda, mais encore la majorité vota l'impression du rapport, l'envoi aux départements, aux sociétés populaires, aux armées, etc., exactement comme elle l'avait fait pour le discours de Robespierre sur l'Être suprême. Ils recevaient là tous deux un joli camouflet.

Le soir, quand les membres du Comité de Salut public entrèrent dans l'ancienne chambre de la reine — où l'on se réunissait de nouveau, après avoir pendant quelques jours siégé à l'étage pour éviter que les éclats de voix ne s'entendissent de la terrasse —, ils y trouvèrent Maximilien en conférence avec son tout dévoué Dumas, le président du Tribunal révolutionnaire. Robespierre annonça sèchement qu'il avait convoqué aussi l'accusateur public; puis, en termes acides, il dit que le rapport de la Sûreté générale était ridicule. Le Comité devait reprendre l'affaire et l'approfondir au lieu de s'arrêter à une prétendue conspiration de dévotes imbéciles.

En réalité Robespierre, comme le soupçonnait Claude, connaissait Catherine Théot. Il l'avait vue à Choisy, chez le maire Vaugeois, beau-frère de Duplay. C'était une vieille familière de la maison. La divulgation de telles relations, devant le Tribunal révolutionnaire, risquait de le mettre, lui Maximilien, et toute la famille de ses hôtes, en posture déplorable.

Nul ne répondit à ses aigres observations. Il pouvait tenter maintenant ce qu'il voudrait, l'histoire avait permis de l'éclabousser de ridicule, c'est tout ce que l'on pouvait en attendre; et ces éclaboussures, il ne les effacerait pas. Le laisser à présent agir en maître pour arrêter l'instruction reviendrait à faire encore mieux paraître son caractère despotique. Lorsque Fouquier-Tinville fut introduit, tenant le dossier que Vadier s'était empressé de lui remettre, Claude se leva et se dirigea vers la porte. Un à un, tous les autres l'imitèrent. Robespierre resta seul avec le président du tribunal et l'accusateur. « Tu as raison, dit Prieur à Claude, le Comité ne doit pas tremper là-dedans. Montons au bureau militaire, il y a de la besogne urgente. »

Maximilien, ayant parcouru le dossier, commanda de n'y point donner suite. Et comme Fouquier-Tinville, ravi de l'embarrasser, lui représentait respectueusement que le décret de la Convention l'obligeait à mettre en jugement les accusés, il lui imposa rageusement silence, garda les papiers et lui ordonna de se retirer. Fouquier se hâta de traverser le Château pour aviser le Comité de Sûreté générale. Vadier, Amar, Voulland, Moïse Bayle, Lacoste, Lavicomterie attendaient impatiemment l'accusateur public, afin de s'entendre avec lui pour prendre l'Incorruptible au traquenard de ce procès.

« Il n'y aura pas de procès, leur annonça Fouquier.
— Par exemple! Et pourquoi?
— *Il, il, il* s'y oppose. »

X

Ce même soir, Claude avait reçu une lettre de l'homme aux lunettes, relative à Léonarde, la sœur de Bernard. Considérée comme aristocrate prononcée, elle se trouvait depuis le mois de pluviôse en état d'arrestation chez elle, comme son mari; ce qui ne tirait guère à conséquence. Plus de cinq cents Limougeauds, dont son père et Marcellin, le frère aîné de Bernard, partageaient cet état, tandis que cinq cent quarante autres étaient, comme la sœur de Lise, Thérèse Naurissane, dans les prisons, à la Visitation, à la Règle ou bien — les prêtres réfractaires — au Séminaire. Les deux familles Montégut-Delmay excitaient éminemment la défiance. Le frère de Jean-Baptiste, ci-devant curé d'Uzurat, petite paroisse au nord de Limoges, comptait parmi les réfractaires, et l'on n'oubliait pas que le père Delmay et son premier fils avaient été des plus enragés « Amis de la Paix », puis dragons aristocrates, toujours en humeur de chercher querelle aux patriotes de la garde nationale. Seuls, les services rendus par Bernard à la république, et son prestige de général en chef empêchaient les terroristes limougeauds d'appliquer à ses parents toutes les rigueurs de la loi. Mais des faits nouveaux venaient de se produire, devant lesquels cette protection ne pouvait plus tenir. Guillaume Dulimbert les relatait ainsi :

« Dans la dernière décade, le Comité de surveillance d'Excideuil, en Dordogne, faisant perquisitionner au domicile d'un suspect : un nommé Carron, ex-intendant de la famille de Jumilhac, on a découvert tout un paquet de lettres écrites par la citoyenne Montégut et portant, paraît-il, le caractère le plus marqué de contre-révolution. Cette correspondance a été transmise avec diligence au comité de Limoges qui l'a reçue avec les transports dont tu peux te douter. Si, parmi les commissaires siégeant dans l'hôtel Naurissane, le c. et le p.[1] ont dû être seulement très satisfaits de découvrir enfin la preuve de la contre-révolution chez une femme dès longtemps soupçonnée, j'imagine que l'ancien s.r.[2] a frémi de joie à cette occasion de se revancher en frappant la sœur de son vieux rival et intime ennemi, de lui faire payer cette gloire dont son âme venimeuse s'offusque. Un mandat d'amener a été délivré sur-le-champ. Devant le comité, la jeune femme a vainement essayé de renier ses lettres. Finalement, elle aurait dit : « S'il est vrai que je les aie écrites, il fallait que je fusse folle. » On l'a incarcérée à la Visitation. Montégut, tenu pour suspect dans l'affaire, s'est vu expédier en surveillance au camp de Champenétéry, canton de Saint-Léonard. Le père et le frère Delmay sont en prison eux aussi. Vergnaud, le juge de paix de la section Liberté, a été requis de perquisitionner à leur domicile. Nous savons qu'il n'a découvert aucune pièce contre eux, au grand dépit du s.r. Il serait heureux, je gage, d'anéantir toute la famille. En vérité, n'étaient leurs liens avec notre glorieux frère et ami, tous ces gens-là n'inspireraient guère la pitié. Ce sont, malgré leur modeste condition, des aristocrates bien plus forcenés que ton ex-beau-frère Naurissane et ta belle-sœur. La citoyenne Montégut a certainement entretenu des relations avec les prêtres ultramontains cachés. Elle seule est en danger, mais elle court le plus grand risque. Ni ton père ni moi ni nos amis ne pouvons rien pour elle. Sur requête de l'agent national près le District, les administrateurs, dans leurs délibérations de ce jour même, ont décidé l'envoi du dossier au Comité de Sûreté générale et le transfert de la prisonnière à Paris, comme le prescrit la loi de nivôse. Je te préviens à l'instant. Quand ma lettre te parviendra, les pièces seront sans doute au Comité. »

Le décret du 18 nivôse ordonnait que nulle cause contre-révolutionnaire ne serait plus jugée dans les départements. Le Comité de Salut public, effrayé dans sa majorité par les outrances des Carrier, des Collot d'Herbois, des Fouché et des Hébertistes régionaux, avait présenté cette loi pour mettre un terme aux exécutions sommaires ou injustifiées, à des procès dans lesquels les rancunes locales intervenaient souvent davantage que le sentiment de la justice. Depuis lors, la guillo-

1. Le corroyeur et le peintre. C'est-à-dire Janni et Préat.
2. Saute-ruisseau. C'est-à-dire Frègebois.

tine ne fonctionnait plus en province, sauf pour les crimes de droit commun. Tous les prévenus de contre-révolution devaient être envoyés au Tribunal révolutionnaire.

C'était une mesure sage et humaine, de même que l'institution des commissions populaires de révision des dossiers, dont une fonctionnait au Muséum, pour faire libérer les prisonniers injustement détenus. Mais la nouvelle loi arrachée à la Convention par Couthon et Robespierre, avec l'appui de Billaud, transformait cet envoi des prévenus à Paris en une véritable marche au massacre. Avec la suppression de tout débat au Tribunal révolutionnaire, de la défense, de l'interrogatoire même, on ne comparaissait que pour reconnaître son identité et s'entendre condamner à mort. Afin d'anéantir dans la Convention et dans le pays les ennemis de la vertu, et dispenser à la nation le bonheur sous l'égide de l'Être suprême, Robespierre et Couthon commençaient par décimer la France. De fait, il n'existait plus qu'un seul juge : l'accusateur public. Il jugeait dans son cabinet en décidant, au vu d'un dossier, d'envoyer ou non le prévenu devant le tribunal. Cela revenait à prononcer la mort ou la vie. Or, Fouquier-Tinville n'ignorait point que le bureau de police dirigé par Couthon et Robespierre en l'absence de Saint-Just, et plus encore les agents d'Herman : les espions personnels de l'Incorruptible, le guettaient, lui Fouquier, et que Robespierre ne lui pardonnait pas son mauvais vouloir dans le procès des Hébertistes, sa manœuvre dans celui des Dantonistes, sa résistance au projet de loi du 22. Déjà menacé d'arrestation en germinal, il savait — car lui non plus ne manquait pas d'*oreilles* — il savait qu'en ce moment Herman lui cherchait un successeur. En revanche, il pouvait compter sur le Comité de Sûreté générale, hostile à Robespierre, très irrité en outre par les empiétements du bureau de police. Mais les Amar, les Vadier, les Voulland, et, au Salut public Billaud, Collot d'Herbois, ne lui continueraient pas leur protection s'il ne s'affirmait lui aussi « patriote rectiligne ». Ainsi, pour leur montrer son ardeur révolutionnaire, comme pour désarmer l'Incorruptible, lui fallait-il faire fonctionner furieusement son tribunal. Il s'y employait sans repos.

On en vit l'effet au procès des « assassins de Robespierre », comme disait le public, de la conjuration de l'Étranger, disait l'acte d'accusation. A Ladmiral, à Cécile Renault et toute sa famille, étaient adjoints la trop belle Mme de Sainte-Amaranthe, sa fille, son gendre, son fils, ainsi que des ci-devant grands seigneurs, un prêtre, un musicien, une actrice : tous accusés, dans un rapport du Comité de Sûreté générale rédigé par Élie Lacoste, de manœuvres contre-révolutionnaires en liaison avec les émigrés ou l'étranger. Certains étaient indéniablement des agents de Batz. Au total cinquante-quatre personnes jugées en une seule audience et envoyées à l'échafaud en une seule fournée. Déclarés parricides, les condamnés devaient être exécutés en chemise rouge. Il fallut improviser ces cinquante-quatre vêtements avec des étoffes trouvées çà et là, de sorte que toutes les nuances de la pourpre émaillaient la longue file des charrettes escortées de gendarmes et de canonniers, qui s'étirait par les rues, dans le soleil de juin. La nuque et les épaules dégagées par ces somptueuses simarres, les femmes étaient étrangement belles. Voulland, tout heureux d'avoir joué à Robespierre ce nouveau tour sournois, car la disproportion entre les vaines tentatives d'assassinat et l'atroce magnificence du châtiment ne manquerait point de frapper les esprits, engageait ses collègues à suivre le cortège.

« Allons auprès du grand autel voir célébrer la Messe rouge », s'écriait-il.

Et Fouquier, narquois : « On dirait une fournée de cardinaux! »

Le jour même, Robespierre demanda l'arrestation de l'accusateur public. Les Comités la refusèrent.

Durant ce temps, le malheur s'appesantissait sur les Montégut. Dans le camp de Champenétéry gardé par les sectionnaires de Saint-Léonard et la gendarmerie, Jean-Baptiste venait d'apprendre tout ensemble deux affreuses nouvelles : sa mère, incapable, en son grand âge, de faire face à la tragédie, se mourait; sa femme allait être incessamment envoyée au Tribunal révolutionnaire. Quant aux deux enfants, ils avaient été recueillis rue Montmailler, où le désarroi, l'inquiétude régnaient après l'incarcération de M. Delmay et de Marcellin.

Léonarde, elle, à la Visitation, sans changer de sentiment, car elle restait pénétrée de sa religion et de ses idées, déplorait amèrement sa légèreté, son imprudence. Elle avait peur. Son effroi le plus immédiat, c'était de quitter Limoges. Dans cette prison-couvent, elle se sentait encore près des siens.

Elle avait une chambre assez propre, avec un lit aux pentes de serge, une table, une chaise, une petite commode. Le jour, on circulait, on se rendait visite. Elle connaissait les quatorze détenues, et les dix-neuf prisonniers, parmi lesquels M. de Reilhac, Montaudon, les Mailhard père et fils. Les hommes logeaient dans une aile séparée, mais on se retrouvait dans la cour entre midi et quatre heures, sous surveillance. Thérèse Naurissane, qui avait oublié sa superbe et attendait avec calme les événements, s'efforçait de remonter la nouvelle venue en l'assurant que la république ne pouvait pas se montrer bien sévère pour la sœur d'un de ses grands généraux.

« Hélas! répondit-elle, voilà encore un des effets de cette horrible Révolution : elle nous a divisés, Bernard et moi. Depuis longtemps, nous ne correspondons plus.

— Je suis pourtant bien certaine qu'il vous aime toujours. Il faut lui écrire. Il ne se peut pas qu'il ne fasse rien pour vous.

— On ne laissera point partir ma lettre.

— Ne vous en souciez pas, ma bonne. Écrivez seulement, je sais comment lui expédier votre missive par le canal d'un de ses amis. »

Elle pensait à l'affreux et serviable Guillaume Dulimbert auquel sa férocité envers les prêtres enfermés au Séminaire avait valu l'inspection générale des prisons. Et, de même qu'en dérobant le chef de saint Martial, là de même il prenait secrètement des gages en cas d'un retournement de la situation. Thérèse conseilla également à Léonarde de se dire malade. C'était vrai. Après le choc, la peur entretenait en elle une petite fièvre nerveuse, lui coupait les jambes, lui donnait des vapeurs. Mais le docteur Périgord, chirurgien de la maison d'arrêt, commis pour examiner « la Delmay, femme Montégut », conclut que tout cela provenait seulement « des affections de l'âme », laquelle était en ce moment fort agitée. « D'ailleurs, ajoutait-il, cette fièvre ne peut pas l'empêcher de voyager, toutefois en voiture. »

En foi de quoi, le lendemain à la première heure, les administrateurs du District invitaient le receveur de l'agence nationale à verser au lieutenant de la gendarmerie de Limoges la somme de cinq francs quinze sous pour le transfert de la nommée Delmay, femme Montégut, jusqu'à la limite du département, à raison de cinq sous par lieue de poste, et ils chargeaient ledit lieutenant d'organiser le voyage. Ces deux bouts de papier, signés par les obscurs citoyens David et Romanet, mettaient en marche une suite d'opérations banales : mécanisme que rien n'arrêterait plus. Le lieutenant ordonna au brigadier Valette de louer une carriole, puis le munit des papiers nécessaires pour aller à la Visitation se faire remettre la femme Montégut avec laquelle il partirait sans délai, afin de la conduire par étapes à Argenton.

Lorsque le concierge de la maison d'arrêt vint avertir Léonarde, elle manqua de pâmer. Elle n'avait qu'un instant pour rassembler ses affaires, mais elle en était incapable, elle tremblait trop, elle se tenait à peine. Thérèse et ses voisines lui préparèrent son baluchon. Le concierge et un geôlier la portèrent quasiment puis la hissèrent dans la voiture : une petite carriole bâchée où elle demeura inerte jusqu'à ce que le brigadier, après avoir donné décharge de la détenue, revînt et dît au conducteur de toucher. On monta le faubourg, on passa devant la Manufacture de porcelaine. Léonarde regardait avidement, dans la lumière cruellement joyeuse, ces maisons, ces murs crépis, ces clos, depuis si longtemps familiers et qu'elle ne reverrait peut-être plus. Quand on eut dépassé la dernière auberge après le bois de La Bastide, elle eut une crise de pleurs. Elle sanglotait en appelant tout bas ses enfants, son mari. Le brigadier Valette en était remué.

« Allons, allons, pauvre femme, lui dit-il, ne vous tournez pas les sangs comme ça. Tout n'est pas perdu pour vous.

— Non, s'il y a une justice, répondit-elle à travers ses sanglots. Car je n'ai pas commis grand mal. Je n'ai rien fait contre les carmagnoles hormis d'en rire sans méchanceté. Ai-je empêché mon frère d'aller servir la république et de lui remporter des victoires! »

En parlant, elle revenait à elle. Le voiturier, qui fumait sa courte pipe en terre, assis sur un des brancards, les jambes pendantes, se mêla aux propos. Il habitait aux Petites-Maisons, dans la section de la République; il avait fait quelquefois des transports pour la boutique. Le gendarme non plus, ancien archer du guet, n'était pas inconnu à Léonarde. Il lui dit qu'elle ne devait pas considérer son transfert à Paris comme une mesure prise contre elle. Simplement, les tribunaux provinciaux ne pouvaient plus juger les affaires de politique. « Le Tribunal révolutionnaire, ajouta-t-il, n'est point terrible, il a prononcé bien des acquittements. » Peu à peu, Léonarde se ressaisit, et néanmoins Paris, au bout du voyage, continuait à l'angoisser. Paris qu'elle ne connaissait pas : cette ville épouvantable où l'on avait massacré les prêtres, tué le roi, la reine, les citoyens Vergniaud, Gorsas, Lesterpt-Beauvais!

Pendant deux jours, sous le soleil très chaud, la carriole gravit et descendit cahin-caha les rudes montées et les pentes sinueuses, entre les prés où s'achevait la fenaison, les châtaigneraies, les étangs dont le niveau baissait découvrant les sables limoneux. Souvent, dans les côtes, Léonarde mettait pied à terre, marchait avec Valette et le conducteur. On mangeait ensemble aux relais. Elle ne semblait point prisonnière; cependant, le soir, le gendarme s'enfermait à clef avec elle, en s'excusant sur son devoir. Jeune encore, plaisante, elle s'était un peu inquiétée de cette mesure; mais son compagnon ne songeait point à en abuser. Chacun se déshabillait derrière ses rideaux et se mettait au lit. Elle ne dormait guère, elle l'entendait ronfler. Un brave homme. Il lui avait rendu un peu de courage. Elle ne pouvait pourtant retenir ses larmes en pensant à Jean-Baptiste, aux petits.

En arrivant à Argenton, on gagna la gendarmerie. Valette se fit délivrer décharge de sa prisonnière. La brigade de la Creuse devrait la remettre à la gendarmerie de Vierzon, et ainsi de suite jusqu'à Paris. Les deux Limougeauds souhaitèrent bonne chance à Léonarde affectée de voir se dénouer l'ultime lien avec sa ville natale. « Bah! dit le voiturier, vous reviendrez bientôt, en poste, vous verrez, citoyenne. » Cette nuit-là, elle coucha dans la prison de la commune. Le lendemain à l'aube, elle repartait avec un nouveau gendarme et un conducteur qui ne se souciaient guère d'elle. Ils parlaient entre eux.

Bien entendu, Claude n'avait pas perdu un instant pour lui venir en aide. Mais à la Sûreté générale on trouvait seulement, au nom de Montégut, le questionnaire adressé à toutes les communes depuis la loi de nivôse, dans le but de vérifier les motifs des arrestations. Le comité de surveillance de Limoges répondait en ces termes aux questions imprimées :

« 1° Nom du détenu, son domicile avant sa détention, son âge, le nombre de ses enfants, leur âge, où ils sont, s'il est veuf, garçon ou marié.

MONTÉGUT *Jean-Baptiste, gendre à Delmay, demeurant à*

Limoges, section de la République, ayant deux enfants en bas âge chez lui. Marié. Quarante-neuf ans.

2° Le lieu où il est détenu, depuis quand, à quelle époque, par quel ordre, pourquoi.

En arrestation chez lui depuis le 20 pluviôse, par ordre du comité actuel, comme aristocrate.

3° Sa profession avant et depuis la Révolution.

Marchand.

4° Son revenu avant et depuis la Révolution.

Son revenu en biens-fonds est de 1.200 livres, et le produit de son commerce.

5° Ses relations, ses liaisons.

Avec les aristocrates et les prêtres réfractaires.

6° Son caractère et les opinions politiques qu'il a montrées dans les mois de mai, juillet et octobre 1789, au 10 août, à la fuite et à la mort du tyran, au 31 mai et dans les crises de la guerre; s'il a signé des pétitions ou arrêtés liberticides.

D'un caractère faible et tendant à l'imbécillité envers sa femme; ses opinions politiques penchent vers l'ancien régime. »

Aux mêmes questions concernant Léonarde, les commissaires limougeauds répondaient ainsi :

« Delmay, *femme à Montégut, demeurant à Limoges, ayant deux enfants en bas âge demeurant avec elle. Trente ans. Mariée.*

En arrestation chez elle depuis le mois pluviôse, par ordre du comité de la commune, pour faits d'aristocratie. On avait ajouté : *Transférée à la Visitation le 18 prairial sur une dénonciation du comité de surveillance d'Excideuil.*

Marchande.

Son revenu total peut s'élever à 400 livres.

Ses relations sont avec les fanatiques et les aristocrates bien connus.

D'un caractère impétueux. Ses opinions sont celles d'une fanatique et aristocrate, ayant tenu des correspondances très inciviques avec Jumilhac, ex-comte. »

Le questionnaire datait d'avant la décision de transfert prise à Limoges par le District. Claude passa de l'hôtel de Brionne au pavillon de Marsan par le couloir de bois tendu de toile à rayures. Ni Amar ni Vadier ni Voulland n'étaient là, mais Lavicomterie et le vieux Ruhl se trouvaient dans le cabinet de celui-ci. Claude leur demanda s'ils connaissaient l'affaire Montégut-Delmay et si Limoges n'avait point envoyé d'autres pièces.

« Pas que je sache, répondit Lavicomterie. Du reste, elle n'est plus entre nos mains. Jagot a présenté là-dessus un bref rapport, et, vu les renseignements, le Comité l'a transmise aussitôt à Fouquier-Tinville. Ces gens-là, c'est du gibier de guillotine.

— Sacré nom! s'exclama Claude. Voilà donc comment s'informe votre justice! Il y a plus de faux que de vrai dans ces renseignements, j'en puis faire témoigner Audouin et Gay-Vernon. Cette femme est la sœur du général Delmay. Vous l'ignorez, bien entendu.

— Personne ne l'a dit, nous ne pouvions le deviner.

— Parbleu! les Enragés de Limoges se sont gardés de vous en avertir. Il faut se défier des comités de province, de leurs intérêts personnels et de leurs rancunes, vous savez cela, au moins? De simples réponses à un questionnaire ne signifient rien si elles ne sont pas assorties de preuves. Primo, la citoyenne Montégut n'a jamais correspondu avec le ci-devant comte de Jumilhac, émigré, mais avec son ancien intendant, non émigré. Deuxièmement, le prétendu aristocrate Montégut, jacobin depuis la fondation du club et officier municipal jusqu'au moment où mon père a quitté la mairie, est tellement contre-révolutionnaire qu'il a équipé son beau-frère Bernard Delmay pour l'envoyer avec le 2e bataillon des volontaires combattre les ennemis de la république. Pensez-vous récompenser et encourager le zèle de notre frère et ami le général, en expédiant ses parents au Tribunal révolutionnaire?

— S'ils étaient coupables, remarqua Ruhl, il devrait être le premier à souhaiter leur châtiment.

— Te prends-tu à présent pour un Romain, toi aussi? répondit Claude en haussant les épaules. Je demande un second rapport devant les deux Comités.

— Entendu, acquiesça Lavicomterie. Je vais faire revenir les pièces.

— Ne t'en inquiète pas, j'irai les chercher moi-même. »

A la Tournelle, Fouquier-Tinville siégeait. Claude, ne voulant ni le déranger ni attendre, alla au greffe et demanda le dossier, qui, dit-il, devait repasser devant les Comités. Le remplaçant de Paris-Fabricius — celui-ci était au secret à la prison du Luxembourg depuis le procès Danton — rédigea une décharge. Claude la signa. Dans la voiture, en retournant au pavillon de Flore, il feuilleta, trouva le paquet de lettres, en lut deux. Comme il le pensait, c'étaient là propos acides sur les Jacobins, le *maximum*, l'avilissement de l'argent, la ruine du commerce, des plaintes contre les persécutions religieuses. Rien de plus et rien de bien grave. Au contraire même, la colère de Léonarde contre le culte de la Raison, contre le cortège grotesque organisé par les Hébertistes limousins pour la réception des suspects de la Corrèze ne pourrait qu'être bien vue de Robespierre et de Couthon.

Mais, un peu plus tard, installé dans son cabinet, poussant plus loin ses investigations parmi ces papiers, il trouva quatre messages d'une bien autre encre, et s'aperçut qu'il venait de commettre une énorme erreur tactique. En parlant d'une correspondance « portant le caractère le plus marqué de contre-révolution », l'homme aux lunettes ne se trompait point. Et Fouquier ne notait pas sans cause, en marge du rapport Jagot : « Cette femme est une des contre-révolutionnaires les plus prononcées qui aient paru au tribunal. » Oui, il fallait, comme elle l'avait dit elle-même, qu'elle fût folle pour confier au papier pareilles choses. Et plus fou encore ce Carron, de n'avoir pas détruit ces lettres sitôt lues.

Le 24 juillet 1791, à la nouvelle de la fuite de Louis XVI, n'écrivait-elle pas : « Je vous dirai avec plaisir que nos patriotes font caca dans leurs culottes. Un courrier arrivé hier matin à huit heures apporte des nouvelles de l'Assemblée nationale, qui marquent que le Roi, la famille royale, M. de La Fayette, Mme de La Fayette et la fille de M. le Bailly (Bailly, voulait-elle dire, sans doute, se trompant là-dessus comme sur le ménage La Fayette), sont partis. Les (illisible, Jacoquins, peut-être) n'ont été avertis qu'à onze heures de ce départ. Enfin ils sont tout tristes comme des bonnets de nuit, et moi gaie comme pinson. »

Dans une autre lettre, elle injuriait la « fichue nation avec leur drôlesse de constitution qui nous ruine depuis que ça dure, mais les gueux y trouvent leur compte. Ils ne savent dire autre chose que nous sommes tous libres et tous égaux. Je pense tout différemment. Je ne sais quand tout cela finira, mais il y a de sûr que je m'ennuie furieusement. »

Le crime caractérisé, selon la loi, c'est que Léonarde discréditait les assignats et recommandait à Carron de ne les accepter qu'après endossement : procédé tenu pour contre-révolutionnaire. Enfin, elle reprochait en propres termes aux patriotes d'avoir, « avec leur coquin de club, mangé l'argent des malheureux incendiés ».

Claude comprenait que son père ni Guillaume Dulimbert n'aient rien pu obtenir des Jacobins, de l'ancienne municipalité Nicaut, de Pinchaud, des Barbou, de Farne, pour protéger une femme qui les accusait, avec leurs pires ennemis royalistes et prêtres ultramontains, d'avoir détourné les fonds alloués par l'Assemblée nationale aux victimes du grand incendie de septembre 90. Cette calomnie, révoltante quand on connaissait l'honnêteté des hommes en cause, donnait à croire que la citoyenne était vraiment une créature venimeuse. Un instant, Claude fut tenté de lui laisser subir son châtiment. A tout prendre, ne s'était-elle pas brouillée avec Bernard? Mais elle n'en restait pas moins une sœur qu'il aimait beaucoup autrefois, et le coup lui serait très douloureux. Pour Bernard, et pour Montégut qui n'avait eu que le tort de se montrer trop faible envers sa jeune épouse, il fallait s'efforcer de la sauver.

L'erreur pesait là lourdement. Trop sûr de l'innocence de Léonarde, Claude avait désastreusement manœuvré en demandant un rapport en séance plénière. Ce nouvel exposé ferait ressortir encore davantage le caractère et les fautes de la jeune femme. Son renvoi devant le tribunal serait confirmé par les deux Comités, il deviendrait inévitable. Quelle maladresse, d'avoir attiré l'attention sur cette cause, quand le Comité de Sûreté générale ne s'en souciait plus! Il eût été facile de mettre subrepticement la main sur le dossier, au greffe. L'agent Jaton n'y eût point hésité. Ces papiers auraient rejoint dans le tiroir où elle dormait l'accusation contre Pierre Dumas, et comme lui Léonarde Delmay se serait perdue, en sûreté, dans la foule peuplant les prisons. Maintenant, la subtilisation n'était plus possible. Le greffier du tribunal possédait la décharge signée, indiquant pourquoi et entre les mains de qui les documents avaient quitté la Maison de justice. Sans doute, Claude pourrait-il prétendre, à la rigueur, quand Lavicomterie ou Amar les réclameraient pour écrire le second rapport, qu'ils s'étaient mystérieusement envolés de son cabinet. Mais il se compromettrait ainsi pour rien, car le District, à Limoges, possédait tous les originaux et en fournirait copie. Dans ces conditions, la seule ressource consistait à freiner, atermoyer.

Le soir, à la réunion, Jagot s'étonna de ce que le Comité de Salut public ne se satisfît point d'un seul rapport sur la contre-révolutionnaire de Limoges.

« La cause est simple, dit-il, la culpabilité caractérisée. Il n'y a point à épiloguer dessus.

— Sans doute, reconnut Claude, mais comme cela touche à mon département, et comme les réponses au questionnaire ne m'ont point paru conformes à mes renseignements, j'ai voulu étudier tout cela. Je n'en ai pas encore eu le temps, nous en parlerons dans quelques jours. »

La chose eût passé sans histoire, si le vieux Ruhl n'avait cru bon de remarquer : « Que cette femme soit la sœur d'un de nos généraux ne l'empêche point d'être gravement coupable.

— Quel général? » s'écria-t-on.

Aussitôt le Comité se passionna. Claude se maudit; c'était sa faute. Billaud-Varenne réclamait un exposé immédiat de la question. Amar le fit, il parla des lettres. Collot d'Herbois voulut les voir. « Quand je les aurai examinées, dit Claude. Cette affaire est, pour le moment, entre mes mains. Je vous rendrai compte en temps utile. Il n'y a pas urgence.

— Il y a toujours urgence à châtier les ennemis de la république », répliqua Collot. Robespierre demanda si le général Delmay ne pouvait être soupçonné de tremper là-dedans. « Quoi! se récria Claude. Delmay qui se mettait hier à notre disposition pour marcher avec ses troupes au secours du gouvernement! Delmay que tu as chargé de surveiller le traître Dumouriez et Danton en Belgique!

— Peut-être, mais on ne se défie jamais trop.

— Alors défie-toi de toi-même! Delmay, c'est la république incarnée. »

Lindet, Carnot, Prieur et jusqu'à Billaud joignirent leurs protestations à celles de Claude. « Delmay, ajouta-t-il, a tout sacrifié au salut de la patrie : une profession qui lui tenait à cœur, ses affections familiales, et un sentiment plus fort encore. Il a rompu avec ses parents à cause de leurs opinions, mais les liens du sang subsistent toujours. Tant coupable que sa sœur nous paraisse, nous devons peser avec soin si, en la frappant sans pitié, nous n'allons point porter un coup cruel à un homme qui a mérité notre estime, notre admiration, notre reconnaissance et notre amitié fraternelle. Je me propose de vous fournir tous les moyens d'en juger. Je vous demande de me laisser faire le second rapport. Jagot s'est acquitté du sien en conscience, nul n'en doute, mais il ne disposait que de renseignements incomplets.

— Je ne m'oppose pas à ta requête », dit Maximilien.

Les autres membres acceptèrent.

Un répit fut gagné de la sorte, pendant lequel on apprit la mort de Pétion et de Buzot. Leurs cadavres à demi dévorés par des loups venaient d'être découverts dans un petit bois, non loin de Saint-Émilion. Huit jours plus tôt, une colonne de réquisitionnaires avait trouvé, tout près de là, au bord de la route, Barbaroux gisant, la machoire fracassée par une balle, un pistolet près de lui. Transporté à Bordeaux, il était aussitôt, comme hors-la-loi, monté à la guillotine. Les autorités bordelaises supposaient à présent que les trois Brissotins, quittant de nuit un refuge pour un autre, surpris par l'approche de la troupe et se jugeant perdus, avaient résolu de se tuer. Barbaroux se tirait aussitôt une balle dans la tête, Buzot et Pétion se dissimulaient dans le bois tout proche et absorbaient du poison dont ils étaient munis.

Cette macabre nouvelle ne fit pas oublier à la Sûreté générale la question Delmay. Quatre jours après l'intervention de Claude, Lavicomterie observa que Mounier-Dupré avait porté là-dessus une accusation contre le comité de surveillance de Limoges. Il fallait savoir si, oui ou non, celui-ci avait déformé des faits; et, dans ce cas, prendre une sanction contre lui. On devait fixer une date pour le rapport. Claude déplora une fois de plus sa sottise. Il obtint encore deux jours, sans chercher à retarder davantage. Cela ne servait à rien puisque le Comité de Sûreté générale ne perdait pas l'affaire de vue et qu'il n'y avait donc pas moyen de l'enterrer. Il aurait fallu posséder la puissance de Robespierre pour interdire purement et simplement, comme lui au sujet de la Mère de Dieu, la poursuite de l'instruction.

Avant d'engager la partie au pavillon de l'Égalité, Claude, naturellement, ne manqua point de se ménager des alliances. Vadier, Moïse Bayle, Voulland, auxquels importait peu le châtiment d'une vague contre-révolutionnaire provinciale et qui avaient besoin d'appuis contre Robespierre, promirent leur voix. Panis la promit aussi, par amitié. Robert Lindet, Carnot, Prieur s'engagèrent à opter pour l'indulgence. Amar, Billaud, Collot, Lavicomterie, Jagot, inflexibles, ne cachèrent pas qu'ils jugeraient selon leur conscience, d'après l'exposé de la cause. Inutile d'essayer de circonvenir Ruhl. Quant à David, il opinerait comme Robespierre, et Barère comme le plus grand nombre. Couthon, dont la maladie empirait, ne venait plus aux séances du soir. Les chances s'équilibraient.

Claude débuta en rappelant de quelle façon Bernard, dans sa volonté de combattre les tyrans étrangers, avait été soutenu par son beau-frère, lequel s'était rangé, dès les premiers temps, parmi les Jacobins. « Élu officier municipal, il s'est toujours opposé aux violences des Amis de la Paix, il a collaboré à leur dissolution, puis à celle des dragons aristocrates. Si on l'a vu ensuite se refroidir pour la Révolution, ce ne fut point par un changement de ses convictions démocratiques, mais parce que la loi du *maximum*, qui nous a été imposée par les Hébertistes, et dont nous-mêmes ne voulions pas, dont nous connaissons tous les néfastes effets, ruinait son commerce. Quoi qu'il en soit, il n'a en aucune manière agi contre la République. Toutes ses prétendues liaisons avec les aristocrates et les réfractaires se réduisent simplement à d'anciennes relations avec ses voisins de campagne, à ses rapports avec son beau-père, son beau-frère Marcellin, et son propre frère, prêtre depuis longtemps exilé. Au demeurant, voici un témoignage de notre collègue Gay-Vernon. « J.-B. Montégut, écrit-il, est un bon homme, incapable de faire le moindre mal à qui que ce soit ni de nuire à la nation. Son seul tort se trouve dans une certaine faiblesse de caractère. »

Le ci-devant évêque avait bien voulu témoigner en faveur de Jean-Baptiste, mais non pas de Léonarde. Il n'entendait point, lui non plus, prendre son parti contre les frères et amis limougeauds qu'elle accusait de malversations.

« Le District de Limoges, poursuivit Claude, connaît l'innocence de Montégut : il ne l'a non seulement pas traduit devant le Tribunal révolutionnaire, mais ne l'a même pas emprisonné. Il l'a simplement, par mesure prudente, mis dans un camp de surveillance. Voilà donc un homme qui a été l'ami de la Révolution, un citoyen estimable, neutre maintenant à l'égard de la république. Allons-nous la lui faire haïr en envoyant son épouse à l'échafaud pour quelques propos stupides? Rendrons-nous également la république odieuse à notre ami Delmay qui la défend si bien, qui vient encore de déjouer les manœuvres ennemies en Alsace et de remporter la victoire? Oui, sans doute, il n'a jamais mis en balance ses sentiments familiaux avec l'amour de la patrie, mais il n'oublie pas pour cela qu'orphelins, sa sœur lui a tenu lieu de mère. Elle l'a élevé. Si elle n'a point partagé ses convictions, elle ne les a pas empêchées de se former, elle ne les a pas combattues. En dépit de leur opposition d'idées, il lui garde au fond du cœur, je le sais, une affection quasi filiale. Voulez-vous le frapper dans celle-ci? »

C'était une bonne plaidoirie. Claude voyait bien qu'elle portait. Restait le plus épineux : essayer d'excuser Léonarde. Il le tenta fort adroitement.

« Je suis mal venu, dit-il, à vous exposer les mouvements d'âme auxquels la citoyenne Montégut a cédé en écrivant des lettres contre-révolutionnaires. Robespierre, tu dois mieux que moi la comprendre, car ces mouvements sont semblables à ceux qui t'ont animé contre les excès hébertistes. Sans être dévote ni farouchement imbue de superstition, Léonarde Delmay a toujours montré ce caractère naturellement religieux dont témoignait le peuple limousin, au contraire de la grosse bourgeoisie, incroyante mais attachée par politique au maintien de l'autel comme du trône. Les mascarades antireligieuses ont révolté cette femme, et, dans son esprit simple, elle n'a pas su faire la différence entre les Enragés et les vrais patriotes, elle a pris tous les sans-culottes en dégoût. Pour lui faire concevoir son erreur, ce n'est pas au tribunal qu'il fallait l'envoyer, mais à la fête de l'Être suprême. Saisis-tu ma pensée, Robespierre? »

L'Incorruptible acquiesça d'un signe. Il comprenait, sans négliger cependant l'adresse et la rouerie de l'avocat.

A présent, il fallait, bon gré mal gré, lire les pires passages des lettres — dont seuls certains membres du Comité de Sûreté générale connaissaient la teneur —, car il eût été désastreux de laisser les commissaires entendre cette lecture après le rapport. Assurément les uns ou les autres la demanderaient, et elle détruirait l'effet de la plaidoirie. Claude céda donc à la nécessité, tout en s'attendant à ce qui allait se produire. En effet, des murmures, des grondements d'indignation, lui coupèrent plusieurs fois la parole.

« Je ne conçois pas, s'écria Billaud, comment tu oses défendre cette scélérate !

— Je ne la défends pas, elle, mais, à travers elle, son mari et Delmay. Cependant, mettez-vous à la place de cette femme. Elle a deux enfants, elle songe à leur avenir. Un négoce, modeste et prospère, l'assure. Soudain, ce bonheur laborieux, cet avenir s'écroulent dans le marasme général du commerce. La disette, la dépréciation de la monnaie, la crainte du lendemain : voilà ce qui arrive au lieu des améliorations promises. Cela ne justifie-t-il pas un peu la hargne exprimée dans ces lettres, la prévention contre les assignats? A tout prendre, la citoyenne Montégut a-t-elle agi contre la république par conjuration ou complot? A-t-elle même déclamé publiquement contre elle? A-t-elle correspondu avec des émigrés? Non, elle a simplement confié sa colère à un vieil ami. Ses pensées ont été très coupables, certes, mais quel mal ont-elles vraiment causé à la nation? Pour châtier son inconséquence, la folie dont elle convient elle-même, devons-nous, je le répète, briser la vie d'un innocent et surtout blesser au cœur un de nos meilleurs patriotes, un des plus loyaux soldats de la Révolution, le chef de bataillon à qui la république doit, je le rappelle, le premier drapeau enlevé aux Prussiens?

— Il ne mériterait pas le titre de patriote, répliqua durement Collot d'Herbois, s'il n'était le premier à condamner une contre-révolutionnaire si prononcée, fût-elle sa sœur, lui eût-elle servi de mère. Ta noble amitié pour lui excuse seule à mes yeux ton rapport. Si nous ne te connaissions bien, Mounier-Dupré, je t'accuserais toi-même de n'être pas un bon républicain. Cette femme doit aller au tribunal. »

Claude voulut répondre. Robespierre, tapotant sur la table, ne lui en laissa pas le loisir.

« Je partage ton avis, Collot, déclara Maximilien : cette femme est condamnable. Cependant j'opinerai avec Mounier-Dupré, car le crime, effectivement, n'a pas nui à la nation. Je le répète une fois de plus, il ne s'agit pas de frapper sans pitié les petits coupables égarés. C'est aux chefs de conjuration, aux grands meneurs des complots contre le peuple que nous devons réserver notre impitoyable rigueur. »

A vous les tout premiers, pensait-il, assurément.

Carnot, Prieur, Lindet, Panis, Vadier, Moïse Bayle, Voulland, suivirent également Claude, mais la plus grande partie du Comité de Sûreté générale confirma sa première opinion en concluant au renvoi devant le tribunal. Barère se joignit à ces inflexibles, et David aussi contrairement à toute attente. Cela faisait douze voix contre neuf. « C'est bon, je m'incline », dit Claude. Il estimait opportun de ne pas s'insurger, afin de ne point donner l'éveil à ses collègues sur ses intentions. Bien résolu à employer une ultime ressource, il abandonna le dossier aux mains d'Amar qui le transmettrait certainement ce soir même.

Dès le lendemain matin, avant sept heures, Claude était à la Tournelle. L'accusateur public dans son cabinet, en culotte et corps de chemise, sans cravate, annotait des pièces tout en déjeunant d'un morceau de pain et de saucisson. Dans un angle, on voyait le châlit sur lequel il avait dormi tout habillé. Ce surmenage et cette frugalité n'empêchaient pas Fouquier de souper parfois, somptueusement, en ville avec des amis rien moins que révolutionnaires. Certaine nuit même, une patrouille, dont le chef ne connaissait point le fameux accusateur public, s'était permis d'arrêter ce groupe suspect : ce pourquoi ledit chef, convaincu d'intentions subversives, se touvait maintenant en prison. Claude savait bien d'autres choses — assez sympathiques, du reste — sur Fouquier : en particulier que plusieurs robins, ses anciens confrères, voués au Tribunal révolutionnaire par la définition des suspects selon Merlin de Douai, n'avaient jamais comparu devant le jury. L'ex-président Montané, notamment.

« Je te serais reconnaissant, dit Claude, si tu ajoutais aux dossiers sur lesquels tu as mis le coude, celui d'une nommée Léonarde Delmay, épouse Montégut, de Limoges.

— Sur lesquels j'ai mis le coude!

— Oui, mon ami. Tu m'entends. Ce n'est pas un reproche, mais donnant donnant. Cette femme est la sœur du général. A cause de lui, nous sommes quelques-uns, dans les deux Comités, à ne point vouloir que sa sœur comparaisse, même si nous avons dû te l'envoyer. Alors avise pour elle, comme tu as avisé pour certains dont on pourrait citer les noms.

— Moi, je ne protège personne, répondit Fouquier, arquant davantage ses noirs sourcils. J'ai seulement trop de travail.

Vois cette pile. Chaque jour, de nouveaux dossiers tombent là-dessus. Comment pourrais-je jamais arriver à ceux qui sont dessous? » Avec un clin d'œil, il souleva la masse et glissa, bon dernier, celui de Léonarde. « Toutefois, reprit-il, si tes collègues s'en informaient, je serais bien obligé de le sortir.

— Nul ne s'en souciera. Une affaire réglée aux Tuileries, personne n'y songe plus. Il y en a trop. Qui aurait le loisir de vérifier les listes d'exécutions pour savoir si tel ou tel obscur coupable a subi ou non son châtiment! »

De fait, Léonarde ne risquait plus rien. Comme Dumas et tant d'autres, elle attendrait en prison le moment, rapproché par chaque victoire des armées, où l'on pourrait abolir la rigueur systématique. Robespierre et Couthon ne tenaient point à la prolonger, mais avant ils entendaient purger la Convention de ce que Maximilien appelait « un tas d'hommes perdus », et parmi eux Tallien, Fouché, Bourdon de l'Oise. Il ne cachait plus son intention de réclamer leurs têtes « et quelques autres », ajoutait-il, de sorte que tous ses adversaires se sentaient inclus dans cette menace vague, par là même terrifiante et maladroite, car elle aboutirait à unir contre lui, pensait Claude, tous ceux qui se croyaient ainsi visés. Au Comité, dans l'attente d'un nouveau rapport auquel l'Incorruptible travaillait secrètement, disait-on, la tension montait sans cesse.

Quand Léonarde, après neuf jours de voyage, atteignit Paris, elle n'était plus seule. Six prévenus, quatre hommes et deux femmes, envoyés comme elle au Tribunal révolutionnaire par différents départements, l'accompagnaient. Mais, en ce qui la concernait, le poste de la barrière d'Enfer avait des ordres. Elle fut conduite directement à Port-Libre, ci-devant Port-Royal, tout proche. Loin du cœur fiévreux de Paris, c'était, isolée dans la verdure, une des maisons d'arrêt les plus tranquilles, celle qui fournissait le moins à l'échafaud. Comme à la Visitation, Léonarde y eut une chambre, meublée simplement mais où rien, hormis les verrous, tirés le soir, n'évoquait la prison. Durant la journée, les détenus allaient et venaient à l'intérieur, ou sortaient sous les ombrages de l'ancien jardin abbatial. Les femmes lavaient leur linge à la fontaine, elles montraient un souci singulier de coquetterie. Léonarde eut la surprise de retrouver parmi elles Babet Sage, et chacune, en reconnaissant l'autre, s'exclama : « Comment! Vous, ici! »

Babet restait toujours la même : rieuse, fantasque, galante aussi, car Léonarde ne tarda guère à s'apercevoir que l'amour et le plaisir habitaient ces bâtiments austères. Elle en fut un peu choquée, mais elle cherchait cependant la compagnie de son ancienne voisine qui incarnait tant de souvenirs. Elles parlaient de Bernard.

« Si vous l'aviez épousé, disait Léonarde, tout aurait peut-être tourné autrement.

— Bah! je ne suis pas de celles que l'on épouse.

— Qu'en savez-vous, ma bonne? Vous rappelez-vous comme vous l'avez soigné pendant ce terrible hiver avant la Grande Peur? Comme vous avez tenu la boutique? Mon mari disait que vous feriez une excellente ménagère. »

Non sans mélancolie, elles revoyaient tout ce passé apparemment si lointain et si heureux. Léonarde n'avait plus peur, elle s'étonnait seulement de n'être point conduite devant le Tribunal révolutionnaire. « Estimez-vous-en heureuse », lui disaient Babet et ses amies. « Surtout gardez-vous bien de vous rappeler à ces tigres. Paraître devant eux, c'est aller sûrement à la mort. Mais chaque jour qui passe accroît notre chance de nous en tirer. Ils sont en train de se dévorer les uns les autres, et l'on prétend que bientôt le tribunal de sang et ce gouvernement de cannibales seront anéantis. On rétablira la royauté. »

Ce bruit circulait en effet dans toutes les prisons. Dans les principales, notamment à Bicêtre, au Luxembourg, à Maison-Lazare, les royalistes, profitant des espoirs qu'avaient fait naître les exécutions successives des Hébertistes et des Dantonistes, puis le décret de l'Être suprême et la confirmation de la liberté des cultes, agitaient les esprits. Les contre-révolutionnaires pensaient, comme l'étranger, que Robespierre allait en finir avec la Montagne et les Comités, faire la paix et s'établir comme régent ou protecteur en plaçant le petit Louis XVII sur le trône. Claude se demandait s'il n'y avait pas du vrai dans ces bruits, car Maximilien venait d'obtenir de quatre membres du Comité la libération de l'Anglais Benjamin Vaugham autorisé à passer en Suisse. On voulait renouer avec l'Angleterre des relations diplomatiques officieuses, parce que la coalition des puissances semblait devoir se disloquer prochainement sous les coups des armées républicaines, mais ce motif pouvait n'être qu'un prétexte pour Robespierre.

Léonarde espérait et patientait comme les autres détenus, tout en priant Dieu de lui faire retrouver bientôt ses enfants et son mari. Elle ne se doutait pas que Jean-Baptiste n'était guère loin d'elle. Les perquisitions opérées à son domicile et à Thias n'ayant rien révélé, le District, sensible à sa tragique situation, l'avait libéré peu après le départ de sa femme. Revenu à Limoges juste pour que sa mère eût encore la faculté de le reconnaître avant de rentrer une dernière fois dans le coma et de s'éteindre, il était resté d'abord assommé par tant de malheur. Puis l'idée lui vint que s'il se rendait à Paris, il pourrait secourir Léonarde, la défendre, peut-être la faire relâcher. Il alla au comité de surveillance demander un passeport. On le lui refusa, car il demeurait suspect. Il implora la municipalité, le District. Le malheureux faisait pitié. M. Mounier s'efforça de lui démontrer qu'il n'aurait aucun moyen d'aider sa femme, que Claude était avisé et lui fournirait la meilleure protection. « Si je ne puis rien, dit-il, au moins je serai près d'elle. » M. Mounier s'inclina. Sur ses instances, celles de compère Lunettes, de Martial Barbou, le District finit par lui accorder un certificat de civisme et un passeport que Préat consentit à signer pour le comité de surveillance. Empruntant sur garantie de ses marchandises, pour réunir le plus possible de fonds, Jean-Baptiste partit en poste. Il entra dans Paris vingt-quatre heures après sa femme, et une demi-heure plus tard il était place des Victoires. La nuit allait tomber. Il se hâta d'aller faire viser son passeport à la section, puis demanda une chambre au premier hôtel venu, rue des Grands-Augustins : celui-là même où, onze mois plus tôt, s'était logée Charlotte Corday.

Jean-Baptiste ne mettait point en doute la bonne foi de M. Mounier, mais il ne croyait pas que Mounier-Dupré voulût le moindre bien à Léonarde. Elle et lui-même avaient toujours considéré le fils Mounier comme un intrigant profitant de la Révolution pour se pousser sans cesse plus haut. Dans la Convention, dans le Comité du gouvernement où il s'était fait élire, il comptait parmi les tigres altérés de sang, il avait versé celui de ses compatriotes Vergniaud, Gorsas, Lesterpt-Beauvais. Il devait en vouloir impitoyablement à une femme dont il n'ignorait pas l'hostilité. Séide de l'atroce Robespierre, tout-puissant lui-même, il lui aurait suffi d'un mot pour arrêter l'affaire s'il l'eût souhaité. Peut-être ne désirait-il pas la mort de Léonarde, parce qu'elle était la sœur de Bernard, mais il entendait assurément qu'elle payât d'une façon ou d'une autre les sentiments dont elle n'avait jamais fait mystère à son égard.

Tout plein de cette conviction, le lendemain Jean-Baptiste descendit tôt de sa chambre, s'enquit auprès de l'hôtesse des rues à prendre pour aller aux Tuileries. Il connaissait fort peu la capitale. La citoyenne Grollier lui indiqua le chemin. Parvenu au Carrousel, il demanda au café Payen, comme l'avait fait Cécile Renault, où se trouvait le Comité de Salut public. On lui dit d'aller tout à l'autre bout du Château, au coin du Louvre, là où il verrait des canonniers. Ceux-ci commencèrent par l'interroger sur les raisons qui l'amenaient ici.

« Je dois voir le citoyen Mounier-Dupré, répondit-il. Je viens de Limoges pour cela. Il me connaît bien.

— Montre ton passe et ton billet de confiance », dit le chef.

Il les examina soigneusement, ainsi que le certificat de civisme. Tout semblait en règle. Mais on n'entrait pas comme ça au Comité de Salut public. Le chef envoya un de ses hommes avertir un huissier, lequel rendit compte à Claude. Alors seulement le visiteur fut introduit dans l'antisalle, d'où l'huissier le mena au cabinet du commissaire. Des rois ne seraient pas mieux gardés, pensait Jean-Baptiste. Il n'en souffla mot toutefois.

Claude, s'avançant au-devant de lui, fut saisi de le voir si changé. Le jour ensoleillé qui venait du jardin accusait l'amaigrissement de ce visage où l'amertume, le chagrin remplaçaient l'expression de la bonté tranquille. Des plis douloureux se creusaient aux coins de la bouche. Le pincement du nez, la bouffissure des paupières, le regard fuyant, les mains agitées par un tremblement perceptible : tout trahissait chez ce malheureux les profonds ravages de la douleur et de l'inquiétude. Parbleu! songea Claude, si Lise était dans le cas où se trouve Léonarde, moi aussi je serais ravagé.

« Mon pauvre ami! s'exclama-t-il, vous subissez une rude épreuve. Je suis heureux de voir qu'au moins vous, on vous a libéré.

— Oui, dit Jean-Baptiste amèrement. Je suis rentré chez moi pour recevoir le dernier soupir de ma mère, tuée par le mal qu'on nous a fait.

— Je ne le savais pas. Je comprends ce que vous ressentez, et je vous plains de tout mon cœur. Je vais pouvoir mettre un peu de baume sur le vôtre. Vous venez pour votre femme, n'est-il pas vrai? Eh bien, elle ne court plus aucun risque.

— On va me la rendre? s'écria Jean-Baptiste pâlissant d'émoi.

— Je n'ai pas dit cela. Non, il n'est pas possible de la mettre en liberté. C'est déjà un miracle que j'aie réussi à la soustraire au Tribunal révolutionnaire. »

Jean-Baptiste écouta sombrement Claude lui expliquer la situation, comment il avait agi, et les raisons pour lesquelles le seul moyen de sauver Léonarde consistait à la cacher dans une maison d'arrêt.

« Mais où est-elle? Y languira-t-elle longtemps? Pourrai-je la voir?

— Non surtout! Gardez-vous d'attirer l'attention sur elle. Son salut exige que mes collègues la croient exécutée. S'ils la savaient encore vivante, elle ne le resterait pas vingt-quatre heures. Ne vous inquiétez pas cependant, elle est en sûreté parfaite. Je vous réponds de sa vie. Soyez patient.

— Devra-t-elle donc demeurer perpétuellement en prison?

— D'abord, elle n'est pas en prison, mais dans un lieu où la détention n'a rien de rude. Elle n'y demeurera pas très longtemps, car le système de rigueur sera bientôt abandonné, j'en suis certain.

— Dites-moi au moins où elle est.

— Non pas, mon ami. Vous ne sauriez vous retenir d'aller rôder par là. Vous éveilleriez le soupçon, vous vous feriez arrêter, et tout serait perdu. Ayez confiance en moi, je vous en supplie! Tenez-vous coi, patientez. Vous ne pouvez rien de mieux pour votre femme. Vous lui donnerez ainsi la meilleure preuve d'amour. »

Claude emmena Jean-Baptiste dîner avec Lise qui le raisonna, elle aussi.

« Vous pensez, lui dit-elle, si nous tenons à préserver de tout mal la sœur de Bernard! bientôt notre parente, à tout prendre, puisqu'il va devenir notre neveu. Claude a fait pour elle ce qu'il aurait fait pour moi si j'avais été à la place de la citoyenne. »

Lise offrit à leur hôte de s'installer chez eux, dans la chambre occupée par Bernard quand il venait à Paris. Jean-Baptiste remercia et refusa. Il voulait garder ses coudées franches. Malgré tout, il n'était pas convaincu. Prétendre que Mounier-Dupré avait accompli pour Léonarde ce qu'il aurait accompli pour sa propre épouse, allons donc! L'aurait-il laissée en prison?

Pendant deux jours où il ne quitta guère l'hôtel de la Providence, Jean-Baptiste ressassa ses pensées. Il ne lui semblait pas possible qu'une femme comme Léonarde pût être condamnée pour avoir, dans de vieilles lettres à leur ami, écrit ce que les plus honnêtes gens pensaient. Quel rapport entre une telle correspondance et la contre-révolution? L'hypocrite Mounier-Dupré en faisait accroire à la gentille Lise, dont la sincérité n'était point douteuse. Elle ne savait pas, cette petite, que son mari se vengeait d'eux, les Montégut, pour l'avoir décrié autrefois. Il les empêchait de se réunir; son refus de dire où se trouvait Léonarde trahissait le calcul. Il s'efforce de m'effrayer pour que je n'agisse point, afin de la garder en prison. Et c'est pourquoi aussi il a pris le moyen de la tenir écartée du tribunal, ce qu'il colore en acte de dévouement. Voilà bien sa ruse. Mais voyons! aucun juge ne s'arrêterait sérieusement à quelques phrases sans portée, griffonnées dans un moment d'humeur. Si Léonarde paraissait devant le tribunal, elle serait mise en liberté sur-le-champ, ce que Mounier-Dupré ne veut pas. Il n'est pas si terrible, ce Tribunal révolutionnaire. Il a prononcé bien des acquittements.

Il en avait, depuis sa création, prononcé plus de mille, presque autant que de condamnations — ce dont enrageaient les Hébertistes —, mais c'était avant le décret du 22 prairial. Jean-Baptiste ignorait cette loi draconienne, et l'image de Léonarde languissant dans un cachot tandis que lui-même ne faisait rien pour la secourir lui devenait sans cesse plus intolérable. Il ne croyait pas à cette maison d'arrêt où la détention n'était point rude. Encore une fable pour l'abuser et le paralyser. Sa chère femme devait en réalité, dans quelque sombre geôle, dépérir de misère et de chagrin.

Résolu à la tirer de là sans plus attendre, il se rendit au Palais de Justice où il se fit indiquer les bureaux du Tribunal révolutionnaire. Se gardant de s'adresser à Fouquier-Tinville, puisque Mounier-Dupré avait partie liée avec l'accusateur, il demanda le greffier. Celui-ci travaillait dans une pièce étroite donnant sur le préau de la Conciergerie. Lorsque le visiteur lui exposa sa requête, le scribe le regarda non sans surprise.

« Tu veux, citoyen, que je fasse passer au tribunal le dossier de ta femme?

— Oui, c'est cela. Si tu en trouves le moyen, je t'en serai reconnaissant », dit Jean-Baptiste en ouvrant son portefeuille. Il en sortit un assignat de cent livres. Le greffier n'était pas sans quelque usage de ce genre de façons, seulement les solliciteurs attendaient de lui exactement l'inverse, d'habitude. Mais évidemment, des maris peuvent désirer se débarrasser de leur épouse. Et celui-ci en semblait bien capable, avec son visage ravagé, son regard fuyant, ses mains tremblantes. L'anxiété lui prêtait toute l'apparence d'une hypocrite scélératesse.

« Ce que tu me demandes là n'est pas facile, citoyen » répondit le greffier, pensant tout le contraire. Jean-Baptiste déposa sur la table noire un second assignat. Le scribe hochait dubitativement la tête. Pourquoi ménager la bourse d'un homme assez méchant pour vouloir faire guillotiner sa femme? Jean-Baptiste, afin de retrouver sa Léonarde, eût donné tout ce qu'il possédait. Un troisième assignat rejoignit les deux autres. Le greffier les ramassa en déclarant :

« C'est bon, compte sur moi, citoyen. »

Cela se passait le 3 messidor, 21 juin 94. Le 5 au matin, des gendarmes avec une voiture prenaient la femme Montégut à Port-Libre et la menaient tout droit au tribunal, dans la salle des accusés. Elle était la dix-huitième. Il en arriva une autre. Il y avait là des ci-devant nobles, dont Chamilly, ancien valet de chambre de Louis XVI, un ex-capitaine d'infanterie âgé de vingt-sept ans, Limousin lui aussi, un ex-garde du corps, un ex-constituant : François Millon de Montherbant, une blanchisseuse de vingt-trois ans, un charretier, un cultivateur, un menuisier, un prêtre réfractaire, une religieuse, un architecte de Dijon, un étudiant en chirurgie, un officier municipal, un caporal, un enfant de troupe estropié, un hussard hongrois prisonnier de guerre. Huit furent emmenés dans la salle de l'Égalité, onze, avec Léonarde, dans la salle de la Liberté. Elle gardait toujours son plafond bleu et or, son dallage noir et blanc, mais les gradins sur lesquels s'étageaient les prévenus avaient été développés considérablement pour recevoir les « fournées ». Le substitut Liendon occupait le siège du ministère public. Fouquier siégeait dans l'autre salle, avec la seconde section du tribunal. Les deux nouvelles sections instituées par le décret du 22 ne fonctionnaient pas encore, faute de local.

Fouquier-Tinville ignorait que le dossier de Léonarde Delmay eût quitté son bureau pour passer dans celui de Liendon. Se doutant bien que l'accusateur ne tenait pas à le voir mis au jour, le greffier avait pris soin de le joindre à ceux des affaires confiées au substitut. Qui pourrait savoir comment il était venu là?

Léonarde concevait à peine ce qui lui arrivait. Son enlèvement si soudain, cette brusque comparution la stupéfiaient. Suffoquée par la rapidité des événements, elle regardait avec une terreur incrédule ces hommes en noir, empanachés de noir, sur une estrade à gauche; et, en face des gradins, d'autres hommes, vêtus comme des citoyens ordinaires, qui lui semblaient à la fois féroces et ennuyés. Les battements de son cœur, son sang bourdonnant dans ses oreilles, ne lui laissaient point comprendre ce qu'un personnage en noir lui aussi, mais sans chapeau, assis à une petite table, lisait à haute voix. En fait, le greffier donnait au jury lecture de l'accusation collective. Les prévenus étaient accusés en bloc « d'avoir conspiré contre le peuple français et s'en être déclarés les ennemis, soit en entretenant des correspondances et intelligences avec les ennemis intérieurs ou extérieurs de la république, soit en voulant ébranler la fidélité des défenseurs de la patrie, soit en provoquant par des écrits, propos et discours, l'avilissement de la représentation nationale et le rétablissement de la royauté ».

Le président interrogea chaque accusé sur son identité. Au nom de Delmay, femme Montégut, Léonarde eut juste la force de souffler : « Oui, c'est moi. » On ne lui demanda rien d'autre. Liendon, dans son réquisitoire, collectif également, déclara d'elle, comme Fouquier l'avait noté en marge du rapport Jagot : « C'est une des contre-révolutionnaires les plus prononcées qui aient paru au tribunal. Les preuves contre elle, ajouta-t-il, résultent de lettres par elle adressées à un nommé Carron, maître d'hôtel du ci-devant comte de Jumilhac. » Il lut les passages les plus accablants de cette correspondance, et conclut : « Ces textes n'ont pas besoin de commentaires. » Il passa au suivant des accusés.

Tous les onze furent déclarés coupables et condamnés à

mort, pendant que l'autre section du tribunal, dans la salle de l'Égalité, expédiait de même ses huit clients. A onze heures, les dix-neuf se retrouvaient pour descendre à la Conciergerie. Léonarde, à son tour, s'assit sur la chaise où l'on coupait les cheveux, puis, dans l'arrière-greffe, sur le banc où les Brissotins, les Hébertistes, les Dantonistes, Mme Roland, Charlotte Corday et tant d'autres avaient attendu le moment de marcher au supplice. Comme beaucoup d'entre eux, elle avait maintenant dépassé la peur. La bouche entrouverte, les yeux fixes, elle ne pensait plus. La religieuse, sa voisine, lui parlait; elle la regarda sans comprendre, sans répondre. L'intensité du malheur qui, après une période prometteuse, la frappait à l'improviste et dans un déroulement vertigineux, la laissait comme assommée. Elle ne songeait plus à son mari, à ses enfants, ni même à prier; elle ne vivait plus que mécaniquement, dans une complète hébétude. Elle n'avait pas senti le froid des ciseaux sur la nuque quand on lui avait coupé les cheveux. A quatre heures, quand on la fit lever avec les autres pour les conduire aux guichets, elle ne s'aperçut pas davantage qu'on lui liait les mains. Elle traversa la cour d'un pas d'automate, et, devant l'escalier, comme ses bras, ramenés derrière le dos, la privaient d'équilibre pour gravir les marches, elle s'arrêta. Un aide de Sanson la fit monter, la poussa dans une charrette.

Après la fête de l'Être suprême, la guillotine n'était plus retournée place de la Révolution. Avec l'afflux des prévenus arrivant de tous les départements et exécutés par fournées, la terre, déjà saturée devant le Jardin national, ne pouvait plus absorber les quantités de sang répandu. Il ruisselait, imbibant un large espace. Les passants emportaient à leurs semelles cette boue rougeâtre. Tout le Grand-Carré en était maculé et il y régnait une odeur d'abattoir. En outre, cette boucherie qui blasait même les sans-culottes finissait par provoquer le dégoût de la population. A tous égards, il serait bon d'éloigner un peu le rasoir national. On l'avait donc envoyé sur l'emplacement de la Bastille, mais il n'y était resté qu'un jour. Les habitants de la section n'en voulaient pas. Depuis le 25 prairial, la guillotine fonctionnait plus à l'est encore, tout au bout du faubourg Antoine, à la frontière de Paris et de la campagne : au Trône-Renversé — pas loin de l'ancienne maison Réveillon où le premier sang de la Révolution avait coulé.

Les charrettes arrivèrent sur l'immense place circulaire entourée d'un double rang d'arbres et inondée de soleil en ce beau soir de la fin juin. Au fond, se dressaient les deux colonnes élevées jadis pour l'entrée de Louis XIV et de sa jeune épouse, Marie-Thérèse, dans Paris. Derrière, c'était la barrière entre les deux pavillons des Fermiers où se tenaient maintenant les postes de garde, au débouché du Cours et, au-delà, le moutonnement bleuté des bois de Vincennes, sous le grand ciel qui tournait au vert. Dans la partie la plus déserte de la place, l'échafaud surmonté de la guillotine projetait sur la blancheur poudreuse et herbue une ombre longue, dégingandée. Sous la plate-forme, on avait ménagé une pente qui conduisait le sang et l'eau servant au lavage de la machine dans une profonde fosse, ils s'y perdaient parmi les sables du sous-sol. Ici, se trouvaient peu de curieux : quelques sans-culottes du voisinage ou des badauds attirés par la nouveauté du spectacle dans leur quartier. Il y avait aussi, en habit laïc, un de ces prêtres romains qui suivaient les charrettes pour donner clandestinement, de loin, l'absolution aux condamnés puis pour réciter à leur intention les prières des morts.

Pour Léonarde, ç'eût été un réconfort que de se savoir guidée ainsi vers le sein de Dieu, mais elle ne voyait rien, hormis la guillotine. Cette apparition rouge, maigre, avec le couteau qui luisait, happant son regard l'avait tirée de sa léthargie pour la plonger dans une espèce d'hypnose. Le souffle rauque, les lèvres ouvertes, les yeux agrandis, elle regardait les premières victimes gravir les marches, basculer avec la planche, le couperet s'abattre en lançant un éclair puis remonter lentement, vermeil. Elle était comme tétanisée, toute faculté, toute impulsion bloquée dans ce transport d'épouvante. Quand les aides du bourreau la saisirent, elle ne bougea pas plus qu'une statue. Ils avaient l'habitude de ces paralysies nerveuses. Ils l'enlevèrent pour lui faire franchir les degrés et ne la relâchèrent qu'attachée à la bascule par les sangles. Mais alors le contact gluant, l'odeur du sang réveillèrent ses sens. Au moment où le haut de la lunette se rabattait sur sa nuque, elle poussa un hurlement que trancha le vent d'acier.

Au-dessus de la place, dans la douceur du soir les martinets menaient leurs rondes sifflantes. Les badauds se dispersaient. Les valets chargèrent les cadavres dans les nouveaux tombereaux, bas sur roues pour faciliter la besogne, et doublés d'une feuille de plomb pour prévenir les suintements. La municipalité ne voulait plus de traces sur le chemin. L'échafaud, la Louisette furent lavés. Sanson démonta le couperet, le renferma dans son étui.

Alors seulement, le crépuscule et le silence venus, le funèbre cortège partit vers le lieu de l'inhumation. Les gendarmes veillaient à ce que nul curieux, nul parent des suppliciés, ne suivît ou ne pût voir où l'on allait. Il s'agissait non seulement d'empêcher la perpétuation du souvenir, mais surtout d'éviter des protestations semblables à celles de la section Mont-Blanc. Toutes, par crainte d'exhalaisons dangereuses, s'opposant à l'ouverture de cimetières sur leur territoire, il fallait en tenir secret l'emplacement.

Contournant le pavillon sud de la barrière, les tombereaux rouges prirent au long du mur d'enceinte, par un chemin mal distinct, sableux, creusé d'ornières. Les chevaux peinaient à tirer les lourds véhicules qui s'engravaient. Ils parvinrent néanmoins, au bout d'environ deux cents toises, dans l'avenue de Saint-Mandé, obscure sous ses arbres, puis tournèrent à gauche, à travers champs et vignes, pour gagner l'ancien village de Picpus, englobé dans Paris par les Fermiers généraux. Formé principalement de couvents, de maisons religieuses, vidés par la Révolution et devenus biens nationaux, il était en partie désert.

Le cortège s'arrêta devant l'enclos des Chanoinesses. On avait percé dans le mur une brèche munie maintenant d'une porte charretière à robuste serrure. Derrière, séparé par une palissade en planches du reste du jardin dont les frondaisons sombres se détachaient sur le ciel laiteux, s'étendait à peu près un arpent de terrain où rien ne subsistait plus. Les plants de vigne, les pommes de terre et autres légumes avaient été arrachés, les arbres fruitiers débités en rondins. Dans l'angle sud-est, un vaste plancher recouvrait une fosse de vingt pieds de profondeur, auprès de laquelle s'arrêtèrent les voitures. La porte verrouillée, on alluma des feux où l'on jetait de la sauge, du thym, du genièvre, pour combattre l'atroce odeur qui s'exhala quand les trappes ménagées dans le plancher furent ouvertes. À la lueur des flammes et de lanternes, les valets et les fossoyeurs tiraient des tombereaux les têtes, les corps mutilés, les dépouillaient, entassaient les vêtements sanglants. Ils iraient d'abord à la rivière puis à l'hospice du Tribunal révolutionnaire pour être distribués aux nécessiteux. Les scribes, qui avaient transformé en bureau la petite grotte édifiée par les religieuses dans ce coin du jardin, enregistraient ces dépouilles, dressaient les procès-verbaux d'inhumation tandis que l'on traînait sur le plancher les cadavres cireux et maculés, pour les jeter pêle-mêle. Au début, on avait pris soin de les disposer en ordre, de façon à économiser la place, mais comme on ne les recouvrait point de chaux, seulement d'un peu de terre, la putréfaction et la puanteur étaient devenues telles que nul ne voulait plus descendre dans la fosse. De là l'installation du plancher et la transformation de la tombe en charnier.

La pudique Léonarde fut ainsi mise à nu et son corps, qui avait fait l'intime joie de Jean-Baptiste, offert aux regards blasés des fossoyeurs. L'un d'eux la prit par un pied, la tira et la fit basculer dans l'ouverture d'une des trappes. D'autres cadavres tombèrent sur elle. D'en haut, on entendait chaque fois ce bruit d'écrasement mou, ce bruit de viande. Avec de longs crochets, on s'efforçait d'égaliser un peu les tas. Un instant plus tard, la tête de Léonarde, barbouillée de rouge, les yeux ouverts pleins de sciure, la mâchoire pendante, fut jetée à son tour.

Dans ce moment, Jean-Baptiste dormait. D'une certaine façon, il suivait le conseil de Claude : ne pas se faire remarquer. Il aurait voulu aller chaque jour aux séances du Tribunal révolutionnaire, en se mêlant au public, pour voir si Léonarde comparaissait, mais il craignait que, l'apercevant, elle ne sût pas contenir ses sentiments. Toute l'entreprise risquerait alors de se révéler. Aussi, malgré sa fièvre et son agitation, se bornait-il, depuis qu'il avait soudoyé le greffier, à parcourir dans les journaux les brefs comptes rendus des audiences suivis par la liste des condamnés. Ce matin-là, comme la veille et l'avant-veille, la première chose qu'il fit, en descendant, ce fut de demander le journal à la patronne. Elle le lui tendit. Il s'assit pour le lire tandis que le garçon lui servait son déjeuner. Soudain, la citoyenne Grollier vit son client se lever d'un bond, renversant sa chaise. Livide, il balbutiait :

« Ce n'est pas possible, ce n'est pas possible!

— Qu'avez-vous, citoyen? s'écria-t-elle, effrayée.

— Ma femme! » lui lança-t-il, et il partit comme un fou.

Claude l'attendait. Mis au courant, la veille au soir, par Fouquier-Tinville qui ne concevait pas comment une chose pareille était arrivée, il avait bien vite compris, lui. Non, aucun membre du Comité de Sûreté générale, aucun de ses agents, aucun ennemi personnel, comme le soupçonnait Fouquier, n'avait glissé le dossier de Léonarde parmi les causes réservées à Liendon. L'idée ne s'en soutenait point. Une seule personne s'intéressait assez passionnément à Léonarde Delmay pour accomplir ou faire accomplir cela. Claude avait passé la nuit dans la fureur, à maudire la démence de Montégut. Ah! pourquoi lui-même ne s'était-il pas défié davantage de cet homme égaré par le chagrin, l'impatience, la méfiance et l'ignorance complète des réalités parisiennes! Près de Lise, elle aussi bouleversée, il se tournait et se retournait sans pouvoir calmer sa colère. Et ce matin il se disposait à secouer durement le responsable de cet atroce désastre. Lise lui avait recommandé pourtant : « Je t'en prie, mon ami, ne sois pas cruel pour ce malheureux! C'est lui le plus à plaindre, maintenant. » Mais Claude pensait à Bernard, à ce qu'il allait falloir lui écrire. Il redoutait que cela ne lui fît prendre en horreur le gouvernement révolutionnaire. Aussi, lorsqu'un huissier annonça Jean-Baptiste, ordonna-t-il rudement de l'introduire. L'huissier jugea prudent de lui adjoindre deux gardes, car cet homme avait tout l'air d'un fou. Claude les renvoya et, se retournant vers ce criminel :

« Eh bien, vous êtes fier de vous?...

— Je vous en prie! s'écria Jean-Baptiste, j'ai commis une terrible erreur, mais je vous en conjure, sauvez Léonarde! Vous le pouvez, j'en suis sûr. S'il faut de l'argent, en voici. Et j'en ai d'autre à l'hôtel. » De ses mains tremblantes, il tirait son portefeuille, fouillait ses poches.

« Que dites-vous! s'exclama Claude stupéfait. Sauver votre femme!

— Oui, je vous en supplie, agissez vite. Elle a été condamnée hier, je l'ai lu dans la gazette. »

Le malheureux! il la croyait encore vivante. Du coup, la colère de Claude s'éteignit. Quelle inconscience, toujours! « Oui, oui, calmez-vous », dit-il en le prenant par le bras et le faisant asseoir. « Remettez-vous. Il ne peut plus arriver aucun mal à votre femme, maintenant. Nul ne saurait la tourmenter. Là où elle est, il n'y a plus d'inquiétude, plus de peur, plus de souffrance. »

Jean-Baptiste le regardait, et lentement ces paroles creusaient leur chemin en lui. « Vous ne voulez pas dire?... demanda-t-il enfin.

— Quand les jugements du tribunal sont rendus assez tôt, ils sont exécutés le jour même pour éviter aux condamnés une horrible attente. Soyez courageux, mon pauvre ami, pensez à vos enfants, ils ont besoin de vous. »

Jean-Baptiste enfouit son visage dans ses mains. Les pleurs filtrèrent entre ses doigts. Claude le tenait par l'épaule. « Votre femme est entrée dans la grande paix, lui dit-il. Il vous faut prendre le courage de vivre pour votre fils et votre fille. »

Le pire, pour Jean-Baptiste, c'était l'affreuse conscience qui l'accablait : « C'est moi qui l'ai tuée! » gémissait-il entre ses sanglots.

« Vous avez agi pour la sauver, ne vous accusez pas, dit Claude. Allons, venez », ajouta-t-il. Il demanda une voiture et emmena le pauvre homme pour le confier aux soins de Lise et de Maria. Il resta là tout le jour. Le soir, il voulut regagner l'hôtel de la Providence.

Deux jours après, il repartit pour Limoges, laissant à Claude et à Lise le sentiment qu'il ne se relèverait pas de ce malheur.

XI

Bernard ne savait rien de tout cela. La lettre de sa sœur, expédiée par Guillaume Dulimbert au général en chef de l'armée du Rhin, lui courait après sans le joindre. Lorsque Léonarde avait été incarcérée à la Visitation, Bernard, en Alsace, se trouvait aux prises avec les Prussiens de Moellendorf poussant une vigoureuse offensive. En prédisant que, sur le front d'Alsace, les Impériaux ne bougeraient pas, Carnot s'était bien trompé, et plus gravement encore en ordonnant à Bernard d'étendre son aile gauche pour renforcer Jourdan, car le gros de l'armée du Rhin n'opposait plus ainsi que quarante-cinq mille hommes aux soixante mille Prussiens descendant de Mayence en sombres masses. Aucun espoir de les vaincre dans une bataille rangée.

Encore une fois, Bernard fut contraint à la retraite. Il en devenait vraiment le grand spécialiste. Justement, son expérience le servait. Il vit tout de suite comment il pouvait terminer cette retraite par une victoire certaine. Cobourg, sans doute parce que les coalisés s'entendaient fort mal, avait commis la faute de ne point se lier à Moellendorf. Le général prussien, sûr de sa puissance, s'engageait seul entre Rhin et Moselle, en lançant ses divisions par le Hardt vers le mont Tonnerre. Plus il s'avançait, plus il se mettait hors du soutien des alliés rassemblant leurs forces dans le triangle Diekirch, Namur, Mons, où se portaient les efforts de l'armée des Ardennes entraînée par Saint-Just.

Bernard prit aussitôt ses dispositions pour réaliser une de ces manœuvres dont l'énoncé remplissait d'admiration et d'enthousiasme le brave Malinvaud. On ne pouvait avoir meilleur adjudant-général. Il se dépensa infatigablement pendant les trois jours où Bernard, évitant toute attaque frontale, harcelant sans cesse l'ennemi sur les deux flancs, lui tua ou prit, dans des combats continuels de bataillons, de demi-brigades, dans des embuscades soigneusement préparées, près de cinq mille hommes et s'empara de onze pièces de canon. C'était si facile! Sur ce terrain bien connu depuis un an que l'on s'y battait en long et en large, parmi ces couloirs sinueux, ces plateaux escarpés, ces rochers, ces vignes derrière des murettes, quelques batteries postées d'avance pour attendre les arrivants, couchaient par terre cent ou deux cents hommes à la première décharge de mitraille, et disparaissaient avant que les Prussiens eussent mis leurs pièces en état de riposter. Dans les bois de pins, vers lesquels des pelotons de cavalerie légère attiraient les uhlans, des tirailleurs, insaisissables derrière les troncs, faisaient des massacres.

Après ces trois dures journées, Moellendorf dut être bien aise d'atteindre enfin Kaiserslautern pour y souffler. Cette place non plus, Bernard ne songeait pas à la défendre par une bataille en rase campagne contre un ennemi trop supérieur. Au contraire, il avait apparemment dégarni les abords, à l'est, et ne s'opposa que par de petits combats au passage des Prussiens sur la grand-route, juste pour leur donner le sentiment de sa propre faiblesse. Entrant en plein dans le piège, ils vinrent s'enfermer là, isolés des secours éventuels. Le soir même, par une attaque de nuit, deux divisions du corps d'armée Michaud, descendant les flancs du mont Tonnerre, s'emparaient de la route, s'y retranchaient solidement et coupaient ainsi les communications de Moellendorf avec Mayence.

Pendant que le général du roi de Prusse progressait lentement jusqu'ici, freiné par le harcèlement et les embuscades, Malinvaud, exécutant au mieux les ordres de son chef, avait établi au sud, à l'ouest et au nord de Kaiserslautern de puissantes lignes de départ. A l'aube, l'artillerie de fort calibre ouvrait le feu sur les Prussiens concentrés à l'extrémité du plateau où ils manquaient de place pour se déployer. Une heure plus tard, les batteries des demi-brigades se démasquèrent dans les vallonnements et prirent sévèrement à partie les têtes de colonnes qui essayaient de déboucher pour défendre la place. Bernard les fit sabrer par la grosse cavalerie, puis, suivant celle-ci avec vingt mille hommes d'infanterie — voltigeurs au casque de cuir, chasseurs au plumet de coq, fusiliers, grenadiers — il tomba sur les sombres divisions désorganisées, les refoula, entra pêle-mêle avec elles dans la place, tandis que se déclenchaient sur les deux ailes les attaques préparées par Malinvaud. A onze heures, le drapeau français flottait de nouveau sur Kaiserslautern. Les derniers ennemis sortant de la ville se heurtaient sur la route à Michaud qui transforma leur retraite en débandade. A droite, à gauche, les corps prussiens, précipités sur les pentes du plateau et taillés par la cavalerie légère, se dispersèrent, poursuivis par les hussards. Moellendorf réussit à s'échapper avec deux divisions, mais le reste de ses forces dut mettre bas les armes.

En trois jours de combat et un assaut, Bernard, avec quarante-cinq mille hommes en avait écrasé soixante mille, tué ou blessé huit mille, pris un important matériel, car il refusa, dans la capitulation, de laisser aux vaincus rien d'autre que le bagage et les armes individuels. Les voitures, trains d'artillerie, canons, chevaux de la cavalerie, furent dirigés sur les parcs français, les officiers et les soldats renvoyés contre parole de ne point combattre la France pendant un an.

C'est à ce succès que Claude faisait allusion en invoquant, pour défendre Léonarde devant les Comités, l'habile manœuvre de son frère, sa victoire en Alsace. Carnot lui-même avait dit, en annonçant à ses collègues la nouvelle et leur communiquant le rapport de Bernard : « Il faut l'avouer, les retraites de Delmay sont quelquefois plus fructueuses que bien des offensives. » En vérité, cette victoire écartait toute menace sur le Rhin. Les seuls ennemis demeurant là étaient désormais une poignée de Prussiens et les émigrés aux ordres de Condé, qui ne bougeaient pas. Trente mille hommes suffisaient amplement à défendre cette frontière. Le bureau militaire avait donc décidé de réduire à cet effectif l'armée du Rhin et de la confier au général Michaud. Le général Delmay, avec quinze mille hommes rejoindrait les quinze mille de son aile gauche pour grossir l'ensemble des forces opérant entre la Moselle et la Sambre. Cette réorganisation entrait dans un vaste plan monté dès floréal par le Comité, en accord avec Saint-Just. On voulait concentrer tous les efforts entre la Meuse et la Sambre, pour faire sauter là le verrou de la Belgique. Jourdan, après s'être emparé d'Arlon et de Neufchâteau, marchait sur Dinant. Charbonnier poussait au long de la Meuse, contre les Autrichiens de Beaulieu, et trente mille hommes de l'armée du Nord lui avaient été adjoints. Avec l'armée des Ardennes ainsi renforcée, Saint-Just avait tenté trois fois en vain d'investir Charleroi après avoir passé la Sambre.

Au moment où Bernard opéra sa jonction avec l'armée de Moselle, Jourdan venait de prendre Dinant et de traverser la Meuse. Dès lors, quatre-vingt mille hommes se trouvaient réunis dans l'espèce de triangle formé par la frontière française, la Meuse et la Sambre. Le Comité de Salut public en avait donné le commandement suprême à Jourdan. Ainsi Bernard, après trois ans, retournait sous les ordres de son ancien lieutenant-colonel, de l'ami qui avait fait de lui un soldat.

« Tu es devenu un sacré stratège, lui dit Jourdan, veux-tu être mon chef d'état-major? Cela ne t'empêchera pas de combattre.

— Bien volontiers », répondit Bernard.

Malinvaud se montrait ravi. Il lui semblait revenir « au temps du bataillon ».

Pendant les deux jours de repos que l'on donna aux troupes,

ils eurent tous les deux un gros travail pour refondre les corps d'armée, répartir les demi-brigades en divisions, redistribuer l'artillerie. Bernard apprit avec surprise que le contingent venu de l'armée du Nord comprenait une compagnie d'*aérostiers*, et alla se rendre compte de ce à quoi elle pouvait servir. Un officier de liaison le conduisit. La compagnie était isolée du camp, près d'un petit bois. Le ballon captif, à demi gonflé, s'arrondissait sur l'herbe, entouré par une couronne de sacs. Une longue manche de toile le reliait à un fourneau en briques, distant d'environ cent pas, d'où s'élançaient avec bruit des jets de vapeur. Une activité remarquablement méthodique régnait ici. Le capitaine commandant le corps, accueillit Bernard et lui fournit toutes les explications. On gonflait l'aérostat avec du gaz hydrogène obtenu en faisant agir la vapeur d'eau sur du fer en limaille porté au rouge. Une fois le ballon rempli, on le chargerait, avec sa nacelle et son treuil, sur une voiture spéciale, pour le conduire là où il plairait au grand état-major de l'utiliser.

« Quoi! s'exclama Bernard, vous emmènerez cette machine près de la ligne de feu?

— Assurément, citoyen général. Je dois veiller à ne point l'exposer inutilement. Mais là où elle pourra être utile, le treuil sera fixé en terre. Au gré des observateurs montés dans la nacelle, l'aérostat s'élèvera et, parvenus à bonne hauteur, ces deux officiers signaleront l'emplacement et les mouvements de l'ennemi.

— Comment ça les signaleront-ils?

— Le plus simplement du monde : en lançant des messages au long d'un filin, dans des étuis lestés. Si nous progressons, le ballon sera, chaque fois qu'il le faudra, ramené à terre et porté plus en avant. »

Si vraiment cela pouvait se faire avec cette facilité, c'était admirable. Ainsi, plus besoin de tâtonner pour trouver l'adversaire. On connaîtrait ses forces, ses manœuvres, ses cheminements.

« Voilà, constata Bernard, qui rend caduc le système des reconnaissances. Je suis impatient, capitaine, de voir cette machine à l'œuvre. »

Jourdan, lui, employa ces deux jours à visiter les bataillons, exaltant le zèle des uns, relevant le courage des autres, un peu abattu par leurs trois échecs, dont le dernier, particulièrement, leur laissait un amer souvenir : après avoir passé la rivière, Saint-Just, attaqué de nuit par des forces supérieures, s'était vu rejeté violemment sur la rive droite. Hommes, chevaux, voitures encombraient le pont étroit, il y avait eu un grand nombre d'écrasés et de noyés.

« Ce ne sera point pareil, cette fois, mes amis, assurait Jourdan aux soldats. Nous allons faire payer toutes vos misères aux Kaiserlick. »

Le soir, Bernard se déclara prêt à mettre l'armée en mouvement. Il en avait bien dans la tête les effectifs, leur répartition et tout leur détail à l'échelon divisionnaire. Il connaissait toutes les ressources. On pouvait passer au plan d'opérations. Les commissaires et le grand état-major se réunirent autour des cartes. Saint-Just, impatient, voulait charger un corps d'investir Charleroi tandis que, sans s'arrêter à ce siège, cinquante mille hommes pousseraient sur Bruxelles par Genappe, Mont-Saint-Jean, Waterloo. Plus sage, Jourdan songeait, comme le lui prescrivaient les instructions de Carnot, à enlever Charleroi, bloquer Namur puis nettoyer la forêt de Mormal, camp retranché des Autrichiens, avant de s'avancer vers Bruxelles. Bernard leur démontra qu'il ne fallait penser à rien de tout cela pour le moment. Il dit amicalement mais fermement à Saint-Just : « Tes échecs proviennent d'une préparation insuffisante. Il ne suffit pas d'aller de l'avant à corps perdu. Si nous recommençons à la manière dont tu as agi en floréal et dans les dernières décades, nous serons rejetés une fois de plus. Le nombre n'y changera rien. » Jourdan l'approuva. Finalement, on arrêta qu'une division de quinze mille hommes, commandée par le général Schérer, resterait allongée par brigades au long de la Sambre pour la garder jusqu'à Maubeuge. Le reste des troupes franchirait la rivière. La division Hatry attaquerait Charleroi avec le génie qui procéderait aux travaux du siège. Le gros de l'armée, établi en avant, en demi-cercle appuyé par ses extrémités à la Sambre, repousserait toute offensive des coalisés pour débloquer la ville. De concert avec Jourdan, Bernard fixa très précisément sur la carte les futures positions françaises, tandis que les secrétaires écrivaient. A mesure, les aides de camp s'en allaient dans la nuit tombante porter les ordres aux états-majors divisionnaires.

La veille, Bernard avait demandé aux aérostiers de faire une ascension aux premières heures nocturnes, afin de déterminer par les feux de camp la situation des forces ennemies. Elles aussi formaient un demi-cercle, mais au-delà des masses boisées entourant Charleroi. Cela laissait peu d'espace pour installer le dispositif. Il fallait pourtant prendre son parti de ces conditions défavorables.

Dès l'aube, le mouvement commença. Laissant à l'adjudant-général Malinvaud le soin de régler le passage, Bernard, suivi du fidèle Sage et des officiers d'ordonnance, partit le premier avec le général Hatry pour engager l'attaque de la place. Il ne s'agissait point de donner l'assaut, mais de contraindre les postes avancés à se replier, et de contrebattre l'artillerie des murailles pour permettre au génie de pousser les premiers gabions, d'établir des casemates, d'ouvrir la tranchée. Pendant ce temps, dans la brume planant sur la Sambre, et que la canonnade effilochait, le gros de l'armée franchissait les cinq ponts situés à gauche et à droite de Charleroi, celui de la ville même étant coupé. A midi, Malinvaud vint rendre compte qu'hormis les gardes des parcs et la division Schérer, dont l'aile extrême occupait Thuin, il ne restait aucune troupe sur la rive droite.

En ce moment, les obusiers installés sans grandes pertes se mettaient à fouiller méchamment les remparts. Marescot pouvait entreprendre ses travaux, avec l'aide et la protection de Hatry qui empêcherait toute sortie des assiégés. Bernard alla rejoindre Jourdan à Gilly, fixé comme emplacement du grand-quartier, mais le général en chef était déjà parti avec Saint-Just pour inspecter les positions. Bernard les retrouva auprès de Kléber dont le corps d'armée formait toute la gauche, appuyé à la Sambre, montant jusqu'à Trazegnies, en avant duquel le général Montaigu faisait border par des grand-gardes le ruisseau du Piéton. Au-delà d'un bois, le demi-cercle se continuait par les deux divisions du général Morlot, coupant la route de Bruxelles, puis par Championnet, le plus avancé, couvrant les hameaux d'Heppignies et Wangenies, enfin par Lefebvre, rangé sous Fleurus, et Marceau dont les deux divisions, établies en avant du bois de Campinaire et du bois de Lambusart, fermaient à droite le dispositif en s'appuyant à la Sambre.

Saint-Just, Jourdan, Bernard et leurs officiers avaient dû

changer de chevaux pour parcourir cet arc dont cinq lieues au moins séparaient les deux points extrêmes. Cette distance rendait peu faciles les communications. En outre, même les positions les plus en avant de Charleroi, c'est-à-dire Heppignies et Wangenies ne s'écartaient guère de la Sambre, et l'on ne pouvait pousser davantage sans venir au contact des Impériaux. Leurs vedettes échangeaient sporadiquement des coups de feu avec les pelotons envoyés en reconnaissance. Jourdan montrait quelque inquiétude.

« Il n'y aurait pas grand moyen de manœuvrer là-dedans si nous devions opérer un repli, remarqua-t-il. Nous avons quasiment le dos à la rivière. Il convient de prendre du champ le plus tôt possible.

— Il faut attaquer, dit Saint-Just.

— Il faut nous retrancher, dit Bernard, puis lancer des pointes afin d'attirer les ennemis sur notre terrain. Ils y subiront de lourdes pertes, et nous contre-attaquerons alors victorieusement. »

Saint-Just, beau et pâle sous ses plumes tricolores, s'emporta. Pourquoi ces retards? On devait tomber en masse sur l'armée du prince d'Orange et de Beaulieu avant que Cobourg n'accourût avec des renforts. Jourdan, mal à l'aise sur un pareil champ de bataille, observa qu'Orange, alerté depuis midi par le canon de Charleroi, ne leur laisserait assurément pas le temps de se retrancher. Le meilleur moyen de prévenir une offensive consistait à la prendre soi-même.

« Nous attaquerons demain à l'aube, décida-t-il.

— Puisque vous y voilà résolus tous les deux, répondit Bernard, je me rends. Mais dans ce cas, il importe d'installer dès à présent un parc sur la route de Gosselies, car Kléber est beaucoup trop loin pour envoyer ses caissons s'approvisionner sur la rive droite. Tu t'en charges, Antoine? »

Malinvaud fit pivoter son cheval et rendit la main. L'état-major retourna vers le village de Gilly, au grand quartier. Le soir tombait sur les faibles ondulations de la campagne. Il n'avait pas fallu moins de six heures pour parcourir le demi-cercle du front. Dans le ciel jaune et rouge, l'*Entreprenant*, irradié, était comme un autre soleil. Sous lui, s'étalait le camaïeu vert des prairies, les champs de blé jaunissant, avec les boursouflures des bois, les routes blanches, les méandres des ruisseaux et le scintillement de la rivière. L'aérostat n'envoyait aucun message. Bientôt il se mit à descendre, ramené par son câble, tandis que la brume formait lentement des écharpes sur les cours d'eau. « Elle ne peut pas servir à grand-chose, cette machine, dit Jourdan en haussant les épaules. Je me demande bien pourquoi on nous encombre de ça. » Du côté de Charleroi, la canonnade grondait. Les grosses pièces de siège étaient maintenant en action, on sentait l'ébranlement de la terre et de l'air lorsqu'elles tiraient en salves. Après un rapide souper, Saint-Just repartit à cheval avec Le Bas vers la place. Jourdan donna l'ordre de marche général pour le lendemain, 28 prairial, à quatre heures du matin. Bernard et lui déterminèrent la composition, l'emplacement des réserves, leurs points de progression derrière les corps engagés. Puis, laissant les officiers d'état-major décomposer ces ordres en détails, les dicter aux secrétaires et les faire transmettre par les aides de camp, ils allèrent eux aussi, avec leur escorte et les porte-fanion, dont Sage, bien entendu, se rendre compte de l'état du siège.

La nuit brumeuse était rousse, toute colorée par les lueurs des canons dont le feu ne discontinuait pas. Ils entouraient d'une ceinture rugissante et foudroyante la vieille place fortifiée jadis par Vauban. Les obus, les bombes dont on pouvait suivre les courbes fumeuses, la fouillaient tandis que les boulets de gros calibre frappaient coup après coup, comme des béliers, les mêmes endroits sur ses murailles. Un halo rougeâtre, fait de poussière, de fumée illuminées par le reflet des incendies, planait au-dessus de la ville et se réverbérait sur les lignes des assaillants. Sans la brume, on aurait vu presque comme sous des lustres. Dans le brouillard teinté de cuivre et saturé de soufre, des chevaux, des caissons, des hommes passaient en groupes confus. Au milieu du tonnerre, on entendait des ordres hurlés par des fantômes, et parfois des cris, des gémissements poussés par des blessés. Car la garnison tirait elle aussi de toutes ses pièces, mais ses projectiles ne frappaient qu'au hasard. Ceux des assiégeants, au contraire, concentrés sur l'objectif, produisaient des ravages. Ne voulant pas s'attarder en longs travaux, l'ingénieur général Marescot cherchait à faire brèche dans la muraille en battant sans répit les points selon lui les plus faibles. Comme Bernard et Jourdan venaient de le rejoindre au bord de la rivière où, avec le général Hatry, il modifiait l'installation d'une batterie de mortiers, un officier du génie accourut. Dans le rentrant de l'enceinte, à l'est, annonça-t-il, un redan commençait de s'écrouler.

« C'est bon, dit l'ingénieur, nous allons mettre là-dessus toutes les pièces de ce côté. Demain, j'en suis sûr, citoyens, nous aurons effondré suffisamment de muraille pour pouvoir donner l'assaut. »

Jourdan et Bernard retournèrent au grand quartier pour prendre un peu de repos. Bernard, à demi dévêtu, dormait lorsqu'il se sentit secoué par l'épaule. C'était Malinvaud, une chandelle à la main. « L'ennemi attaque nos positions », dit-il. Toute la maison entrait en remue-ménage. On entendait la voix de Jourdan crier des ordres. Des portes claquaient, des hommes couraient.

« Quelle heure est-il? demanda Bernard, enfilant déjà ses bottes.

— Un peu plus de trois heures. L'attaque s'est produite il y a un moment. »

Bernard reboutonnait son gilet. Malinvaud lui passa l'habit, le ceignit de la grande ceinture tricolore sur laquelle il boucla le ceinturon avec le sabre tandis que Bernard nouait sa cravate. Sage entra portant un plateau.

« Du café, général.

— Ah! toi, tu n'oublieras jamais la gueule! Prépare donc les chevaux.

— Ils sont prêts. »

Bernard et Malinvaud avalèrent le café et descendirent vivement. Dans la grande pièce du bas, Jourdan achevait de s'habiller en écoutant les rapports. La veille, pour remédier à la difficulté des communications, Bernard avait pris soin de faire installer des relais de cavalerie entre les corps d'armée et le grand quartier. Ainsi s'était transmise rapidement l'annonce de l'offensive. D'ici, on ne pouvait entendre la canonnade; le grondement du siège couvrait ce bruit plus lointain. Tous les divisionnaires faisaient savoir que d'imposantes forces les attaquaient. Saint-Just martelait du poing le pommeau de son sabre.

« Si vous m'aviez écouté, c'est nous qui aurions surpris les Autrichiens et les Bataves! »

Il sortit brusquement.

« Championnet se trouve le plus en flèche, dit Jourdan. Il faut aller là. »

Bernard prescrivit de faire transporter l'aérostat au village de Ransart.

Dehors, l'obscurité brouillardeuse, pleine de brouhaha et de silhouettes indistinctes, les surprit, puis les yeux s'habituèrent. « Général! » appelait Sage. Il tenait les chevaux. Bernard se mit en selle. Jourdan donnait la direction à l'escorte : « Heppignies. Au galop! » Un officier disparut, prenant la tête, et tout le groupe, où les revers blancs, les visages, le cheval gris de Jourdan faisaient de vagues taches, partit dans un roulement de fers, les craquements des cuirs, les tintements des gourmettes et des sabres. Le parfum frais de l'aube, de la verdure humide se mêlait à l'odeur de la poudre et des incendies qui venait de Charleroi par bouffées traînantes. Bientôt la nuit se mit à blanchir. On entendait maintenant le canon et la fusillade, partout en avant. Quand l'état-major parvint au village de Ransart autour duquel était massée la réserve générale, le jour se levait rapidement, mais on n'y voyait guère à plus de vingt pas, dans la clarté cotonneuse. Les blessés évacués des demi-brigades refluaient ici, les uns soutenus par des camarades moins gravement touchés, d'autres amenés par les voitures bataillonnaires qui repartaient aussitôt. Les chirurgiens, avec leurs tabliers déjà sanglants, s'affairaient.

Tandis que Jourdan continuait au galop pour atteindre le front de bataille, Bernard s'arrêta là, interrogeant les blessés, dont la plupart montraient une extraordinaire ferveur patriotique. Un grenadier, atteint au ventre par un éclat d'obus, surmontait sa souffrance pour expliquer comment son bataillon s'était replié sur Heppignies, et il ajouta : « Si je dois mourir, je suis content, j'ai servi ma patrie. » Avec les indications de ces hommes et celles que lui rapportèrent les aides de camp envoyés dès l'abord aux corps d'armée, Bernard eut très vite une idée de la situation dans son ensemble. Elle était fort sérieuse. Quatre puissantes colonnes ennemies, attaquant de la droite au centre, avaient repoussé Marceau dans le bois de Campinaire, pris Fleurus à Lefebvre, chassé Championnet d'Heppignies, mis Morlot en retraite sur Gosselies. A gauche, Kléber défendait résolument à deux autres colonnes le passage du

Piéton, mais Montaigu, menacé d'être coupé de la Sambre, allait devoir abandonner Trazegnies.

Pour Bernard, campé sur la place du village avec ses officiers, tout cela se lisait comme s'il eût eu la carte de ces cinq lieues de front étalée devant lui. Au nombre des blessés, il estimait l'état des divisions. Elles avaient engagé toutes leurs réserves, il fallait lancer la réserve générale. Il fit aussitôt partir une brigade de cavalerie avec laquelle Jourdan pourrait donner un secours immédiat aux corps du centre. En même temps, il expédiait du renfort à Kléber en lui prescrivant d'avancer sur l'aile droite de Montaigu pour tourner l'ennemi, et il envoyait au général Hatry l'ordre de barrer la route aux Autrichiens en se portant vers Forchies, à gauche au-delà de Charleroi. Cette dernière et grave disposition, Bernard n'avait pas hésité à la prendre. Certes, enlever la place était la raison de la bataille; on devait néanmoins abandonner momentanément le dispositif d'assaut, car il ne restait plus assez de réserves pour en diriger là-bas afin de couvrir Hatry. Il était indispensable de conserver quelques troupes pour un ultime besoin. Emmenant lui-même une demi-brigade, Bernard alla au secours de Marceau. La brume, dorée par le soleil, s'évaporait. Sur le côté du village, l'*Entreprenant* s'élevait au bout de son câble. Bernard recommanda de lui apporter à Campinaire les messages des observateurs.

Mais Campinaire appartenait maintenant aux Kaiserlick. Marceau, refoulé dans les bois voisins, accomplissait en vain d'héroïques efforts pour en sortir. Fidèle au procédé qui lui avait mainte fois réussi, Bernard réunit en une batterie unique les pièces de la demi-brigade avec celles de la division et fit tomber sur le village un déluge destructeur, alors Marceau et lui, entraînant les troupes, donnèrent l'assaut. Campinaire fut réoccupé assez vite. Bernard le laissa, tenu assez solidement par Marceau. Les observateurs de l'*Entreprenant* signalaient qu'à l'aile gauche Kléber avait également ressaisi Trazegnies. Rejetant au-delà du Piéton les divisions adverses que l'on voyait battre en retraite, il les poursuivait, formé sur deux colonnes. Au centre, l'ennemi paraissait cloué sur place. Bernard s'y rendit. Jourdan et Saint-Just, chargeant à la tête de la réserve de cavalerie, avaient dégagé Championnet, ramené les troupes de Morlot dont un bataillon, pris de panique, s'était dispersé, et enfin rétabli tout le front central. Bernard rendit compte à Jourdan de l'ensemble. Sur les instances de Saint-Just, Jourdan se résolut à lancer une offensive pour s'emparer de Fleurus. Là, manifestement, s'appuyait le gros du dispositif ennemi. En prenant cette bourgade, on le désarticulerait. Bernard n'estimait point que l'on fût en situation de frapper ainsi, au plus fort des coalisés.

« Selon moi, dit-il, mieux vaudrait faire accompagner par Morlot la manœuvre de Kléber, pour prendre à revers leur aile droite qui est déjà coupée en deux. Cela les contraindrait sur-le-champ à se retirer sur Saint-Amand et Ligny. Nous aurions alors les plus grandes chances d'emporter Fleurus. »

Saint-Just, tout chaud encore de sa charge victorieuse, se récria : « Quoi! toujours des temporisations! Elles n'ont réussi qu'à nous laisser prendre par surprise.

— Tes audaces ont-elles eu meilleur résultat? » demanda Bernard avec ironie.

Jourdan s'interposa. Pas sûr de lui, il ne voulait point déplaire au puissant Saint-Just. Bernard s'apprêtait donc à faire opérer par l'une des divisions Championnet une conversion par le flanc, pour la lancer avec Lefebvre contre Fleurus dont le clocher s'élevait derrière les fumées ennemies, rousses dans le soleil. Mais la canonnade s'intensifia brusquement sur la droite. En un instant, elle devint furieuse. L'état-major y courut, emmenant la cavalerie. Les généraux autrichiens et hollandais avaient à leur tour jugé le moment venu d'appeler leurs réserves. De nouvelles colonnes blanches, bleu pâle, vertes, grises, où brillaient les mitres de cuivre des grenadiers, refoulaient irrésistiblement Lefebvvre sur la route de Charleroi, inondaient le terrain entre le bois de Campinaire et le village de Lambusart.

Tandis que Saint-Just, Jourdan, Hautpoul tombaient de plein fouet sur leur flanc, Bernard, réprimant en lui l'ardeur de combattre, retenait son cheval, arrêtait ses officiers et tirait de ses fontes sa lunette. On ne voyait plus Marceau. Il avait dû, devant cette marée, abandonner Campinaire et Lambusart. Il combattait de nouveau dans les deux bois, sous ces villages. Les fumées du canon sortaient par grosses bouffées blanches, et celle de la mousqueterie par filets, d'entre les frondaisons. Au milieu, passait la route dont on n'apercevait rien, mais

Bernard la savait toute droite, plate, et telle que rien n'y permettait à une troupe déjà éprouvée d'arrêter un tel flux. Entre Fleurus et Wangenies, les efforts de Jourdan pour soulager Lefebvre ne produisaient nul effet. La lunette montrait ces tourbillons de grosse cavalerie, avec l'étincellement des cuirasses, des sabres, noyés dans les vagues bleues et blanches d'où les escadrons se dégageaient avec peine pour repartir à la charge. Le seul résultat était de permettre à la division Lefebvre de combattre en reculant. Elle se retirait par échelons sur Ransart. Bernard avait envoyé à Championnet, qui se trouvait dès à présent coupé de l'aile droite et en grand risque d'être tourné, l'ordre de quitter ses positions pour se replier sur ce même village. Jourdan fit sonner par les trompettes la retraite de la cavalerie, et il regagna lui aussi R nsart où Bernard, le rejoignant, trouva plusieurs messages des aérostiers. Ils ne lui apprirent rien, sauf que, à l'extrême gauche du champ de bataille, Kléber poursuivait triomphalement sa manœuvre. Il avait tronçonné les corps ennemis. Avec Montaigu d'un côté, Morlot de l'autre, il n'aurait nulle peine à les écraser.

Saint-Just, Le Bas, Jourdan et Bernard délibérèrent rapidement au bruit des combats qui continuaient en avant du hameau. Si l'on réussissait à ramener Marceau comme on avait ramené Lefebvre et Championnet, on pourrait encore tenir un front raccourci de Montigny, sur la Sambre, à Gilly et Ransart, jusqu'à ce que l'aile gauche, par son mouvement tournant, obligeât les Austro-Bataves à diminuer là leur pression sur le centre et la droite pour reporter toute leur puissance sur leur flanc en danger. Alors on reprendrait l'offensive générale avec toutes les chances de saisir en tenaille toute l'armée adverse. Hélas, un nouveau message de l'*Entreprenant* vint à l'instant même ruiner cet espoir. L'aérostat signalait que de gros contingents hollandais, contournant le bois de Lambusart, étaient en train d'occuper la boucle du Pont-du-Loup. Ils allaient couper Marceau, et l'armée entière, de la Sambre.

Dans ces conditions, vouloir se maintenir sur cette rive eût été folie. On expédia immédiatement à Marceau l'ordre de gagner la rivière et de la passer par le pont du Châtelet, au magnifique Kléber l'ordre d'abandonner son mouvement victorieux et de se retirer avec Morlot et Montaigu, au général Hatry l'ordre de protéger le repli du génie. Puis l'état-major, avec les corps de Lefebvre et de Championnet, battit en retraite sur Montigny en avant duquel de fortes batteries furent installées. Avec des pointes de la grosse cavalerie, elles tinrent l'ennemi à distance tandis que, les uns après les autres, en bon ordre, toutes les divisions, le génie, le matériel, et l'*Entreprenant* sur son chariot, repassaient la Sambre. A cinq heures du soir, tout était fini. On avait sacrifié cinq mille hommes pour rien. Toutefois Bernard estimait que les pertes alliées devaient être bien supérieures. D'autre part, on tenait de solides têtes de pont qui ne se laissèrent point entamer. L'artillerie rendit les abords de la place et toute la rive, jusqu'à Pont-du-Loup, intenable à l'armée du prince d'Orange qui, affaibli, menacé d'une contre-attaque, dut, dans la nuit, regagner ses positions de la veille.

Dès le jour, Saint-Just voulut ordonner aux généraux Marescot et Hatry de reprendre le siège. Jourdan s'y opposa, les troupes avaient besoin de repos. Le jeune commissaire alors les parcourut, exhortant les hommes, menaçant les officiers. Il fit arrêter et juger ceux du bataillon qui, dans le corps d'armée Morlot, s'était débandé. « Quand les soldats s'enfuient, déclara Saint-Just, la faute en est aux officiers. Ils les ont mal entraînés ou mal commandés. » Bernard n'ignorait point la nécessité de la discipline, mais de tels aphorismes lui paraissaient stupides, faux et révoltants. Il ne lui restait pas grand-chose de sa sympathie pour ce garçon, autrefois si séduisant, dans lequel il ne voyait plus qu'un tyranneau ivre de son pouvoir et totalement étranger aux principes républicains. Il y avait eu un moment, à Strasbourg, où il fallait être impitoyable. Il l'avait été, mais la rigueur dont il ne parvenait plus à se défaire l'empoisonnait visiblement. Elle l'isolait dans une aridité tout intellectuelle : un désert que n'irriguait plus nul sentiment humain. Il perdait contact même avec Le Bas. Il errait, l'œil sombre, venait au quartier général exiger que l'on reprît l'offensive. Le 30 prairial, Hatry avait réinvesti Charleroi, et Marescot recommencé les travaux d'approche. Impatient, Saint-Just allait de redoute en redoute, inspectant, donnant des ordres. Comme un capitaine, chef de batterie, montrait peu de bonne grâce à les exécuter, il le fit fusiller là, sur-le-champ.

Outré, Bernard s'en fut le trouver et lui dit : « Si un soldat manque à son devoir envers la patrie, tu as le droit de l'envoyer devant des juges, mais tu n'as pas le droit de le condamner toi-même, et nul officier n'a le devoir de te considérer comme infaillible. Quoi : je t'ai vu, en Alsace, souffrir des injures bien autres que l'hésitation d'un capitaine à t'obéir!

— Tais-toi, mon ami, je suis bourrelé de remords », répondit Saint-Just. Tête basse, il se mit à pleurer.

Rapportant à Jourdan cette scène plutôt stupéfiante, Bernard ajouta : « Je me demande si ce garçon n'est pas en train de perdre la tête. » Mais, peu après, il vint, extrêmement lucide, examiner la situation avec Le Bas et les généraux. Le Comité de Salut public les avertissait tous que Cobourg, retenu jusque-là sous Ypres par Pichegru, avait abandonné cette place en apprenant l'incapacité d'Orange à débloquer Charleroi. Il rassemblait de nouvelles forces empruntées aux garnisons de Landrecies, de Mons et de Valenciennes, pour grossir l'armée des coalisés dont il prendrait le commandement général. Jourdan dit qu'à son avis ces garnisons ne fourniraient guère plus de quinze à vingt ou vingt-cinq mille hommes. Renforcés de ceux-ci, les contingents d'Orange et de Beaulieu dépasseraient de peu leur effectif initial, réduit par leurs pertes du 28.

« Mettons quatre-vingt-cinq mille. Mais comme nous sommes contraints de maintenir Schérer pour garder la Sambre entre Thuin et Maubeuge, nous n'en aurons de nouveau que soixante-dix mille à leur opposer.

— Il faut absolument, dit Saint-Just, emporter Charleroi avant l'arrivée de Cobourg. »

C'était l'évidence. Seulement les assiégés avaient profité de l'interruption pour réparer leurs brèches, bouleverser les terrassements. Harcelé par Saint-Just, Marescot obtint, avec le génie et l'artillerie de siège, des miracles. De nouveau toute l'armée avait repris ses positions du 27 prairial sur la rive droite. Bernard, cette fois, put à loisir fortifier le terrain. Le 5 messidor, au moment où la tête de Léonarde tombait, place du Trône-Renversé, Bernard, dirigeant à sa façon économique un petit combat dans lequel il ne voulait pas perdre un seul homme, portait les avant-postes à Fleurus. Il n'y eut point de contre-attaque. Orange et Beaulieu se réservaient. Le lendemain, Bernard acheva de retrancher les principaux points du demi-cercle par des abattis et des gabionnages qui transformèrent

Gosselies, au centre, en un solide point d'appui pour la première ligne.

Le 7 messidor, dans la matinée, Marescot annonça que les feux de la place étaient éteints. Saint-Just, Le Bas, accompagnés par Bernard s'y rendirent aussitôt. En effet, l'artillerie des assiégés ne répondait plus aux pièces françaises. Un nuage de fumée, de poussière, ocre dans le soleil, flottait sur la ville aux toits crevés, aux murs effondrés par endroits. Hatry formait ses colonnes pour donner l'assaut, lorsqu'un drapeau blanc apparut à l'une des brèches. Bernard commanda de suspendre le tir. Les canons, qui grondaient sans interruption depuis huit jours, se turent. Un silence surprenant, d'abord étourdissant, se répandit sur les lignes, tandis qu'un petit groupe d'uniformes autrichiens sortait de la place. Bernard et les deux commissaires s'avancèrent vers les avant-postes où l'escorte du parlementaire fut retenue tandis qu'une section le conduisait vers le fanion du chef d'état-major général. Le Kaiserlick, un colonel, salua et, dans un impeccable français, dit que le gouverneur l'envoyait s'informer des clauses d'une reddition.

« Il ne saurait s'agir de conditions, lui déclara Saint-Just. La seule chose dont nous voulons entendre parler, c'est la capitulation pure et simple. Veuillez rapporter cette réponse, monsieur. Le feu reprendra dès que vous serez rentré dans la ville. »

Il reprit, mais on retarda l'assaut, auquel on n'aurait probablement pas besoin de recourir. En effet, deux heures plus tard, le drapeau blanc reparut, le parlementaire revint, avec une lettre du gouverneur. Il la tendit à Bernard qui la remit à Saint-Just. Sans daigner l'ouvrir, le jeune homme la rendit à l'Autrichien en lui disant sèchement :

« Ce n'est pas un chiffon de papier, c'est la place que je veux.

— Mais, protesta le colonel, si la garnison capitule sans conditions, elle se déshonore.

— Nous ne pouvons ici vous honorer ni vous déshonorer, monsieur. Pas plus qu'il ne serait en votre pouvoir d'honorer ou de déshonorer l'armée française. Il n'existe rien de commun entre vous et nous. » Comme l'Autrichien insistait, Saint-Just ajouta : « Il y a huit jours, on aurait pu vous écouter. Aujourd'hui, vous n'êtes plus en mesure de poser des conditions. Il faut vous rendre ou subir notre assaut. Il sera donné à midi. C'est ma dernière parole. »

Une demi-heure plus tard, la place se rendait à discrétion, avec ses trois mille hommes encore valides et cinquante canons. Cela libérait la division Hatry et une artillerie importante. Bernard s'empressa de répartir les pièces autrichiennes entre Kléber, à Monceau sur l'extrême gauche du front, au-delà de Charleroi, et Marceau, à Lambussart, sur l'extrême droite. Quant aux batteries françaises, il en garnit les retranchements de Gosselies dont l'ingénieur Marescot fit une formidable redoute. Derrière, le corps Hatry fut installé en réserve générale. On allait avoir à soutenir incessamment un choc redoutable, mais Bernard, en inspectant ce soir là, avec Jourdan, les principales positions, se sentait tranquille maintenant qu'il avait réalisé son dessein primitif. « Si, dit-il, nous avions pu nous renforcer, la première fois, comme je le voulais et comme nous le sommes aujourd'hui, jamais Orange ne nous aurait rejetés. » Les brigades, maintenant, étaient en situation de s'accrocher au terrain, elles ne reculeraient pas. Ces dispositions s'achevaient juste à temps, car, à la tombée du soir, on entendit des grondements dans l'ouest. Cobourg arrivait. Ignorant la reddition de Charleroi, il tirait le canon pour s'annoncer aux assiégés et soutenir leur courage.

Les troupes bivouaquèrent sous les armes, dans la nuit tiède de la fin juin. A trois heures du matin, Jourdan et Bernard étaient à Ransart, en avant des divisions de réserve auxquelles les munitionnaires, avec leurs voitures, distribuaient les vivres. Un parfum de café imprégnait l'air calme. Il ne faisait point encore jour, mais l'obscurité n'était plus qu'une pénombre et déjà le haut du ciel pâlissait. Un peu à gauche du village, les officiers aérostiers s'embarquaient dans leur nacelle. Le câble se mit à se dérouler, le ballon, globe luisant et sombre, s'éleva lentement. Tout, à quelques instants de la bataille, restait extraordinairement paisible. Jamais on n'eût imaginé qu'en face, à une lieue, une lieue et demie au plus, quatre-vingt-cinq mille hommes s'apprêtaient à se ruer. L'assaut néanmoins ne pouvait tarder. Croyant toujours la place occupée par les Alliés, Cobourg devait sans attendre obtenir la levée du siège, mais il n'avait eu que peu d'heures pour organiser son attaque.

L'aube allait paraître. Dans le ciel, l'*Entreprenant* devenait visible et se colorait. Bernard, très tranquille, écoutait la chanson du ruisseau : un affluent du Piéton, qui coulait au pied de la petite butte occupée par l'état-major, sous des hêtres.

« Ce murmure me rappelle l'aube de Jemmapes. T'en souviens-tu? »

Ils n'étaient pas fort loin de la route de Mons, près de laquelle, chefs de bataillon, ils avaient bivouaqué avant de manœuvrer interminablement au pied des plateaux.

« Oui, répondit Jourdan. Avec cette différence qu'aujourd'hui nous attendons l'assaut, au lieu d'attendre de le donner. L'initiative ne dépend pas de nous, je n'aime guère ça.

— C'est peut-être ce que pensaient Clerfayt et Beaulieu, ce jour-là.

— Ils disposaient de retranchements auprès desquels les nôtres sont peu de chose. Si Cobourg, Orange et Beaulieu concentraient leurs quatre-vingt-cinq mille hommes sur un point de notre front, je ne nous verrais pas beaux.

— Sans doute, mais ils ne le feront pas. Ils n'ont point l'usage des attaques en masses. Je gagerais ma tête qu'ils se préparent à frapper sur tout le dispositif, comme Orange l'autre jour. Ainsi étirés sur dix lieues, ils ne seront nulle part assez forts pour nous enfoncer. Nous avons, cette fois, des redoutes, une artillerie nombreuse et une grosse réserve. Je suis sans inquiétude.

— Tu parles avec raison de ta tête, mon ami. Tu peux compter que si nous ne sommes pas vainqueurs, ce diable de Saint-Just nous expédiera tout droit à la guillotine. D'une façon ou d'une autre, il faut vaincre ou mourir. »

Soudain, donnant raison à Bernard, le canon se mit à tonner sur tout le front. Les deux généraux s'avancèrent jusqu'à Heppignies. Là, au milieu des divisions Championnet, ils virent dans la lumière cendrée du matin les colonnes autrichiennes, avec leurs drapeaux blancs bordés de jaune, de rouge et de noir, timbrés de l'aigle noir, s'avancer parmi les prés et les champs de blé, sur la faible pente. Les boulets creusaient des sillons dans les files, mais elles se resserraient mécaniquement et continuaient à monter au son du tambour, soutenues par leurs batteries vivement installées. Boulets et obus tombaient aussi sur les lignes françaises.

C'était le moment le plus éprouvant, l'infanterie devait

attendre, immobile, l'arme au pied, que les assaillants fussent à portée de fusil. Mais les réquisitionnaires n'en étaient plus à leur premier combat. Ils faisaient bonne contenance, amalgamés aux vieux régiments avec lesquels on les avait fondus. Bientôt, dans les bataillons de la première ligne, les commandements retentirent, hurlés dans le vacarme de l'artillerie : « Portez vos armes... Apprêtez vos armes... Joue... Redressez... » et les feux de compagnie éclatèrent.

« La charge », ordonna Jourdan qui ne voulait pas laisser les Impériaux prendre pied dans les lignes. « A la baïonnette, mes amis! » cria-t-il en se dressant sur ses étriers, sabre brandi. « Vive la République! Vive la nation! »

Le cheval de Bernard se cabra, fouetté par le jet de terre et de cailloux qu'un boulet venait de produire. D'une poussée sur l'avant-main, Bernard rabattit l'animal, puis : « Tiens-toi à Ransart pour faire la liaison, dit-il à Malinvaud. Je vais voir l'aile gauche. » Jourdan, Saint-Just et Le Bas suffisaient à s'occuper du centre et de la droite. Il fallait savoir comment allaient les choses sur la gauche de Charleroi.

Elles allaient mal. En fortes colonnes, les coalisés avaient, dans leur premier élan, replié en arrière de Forchies les divisions françaises. Ils les poussaient, à travers les bois de Monceau vers Marchienne-au-Pont, menaçant de franchir ici la Sambre et de prendre Charleroi par-derrière. Kléber, accouru de Courcelles avec la réserve de son corps d'armée, s'efforçait d'enrayer cette retraite. Bernard le trouva sur les éminences à l'est de la ville, expédiant bataillon sur bataillon dans le flanc de l'attaque adverse, pour la disloquer. Kléber était un intrépide soldat, un magnifique général, mais lui non plus ne songeait pas assez à utiliser en masse l'artillerie. Bernard lui en fit couronner les hauteurs. Au moment où les Autrichiens et les Anglo-Bataves se croyaient victorieux, un déluge de fonte tomba sur leurs têtes de colonnes, les anéantit, pilonna les divisions qui suivaient, les contraignit à rentrer dans le bois de Monceau puis d'en sortir plus vite encore pour fuir la pluie des branches ajoutée à la pluie de fer. Alors une charge à la baïonnette des colonnes françaises reformées et conduites par Kléber et Bernard, les cueillit, les rejeta au-delà de Forchies.

Laissant à Kléber et à Montaigu avec son aile gauche le soin de les poursuivre, Bernard, avec ses officiers, retourna vers le centre. A Courcelles, tout se passait fort bien. On voyait les tirailleurs et les canons légers du second corps de Montaigu, avec l'appui des batteries divisionnaires établies dans leurs gabionnages de part et d'autre du hameau, progresser dans les pâtures semées de quelques morts français et de nombreux cadavres autrichiens, hollandais et anglais en habit rouge.

Il était midi. « Citoyens », déclara Bernard, assez content de la façon dont se déroulait la bataille, « nous pourrions laisser souffler nos bêtes et nous mettre à table, si le cœur vous en dit ». Ils se mirent à table le plus simplement du monde, assis par terre à l'ombre d'un chêne épargné par la canonnade, et mangèrent les provisions sorties de leur sac d'arçon.

Moins d'un quart d'heure après, ils trottaient de nouveau vers Ransart. Comme, à mi-chemin, ils allaient atteindre Gosselies, ils tombèrent soudain, au sortir du bois proche de ce bourg, dans une masse de bataillons républicains battant en retraite. C'étaient les deux divisions du général Morlot qui, menacées de se voir tournées, se repliaient en bon ordre sur la redoute.

« Pourquoi tournées? se récria Bernard.

— Parce que, lui répondit Morlot, Championnet m'a fait savoir qu'il devait se retirer, Lefebvre recule et découvre tout notre flanc.

— Sacrebleu! Tu vas regagner tes positions, citoyen, et vivement. Ne te soucie pas du reste. Je te couvrirai avec de la réserve, s'il le faut. En avant, en avant! »

Lui-même galopa vers Heppignies pour arrêter Championnet qui avait abandonné les retranchements. Déjà Jourdan, accouru, était en train de les faire reprendre.

« Lefebvre n'a nullement lâché pied, dit-il. Je ne sais comment ce bruit s'est répandu. Saint-Just est là-bas. Tout le front tient.

— Et Kléber chasse l'ennemi, fit Bernard. C'est le moment de frapper fort. »

Ils décidèrent de lancer une charge massive afin de bousculer les Impériaux dans la plaine. Bernard fit avancer de Ransart une des brigades du général Hatry et la division de grosse cavalerie. Puis il dut partir en hâte, car un avis de l'*Entreprenant* annonçait une débandade à l'extrémité de l'aile droite. De nouveau, comme le 28 prairial, Beaulieu avait repoussé Marceau, dont une division s'enfuyait à travers bois jusqu'à la Sambre et la traversait en panique. Marceau, avec son autre division, venait de se jeter derrière les retranchements de Lambusart. Il s'y défendait farouchement. Pour le soutenir, Soult, chef d'état-major de Lefebvre, repliant les avant-postes de Fleurus, étendait l'aile droite sur Lambusart, lorsque Bernard arriva, amenant le reste de la division Hatry. Plus de trente mille hommes se trouvèrent ainsi rassemblés entre Fleurus et Lambusart pour tenir tête à un nombre sensiblement égal de Kaiserlick et d'Anglo-Hollandais, autant du moins que l'on pût l'estimer dans la fumée de la fusillade. Eux aussi, ils lançaient là toute leur réserve.

La bataille, entre le bourg et le hameau, devint bientôt furieuse. Dans un brouillard de soufre et de salpêtre, soixante mille fusils faisaient des feux de file, de peloton, de compagnie, de bataillon, ou à volonté. Les petits canons d'infanterie crachaient leur mitraille avec de longues flammes orange. On se tirait dessus à quelques pas de distance ou à bout portant. On s'assommait à coups de crosse, on s'ouvrait le ventre à la baïonnette. On s'entr'égorgeait au milieu des incendies, car les broussailles s'étaient enflammées. Des haies sèches, des champs de blé, des cabanes dans les vergers du hameau, des meules de foin, brûlaient, dévorant la fumée noire de la poudre et lançant des tourbillons de fumée blanche, suffocante. Bernard, en plein centre du combat, avec Malinvaud et Sage à ses côtés, se vit entouré par des énergumènes en uniforme blanc, qui sabraient en hurlant : « Mort aux Carmagnoles! Vive le Roi! » Bernard en abattit un d'un coup de pistolet. Sage fendit la tête d'un autre. « Ce sont les émigrés de Lambesc », dit la voix claironnante du citoyen Hatry sortant de la fumée avec un bataillon qui se ruait, baïonnette en avant, aux cris de : « Tue les royalistes! Vive la République! A mort les aristocrates! » Ils les refoulèrent, pêle-mêle avec les Autrichiens. Puis on distingua, entre les rideaux fuligineux, des rangs de cuirassiers au chapeau noir à plumet rouge, de dragons verts, qui fonçaient dans le flanc ennemi. Jourdan, après avoir repoussé l'adversaire loin des positions du centre, arrivait avec toute la cavalerie française. Tandis que Bernard, faisant rassembler par ses officiers les troupes de Marceau, de Hatry, de Lefebvre, lançait une charge en masse, depuis Lambusart jusqu'à Wangenies, les brigades étincelantes entraînées par Jourdan et Saint-Just s'enfonçaient comme un coin au cœur des divisions autrichiennes. Rompues par la cavalerie, pressées par l'infanterie bleue, elles lâchèrent pied et rejoignirent en désordre leurs lignes de départ.

Il y eut alors dans le carnage une sorte de suspens. Les deux armées reprenaient haleine, séparées par un intervalle : champs incendiés, boqueteaux fracassés, prairies jonchées de cadavres, de débris, de chevaux morts ou mourants, avec les écorchures brunes des boulets dans l'herbe, des flaques de sang sur la route blanche. De chaque côté, les corps se reformaient pour reprendre le combat. Bernard reconstituait une réserve avec les deux divisions de Morlot demeurées autour de Gosselies. Si l'on n'avait pas encore gagné la bataille, du moins remportait-on l'avantage. Partout, les troupes se trouvaient en avant de leurs positions du matin, et prêtes à se lancer à leur tour sur les coalisés. Le soleil commençait de descendre sur l'horizon, il ne restait plus guère que quatre heures de jour, il n'en fallait plus perdre une minute. Jourdan donnait l'ordre d'attaquer, lorsque des aides de camp accoururent, fébriles et joyeux, annonçant :

« Citoyen général, l'ennemi se retire! »

Bernard déplia sa lunette. Effectivement, on voyait d'ici, sur la route de Frasnes, à gauche, sur celle de Saint-Amand, à droite, des divisions adverses, formées en colonnes, s'éloigner lentement du champ de bataille. Seule, une forte arrière-garde tenait encore la ligne. A son tour, elle se fragmenta pour faire mouvement. Un message des aérostiers confirma la victoire : sur tous les points, l'armée des tyrans était en retraite.

Cobourg, Orange et Beaulieu, chacun de son côté, avaient dû se rendre compte que Charleroi appartenait à l'ennemi, et qu'il ne leur restait aucun espoir de vaincre. Pour livrer une nouvelle bataille, il leur aurait fallu le renfort de Clerfayt ou d'York : tous deux aux prises avec l'armée du Nord, sur l'Escaut et en Flandre. On ne pouvait donc point songer à eux. Dans ces conditions, la Sambre perdue, menacé sur la Meuse, le généralissime autrichien n'avait d'autre ressource que de rétrograder largement pour couvrir Bruxelles. Outre les grosses pertes qu'il venait de subir — elles se montaient assurément à une dizaine de milliers d'hommes —, il allait devoir disjoindre de ses forces des contingents importants pour les jeter dans

Valenciennes, Landrecies et autres places tenues encore par les coalisés, qui bientôt seraient noyées au milieu de la progression française, ainsi que dans Mons et Namur, directement en péril. Le résultat immédiat de la bataille, c'était cette fragmentation. Elle permettait toutes les espérances.

Bernard avait pensé tout cela en un éclair tandis que les soldats poussaient des vivats, jetaient leurs chapeaux en l'air, acclamaient la nation et la république. La victoire transfigurait Saint-Just. Ses yeux bleu-gris rayonnaient, mais il ne perdait pas pourtant la notion exacte de la situation.

« Il faut poursuivre notre avantage, dit-il, ne perdons pas le contact.

— Nous y songions, figure-toi, citoyen », répondit Jourdan.

Bernard avait déjà fait avancer les deux divisions de Morlot, et envoyait des ordres à celles de Montaigu, pour composer avec ces troupes et le gros de la cavalerie une avant-garde que Jourdan emmena lui-même, avec Le Bas et Saint-Just, derrière Beaulieu formant l'arrière-garde autrichienne. Kléber devait suivre, en liaison. Bernard rassemblerait les autres corps, les plus éprouvés, ramènerait Schérer, mettrait garnison dans Charleroi, ferait lever les parcs, organiserait les communications, rejoindrait enfin avec le gros de l'armée, le génie, le bagage.

Pour mener à bien ces tâches qui demanderaient assurément jusqu'au lendemain, il retourna au quartier général, à Gilly, où son premier soin fut de dicter un message au Comité de Salut public pour annoncer la victoire. Le secrétaire chargé de la correspondance lui donna lecture des missives officielles parvenues depuis la veille au soir, et lui remit deux lettres personnelles. Bernard les fourra dans sa poche, il n'avait pas le temps de les lire. Il ne l'eut point jusqu'à une heure avancée de la nuit, jusqu'au moment où, cédant enfin à la fatigue et n'ayant plus le courage de monter l'escalier, il se jeta sur le lit de Jourdan, lequel couchait ici au rez-de-chaussée.

Dès cinq heures du matin, Malinvaud le réveilla en s'excusant. Ce fut seulement au milieu de la matinée, comme il déjeunait sur le pouce avant de se remettre en selle pour emmener le gros de l'armée, que Bernard se souvint des deux lettres, mais il n'avait pas encore le loisir d'en prendre connaissance : des aides de camp se succédaient, demandant des ordres, faisant rapport. Enfin, une fois sur la route de Frasnes où il chevauchait en tête de son état-major, au milieu des colonnes qui marchaient en chantant, il passa les rênes à son coude, tira de sa poche les deux messages et déplia le premier. Par hasard ce fut celui de Léonarde. Bernard apprit ainsi, sans grande surprise, que sa sœur, à Limoges, était incarcérée. N'avait-elle pas fait tout ce qu'il fallait pour en arriver là, un jour ou l'autre? Son républicanisme, à lui, ne pouvait pas éternellement servir de paratonnerre à la famille. Léonarde, avec ses outrances, avait dû rendre impossible à compère Lunettes lui-même de la protéger. Bah! un séjour à la Visitation, où se trouvait depuis longtemps la sœur de Lise, la belle Thérèse, ne devait pas être bien terrible.

« Ce que tu me donnais à prévoir est arrivé, dit-il à Malinvaud en lui tendant le papier. Il y a peut-être bien du Frègebois là-dessous. »

Il ouvrit le second pli sur lequel se reconnaissait l'écriture de Claude. Celui-ci, avec précaution, lui racontait comment Léonarde, transférée à Paris, avait été mise en sûreté, puis comment l'impatience et l'inconscience de son mari avaient provoqué une catastrophe.

Sur le moment, tout cela parut à Bernard absolument irréel. Il ne s'agissait pas de sa sœur, de son beau-frère. Des choses comme celles-là n'arrivent point. Mais il savait trop combien le hasard peut être diabolique et féroce, et il dut admettre la vérité de ce que lui annonçait Claude. Il relut les dernières phrases : « Je t'en conjure, Bernard, mon frère, ne cède pas à la tentation de la révolte. Tout cela est horriblement cruel, je le sais; cependant la nation, que tu priverais du soutien de ton bras, n'est pas responsable. Ne t'en prends pas à la patrie d'un malheur dont la source a été en ta sœur elle-même, elle seule. Sans être une bien dangereuse ennemie de la république, elle accordait toute sa sympathie aux ennemis de la liberté. C'est de quoi elle est morte. » Oui, sans doute; mais l'horrible, c'était que Léonarde fût morte, et elle avait certainement connu des heures d'une effroyable agonie. Dans quels sentiments, dans quelle horreur était-elle allée au supplice, la malheureuse? Qui le saurait jamais?

Bernard ferma les yeux et laissa tomber sa tête sur sa poitrine. « Qu'as-tu? » s'exclama près de lui Malinvaud. Sans répondre, Bernard lui donna la lettre. Léonarde, Léonarde la maternelle, la consolatrice, la première douceur féminine. Léonarde la grondeuse et la tendre. Léonarde morte de cette façon affreuse, se vidant à gros bouillons de son sang, la tête séparée du corps. Oh! Bernard avait l'habitude de spectacles plus monstrueux encore, de membres volant dans une pluie rouge, d'hommes troncs, d'hommes au ventre ouvert, aux entrailles répandues, d'hommes transformés en une innommable bouillie. Mais elle! Il la revoyait, à la veille du départ des volontaires, pleurant tandis qu'elle lui préparait sa cantine, et maudissant la Révolution qui le leur prenait.

Il sentit la main de Malinvaud sur son épaule. Le brave Antoine s'était rapproché, il chevauchait botte à botte avec lui, sans rien dire, et le soutenait de son amitié fraternelle, de leurs souvenirs, de la conscience de tout ce qu'ils avaient fait ensemble pour leur exigeante patrie, pour la liberté qui voulait le sang de ses ennemis et celui de ses défenseurs, qui leur demanderait peut-être demain leur vie, à l'un ou l'autre ou à tous deux.

XII

Le surlendemain, Saint-Just reparut aux Tuileries. Il y régnait une singulière tension. Robespierre avait carrément demandé les têtes de cinq députés : Tallien, Bourdon de l'Oise, Fouché, Dubois-Crancé, Legendre. Les deux Comités les lui avaient non moins carrément refusées.

Pour mobiliser contre lui les conventionnels en provoquant leur révolte sous l'effet de la peur, Fouché, Tallien faisaient circuler des listes de victimes désignées par Robespierre. Dans les antisalles de la Convention, dans les couloirs des Jacobins, ils glissaient à l'oreille des uns et des autres : « Prends garde, tu y figures toi aussi. »

Le 9 messidor, Maximilien avait dénoncé au club ces « hommes corrompus qui, pour couvrir leur ignominie, s'efforcent de faire croire que le Comité de Salut public veut livrer au Tribunal révolutionnaire les députés les plus estimables ». Et il ajouta : « Depuis deux mois, depuis plus longtemps, des hommes qui se disent représentants du peuple, et que je ne regarde pas comme tels parce que je crois qu'il faut avoir une âme pour être représentant du peuple, une certaine espèce d'hommes, dis-je, déploient toute leur force, tous leurs moyens pour jeter le poison dans l'âme pure d'une partie des membres de la Convention. Ils cherchent à réunir dans des soupers, dans des dîners indignes de républicains, des hommes purs, des hommes que nous embrasserions comme des frères. Là, l'objet de la conversation échauffée par les circonstances, c'est des calomnies contre vous, contre les vrais patriotes, contre les Comités de Salut public et de Sûreté générale. » Il ne voulait pas faire l'apologie des bons Jacobins ni des meilleurs membres des Comités, mais, poursuivit-il, « pourquoi nous a-t-on tellement liés à l'intérêt général que nous ne puissions plus parler en faveur du gouvernement, des principes, de la Convention nationale, sans paraître nous défendre nous-mêmes? Lorsque Brissot nous attaquait, il suivait le même système. Il disait que nous étions sans cesse à faire notre apologie, il voulait nous rendre ridicules pour nous perdre. Mais je méprise tous ces insectes et je vais droit au but : la vérité, la liberté ».

Si les Robespierristes du club applaudirent ces paroles, bon nombre de Jacobins, qui se sentaient ou se croyaient inclus parmi les « hommes corrompus », ne les apprécièrent point, et l'on s'arrangea pour que le discours ne fût pas inséré dans le *Journal de la Montagne*. En vérité, Maximilien avait perdu sa puissance sur la plus grande partie de cette Montagne. Claude voyait chaque jour, avec une satisfaction mêlée néanmoins d'une grande inquiétude, la ligue des anciens Dantonistes, des « Terroristes » et des patriotes rectilignes se nouer plus étroitement contre Robespierre. Il tenait à présent la Convention au moyen des modérés dont il finissait par représenter les espoirs. Son dessein était évidemment de purger une dernière fois l'Assemblée, d'en chasser tous les « hommes perdus », les profiteurs, les affairistes, les athées, de rétablir la paix extérieure, de mettre fin à la Terreur dès lors inutile, et d'instaurer sous une forme ou une autre, au nom de la liberté, une dictature démocratique et religieuse.

Outre son influence encore solide sur la Convention, il pouvait compter absolument sur la Commune où l'opposition, représentée par Dubon et quelques membres du Conseil général, importait peu. Leur qualité notoire de patriotes, le soutien résolu de leurs sections — toutes des plus sans-culottes —, l'appui de la majorité du Comité de Salut public ne permettaient point de toucher, pour le moment, à ce petit groupe. On se bornait à le surveiller exactement. Le maire Fleuriot-Lescot, Hanriot, chef de la force armée, l'agent national Payan étaient à la dévotion de Robespierre. Payan jouait pour lui à la Maison commune le même rôle que le jeune Jullien à la Convention et dans les départements où il le faisait envoyer en mission, et Sempronius Gracchus Vilatte au Tribunal révolutionnaire et dans les couloirs des Tuileries.

Payan toutefois ne se bornait pas à le renseigner. Intelligent, perspicace, il le guidait aussi. Il lui avait conseillé de ne point « enterrer » brutalement l'affaire de la Mère de Dieu, mais de riposter à Vadier par un rapport du Comité de Salut public. En cette première décade de messidor, il lui écrivait, le pressant de présenter ce rapport, d'en profiter pour écraser définitivement « l'opposition de la peur » à la loi du 22 prairial sur la nouvelle organisation de la justice. « Vos adversaires s'enveloppent aujourd'hui d'un hypocrite silence, mais leur immobilité est une feinte. Ils ont des scélérats qui les aident dans leurs perfides projets. » Agissez sans tarder, concluait-il. « Travaillez en grand. Vous ne pouvez pas choisir de circonstances plus favorables pour frapper. L'on sent que nos victoires sont le fruit de vos travaux, elles imposent silence aux malveillants. Mais voulez-vous atterrer en même temps ces derniers et les despotes? Remportez de grandes victoires dans l'intérieur, faites un rapport qui frappe à la fois tous les conspirateurs. Apprenez à tous les citoyens de la France qu'une mort infâme attend tous ceux qui s'opposent au gouvernement révolutionnaire. »

A vrai dire, ce *vous*, ces *vos* ne s'appliquaient pas seulement à l'Incorruptible, ils englobaient avec lui tout le Comité de Salut public. Les adversaires de celui-ci et de Robespierre, Payan les voyait dans le Comité de Sûreté générale et dans certaine partie de la Convention. Le mythe d'une union étroite entre les commissaires du pavillon de l'Égalité subsistait toujours. Maximilien lui-même contribuait à l'entretenir par la manière dont à l'Assemblée, aux Jacobins, il parlait des Comités.

En fait, il aurait voulu « purger » largement celui de Sûreté générale et le réduire au rôle d'un simple rouage recevant toute son impulsion du Comité de Salut public, c'est-à-dire du triumvirat. Quant à rompre en visière avec ses propres collègues, malgré leur hostilité de plus en plus manifeste il n'y hésitait pas moins que Claude ne s'inquiétait de son éventuelle disparition. Sans doute était-il détestable et néfaste maintenant, avec son despotisme vertueux, sa religiosité rétrograde, mais abattre Robespierre ne serait-ce point rentrer dans l'anarchie? Quelle nouvelle aventure allait-on courir avec ceux qu'il appelait assez justement des « hommes perdus » : les Tallien, les Barras et autres jouisseurs pareils à Danton. Fouché, un intrigant sournois, sans scrupules. Le cynique Fréron, devenu muscadin, mobilisant les culottes dorées. Legendre qui se débauchait sur le tard, oubliait ses déboires et ses craintes dans les bras des actrices. Enfin les rectilignes : les Collot d'Herbois, les Billaud-Varenne, les Amar, les Vadier, toujours hébertistes au fond d'eux-mêmes, prêts à massacrer la moitié de la France pour qu'il ne subsistât sur son sol ni un aristocrate ni un superstitieux. Délivrés de Maximilien, ne seraient-ils pas plus tyranniques encore que lui? De même, pour lui, la guerre avec le Comité ouvrait une aventure périlleuse dans laquelle toute son œuvre, il ne l'ignorait pas, risquait de s'anéantir. Ses ennemis tremblaient, mais lui aussi se savait dangereusement menacé, depuis la fête du 20 prairial. Il se sentait très seul. Ses plus vieux soutiens, comme Mounier-Dupré, comme les Buissart à Arras, se détournaient de lui. Bonbon s'était éloigné, abandonnant la maison Duplay. Ils ne se voyaient guère qu'à la Convention, au club. Leur sœur Charlotte, brouillée avec eux, ne conservait de relations dans leur milieu qu'avec les Le Bas. Elle se laissait, disait-on, courtiser par l'odieux Fouché.

L'immense retentissement de la victoire à laquelle Barère, en l'annonçant à la Convention, avait donné le nom de Fleurus, accroissait l'amertume de Maximilien. La joie populaire, l'illumination des Tuileries, le grand concert sur l'amphithéâtre conservé depuis la fête de l'Être suprême l'offusquaient. Il n'avait pas craint de déclarer, au club : « On juge de la prospérité d'un État moins par les succès de l'extérieur que par l'heureuse situation de l'intérieur. La véritable victoire est celle que les amis de la liberté remportent sur les factions. » Ces *succès* militaires ajoutaient à son isolement, à la faiblesse de sa position dans le Comité, lequel se trouvait renforcé. Toute la gloire bénéficiait à Carnot, à Saint-Just, qui semblait la dédaigner. Il n'en voulut point prendre sa part devant la Convention, mais elle n'en consolidait pas moins en lui une puissance qui ne se soumettait plus à celle de son ami. Ne fallait-il pas dire même de son ancien ami? Saint-Just gardait une étrange indulgence pour le Comité de Sûreté générale, et de surprenantes affinités avec ses membres, en plus de son affection pour Le Bas.

Trois mois plus tôt, Robespierre aurait chargé Saint-Just du rapport sur Catherine Théot, à présent le jeune homme n'accepterait pas. Il n'approuvait pas la loi de prairial. Couthon, le dernier ami, le plus fidèle, n'était guère propre à ce genre de tâche. Maximilien l'avait donc assumée lui-même. Le 10 messidor, il présenta son texte au Comité.

Dans le salon blanc, aux boiseries rechampies de vieil or, sous le plafond peint, le lustre de cuivre et de cristal était allumé. Sur la table, les flambeaux brûlaient dans leurs garde-vue blancs et dorés. Les fenêtres étaient fermées et les rideaux tirés sur la nuit à peine close dans le jardin encore plein de monde à cette heure plus fraîche. Il faisait très chaud dans la salle. Autour de la table à tapis vert, sur les chaises blanches, tapissées de velours d'Utrecht blanc et bleu, ils étaient sept : Carnot, Billaud-Varenne, Collot d'Herbois, Barère, Robert Lindet, Saint-Just et Claude, écoutant Robespierre. La veille, il avait irrité la plupart d'entre eux en demandant une fois de plus l'arrestation de Fouquier-Tinville. On la lui avait refusée avec force. Ce soir, on l'écouta avec indifférence parler de dom Gerle et de Catherine Théot, mais quand il entreprit de montrer, dans la façon dont cette affaire avait été rapportée à la Convention, un complot du Comité de Sûreté générale, et, au-delà, une vaste conjuration contre la loi du 22 prairial, l'exaspération éclata d'autant plus violemment qu'il disait vrai. Sauf Billaud, et Saint-Just retranché dans un silence morose, ils tombèrent tous avec colère sur cette loi, s'écriant qu'ils n'y avaient eu aucune part. Elle leur avait été arrachée par surprise, par traîtrise. Ils la désavouaient et ils entendaient la faire rapporter.

« Elle est illégale, car elle contrarie celle du 16 germinal et les décrets de ventôse », observa Claude.

Saint-Just, leur principal auteur, ne put pas ne point approuver. Le bureau de police et les commissions populaires instituées par ces décrets pour l'examen des dossiers auraient dû fonctionner en liaison avec la Sûreté générale. Dans l'esprit de Saint-Just, c'était un moyen de régulariser la Terreur, d'en sortir peu à peu. En son absence, Robespierre, Couthon et Herman, se servant de la loi du 22, avaient empêché ce fonctionnement en transformant en bureau de police générale le bureau créé par Saint-Just pour la surveillance des fonctionnaires, et pratiquement retiré au Comité de Sûreté toute efficacité, en dirigeant eux-mêmes la police sans rendre compte à qui que ce fût.

Collot, solidaire, par son action à Lyon, de Fouché, de Barras et autres « proconsuls » visés par Robespierre, dit que cette loi « nationicide », comme la qualifiait Moïse Bayle, avait été extorquée à la Convention non dans une vue d'intérêt public, mais pour arracher de la Convention même et des Comités les meilleurs patriotes, pour instaurer la dictature. Furieux, car cela aussi était vrai dans un sens, Maximilien répliqua : « Vos paroles me prouvent qu'il existe bien dans la Convention et dans les Comités une conjuration résolue à perdre la liberté. Vous êtes des contre-révolutionnaires.

— Et toi, tu es un dictateur! lui cria Carnot. Il ne se commet que des actes arbitraires dans ton bureau de police.

— Fort bien! s'exlama Robespierre en se levant, secoué de colère. Si je suis un tyran, je m'en vais. Sauvez la patrie sans moi!

— La patrie n'est pas un homme! » lui lança Robert Lindet.

Saint-Just sortit avec son ami, essayant de le ramener. Mais Maximilien était trop vivement blessé et déçu pour ravaler sa colère.

Les jours suivants, il ne reparut plus aux séances. Il avait annoncé au club qu'il envisageait de quitter le Comité, ajoutant : « Si l'on me mettait dans le cas de renoncer à une partie des fonctions dont je suis chargé, il me resterait encore la qualité de représentant du peuple, et je ferais une guerre à mort aux tyrans. » Claude était bien convaincu qu'il ne démissionnerait pas. Il s'en abstint, effectivement. Il passait au Comité après le départ de ses collègues, pour donner des signatures. Le reste du temps, il se confinait au deuxième étage, au bureau de police, dans son cabinet à la porte duquel veillait en permanence un gendarme. On savait que là-haut il conférait avec Herman, Fleuriot-Lescot, Payan, Dumas, président du Tribunal révolutionnaire. Carnot avait déclaré qu'il ne signerait plus aucune pièce émanant de ce sanhédrin où nul d'entre eux n'avait accès.

Héron, au service exclusif de Robespierre, dirigeait les agents du bureau et ceux d'Herman, tandis que Senar et Jaton continuaient d'agir pour le compte du Comité de Sûreté générale. Les deux polices se faisaient sournoisement la guerre. C'était avant tout les conventionnels ennemis de Robespierre que surveillaient les espions. Onze d'entre eux, sous les ordres d'un nommé Guérin remettaient chaque jour à Héron des rapports de ce genre :

« *Le 4 messidor, an II de la République :* Le citoyen L. *(Legendre)* était hier matin sous l'arcade du théâtre de la République, rue de la Loi, environ dix heures du matin. Il était avec le général Pareni en grande conversation qui a duré plus d'une demi-heure. Ils se sont quittés à environ onze heures. Le citoyen L. a traversé le jardin Égalité et est entré à la Trésorerie nationale où il s'est arrêté une demi-heure. De là il est revenu aux Tuileries où il est resté jusqu'à une heure et est entré ensuite à la Convention où il est demeuré jusqu'à la fin de la séance... »

« Le citoyen Ta *(Tallien)* est resté, le 6 messidor au soir, aux Jacobins jusqu'à la fin de la séance. Il a attendu son homme au gros bâton, rue Honoré, devant une porte cochère; nous avons remarqué qu'il avait beaucoup d'impatience. Enfin ce garde est arrivé. Il n'y a pas de doute qu'il était dans les tribunes. Ils ont remonté la rue Honoré, celle de la Loi, les baraques, la galerie à droite du Palais-Égalité, se sont assis dans le bas du jardin, ont pris chacun une bavaroise, ont remonté sous les galeries de bois, se parlant toujours mystérieusement et se tenant sous le bras. A onze heures du soir, ils ont traversé la cour du palais et ont gagné la place Égalité. Le garde a arrêté un fiacre, a salué Ta., et ils se sont qualifiés réciproquement d'amis en disant : « A demain, mon ami. » Nous nous sommes approché de la voiture. Ta. a dit au cocher de le conduire rue de la Perle. L'autre s'en est allé par la rue de Chartres, à pied. Nous avons couru jusqu'au pont ci-devant Royal, nous n'avons pu rejoindre le quidam. Nous présumons qu'il est entré dans une allée, ou qu'il demeure sur la section des Tuileries, à laquelle nous l'avons signalé : une veste rouge et blanche, à grandes raies, culotte noire, un gilet, chapeau rond, cheveux blonds et en rond. »

« Hier, le citoyen Ta. est sorti de chez lui à une heure et demie après midi, a passé rue des Quatre-Fils, rue du Temple... s'est amusé plus d'une heure à marchander des livres, est entré au Palais-Égalité, toujours en regardant de côté et d'autre, d'un air inquiet. Il est entré à la Convention, a parlé avec un ou deux députés, est redescendu par le grand escalier, est allé comme pour sortir par les cours, mais il s'est ravisé, a pris par le Jardin national, a monté par le bas de la terrasse des Feuillants et est retourné sur ses pas, a remonté ladite terrasse par l'escalier qui fait face au café Hottot, s'est encore amusé à marchander des livres un grand quart d'heure; de là a pris la porte du Manège et est entré chez Venua, restaurateur n° 75... »

« *Du 13 messidor, an II de la République une et indivisible :* B.D.L. *(Bourdon de l'Oise)* est entré à la Convention le 11 courant à midi et demi, en est sorti à la fin de la séance, a été rue Honoré n° 55 avec plusieurs citoyens, en est sorti deux heures après pour aller rue des Pères n° 1430, s'y est arrêté dix minutes, a descendu la rue, a parlé à deux jeunes citoyens, l'un d'environ quinze ans, l'autre de dix. Ensuite a parlé avec une citoyenne qui avait une petite fille, a continué son chemin pour aller rue du Roule chez le premier marchand de musique en entrant par la rue Honoré. Il s'y est assis environ deux heures; nous avons remarqué qu'il y est entré plusieurs citoyens. Il en est sorti avec un citoyen le tenant pardessous le bras, ils se sont quittés près du Louvre. Il est allé au Jardin national où il a parlé à quatre citoyens. Après les avoir quittés, il a rejoint une compagnie de six personnes, dont il y avait deux citoyennes. Après avoir conversé très longtemps, il a quitté la compagnie avec un citoyen d'environ quarante-cinq ans, en cheveux ronds, comme les ci-devant prêtres; ils se sont promenés d'un bout à l'autre de la même allée, du côté des Feuillants, ont parlé à plusieurs citoyens en différentes fois et en ont salué plusieurs autres. Ne s'est séparé dudit citoyen qu'à neuf heures, et s'est promené seul dans la même allée, est entré au cabinet d'aisances, en est ressorti, s'est assis ensuite près d'un arbre, à la descente de la terrasse des Feuillants où il a resté très longtemps... Hier, 12 courant, le même B. D. L. est sorti de la Convention, est allé s'asseoir dans l'allée des Feuillants avec trois citoyens. Après un quart d'heure ils se sont levés et nous avons remarqué que les autres lui adressaient toujours la parole et qu'il se débattait plus que les autres. Après être restés très longtemps debout, ils s'en sont allés par les Feuillants. B. de L. tenait un citoyen par-dessous le bras et sont entrés au n° 55 rue Honoré, y est resté environ deux heures et en est sorti sur les quatre heures et demie. Est allé rue des Pères n° 1430, y est resté dix minutes. Sortant de là, il est rentré chez lui d'où nous ne l'avons pas vu ressortir. »

Bourdon de l'Oise ne semblait pas se savoir épié. Il n'en allait pas de même pour Tallien, avec lequel le sieur Guérin avait des difficultés. Il écrivait : « *Le 14 messidor.* Nous ne serions pas surpris que le sieur Rambouillet, qui a été placé à la police par le citoyen Ta. et qui vient d'être renvoyé de son emploi, ne fût un de ceux que ce député emploie auprès de lui pour l'escorter et savoir si on le surveille. Il est impossible de surveiller ledit député dans sa rue, vu qu'elle est fort courte et droite. Il n'y a aucune retraite, et pour peu que les locataires de ladite rue s'aperçoivent qu'un individu passe fréquemment, ils se mettent aux croisées ou envoient leurs domestiques sur la porte, en sorte qu'il est impossible à un surveillant de faire sentinelle dans le voisinage de ce domicile. »

Aux Jacobins, Robespierre reprenait et développait le thème de son discours du 9 sur la ligue des hommes corrompus : « On s'efforce de jeter sur les défenseurs de la république un vernis d'injustice et de cruauté. On dénonce comme des attentats contre l'humanité la sévérité employée contre les conspirateurs. Celui qui protège et favorise ainsi les aristocrates, combat par là même les patriotes. Il faut que la Révolution se décide par la ruine des uns ou des autres... Déjà sans doute s'est-on aperçu que tel patriote *(c'est-à-dire Robespierre lui-même)*, qui veut venger la liberté et l'affermir, est sans cesse arrêté dans ses opérations par la calomnie qui le présente aux yeux du peuple comme un homme redoutable et dangereux... Les despotes et leurs satellites croient pouvoir nous amener à nous détruire les uns les autres, par la défiance qu'ils veulent exciter parmi nous. » Et, peu après, il parlait plus clairement encore : « J'invite tous les membres de la Convention à se mettre en garde contre les insinuations de certains personnages qui, craignant pour eux-mêmes, veulent faire partager leurs craintes. On cherche à persuader chaque membre que le Comité de Salut public l'a proscrit. Ce complot existe, tous les bons citoyens doivent se rallier pour l'étouffer. »

Saint-Just, lui, n'avait nullement déserté le Comité. Il venait régulièrement aux séances et montrait un sincère désir de concorde. Mais, le 14, il se prit une nouvelle fois de colère contre Carnot, à juste titre, reconnut Claude. Alors que Pichegru, avec l'armée du Nord, et Jourdan avec l'armée dite désormais de Sambre-et-Meuse, convergeaient sur Bruxelles, Carnot ne s'était-il pas mis en tête l'idée extravagante de détourner Pichegru vers la mer? Il devrait enlever les ports de la West-Flandre pour prêter la main à un débarquement du contre-amiral Van Stabel. Carnot voulait occuper l'île de Walcheren, soulever la Hollande et préparer une invasion de l'Angleterre. Afin de renforcer Pichegru, il avait ordonné à Jourdan de soustraire à l'armée de Sambre et Meuse dix-huit mille hommes qui iraient, sous le commandement du général Delmay, participer à ces opérations. Ce plan, aussi saugrenu qu'ambitieux, revenait à interrompre la convergence irrésistible de cent cinquante mille hommes vers le bastion de la Belgique et des Pays-Bas, à en laisser soixante mille se faire immanquablement écraser par Cobourg libre de concentrer sur eux toutes ses forces, et à compromettre toutes les chances du succès en vue, pour aller tenter sur les côtes une entreprise chimérique. Carnot n'avait rien dit de ce plan au Comité. Les ordres, préparés dès le 1er messidor par le bureau militaire, étaient parvenus à l'armée de Sambre-et-Meuse juste après le départ de Saint-Just. Jourdan et Bernard lui avaient écrit aussitôt en lui demandant la raison d'une folie qui les arrêtait en pleine offensive victorieuse.

Avec ses dispositions colériques, Carnot prit très mal les remontrances de Saint-Just. A l'indignation du jeune homme, il prétendit justifier son plan, maintenir ses directives. Alors Saint-Just, furieux : « Je ne te croyais qu'incapable; ton obstination montre clairement que tu as lié partie avec les ennemis de la république! » C'eût été à croire, car Cobourg en personne n'aurait pu inspirer une manœuvre plus apte à le sauver, lui et la coalition. Mais Claude savait Carnot insoupçonnable. Il s'était laissé séduire par ce vaste plan d'opérations combinées, et l'orgueil l'enfonçait dans cette erreur. Claude intervint, avec Prieur et Lindet. Ils apaisèrent un peu les antagonistes. Carnot, raisonné, consentit à révoquer ses ordres. Seulement, Saint-Just parti, il continua de vitupérer avec rancune « ce morveux » qui osait insulter à son patriotisme.

Le bureau de police ayant été, à l'origine, placé entre les mains de Saint-Just, Robespierre dut lui en rendre la direction. Saint-Just aurait voulu la partager avec d'autres membres du Comité, et ramener ce bureau à sa destination primitive : la surveillance des fonctionnaires. Claude refusa la proposition, tous les autres également. Billaud-Varenne déclara : « Robespierre, abusant de la confiance qu'il a usurpée, a dénaturé secrètement cette institution. On ne saurait la ramener à sa forme première. Ce n'est pas avec les agents d'Herman que nous pourrions surveiller Herman, entre autres. » Un peu plus tard, il confiait à Claude, amèrement : « Robespierre a tout pourri, on ne rétablira point les choses sans une action énergique. » Chacun sentait la nécessité d'une pareille action, et nul n'osait en prendre l'initiative : ni les adversaires de Robespierre ni lui-même. Personne ne savait plus trop sur qui compter. Saint-Just avait eu cette phrase effrayante, car elle menaçait tout le monde : « Tant d'hommes, utiles pendant quelque temps, ont succombé par ambition. Il en sera de même de ceux qui voudraient les imiter. Soyons ingrats si nous voulons sauver la patrie. »

Tout pouvait se produire. La défiance empoisonnait pour eux ces brûlantes journées de messidor, où dans un vertige sanguinaire le Tribunal révolutionnaire faisait tomber les têtes par centaines sur la place du Trône. Les cadavres remplissaient les charniers de Picpus, tandis qu'à l'autre extrémité de la ville, les oisifs de toute sorte — sous un régime qui proscrivait l'oisiveté — cherchaient le frais sous les ombrages du Jardin national, et qu'en dépit de la misère, des lois égalitaires, un flot de voitures emportait par les Champs-Élysées vers le bois de Boulogne les élégantes en mousselines, abritées sous des parasols de couleurs vives, et escortées par des muscadins.

Plus maigre, plus bilieux que jamais, Maximilien cherchait lui aussi la paix de la campagne. Avec Brount, son grand danois, il parcourait les bois de Saint-Cloud, de Ville-d'Avray, les coteaux de Suresnes, en compagnie d'un des fidèles ou d'Éléonore. Un jour, ainsi, au coin d'une vigne, à Puteaux, il se trouva soudain en face de Bosc, l'ami des Roland, le tuteur de la jeune Eudora, qui se cachait depuis près d'un an et ne sortait que déguisé. Maximilien le reconnut et dit avec étonnement à Didié : « Je le croyais mort! » Mais il n'entreprit rien contre lui. Il allait aussi à Choisy, chez Vaugeois, avec les Duplay, le jeune ménage Le Bas. Fleuriot-Lescot, Payan, Dumas, Herman, Hanriot et ses aides de camp y venaient dîner ou souper. D'après les informateurs de Vadier et d'Amar, il se rendait également, avec ses amis, à Vanves, chez Mme de Chalabre, une de ses premières admiratrices et la plus fidèle, qui, à Paris, pour être proche de lui, logeait chez l'imprimeur Nicolas.

Vadier profita de ces absences pour proposer à la Convention un décret mettant automatiquement en liberté provisoire les laboureurs, manouvriers, moissonneurs, brassiers et artisans de profession détenus dans les prisons de village. Les deux Comités avaient approuvé cette proposition. Elle répondait aux intentions de Saint-Just, exprimées dans son discours du 26 germinal : « Les juges rendront compte de la justice refusée aux pauvres des campagnes. » Mais elle contrecarrait la loi du 22 prairial, dans laquelle Robespierre et Couthon stipulaient : « Aucun prévenu ne pourra être mis hors jugement avant que son dossier n'ait été examiné par le Comité de Salut public. » Maximilien ressentit le coup et protesta vivement aux Jacobins. On allait rendre la liberté à une foule de ci-devant nobles, déguisés en cultivateurs et en artisans.

« On veut, dit-il, flétrir le Tribunal révolutionnaire pour que les conspirateurs respirent en paix. Les artifices les plus infâmes sont inventés afin de persécuter les patriotes énergiques et de sauver leurs mortels ennemis. »

Pour la première fois depuis des mois, depuis l'extension du Comité, il en critiqua ouvertement les membres, et, d'une façon particulièrement aigre, Barère, qui présidait le club et qui ne s'était pas, au pavillon de l'Égalité, opposé à la proposition.

En retournant, avec Sempronius Gracchus Vilatte, aux Tuileries où ils logeaient l'un et l'autre, Barère restait tout suffoqué de cette sortie. Il pouvait à peine parler. Vilatte l'accompagna jusqu'à son appartement. Barère se laissa tomber dans un fauteuil, et, répétant inconsciemment un mot de Danton : « Je suis saoul des hommes! murmura-t-il. Si j'avais un pistolet... Je ne reconnais plus que Dieu et la nature. » Il était effondré. Comme Vilatte, surpris lui-même par la soudaine âpreté de l'Incorruptible, demandait à Barère quel motif avait pu pousser Maximilien à l'attaquer ainsi :

« Robespierre est insatiable, répondit-il. Parce qu'on ne fait pas tout ce qu'il voudrait, le voilà furieux contre nous. S'il lui fallait seulement Thuriot, Guffroy, Rovère, Lecointre, Cambon, Carrier, Panis et toute la séquelle dantoniste, on arriverait à s'entendre. Qu'il demande encore les têtes de Tallien, de Bourdon de l'Oise, de Fréron, et même de Legendre : à la bonne heure. Mais Duval, mais Léonard Bourdon, Vadier, Voulland, impossible d'y consentir.

— Comment! fit Vilatte avec étonnement. Ce sont donc là les scélérats, les hommes perdus de la Convention? »

De jour en jour, Claude voyait la situation se corrompre avec une rapidité qui se multipliait d'elle-même. Comme Barère et Vilatte, lui aussi était consterné. Il ne craignait guère pour lui, sachant tout ce que la vague de terreur provoquée dans les Comités et dans la Convention devait au calcul politique. A l'exemple de Tallien et de Fouché, Billaud-Varenne jouait à son tour la comédie de la peur pour provoquer la révolte. Après le ridicule, manié par Vadier, l'effroi : deux armes efficaces. Du prestige et du pouvoir de l'Incorruptible, si pleins un mois plus tôt, subsistaient à peine les apparences. Alors qu'à l'étranger on le considérait tout à fait comme le maître de la France, l'homme avec lequel les chancelleries conseillaient de traiter, il essayait en vain de retenir une suprématie qui lui échappait. Et sans cesse grossissait dans la Convention le parti de ses ennemis. Son élection à la présidence de l'Assemblée, le 16 prairial, avait été sa montée au Capitole; la fête de l'Être suprême, la loi du 22 et la transformation du bureau de police, les trois blocs de sa roche Tarpéienne.

« Aux yeux d'un observateur lucide, disait Claude à son beau-frère Dubon, Robespierre ne vit plus que de ses restes.

Comme les malades désespérés, et comme Danton dans les dernières décades avant le 10 germinal, il se perd en actions agréables et désastreuses pour lui. »

Ce qui consternait Claude, c'était de constater là l'impuissance du gouvernement révolutionnaire, l'incapacité de la Révolution à sortir de l'anarchie. Il avait espéré que Robespierre l'en tirerait, mais pas du tout. Oh! les armées remportaient des victoires. Celle de Sambre-et-Meuse avait pris Mons, celle du Nord Ostende. Le 22, toutes deux réunies, elles entraient à Bruxelles. Dans les cinq jours suivants, Malines, Louvain, Neustadt tombaient; les Prussiens essuyaient deux nouvelles défaites à Trippstadt et à Platzberg. Enfin Landrecies retournait à la France, et les troupes de Jourdan et de Bernard occupaient Namur. Mais ces victoires ne sauvaient la république qu'à l'extérieur. Au-dedans, la carence de l'État, le désordre, la misère, la décomposition n'avaient jamais été pires. Une grande partie de la population parisienne vivait uniquement des soixante sous par jour alloués aux sectionnaires. Les assignats ne valaient plus rien. La ruine, la faillite achevaient d'anéantir le commerce. Pourtant un luxe inconcevable subsistait. La volupté, l'avidité de jouir croissaient en même temps que la lassitude du peuple et le nombre des exécutions. La guillotine fauchait inlassablement fournée après fournée. Les prisons étaient combles. Cependant des centaines de culottes dorées remplissaient les tripots du ci-devant Palais-Royal, les salons de Venua et autres restaurateurs. La réquisition réclamait tous les citoyens en âge de porter les armes, exigeait les chevaux des cultivateurs, des charretiers. Et néanmoins des jeunes muscadins caracolaient dans les Champs-Élysées aux portières de riches équipages, dansaient, faisaient les jolis cœurs au Jardin national, au jardin Égalité, au jardin Marbeuf, avec des femmes à la vertu plus légère que leurs légers voiles de mousseline, aux cheveux coupés « à la victime », portant au cou un ruban rouge comme un trait de sang, aux oreilles des petites guillotines d'or et de pierres précieuses.

L'échec de la Révolution dans l'État et dans les consciences apparaissait avec plus de désolante évidence au sein du Comité, dans ces oppositions causées par l'impuissance fondamentale des individus à s'accorder sur une vérité. Dans le pire du péril on avait sauvé la patrie, parce qu'il suffisait d'accomplir un farouche effort de volonté, de travail, d'autorité. Mais on n'avait pas sauvé la Révolution, on ne la sauverait point, parce que chacun en concevait selon sa vérité à lui l'aboutissement. Tous assez républicains, tous démocrates, les uns *savaient*, d'une certitude absolue, que la république devait être nécessairement vertueuse et déiste. D'autres, qu'elle devait être, absolument, rationnelle et fondée sur la dignité de l'homme, sur son unique responsabilité envers lui-même et autrui. D'autres, qu'elle ne s'établirait indubitablement pas sans l'élimination radicale de tous les Français portant en eux le moindre germe d'aristocratie. D'autres *savaient* non moins sûrement que seules l'indulgence, la patience, la longueur de temps viendraient à bout de l'aristocratisme et de la superstition, alors que l'abus de la guillotine les renforçait. Il n'était pas possible de faire une vérité avec des vérités si ennemies, et il semblait fatal que l'on continuât de s'entrecouper le cou, jusqu'au moment où, toutes les personnalités fortes ayant disparu, s'instaurerait un compromis de la médiocrité. Une fois encore, Claude se rappela le mot amer de Vergniaud : « La Révolution dévorera ses enfants. »

Saint-Just aussi montrait de la tristesse et du désenchantement. Néanmoins il ne semblait pas perdre l'espoir de ramener la concorde dans le Comité ni même de conduire la Révolution à son but. Pour résoudre la crise de l'État, disait-il, il suffit de mettre enfin sur pied les véritables institutions républicaines. Beaucoup plus souple que Maximilien, Saint-Just, en dépit de son ultra-logique parfois simpliste, pouvait peut-être devenir l'arbitre de la situation. Il avait pris assez de distance avec Robespierre. Il allait le voir, on le savait, mais il n'était pas inféodé à sa coterie. Quand il se rendait chez Duplay, il se bornait à travailler avec Maximilien, dans sa petite chambre. Il ne participait pas aux dîners ou soupers de Choisy. Fuyait-il de la sorte Henriette Le Bas, la fiancée avec laquelle il avait rompu? Sans doute, mais ses convictions, son désir de substituer à la terreur aveugle une exacte justice, devaient l'écarter des Payan, des Fleuriot, des Didié, comme il demeurait assez réticent envers Billaud-Varenne et Collot d'Herbois. Il se confiait davantage à Lindet, à Claude, à Barère, à Prieur. Tous les quatre, ils se rapprochèrent de lui. Ils lui firent reprendre, avec Barère, la section des relations extérieures où Couthon l'avait remplacé.

Le jour même, Saint-Just et Barère communiquaient au Comité, à la séance du soir, une note de l'agent de Bâle rapportant des informations recueillies parmi les aristocrates du Bas-Rhin, selon lesquels les Autrichiens se flattaient de voir une suspension d'armes bientôt suivie de paix. Cela semblait indiquer que Robespierre, en dehors du Comité, comme Danton précédemment, poursuivait ses négociations avec les puissances. Saint-Just, Claude et leurs collègues s'opposaient absolument à signer la paix avec un ennemi occupant encore une parcelle, si infime fût-elle, du territoire national. L'Incorruptible ne pouvait donc songer à conclure un pareil traité sans avoir préalablement jugulé l'opposition dans la Convention et les Comités.

Or, en ces jours de la mi-juillet, où finissait messidor, si Robespierre se retirait de plus en plus sous sa tente, abandonnant même la Convention et ne paraissant qu'aux Jacobins, ses fidèles, en revanche, s'agitaient beaucoup. Dubon prévint Claude qu'à n'en point douter les Robespierristes, à la Commune, préparaient un mouvement dans le style 31 mai-2 juin. L'information ne surprit point les commissaires : ce n'était pas sans raison secrète que, depuis peu, on organisait dans les sections, sur les places, des banquets patriotiques bénéficiant du temps radieux. Il s'agissait de prétendus repas civiques où, selon le principe, chacun apportait ses provisions. Mais, d'après les rapports d'Amar, les victuailles et le vin, fournis en abondance, étaient certainement payés par la Commune sur les fonds alloués au Conseil général pour nourrir les indigents. Dans ces banquets, on entendait d'insidieux discours contre les faux patriotes, les hommes corrompus dont les scélératesses paralysaient la Convention et le gouvernement. Dans les assemblées de section, Dumas vitupérait « les intrigants qui mènent la république au désastre et calomnient ses défenseurs ». Souberbielle, nommé officier de santé en chef à l'École de Mars, endoctrinait les trois mille élèves, auxquels Robespierre n'avait pas dédaigné de rendre visite. Hanriot, avec ses aides de camp : le ci-devant marquis de Lavalette et Boulanger, tous deux fervents Robespierristes s'efforçait manifestement de concentrer dans la ville le plus possible de troupes civiques.

Une première mesure fut prise contre cette agitation. On supprima par arrêté le Comité de Surveillance du département de Paris. C'était l'ancien Comité de l'Évêché, moteur essentiel de toutes les insurrections. Saint-Just approuva. Le dessein de la faction se trahit alors tout à fait : Payan convoqua les membres des comités révolutionnaires des quarante-huit sections, à l'Hôtel de ville. On voulait rééditer la manœuvre de Danton instituant à la Commune le Bureau de correspondance des sections. Après quoi Hanriot, mandaté par ce gouvernement insurrectionnel, recommencerait son coup du 31 mai en menant aux Tuileries le peuple en armes, afin de contraindre la Convention à se délivrer de ses membres scélérats, comme elle s'était purgée des Brissotins. Mais Payan ne pouvait pas plus que ne l'avait pu Hébert réussir dans cette entreprise. Encore une fois, les sections se trouvaient à présent sous l'autorité de la Convention.

Le Comité réagit avec vigueur. Il interdit à leurs commissaires de se réunir. Et, dès le lendemain, 2 thermidor, Barère, dans un rapport à l'Assemblée, dénonça toute la conjuration : les banquets, la concentration des troupes, la convocation lancée par Payan. Avec ses façons ambiguës, Barère ne prononça point les noms. Il n'en avait, du reste, pas reçu mission du Comité, on temporisait selon le désir de Saint-Just. Mais en stigmatisant « les héritiers d'Hébert » à la Commune et aux Jacobins, le rapporteur désignait assez clairement les municipaux satellites de Robespierre. Si bien que Couthon ne s'y trompa point. Il riposta, aux Jacobins, en demandant l'envoi d'une adresse à la Convention afin de la mettre en garde contre « quatre ou cinq scélérats » qui voulaient la subjuguer. Là-dessus, Carnot fut chargé d'éloigner de Paris les compagnies de canonniers mobilisées par Hanriot. Fouché insistait auprès de ses amis Collot et Billaud pour que l'on révoquât purement et simplement le chef de la force armée parisienne. La mesure parut trop forte, elle risquait d'apparaître comme une provocation envers la Commune, et d'irriter contre le gouvernement nombre de sectionnaires.

Tous ces dissentiments ne laissaient pas de transpirer. La retraite de Maximilien, succédant aux orageuses séances du pavillon de l'Égalité, était connue maintenant hors des milieux révolutionnaires, et jusque dans les maisons de détention.

Malgré les exécutions massives pour décimer les conspirateurs des prisons, les royalistes et les prêtres entretenaient toujours là une conjuration permanente. Ils faisaient à présent courir le bruit que le Comité de Sûreté générale s'était déclaré contre le Comité de Salut public, et Saint-Just contre Robespierre. On entendit même des colporteurs de journaux annoncer à pleine voix : *Grande arrestation de Robespierre.* Ces rumeurs, ces tiraillements, ces incertitudes désorientaient dangereusement les honnêtes sans-culottes. Enfin, une seconde note envoyée par l'agent de Bâle faisait état de l'inquiétude régnant parmi les émigrés, anéantis à la nouvelle « d'un coup d'État en France et de la proclamation de Louis XVII ». (En effet, la royauté rétablie par un protecteur ou un régent eût ruiné leurs espoirs. Ils désiraient voir Louis XVII sur le trône, oui, mais avec son oncle comme régent, jusqu'à ce qu'il pût gouverner lui-même.) Dans les deux Comités, chacun sentait combien le trouble résultant de ces dissensions au sein du gouvernement était périlleux pour la république. Malgré toutes les antinomies, il fallait absolument s'efforcer de s'entendre. On se rendit aux instances de Saint-Just, de Couthon, de Le Bas. On décida de tenir, le 4 au soir, une séance commune, à laquelle on inviterait Robespierre.

Claude, lui, avait pris en même temps une autre décision. Au fond, Maximilien, pas plus que Danton, n'était vraiment républicain. Démocrate, oui, au moins de principes — encore que sa façon de concevoir la démocratie fût singulièrement tyrannique. Si, au moyen du petit Capet, il pouvait établir une forme de monarchie constitutionnelle, démocratique et déiste, il n'aurait pas le sentiment de trahir la Révolution. L'Angleterre, on le savait, souhaitait voir un régime de ce genre, un peu semblable au sien, s'instaurer en France. Bien qu'ils s'apprêtassent, signalait un agent de Berne, à débarquer sur les côtes vendéennes avec un corps d'émigrés commandé par Monsieur, les Anglais ne mettaient aucune chaleur à soutenir les Princes. Ils les abandonneraient allégrement pour s'accorder avec Robespierre sur les bases susdites. A en croire Sénar, Maximilien aurait eu déjà des entrevues, dans la maison d'un intermédiaire, avec l'agent Vaugham revenu à Paris. Ainsi, à l'égard de Londres comme de Vienne, le petit Louis XVII était un élément capital de négociation. Grâce à lui, on pouvait terminer la guerre.

De toutes les trahisons envers la France et la république, aucune n'eût été pire que de négocier. Dans un temps où la coalition se disloquait, où les armées avançaient victorieusement sur tous les fronts, où les soldats de la liberté délivraient de l'antique esclavage les Belges, bientôt les Bataves, la guerre ne devait se terminer que par la capitulation pure et simple des tyrans. Traiter avec eux quand ils étaient déjà vaincus, laisser l'ambitieuse maison d'Autriche régenter l'Europe, se soumettre de nouveau à sa politique, recevoir un roi de sa main, était-ce pour en arriver là que l'on avait guillotiné « l'Autrichienne »? Était-ce pour en arriver là que des milliers de citoyens avaient péri sur les champs de bataille et sur l'échafaud? Dans son aveuglement, Robespierre prétendait défendre la liberté, mais il ne défendait que ses idées à lui. A ses certitudes, à sa vérité personnelle, il sacrifierait la Révolution, la république, la nation, la délivrance des peuples européens. Tout-puissant à la Commune, après Hébert et Chaumette, il tenait à son tour en main le petit prisonnier du Temple, dont nul, au Comité de Salut public, ne se souciait. Grave tort. Il importait de savoir, tout d'abord, dans quel état se trouvait ce garçon, et ensuite de l'enlever aux Robespierristes.

Claude avait donc décidé de se rendre compte par lui-même, discrètement, puis de faire aussitôt rapport aux deux Comités en demandant que la garde du jeune Capet fût retirée à la Commune et confiée au Comité de Sûreté générale. Le fils de Louis XVI n'appartenait pas à la Commune de Paris mais à la nation. En tant que municipal, Dubon pouvait le plus normalement du monde se présenter au Temple. Il prit néanmoins la précaution de se faire signer un ordre de visite par trois de ses collègues, opposants comme lui.

Rien n'avait changé dans l'aspect du Temple. Claude et son beau-frère traversèrent la cour du palais, et, par l'allée des tilleuls, gagnèrent la grosse tour flanquée de ses tourelles, aux fenêtres toujours aveuglées par les masques de bois. Dans la salle du rez-de-chaussée, sous les voûtes ogivales où se trouvaient les lits des membres du Conseil du Temple, leur table, les armoires aux registres, les municipaux de service somnolaient, assommés de chaleur et de désœuvrement. Ils ne virent aucun invonvénient à laisser monter leur collègue et un membre du Comité de Salut public. Dubon croyait savoir que, depuis le renvoi de Simon, gardien du petit Louis-Charles, celui-ci vivait emmuré. Il n'en était rien. On le tenait enfermé dans l'ancien appartement de son père, rien de plus. Une sentinelle ouvrit le guichet, à l'étage. Le commissaire qui accompagnait les deux visiteurs les introduisit dans la salle à manger où Louis XVI avait fait ses adieux à sa famille. Tout était sombre et silencieux. Claude entra dans la chambre. Il aperçut le petit roi, couché sur son lit d'enfant, trop court pour lui maintenant, semblait-il. Louis-Charles ne dormait pas, ses yeux bleus fixés sur l'homme qui s'avançait le regardaient d'un air morne. Un peu de sueur mouillait ses tempes. Claude lui dit bonjour, lui parla doucement, lui demanda pourquoi il ne se couchait pas dans le grand lit au lieu de se recroqueviller de la sorte.

« Parce que j'ai mal quand je m'allonge. »

Il répondit encore à d'autres questions sur la manière dont il vivait ici. En l'écoutant et le considérant, Claude éprouvait une impression singulière. Depuis ce jour de septembre 92 où il l'avait vu pour la dernière fois, l'enfant avait prodigieusement grandi. Il devait compter aujourd'hui un peu plus de neuf ans, on lui en eût donné onze ou douze. Il était maigre et visiblement en mauvaise santé. Sans doute pouvait-on attribuer à cette surprenante croissance, à l'étiolement, certaines transformations, peut-être même celle de la chevelure devenue blond terne, mais assurément pas la décoloration des yeux passés du bleu de mer à une teinte délavée. Et plus rien dans ce visage ne rappelait ni le bambin dont Claude gardait un souvenir bien précis, ni les traits de son père ou de sa mère. La voix même avait un accent vulgaire. Se rappelant avec quel soin Louis XVI éduquait son fils, Claude lui posa quelques questions, pour juger de ses connaissances. Il se révéla quasi inculte. En un an et demi, avait-il donc tout oublié! Et de son père, de sa mère, de sa sœur, de sa tante, il ne disait rien de senti. Son esprit s'était-il atrophié à ce point, et si vite? car sa claustration datait seulement de quatre mois environ.

En repassant le guichet, Claude, stupéfait, doutait encore.

« Je désire voir la prisonnière », dit-il.

Ils montèrent à l'étage au-dessus. Madame Royale lisait.

Elle reçut son visiteur avec une dignité très froide. Elle ne le reconnut pas. Il ne se nomma point, s'enquit de sa santé, et ne lui parla qu'un instant. Cela suffisait : l'adolescente avait un peu changé. C'était une belle jeune fille de seize ans, mais elle restait absolument semblable à elle-même. Pourtant sa détention ne différait en rien des conditions dans lesquelles se trouvait son frère. Le bleu de leurs yeux, si caractéristique, le blond doré de leurs cheveux persistaient sans aucun changement chez elle, et l'air de la famille demeurait imprimé sur ses traits. Comment Louis-Charles eût-il subi une telle métamorphose, alors qu'à quelques pieds de lui, Marie-Thérèse restait si exactement soi-même, et la vivante image de leurs parents?

Une fois en voiture, Dubon s'enquit : « Eh bien, quelles sont tes intentions maintenant?

— Je ne sais pas. Avant tout il me faudrait une note sur ce qui s'est passé au Temple depuis le jour où l'on a séparé Louis-Charles de sa mère. Quels serviteurs l'ont approché, qui a été renvoyé, qui engagé? etc. Peux-tu me rédiger cela d'ici à ce soir, et en secret? »

Dubon promit. « Nous verrons ensuite », dit Claude. L'affaire lui paraissait tellement grave, elle le surprenait et le déconcertait à tel point qu'il ne voulait pas mettre son beau-frère au courant avant d'avoir réfléchi. De toute évidence, à un moment quelconque, un enfant un peu plus âgé que le petit roi, et lui ressemblant un peu, avait été substitué à Louis XVII. Quand? Par qui? Il fallait le savoir au plus tôt.

Arpentant son cabinet, Claude supputait. Enlevé par les royalistes? Non. Il leur eût été facile de lui faire passer la frontière ou de le conduire en Vendée, et ils se fussent alors empressés d'apprendre au monde que le roi de France se trouvait parmi eux. C'était assurément Robespierre l'auteur de la substitution. Se doutant que l'on s'opposerait à ses desseins de traité avec les puissances, il avait mis à la place du petit prisonnier quelque enfant scrofuleux, choisi sans doute à la Salpêtrière, auquel Payan, Fleuriot-Lescot ou Souberbielle, ou encore de plus obscurs comparses, avaient seriné sa leçon. Il se gardait de dire d'où il venait, car il était infiniment mieux traité ici qu'à l'asile. Pendant ce temps, Robespierre, sûr de pouvoir tout conclure désormais selon sa volonté, tenait l'enfant-roi dans qui sait quelle retraite et se moquait bien des délibérations du Comité.

Il ne vint pas à la réunion commune. Ce dédain provoqua la fureur de Billaud-Varenne. Il traita Robespierre de Pisistrate. Avec une extrême violence, il l'accusa de s'être fait l'ennemi des Comités, de comploter contre eux et contre la Convention nationale, de tendre à la contre-révolution. Saint-Just et Le Bas le défendirent. Saint-Just assura que Robespierre n'avait pas la pensée ni les moyens de subjuguer la république. Claude ne dit rien, il attendait la note de son beau-frère. Il la trouva dans son cabinet en sortant de la séance. On était convenu d'en tenir une autre demain, 5 thermidor, dans la matinée pour que Couthon pût y assister, et d'y convoquer expressément cette fois Robespierre.

Le résumé fourni par Jean Dubon formait un tableau très clair, Claude y apprit des choses étonnantes. Le 3 juillet 93, le petit Louis-Charles était séparé de sa mère, de sa sœur, de sa tante, et confié au municipal Simon, ancien cordonnier puis inspecteur des travaux du Temple. Le 6 et le 7 octobre, Pache et Chaumette enregistraient son témoignage en vue du procès de sa mère. Jusqu'en janvier, rien de notable à son égard, sinon l'éloignement successif de certains commissaires et du personnel en contact avec le petit prince : le valet de chambre Turgy, les garçons-servants, etc. De sorte qu'en ce mois de nivôse an II le ménage Simon, cloîtré avec le prisonnier, demeurait seul à le connaître. Du 3 juillet jusqu'à ce moment, il avait reçu à mainte reprise la visite des médecins Thierry et Pipelet. Brusquement, le 3 janvier, Simon, mis en demeure par Chaumette d'opter entre ses fonctions au Conseil général de la Commune et son emploi au Temple, devait renoncer à celui-ci. Le 19 janvier, sa femme et lui partaient après avoir fait constater la présence de Charles Capet par les commissaires de service et en avoir reçu décharge. Le surlendemain, des quatre commissaires qui prirent la relève, deux : les nommés Bigot et Warmé, n'appartenaient pas à la Commune, indiquait Dubon. Exception unique, inexplicable. Jamais le Conseil du Temple n'avait compté d'autres membres que des municipaux. Or, à partir de ce 2 pluviôse, 21 janvier 1794, aucun médecin, ni personne, n'avait plus visité le prisonnier, nul ne s'occupait plus de lui hormis les garçons-servants. Il ne sortait plus dans le jardin. Bref, de ce moment datait cet état d'isolement complet, vaguement connu au Conseil général où s'était accrédité le bruit d'un emmurement. Depuis la mort d'Hébert et de Chaumette, au contraire de ce à quoi Claude s'attendait, ni Robespierre, ni Fleuriot-Lescot, ni Payan, ni Souberbielle ni aucun de leurs amis n'avaient pénétré au Temple, autant du moins que l'on puisse le savoir, ajoutait Dubon.

Ces renseignements bouleversaient les idées de Claude. Ils obligeaient à conclure que la substitution avait eu lieu en pluviôse, peu avant la grande offensive hébertiste. Hébert et Chaumette, non point Robespierre, s'étaient emparés du petit roi. Qu'en avaient-ils fait? Qu'était-il devenu, eux morts? Questions affolantes. Mais peut-être Maximilien connaissait-il les réponses. Peut-être ses amis, successeurs de Chaumette et d'Hébert à la municipalité, avaient-ils trouvé dans les papiers de ceux-ci des indications grâce auxquelles ils avaient pu, à leur tour, mettre la main sur Louis XVII. Cela eût expliqué leur indifférence à l'égard de l'enfant du Temple. On ne pouvait pas rester dans l'incertitude là-dessus. Claude résolut de parler à Robespierre.

Le 5 au matin, de très bonne heure, il alla rue de la Convention. La maman Duplay l'accueillit plutôt fraîchement : « Tiens donc, vous voilà, citoyen! Nous pensions que vous aviez oublié le chemin de la maison, vous aussi. » Il s'excusa : la besogne l'accablait. En haut, il trouva Maximilien à sa toilette. L'abord, là aussi, fut sans chaleur, mais sans hostilité de la part de Robespierre.

« Si tu viens, dit-il, pour m'exhorter à vous rejoindre, c'est superflu : j'ai promis à Le Bas et à Saint-Just d'aller à la réunion, tout à l'heure.

— Non, ce n'est pas ce qui m'amène. Je veux seulement te poser une question.

— Je t'écoute.

— Je suis allé au Temple, hier.

— Je le sais.

— Cela ne m'étonne point. Tu sais donc aussi que je n'ignore plus rien de la substitution opérée par Hébert ou Chaumette. Il m'a suffi d'un instant pour constater que le petit prisonnier n'est plus le fils de Louis XVI et de Marie-Antoinette. Où est Louis XVII? Le tiens-tu en ton pouvoir? »

Maximilien savait dissimuler, mais il eût été incapable de jouer ainsi la stupeur. Il resta un moment sans voix, regardant Claude, les sourcils levés, les yeux ronds. Enfin il secoua la tête.

« Je n'entends pas un mot à cela, fit-il enfin. Es-tu sûr de ce que tu dis?

— Absolument », répliqua Claude, et il lui expliqua de quelle façon il avait acquis sa certitude.

« Eh bien, peu importe! » dit Robespierre.

Selon lui, Hébert et Chaumette s'étaient gardés de révéler l'identité de l'enfant, sans quoi, eux disparus, les gens auxquels ils avaient dû le confier après la substitution ne seraient pas restés inactifs. Les royalistes comme les révolutionnaires ignoraient que Louis XVII fût en liberté, parce que ces gens ne le savaient pas eux-mêmes. Ils ne le sauraient jamais.

« Allons donc! objecta Claude. N'a-t-il pas une langue pour parler? Je l'ai vu, c'était un petit bonhomme fort déluré, fort sûr de lui. Il connaît parfaitement sa qualité de dauphin, de roi maintenant. Sa mère, sa tante, sa sœur n'ont assurément pas manqué de le saluer de ce titre. Il peut dire sur ses parents, sur le Temple, bien assez de choses pour ne laisser de doutes à personne.

— Eh bien, il faut croire qu'il est mort, d'une façon ou d'une autre, peu après son enlèvement. Car il ne se peut pas que, depuis cinq mois, il n'ait point paru chez les royalistes, ou que l'on n'ait essayé d'en faire marché avec nous.

— Et si ceux qui le détiennent ne sont pas des royalistes mais le cachent et se taisent par peur!

— Alors ils le cacheront et se tairont longtemps encore. D'ici là, le destin de la France sera établi si solidement que rien ne sera plus capable de l'ébranler. Il faut garder le plus profond secret là-dessus, mais il n'y a point de péril à craindre de ce côté-là. »

Selon lui, ce qui importait, et il le redit avec une sombre conviction, c'était de purger l'Assemblée nationale, de réformer le Comité de Sûreté générale pour le subordonner absolument à celui de Salut public, de débarrasser celui-ci de deux ou trois hommes, de réduire le bureau militaire devenu dictatorial, de réprimer Cambon qui, au Comité des Finances, suivait une politique antidémocratique et contre-révolutionnaire.

Alors le gouvernement, délivré des oppositions, uni et ferme, pourrait achever la Révolution en établissant les institutions de la république.

Le gouvernement, c'est-à-dire Robespierre. Ses certitudes le remplissaient si bien qu'il ne voyait pas que sa république c'était tout bonnement la dictature, l'absolutisme robespierriste. Dans ces conditions, il restait peu de chances de s'entendre avec lui. Tout accord exige des concessions mutuelles. Il ne semblait disposé à en faire aucune.

Claude partit fort pessimiste, s'attendant au pire. Il ne doutait plus d'être, avec Carnot, sans doute aussi Barère, parmi les hommes à éliminer du Comité, tout comme Collot et Billaud. Maximilien ne parlait que de deux ou trois, mais il pensait à davantage : à tous ceux qui, ne partageant pas ses idées, devenaient par là même des ennemis de la nation. Or Claude ne se sentait plus prêt du tout au sacrifice de sa vie. Pris à son tour de la fièvre paternelle, il voulait, de toutes ses fibres, connaître le fils ou la fille que Lise mettrait au monde à la fin de l'été. Il était résolu à se battre farouchement pour défendre non seulement la liberté menacée par l'autocratisme, mais encore sa propre existence d'époux et de père.

XIII

Les hautes fenêtres étaient ouvertes sur la terrasse du Jardin national encore couverte d'ombre. L'odeur des verdures entrait avec la fraîcheur du matin. Elles n'apportaient dans la salle du Comité aucune détente. Robespierre se tenait raide sur sa chaise, les bras, les jambes croisés, regardant droit devant lui à travers ses lunettes bleues. Billaud-Varenne, la perruque un peu déplacée, lui faisait face et ne semblait pas moins crispé que lui. Personne ne parlait. Claude, attentif, restait sur ses gardes. Seul, Couthon, caressant sa levrette, semblait exempt de nervosité. Saint-Just se leva. D'un air triste et grave, il dit : « Vous me paraissez affligés. Il faut que tout le monde ici s'explique avec franchise, et je commencerai si on le permet. » Il fit un discours enveloppé, confus, d'où il semblait ressortir qu'il existait une conspiration pour renverser le gouvernement révolutionnaire. Comme si l'on n'en était pas sûr! comme si l'on ne savait pas d'évidence que les Robespierristes de la Commune préparaient une insurrection! Mais Saint-Just ne parlait point d'eux, seulement d'un vague *on*. « On tend à dénaturer l'influence des hommes qui donnent de sages conseils, pour leur imputer des intentions de tyrannie. Je ne connais point de dominateur qui ne se soit d'abord emparé d'un grand crédit militaire, des finances et du gouvernement. Ces choses ne sont pas dans les mains de ceux contre lesquels on insinue des soupçons. » Bon. Comme la veille, il défendait Robespierre. Mais alors, quels étaient selon lui les conspirateurs? Les Fouché, les Tallien, les Bourdon? On ne voyait pas à quoi il voulait aboutir. Il n'aboutit du reste à rien qu'à prêcher la conciliation.

Peut-être souhait-il essentiellement cela, avant tout, ensuite on verrait. En tout cas, il avait réussi à rompre la tension. Tandis que Claude haussait légèrement les épaules, David approuvait. Billaud dit à Maximilien : « Nous sommes tes amis, nous avons marché ensemble. »

Après ses clameurs d'hier soir, sa sincérité présente restait douteuse, mais enfin il montrait de la bonne volonté. La discussion s'engagea. Elle fut calme et courte. Contrairement à ce que présumait Claude, Robespierre fit une concession surprenante : il accepta de rendre au Comité de Sûreté générale tous ses précédents pouvoirs en réduisant le bureau de police à la surveillance des fonctionnaires. En retour, on lui concéda l'établissement des deux sections du Tribunal révolutionnaire non encore installées, afin de porter leur nombre à quatre, comme Couthon et lui l'avaient inscrit dans la loi du 22 prairial. D'un commun accord, on décida de nommer, sous trois jours, les commissions populaires instituées par les décrets de ventôse pour réviser les dossiers des détenus. Elles devaient être quatre, elles aussi. Jusqu'à présent une seule existait : celle du Muséum, qui fonctionnait au Louvre. Enfin, on résolut de présenter à la Convention « un rapport général sur l'influence que l'étranger a tenté d'acquérir et sur les moyens de faire cesser la calomnie et l'oppression sous lesquelles on a voulu mettre les patriotes les plus ardents et qui ont rendu les plus grands services à la république », nota Barère dans le procès-verbal.

Billaud-Varenne proposa de confier la rédaction à Saint-Just. Il accepta en spécifiant qu'il développerait tout le plan ourdi par les conspirateurs pour saper le gouvernement révolutionnaire, mais qu'il entendait rester respectueux à l'égard de la Convention et de ses membres. Billaud et Collot d'Herbois précisèrent à leur tour que le rapport devrait laisser entièrement de côté l'Être suprême, l'immortalité de l'âme et la vertu. Robespierre ne protesta point. On se sépara, la paix semblait faite. Plusieurs membres des Comités en répandirent la nouvelle. Claude n'y croyait pas du tout. En se rendant à la séance de la Convention, il dit assez rudement à Saint-Just :

« Ainsi, selon toi, il n'y a pas de conspirateurs à l'Hôtel de ville, on n'y médite point un nouveau 31 mai.

— Non. C'est une rumeur que les contre-révolutionnaires répandent pour nous diviser.

— Ah oui! Donc Payan n'a pas convoqué les membres des Comités de section, Hanriot n'a pas grossi ses troupes. Nous l'avons rêvé.

— Je ne dis point cela. Ils ont agi pour se défendre parce qu'on leur a fait peur des Comités, comme on nous a fait peur de la Commune, de Maximilien, comme on fait peur de lui et de nous à la Convention. Voilà le complot.

— Et qui a commencé de faire peur? Qui fait planer sur l'Assemblée la menace d'une nouvelle épuration? Qui nous a demandé les têtes de Tallien, de Fouché, de Bourdon, de Legendre? Tu ne l'as pas entendu, tu étais à Charleroi. Qui veut encore supprimer le *Léopard*, Thuriot, Guffroy, Dubois-Crancé, Lecointre, Cambon, Panis, Vadier, Voulland, et bien d'autres dans le Comité même?

— C'est là le mensonge, la conspiration. Que Maximilien ait pu vouloir amputer la Convention de quatre ou cinq membres gangrenés, soit. Ils auraient dû périr avec Danton, ces insectes répugnants. Quant aux autres, je te le déclare, jamais Maximilien n'a envisagé de les traduire au tribunal. On les soulève contre lui au moyen de ce mensonge. On amènerait la Convention tout entière à s'entr'égorger. C'est le dessein des tyrans. Je vais m'efforcer, avec mon rapport, d'éclairer nos collègues, de leur montrer équitablement leurs fautes, de leur prouver que nous n'avons rien à craindre les uns des autres. La peur se dissipera en un moment. »

Claude demeurait sceptique. Saint-Just se voyait trop aisément en arbitre suprême, planant sur les partis et ramenant Robespierre à la concorde. Il se flattait d'illusions. Bien que Maximilien n'eût rien dit, il avait dû s'indigner d'entendre son ami déclarer qu'il resterait respectueux envers la Convention. Respectueux pour Fouché, pour Tallien, pour Bourdon! Non assurément, il n'avait aucune intention de renoncer à ces têtes-là, au moins. Et il devait être encore plus ulcéré de voir Saint-Just admettre, comme s'il s'agissait d'une chose sans importance, que l'on se tût sur la Divinité, l'immortalité de l'âme et la sainte vertu. C'était le bafouer, lui Robespierre, dans l'essentiel de ses convictions et de sa politique.

Avec le même esprit conciliateur, Saint-Just, sans croire — ou paraître croire — au complot fomenté par la Commune, contresigna, ce soir-là, un arrêté de Carnot et Billaud-Varenne ordonnant l'envoi aux armées de quatre autres compagnies de canonniers parisiens. Ce contreseing ne signifiait rien, il restait encore trente compagnies : plus qu'il n'en fallait à une insurrection. Mais pour Robespierre cela devait ajouter à la traîtrise de Saint-Just.

Claude ne se trompait pas. L'Incorruptible dit, chez Duplay, qu'il ne pouvait plus compter vraiment, dans la Convention, que sur deux personnes : « Augustin, un enfant, Couthon, un infirme. » La tactique de ses adversaires lui apparaissait clairement : l'isoler de plus en plus pour l'abattre enfin. Elle leur réussissait jusqu'à présent, il ne doutait pas néanmoins de les vaincre. Il avait pour lui la Commune presque tout entière, la force armée des sections tenue en main par Hanriot, le Tribunal révolutionnaire avec Dumas et Coffinhal, une fraction encore imposante des Jacobins, enfin, croyait-il, tout le peuple sans-culotte. Contre lui, qui se dressait? Le Comité de Sûreté générale, moins David et Le Bas — celui-ci penchant peut-être vers Saint-Just mais cependant fidèle —, quelques membres du Comité de Salut public, et une vingtaine d'hommes perdus, méprisés de toute la Convention. D'un côté, tout Paris républicain, toute la France républicaine, pensait-il; de l'autre, vingt-sept individus traîtres ou scélérats. Vingt-sept exactement, au total : Fouché, Tallien, Bourdon de l'Oise, Léonard Bourdon, Legendre, Barras, Fréron, Dubois-Crancé, Carnot, Carrier, Rovère, Cambon, Merlin de Thionville, Thuriot, Lecointre, Ruamps, Alquier, Guffroy, Amar, Vadier, Voulland, Jagot, Ysabeau, Courtois, Garnier de l'Aube, Billaud-Varenne et Collot d'Herbois. Il suffirait de galvaniser la Plaine par un grand discours, pour que la Convention vomît ces misérables qui la déshonoraient. Ce discours, sans en parler à personne, même à Couthon, il le préparait, il le mûrissait et le polissait avec précision.

Il ne retourna pas au Comité. Le 6 thermidor, aux Jacobins, dénonçant une nouvelle fois les trames ourdies pour égarer la Convention : « Le moment est venu, dit-il, de frapper les dernières têtes de l'hydre. » Sur quoi Gouly, créole, représentant de l'Ile de France et secrétaire du club ce soir-là, s'écria : « Citoyens, depuis deux décades, Robespierre et Couthon vous annoncent à chaque séance qu'ils ont de grandes vérités à révéler au peuple. Je demande une séance extraordinaire pour demain, afin que Couthon et Robespierre s'expliquent nettemnt sur les complots tramés contre la patrie. » Le candide Gouly fut stupéfait de recevoir un regard furieux de l'Incorruptible qui monta vivement à la tribune pour invectiver le trop zélé secrétaire et poser la question préalable. Maximilien, d'une part ne jugeait pas son texte au point, d'autre part n'entendait pas émousser cette arme en l'employant ailleurs qu'à la Convention. Il y travailla encore, dans sa chambre, toute la journée du 7.

Le soir, brusquement le bruit se répandit que Robespierre paraîtrait demain au Palais national pour y prononcer un discours sensationnel. « Je l'apprends comme vous », répondit Saint-Just aux membres du Comité de Salut public qui l'interrogeaient là-dessus. Collot et Billaud le regardèrent avec soupçon et sortirent en appelant Claude d'un signe.

« C'est donc demain la grande journée, lui dit Billaud. Il faut battre le rappel, il faut entraîner la Plaine. Nous allons faire parler à Boissy d'Anglas et à quelques autres. De ton côté, vois Sieyès. Si le tyran triomphe, tu y passeras comme nous, tu le sais. »

Claude acquiesça. Il rentra dans le salon. Il y trouva Cambon descendu de son Comité des Finances et en train de dire à Barère : « Nous ne pouvions plus échapper à la bataille. Nous allons sortir de cette crise et nous saurons ce que veulent les bourreaux de la France. » Dans ce pluriel, le grand argentier englobait Saint-Just qu'il considérait d'un air irrité et menaçant. Le jeune homme demeurait impassible, pourtant il devait être peu content de Maximilien : ce discours imprévu, annoncé alors que lui-même n'avait pas fini son rapport, bouleversait ses plans de conciliation et d'arbitrage. Si toutefois tels étaient bien ses plans. Claude le croyait sans en avoir la certitude. Trop secret, Saint-Just restait insaisissable, ambigu. Que ses liens avec Robespierre se relâchassent chaque jour un peu plus, on n'en doutait pas, mais il ne s'écartait pas complètement de lui. Ne l'avait-il pas défendu, tous ces jours-ci? Peu probable qu'il ne prît point son parti dans le combat en train de s'engager.

Claude savait où trouver Sieyès à cette heure. Il jouait au billard, au café Payen. Son existence était des plus réglées, des plus modestes. L'ancien aumônier de Mesdames, le grand homme de la première Assemblée nationale, s'appliquait à vivre à petit feu, ne se distinguant en rien de la médiocrité honnête du Marais, ne se signalant par aucune initiative à l'Assemblée, mais travaillant avec assiduité dans le Comité de Législation. Il n'en était pas moins, en fait, l'éminence grise des modérés, et, par là même, l'homme le plus souterrainement puissant de la Convention, car une majorité ne pouvait s'y faire qu'avec le concours de la Plaine. Hors des Tuileries, nul ne se doutait de cette puissance. Dans l'Assemblée même, les représentants qui n'avaient pas connu Sieyès à Versailles et dans la Constituante, auraient eu peine à voir en ce collègue effacé un des maîtres, sinon le maître secret de la Révolution. Robespierre ne l'ignorait pas, qui avait voulu le consulter avant de déclencher l'offensive contre les Hébertistes, avant de lancer la suprême attaque contre Danton. Sieyès, c'était ce que Saint-Just appelait naïvement « la force des choses ». Sans doute, comme il le croyait, cette force fatale qui déforme tout résidait-elle dans la logique des choses, qui n'est pas celle des hommes, mais Sieyès savait employer à ses desseins la fatalité.

Ces desseins ne faisaient aucun doute pour Claude. La *Taupe*, tranquille dans l'ombre de ses galeries, laissait tout simplement les partis s'entre-dévorer, comme le voulait inévitablement la force des choses, et les y poussait de son mieux. Quand ils se seraient tous guillotinés les uns les autres, quand la Révolution aurait, selon le mot de Danton, jeté toute son écume, viendrait alors son temps, à lui. Il suffisait de durer. En vérité, il ne courait guère de risques. Les modérés étaient les seuls que l'on ne songeât point à raccourcir. Au plus fort de la « boucherie de députés », pas un seul « crapaud du Marais » ne portait sa tête à l'échafaud. Leurs voix étaient bien trop nécessaires aux partis opposés, on n'allait pas en diminuer le nombre. C'est ainsi que, silencieux, invisible, mais agissant, Sieyès guidait la Révolution vers ses propres fins. Toute sa conduite, depuis les premiers temps de la Convention, montrait une parfaite continuité. Par les fluctuations des modérés, il avait encouragé les Brissotins à s'engager contre la Montagne, provoqué la crise aiguë en votant la mort du roi, puis livré la Gironde aux Montagnards, permis la Terreur, soutenu tantôt Danton contre Robespierre, tantôt Robespierre contre Danton jusqu'à ce que l'un d'eux s'usât dans cette partie et y succombât. Il ne lui restait plus maintenant qu'à aider au renversement de l'Incorruptible. Il y était assurément tout disposé.

Autour du billard, se trouvaient avec lui Cambacérès et Durand-Maillane : les deux chefs officiels de la Plaine avec Boissy d'Anglas. Sieyès, Cambacérès et Durand-Maillane connaissaient la nouvelle. Elle semblait les émouvoir peu. Tâtant prudemment leurs dispositions, Claude s'aperçut que Maillane et Cambacérès restaient favorables à Robespierre. Cela ne l'étonna point. Cambon, Carnot, Lindet, Barras et des intermédiaires de Billaud-Varenne avaient, ces jours-ci, trouvé peu d'audience auprès des membres de la Plaine. Ceux-ci méprisaient les ennemis de Robespierre, ces anciens Hébertistes, ces complices tarés de Danton, spéculateurs ou proconsuls sanguinaires. L'Incorruptible avait au moins pour lui son honnêteté, ses vues politiques, sa volonté d'ordre. Sans doute aussi, l'intention qu'on lui prêtait de rétablir sous une forme ou une autre la monarchie lui valait-elle des sympathies au centre où demeuraient des monarchistes constitutionnels impénitents.

Sieyès carambolait sans rien dire. Claude ne tenta pas d'exhorter les deux autres. Il leur révéla simplement les manœuvres des Robespierristes de la Commune préparant une insurrection, et il ajouta : « Vous plaît-il que, de nouveau, on mène le peuple en armes assiéger l'Assemblée, pour vous contraindre à livrer une vingtaine de vos collègues?

— Bah! répondit Maillane, ne l'avez-vous pas fait, vous autres, le 2 juin? Cette fois, il ne sera pas besoin de nous forcer. Fouché, Tallien, Bourdon, l'odieux Carrier et autres, nous les abandonnerons avec plaisir au destin qu'ils méritent. »

Claude se retirait, lorsque Sieyès le rejoignit. « Sois sans crainte, mon ami, lui glissa-t-il. Attaquez seulement avec vigueur, la Plaine suivra. » Il retourna au billard.

Le lendemain, 8 thermidor, 26 juillet, peu avant midi, Robespierre fit son entrée à la Convention. Augustin, Le Bas, Saint-Just et Couthon l'y avaient précédé. La vaste salle, haute, longue — avec son faux marbre, ses tentures vertes relevées par des cordons écarlates, ses effigies de sages, ses galeries, ses amphithéâtres de banquettes bleues pour le public, ses gradins de banquettes vertes pour les représentants, en face de ceux-ci le bloc de la tribune et du bureau surplombé par le bouquet sans cesse plus nombreux des drapeaux pris à l'ennemi —, était comble et fiévreuse comme aux jours des plus grandes batailles contre la Gironde. Le public avait envahi, dans l'hémicycle, la place laissée vide par les députés absents, détenus ou morts. Les membres des Comités arrivaient successivement. Installé au fauteuil, Collot d'Herbois présidait. Dans l'indifférence de tous, il analysait la correspondance. L'apparition de Robespierre au milieu des groupes qui stationnaient encore devant la porte arrêta tout. Il demanda la parole, gravit les marches d'acajou donnant accès à la tribune. Dans le silence tendu, il posa sur la tablette le cahier de son discours et commença par une allusion directe à un rapport fait par Barère, la veille, sur l'état comparatif de la France en juillet 93 et en juillet 94, c'est-à-dire en ce mois de thermidor an II : un palmarès des victoires remportées par le gouvernement. Barère avait blâmé ceux que ces victoires ne rassuraient pas, ceux qui méditaient de nouvelles proscriptions. Ces mots désignaient clairement Robespierre. En votant l'impression du rapport et l'envoi aux communes, la Convention avait marqué son hostilité à l'Incorruptible.

« Citoyens, déclara-t-il, que d'autres vous tracent des tableaux flatteurs; je viens vous dire des vérités utiles. Je ne viens pas réaliser des terreurs ridicules, répandues par la perfidie. Je viens au contraire étouffer les flambeaux de la discorde par la seule force de la vérité. »

Cet exorde semblait annoncer des intentions conciliantes. Maximilien continua en évoquant l'agitation croissante, les craintes répandues depuis quelque temps, les projets que l'on supposait au Comité et à lui-même contre la Convention. « Quel est donc le fondement de cet odieux système de terreur et de calomnie? Nous, redoutables à la Convention nationale! Mais que sommes-nous sans elle? Et qui l'a défendue au péril de la vie? Qui s'est dévoué pour sa conservation quand des factions exécrables conspiraient sa ruine à la face de la France? Qui s'est dévoué à sa gloire quand les vils suppôts de la tyrannie prêchaient l'athéisme, quand tant d'autres gardaient un silence criminel sur les forfaits de leurs complices et semblaient attendre le signal du carnage pour se baigner dans le sang des députés du peuple?... C'est nous qu'on assassine, et c'est nous qu'on peint redoutables! Et quels sont les horribles actes de sévérité qu'on nous reproche? Quelles en ont été les victimes? Hébert, Ronsin, Chabot, Danton, Delacroix, Fabre d'Églantine. Est-ce de les avoir châtiés que l'on nous accuse? Nul n'oserait les défendre. »

Robespierre rejeta sur eux, non sans vérité, reconnut Claude, la responsabilité de la Terreur, et poursuivit :

« Par quelle fatalité cette grande imputation de dictature et d'attentats contre la représentation nationale a-t-elle été transportée tout d'un coup sur la tête d'un seul député? Étrange projet d'un homme, d'engager la Convention à s'égorger elle-même, en détail, de ses propres mains, pour lui frayer le chemin du pouvoir absolu! Que d'autres aperçoivent le côté ridicule de ces inculpations, c'est à moi de n'en voir que l'atrocité. Paraître un objet de terreur aux yeux de ce qu'on vénère et de ce qu'on aime, c'est pour un homme sensible et probe le plus affreux des supplices. Le lui faire subir, c'est le plus grand des forfaits. »

Il en vint alors à l'accusation de dictature et se plaignit d'être traité de tyran.

« Quand les victimes de leur perversité se plaignent, les fripons s'excusent en disant : *C'est Robespierre qui le veut ainsi.* Les infâmes disciples d'Hébert tenaient le même langage dans le temps où je les dénonçais. C'est encore la même espèce de contre-révolutionnaires qui persécute en ma personne le patriotisme. En développant cette accusation de dictature, ils se sont attachés à me charger de toutes leurs iniquités, de toutes les mauvaises fortunes ou de toutes les rigueurs commandées par le salut de la patrie. On a dit aux nobles : *C'est Robespierre qui vous proscrit.* On a dit en même temps aux patriotes : *Il veut sauver les nobles.* On a dit aux prêtres : *C'est lui seul qui vous poursuit, c'est lui qui détruit la religion.* On a dit aux patriotes persécutés : *C'est lui qui l'a ordonné.* On a renvoyé sur moi toutes les plaintes, en disant : *Votre sort dépend de lui seul.* Au Tribunal révolutionnaire, des hommes ont dit : *Voilà des malheureux condamnés, qui en est la cause? Robespierre.* On s'est attaché particulièrement à prouver que cette juridiction était un *tribunal de sang* créé par moi seul pour faire égorger les gens de bien et même les fripons, car on voulait me susciter des ennemis de tout genre. On a dit à chaque député revenu d'une mission dans les départements que moi seul avais provoqué son rappel. On a rapporté à mes collègues tout ce que j'avais dit et surtout ce que je n'avais pas dit. Quand on eut formé cet orage de haines, de vengeances, de terreur, d'amours-propres irrités, on crut qu'il était temps d'éclater. Mais qui étaient donc ces calomniateurs ? »

On y arrivait enfin! Après ce long, habile et souvent juste tableau, l'Incorruptible allait désigner ses ennemis et nommer les victimes qu'il réclamait. Claude autour de lui voyait des visages pâlis ou rougis, des traits crispés, des mains nerveuses. Tallien, de la paume, essuyait la sueur sur son menton. Les lèvres de Panis tremblaient.

« Je puis répondre, reprit le tribun, que les auteurs de ce plan de calomnie sont d'abord le duc d'York et M. Pitt et tous les tyrans armés contre nous. Qui ensuite? Ah! je n'ose les nommer dans ce moment et dans ce lieu. Je ne puis me résoudre à déchirer entièrement le voile qui couvre ce profond mystère d'iniquités. Mais ce que je puis affirmer positivement, c'est que les agents de ce système de corruption et d'extravagance, le plus puissant de tous les moyens inventés par l'étranger pour perdre la république, sont les apôtres impurs de l'athéisme et de l'immoralité dont il est la base. »

Ainsi, il ne poussait quand même pas son attaque jusqu'à donner les noms de ces « calomniateurs » dont il voulait les têtes. Pourquoi, comme Danton, menaçait-il au lieu de frapper? se demandait Claude. Hésitait-il à rompre avec Saint-Just en anéantissant sa tentative pacificatrice? ou se réservait-il de « déchirer entièrement le voile » après un rapport d'esprit tout différent de celui que l'équivoque Saint-Just avait annoncé? De toute façon, c'était la pire maladresse. S'imaginait-il donc qu'on allait lui laisser du loisir? Ulcéré par cette obstination à rendre la liberté d'esprit responsable de tous les maux, Claude résolut de combattre à mort. Il haïssait, en ce moment, avec fureur, ce petit homme poudré, cambré dans son habit bleu barbeau, et dont le visage, frappé en plein par la lumière, se détachait à la tribune sur le fond du bureau présidentiel. Il le déstestait comme il avait, au 2 juin, détesté le criminel aveuglement de Lanjuinais.

Et Robespierre insistait, dépeignait l'affreuse anarchie dans laquelle l'impiété avait plongé la France. « De tous les prodiges de notre Révolution, celui que la postérité concevra le moins, c'est que nous ayons pu échapper à ce danger. Grâces immortelles vous soient rendues, vous avez sauvé la Patrie! Votre décret du 18 floréal est à lui seul une révolution... O jour à jamais fortuné où le peuple français tout entier s'éleva pour rendre à l'auteur de la nature le seul hommage digne de lui! Quel touchant assemblage de tous les objets qui peuvent enchanter le cœur des hommes! Être des êtres! le jour où l'univers sortit de tes mains toutes-puissantes brilla-t-il d'une lumière plus agréable à tes yeux que le jour où, brisant le joug du crime et de l'erreur, il parut devant toi, digne de tes regards et de tes destinées? » Et ça continuait, ce pathos rousseauïste. Puis vint l'amertume : « C'est depuis cette époque que l'on a vu les intrigants et les charlatans s'agiter avec une nouvelle audace et chercher à punir ceux qui avaient déconcerté le plus dangereux des complots. Croirait-on qu'au sein de l'allégresse publique des hommes aient répondu par des signes de fureur aux touchantes acclamations du peuple? Croirait-on que le président de la Convention nationale, parlant au peuple assemblé, fut insulté par eux, et que ces hommes étaient des représentants du peuple? »

Maladresse encore de rappeler cette fête, car c'était ce jour-là que le caractère de l'orateur avait pleinement paru à la Convention. Le silence dans lequel tombaient ces paroles remplit Claude d'une satisfaction vindicative. Mais les erreurs, Robespierre à présent les ajoutait les unes aux autres. Après celle de n'avoir pas désigné nommément les « conspirateurs », il commit la sottise plus grave encore de nommer Cambon et ses collègues, Mallarmé, Ramel, en accusant le Comité des Finances « de fomenter l'agiotage, d'ébranler le crédit public, de favoriser les riches créanciers, de ruiner et désespérer les pauvres, de multiplier les mécontents, de dépouiller le peuple des biens nationaux et d'amener insensiblement la ruine de la fortune publique ». Il les appela « Brissotins, Feuillants, aristocrates, fripons reconnus ». Là, il se faisait l'interprète de la nation entière. Il n'existait pas en France un contribuable, artisan, menu bourgeois ou aristocrate, qui ne détestât le grand argentier et ses lois de finances. Mais grâce à lui on se retenait depuis deux ans au bord du gouffre, et personne dans la Convention n'ignorait le désintéressement, l'intégrité, l'exigeant patriotisme de Cambon. Enfin lui et ses collègues étaient en effet d'anciens Feuillants, c'est-à-dire des modérés. Il ne pouvait y avoir rien de plus maladroit que de les traiter ainsi quand on cherchait le soutien de la Plaine, quand tout le reste du discours s'adressait à elle, contre la plus grande partie de la Montagne.

Encore une fois, la fortune aveuglait celui qu'elle voulait perdre. La satisfaction de Claude se changeait en joie mauvaise. Robespierre aiguisait le glaive qui allait lui trancher la tête. Il continua, piétinant Carnot, autre modéré, sans le nommer toutefois. Sans doute réservait-il ce soin à Saint-Just. « On a semé la division parmi les généraux, l'aristocratie militaire est protégée, les généraux fidèles persécutés, l'administration militaire s'enveloppe d'une autorité suspecte. » Puis, passant au Comité de Sûreté générale, il lui reprocha « la foule de ses agents, leurs menées sournoises, leurs rapines », se plaignit des « railleries qu'on a débitées à la tribune à propos de Catherine Théot. On a voulu supposer des conjurations pour en cacher de réelles ». Parlant de son éloignement du Comité de Salut public, il déclara : « Voilà six semaines que je n'ai plus de part au gouvernement. Le patriotisme en est-il plus protégé? les factions mieux réprimées? la nation plus heureuse? » Il revint à son obsession : « Français, ne souffrez pas que vos ennemis osent abaisser vos âmes et énerver vos vertus par leur désolante doctrine! Non,

Chaumette, non, la mort n'est pas un sommeil éternel! Citoyens, effacez des tombeaux cette maxime gravée par des mains sacrilèges. »

Enfin, après avoir parlé pendant près de deux heures, il se résuma en ces termes : « Disons qu'il existe une conspiration contre la liberté publique, qu'elle doit sa force à une coalition criminelle qui intrigue au sein même de la Convention, que cette coalition a des complices au sein du Comité de Sûreté générale, que des membres du Comité de Salut public entrent dans le complot, que la coalition ainsi formée cherche à perdre les patriotes et la patrie. Quel est le remède à ce mal? Punir les traîtres, renouveler le Comité de Sûreté générale et le subordonner au Comité de Salut public, épurer ce Comité lui-même, constituer le gouvernement sous l'autorité suprême de la Convention. Tels sont les principes. S'il est impossible de les réclamer sans passer pour un ambitieux, j'en conclurai que les principes sont proscrits et que la tyrannie règne parmi nous, mais non que je doive le taire, car que peut-on objecter à un homme qui a raison et qui est prêt à mourir pour son pays? »

Et il conclut par cet avertissement menaçant : « Peuple, souviens-toi que si, dans la république, la justice ne règne pas avec un empire absolu, la liberté n'est qu'un vain nom. Souviens-toi qu'il existe dans ton sein une ligue de fripons qui luttent contre la vertu publique. Rappelle-toi que tes ennemis veulent te sacrifier à cette poignée de fripons. Sache que tout homme qui s'élèvera pour défendre ta cause et la moralité publique sera accablé d'avanies et proscrit par les fripons. »

Cela revenait à dire, comme il l'avait proclamé à la veille du 10 août et du 31 mai : Quand tout espoir de sauver la liberté est perdu, il appartient au peuple de se lever pour la défendre. Autrement dit, encore : Représentants, purgez-vous des « conspirateurs », ou le peuple les arrachera de ces banquettes ainsi qu'il l'a déjà fait pour les Brissotins.

Les tribunes comprirent fort bien et répondirent par des acclamations. Les quelques Robespierristes de l'Assemblée applaudirent également. Mais, tandis que, sans regarder personne, Maximilien gagnait sa place sur la Montagne, des murmures l'accompagnèrent. Saint-Just lui-même ne semblait pas approuver ce discours, et Couthon en demeurait visiblement surpris — sans doute de ce qu'il fût tout ensemble si agressif et si vague. Des courants contraires agitaient la Plaine où l'on chuchotait beaucoup entre soi. Claude, attentif, se préparait à frapper brutalement et juste. Il ne sentait pas encore le moment venu. Lecointre se leva. Pensant voir, sans doute, dans le refus de « déchirer entièrement le voile », une invite à la paix, il y répondit en proposant l'impression du discours. Barère appuya. Couthon demanda l'envoi aux quarante-quatre mille communes de la république. Une partie de la Montagne et toute la Plaine votèrent ces deux motions avec une mollesse qui fit tressaillir Claude. C'était maintenant! Il bondit, et, d'une voix ferme, tranchante, lança :

« Au nom de la majorité des Comités de Salut public et de Sûreté générale, je m'oppose à l'impression de ce discours insolent à l'égard de la Convention et de ses Comités. »

Il y eut un instant de stupeur. Quoi! quelqu'un osait! Puis, très vite, Vadier, Cambon, Billaud-Varenne, Amar, Panis, Thirion se ruèrent vers la tribune, réclamant la parole. « Avant d'être deshonoré, je parlerai à la France! » clamait Cambon. Les protestations des Robespierristes, d'abord bâillonnés par la surprise, commençaient de s'élever. Collot d'Herbois les couvrit vivement de sa forte voix et donna la parole à Vadier. Claude s'était rassis. Il avait porté le coup, cela suffisait.

« Pourquoi as-tu fais cela? » lui demanda tristement Saint-Just.

— Parce que Robespierre est un traître. Il veut décidément étouffer la liberté dans les consciences. Il doit périr. »

A la tribune le maigre et long Vadier, secouant sa tête aux cheveux blancs, s'étonnait que l'on pût soupçonner la Sûreté générale d'inventer de fausses conspirations. Il défendit le Comité, assura qu'il avait toujours agi en accord parfait avec celui de Salut public, dont seul un membre troublait cet accord en voulant monopoliser tous les pouvoirs de police. Puis il s'exclama : « Ainsi donc mon rapport sur Catherine Théot et dom Gerle ne serait qu'une farce ridicule!

— Je n'ai pas dit cela! » protesta Robespierre déconcerté par ce retournement soudain de la situation. Dédaignant l'interruption, Vadier poursuivit : « Mon rapport, il est vrai, était composé sur ce ton d'ironie propre à décourager le fanatisme, mais depuis j'ai recueilli des documents immenses, je ferai entrer cette conspiration dans un cadre plus imposant... »

Bouillant, Cambon poussait le *Vieil Inquisiteur*, pour prendre sa place. Il avait à dire des choses autrement importantes. Et il les dit avec sa violence de méridional, le sang au visage, l'œil noir. « Moi, je n'ai pas cherché à former un parti autour de ma personne. Je ne viens pas ici armé d'écrits polémiques préparés de longue main, lança-t-il. Robespierre m'accuse d'être un fripon, c'est faux. Le fripon, c'est lui. Il critique la loi de finances du 23 floréal, il n'y a que les agioteurs qui ont intérêt à attaquer cette opération. Ils peuvent fournir des matériaux pour faire des discours, ils ne m'enlèveront pas le courage de dénoncer tout ce qui est contraire à l'intérêt national. »

Robespierre, aussi fermé aux finances qu'aux choses militaires, s'était fié là-dessus à l'opinion du banquier suisse Haller, garanti par Augustin, et il avait eu tort. Il se défendit platement. « L'inculpation de Cambon, dit-il, me paraît aussi inintelligible qu'extraordinaire. J'ai cru m'apercevoir que les idées de Cambon n'étaient pas si favorables au succès de la Révolution qu'il le pense. Il prétend que son décret a été attaqué par les agioteurs; cela peut être vrai, je ne sais pas quel parti ils en pourraient tirer, je ne m'en occupe pas. Je n'entends pas critiquer les intentions de Cambon. »

Que venait-il donc de faire? Après sa virulence contre le grand argentier, ces excuses étaient lamentables. Ainsi donc, il accusait les gens sans plus de preuves, prêt à se dédire, à balbutier, si on lui répondait fermement! « Je trouve seulement, ajouta-t-il, que son décret désole les citoyens pauvres.

— Cela est faux! » riposta Cambon. Il cita des chiffres. Puis, avec colère et mépris, s'écria : « Il est temps de dire la vérité tout entière. Un seul homme paralyse la volonté de la Convention nationale, et cet homme c'est Robespierre. »

Des bravos éclatèrent sur la Montagne. Tous ceux qui avaient tremblé exultaient, battaient des mains. Au centre, on applaudissait aussi Cambon. Le public, muet, ne comprenait pas. Les Robespierristes étaient atterrés par cet effondrement si soudain. Pourquoi Maximilien ne se défendait-il pas? Il voulut remonter à la tribune, mais le président Collot d'Herbois donnait la parole à Billaud. « Je réclame la liberté de dire mon opinion », protesta Robespierre. « C'est ce que nous réclamons tous! » lui cria-t-on de tous les points de l'hémicycle. Cependant, Billaud-Varenne fonçait. « Oui, il est temps de mettre les vérités en évidence, il est temps d'arracher les masques! » Robespierre ne s'était éloigné du Comité, déclara-t-il, que pour mieux conspirer contre la représentation nationale. Il parla des entreprises factieuses de la Commune dominée par les séides robespierristes, des compagnies de canonniers dont on retenait encore à Paris un nombre beaucoup trop important. « J'aime mieux, dit-il, que mon cadavre serve de marchepied à un ambitieux, que d'autoriser ses forfaits par mon silence. » Et il demanda le rapport du décret d'impression, l'examen du discours par les deux Comités.

« Quoi! s'exclama Robespierre, on enverrait mon discours à l'examen des membres que j'accuse! » Des vociférations lui répondirent. « On me menace, on veut ma mort! » bredouilla-t-il. Il était toujours au pied de la tribune, attendant la parole. L'un des secrétaires, le dantoniste André Dumont, lui jeta : « La mort, scélérat, tu l'as mille fois méritée! » La salle, où le soleil chauffait les fenêtres haut situées, s'emplissait de rumeurs. La majeure partie du public encourageait l'Incorruptible, prenait à partie ses ennemis. A la tribune, Panis, à son tour, lui reprocha de rejeter sur lui la responsabilité des massacres de Septembre, et le somma de désigner les députés dont Couthon et lui, aux Jacobins, réclamaient depuis un mois le sacrifice. Charlier criait : « Aie donc le courage de nommer ceux que tu accuses! » Toute la Montagne, amis et ennemis confondus, rugit : « Oui, nomme-les! Nomme-les! »

Comme Saint-Just, Claude demeurait immobile et muet. Il laissait la meute qu'il avait découplée s'acharner sur la bête, et déjà il se reprochait d'avoir cédé à la colère. Oui, il détestait l'esprit de Maximilien, mais ceux qui aboyaient à présent contre lui étaient des hommes presque tous méprisables. Et si les bourgeois de la Plaine s'alliaient à eux, c'est parce qu'ils espéraient abattre avec lui la Révolution démocratique.

Entre les hurlements, on entendit quelques fières paroles prononcées par Robespierre enfin à la tribune. « Mon opinion est indépendante... Je ne crains personne... Je n'écoute que mon devoir... Je ne veux ni l'appui ni l'amitié de personne. Je ne veux prendre aucune part à ce que l'on décidera au sujet de mon discours. »

Il se tut et alla s'asseoir auprès de Couthon. Ils parlèrent entre eux tandis que le bruit s'apaisait, que successivement

Amar, Bentabole, Thirion dénonçaient l'esprit despotique de Robespierre et demandaient le rapport du décret. Barère, virant au vent une fois de plus, revint sur sa motion précédente et se prononça pour l'examen du discours par les Comités, avant l'impression. On vota. Le décret fut rapporté.

Pour l'Incorruptible, c'était une défaite lourdement menaçante. Il ne paraissait pas s'en rendre compte. La séance levée, il partit avec son frère et Le Bas, rentra chez Duplay, à cinq heures, en disant : « Je n'ai plus à compter sur la Montagne, mais la masse de la Convention m'entendra. » Il ne lui semblait pas possible que la Plaine suivît des hommes tarés, il ne doutait point de la ressaisir dès demain. Après le souper, il alla tranquillement se promener aux Champs-Élysées, en compagnie d'Éléonore. Brount courait devant eux. Le temps restait très chaud, beau, avec, au bas du ciel, des strates de nuages entre lesquels le soleil descendait comme une énorme orange. « C'est du beau temps pour demain », dit Éléonore. Ils firent demi-tour. La séance, aux Jacobins, allait commencer dans un moment.

Claude ne s'y rendit pas, il ne pouvait s'y passer rien d'important. Au sortir de la Convention, il avait parlé brièvement à Sieyès et en avait reçu sans enthousiasme la même assurance que la veille. Il savait Fouché, Tallien, Bourdon, Barras, Legendre en train de traiter à cette heure avec les chefs officiels de la Plaine. Tout le monde s'accordait sur l'abolition immédiate de la loi sanguinaire du 22 prairial, celle de Robespierre et Couthon, mais les modérés exigeaient en outre la suppression des décrets de ventôse, obtenus par Saint-Just et qui menaçaient la propriété, les fortunes. Fouché, Tallien, Legendre eussent consenti à n'importe quoi. Il s'agissait de sauver leurs têtes. Tallien avait reçu de la belle Thérésa Cabarrus ce billet : « Je vais demain au Tribunal révolutionnaire. Je meurs avec le désespoir d'être à un lâche comme vous. » Soupant à Nanterre chez la ci-devant Mme de Saint-Brice, amie de sa maîtresse, il avait juré, avec Barras et Fréron, de poignarder demain le tyran si l'on ne parvenait à le jeter bas.

Toujours farouchement rectilignes, Billaud-Varenne et Collot d'Herbois n'admettaient, eux, aucune concession. Ils voulaient se délivrer de Robespierre mais maintenir la terreur, anéantir le royalisme et toute espèce de superstition déiste ou chrétienne, donner à la république une forme absolument égalitaire, laïque et démocratique. Avec quelques membres du Comité de Sûreté générale, ils étaient aux Jacobins. Ça sentait la poudre, dans la vieille chapelle. Une foule nerveuse, excitée, emplissait la cour dans le soir tombant, et la salle où l'on allumait les lustres de tôle. Les partisans de Robespierre se trouvaient en énorme majorité, ce soir. Ils manifestaient leur colère contre ses ennemis. Collot, Billaud avaient été très mal reçus. On criait contre eux, on les menaçait, eux et leurs compagnons, lorsque l'Incorruptible arriva, au milieu des habitués de la maison Duplay. Tumultueusement acclamé, il demanda la parole. Collot la voulait aussi. Les imprécations et les injures le réduisirent au silence. Robespierre parla.

« Aux agitations de cette assemblée, dit-il, il est aisé de se rendre compte qu'elle n'ignore pas ce qui s'est passé ce matin à la Convention, il est facile de voir que les factieux craignent d'être dévoilés en présence du peuple. Au reste, je les remercie de s'être signalés d'une manière si prononcée, et de m'avoir mieux fait connaître mes ennemis. » Puis il donna lecture de son discours. Pendant deux heures, les applaudissements se succédèrent, saluant chaque passage. Les bravos, les acclamations, l'enthousiasme allaient croissant. C'était un triomphe. Et quand l'Incorruptible, après sa conclusion, ajouta : « Ceci est mon testament de mort. Je l'ai vu aujourd'hui, la ligue des méchants est si forte que je ne peux espérer lui échapper. Je succomberai sans regret, vous défendrez ma mémoire. Si je bois la ciguë...

— Je la boirai avec toi! » s'écria David, et cent voix répétèrent : « Tous! Nous la boirons tous! »

Comme les Collotistes faisaient entendre quelques murmures, les tribunes s'indignèrent. Collot puis Billaud tentèrent en vain de parler. Des cris furieux couvraient leur voix. Dumas dénonça en eux les héritiers d'Hébert et de Danton. « A la guillotine! » répondit le public. Couthon se faisait porter à la tribune, on se tut pour l'écouter.

« Citoyens, dit-il de sa voix douce et calme, je suis convaincu de la vérité des faits énoncés par Robespierre. Cette conspiration est la plus profonde de celles qui ont eu lieu jusqu'à présent. Assurément, il y a des hommes purs dans les Comités, mais il n'y a pas moins assurément des scélérats dans ces mêmes Comités. Moi aussi, je demande une discussion : non pas celle du discours de Robespierre, mais celle de la conspiration. Nous les verrons paraître à cette tribune, les conspirateurs. Nous les examinerons, nous constaterons leur embarras, nous retiendrons leurs réponses vacillantes. Ils pâliront en présence du peuple, ils seront convaincus et ils périront. »

Pour l'infirme, pas plus que pour Robespierre, la défaite parlementaire de ce jour ne compromettait rien. Il envisageait de transporter la lutte de la Convention ici, en appelant au club les accusateurs de l'Incorruptible. La motion provoqua un nouvel enthousiasme. On applaudit, on acclama Couthon, on agitait en l'air les chapeaux. « Les conspirateurs à la guillotine ! » criait la salle. Sur les gradins, Collot, Billaud et leurs amis s'efforcèrent encore d'obtenir la parole, protestant que le peuple était fanatisé, l'oppression à son comble. On ne voulut pas les entendre. Houspillés, insultés, bousculés, ils furent jetés dehors tandis que Dumas s'écriait : « Je les attends au Tribunal révolutionnaire. »

Il était près de minuit. Les curieux à l'affût des nouvelles, les Robespierristes des sections demeuraient encore nombreux, dans la nuit chaude, autour de la vieille église, de l'arbre de la Liberté, et jusque devant le porche, dans la rue. Les expulsés des Jacobins retournèrent furieux et inquiets au Comité de Salut public.

Claude, Prieur, Carnot, Lindet, Barère travaillaient en silence autour de la vaste table ovale. En arrivant, un peu après huit heures, ils avaient trouvé Saint-Just déjà installé à son pupitre, en train d'écrire. Depuis, il n'avait pas bougé. Un huissier était venu allumer les lampes, tirer les rideaux. Saint-Just couvrait feuille après feuille, et les expédiait de temps à autre, par un appariteur, à Thuillier, son secrétaire, pour qu'il les recopiât. Dans le salon plein de lumières et d'ombres, cette présence paralysait les autres commissaires. Bien qu'il ne fût pas allé au club soutenir Robespierre, bien qu'il ne l'eût point défendu à la Convention, on ne s'y fiait pas, on ne voulait rien dévoiler devant lui.

Tout à coup la porte s'ouvrit avec violence. Collot, Billaud et quelques membres du Comité de Sûreté générale entrèrent, les vêtements en désordre, et racontèrent tumultueusement ce qui venait de se passer. Posant sa plume, Saint-Just dit :

« Je conçois mal cela. Que s'est-il donc produit au club? » Collot d'Herbois éclata : « Tu nous le demandes! Est-ce toi qui l'ignores? Enfant! traître! tu nous trompes avec ton air hypocrite. » Il répondit par un regard dédaigneux, et repartit à écrire. Arpentant la salle avec véhémence, Collot vitupérait les Robespierristes. « Le peuple est fanatisé, répéta-t-il, l'oppression est au comble. Il faut agir! » Tous, mal à l'aise, soupçonneux, épiaient malgré eux Saint-Just. Billaud-Varenne l'apostropha.

« Tu écris ton rapport, tu y parles de nous.

— Oui, j'y parle de toi, de Collot, de toi aussi, Carnot.

— Lis-nous ce que tu as écrit.

— Je ne le peux pas : ces feuillets sont entre les mains de mon secrétaire.

— Dans ce cas, lis-nous ta conclusion.

— Il faudrait pour cela que je l'aie rédigée. »

Un orage de reproches et d'injures s'abattit sur lui. Collot le traitait de lâche, de « boîte à apophtegmes ». Élie Lacoste s'écria que Saint-Just conspirait avec Robespierre et Couthon contre la patrie.

« Le triumvirat, déclara Barère, veut partager les dépouilles de la république entre un enfant, un infirme et un brigand! »

L'*enfant* ne disait rien. Son impassibilité prenait en la circonstance un aspect de provocation, elle ajoutait à l'emportement de Billaud-Varenne et de Collot. Claude intervint, convaincu que Saint-Just ne trahissait pas. Il était comme ça, voilà tout, fermé sur soi-même, et la position d'arbitre dans laquelle il entendait se maintenir lui imposait de garder une certaine distance avec chacun des partis. Il ne pouvait plus rien arbitrer, mais on ne devait pas lui en vouloir de garder son illusion. « Laissez-le terminer ce rapport, dit Claude. Ne l'en avez-vous pas chargé vous-mêmes? » Il fut convenu qu'il en donnerait lecture avant d'aller le présenter à la Convention. « Je n'ai jamais songé, assura-t-il, à en user autrement. Je déchirerai mon discours si le Comité ne l'approuve pas. »

Tandis qu'il se remettait au travail, le calme se rétablit, mais la gêne persistait. Collot d'Herbois continuait d'aller et venir, martelant le plancher. « Collot, ne voudrais-tu pas t'asseoir? lui demanda Saint-Just. Il est difficile de suivre sa pensée, avec ce bruit. » Il poursuivit sa rédaction. D'autres plumes grinçaient sur du papier. Carnot écrivait une notice sur l'emploi de l'artillerie légère. Lindet chuchotait à Claude : « Nous ne devons pas permettre à Saint-Just de réconcilier le Comité avec Robespierre. Il faut repousser toute idée de réunion. » Claude acquiesça distraitement. Près des colonnes marquant la place de l'ancienne alcôve, les membres du Comité de Sûreté générale présents chuchotaient avec Billaud, Barère, Collot. Claude n'était pas sûr qu'ils ne fussent point, les uns et les autres, malgré leur fureur et leurs démonstrations, prêts encore à transiger avec Robespierre s'il se contentait des têtes de Tallien, de Fouché, abandonné par Collot, de Bourdon de l'Oise, de Carrier, du non moins féroce Rovère, ci-devant marquis de Fontvielle, et de deux ou trois autres Hébertistes ou Dantonistes. Il se demandait s'il ne valait pas mieux éviter à ce prix la rupture. Mais Robespierre ne transigerait jamais. Il lui fallait faire disparaître tous les hommes avec lesquels sa république vertueuse n'était pas possible.

En vérité, ce qu'écrivait Saint-Just ne visait pas spécialement à la réconciliation. Il se montrait indulgent pour les fautes commises et par les membres des Comités et par Maximilien, mais il n'en soulignait pas moins leurs erreurs, aux uns comme aux autres, leurs visées personnelles, leur dangereuse impuissance. Au total, il tendait à les renvoyer dos à dos. Il comptait demander à la Couvention d'adopter les institutions de la Cité future, esquissée par les décrets de ventôse et dont il présenterait « incessamment le tableau complet.

Peu après une heure du matin, il fut interrompu dans son travail. Du bruit se produisait dans le couloir. Des pas, des voix résonnaient. Un des huissiers vint dire que le citoyen député Lecointre demandait à être entendu. Barère, Collot, Billaud et leurs amis de la Sûreté générale s'y opposèrent. Ils ne voulaient évidemment pas, pensa Claude, se lier à Lecointre : un de ceux qu'ils abandonneraient éventuellement à Robespierre, en gage d'union. Une demi-heure plus tard, le marchand versaillais revint et fit passer un billet.

Aux Jacobins, après le départ de Billaud-Varenne et de Collot d'Herbois, il y avait eu un conciliabule. Coffinhal, vice-président du Tribunal révolutionnaire, Payan, Fleuriot-Lescot avaient pressé Robespierre d'exécuter sans délai un coup d'État. Dans la nuit, Hanriot cernerait les Tuileries, se rendrait maître des Comités, occuperait la salle de la Convention. Au jour, Paris, sans possibilité de résistance, se trouverait au pouvoir du triumvirat. Robespierre, persuadé par son triomphe ici qu'il était le maître de la situation, sûr de remporter demain la victoire à l'Assemblée, avait refusé. Il n'entendait point sortir de la légalité. Il était allé paisiblement se mettre au lit. Mais la Commune semblait passer outre à son consentement. Lecointre annonçait que son propre frère, notaire rue Meslée, et garde national, venait d'être convoqué par son chef d'escadron, pour « service extraordinaire ».

Ne recevant toujours pas audience — pas plus que Fréron, venu également donner l'alarme — Lecointre amena Cambon à la rescousse. Hormis Robespierre, cette nuit, décidément, personne ne dormait. Cambon non plus ne fut pas reçu. Mais on ne pouvait repousser indéfiniment la délibération. Collot, Amar, Billaud, Lacoste, Voulland durent se résoudre à ouvrir les débats en présence de Saint-Just. Il déclara ridicule ce prétendu complot. Si un dessein d'insurrection avait existé à la Commune, il l'aurait su. « Il existe parfaitement, répondit Claude, et depuis plus d'une décade. »

On décida de convoquer le chef d'escadron en question pour l'interroger. Barère prit un papier à en-tête et rapidement écrivit : « Citoyen, les deux Comités t'appellent auprès d'eux dans le local du Comité de Salut public. » Il signa, fit signer Prieur et Collot pour le Comité, Amar, Voulland, Lacoste et Louis du Bas-Rhin, pour la Sûreté générale. Tous réclamèrent le paraphe de Saint-Just qui consentit en haussant les épaules.

Le chef d'escadron, notaire lui aussi, se nommait Hesmart. Il commandait la cavalerie des sections. Il montra l'ordre par lequel Hanriot lui enjoignait de se tenir prêt à marcher, le 9, dès sept heures du matin, avec toute la force armée à cheval. « Eh bien, dit Claude à Saint-Just, refuses-tu encore de croire à la conjuration? » Le jeune homme répondit qu'il s'était déjà expliqué là-dessus. On se faisait peur les uns aux autres, et chacun cherchait à se défendre.

Hesmart déclara que loin de se réunir à Hanriot, il se mettait avec sa troupe à la disposition du Comité pour protéger la Convention. On le remercia en lui promettant de recourir à lui s'il en était besoin. Il partit. La délibération devint alors très vive. Avec Carnot, Lindet, Panis, Collot et Billaud, le plus grand nombre voulait prendre des mesures énergiques pour briser la force insurrectionnelle de la Commune, maintenir les sections dans l'obéissance à la loi, réprimer les mutins. On chargea Barère de rédiger dans ce but une proposition de décret ainsi qu'une proclamation au peuple. Saint-Just était seul maintenant à défendre encore l'idée de la concorde.

« Je ne conçois pas, disait-il, cette manière perpétuelle d'improviser la foudre. Je vous conjure de revenir à des sentiments plus justes, à des mesures plus sages.

— Qui improvise la foudre? se récria Lindet. Est-ce nous qui mobilisons la force armée? J'ai estimé ton désir de conciliation, mais il commence à prendre des allures suspectes : il aboutirait à nous livrer aux conspirateurs. Il n'y a pas d'entente possible avec qui veut subjuguer la liberté. »

Collot s'emporta : « Le complot contre la représentation nationale est certain. Si vous ne voulez pas recevoir Lecointre, mandez son frère. Il a tout entendu, aux Jacobins. Il témoignera. »

On l'envoya chercher. C'était Lindet, à présent, qui arpentait le salon et jetait à Saint-Just des regards soupçonneux. Assis sur les chaises blanches et bleues, autour de la table, ou, çà et là, sur les chaises de paille, chacun se taisait, les yeux cuisants, le front moite. Il faisait lourd dans la salle où les bougies, le lustre, les flambeaux à garde-vue blanc et doré ajoutaient à la chaleur. La nervosité luttait avec la torpeur provoquée par la touffeur endormante et l'insomnie. Claude entrouvrit une fenêtre derrière les rideaux, mais il entrait peu d'air. Dans le silence momentané, on entendait le pas des grenadiers montant la garde sur la terrasse. Barère, posant sa plume, lut un premier projet de décret. Une nouvelle fois, on supprimait le commandement général de la garde nationale pour le donner à tour de rôle aux chefs de légion.

Là-dessus, le frère de Lecointre arriva. Il était quatre heures passées. Le notaire confirma longuement et de la façon la plus précise les propos tenus aux Jacobins. Tous les membres non robespierristes des deux Comités devaient être saisis avant l'aube par les hommes d'Hanriot qui occuperait, au jour, le Palais national. Une fois le témoin congédié, Claude proposa de mander sur-le-champ le maire et Payan. Il n'y avait plus à balancer, il fallait se défendre. Quand ils seraient là, on trouverait le moyen de les garder en otages.

Saint-Just se taisait : sa position devenait intenable. Il ne pouvait plus protester contre les mesures envisagées, sans paraître se ranger avec les Robespierristes. Il était entre les deux partis hostiles, et ne voulait en soutenir aucun. Il lui semblait possible de réunir dans la Convention une puissante majorité indépendante de l'un et de l'autre. Comme cinq heures sonnaient, il se leva, rassembla ses papiers, et, annonçant qu'il reviendrait à dix heures soumettre son rapport au Comité, il partit.

Aussitôt, on décida l'arrestation d'Hanriot, de ses lieutenants : Boulanger et Lavalette, et de Dumas. Barère lut son projet de proclamation. Dehors, les moineaux pépiaient dans le jardin. On leva la séance, on ouvrit les portes. Les députés anxieux, qui attendaient dans le couloir, dans l'antisalle, entrèrent. Quelqu'un tira les rideaux. Un jour maussade se levait, démentant les prévisions d'Éléonore Duplay : ce 9 thermidor ne serait pas beau. La clarté grise éclairait les figures grises de fatigue, de tension, d'insomnie. Parmi les nouveaux venus, Barras, au contraire, semblait avoir passé une excellente nuit. Tout frais, fleurant l'eau de Cologne, il annonça en aparté à Claude et Lindet : « La chose est entendue avec Cambacérès, Boissy d'Anglas, Durand-Maillane. On en finira aujourd'hui.

— C'est bon. Je vais passer un moment chez moi, je reviendrai dans la matinée », dit Claude. Auprès du brillant Barras, il se sentait sale et usé. En traversant l'ancienne cour des Princes, il aperçut Fleuriot-Lescot et Payan qui arrivaient dans une voiture de la municipalité. Nulle part, sur le Carrousel, ne se manifestaient les troupes de la Commune.

On n'en voyait pas davantage lorsque, à dix heures moins le quart, après avoir dormi un peu, pris un bain, déjeuné et tout raconté à Lise en l'assurant qu'elle ne devait se faire aucun souci, Claude retourna au pavillon. Une averse lavait la poussière sur les feuilles des jeunes érables et des jeunes marronniers, dans la cour d'Honneur. Derrière la grille, déjà des files, surveillées par les grenadiers de garde, s'étiraient, attendant l'ouverture des galeries. Un public quelque peu changé. Aux bonnets rouges, aux carmagnoles, aux simples gilets, se mêlaient en nombre les énormes cravates et les revers démesurés des muscadins, les habits bourgeois. Cela sentait le feuillantinisme, pour ne pas dire davantage. Robespierre abattu, il faudrait faire face à une vague de réaction. Pourrait-on la contenir? L'incertitude croissait en Claude. Pour rassurer sa femme il lui avait montré une figure tranquille, mais il était plein d'angoisse. Ce que tous ces gens détestaient chez Robespierre ce n'était pas seulement la Terreur incarnée en lui, mais encore la menace contre la propriété, contre les fortunes, la volonté absolument égalitaire. En le frappant, n'allait-on pas frapper la Révolution même?

La liberté n'était-elle donc possible ni avec lui ni sans lui!...

A cette heure, Saint-Just, ayant terminé, retouché son discours, et pris quelque repos, galopait à cheval dans le bois de Boulogne. David, charitablement averti par Panis qu'il serait bien avisé de rester tranquille, avalait, en guise de ciguë, une bonne dose d'ipéca, pour pouvoir se dire malade et ne point paraître de vingt-quatre heures. Le maire et l'agent national se trouvaient encore dans la salle du Comité lorsque Claude y rentra. Sous des prétextes, Billaud, Collot, infatigables car il s'agissait avant tout de leurs têtes, retenaient les deux magistrats. On les lâcha enfin, il était trop tard pour qu'ils pussent agir. Tout se jouerait à la Convention. Couthon survint dans son fauteuil mécanique. Le paralytique s'informa. Que faisait-on? Billaud-Varenne le lui dit, brutalement. « Quoi! se récria Couthon, destituer Hanriot, un patriote si pur! » Une dispute s'ensuivit, fort aigre. Couthon criait à la contre-révolution. « Et toi, tu es un traître! lui lança Carnot, furieux. Nous avons la preuve que toi et Robespierre vous avez comploté, hier soir, aux Jacobins, de nous faire arrêter cette nuit. Robespierre, toi et Saint-Just, vous êtes des dictateurs, des triumvirs!

— Nous réglerons cela devant l'Assemblée! » proclama Couthon en manœuvrant avec colère son fauteuil. Il roula au long du couloir, suivi par son gendarme qui le portait pour descendre et monter les escaliers.

« Et où est-il, ce morveux, qui devait nous lire son rapport? » fulminait Carnot.

Saint-Just ne paraissait pas, en effet. L'heure passait. L'impatience, l'irritation, l'inquiétude agitaient les commissaires. Allant et venant devant les fenêtres, Claude sentait distraitement l'odeur de verdure et de terre mouillée qui arrivait du jardin. La pluie avait cessé. Le temps, un peu rafraîchi, restait gris. Jagot vint dire que l'on ne pouvait mettre la main sur Hanriot. Il était au milieu de son état-major, à la Maison commune. Impossible de le saisir sans un décret.

On décidait de le citer avec Payan à la barre de la Convention, lorsqu'un huissier de l'Assemblée se présenta, portant un billet de Saint-Just : « L'injustice a fermé mon cœur, je vais l'ouvrir tout entier à la Convention nationale. »

Le traître! l'hypocrite! Ainsi, il se dévoilait! La Convention était en séance depuis une heure. Collot courut à son poste présidentiel tandis que l'on expédiait l'arrêté concernant Hanriot. Puis tout le monde, sauf Carnot acharné au travail, s'élança dans le long couloir sombre aboutissant au pavillon de l'Horloge.

« Allons démasquer ces traîtres ou présenter nos têtes à la Convention! » clamait le vieux Ruhl, avec son accent alsacien.

XIV

Ce matin-là, après avoir dîné en famille avec les Duplay, Robespierre, revêtu de son bel habit bleu barbeau, était parti fort tranquillement pour les Tuileries, protégé à distance par ses habituels gardes du corps. Demain, décadi, c'était la fête en l'honneur des jeunes héros Bara et Viala. Il comptait aller à Choisy où les Vaugeois tenaient en réserve un lapin pour le faire courir à Brount. Aux yeux de Maximilien les choses se présentaient d'une façon très simple : par son discours d'hier, il avait placé la Convention devant les responsabilités dont elle devait prendre conscience. Il insisterait encore aujourd'hui. Si elle ne comprenait pas, alors il faudrait remettre une fois de plus au peuple le soin de faire triompher la justice et la liberté. La Commune saurait bien contraindre l'Assemblée à s'épurer des hommes perdus. Il n'avait pas eu de contact avec Saint-Just depuis la veille, et ne désirait point le voir participer à l'opération.

Il était environ onze heures et demie quand il entra au pavillon central. Il passa d'une allure paisible entre les boutiques, gravit le Grand-Degré sur lequel avait, au 10 août, ruisselé le sang des Suisses. Dans la salle de la Liberté, où la déesse élevait sur le globe le bonnet phrygien, bourgeois et sans-culottes se coudoyaient au milieu d'un bourdonnement de conversations, et maints députés tenaient des conciliabules. Bourdon de l'Oise parlait à Durand-Maillane avec un air qui donnait à penser. Barras, Tallien, Lecointre, Fouché, Rovère se glissaient de groupe en groupe. Aux regards fuyants ou insolents, aux silences subits sur son passage, Robespierre perçut une recrudescence de l'hostilité. Il se sentait brusquement moins sûr de lui. Néanmoins il se dirigea d'un pas ferme vers le bref couloir au bout duquel les huissiers relevèrent sur la porte de marqueterie la tenture verte à cordelière et bordure écarlates. Tous les députés se hâtèrent de le suivre.

« Viens, dit Tallien à un *crapaud du Marais*, viens assister au triomphe des amis de la liberté. Ce soir, le tyran ne sera plus. »

Thuriot présidait en l'absence de Collot d'Herbois. Après la lecture du procès-verbal, on en était à la correspondance. Maximilien s'assit sur la première banquette du centre, face au bureau, et attendit. Le Bas, Augustin étaient en haut de la Montagne, au milieu de collègues hostiles. Saint-Just arriva un instant plus tard, calme et beau dans un habit chamois, avec une haute cravate de mousseline, gilet blanc, culotte gris perle et bottes à retroussis. Les anneaux d'or brillaient à ses oreilles. Il venait de remettre à un inspecteur de la salle son billet pour les Comités. On le vit échanger quelques mots avec l'Incorruptible, et il se dirigea vers la tribune, son rapport à la main. Couthon, entrant vivement, rangea son fauteuil près de Robespierre. « La rupture avec le Comité est complète », lui annonça-t-il. Déjà Saint-Just parlait, et, dès les premiers mots, se plaçait au-dessus des partis, posait le principe de ses *Institutions républicaines*.

« Citoyens, affirma-t-il, je ne suis d'aucune faction, je les combattrai toutes. Elles ne s'éteindront jamais que par les institutions qui produiront les garanties, qui marqueront la borne de l'autorité, qui feront ployer sans retour l'orgueil humain sous le joug de la liberté publique. »

Sorti sur l'estrade d'entre les pans de la portière fermant le petit salon présidentiel, Collot d'Herbois se hâtait de remplacer Thuriot au fauteuil.

« Vos Comités de Salut public et de Sûreté générale, poursuivit Saint-Just, m'avaient chargé...

— Motion d'ordre! coupa Tallien en levant la main. L'orateur attaque les membres des Comités en leur absence. Je demande la suspension en attendant qu'ils aient pu se rendre dans l'Assemblée. » Saint-Just protesta. Il n'attaquait personne. « Mais tu vas le faire, nous le savons. » Quelques représentants le soutinrent. « Laissez-le aller, on verra bien. Il y a ici plusieurs membres des Comités. » Collot couvrit ces voix du bruit de sa sonnette tandis que Thuriot dépêchait un huissier avec ordre d'annoncer aux commissaires que Saint-Just était à la tribune. Non certes, on n'allait pas lui laisser engager la bataille sans avoir avec soi les plus solides jouteurs.

Ils furent là presque aussitôt, le messager les ayant rencontrés dans le passage menant à la salle. Billaud-Varenne bondit. Barère le retint, lui glissant à l'oreille : « Attaque Robespierre seul, laisse Saint-Just et Couthon. » Billaud n'écoutait pas. Assurant d'un geste machinal sa petite perruque rousse, il apostropha le jeune homme. « Pourquoi n'as-tu pas soumis ton rapport aux Comités? Quelles sont ces façons de dictateur? » Et, escaladant les degrés d'acajou, bousculant Saint-Just : « On a voulu égorger la Convention! jeta-t-il aux représentants. L'Assemblée jugerait mal de la position où elle se trouve si elle se dissimulait qu'elle est entre deux égorgements. Elle périra si elle est faible. »

Aussitôt, il partit à fond contre Robespierre, déversant sur lui un torrent de reproches, d'interjections, d'accusations désordonnées, réfutant le discours de la veille, signalant les menaces, les violences, aux Jacobins, dans la séance du soir, le complot ourdi contre les Comités et la Convention par les Robespierristes, par Fleuriot-Lescot, Payan, Dumas, Hanriot, « qui a été dénoncé au Comité de Salut public comme un complice d'Hébert et un conspirateur infâme ». Il revint à l'Incorruptible pour l'accuser d'être un contre-révolutionnaire, d'avoir toujours voulu paralyser la section militaire, de détester les victoires de la république, de traiter en sous-main, comme Danton, avec l'étranger.

« Au demeurant, ajouta-t-il, Robespierre s'est opposé avec acharnement à l'arrestation de Danton, sans nos efforts, à Collot et à moi, ce traître vivrait encore. »

Essoufflé, suant, il dut s'interrompre. Tallien, qui attendait au pied de l'estrade, en profita pour redemander la parole. Collot d'Herbois s'empressa de la lui donner, et ce fut un autre réquisitoire passionné, haletant : le long cri de la peur et de la haine, haché par des applaudissements de plus en plus nourris. La Convention, réduite au silence depuis germinal, et déjà parcourue hier d'un frisson électrique, achevait aujourd'hui de se réveiller, s'enflammait. Le Bas voulant interrompre, protester : « A l'ordre! » lui cria-t-on. Puis, comme il insistait : « A l'Abbaye! » Les apostrophes véhémentes de Tallien redoublèrent, galvanisant l'Assemblée. Lorsque, épuisé à son tour, il dut se taire, Billaud continua. Repoussant Robespierre qui essayait de monter à la tribune, il résuma les accusations contre lui : il avait toujours tendu à dominer les Comités, il s'était retiré par dépit devant la résistance à sa loi de prairial et à l'usage qu'il voulait en faire pour décimer la Convention contre laquelle il avait alors conjuré avec la Commune. En un mot, il avait voulu se rendre le maître absolu.

« Mais il n'y a pas ici, je pense, conclut Billaud, un seul représentant qui accepterait de vivre sous un tyran. »

Le mot attendu était lancé. La salle, les feuillantistes et les muscadins des galeries le reprirent. « A bas le tyran! » crièrent-ils à Robespierre luttant toujours pour se faire place. Sa voix se noyait dans le tumulte, sous les coups de la sonnette présidentielle. Blême, en sueur, un pied sur la dernière marche, il se cramponnait au pupitre, corps à corps dans l'étroit espace avec Tallien et Billaud. Saint-Just était descendu et, stupéfait par cette explosion de sauvagerie, mais dédaigneux, s'adossait au soubassement de faux marbre. Beaucoup de députés, debout à leurs places, tendaient le poing, agitaient leurs chapeaux, le public trépignait. C'était une tempête comme l'Assemblée n'en avait plus connu depuis le 2 juin de l'année précédente. Soudain on vit l'acier d'un poignard briller dans la main de Tallien qui brandissait l'arme en hurlant. Ses paroles se perdaient dans le vacarme. Claude, au premier rang de la Montagne, perçut quelques mots : « ... nouveau Cromwell... patrie... percer le sein si la Convention... pas le courage... décréter d'accusation! »

Comme on se taisait un peu pour entendre Tallien, Robespierre tenta de l'interrompre, de parler. Les rugissements redoublèrent. « A bas le tyran! Tu n'as pas la parole! A bas! » Contraint de quitter la place, il descendit, décontenancé, son chapeau à la main, se rangea au côté de Saint-Just. Couthon, manœuvrant la mécanique de son fauteuil, vint les rejoindre. Ils faisaient face tous les trois aux gradins en fureur, et, au-dessus de leurs têtes, la voix éraillée de Tallien retentissait dans l'accalmie. Il exigeait le châtiment « des hommes crapuleux, complices du tyran ». Il demanda l'arrestation d'Hanriot. Billaud réclama celle de tout l'état-major, et de Payan, de Dumas.

Ils les obtinrent sur-le-champ, au milieu des acclamations. L'assaut durait depuis quarante-cinq minutes à peine, et déjà le parti robespierriste était décimé. Il ne restait plus un seul de ses tape-dur dans les galeries ou les gradins du public. Voyant la tournure des choses, ils s'éclipsaient. Robespierre tenta de remonter à la tribune. Il réussit à s'y maintenir sous une avalanche de clameurs, mais Thuriot, qui venait de relever Collot d'Herbois, étouffait toute parole dans les stridences de la sonnette.

Claude vit alors Robespierre jeter un regard à Saint-Just comme pour l'appeler à la rescousse. Saint-Just ne bougea pas. Les bras croisés, le visage tantôt pâle, tantôt rougi par un afflux de sang, il n'exprimait ni d'un mot ni d'un geste les sentiments qui alternaient en lui. Seules, cette pâleur, cette rougeur trahissaient tour à tour son désarroi et son espérance. Il n'était pas directement en cause, lui. Un moment viendrait sans doute où il pourrait lire son rapport, et tout serait sauvé, tout ce qui comptait, car, il l'avait écrit et il allait le dire : « Je souhaite que nous devenions plus sages. » Il avait l'intention de proposer le décret suivant : « La Convention nationale décrète que les institutions qui seront incessamment rédigées présenteront les moyens nécessaires pour que le gouvernement, sans rien perdre de son ressort révolutionnaire, ne puisse tendre à l'arbitraire, favoriser l'ambition et opprimer ou usurper la représentation nationale. » Sur un tel programme, tout le monde s'accorderait.

Devant ce regard gris-bleu qui ne répondait pas, et comme les cris redoublaient, Maximilien abandonna la tribune à Barère appelé par Billaud et Tallien entre lesquels il se glissa. Robespierre escomptait peut-être de lui un appui. N'avait-il pas, hier, proposé tout d'abord l'impression du discours?

Barère ne parla ni pour ni contre lui, il se contenta de lire le projet de décret supprimant la fonction de général de la garde nationale, puis la proclamation appelant les bons citoyens au calme, à la confiance dans le gouvernement. Ces deux projets votés, il proposa de choisir le colonel Hesmart, chef de la cavalerie parisienne, pour le premier tour de commandement. Voté aussi sans délai.

Cette intervention, en ramenant le silence, avait produit une rupture de l'offensive. Vadier, succédant à Tallien et Billaud épuisés de cris et de sueur, voulut la relancer à sa façon. Il reprit l'affaire de la Mère de Dieu, révéla que dom Gerle possédait un certificat de civisme rédigé par Robespierre, et comment celui-ci s'était opposé à l'instruction. Il dénonça « le tyran qui a usurpé les attributions du Comité de Sûreté générale, le personnage astucieux qui sait prendre tous les masques ». Il railla « la modestie » de l'Incorruptible, insista longuement sur la façon dont il faisait espionner les députés. La salle s'indignait, riait, applaudissait sarcastiquement. Tout cela encore amollissait l'attaque. Elle allait s'égarer, s'amortir. On avait frappé les complices sans rien prononcer de décisif contre leur chef. Tallien s'élança de nouveau à la tribune.

« Il faut ramener la discussion à son vrai point, proclama-t-il.

— Je saurai bien, riposta Robespierre, la ramener à... »

Une grêle de « A bas le tyran! » pleuvant sur lui de la Montagne, étouffa sa voix. On entendit encore : « Je réclame la parole! Mes ennemis veulent abuser de la Convention nationale. » Puis tout sombra dans les clameurs. Il ne parlerait pas, il ne fallait pas le laisser parler. Il dut subir un implacable réquisitoire de Tallien qui l'accusa pêle-mêle de s'être caché, au 10 août, d'avoir déserté le Comité de Salut public pour en calomnier les membres, de s'être fait du bureau de police un instrument contre ses collègues, d'avoir multiplié les arrestations arbitraires. « C'est faux! » protestait-il, dressé au pied de la tribune, tremblant de rage. Il montrait le poing à Tallien, criait des choses que l'on n'entendait pas, se tournait vers la Montagne, lui lançait des regards furieux et désespérés. « Parle, toi, jeta-t-il à Claude. Tu sais bien que ce n'est pas vrai, ce dont ils m'accusent! »

Cette horrible curée soulevait le cœur. Comment ne pas ressentir de la commisération pour le malheureux, secoué, déchiré par la meute? Claude se rappelait cette nuit de septembre où il avait dormi sur le lit de Maximilien tandis que celui-ci veillait, silencieux, auprès de lui. Il se souvenait aussi de la façon si affectueuse dont Maximilien lui écrivait, à Limoges. Mais à Danton aussi, il avait écrit : « Je suis toi-même. Je t'aime jusqu'à la mort », et il s'était résolu à le faire mourir parce qu'il le jugeait coupable. Il en allait de même pour lui. « Tu as voulu anéantir la plus sacrée des libertés, lui répondit Claude. Point de salut pour toi. »

Alors, il se mit à les injurier tous, les Montagnards, ses anciens compagnons. « Brigands, lâches, hypocrites! » criait-il, haletant, s'élançant çà et là comme une bête traquée. « On veut m'égorger, on veut m'égorger!

— C'est toi qui veux égorger la liberté! » lui rétorqua André Dumont.

Dans la touffeur de la salle trop chaude, le tumulte atteignait à la frénésie. Le bruit de la sonnette, maniée à tour de bras par le président, se perdait parmi les trépignements du public, les vociférations, les clameurs hystériques. Jusque dans le Jardin national et sur le Carrousel, on entendait le grondement de cette fureur. Thuriot se couvrit. Ce geste ramena, au bout d'un instant, un peu de calme. Robespierre, qui s'était laissé tomber sur une banquette, se releva pour demander une fois de plus à parler. Et, une fois de plus, les cris : « Non, non! A bas! » retentirent. Il se tourna, implorant, vers la Plaine : « Hommes purs, hommes vertueux, je m'adresse à vous, accordez-moi la parole que les brigands me refusent! » Un mince et froid sourire aux lèvres, Sieyès restait impassible, et la Plaine muette. Les hurlements recommençaient à couvrir l'aigre voix que l'on ne voulait plus entendre. Elle apostropha Thuriot :

« Président, de quel droit protèges-tu des assassins?

— Tu n'as pas la parole, tu n'as pas la parole! » répondit Thuriot à pleine gorge. Et la voix de Tallien : « Vous l'entendez, le monstre! Il nous traite d'assassins! »

Tout se perdit de nouveau dans la trépidation, le vacarme insensé. Le président s'était encore couvert. On voyait Robespierre, le visage en sueur, la bouche ouverte, remuer ses lèvres minces, mais nulle parole ne se distinguait plus. Il se rassit, épuisé.

Comme le silence se rétablissait, deux députés, l'un à droite, l'autre à gauche — deux députés obscurs : le dantoniste Louchet et le feuillant Lozeau — crièrent ensemble :

« Arrestation!

— Aux voix! » répondit l'Assemblée.

Billaud-Varenne remontait à la tribune où il se mit derechef à discourir, tandis que Robespierre jetait à la Plaine : « Écoutez les scélérats qui ont égorgé les citoyens! » Mais on en avait assez, des discours, on voulait en finir. « Arrestation! Aux voix, aux voix! » criait-on sur tous les bancs. Augustin descendit en courant pour se joindre à son frère, et, lui prenant le bras : « Moi aussi, je périrai par la main du crime! » Thuriot fit voter. La Montagne, le Marais, ce qui restait de la droite se levèrent quasi unanimes. En un instant le décret fut rendu, aux crix de « Vive la liberté! Vive la République!

— Elle est perdue, riposta Robespierre, car les brigands triomphent.

— Qu'on m'arrête aussi! Je ne partagerai pas l'opprobre de ce décret! » s'écria Le Bas en venant se mettre aux côtés de ses amis. Robespierre ne renonçait point. Debout devant l'estrade, redressé de toute sa petite taille, il tenait tête encore aux vainqueurs. Comme Fréron, Legendre, Barras le souffletaient du nom répété de Danton : « Pourquoi ne l'avez-vous pas mieux défendu, lâches! » répliqua-t-il. Fréron réclamait l'arrestation de Saint-Just et de Couthon, en qualifiant celui-ci de « tigre altéré du sang de la représentation nationale. »

« Robespierre, Couthon, Saint-Just forment un triumvirat, dit Élie Lacoste. Saint-Just a voulu la scission du Comité pour faire la paix avec l'ennemi.

— C'est exactement le contraire, protesta Claude. Ne tombons pas dans l'absurdité. Saint-Just a voulu la poursuite de la guerre et l'union entre nous.

— Aux voix, aux voix! »

La raison n'avait plus de place ici, la machine dévoreuse était lancée. En un tournemain, Couthon, Saint-Just, Le Bas furent réunis aux deux Robespierre. Se souvenant du rapport coupé dès l'exorde, Collot d'Herbois, revenu au fauteuil, demanda que Saint-Just remît à la Convention le texte dont il tenait encore à la main les feuillets. Le visage cireux, les lèvres blêmes, le jeune homme, foudroyé à l'instant où il croyait toucher au but, obéit machinalement. Il posa son manuscrit sur le bureau, et un des secrétaires s'en empara. Tout avait marché extraordinairement vite. Claude s'aperçut avec étonnement qu'il était juste trois heures. Collot félicitait ses collègues, en leur rappelant que les traîtres se disposaient à recommencer contre la Convention le coup du 31 mai. Ce qui lui valut une dernière réplique, indignée, de Robespierre : « Tu en as menti! » Exténué, il se laissa aller contre le dossier du banc recouvert de basane verte.

C'était fini. Tout le monde s'épongeait. Le président invita l'Assemblée à poursuivre majestueusement ses travaux. Passant donc à l'ordre du jour, on écouta un rapport sur l'attribution de secours aux défenseurs de la patrie. Mais les cinq proscrits réunis au premier rang, devant la tribune, avec un vide autour d'eux sur les bancs, aimantaient l'attention. Un huissier leur apporta timidement copie du décret d'arrestation. Maximilien le prit, y donna un coup d'œil puis, le posant sur son chapeau, se remit à parler avec Augustin. La lecture du rapport bientôt terminée, Louchet demanda ce que l'on attendait pour exécuter le décret de la Convention. « La présence des conspirateurs souille cette enceinte. » Robespierre semblait avoir ressaisi sa maîtrise. Il répondit de son ton habituel, calme et sec : « Nous attendions la fin de... » Une nouvelle explosion lui coupa la parole : « A la barre! Tyran! A la barre! » Collot d'Herbois fit signe aux inspecteurs de la salle. Ils ouvrirent la barre, toute proche des proscrits; mais ils n'osaient pas leur enjoindre de la franchir. Tout abattus qu'ils paraissaient, Robespierre, Couthon et Saint-Just inspiraient encore la crainte. On ne pouvait croire à leur si soudaine défaite. Qui sait s'ils n'allaient pas se relever, reparaître ici assoiffés de vengeance?

Devant la défaillance des huissiers, Collot requit le poste. Les gendarmes arrivèrent. Maximilien dit quelque chose à ses compagnons. On les vit se lever, passer d'eux-mêmes l'ouverture de la barre, Couthon dans son fauteuil. Suivis par les uniformes, ils disparurent dans la galerie basse des pétitionnaires.

Claude ferma fortement les paupières sur cette image. Il

n'éprouvait aucun sentiment de victoire, mais au contraire une tristesse amère et anxieuse.

Les galeries, les amphithéâtres publics, aux deux bouts de la salle, se vidèrent rapidement. Les spectateurs exultant couraient porter la nouvelle. L'arrestation de Robespierre, pour eux, signifiait au moins la fin de la Terreur, sinon de la Révolution, la fin du cauchemar, le retour à la vie heureuse. Ils ne se doutaient pas que les Collot d'Herbois, les Billaud-Varenne et presque tous les hommes du Comité de Sûreté générale, tous ceux en un mot qui avaient organisé et conduit l'assaut contre l'Incorruptible, ne comptaient nullement ralentir la guillotine. Bien au contraire.

Aux yeux de Claude, la prochaine bataille allait être à livrer aux Collotistes, pour leur interdire de massacrer la moitié de la France. Finirait-on jamais de se battre? Après les « noirs », les « monarchiens ». Après Barnave, Duport, Lameth : les Girondins. Après Brissot, Vergniaud, Pétion et les Roland : Hébert. Après Hébert, les Dantonistes. Après Danton, Desmoulins, Fabre d'Églantine : les Robespierristes. Après Robespierre et Saint-Just : les « patriotes rectilignes », maintenant. Et après eux, qui encore, qui? Une lourde lassitude s'ajoutait à l'anxiété de Claude. Toute la Convention, d'ailleurs, à l'issue de cette frénétique séance, était épuisée. Elle s'ajourna au soir, à sept heures.

Claude alla se reposer un moment auprès de Lise. Quelle douceur ici, quel calme, après la sauvagerie et les hurlements! La grossesse déformait Lise, mais pour lui elle restait merveilleuse, la plus belle, la seule. Il lui raconta ce qui venait de se produire, en voilant la fureur, la cruauté. « Je n'ai jamais aimé Robespierre, dit-elle, mais ces hommes encore, après tant et tant d'autres!... Je voudrais pour notre fils ou notre fille un monde où l'on ne passerait pas son temps à s'entre-tuer. »

Claude ne pouvait rester longtemps, car il fallait s'attendre à une réaction, probablement violente, de la Commune. Les Robespierristes de l'Hôtel de ville n'allaient pas laisser arrêter comme ça leurs chefs. Il retourna au Comité, tout en se sentant peu de nerf pour combattre; l'arrestation de Saint-Just était absurde, celle d'Augustin et celle de Le Bas injustes et inutiles.

On avait conduit les prisonniers dans les locaux du Comité de

Sûreté générale. Au pavillon de Flore, aucune nouvelle de la Commune. L'huissier Courvol, envoyé vers onze heures et demie à l'Hôtel de ville pour citer Hanriot et Payan à la barre de la Convention, n'était pas revenu. Pas davantage Héron, chargé de saisir Hanriot lorsque son arrestation avait été votée avec celle de ses lieutenants, de Payan et du président du Tribunal révolutionnaire : Dumas. Aucune nouvelle, non plus, d'Hesmart, le nouveau commandant de la garde nationale. La situation apparaissait on ne peut plus bizarre et incertaine. Tout semblait étrangement calme autour des Tuileries. Par les fenêtres, on voyait la foule ordinaire se promener dans le jardin, par ce temps gris, lourd, mais sans autre pluie depuis ce matin. On savait, par les agents de Sénar, qu'aux Jacobins les Robespierristes se réunissaient; les comités des sections s'agitaient, les uns pour Robespierre, d'autres contre. Dans l'ensemble, la ville demeurait paisible. Un piquet de gendarmerie à cheval et quelques canonniers gardaient la Maison commune où se manifestaient des mouvements très confus. Claude était en train de remarquer mollement que l'on ne réprimerait pas une sédition éventuelle par de simples décrets dont l'exécution appartenait à Herman, robespierriste notoire, qu'il fallait constituer une force armée directement sous l'autorité de la Convention, lorsqu'un appariteur vint demander si l'on voulait recevoir le citoyen municipal Jean Dubon.

Il entra, essoufflé. Il arrivait en hâte de l'Hôtel de ville après s'en être échappé de justesse. Comme on pouvait s'y attendre, Hanriot et Payan, loin de se soumettre aux décrets lancés contre eux, avaient fait arrêter Héron après Courvol, puis le colonel Hesmart. Ils étaient incarcérés tous les trois à la prison militaire de la Maison commune, rue du Martroi, et l'on s'emparait des municipaux non robespierristes pour les enfermer, de l'autre côté de l'eau, dans les cachots de la mairie, avec deux des administrateurs de police : Michel et Benoit, opposants eux aussi. Dubon ignorait l'arrestation de Robespierre, Saint-Just et Couthon. On n'en savait rien à la Commune lorsqu'il s'était enfui. Le Conseil général venait de lever sa séance jusqu'à six heures. Les mesures exécutées l'avaient été simplement en riposte aux décrets de la Convention contre l'agent national, le chef de l'armée parisienne, le président du Tribunal révolutionnaire et leurs adjoints.

Mais depuis la fuite de Dubon, la nouvelle avait atteint l'Hôtel de ville. On y prenait d'autres dispositions. Dans la salle du Conseil général, sous le haut plafond de la Renaissance italienne, Fleuriot-Lescot, Payan exhortaient une trentaine de municipaux rappelés en hâte. Dumas venait d'être arrêté en plein tribunal. Le public ne comprenait rien à ce qui se passait. Il bourdonnait sur la Grève, et quelques sans-culottes regagnaient les tribunes. Le Conseil déclara la Commune en insurrection. On rédigea une adresse au peuple pour l'inviter à se lever. On convoqua les présidents des comités de section. Une députation se rendit aux Jacobins pour les amener en nombre à rejoindre la municipalité. De son côté, Hanriot faisait porter à tous les chefs de légion l'ordre d'envoyer quatre cents hommes sur la place de la Commune où devaient également se réunir la gendarmerie à cheval et tous les canonniers avec leurs pièces. Après quoi, le général et Payan partirent pour aller soulever les faubourgs.

Payan n'alla pas loin, il fut arrêté par les agents de la Sûreté. Hanriot, lui, avec ses aides de camp, galopait vers le faubourg Antoine, appelant aux armes, agitant son sabre et criant : « Les coquins, les scélérats triomphent ! » Ce qui ne renseignait personne. La population, dans son grand nombre ignorante des événements, s'ébahissait de cette galopade, de ces braillements, et, bien que la générale battît çà et là, s'émouvait peu. On n'imaginait nul grand changement. Aucun mouvement insolite ne se manifestait dans Paris. Les charrettes, avec leurs chargements de condamnés, venaient de passer comme tous les soirs. Sa besogne du jour terminée, et les tribunaux ne siégeant pas le lendemain, décadi, Fouquier-Tinville soupait tranquillement, en face du Pont-Rouge, dans l'île de la Fraternité, ci-devant Saint-Louis, chez des robins. Il y avait là, outre l'épouse de l'hôte et la femme de Fouquier, une autre citoyenne. La conversation restait toute mondaine. Au milieu des propos, on entendit rouler au loin le tambour. Le citoyen Vergne envoya aux renseignements un domestique. Il revint en disant qu'on battait le rappel parce que les ouvriers du port se rassemblaient sur la Grève, « relativement au *maximum* ».

On était autrement mieux informé à la section de l'Arsenal. Ses commissaires apprirent à Hanriot que Robespierre se trouvait, avec ses amis, détenu au Comité de Sûreté générale. Faisant aussitôt demi-tour, Hanriot retourna prendre à l'Hôtel de ville le piquet de gendarmes à cheval avec lesquels il se jeta, bride abattue, dans la rue Honoré. Au passage, apercevant Merlin de Thionville sur la place du ci-devant Palais-Royal, il le fit arrêter et enfermer au poste de la Maison-Égalité — lequel poste le relâcha peu après.

Arrivé sur le Petit-Carrousel, devant l'hôtel de Brionne, Hanriot laissa là le gros de sa troupe. Avec un petit nombre de gendarmes, il passa sous le nez des grenadiers ahuris, se précipita dans les bureaux. Tonitruant, bousculant les commis, les huissiers, il courut par le couloir en planches jusqu'à la salle du Comité, dont la porte fut ouverte à coups de bottes. Pas de prisonniers. Ils étaient en train de souper au Secrétariat. Hanriot, empoignant Amar à la gorge, le secoua pour lui faire dire où l'on gardait les détenus. Mais le vieux Ruhl interpellait les soldats. « Cet homme n'est plus votre général, l'Assemblée nationale l'a décrété d'arrestation. Obéissez à la loi, emparez-vous de lui! » Les gendarmes flottèrent. Les grenadiers se précipitaient au secours des commissaires. Hanriot fut saisi, désarmé, bientôt ligoté avec une corde qu'un huissier courut acheter. Amar, à son tour, le secouait et l'injuriait. Il ordonna de l'enfermer au cachot. Deux députés, Courtois et Robin, du restaurant Berger où ils soupaient, avaient vu, par les fenêtres du Comité, ouvertes toutes grandes, ce qui s'y passait. Ils arrivèrent au moment où Amar donnait cet ordre. Robin s'y opposa. « Il ne s'agit pas d'enfermer ce traître, dit-il, il s'agit de l'exécuter sans perdre une minute. » Et il le conduisit lui-même, avec une escorte de grenadiers, au Comité de Salut public auquel il exposa sans ambages son avis. Le Comité ne s'empressait pas d'y souscrire. Hanriot avait bu, selon son habitude, mais n'était pas ivre, loin de là, ni sot. En l'occurrence, on avait beaucoup plus d'avantages à tenter de le gagner qu'à le passer par les armes, comme le désirait Robin, peu diplomate.

« Que veux-tu que nous fassions? lui demanda Billaud-Varenne.

— Que vous le punissiez sur-le-champ, sinon ce scélérat, puissamment secondé par ses partisans, pourrait bien vous égorger avec toute la Convention.

— La loi ne nous permet que de le traduire au Tribunal révolutionnaire, remarqua Claude.

— Voudrais-tu donc, dit Barère, que l'on nommât une commission militaire pour le juger prévôtalement, séance tenante?

— Ce serait un peu vigoureux », observa Collot d'Herbois.

Robin les couvrit tous d'un regard soupçonneux. « Vous ne vous conduiriez pas autrement si vous étiez ses complices », dit-il avec colère.

Il sortit. Barère le rattrapa dans l'escalier de la Reine et le convainquit de ramener le prisonnier au Comité de Sûreté générale avec lequel on allait s'occuper diligemment de la question.

Hanriot, les bras toujours liés, fut donc reconduit à l'hôtel de Brionne, à travers les cours où la foule bourgeoise le hua. Alertée par le tambour, par le tocsin qui sonnait à la Maison commune, elle affluait maintenant autour du Palais national. Dans les locaux de la Sûreté, Hanriot retrouva les deux Robespierre, Couthon, Saint-Just, Le Bas, achevant le chapon gros sel et le mouton rôti de leur souper arrosé de Bourgogne. Mais il ne demeura pas avec eux, car l'huissier Chevillon, s'apercevant qu'il adressait des signes aux deux frères Robespierre, le fit garder à part dans la pièce voisine, avec ses aides de camp arrêtés en même temps que lui. Du reste, le Comité décidait de mettre les prisonniers en lieu plus sûr, et de les répartir dans les diverses prisons de façon qu'aucun coup de main ne pût être tenté pour les libérer.

A sept heures, chacun dans un fiacre, sous bonne garde, ils furent expédiés : Robespierre au Luxembourg, son frère et Le Bas à la Conciergerie, Saint-Just aux Écossais, Couthon à La Bourbe. La nouvelle de leur désastre avait, dès le premier moment, atteint la famille Duplay. Elisabeth Le Bas désespérée, était depuis longtemps parmi les curieux amassés sur le Petit-Carrousel. Elle suivit le fiacre qui emmenait son mari.

On conserva Hanriot sur place. Collot et Billaud ne désespéraient pas de le faire entrer dans leur jeu, lui et ses lieutenants, par un habile dosage de menaces et de promesses. Ils se rendirent dans ce but au Comité de Sûreté générale. Convaincre Hanriot eût été fort utile, car la situation devenait très incertaine pour la Convention. Le tocsin maintenant sonnait partout. Selon les nouvelles, Payan, Dumas et tous les Robespierristes incarcérés avec eux avaient été libérés par leurs amis. Il semblait bien que le peuple se soulevait à l'appel de la Commune.

Elle disposait dès à présent, annonçaient les observateurs, d'assez grosses masses en armes, réunies sur la Grève, les quais et dans les rues voisines, de deux escadrons de gendarmerie, de trente-quatre pièces de canons. Les sections bourgeoises restaient pour le moment dans leurs quartiers, mais elles n'oseraient probablement pas s'opposer à une insurrection populaire. Certaines refusant d'envoyer leur artillerie à la Grève, la municipalité avait fait arrêter leurs chefs de bataillons. Pour se défendre, la Convention ne pouvait compter que sur ses grenadiers, sur une poignée de gendarmes fidèles et sur les cent cinquante invalides chargés de la police dans les Tuileries. Fouquier-Tinville, enfin au courant, avait regagné en hâte son poste et signalait que le Tribunal révolutionnaire demeurait fidèle au gouvernement.

A la vérité, les membres du Conseil général ne jugeaient pas leur position aussi favorable qu'elle le semblait aux observateurs de police. On avait des canons, oui, et deux escadrons de gendarmes venus du Petit-Luxembourg. Cela ne représentait pas toute la cavalerie. Quant à l'infanterie réunie sur la place, elle ne comptait pas même trois mille hommes, pour la plupart armés de sabres et de piques. Les Jacobins, priés de s'unir en corps à la municipalité, s'étaient fait représenter par une maigre députation, rien de plus. Enfin, une quinzaine seulement des comités de sections déléguaient leurs présidents à l'Hôtel de ville. Aussi n'y balançait-on pas moins qu'aux Tuileries à s'engager dans une offensive sans retour. En tout cas, sur l'initiative de Payan revenu à son siège, le Conseil avait pris une mesure habile : celle d'interdire aux concierges des prisons d'accepter aucun nouveau détenu.

Lorsque l'huissier, l'agent de la Sûreté et le gendarme amenant Robespierre se présentèrent, vers sept heures et demie, au guichet du Luxembourg, le concierge se refusa énergiquement à recevoir le prisonnier, et il montra l'ordre du Conseil. L'agent crut alors bien faire en conduisant « le tyran » à la mairie, quai des Orfèvres, pour le remettre aux mains des administrateurs de police. Cependant, la Commune, ignorant que les grands prisonniers eussent quitté l'hôtel de Brionne, confiait à Coffinhal la mission de les délivrer. Il partit avec quatre cents hommes d'infanterie sectionnaire, six compagnies de canonniers et une cinquantaine de gendarmes à cheval. En route, ils entraînèrent plusieurs bataillons des sections populaires. Ils arrivèrent à plus d'un millier aux abords du Carrousel. A huit heures, au soir tombant sous la chape du ciel plombé, ils investissaient le siège du Comité de Sûreté générale, désarmaient la faible garde, envahissaient les locaux où l'hercule Coffinhal ne trouva qu'Hanriot à délivrer, et à saisir que l'officier commandant le poste.

Les commissaires de la Sûreté générale et ceux du Salut public, sauf Carnot toujours au travail, étaient à la Convention où la séance avait repris depuis une heure. Bréard tenait au fauteuil la place de Collot d'Herbois, cependant on ne délibérait point. La plupart des représentants, debout, allaient et venaient, formaient des groupes, parlaient entre eux. Certains, qui ne s'étaient pas couchés, la nuit dernière, dormaient sur leur banc. Les quinquets aux murs, les deux lustres pendant du plafond de papier peint, les hauts lampadaires à quatre foyers, encadrant l'estrade, laissaient dans une pénombre les amphithéâtres quasi déserts où de rares visages, taches pâles, groupées, piquetaient çà et là les étages de banquettes bleues. Seuls, deux ou trois journalistes occupaient leur galerie. Par moments, des citoyens se présentaient à la barre, venant témoigner leur fidélité à la Convention nationale.

Claude se trouvait, avec ses collègues des deux Comités et Dubon, dans la petite salle, derrière l'estrade. Ils n'ignoraient point la marche des troupes de la Commune sur les Tuileries, mais n'avaient aucune force à leur opposer. On entendait, dehors, une rumeur, des sabotements de chevaux, des roulements. Le cas échéant, on emmènerait l'Assemblée à Meudon, car le chemin, par le Jardin national et la place de la Révolution, demeurait libre. En attendant on préparait des mesures pour porter un coup radical à la Commune si les circonstances prenaient une tournure favorable. Bréard souleva la tenture. « Un huissier me dit que les troupes occupent la place, annonça-t-il.

— Va ton train, répliqua Billaud sans s'émouvoir. Demande seulement à ton homme d'observer et de nous tenir au courant. »

Un instant plus tard, un gendarme, un certain Méda, grand hâbleur mais qui avait gagné plusieurs de ses camarades au parti de la Convention, vint, tout fébrile, annoncer la délivrance d'Hanriot. « Il va donner l'assaut », ajouta-t-il. Collot se leva et sortit avec le gendarme.

Sur le Carrousel, dans le crépuscule, Hanriot se bornait à se proclamer blanchi par le Comité de Sûreté générale, on avait reconnu son innocence. Du coup, la foule l'acclamait. Les sectionnaires, les canonniers de la Commune, les gendarmes, les grenadiers de la Convention, enchevêtrés sur le Petit-Carrousel et dans les cours des Tuileries, ne comprenaient plus rien. « Avec qui est-on? Contre qui? » demandait le petit mercier Nicolas Vinchon, dont le bataillon s'était joint aux forces de Coffinhal. Mais ni le charcutier Hacqueville ni le lieutenant-colonel lui-même ne savaient seulement pourquoi on les faisait marcher.

Dans la salle des séances, les représentants avaient eux aussi entendu les bruits et appris ce qui se passait. Des citoyens arrivant des cours donnaient l'alarme. Fréron, Merlin de Thionville, Legendre, se succédant à la tribune, exhortèrent leurs collègues à se montrer intrépides. Lecointre distribuait des pistolets.

Collot rentra dans la petite salle. Avec un signe de tête, il dit : « Gagnons nos places, il faut que la Convention vote. » En reprenant son fauteuil présidentiel, il lança de sa voix forte d'acteur : « Citoyens, voici l'instant de mourir à notre poste. Des scélérats, des hommes armés se sont emparés du Comité de Sûreté générale. » Des cris divers, dont Barras, Lecointre, Fréron, Legendre et le *Léopard* donnaient le ton, lui répondirent : « Aux armes! Courons tous! Vivre libres ou mourir! »

Un grand mouvement se fit vers les portes. Le public s'élançait avec les députés pour se précipiter vers l'hôtel de Brionne. Goupilleau de Montaigu, le cousin du *Dragon*, qui rentrait, arrêta tout en annonçant la retraite des insurgés. Des citoyens et des représentants confirmèrent. Il ne restait sur la place que des troupes fidèles ou gagnées à la Convention : tout le bataillon du Panthéon, des gendarmes, des canonniers en train de mettre leurs pièces en batterie dans les cours pour défendre le Palais national.

La sonnette de Collot d'Herbois appelait chacun en séance. Élie Lacoste, montant à la tribune, déclara que Robespierre était non pas en prison mais à la mairie. Protestations indignées. Barère lut alors un projet préparé en commun dans le petit salon et par lequel les deux Robespierre, Couthon, Saint-Just et Le Bas étaient mis hors la loi, avec leurs complices, c'est-à-dire toutes les personnes qui s'opposeraient à l'autorité de la Convention nationale. Dans l'atmosphère dramatique où les « Terroristes » avaient su la plonger en profitant des circonstances, l'Assemblée n'hésita point à voter cette rigoureuse mesure qui déclarait rebelles et décrétait de mort sans jugement la municipalité, les chefs de la garde nationale, les administrateurs de la mairie, éventuellement les fonctionnaires, les officiers, les présidents de section, et d'une façon générale tous les partisans de la Commune.

Sitôt après, la Convention approuva une seconde proposition des Comités : celle d'envoyer douze députés proclamer dans Paris ce décret de mise hors la loi. Enfin elle décida, comme l'avait suggéré Claude au Comité, de prendre elle-même en main la force armée parisienne. Le commandement en fut confié à Barras qui avait montré ses capacités dans le Midi. Il eut pour adjoints Legendre, Merlin de Thionville, Bourdon de l'Oise et Léonard Bourdon : le *Léopard.* Tandis que les représentants en mission dans Paris prenaient au magasin des accessoires les uniformes, chapeaux à plumes, écharpes et sabres qui avaient servi pour la fête de l'Être suprême, et partaient vivement, Barras faisait porter à toutes les sections par des gendarmes estafettes l'ordre de réunir leurs compagnies sur le Carrousel, aux gardes nationales de Meudon, de Versailles l'invitation de venir prêter main-forte aux représentants de la nation. Il envoyait requérir les trois mille élèves de l'École de Mars.

Déjà les premières proclamations, aux carrefours voisins, avaient convaincu les sections bourgeoises que le temps des hésitations était passé. Travaillées par Fouché, par Tallien, Panis, Thuriot, qui, depuis cinq heures du soir, les parcouraient toutes, et, en ce moment, peuplaient d'une majorité de leurs amis les Jacobins, elles mettaient leurs troupes en marche. Le bataillon des Quinze-Vingts renforçait celui du Panthéon. Ceux de la Maison-Égalité, de la Butte-des-Moulins les rejoignirent au moment où Claude sortait des Tuileries pour aller passer quelques instants avec Lise. A cette heure, il n'y avait rien à faire qu'attendre. Mais dès à présent la victoire ne laissait guère de doute. La place, éclairée par toutes les fenêtres grandes ouvertes et garnies de curieux, se remplissait de troupes. Drapeaux en tête, des colonnes débouchaient par la rue Nicaise, par la rue de l'Échelle. Des canons roulaient sous les guichets du Louvre avec des échos caverneux. Il était près de dix heures.

A ce moment, la malheureuse Élisabeth Le Bas, qui avait vu son mari refusé à la Conciergerie et à l'Abbaye avant d'être incarcéré à la Force, arrivait par la rue Antoine avec une voiture chargée d'un lit de sangle, d'un matelas, de linge pour Philippe. A l'entrée de la rue des Ballets, la jeune femme aperçut, à la lueur des réverbères un attroupement devant le guichet par lequel, dans la sanglante nuit de Septembre, tant de détenus étaient passés pour tomber sous les sabres, les piques et les coups de gourdins. Aujourd'hui aussi, aux cris de : « Vive la nation! Vive la République! » on faisait sortir des prisonniers. Les délégués de la Commune délivraient les Robespierristes incarcérés par la Convention. Parmi eux, Élisabeth reconnut son Philippe. Elle courut se jeter dans ses bras.

Elle voulait l'emmener, le cacher. Il secoua la tête. Il devait se rendre au Conseil général. On l'y attendait pour combattre, mais il ne se leurrait guère. Tout en marchant avec elle, la tenant par le bras il l'exhortait à être forte, à se conserver pour leur petit Philippe. « Inspire-lui l'amour de la patrie, dis-lui bien que son père est mort pour elle. » Quatre jours plus tôt, plein de sombres pressentiments provoqués par le désaccord qu'il sentait grandir entre Maximilien et Saint-Just, il avait avoué à sa femme en se promenant avec elle au jardin Marbeuf : « Si ce n'était pas un crime, je te brûlerais la cervelle et je me tuerais. Au moins, nous mourrions ensemble. Mais non, il y a ce pauvre enfant. »

En avançant vers la Maison commune, elle se serrait plus fort contre lui, sanglotante, l'arrêtant pour le couvrir de baisers. Entrés dans la rue du Martroi où l'on se coudoyait, ils parvinrent, trop vite hélas, sur la Grève. Après une dernière exhortation à retourner chez eux, une dernière recommandation pour leur fils, un dernier adieu, Le Bas, s'arrachant à l'étreinte désespérée, escalada les marches du perron et se fit place dans la cohue qui obstruait le porche central. Anéantie, étouffant de sanglots, Élisabeth demeura là, au milieu des badauds, des canons, des chevaux, des troupes sectionnaires. L'étroite place irrégulière, ouverte sur la Seine, était pleine de rumeurs, de mouvements confus, d'un moutonnement qu'éclairaient les sept fenêtres de la grand-salle du Conseil, à l'étage. Au-dessus, les hautes toitures et le campanile s'estompaient sous le ciel sombre, sans étoiles. Mais sur les corniches du premier étage et la galerie à balustres du second, des hommes allumaient les lampions des nuits de fête ou d'émeute. Le Conseil général venait de donner au concierge Brochard l'ordre d'illuminer.

Le Bas fut accueilli dans la grand-salle — la salle de la Liberté — par des acclamations. Libéré avec lui, de la Force, Augustin discourait devant le Conseil et le public. Il déclarait avoir été arrêté « non par la Convention nationale, mais par les lâches qui conspirent depuis cinq ans ». On allait se tenir à cette position : on s'insurgeait contre les ennemis de la patrie dissimulés dans le sein de l'Assemblée, non pas contre elle. Aux applaudissements des tribunes, un « comité d'exécution pour le salut de la république » fut constitué. Mais Robespierre, Couthon, Saint-Just y manquaient. On cherchait Saint-Just. Couthon, découvert à la Bourbe, refusait de venir. Incarcéré par un décret de la Convention, il ne voulait sortir que sur un décret de la Convention. Robespierre non plus ne désirait pas se rendre à l'Hôtel de ville. En arrivant à la mairie, dans la cour, au sortir du fiacre, il s'était débattu, pressant un mouchoir sur sa bouche, jusqu'à ce qu'il eût entendu un des administrateurs de police lui dire, étonné : « Rassure-toi donc! N'es-tu pas avec des amis? » Purgés de leurs collègues opposants, ils se montraient tout à sa dévotion. Ils avaient avec lui rédigé et adressé au Conseil général une instruction signalant la nécessité de fermer immédiatement les barrières, d'apposer les scellés sur toutes les presses, d'arrêter les journalistes et les députés traîtres. En même temps, ils requéraient la section de la Cité de fournir cinquante hommes en armes pour assurer la protection de l'Incorruptible.

Ainsi retranché dans la mairie, il pouvait diriger de loin le mouvement. Cela lui convenait beaucoup mieux que d'aller de l'autre côté de l'eau, à la Maison commune où l'on voudrait sans doute le mettre en avant. Pas plus qu'au 10 août et au 31 mai, il ne se sentait la moindre disposition pour mener le peuple à l'assaut des Tuileries. Aussi avait-il répondu négativement à une députation venue le chercher pour le conduire à l'Hôtel de ville. Peut-être se méfiait-il aussi des hommes qu'il y trouverait. C'est ce que pensèrent Payan et Fleuriot-Lescot. En lui envoyant une nouvelle délégation, ils eurent soin de la charger du billet suivant : « Le Comité d'exécution, nommé par le Conseil, a besoin de tes lumières, viens-y sur-le-champ. Voici le nom de ses membres. » Les principaux étaient Coffinhal et Payan, et les sept autres de sûrs Robespierristes également. En cours de route, la députation rencontra devant le Pont-au-Change Coffinhal et Hanriot revenant du Carrousel par le quai. Ils se joignirent à elle. Mais Robespierre demeura sourd aux exhortations des uns comme des autres, si bien que Coffinhal retournant à l'Hôtel de ville avec les délégués annonça au Conseil général l'échec de la mission. Soudain, un peu après dix heures et demie, après avoir connu le décret de mise hors la loi, Robespierre parut avec Hanriot, accueillis tous deux par des cris de joie.

Beaucoup de temps avait été perdu. On continua d'en perdre. Robespierre, dans la grand-salle de la Liberté, fit un discours, trop personnel : « Le peuple vient de me sauver des mains d'une faction qui voulait ma perte... » Puis, par le couloir tortueux, il passa dans la salle de l'Égalité — le salon du Secrétariat — où il retrouva son frère, Le Bas, Dumas et les membres du Comité d'exécution. Ils interrogeaient âprement le concierge de la Force qui avait résisté à l'ordre de libérer Augustin. On jugea le chef du bataillon des Droits de l'Homme, coupable de n'avoir pas obéi à la Commune. On envoya en prison un certain Juneau, fripier, qui osait se déclarer fidèle à la Convention.

A onze heures et quart, Saint-Just, à son tour, arriva. On rédigeait maintenant une proclamation pour la section des Piques, celle de Robespierre. « A quoi vous amusez-vous! » s'exclama le nouveau venu. On ne s'était que trop perdu en personnalités. Il ne s'agissait point de parler au peuple d'un homme ou d'un autre, mais de la liberté, de la république. Il poursuivit en demandant des mesures énergiques, et d'abord l'exécution immédiate, en présence du peuple, de ce colonel Hesmart qui avait usurpé le commandement. Robespierre répondit avec aigreur qu'il était, lui Saint-Just, un nouveau Cromwell, qu'il comptait sur ses succès militaires pour s'imposer à la nation. Sans répondre, Saint-Just sortit et, tandis que l'on décidait, en termes vagues, d'ordonner à Hanriot « de punir

Hesmart », il descendit dans le bureau de l'État-Major, sur la rue du Martroi. Il s'y cantonna. Appuyé de l'épaule à une embrasure, il regardait avec un sourire amer aller et venir les officiers auxquels le général distribuait les missions. Pour obéir aux prescriptions du Conseil, Hanriot envoyait des contingents aux barrières. Nul ici ne connaissait Saint-Just. On considérait avec une surprise non dénuée de soupçon ce jeune homme en habit chamois, haute cravate, boucles d'or aux oreilles. Il se présenta enfin : « C'est moi, Saint-Just, le dominateur de la France, le nouveau Cromwell. »

En haut, du côté de la place, dans la salle de l'Égalité où les sculptures de Jean Goujon figuraient sur les panneaux des boiseries les douze mois de l'année grégorienne, le Comité d'exécution rédigeait une liste de conventionnels à mettre en état d'arrestation, puis décidait de s'adjoindre douze nouveaux membres. Robespierre, qui ressentait le besoin d'avoir Couthon à ses côtés, dictait pour lui à Augustin une lettre pressante.

Pendant ce temps, sur la Grève, les troupes sectionnaires se lassaient de ne rien faire et de ne rien comprendre. On leur avait distribué du vin. Bon, à présent les bouteilles étaient vides. Les canonniers de la section Mucius Scevola se gobergeaient aux frais d'Hanriot chez le traiteur de la rue du Mouton, mais la vulgaire piétaille *canait la pégraine* sans le moindre croûton à se mettre sous la dent. Le rappel avait battu juste au moment où l'on allait souper. Précautionneux, le petit mercier Nicolas s'était bien muni d'un morceau de pain avec un bout de saucisson. « Ouais, ils sont loin, à présent! » dit-il. Même sa curiosité ne trouvait ici aucun aliment. Il ne se passait rien, et il ne se passerait assurément rien à cette heure. L'horloge marquait plus de minuit. En douceur, Nicolas s'esquiva. Bien d'autres s'en allaient ainsi, un à un. Certaines compagnies se retiraient tout entières, sur ordre de leur section obéissant à l'appel de l'Assemblée. On comprenait de moins en moins.

Élisabeth Le Bas demeurait encore sur la place, dans l'espoir de revoir son mari. Ces mouvements de retraite et l'heure tardive la convainquirent elle aussi qu'il ne se produirait rien cette nuit. Brisée d'émotions, de fatigue, elle finit par se résoudre à rentrer chez elle, comme Philippe le lui avait recommandé. Elle gagna le quai. Un peu plus loin, rue de Gesvres dont les maisons élevées sur la rive cachaient la Seine, il y avait un rassemblement. Des gens couraient, les fenêtres s'ouvraient en claquant. Des tambours roulaient, des torches portées par des hommes à cheval flambaient droit dans la nuit sans un souffle d'air. Tandis que la jeune femme avançait, les tambours cessèrent de battre. Les cavaliers étaient des gendarmes. Ils encadraient trois citoyens en uniforme de représentant en mission, panache au chapeau, écharpe. L'un d'eux se dressa sur ses étriers et se mit à lire. De plus près, Élisabeth reconnut le *Léopard.* Il lisait le décret de mise hors la loi. La scène était saisissante : les torches faisaient ressortir vivement sur le fond obscur les couleurs des uniformes, luire les robes des chevaux, les cuivres et les cuirs des équipements, l'acier des sabres, les franges d'or et la soie des écharpes tricolores. La voix forte martelait les mots, les noms : « Hors la loi Robespierre aîné, Robespierre jeune, Couthon, Saint-Just, Le Bas et tous ceux qui les soutiendraient, tous ceux qui braveraient l'autorité de la Convention nationale. »

Hors la loi! Philippe était perdu, perdu! Élisabeth s'enfuit, le visage inondé de pleurs.

De carrefour en carrefour, les trois députés atteignirent la place de Grève et répétèrent là leur proclamation. La plupart des troupes restantes défilèrent d'elles-mêmes sans attendre des ordres. Seuls demeuraient encore les deux cents hommes de la section Finistère, trois compagnies de canonniers et les gendarmes du Petit-Luxembourg. Dans la salle de la Liberté, Fleuriot-Lescot crut habile de lire le décret au peuple, en ajoutant à ceux que ce texte visait : « et tous les citoyens présents à la séance de la Commune ». Le maire pensait provoquer ainsi leur indignation et leur révolte. Il provoqua leur fuite. Ce fut un sauve-qui-peut.

A une heure et demie, lorsque Couthon arriva enfin, la place de Grève était encore garnie de curieux parmi lesquels, çà et là, les hommes de la section Finistère, des canons, les cavaliers pouvaient faire illusion, mais en haut, dans la grande salle, les quatre-vingts et quelques membres robespierristes du Conseil général siégeaient devant des tribunes à peu près vides. Seuls, plusieurs citoyens de la section de l'Observatoire, fidèle jusqu'au bout, et trois délégués des Jacobins, dont Duplay, écoutaient de vaines déclamations. Sitôt déposé sur un siège, dans la salle de l'Égalité, Couthon s'écria : « Il faut écrire aux armées.

— Au nom de qui? » demanda Robespierre.

Toute la question était là, en effet. Hors la loi, comme ils y avaient mis Brissot et les députés de la Gironde, ils ne représentaient plus rien.

« Il faut écrire au nom du peuple français », dit Robespierre.

Couthon commença, sur ses genoux, de griffonner un message. Il n'avait plus aucun sens. Il ne restait même plus aux proscrits l'armée parisienne. Les gendarmes à présent s'en allaient, imitant la garde nationale à cheval. Sous prétexte d'envoyer Hesmart en prison pour le « punir », Hanriot venait de le faire évader. Le colonel s'était empressé de donner ses ordres à la cavalerie. Pourquoi n'eût-elle pas obéi à son chef? Peu après, les canonniers, jugeant qu'ils se compromettaient pour une cause perdue, se retirèrent à leur tour. Alors, le bataillon du Finistère abandonna la place. A deux heures, il n'y avait plus de troupes sur la Grève illuminée, silencieuse et vide.

XV

Plusieurs fois depuis dix heures, le Comité d'exécution avait envoyé des émissaires à la Maison de justice pour avertir Fouquier que les autorités constituées se réunissaient à l'Hôtel de ville, et l'y convoquaient expressément, lui et les membres du Tribunal. Installé à la buvette, afin de savoir tout ce qui se passait ou se disait dans la Tournelle, Fouquier répondait à la Commune par des protestations de dévouement, et ne bougeait pas. Mais, la nuit s'avançant, les propos recueillis dans la petite salle chaude, chauffée en outre par les quinquets et les chandelles, où les allées et venues ne cessaient pas, se faisaient inquiétants. Vers minuit, Botot-Duménil reparut après trois heures de détention, annonçant que la guerre civile régnait dans Paris; Robespierre et ses amis, siégeant à la Maison commune, tenaient en main le pouvoir exécutif. Privée de défenseurs, la Convention serait avant le jour réduite à merci. L'accusateur public ne doutait point de ce qui lui arriverait alors, à lui dont l'Incorruptible avait plusieurs fois déjà demandé l'arrestation, et qui s'était encore permis tout récemment, de faire acquitter le jeune Rousselin de Saint-Albin traduit au tribunal sur les instances de Robespierre en personne. Fouquier-Tinville résolut d'aller aux Tuileries. Prenant avec lui son huissier, Degaigné, et quatre gendarmes, il sortit à pied.

L'air était chaud, le ciel chargé de nuages stagnants. A la lueur des réverbères et de torches mouvantes, on voyait sur les quais des groupes de sectionnaires en armes s'éloigner de la Grève, le fusil à la bretelle ou la pique sur l'épaule, d'autres traînant des canons, tous pêle-mêle : troupes débandées qui se désagrégeaient, disparaissaient dans les rues noires. Au débouché du Pont-Neuf, le spectacle changea brusquement. Une forte colonne avançait en ordre sur le quai Nicolas dont elle occupait toute la largeur. Huit hommes de front, des canons tirés à la bricole, et derrière, un épais scintillement de baïonnettes. En tête, à cheval, un conventionnel en mission dont on ne distinguait pas les traits sous son chapeau à panache, au milieu des lumières confuses. Un municipal non identifiable lui non plus, mais reconnaissable à son écharpe, l'accompagnait. Arrêtés à l'angle du pont, l'accusateur public et ses compagnons attendaient. Les gardes nationaux défilèrent pendant un bon moment. Il y en avait au moins deux mille.

C'était Barras qui les conduisait. Il ne pensait d'abord qu'à défendre les Tuileries, à garder une solide communication avec la place de la Révolution et la berge de la Seine, pour pouvoir, en cas de nécessité, se retirer sur Meudon. Mais, comme il rendait compte de ces dispositions au Comité de Salut public, Billaud-Varenne lui avait dit : « Allons donc! nous n'en sommes plus à nous défendre. Qu'attends-tu pour attaquer la Commune? Elle devrait être déjà cernée. » Sur quoi Barras, courant à l'Assemblée toujours en permanence, avait obtenu par décret l'autorisation d'investir l'Hôtel de ville. Tandis qu'avec une moitié des troupes il formait une colonne d'attaque, Léonard Bourdon et Legendre partaient pour en constituer une autre avec les bataillons qui, en abandonnant la place de Grève, s'étaient rassemblés aux Gravilliers. Barras monterait par les quais. Le *Léopard* et Legendre arriveraient par la rue Martin. Une heure plus tard, Barras, ayant soigneusement établi les compagnies restantes, de façon à interdire tout retour offensif des insurgés sur la Convention, était en train d'exécuter pour sa part le mouvement. Dubon, représentant la municipalité légale, suivait Barras.

Quand les bataillons bourgeois eurent défilé, Fouquier-Tinville et son escorte s'avancèrent vers les guichets du Louvre qu'ils trouvèrent bien défendus, avec du canon. Les gardes nationaux tenaient solidement aussi le Carrousel. Des pièces en batterie menaçaient le débouché de la rue Nicaise. La cavalerie d'Hesmart alignait ses escadrons devant les grilles des cours. Toutes les fenêtres que l'on pouvait apercevoir brillaient. Depuis le pavillon de Marsan jusqu'à celui de Flore régnait une activité de fourmilière.

Dans l'antisalle du Comité, parmi les va-et-vient, les secrétaires s'affairaient à leur bureau. Toutes les portes, les fenêtres étaient grandes ouvertes. Des députés entraient et sortaient. Dans la salle même, Collot d'Herbois, Barère, Carnot, Prieur, Mounier-Dupré, tous le visage marqué par la fatigue, et dans des poses lasses, se tenaient autour de la vaste table où les reliefs d'un médianoche — restes de côtelettes, de jambon, dans des assiettes, fruits, bouteilles de vin — voisinaient, sur le tapis vert à frange d'or, avec les écritoires, les encriers, les plumes, les dossiers, les flambeaux. Écrasé, Billaud-Varenne, la perruque chavirante, dormait sur un matelas jeté dans un coin. Amar, Vadier, Lavicomterie, Voulland, Louis du Bas-Rhin étaient là aussi. Fouquier-Tinville fit part aux uns et aux autres des injonctions réitérées de la Commune et de la façon dont il y avait résisté. Il assura les Comités de son zèle.

« Je crois que tu as bien choisi, mon bon, lui répondit Vadier toujours plaisantin. Nos têtes semblent en voie de consolidation, mais sait-on jamais! Il faut attendre. »

Il était deux heures et quart. Léonard Bourdon et Legendre, sortis des Gravilliers avec leurs troupes, venaient d'atteindre l'ancienne église Saint-Merri où ils avaient trouvé le bataillon des Arcis, conduit par Dulac, agent du Comité de Sûreté générale et grand ami de Tallien. Impatient d'en finir, Dulac voulait tenter immédiatement l'assaut. Le *Léopard* le modéra : il fallait prendre garde, les défenseurs de la Maison commune résisteraient jusqu'à la mort. On devait attendre Barras avec sa colonne. Pendant ce temps, Legendre et Dulac bloqueraient la rue du Mouton, la rue de l'Épine, et lui, Bourdon, occuperait celles de derrière.

Il partit, installa ses propres compagnies, mais il avait en tête une idée, et, pour l'exécuter, il jugea bon de se rendre moins ostensible. Il ôta son écharpe, troqua son chapeau à plumes et son habit contre l'habit et le bicorne d'un des gendarmes qui les avaient escortés, Legendre et lui, depuis la Convention. Avec trois d'entre eux, dont le jeune Méda familier des lieux pour y avoir été souvent de service, il s'avança par la ruelle du Pet-au-Diable. Il ne lui semblait pas impossible de s'introduire à petit nombre dans l'Hôtel de ville. Effectivement, les quatre hommes entrèrent sans difficulté par la porte de l'État-Major. Ils croisèrent des gendarmes qui ne prêtèrent nulle attention à ces collègues. Par le petit escalier, ils allaient arriver à l'étage, quand une détonation retentit.

Retiré avec Saint-Just dans la seconde salle du Secrétariat, Le Bas, voyant par la fenêtre les troupes de la Convention investir la place, avait compris que tout était perdu. Il venait de se tuer d'un coup de pistolet. Dans la salle contiguë, celle de l'Égalité, où les membres du Comité d'exécution délibéraient encore, et dans celle de la Liberté où se trouvait le Conseil général, le coup de feu provoqua une stupeur suivie aussitôt d'un remue-ménage. Fleuriot-Lescot accourait. On se bousculait dans le corridor desservant les deux pièces du Secrétariat. Dans la première de celles-ci, les deux Robespierre, Payan s'étaient levés de leurs sièges autour de la table pour aller voir à côté ce qui se passait, lorsque la porte donnant sur le corridor s'ouvrit. Deux gendarmes, se dégageant de la bousculade, entrèrent vivement. C'étaient Méda et le *Léopard*. Robespierre tourna la tête à demi vers eux. Bourdon, dirigeant la main de Méda armé d'un pistolet, dit : « C'est lui ! » Le coup partit. Atteint à la joue gauche, Robespierre fit encore deux ou trois pas vers la porte de la seconde salle et tomba, dans l'embrasure même, sur le concierge Brochard qui sortait de cette pièce où il avait vu Le Bas étendu, mort, et Saint-Just penché sur lui. Il crut que l'Incorruptible s'était suicidé lui aussi, et ne fut pas seul à le croire. Tandis qu'Augustin, aidé par Payan, relevait le blessé, le cri courait partout, comme une flamme :

« Robespierre s'est brûlé la cervelle ! »

Mais Fleuriot-Lescot avait vu et compris. Il écrivait fébrilement cet ordre pour Hanriot : « Sur-le-champ, quarante citoyens armés se rendront au bas de l'entrée de l'état-major, avec une pièce de canon, et empêcheront qui que ce soit d'y entrer ni sortir, excepté les officiers d'état-major. Vingt gendarmes se rendront au troisième dans ce même couloir, et auront les mêmes consignes. »

Trop tard! Bourdon, profitant du tumulte, était déjà sorti. Méda, lui, s'était jeté dans les étages où les gendarmes réclamés par le maire l'auraient peut-être saisi, si l'on avait eu le temps et les moyens d'exécuter cet ordre. Fleuriot-Lescot gardait d'étranges illusions. Il ne restait même pas un canon pour établir le barrage à la porte de l'état-major. Coffinhal, le constatant avec fureur, s'en prit à Hanriot, le couvrit de reproches et d'injures. « Tu avais dix-sept compagnies de canonniers. Qu'en as-tu fait, scélérat? Pourquoi n'as-tu pas donné l'assaut à la Convention? Comment as-tu laissé entrer ici des assassins? Tu es un traître! Tu as lié partie avec nos ennemis! » Il le houspillait, le secouait. Hanriot, criant au fou, lui échappa, s'enfuit quatre à quatre dans les étages. L'hercule le poursuivit dans l'escalier, le rattrapa dans le couloir du second, et, le soulevant comme une mauviette, le projeta par une fenêtre. Avec un long hurlement, Hanriot tomba de trente pieds de haut dans une courette où un tas d'ordures amortit un peu sa chute.

Les escaliers, les couloirs étaient ainsi pleins de courses et de cris, de remous d'hommes qui fuyaient dans le noir ou se cachaient. Le barrage formé en bas par une quinzaine de gardes n'avait servi qu'à empêcher Augustin Robespierre de poursuivre Bourdon. Il l'avait reconnu, et du reste il savait bien que Maximilien, comme lui-même, ne portait pas de pistolet. Il eût été incapable de s'en servir. Et pourquoi en eût-il pris un, cette fois, lui qui était venu si confiant à la Convention, qui s'apprêtait, la séance terminée, à partir pour Choisy? Furieux de douleur et de rage, Augustin se débattait au milieu des gardes. Ils n'avaient pas dû se mettre à moins de dix pour le retenir. Ils ne le connaissaient pas, ils ne le comprenaient pas. Il s'arracha de leurs mains, haletant, et puisqu'on ne pouvait sortir par là, remonta, fonça dans la salle de l'Égalité. Il devait y avoir moyen de descendre en s'acrcochant aux reliefs de la façade. Descendre, courir, trouver les meurtriers, venger son frère!...

Un quart d'heure plus tôt, Barras et Dubon avaient atteint la Grève illuminée par les lampions sur les corniches de la Maison commune et par les treize fenêtres du premier étage. La place était vide. L'Hôtel de ville, s'enlevant sur le fond d'ombre, avec ses colonnes plaquées, ses niches, ses sculptures, semblait sans défenseurs, hormis certains groupes de sectionnaires réunis sous chacune des arches, à un bout et à l'autre de l'édifice. Sur le perron de quelques marches, devant la porte centrale, on voyait une cohue de gens qui se bousculaient sous le porche, les uns, sans doute, voulant sortir, les autres refluant devant les soldats de la Convention. Les troupes de Bourdon tenaient toutes les issues et Dulac s'impatientait.

« Où est Bourdon? demanda Barras à Legendre.

— Derrière, répondit l'ex-boucher. Il est parti pour occuper la rue du Martroi. Il y a déjà un instant.

— Alors, donnons l'assaut », dit Barras.

Sur son ordre, les têtes des colonnes avancèrent, sortant des rues. Les canonniers mirent leurs pièces en batterie. Dubon se porta devant le perron avec deux tambours et un piquet de grenadiers, fit faire un roulement et avertit les gens qui se pressaient sous le porche : « Citoyens, je représente ici la municipalité légale. Au nom de la loi, je vous somme de vous retirer vers les troupes... » Il n'eut pas le temps d'achever. Un homme, silhouette sombre, venait de sortir par une des fenêtres. Déchaussé, tenant ses souliers à la main, il se mit à courir sur le cordon de pierre, parmi les lampions qui lui envoyaient maintenant leur lumière au visage. « C'est Robespierre jeune! » s'exclama Dulac. Augustin allait et venait d'un côté à l'autre en criant des choses que l'on n'entendait pas. Tout était fini, il ne vengerait même pas son frère. « Au nom de la loi! » reprit Dubon. Augustin se précipita. Des clameurs s'élevèrent, il était tombé sur les citoyens encombrant le perron, dont il avait renversé plusieurs. Profitant du remous, Dulac s'élança, s'ouvrit un chemin à coup d'épaule. Dubon le suivit, suivi lui-même par les grenadiers. Rejetant de côté les gens qui encombraient les marches du grand escalier et le vestibule, ils parvinrent à la grande salle de la Liberté. Sous le plafond à l'italienne, les tribunes publiques, les gradins en hémicycle étaient déserts.

Seuls restaient là une quinzaine d'obscurs municipaux médusés. Ils se laissèrent arrêter sans résistance.

« Où est Robespierre? leur demanda Dulac.

— Mort. Il s'est brûlé la cervelle.

— Où ça?

— Au Secrétariat. »

Dubon y courut. Dans la salle de l'Égalité, vide, Robespierre était sur une chaise, effondré, le buste et la tête portant sur la table au milieu des papiers tachés du sang qui coulait de son visage, imbibait sa cravate. « Il vit encore », dit Dulac. Puis soudain, braquant son pistolet, et, de l'autre main relevant le tapis vert : « Sors de là, toi! » Dumas, le président du Tribunal révolutionnaire, apparut, blême, tenant un flacon d'eau de mélisse. Dumas n'avait pas eu la force de s'enfuir, il se cachait sous la table. Il ne put dire où étaient passés les autres membres du Comité, il n'en savait rien, sinon que Saint-Just se trouvait à côté avec Le Bas mort. En effet, dans la petite salle communicante, Saint-Just veillait le corps de son ami.

A l'étage au-dessus, des coups de feu éclataient. C'était Méda qui, une bougie à la main, un pistolet de l'autre, faisait avec ses deux gendarmes la chasse aux fugitifs dans les petits escaliers et les couloirs obscurs. Il venait de blesser au front Couthon qu'un compagnon peintre, Laroche, avait emporté sur son dos dans un cabinet noir. Les grenadiers, montant à présent en troupe, allèrent prêter main-forte aux gendarmes. Tout l'édifice se remplit d'un nouveau vacarme, de cris, de bruits de courses, du fracas de portes enfoncées.

Au pavillon de Flore, on attendait les nouvelles. Ce fut Merlin de Thionville qui les apporta. La victoire était complète, dit-il. Sauf Coffinhal et Hanriot non encore retrouvés, on tenait tous les conspirateurs. Il annonça les suicides de Le Bas et des deux Robespierre, morts tous les trois ainsi que Couthon.

« Et Saint-Just? demanda-t-on.

— Il n'a pas résisté. »

Claude s'en alla sur ces funèbres informations. Mais la Convention tenait toujours sa séance. Léonard Bourdon vint lui rendre compte, accompagné de Méda. Il sollicita la permission de le faire monter avec lui à la tribune, et le présenta ainsi : « Ce brave gendarme ne m'a pas quitté. Il a tué de sa main deux des conspirateurs. » On applaudit longuement. Le *Léopard* complétait ses informations fantaisistes : « A notre approche, les citoyens égarés ont ouvert les yeux, et les lâches ont fui. Nous avons trouvé Robespierre aîné armé d'un couteau, que le brave gendarme lui a arraché. Il a aussi frappé Couthon qui était aussi armé d'un couteau. Saint-Just et Le Bas sont pris. Dumas et quinze ou vingt autres conspirateurs sont enfermés dans une chambre de la Maison commune qui est bien gardée. »

Bourdon et Méda, comme Merlin de Thionville, croyaient Robespierre et Couthon morts — et pour cause! En revanche ils ignoraient le suicide de Le Bas : ils n'avaient pénétré ni l'un ni l'autre dans l'arrière-salle. Ils ne savaient pas que Couthon, enlevé à des grenadiers qui le traînaient par les pieds pour le jeter à la Seine, attendait, évanoui sur une civière. Augustin, gravement blessé dans sa chute, avait été porté sur une chaise, par quelques citoyens, à la section de la Commune, avec deux hommes sur lesquels il était tombé. Des chirurgiens lui découvrirent des blessures à la tête, une fracture du bassin, et l'estimèrent tout près de rendre l'âme. Barras ne l'en fit pas moins diriger sur le Comité de Sûreté générale. Couthon fut envoyé à l'Hôtel-Dieu, Robespierre à la Convention, Le Bas au proche cimetière Saint-Paul pour y être inhumé.

Lorsque, peu avant trois heures du matin, Charlier, occupant le fauteuil, fut informé que l'on apportait Robespierre, blessé mais vivant encore : « Le lâche Robespierre est là, dit-il aux représentants. Voulez-vous qu'il entre?

— Non, non! se récria l'Assemblée.

— La présence d'un tyran ne peut porter que la peste, déclara Thuriot. La place marquée pour lui et ses complices est la place de la Révolution. Les deux Comités doivent prendre les mesures nécessaires pour que le glaive de la loi frappe sans délai ces conspirateurs. »

Presque tous les membres des deux Comités, sûrs à présent de n'avoir plus rien à craindre, étaient, comme Claude, rentrés chez eux pour se reposer après ces quarante-huit heures épuisantes. On décida de faire déposer le tyran au Comité de Salut public, en attendant que celui-ci reprît séance. Et l'Assemblée leva enfin la sienne, la renvoyant à neuf heures du matin.

Il n'y avait rien au pavillon de Flore pour recevoir un blessé.

Dans l'antisalle, les banquettes étaient trop étroites pour qu'on l'y couchât. On retira en hâte papiers et encriers du bureau des secrétaires, une grande table en acajou, et l'on étendit Maximilien sur le dessus de cuir vert. Au-dessus du « tyran », dans cette antichambre où il avait si souvent passé, où il s'était emporté à l'annonce du rapport sur la Mère de Dieu, Apollon, peint par Mignard, recevait en souriant Minerve et ses suivantes représentant les quatre parties du monde. Comme dans le salon voisin, des filets d'or encadraient les boiseries blanc mat, mais salies ici, éraflées par les baïonnettes. Les deux hautes fenêtres sans rideaux laissaient voir le Jardin national dont les frondaisons commençaient de se détacher de la nuit.

Maximilien n'apercevait rien de tout cela. Les yeux clos, la tête soutenue par une caissette ayant contenu des échantillons de pain soumis à Claude et Prieur par les fournisseurs militaires, il demeurait immobile et comme mort, livide, la chevelure dépoudrée, la cravate enlevée, la chemise ouverte, tachée de pourpre comme l'habit bleu barbeau où le sang faisait des plaques violettes. La poitrine se soulevait faiblement. Une des mains retenait un étui de peau blanche, un étui de pistolet, portant imprimé en or le nom de son possesseur : un certain Archier. Maximilien avait ramassé sans doute ce petit sac à l'Hôtel de ville, pour tamponner sa blessure. La peau blanche était maculée de sang.

Au bout d'une heure, Robespierre ouvrit les yeux. Les soldats le gardaient. Une foule défilait dans l'antisalle, avide de voir le tyran abattu. Certains l'insultaient. Le sang s'était remis à couler de sa blessure. Il l'étanchait de nouveau avec le sac de peau. Un commis lui donna des morceaux de papier. Le jour se levait, gris comme la veille. Les moineaux jacassaient dans le jardin. Vers six heures, les membres des Comités revinrent un à un. Sur leur ordre, deux chirurgiens examinèrent enfin le blessé. Ils lui lavèrent le visage, constatèrent que le maxillaire gauche était fracassé, retirèrent les dents brisées, quelques éclats d'os, et placèrent un bandage. Malgré la souffrance, Robespierre n'avait pas dit un mot, pas poussé un gémissement. Comme il essayait, sans y réussir, de desserrer les boucles de sa culotte aux genoux, un assistant de Carnot lui rendit ce service, et Maximilien, le regardant, articula péniblement : « Merci, monsieur. »

Peu après, on le vit se mettre avec effort sur son séant, relever ses bas de coton blanc qui lui tombaient sur les talons. Il se laissa glisser de la table et alla s'asseoir sur un fauteuil où il continua d'éponger avec du papier le sang suintant de sa bouche. Ce fut ainsi que le trouvèrent Saint-Just, Dumas et Payan. Amenés de la Sûreté générale où ils avaient passé la fin de la nuit, ils entrèrent dans l'antisalle sans apercevoir Robespierre, car la pièce se remplissait de plus en plus de curieux qui le masquaient.

« Écartez-vous! leur cria-t-on. Écartez-vous! que ceux-là puissent voir leur roi saigner comme un homme! »

Pour la première fois depuis qu'il avait quitté le Comité d'exécution, à l'Hôtel de ville, Saint-Just retrouvait son ancien ami, son ancien maître. Il le regarda douloureusement. Maximilien demeura impassible. On fit asseoir les nouveaux venus dans l'embrasure d'une des fenêtres, entre des gendarmes. Ni Payan ni Dumas ne prononcèrent un mot. Seul Saint-Just, contemplant le tableau de la Déclaration des droits suspendu à la boiserie, murmura :

« C'est pourtant nous qui avons fait cela. »

Couthon et Augustin étaient là, eux aussi, sur des civières. On les avait déposés dans l'entrée, au pied de l'escalier de la Reine. Billaud-Varenne, Barère et Collot d'Herbois, réunis à côté avec quelques membres du Comité de Sûreté générale, prirent un arrêté ordonnant que Robespierre et ses complices seraient incarcérés à la Conciergerie. On les emmena aussitôt. Il était neuf heures, la séance de la Convention allait s'ouvrir. Maximilien fut transporté assis sur son fauteuil. De temps à autre, le cortège s'arrêtait pour laisser souffler les porteurs. Ils firent halte ainsi sur le Pont-Neuf, à l'entrée du quai des Lunettes, sous les fenêtres de la maison dans laquelle la future Mme Roland avait grandi. Dubon, qui en sortait à ce moment pour gagner l'Hôtel de ville où il soutenait pratiquement, avec quelques collègues, toute la charge de la municipalité, se trouva face à face avec Robespierre posé, sur son fauteuil, à même le trottoir du pont, ainsi que Couthon et Augustin sur leurs brancards. Une petite foule, suivant depuis le Carrousel, grossissait en route et huait les tyrans. Dès l'aube, comme un bruit de cloches les nouvelles avaient résonné par toute la ville. Nombre de contre-révolutionnaires et de ceux pour lesquels

Robespierre représentait tout ce qu'ils détestaient, étaient accourus aux Tuileries. Palpitants de joie, du désir de vengeance, ils insultaient les prisonniers. D'autres citoyens, silencieux, contemplaient avec stupeur ces victimes d'un prodigieux écroulement. Nicolas Vinchon était de ces ébahis. Il ne concevait pas comment une telle chose avait pu se produire, par quel aveuglement il avait manqué, en quittant cette nuit la Grève, l'une des plus foudroyantes révolutions de la Révolution.

Depuis un quart d'heure, il bruinait. Au-dessus de la Seine grise, la bannière tricolore pendait mollement sur son socle entre les canons d'alarme. Claudine et Gabrielle, attirées au balcon par la rumeur, regardaient le lugubre cortège, les malheureux couchés sur les civières, ce petit homme affreusement livide, la tête serrée dans une serviette sanglante, qui fermait les yeux sous les huées de la foule. Aux deux femmes comme à Dubon, ce spectacle poignait le cœur.

Claude aussi, arrivant au Comité après cinq heures de sommeil dont il avait bien besoin, venait d'éprouver un choc en apprenant que Maximilien, son frère et Couthon n'étaient point morts sur le coup, comme Merlin l'avait annoncé, et quelle atroce agonie ils subissaient. Par quelle inconcevable cruauté avait-on amené Robespierre ici et son frère à la Sûreté générale au lieu de les conduire à l'Hôtel-Dieu?

La haine accumulée contre Maximilien, qui le faisait traiter aujourd'hui, lui et ses compagnons, comme des bêtes, était épouvantable, et très effrayante pour l'avenir. Tout le Comité sentait cela, mais la Convention savourait son triomphe. Fini le cauchemar! On recommençait à vivre. Tallien, Fouché, Bourdon de l'Oise, Léonard Bourdon, Thuriot, Barras, Legendre, Panis, Cambon, Merlin de Thionville, Fréron, Gay-Vernon, Vadier, Voulland, et tous ceux qui s'étaient crus marqués pour l'échafaud, respiraient. La joie bouillonnait dans l'Assemblée, avec la haine et la cruauté vengeresse. Les délégations se succédaient à la barre, empressées à féliciter les vainqueurs. Ils avaient sauvé la patrie, leur déclarait-on. Ils avaient abattu les tyrans qui s'imaginaient pouvoir arrêter le cours majestueux de la Révolution. Fouquier-Tinville amena ce qui restait de son tribunal. Le vice-président Scellier, remplaçant Dumas, lut un petit discours écrit par Fouquier lui-même : discours de circonstance, plein d'invectives pour les vaincus et de protestations de zèle pour le gouvernement. Mais Fouquier-Tinville aussi, malgré son aversion pour Robespierre, voyait quel rempart s'effondrait avec lui et Saint-Just, quelle brèche s'ouvrait au flot furieux de la réaction. Claude ne s'étonna point d'entendre l'accusateur public expliquer à l'Assemblée qu'elle n'allait pas expédier si aisément les proscrits. Selon la loi, dit-il, leur identité devait être constatée par deux officiers municipaux. Or les municipaux étant, en l'occurrence, frappés eux-mêmes, cette condition ne pouvait s'exécuter. Comment faire?

Prétexte inconsistant. Dubon et quatorze de ses collègues, fidèles comme lui, pouvaient parfaitement remplir ladite condition. Claude se garda de le signaler. D'autres qui savaient la chose tout comme lui se turent également. On ergota. On proposa de remplacer pour la circonstance les officiers de la Commune par les commissaires du Département, par les deux administrateurs de police sortis de leur cachot, à la mairie. Claude observa que ce serait illégal. Plusieurs voix l'approuvèrent. Sieyès s'était retourné et le regardait curieusement, mais ne dit rien. Thuriot enrageait.

« Tout délai, s'écria-t-il, serait préjudiciable à la république. L'échafaud devrait être déjà dressé sur la place de la Révolution. Il faut qu'avec les têtes de ses complices tombe aujourd'hui celle de l'infâme Robespierre! Que le tribunal se retire avec le Comité de Sûreté générale pour résoudre la question sur-le-champ. »

Au bout d'une heure pendant laquelle on continua de recevoir les délégations, le Comité de Sûreté générale n'avait pas tranché le problème, qui aurait pu l'être en quelques secondes. Amar fit appel aux lumières du Comité de Salut public. Claude se rendit à l'hôtel de Brionne avec Billaud-Varenne, et l'on discuta gravement. On décida... de rédiger un rapport sur la question. A ce moment, survint Elie Lacoste, qui ne s'était couché qu'à six heures du matin. La délibération le stupéfia.

« Quoi! s'exclama-t-il, êtes-vous fous? Êtes-vous en train de défaire ce que vous avez fait?

— Écoute, lui dit Claude, la conjuration des Robespierristes est détruite, celle des contre-révolutionnaires se dresse. Nous avons abattu Robespierre, mais ce n'est pas nous qui triomphons, ce sont les Feuillants, les monarchistes, les royalistes.

Il faut garder un rempart contre eux : sinon Robespierre, au moins Saint-Just.

— Vous êtes fous, répéta Lacoste. La conjuration robespierriste ne sera pas détruite tant que ses chefs et ses idoles resteront vivants. Voulez-vous sauver un serpent? Ne sommes-nous point capables de dompter la contre-révolution, nous qui avons fait mordre la poussière au puissant triumvirat? »

Le bouillant Lacoste étouffa la velléité de ses collègues. On rédigea néanmoins un rapport, mais bref et concluant à dispenser le Tribunal révolutionnaire du concours des magistrats municipaux. « Il fallait réprimer Robespierre, dit Moïse Bayle en hochant la tête. La liberté l'exigeait. Mais je crains que nous n'ayons à regretter d'ici peu d'avoir été trop radicaux. »

Cependant, tout n'était pas encore fini. Le rapport lu à la Convention, la mesure votée, ce décret devait passer aux mains d'Herman pour enregistrement et exécution. Ministre de l'Intérieur et de la Justice, sous le titre de Commissaire général à la police, la justice et l'administration civile, Herman avait eu la prudence de rester à son poste, la veille. Toutefois, pour n'avoir pas rejoint la Commune, il n'en demeurait pas moins fidèle et dévoué à Robespierre. Il retint le décret, fit même arrêter les commissaires de l'Agence exécutive des lois, qui voulaient l'enregistrer. Il ne semblait pas impossible de réunir la force armée des sections encore robespierristes, d'envahir la Tournelle et de délivrer les proscrits. André Dumont réduisit à néant ce dessein en le dénonçant à la Convention.

A quatre heures après midi seulement, Fouquier-Tinville reçut l'expédition du décret. Vingt-deux hors-la-loi attendaient depuis le matin dans le *Côté des Douze*, à la Conciergerie, près du quartier des femmes. Déposé là, Robespierre avait manifesté par signes le désir d'écrire, mais les geôliers étaient bien avertis de ne lui en fournir aucun moyen. Avec lui et Augustin, Couthon, Saint-Just, Dumas et Payan, se trouvaient à présent Fleuriot-Lescot, le municipal Gobault atteint d'un coup de baïonnette, Simon et Hanriot retrouvé près de douze heures après sa chute dans la courette, aux trois quarts mort, barbouillé de sang, souillé d'ordures, un œil arraché pendant sur la joue.

Se défiant de l'accusateur public, Barras était venu activer le tribunal. On ne perdit plus de temps. Les hors-la-loi, les blessés sur leurs brancards montèrent l'étroit escalier de la tour Bonbec, où avaient passé Barnave, les Brissotins, Manon Roland, les Hébertistes, les Dantonistes — et, l'avant-veille encore, André Chénier qui ne devait pas être jugé mais que son père avait envoyé à la mort exactement comme Jean-Baptiste Montégut y avait envoyé sa malheureuse Léonarde.

Robespierre entrait pour la première fois dans ce tribunal dont lui et Couthon avaient fait une terrible machine à tuer. Ils purent apprécier son fonctionnement. « Es-tu Maximilien Robespierre? » s'enquit le vice-président Scellier. Le blessé fit signe que oui. Deux témoins ordinaires : Lecoin, employé de la Commission des relations extérieures et Fabre, employé au greffe, s'avancèrent, certifièrent son identité. Même formalité pour les suivants. Une seule variante : en voyant paraître son ami Fleuriot-Lescot, Fouquier, déposant chapeau et manteau, sortit du prétoire, laissant à Liendon le soin de requérir. En une demi-heure, les vingt-deux furent condamnés, emmenés par les gendarmes. Les civières cognèrent de nouveau les murs dans l'escalier en vis. La file lamentable traversa le préau de la Conciergerie où cinq cents détenus faisaient la haie en poussant des cris de joie et d'exécration. « Place à l'Incorruptible! » clamait sardoniquement un guichetier. Dans la grande pièce contiguë au greffe, Sanson et ses aides prirent livraison des condamnés, leur firent la toilette de mort.

Trois charrettes attendaient en haut, dans la cour du Mai, devant la petite grille. Ce fut alors seulement, en voyant sortir les conspirateurs garrottés ou portés sur des brancards, que la foule eut enfin une certitude. Depuis le matin, on ne savait que croire. Si Robespierre et ses séides étaient prisonniers, voués à la guillotine, d'où venaient tant de retards? Le Tribunal ne se montrait pas si lent, d'ordinaire. La journée s'écoulait, il était presque six heures. L'impatience se chargeait d'anxiété pour tous ceux qui voyaient dans la défaite des Robespierristes la fin de la Terreur, de la suspicion générale, l'ouverture des prisons. N'avait-on pas mis trop d'empressement à se réjouir?... Mais non, voilà qu'ils sortaient, les scélérats, les monstres! Un formidable hurlement d'allégresse et de satisfaction sauvage salua leur apparition. Et il en fut ainsi tout le long du trajet. Les charrettes n'avançaient pas, au milieu de la presse où les gendarmes ouvraient difficilement un chemin. Tous les gens qui haïssaient en Robespierre la Révolution personnifiée, tous ceux à qui la guillotine avait pris un être cher, tous ceux dont un parent, un ami, une épouse, une maîtresse, un mari, un fiancé se trouvait en prison, tous ceux qui depuis des mois se cachaient, étaient là, aujourd'hui, à insulter, à maudire, à rire. Et il y avait aussi des ouvriers lançant aux vaincus : « Il est foutu, votre *maximum !* » Des curieux interpellaient les cavaliers d'escorte, leur demandant quel était Robespierre. De la pointe du sabre, les gendarmes désignaient le petit homme à la tête enveloppée d'une serviette croûteuse de sang séché.

« Voilà le chef des tyrans. Voilà le paralytique Couthon. Voilà Dumas, le féroce président du Tribunal de sang. »

Depuis le début de la relevée, la guillotine dressait de nouveau ses bras rouges entre les ombrages du Jardin national et les verdures des Champs-Élysées, sur la place de la Révolution où tant de fantômes attendaient Robespierre. Après la petite pluie fine du matin, le temps avait un peu embelli. Par moments, le soleil de juillet passait entre les nuages lents. La température, qui s'était abaissée pendant la nuit jusqu'à 12 degrés, ne cessait de remonter. Le thermomètre de l'Observatoire marquait à présent 20 degrés 4. Dans la chaleur, la poussière, les clameurs, les charrettes descendaient interminablement la rue Honoré, avec des stations provoquées par des entassements de la foule. On s'arrêta ainsi devant le portail des Jacobins d'où, l'avant-veille au soir, le 8 thermidor, Robespierre était sorti en plein triomphe, en pleine certitude, pour aller paisiblement dormir. Assis sur la planche de la carriole écarlate, il refit le chemin qu'il avait fait ce dernier soir. On l'arrêta encore devant le porche où il était rentré : celui de la maison Duplay, dont la porte était fermée à présent. Ici, Danton avait crié : « Tu me suis, Robespierre ! » Au milieu des hurlements et des chants vengeurs, des commères dansaient là une ronde. Un garçon boucher, trempant un balai dans un seau plein de sang, aspergea les vantaux. Là-bas, au fond de la cour, dans la maison vide, Éléonore et sa sœur Élisabeth Le Bas, épuisées de larmes, gisaient inconscientes. Leur père, leur mère, leur jeune frère et Simon l'invalide avaient été arrêtés.

A côté de Dumas, Robespierre gardait les yeux clos. Saint-Just, debout près de Fleuriot-Lescot, demeurait impassible, dédaigneux, étranger. Il fallut plus d'une heure pour arriver à la place de la Révolution. Elle avait retrouvé sa foule des grandes exécutions. Tout ce que Paris comptait de contre-révolutionnaire, de bourgeois feuillantin, de dantoniste, de girondiste, d'ultramontain, se pressait là, exultant, avec les ouvriers furieux contre le *maximum* appliqué aux salaires, et maint curieux pareil au mercier Nicolas. Il se trouvait au premier rang, bien entendu, tout près de l'endroit où s'arrêtaient les charrettes. Il en vit tirer d'abord Couthon que l'on ne put lier à la bascule. Les aides durent l'y coucher sur le côté, ils mirent pas loin d'un quart d'heure à disposer le paralytique, à lui engager le cou dans la lunette. Ils suaient à cette besogne. Après lui, le jeune Robespierre, inerte, Hanriot qui revint à lui dans un hurlement lorsqu'un des aides lui arracha son œil désorbité, puis seize autres condamnés, parmi lesquels Nicolas ne connaissait que l'agent national Payan et Simon, l'ancien gardien du petit Capet, furent expédiés au rythme habituel, en une demi-heure. Nul d'entre eux ne dit rien. Il n'y aurait aujourd'hui à inscrire aucune parole historique. A son tour, Saint-Just, beau et indifférent, monta sur la plate-forme, bascula. Deux secondes plus tard, son corps était repoussé dans le panier. Les aides mirent alors Robespierre sur ses pieds. Il gravit lui-même, fermement, les degrés de l'échafaud. Il avait, comme les autres, les mains liées derrière le dos. Son habit bleu clair, de la fête de l'Être suprême, mais tout souillé, était jeté sur ses épaules. Un des valets le lui ôta et voulut lui enlever le bandage qui lui entourait la tête. La serviette, collée par le sang, tenait. L'aide tira brutalement. Maximilien poussa un cri de bête tandis qu'un flot pourpre se répandait de sa bouche soudain béante. Et c'est ainsi qu'il parut pour la dernière fois, sanglant, martyrisé. L'instant d'après, ses souffrances, son rêve et son atroce désillusion étaient finis. Sanson montrait au peuple la tête à la mâchoire pendante. Une immense clameur de haine et de triomphe la salua. Fleuriot-Lescot, le dernier, monta sur l'échafaud.

Il était sept heures et demie. La Convention venait de se réunir pour sa séance du soir. André Dumont, qui avait tenu à voir supplicier les « assassins de Danton » son ami, courut à l'Assemblée. « Les têtes des monstres viennent de tomber sous le glaive de la loi », annonça-t-il. On applaudit, certains frénétiquement, et dans les tribunes les muscadins éclatèrent en acclamations. Sur quoi, le créole Gouly s'écria : « Après avoir abattu le tyran, nous devons nous empresser, citoyens, de détruire les actes nombreux de sa tyrannie. » Une discussion fiévreuse s'engagea. Mais au bout d'un moment on entendit la voix de Tallien. Il proposait de remettre ces débats au lendemain et d'honorer dignement ce jour, un des plus beaux de la liberté. « Allons nous joindre à nos concitoyens, allons partager l'allégresse commune. » On applaudit de nouveau et Collot d'Herbois leva la séance.

Sur la place de la Révolution, pendant ce temps, les valets du bourreau, piétinant les flaques de sang, avaient entassé dans deux tombereaux les vingt-deux corps décapités. Les têtes étaient à part dans un grand coffre. On ne pouvait pas traverser Paris de bout en bout pour porter ces restes au charnier de Picpus, aussi Dubon avait-il, dès après midi, fait creuser par les ouvriers municipaux une fosse dans l'enclos des Errancis. C'est là, au bout du faubourg de la Petite-Pologne, dans la plaine Monceau, qu'avaient été inhumés, en avril, Danton, Camille Desmoulins, Lucile, et les athéistes Chaumette, Gobel. Ce fut là, près d'eux, sous les murs de la Folie de Chartres, qu'à la nuit tombante les chariots furent déchargés, les cadavres déversés les uns sur les autres, les têtes jetées dans les intervalles. On pelleta de la chaux vive dans la fosse, comme l'avait ordonné la Convention « afin que les restes des tyrans ne puissent être divinisés, un jour ». Le sol fut nivelé, l'enclos refermé, rendu, sous ses frondaisons, au silence, aux oiseaux, à l'alternance des jours et des nuits, au grand mystère de la mort. Était-ce dans le sein de l'Être suprême ou dans l'éternel sommeil, que Robespierre avait rejoint Danton?

En tout cas, il était mort à cause de sa foi. Voilà du moins ce que pensait Claude. Accoudé avec Lise à leur balcon où ils cherchaient la fraîcheur, il contemplait distraitement le Carrousel, le palais obscur et silencieux, et revivait en esprit les prodigieuses trente-six heures d'où il sortait comme d'un rêve.

« Vois-tu, dit-il, c'est son esprit obstinément et despotiquement religieux, c'est son caractère de prêtre manqué qui ont tué Maximilien. C'est ce caractère qui lui a fait détester des hommes comme Tallien, Barras, Fouché, Fréron, Collot, Billaud et leurs pareils. C'est son intolérance de prêtre sûr de son Dieu, c'est son acharnement de Grand Inquisiteur à remplacer les bûchers par la guillotine qui l'ont fait haïr et nous ont contraints à l'abattre. Il est mort parce que tout en désirant, comme certains d'entre nous, rénover la condition des hommes, établir l'égalité, la fraternité, la justice, il n'avait aucun sentiment de la liberté, il a voulu perpétuer l'antique esclavage des âmes. La Révolution ne pouvait s'achever avec lui. Mais, hélas, je crains qu'elle ne s'achève pas sans lui. »

Il l'avait combattu, condamné. Il le fallait. A peine disparu, il le regrettait, lui et Saint-Just. La discussion entamée tout à l'heure à l'Assemblée, et interrompue par Tallien,[1] montrait assez quelle fièvre de démolition, quelle passion rétrograde l'offensive contre Robespierre avait déchaînées. Après Gouly, demandant et obtenant sans délai que fussent révisées toutes les nominations des membres des commissions populaires, le ci-devant évêque Thibault, avait réclamé une nouvelle organisation du Tribunal révolutionnaire, « œuvre de Couthon et Robespierre », et son épuration radicale. Claude s'était élevé contre une précipitation dangereuse : « Elle ferait le jeu de l'aristocratie qui est à vos portes », avait-il dit. Mais cette précipitation, on n'en pouvait douter, ne se calmerait pas aisément, et ce n'étaient pas des Fouché, des Tallien, des Barère, des Billaud-Varenne, des Collot d'Herbois, des Élie Lacoste, ni même des Barras, tous médiocres, au fond, qui l'arrêteraient. Le mot de Vergniaud se vérifiait cruellement : Saturne avait dévoré les plus forts de ses fils.

ÉPILOGUE

Les jours, les décades et les mois qui suivirent confirmèrent toutes ces craintes, et bien au-delà. Dès le 11 thermidor, le robespierrisme fut traqué bien plus implacablement que ne l'avaient été le royalisme et l'aristocratie. Ce jour-là même, soixante-dix membres de la Commune, arrêtés chez eux, furent exécutés comme hors-la-loi. Depuis sa création, le Tribunal révolutionnaire n'avait jamais vu pareille fournée. Le 12, une quinzaine encore de municipaux, saisis dans des cachettes, éternuèrent dans le sac. Coffinhal qui, déguisé en batelier, s'était réfugié dans l'île des Cygnes, fut livré cinq jours plus tard par un de ses anciens obligés et exécuté aussitôt. D'autres Robespierristes se suicidaient : d'abord la « maman Duplay », trouvée pendue dans sa cellule à Sainte-Pélagie, le matin du 11, n'ayant survécu à Robespierre qu'une nuit, puis l'administrateur de police Michel, le graveur des assignats Mauclair, Despréaux, juré au Tribunal révolutionnaire. Il se coupa la gorge en déclarant : « La liberté est perdue, je meurs pour elle. » Tous ceux qui avaient servi, approuvé ou fréquenté le tyran se voyaient frappés. Sempronius Gracchus Vilatte était en prison. David, Jagot, Héron, Herman allèrent le rejoindre, avec Joseph Lebon, le proconsul d'Arras. Éléonore Duplay, Élisabeth Le Bas furent incarcérées.

Mais la réaction thermidorienne ne poursuivait pas seulement les Robespierristes, elle ne tendait à rien de moins qu'à l'anéantissement du jacobinisme. Le Comité de Sûreté générale avait été épuré. Legendre, Merlin de Thionville, André Dumont y remplaçaient Jagot, David, Lavicomterie. Au Comité de Salut public, siégeaient Tallien, Thuriot, Treilhard. Les deux Comités devaient être renouvelés par quart chaque mois, et les membres sortants ne pouvaient y rentrer qu'après un délai d'un mois. En fructidor, le démantèlement du gouvernement révolutionnaire, malgré toutes sortes d'affirmations hypocrites, était définitivement acquis par la création de seize comités qui se partageaient l'exercice du pouvoir exécutif et de la police. Le Comité de Salut public conservait seulement la Guerre et les Affaires étrangères.

En même temps que le Comité de Sûreté générale, le Tribunal révolutionnaire avait été purgé, reconstitué, et l'accusateur public arrêté sur motion de Fréron s'écriant : « Tout Paris attend le supplice, justement mérité, de Fouquier-Tinville. Je demande qu'il aille cuver dans les Enfers le sang qu'il a versé! » Fréron ne pardonnait pas à Fouquier les exécutions de Danton, de Camille Desmoulins, surtout de Lucile. Mais dans la bouche d'un homme responsable, à Marseille et à Toulon, en peu de semaines, de bien plus de morts que Fouquier-Tinville n'en avait demandé nécessairement au Tribunal en seize mois, l'apostrophe ne manquait pas de saveur. Fouquier n'en fut pas moins décrété. Son procès serait instruit selon les règles de la justice. L'abrogation de la loi du 22 prairial, le rétablissement de la procédure criminelle normale, avec toutes les garanties de la défense, étaient une des rares mesures auxquelles Claude se fût empressé de souscrire. Il ne pouvait cependant approuver l'épuration et le développement des commissions populaires de justice, dans lesquelles ne se trouvait plus rien de populaire. Y siégeaient à peu près exclusivement d'anciens Feuillants sinon des royalistes; elles relâchaient en masse les détenus, de préférence les contre-révolutionnaires. L'une des premières, était sortie de prison la maîtresse de Tallien : la belle Thérésa que les muscadins baptisaient Notre-Dame-de-Thermidor. Babet, elle non plus, n'avait pas tardé à s'envoler de Port-Libre. Elle s'était fait rendre par Barras et Legendre son hôtel de la rue de l'Université où elle rattrapait en fêtes, avec le ménage Tallien, la veuve du général Beauharnais — guillotiné le 5 thermidor — Mlle Lange, Mlle Contat, maîtresse de Legendre, ses dix mois de détention. Pendant ce temps, Claude avait eu les plus grandes difficultés, au nouveau Comité de Sûreté générale, à faire remettre en liberté Pierre Dumas, enfin relâché, reparti pour Limoges. En revanche, les proscrits du 31 mai, et parmi eux les députés limousins girondistes, étaient délivrés, réintégrés dans la Convention. On voyait reparaître Lanjuinais retour de Bretagne, et le petit Louvet qui avait trouvé moyen, au printemps, de fuir Paris avec sa Lodoïska pour se réfugier dans les montagnes du Jura.

La réaction s'étendait à la province. Elle se faisait très violente dans le Midi. A Limoges, on se contentait de désarmer comme terroristes et d'arrêter les tyranneaux limousins, d'abord les Frègebois, les Janni, les Préat. M. Mounier, lui-même quelque peu compromis par son jacobinisme, ne put empêcher l'arrestation, d'ailleurs temporaire, de l'homme aux lunettes qui alla occuper pendant quelques semaines, à la Visitation, la place de Montaudon libéré comme M. de Reilhac, comme M. Delmay et Marcellin, comme Thérèse Naurissane. Les comités locaux demeurant toujours dans l'hôtel du boulevard de la Pyramide, Thérèse et sa sœur la religieuse, se retirèrent chez leurs parents à Thias, en attendant le retour de Naurissane, sain et sauf en Gironde. Dans tout ce milieu, les seules victimes de la Terreur avaient été les moins désignées apparemment : l'infortunée Léonarde et, par contrecoup, Jean-Baptiste Montégut qui se mourait irrémédiablement de chagrin.

Claude assistait avec une sorte de stupeur à la démolition, jour après jour, de tout l'édifice jacobin. Sorti, au renouvellement de fructidor, du Comité où ne restaient plus, avec les nouveaux venus, que Carnot, Prieur, Robert Lindet, il siégeait, impuissant, dans la Convention dominée par la droite reconstituée, la Plaine et quelques Montagnards, dont Fréron devenu anti-jacobin fanatique. Avec Billaud-Varenne et Collot, Claude s'efforçait, au club, de résister à cette frénésie. Ni lui ni eux ne parvenaient à rendre son énergie à la vieille Société. Elle s'était détruite elle-même à coups de guillotine. La *jeunesse dorée* de Fréron, où se distinguait entre autres le ci-devant marquis de Saint-Hurugue, sorti de prison aussi muscadin qu'il avait été enragé, avait beau jeu de persécuter les « carmagnoles », de les poursuivre dans les rues, de monter contre eux des chienlits tournant parfois à l'émeute. Ils ramenaient dans Paris une atmosphère de guerre civile. C'était au tour de Claude de ne plus sortir sans pistolets. Enfin, Fréron, prétendant que ces troubles trouvaient leur source aux Jacobins, obtint de la Convention la fermeture de leur local. Comble d'ironie, ce fut Claude, président en exercice, qui dut remettre la clef de l'antique édifice aux commissaires du Comité de Sûreté générale. Et l'un d'eux était qui? Legendre.

Ce soir-là, dans la nuit d'hiver tôt venue, rencontrant Sieyès à l'entrée du café Payen, Claude lui confia son désarroi et son amertume. « Patience, mon ami! répondit l'ex-aumônier de Mesdames. Fais comme moi, attends. Tu vois, je me tais encore. La réaction était inévitable, il faut la laisser s'user. C'est la dernière écume de la Révolution. Bientôt viendra le temps des sages, le temps d'établir cet État idéal dont nous rêvions, avec Larevellière-Lépeaux et Lanjuinais, au premier comité de constitution. Nous avons tous les quatre réussi à vivre jusqu'ici. Crois-moi, c'est une grande victoire. »

Claude rentra rue Nicaise un peu réconforté. La naissance de son fils ou de sa fille était imminente. Sitôt après les relevailles, on marierait Claudine et Bernard qu'elle et son père ramenaient, en ce moment, à petites étapes, d'un hôpital de Liège. En franchissant l'Ourthe, avec Jourdan et l'armée de Sambre-et-Meuse, sous un tir à mitraille qui n'avait pas duré moins de cinq heures, Bernard avait eu la jambe gauche cassée par une balle. Une des plus terribles affaires de toute la campagne. Les eaux étaient rouges de sang français. Mais une fois de plus les Autrichiens avaient dû battre en retraite. A présent, Jourdan occupait toute la rive gauche du Rhin. La Belgique, la Hollande tombaient par grands morceaux devant Kléber, Marceau, Pichegru. Une chose au moins était sûre : quel que fût au-dedans l'état de la Révolution, elle triomphait à l'extérieur. Les armées forgées en un effort de titans par le Comité de l'an II écrasaient la coalition des tyrans et allaient leur imposer une paix sans compromis. Soulevés par le souffle de la liberté, les avocaillons improvisés hommes d'État et les boutiquiers improvisés généraux avaient vaincu les rois d'Europe.

Claude croyait pouvoir attendre sans crainte les luttes à venir. Il ne se doutait pas qu'il allait être à son tour proscrit avec presque tous les anciens membres du Comité, traqué ainsi que l'avaient été Louvet, Pétion, Buzot. Il ne se doutait pas qu'il verrait la république pourrir et céder place à la dictature militaire prophétisée par Marat. Il ne se doutait pas que, plus tard, les Bourbons revenus, à l'âge de cinquante-quatre ans il connaîtrait, comme Carnot, Fouché, David, et tant d'autres « régicides » dont Sieyès lui-même, les rigueurs de l'exil.

Thias-Paris-Thias,
juillet 1957-juillet 1963.

ŒUVRES DE ROBERT MARGERIT

AUX ÉDITIONS PHÉBUS

L'Ile des perroquets, roman, 1984 ; en collection « Libretto », 1999

Le Dieu nu, roman, 1988, Prix Théophraste Renaudot 1951

Le Château des Bois-Noirs, roman, 1989

Les Amants, roman, 1990, préface de Georges-Emmanuel Clancier

La Terre aux Loups, roman, 1997, préface de Georges-Emmanuel Clancier ; en collection « Libretto », 2000

La Révolution, roman (4 vol.)

Tome I : L'Amour et le Temps, 1989 ; en collection « Libretto », 2005

Tome II : Les Autels de la Peur, 1989 ; en collection « Libretto », 2005

Tome III : Un vent d'acier, 1989 ; en collection « Libretto », 2005

Tome IV : Les Hommes perdus, 1989 ; en collection « Libretto », 2005

AUX ÉDITIONS GALLIMARD

Mont-Dragon, roman

Ambigu, nouvelles

Le Vin des vendangeurs, roman

Par un été torride, roman

La Femme forte, roman

La Malaquaise, roman

Waterloo, (coll. « Les Trente journées qui ont fait la France »).

PHÉBUS
libretto

des livres au format de poche
faits pour durer

MARCEL LÉVY
La Vie et moi

JOHN M. FALKNER
Moonfleet

VLADIMIR BARTOL
Alamut

DAPHNÉ DU MAURIER
Le Bouc émissaire
Mary Anne
Le Général du roi

CLAUDE SEIGNOLLE
La Malvenue
Intégrale des Romans et Nouvelles
Les Malédictions ☆
Les Malédictions ☆☆
La Nuit des Halles

JEAN-BAPTISTE LABAT
Voyage aux Isles

T. C. BOYLE

Water Music

La Belle Affaire

W. WILKIE COLLINS

La Dame en blanc

Pierre de Lune

Sans nom

Armadale

Cache-cache

LUDWIG LEWISOHN

Le Destin de Mr Crump

Crime passionnel

DEBORAH SCALING KILEY

Albatros

WILLIAM TREVOR

En lisant Tourgueniev

Ma maison en Ombrie

Lucy

CHARLES MATURIN

Melmoth

AHMAD AL-TIFACHI

Les Délices des cœurs

CHRISTIAN CHARRIÈRE

La Forêt d'Iscambe

VICKI BAUM

Shanghaï Hôtel

Grand Hôtel

HEINRICH VON KLEIST

La Marquise d'O... et autres nouvelles

MARTINE ROFFINELLA
Elle

SHUSHA GUPPY
Un jardin à Téhéran

CHRISTIAN DEDET
La Mémoire du fleuve
Le Secret du Dr Bougrat

GEORGE SAND
Consuelo
La Comtesse de Rudolstadt

OLIVE SCHREINER
La Nuit africaine

MEYER LEVIN
Crime
Frankie et Johnnie

PATRICIO MANNS
Cavalier seul

NEIL BISSOONDATH
Retour à Casaquemada

MAURICE COYAUD
Fourmis sans ombre : le Livre du Haïku

JACK LONDON
Le Peuple d'en bas
Les Enfants du froid
John Barleycorn
(Le Cabaret de la Dernière Chance)
Patrouille de pêche
(Les Pirates de San Francisco)
Le Fils du Loup

Le Vagabond des étoiles
La Route
(Les Vagabons du rail)
Martin Eden
Contes des mers du Sud
La Vallée de la Lune
Le Loup des mers
Avant Adam
Sur le ring
Le Talon de fer
L'Appel sauvage
(L'Appel de la forêt)
Parole d'homme
La Petite Dame dans la Grande Maison
Les Mutinés de l'«Elseneur»
Michaël, chien de cirque
Radieuse aurore

LEO PERUTZ
Le Cavalier suédois
Le Judas de Léonard

CHARLES SIMMONS
Les Locataires de l'été

MIKA WALTARI
Les Amants de Byzance
Jean le Pérégrin

PIERRE MAC ORLAN
L'Ancre de Miséricorde

JAMES MORIER
Les Aventures de Hadji Baba d'Ispahan
Les Aventures de Hadji Baba en Angleterre

La Poésie arabe

JOSEPH O'CONNOR
Desperados
Inishowen

SIR ERNEST SHACKLETON
L'Odyssée de l'«Endurance»

WALLACE STEGNER
Vue cavalière
La Vie obstinée
Angle d'équilibre

ROBERT PENN WARREN
L'Esclave libre

ALEXANDER KENT
Cap sur la gloire
Capitaine de Sa Majesté
Mutinerie à bord
Toutes voiles dehors
En ligne de bataille
Ennemi en vue

HELEN ZAHAVI
Dirty week-end

MAX AUB
Crimes exemplaires

SERGE FILIPPINI
L'Homme incendié

ROBERT LOUIS STEVENSON
La Route de Silverado
Intégrale des Nouvelles (2 vol.)

MATHIEU BELEZI
Le Petit Roi

ANTOINETTE PESKÉ
La Boîte en os

DANIEL ARSAND
La Province des Ténèbres

NORMAN LEWIS
Le Sicilien
Naples 44

Les Mille et Une Nuits, tome I
Les Mille et Une Nuits, tome II
Les Mille et Une Nuits, tome III
Les Mille et Une Nuits, tome IV

GILLES LAPOUGE
Les Pirates

SIR ARTHUR CONAN DOYLE
La Compagnie blanche
Sir Nigel

EDWARD JOHN TRELAWNEY
Mémoires d'un gentilhomme corsaire

PETER FLEMING
Courrier de Tartarie

FAWN BRODIE
Un diable d'homme
Sir Richard Burton ou le démon de l'aventure

SVETLANA VELMAR-JANKOVIĆ
Dans le noir

LOUIS GARNERAY
Corsaire de la République
Le Négrier de Zanzibar
Un corsaire au bagne

Les Aventures de Sindbad le Marin
Les Aventures de Sindbad le Terrien

DANIEL VAXELAIRE
Les Mutins de la liberté

VAMBA
Giannino furioso

ANONYME ARABE
Le Livre des Ruses
La Stratégie politique des Arabes

MATT COHEN
Le Médecin de Tolède

DANIEL DEFOE
Histoire générale des plus fameux pyrates (2 vol.)
I. Les Chemins de Fortune
II. Le Grand Rêve flibustier

NICCOLO MANUCCI
Un Vénitien chez les Moghols

Italia magica

RAFAEL SABATINI
Captain Blood

CHARLES NORDHOFF
J. N. HALL
L'Odyssée de la «Bounty» (3 vol.)
I. Les Révoltés de la «Bounty»
II. Dix-neuf hommes contre la mer
III. Pitcairn

JEAN-PIERRE OTTE
L'Amour au jardin

FRANCISCO COLOANE
Le Passant du bout du monde
Tierra del Fuego

JEAN AICARD
Maurin des Maures

THOR HEYERDAHL
L'Expédition du Kon-Tiki

Le Roman d'Aladin

PATRICK CARRÉ
Le Palais des Nuages

Sublimes paroles et idioties de Nasr Eddin Hodja

MARCEL SCHWOB
Œuvres

KATHLEEN WINSOR
Ambre

SARAH BERNHARDT
Ma double vie

LAURIE LEE
Rosie ou le goût du cidre
Un beau matin d'été

FLANN O'BRIEN
Le Troisième policier
L'Archiviste de Dublin

CHARLES PALLISER
Le Quinconce (5 vol.)
I. L'Héritage de John Huffam
II. Les Faubourgs de l'Enfer
III. Le Destin de Mary
IV. La Clé introuvable
V. Le Secret des Cinq Roses

MARC TRILLARD
Eldorado 51

ANDRÉ DHÔTEL
Lumineux rentre chez lui
Ma chère âme
Un jour viendra
Pays natal
Ce lieu déshérité
Les Premiers temps
Ce jour-là
Le Soleil du désert

JAN VAN DORP
Flamand des vagues

EMMANUEL ROBIN
L'Accusé

ABOU-ABDALLAH MOUHAMMAD AL-NAFZAWI
La Prairie parfumée où s'ébattent les plaisirs

ODETTE DU PUIGAUDEAU
Pieds nus à travers la Mauritanie

FREDERIC PROKOSCH
Ma sauvage Amérique

E. T. A. HOFFMANN
Fantaisies dans la manière de Callot
Le Chat Murr
Contes nocturnes
Les Élixirs du diable

ADALBERT STIFTER
L'Homme sans postérité

MARGARET DRABBLE
La Voie radieuse

JACQUES YONNET

Rue des Maléfices

Chronique secrète d'une ville

SYBILLE BEDFORD

Visite à Don Otavio

MICHEL VIEUCHANGE

Smara

Carnets de route d'un fou du désert

WASHINGTON IRVING

Contes de l'Alhambra

NICHOLAS MONTSARRAT

La Mer cruelle

PAUL DEL PERUGIA

Les Derniers Rois mages

Chez les pasteurs-poètes du Rwanda : chronique d'un royaume oublié

MATHIEU TERENCE

Les Filles de l'ombre

JOSEPH VON EICHENDORFF

Scènes de la vie d'un propre à rien

FREDERIC MANNING

Nous étions des hommes

WANG WEI

Les Saisons bleues

ARMEL GUERNE

Les Romantiques allemands

CATHERINE POZZI

Journal, 1913-1934

HUGO HAMILTON

Berlin sous la Baltique

KEITH RIDGWAY

Mauvaise pente

Cet ouvrage
réalisé pour le compte des Éditions Phébus
a été achevé d'imprimer
en février 2005
dans les ateliers de Normandie Roto Impression S.A.S.
61250 Lonrai
N° d'imprimeur : 050598

Imprimé en France

Dépôt légal : mars 2005
I.S.B.N. : 2-7529-0069-4
I.S.S.N. : 1285-6002